A SOCIEDADE DE ATLAS

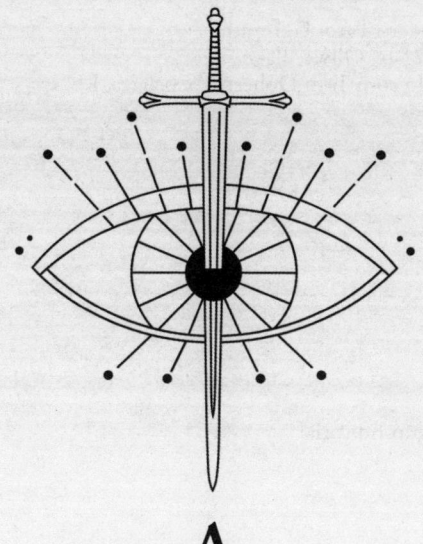

A SOCIEDADE DE ATLAS

OLIVIE BLAKE

Tradução de Karine Ribeiro

Copyright © 2021 by Alexene Farol Follmuth
Copyright do texto © 2021 by Olivie Blake
Publicado mediante acordo com Tom Doherty Associates, LLC.
Todos os direitos reservados.

TÍTULO ORIGINAL
The Atlas Six

PREPARAÇÃO
João Rodrigues

REVISÃO
Carolina Vaz

DIAGRAMAÇÃO
Ilustrarte Design e Produção Editorial

ILUSTRAÇÕES DE MIOLO
Little Chmura

DESIGN DE CAPA
Jamie Stafford-Hill

ADAPTAÇÃO DE CAPA
Antonio Rhoden

CIP-BRASIL. CATALOGAÇÃO NA PUBLICAÇÃO
SINDICATO NACIONAL DOS EDITORES DE LIVROS, RJ

B568s

Blake, Olivie.
    A sociedade de atlas / Olivie Blake ; tradução Karine Ribeiro. - 1. ed. - Rio de Janeiro : Intrínseca, 2022.
        448 p. ; 23 cm. (Sociedade de atlas ; 1)

      Tradução de: The atlas six.
      ISBN 978-65-5560-458-0.

      1. Ficção americana. I. Ribeiro, Karine. II. Título. III. Série.

22-77120
                                        CDD: 813
                                        CDU: 82-3(73)

Gabriela Faray Ferreira Lopes - Bibliotecária - CRB-7/6643

[2022]
Todos os direitos desta edição reservados à
Editora Intrínseca Ltda.
Rua Marquês de São Vicente, 99, 6º andar
22451-041 – Gávea
Rio de Janeiro – RJ
Tel./Fax: (21) 3206-7400
www.intrinseca.com.br

ALERTA DE GATILHO

Este livro contém cenas de abuso sexual e suicídio (embora não haja descrições explícitas no enredo).

*Para meu garoto cientista e minha garota de olhos sonhadores,
e para Lord Oliver, por todos os empurrões.*

COMEÇO
I: ARMAS
II: VERDADE
III: BATALHA
IV: ESPAÇO
V: TEMPO
VI: PENSAMENTO
VII: INTENÇÃO
VIII: MORTE
FIM

· COMEÇO ·

Talvez fossem algo muito batido, todas as referências que o mundo já fizera à Ptolemaica Biblioteca Real de Alexandria. No decorrer da história, a biblioteca se tornou um tema infinitamente fascinante, seja porque a obsessão com o seu conteúdo era restrita apenas à imaginação, seja porque a humanidade, enquanto ser coletivo, deseja as coisas com mais afinco. De modo geral, todos podem amar algo proibido, e na maioria dos casos o conhecimento é exatamente isso; ainda mais quando se trata de conhecimento perdido. Lugar-comum ou não, a Biblioteca de Alexandria nunca deixou de despertar nas pessoas certos anseio e urgência, e sempre fomos uma espécie bastante suscetível ao chamado do desconhecido longínquo.

Antes de ser destruída, diziam que a biblioteca abrigava mais de quatrocentos mil pergaminhos sobre história, matemática, ciências, engenharia e também magia. Muitas pessoas assumem, de maneira equivocada, que o tempo é uma inclinação constante, um arco calculado de crescimento e progresso; porém, quando a história é escrita pelos vencedores, a narrativa pode muitas vezes deturpar esse aspecto. Na realidade, o tempo que vivemos é apenas um misto de fluxo e refluxo, algo circular, e não uma linha reta. As tendências e estigmas sociais mudam, e o destino final nem sempre é o progresso. Com a magia não podia ser diferente.

A verdade pouco conhecida é que a Biblioteca de Alexandria se transformou em cinzas para salvar a si própria. Morreu para renascer, sendo suas chamas menos uma metáfora ao estilo fênix e mais algo estrategicamente sherlockiano. Quando Júlio César ascendeu ao poder, se tornou óbvio para os antigos Guardiões de Alexandria que um império só podia ser bem-sucedido sobre um trono de três bases: subjugação, desespero e ignorância. Eles também sabiam que o mundo seria para sempre rodeado por perseguições semelhantes, oriundas do despotismo e, assim, determinaram que, a fim de sobreviver, um arquivo tão valioso teria que ser escondido com muito cuidado.

Na verdade era um velho truque, morte e dissolução para recomeçar do zero. Esse renascimento dependia inteiramente da capacidade da biblioteca de guardar o próprio segredo. Os medeianos, os mais letrados entre a população mágica, receberam permissão para usufruir do conhecimento da biblioteca, contanto que também aceitassem o dever de preservá-la. Na sociedade que se ergueu do que restou da biblioteca, os privilégios de seus membros eram tão desiguais quanto suas responsabilidades. Todo o conhecimento que o mundo possuía existia na ponta dos dedos deles, e tudo o que tinham que fazer em troca era nutri-lo, fazê-lo crescer.

Conforme o mundo crescia — se estendendo para além das bibliotecas da Babilônia, Cartago e Constantinopla, abrangendo as coleções das bibliotecas islâmicas e asiáticas que foram perdidas para o imperialismo e o império —, cresciam também os arquivos alexandrinos. E, enquanto a influência medeiana se expandia, o mesmo acontecia com a chamada Sociedade Alexandrina. A cada dez anos, uma nova classe de potenciais iniciados era escolhida para passar um ano em treinamento, aprendendo as funções dos arquivos, algo que depois se tornaria um ofício para a vida toda. Por um ano, os indivíduos selecionados para a Sociedade viviam, comiam, dormiam e respiravam os arquivos e o conteúdo que guardavam. Ao fim daquele ano, cinco dos seis candidatos em potencial eram empossados. Em seguida, de modo independente, eles rigorosamente dariam continuidade aos estudos ao longo de um ano adicional na biblioteca, antes de receberem a oportunidade de ficar e continuar o trabalho como pesquisadores ou, o que era mais provável, aceitar uma nova oferta de emprego. Em geral, Alexandrinos se tornavam líderes políticos, patronos, CEOs e laureados. Depois da iniciação, o esperado para um Alexandrino eram fortuna, poder, prestígio e conhecimento inimagináveis; portanto, ser escolhido para a iniciação era o primeiro passo de uma vida recheada com possibilidades infinitas.

E foi isso o que Dalton Ellery comunicou ao mais recente grupo de candidatos, que não recebera qualquer informação quanto ao motivo de estarem ali ou pelo que estariam competindo. Era provável que ainda não tivessem percebido que, por estar naquela sala, Dalton Ellery era ele próprio um medeiano habilidoso e excepcional, do tipo que por gerações eles não voltariam a encontrar, um homem que escolhera esse caminho entre os muitos outros que poderia ter seguido. Assim como aquele grupo, ele havia um dia abdicado da pessoa que poderia ter sido e da vida que poderia ter vivido — o que, em comparação, provavelmente teria sido algo mundano. Dalton teria exercido alguma profissão, talvez até uma lucrativa, se incorporando à economia mortal de alguma forma útil, mas sem testemunhar qualquer coisa do que vira por ter aceitado o convite da Sociedade. Por conta própria, Dalton Ellery poderia ter feito magia excepcional, mas acabaria se esquecendo da excelência. Inevitavelmente, sucumbiria à mundanidade, à luta, ao tédio, como acontece com todos os humanos em algum momento — mas agora, por causa daquilo, isso não aconteceria. As insignificâncias de uma existência insignificante contariam entre as muitas coisas que ele nunca mais arriscaria a partir do momento em que se sentou naquela sala, dez anos antes.

Dalton olhou para os candidatos e tornou a imaginar a vida que poderia ter vivido; a vida que *todos* ali poderiam ter vivido se não lhe tivessem sido oferecidas tais… riquezas. Glória eterna. Sabedoria sem igual. Ali, descobririam os segredos que o mundo escondera de si mesmo por séculos, milênios. Coisas que olhos comuns jamais veriam, que nenhuma mente inferior poderia entender.

Ali, na biblioteca, a vida deles mudaria. Ali, a pessoa que um dia foram seria destruída, como a própria biblioteca, apenas para ser reconstruída e escondida nas sombras, para nunca mais ser vista, exceto pelos Guardiões, Alexandrinos e fantasmas de vidas não vividas e caminhos não percorridos.

Grandeza não é algo fácil, mas essa parte Dalton não mencionou. Também deixou de lado que a grandeza nunca era oferecida a alguém que não poderia suportá-la. Apenas explicou o que era a biblioteca, os caminhos da iniciação e o que estava ao alcance deles — se ao menos tivessem a coragem de estender a mão e agarrar.

Eles ficaram em transe, como era de se esperar. Dalton era muito bom em soprar vida em coisas, ideias, objetos. Era uma habilidade sutil. Tão sutil que nem mesmo parecia ser magia, o que o tornava um acadêmico extraordinário. Na verdade, o tornava o rosto perfeito para a nova turma de Alexandrinos.

Antes mesmo de começar a falar, Dalton sabia que todos aceitariam a oferta. Na verdade, era apenas uma formalidade. Ninguém dispensava a Sociedade Alexandrina. Mesmo aqueles fingindo desinteresse seriam incapazes de resistir. Ele sabia que lutariam com unhas e dentes para sobreviver ao próximo ano da vida deles, e, se fossem escrupulosos e talentosos como a Sociedade presumia, a maioria sobreviveria.

A maioria.

Moral da história:
Cuidado com o homem que o enfrenta desarmado.
Se no olhar dele você não é o alvo, esteja certo de que é a arma.

I

ARMAS

· LIBBY ·
CINCO HORAS ANTES

O dia em que Libby Rhodes conheceu Nicolás Ferrer de Varona também foi, por coincidência, o dia em que descobriu que *enraivecida*, uma palavra que nunca tinha usado antes, era a única forma concebível de descrever o sentimento de estar perto dele. Foi, ainda, o dia em que Libby acidentalmente ateou fogo a várias cortinas centenárias no escritório da professora Breckenridge, a reitora, juntando num único incidente a admissão dela na Universidade de Artes Mágicas de Nova York e seu ódio inesgotável por Nico. Assim, todos os dias desde aquele tinham sido um exercício fútil de comedimento.

Deixando a incandescência de lado, aquele seria um dia muito incomum, já que finalmente seria o último. Salvos quaisquer encontros acidentais, nos quais Libby tinha certeza de que ambos fariam questão de se ignorarem — afinal, Manhattan era um lugar grande, cheio de pessoas ignorando umas às outras —, ela e seu maior adversário enfim estavam seguindo caminhos separados, o que significava que nunca mais teria que lidar com Nico de Varona de novo. Havia quase surtado por causa disso naquela manhã, o que o namorado dela, Ezra, presumiu ser consequência de uma das questões mais urgentes relacionadas à ocasião: se graduar como a melhor aluna da turma (ao lado de Nico, mas não fazia sentido focar isso) ou fazer o discurso de despedida da UAMNY. É óbvio que nenhuma das honrarias era de se ignorar, mas a perspectiva mais atraente era a novidade dos novos tempos que se aproximavam.

Era o último dia em que Libby Rhodes voltaria a ver Nico de Varona, e ela não poderia estar mais animada com a chegada de uma vida mais simples, superior e menos contaminada por Nico.

— Rhodes — cumprimentou Nico ao sentar-se ao lado dela no palco da cerimônia de formatura.

Pronunciou o sobrenome de Libby como se fosse uma bolinha de gude em sua língua, e então farejou o ar, brincalhão como sempre. Para algumas pessoas, suas covinhas banhadas pelo sol e seu nariz charmoso e imperfeito (na medida *certa*) eram suficientes para compensar a altura nada impressionante e as inúmeras falhas de caráter. Para Libby, Nico de Varona não passava de uma mistura de boa genética e mais confiança do que qualquer humano do sexo masculino merecia ter.

— Hmm. Que estranho — disse ele. — Está sentindo cheiro de fumaça, Rhodes?

Muito engraçado. Hilário.

— Cuidado, Varona. Você sabe que este auditório está bem em cima de uma falha tectônica, não sabe?

— É claro que sei. Tenho que saber, já que vou trabalhar nela ano que vem, não é mesmo? — perguntou ele, em meio a devaneios. — Aliás, uma pena você não ter conseguido aquela bolsa.

Como não restava dúvida de que o comentário fora feito para irritá-la, Libby tomou a decisão certeira de se perder na multidão em vez de respondê-lo. Ela nunca tinha visto o auditório tão cheio, a vista dos graduandos e seus familiares se estendendo até os assentos nas varandas e se alastrando em direção ao vestíbulo.

Mesmo a distância, Libby identificou o único terno bom de seu pai, comprado havia pelo menos duas décadas para um casamento e usado desde então para comparecer a toda e qualquer ocasião, das menos formais até as mais luxuosas. Ele e a mãe de Libby estavam numa das fileiras do meio, a apenas algumas poltronas da parte central. Ao vê-los ali, Libby sentiu uma onda incontrolável de carinho, mas obviamente dissera a eles que não precisavam ir. Detestava incomodar e tudo o mais. Porém ali estavam seu pai, de terno, e sua mãe, de batom. Já a poltrona ao lado deles...

Estava vazia. Libby notou o assento vazio no momento em que uma adolescente usando tênis de cano alto serpenteou pela fileira, desviando da avó de alguém, apoiada em uma bengala, e lançando a todos um olhar rebelde e desafiador. Era uma justaposição tão sinistra e precisa, o semblante familiar do tédio adolescente (contrastando com o vestido de festa tomara que caia) e o assento vazio ao lado do dos pais. A visão de Libby mergulhou em algo que por um segundo ela achou ser uma preocupante cegueira repentina, ou talvez fossem apenas lágrimas.

Felizmente não era nenhuma dessas coisas. Afinal de contas, se Katherine ainda estivesse viva, já teria passado dos dezesseis anos. Libby, de algum jeito, tinha ultrapassado a idade da irmã mais velha, e, embora a matemática continuasse impossível de ser feita, aquela ferida havia cicatrizado. Já não era mais algo fatal. Era só uma casquinha que ela gostava de cutucar às vezes.

Antes que Libby tivesse a chance de se afundar em masoquismo, viu outro borrão se movimentando pelas fileiras, cachos volumosos e desgrenhados pedindo desculpas ao passar e então se sentando no assento vazio. Ezra, que estava vestindo o único suéter que Libby não tinha acidentalmente desbotado durante a lavagem daquela semana, preencheu o espaço em que Katherine estaria, se inclinando para o lado para entregar ao pai de Libby a programação e oferecer um lencinho à mãe dela. Depois de um momento de conversas educadas, ele olhou para a frente e estudou o palco, os olhos brilhando ao pousarem em Libby. Então ele verbalizou alguma coisa: *Oi*.

A dor por conta da ausência de Katherine se atenuou e se transformou em alívio. A irmã teria odiado isso, inclusive o vestido de Libby, e provavelmente também seu corte de cabelo.

Oi, verbalizou Libby em resposta, sendo recompensada pela curva familiar do sorriso de Ezra. Ele era esguio, quase magricela, apesar de estar sempre beliscando alguma coisa, e por alguma razão era mais alto do que parecia à primeira vista. Seus movimentos eram quase felinos, e ela gostava disso, achava elegante. A tranquilidade. Isso a acalmava.

Ao contrário da presença ao seu lado. Nico tinha seguido o olhar dela, um sorriso despontando dos cantos da boca.

— Ah, estou vendo que Fowler também veio.

Libby, que por um segundo glorioso esqueceu que Nico estava ali, se irritou com a menção a Ezra.

— Por que ele não estaria?

— Ah, nada, não. Só achei que a essa altura você talvez tivesse subido de nível, Rhodes.

Deixa pra lá, deixa pra lá, deixa pra lá...

— Na verdade, Ezra acabou de ser promovido — retrucou ela, friamente.

— Da mediocridade à competência?

— Não, de...

Libby se calou, fechando o punho e contando até três em silêncio.

— Agora ele é gerente de projetos.

— Uau, que *impressionante* — disse Nico, seco.

— Sua gravata está torta — informou ela, conferindo à voz um tom de impassividade, e ele, por reflexo, ergueu a mão para endireitar a peça. — Gideon não a ajustou para você na entrada?

— Ajustou, mas... — começou Nico, percebendo o que estava acontecendo enquanto Libby se parabenizava em silêncio. — Muito engraçado, Rhodes.

— Como assim?

— O Gideon é minha babá, hilário. Uau, que inovador e diferente.

— Como se zombar do Ezra fosse revolucionário.

— Não é minha culpa se a inadequação de Fowler é um assunto que rende — respondeu Nico, e, se os dois não estivessem diante de todos os colegas de classe e de um grande número de professores e funcionários, Libby não teria se forçado a respirar fundo mais uma vez e se recompor. Sua vontade era ceder ao que quer que suas habilidades a levassem a fazer.

Infelizmente, atear fogo às roupas de baixo de Nico de Varona era considerado um comportamento inaceitável.

Último dia, Libby se recordou. Último dia de Nico.

Ele podia dizer o que quisesse, porque não faria diferença.

— Tudo certo com seu discurso? — perguntou Nico, e ela revirou os olhos.

— Como se eu fosse te contar.

— E por que não contaria? Sei que você tem medo de falar em público.

— Eu não tenho... — Outra pausa para respirar. Então, para garantir, inspirou o ar mais uma vez. — Eu não tenho medo de falar em público — rebateu ela, mais calma —, e, mesmo se tivesse, o que exatamente você ia fazer para me ajudar?

— Ah, você achou que eu estava oferecendo ajuda? — indagou Nico, irônico. — Desculpe, não foi minha intenção.

— Você ainda está chateado por não ter sido escolhido para discursar?

— Ah, por favor — zombou Nico, baixinho —, você e eu sabemos que ninguém perdeu tempo votando em algo tão idiota para escolher quem deve fazer o discurso de formatura. Metade das pessoas aqui já está bêbada — observou ele.

Por mais que Libby soubesse que ele tinha razão, jamais admitiria isso, sabia que era um assunto delicado. Ele podia até fingir indiferença, mas Nico nunca gostou de perder para ela, quer considerasse um assunto relevante ou não.

Libby sabia disso porque, no lugar dele, teria se sentido exatamente do mesmo jeito.

— Ah, é? — provocou ela, se divertindo. — Se ninguém liga, então como é que eu ganhei?

— Porque você foi a única que *votou*, Rhodes. Não ouviu o que eu disse?

— Rhodes — advertiu a reitora Breckenridge, passando pelo assento deles no palco enquanto a procissão ao redor continuava. — Varona. Seria demais pedir a vocês que se comportem pela próxima hora?

— Professora — responderam os dois, forçando sorrisos idênticos enquanto Nico remexia a gravata mais uma vez, de um jeito impulsivo.

— Sem problemas — garantiu Libby à reitora, sabendo que nem Nico seria idiota a ponto de discordar. — Está tudo bem.

Breckenridge arqueou a sobrancelha.

— A manhã está indo bem, então?

— Às mil maravilhas — disse Nico, dando um de seus sorrisos charmosos.

Para falar a verdade, aquilo, o fato de ele não ser insuportável com todos que não fossem Libby, era o que mais a irritava. Nico de Varona era o favorito dos professores, e todos os estudantes da universidade queriam ser ele ou namorá-lo, ou ao menos serem seus amigos.

Numa análise bem distante e *extremamente* generosa, Libby conseguia entender. Nico era idolatrado, o que era injusto, e não importa quão esperta ou talentosa ela fosse, era ele o preferido de todos. Qualquer que fosse o dom que ele tivesse, era uma espécie de toque de Midas. Sem se esforçar, Nico tinha o poder de transformar bobagens em ouro, mais um reflexo do que uma habilidade, na verdade, algo que Libby, uma acadêmica excepcional, nunca fora capaz de aprender. O charme natural de Nico não tinha como ser mensurado ou estudado, não havia qualquer traço de sutileza.

Nico também tinha uma capacidade monstruosa de fazer as pessoas acreditarem que ele sabia do que estava falando, mesmo quando obviamente não sabia. De vez em quando, talvez. Mas com certeza não era sempre.

Porém, pior do que o catálogo de inaptidões de Nico era o que ele *tinha*, ou seja, o emprego que Libby tanto desejara — não que ela fosse admitir isso. Óbvio, ser contratada no melhor empreendimento mágico de Manhattan não era pouca coisa. Ela forneceria fundos para tecnologia medeiana inovadora, tendo à sua disposição um portfólio de ideias empolgantes com grande potencial para crescimento e capital social. Chegara a hora de colocar a mão na massa. O mundo estava superpovoado; seus recursos, esgotados e utilizados em excesso; fontes de energia alternativa eram mais indispensáveis do que nunca. Com o tempo, ela poderia mudar a própria estrutura dos avanços medeianos — teria o poder de escolher essa ou aquela start-up para alterar o progresso de toda a economia global, e também receberia um bom salário para fazer isso. Mas ela *queria* a bolsa de estudos em pesquisa na UAMNY, e isso, óbvio, fora dado apenas para Nico.

Enquanto a reitora Breckenridge sentava-se e Nico fingia ser uma pessoa razoável, Libby pensou no futuro brilhante que a aguardava, quando as coisas não se resumiriam aos dois competindo.

Por quatro anos, Nico tinha sido uma presença inevitável em sua vida, um tipo incômodo de órgão vestigial, um órgão atrofiado que perdeu sua função. Físicos medeianos com domínio dos elementos eram raros. Na verdade, tão raros que eles dois tinham sido os únicos. Por quatro longos e torturantes anos, foram enfiados todas as vezes na mesma turma juntos, sem trégua, a extensão de suas proezas igualada apenas pela força da antipatia que sentiam um pelo outro.

Para Nico, que estava acostumado a ter tudo que queria e do jeito que queria, Libby não passava de uma inconveniência. No momento em que se conheceram, ela o achou metido e arrogante, não hesitando em lhe informar sua opinião, e não havia nada que Nico de Varona odiava mais do que alguém que não o adorava logo de cara. Era provável que aquela tivesse sido sua primeira rejeição. Conhecendo-o como ela o conhecia, a ideia de existir uma mulher que não caía a seus pés devia lhe tirar o sono. No entanto, para Libby aquela relação era bem mais complexa. Além das personalidades conflitantes, Nico era muito pior do que um babaca qualquer. Era um lembrete irritante e classista de tudo o que Libby fracassou em ter.

Nico vinha de uma proeminente família de medeianos e havia treinado desde criança na privacidade de seu luxuoso palácio (assim deduzira ela), em Havana. Libby, uma nativa de Pittsburgh cuja linhagem suburbana não incluía nenhum medeiano nem bruxas, havia planejado ir à Universidade Columbia até que a UAMNY, por meio da reitora Breckenridge, a contatou. Ela não sabia nada sobre os princípios básicos medeianos ou sobre teoria mágica, e precisou se dedicar mais do que qualquer um ali, apenas para esse esforço ser ignorado com um "Sim, isso é muito bom, Libby... E, agora, Nico, que tal se você tentar?".

Nico de Varona jamais experimentaria aquela sensação, pensou Libby de novo, como havia feito mais vezes do que conseguia contar. Nico era bonito, esperto, encantador, rico. Libby era... poderosa, sim, tanto quanto ele, um poder que muito provavelmente aumentaria com o tempo, considerando sua disciplina. Mas, com quatro anos de Nico de Varona como parâmetro para conquistas mágicas, Libby via seu potencial injustamente minado. Se não fosse por Nico, seus estudos poderiam ter corrido sem grandes perturbações, talvez ela até tivesse achado tudo fácil demais. Não teria que se preocupar com um rival, sequer com um semelhante. Afinal de contas, com Nico fora da jogada, quem seria páreo para ela?

Ninguém. Libby nunca encontrara alguém que chegasse perto da proficiência dela ou de Nico com a magia física. Para um medeiano inferior, seriam necessárias quatro horas e um esforço hercúleo para criar, do nada, os pequenos tremores causados pela menor alteração no humor dela, da mesma forma que uma simples faísca causada por Libby fora o suficiente para garantir uma bolsa de estudos na UAMNY e, logo em seguida, um emprego lucrativo. Aquele tipo de poder teria sido reverenciado, até exaltado, se fosse único — e, pela primeira vez, ele seria. Sem Nico ao lado dela para ser usado como parâmetro, Libby enfim estaria livre para se sobressair sem ter que quase se matar para se destacar.

Na verdade, era um pensamento estranho e estranhamente solitário. Mas ao mesmo tempo empolgante.

Ela sentiu um pequeno tremor sob os pés e ergueu a cabeça, percebendo que Nico parecia perdido em pensamentos.

— Ei, para — disse, dando uma cotovelada no garoto.

Nico lançou a ela um olhar entediado.

— Nem sempre sou eu, Rhodes. Eu não fico culpando você por incêndios florestais.

Libby revirou os olhos.

— Sei a diferença entre um terremoto e um chilique ao estilo Varona.

— Cuidado — advertiu ele, o olhar indo ao encontro de onde Ezra estava sentado, ao lado dos pais dela. — Não queremos que Fowler nos veja brigando de novo, não é? Pode passar a impressão errada.

Sério, de novo aquela história.

— Você percebe que sua obsessão com meu namorado é uma infantilidade, não é, Varona? Você está acima disso.

— Eu não sabia que você achava que havia alguma coisa abaixo de mim — respondeu Nico, blasé.

Do outro lado do palco, Breckenridge lançou a eles mais um olhar de advertência.

— Só supera — murmurou Libby.

Nico e Ezra se odiaram durante os dois anos em que todos eles estudaram juntos na UAMNY antes de Ezra se formar, um atrito que nem chegava a envolver Libby. Nico nunca tinha passado por qualquer dificuldade na vida, então a complexidade da resiliência de Ezra pouco lhe importava. Libby e Ezra entendiam a dor da perda; a mãe do namorado morrera quando Ezra ainda era criança, deixando-o sozinho no mundo. Já Nico provavelmente não sabia nem o que era queimar uma torrada.

— Só para lembrar, você nunca mais vai precisar vê-lo de novo. *Nós* — consertou ela em seguida — nunca mais vamos precisar nos ver de novo.

— Você faz soar tão trágico, Rhodes.

Ela o fuzilou com o olhar, e Nico virou a cabeça, dando um sorrisinho.

— Onde há fumaça... — murmurou ele, e Libby sentiu outra onda de ódio.

— Varona, será que você pode...

— ... um prazer apresentar a vocês sua co-oradora, Elizabeth Rhodes! — disse a voz do locutor da cerimônia enquanto Libby erguia a cabeça, percebendo que a plateia agora a encarava com expectativa e Ezra franzia a testa, sugerindo que tinha visto o bate-boca dela com Nico outra vez.

Libby forçou um sorriso, ficando de pé e dando um chute na canela de Nico.

— Tente não mexer no cabelo.

Foi a bênção de despedida de Nico, dita baixinho e, é óbvio, com a intenção de fazê-la ficar obcecada com a franja que, ao longo dos dois minutos do discurso, ameaçou cair sobre seus olhos.

Irritá-la era uma das magias medíocres de Nico. O discurso em si (provavelmente) correu bem, embora, quando terminou, Libby quisesse muito chutar o rival de novo. Em vez disso, se jogou de volta no assento e se lembrou de como sua vida ia ser maravilhosa em aproximadamente vinte minutos, quando se livrasse de Nico de uma vez por todas.

— Muito bem, vocês dois — disse a reitora Breckenridge com ironia, apertando a mão deles enquanto saíam do palco. — Uma cerimônia de formatura inteira sem nenhum incidente, impressionante.

— De fato, somos muito impressionantes — concordou Nico, num tom que teria feito Libby dar um tapa nele, não fossem a risada contida e o balançar de cabeça afetuoso da reitora, saindo pelo lado oposto enquanto Libby e Nico desciam a escada.

Chegando à multidão de graduandos e seus convidados, Libby parou, tentando conjurar algo terrível, uma última e devastadora maldição de despedida, palavras que assombrassem Nico enquanto ela se afastava, saindo da vida dele para sempre.

Mas, em vez disso, ela estendeu a mão, decidindo ser adulta.

Sensata.

Et cetera.

— Então... tenha uma boa vida — disse, enquanto Nico lançava um olhar cético para a palma dela.

— *É isso* o que você tem a dizer, Rhodes? — perguntou ele, contraindo os lábios. — Vamos lá, você consegue fazer melhor. Sei que você deve ter ensaiado no chuveiro.

Como ele era irritante.

— Deixa pra lá — respondeu ela, retraindo a mão e dando meia-volta. — Até nunca mais, Varona.

— Melhor — comentou ele atrás dela, dando um aplauso indiferente. — *Bra-vo*, Elizabeth...

Ela voltou, fechando o punho.

— Então me diz... O que *você* tem a dizer?

— Para que perder tempo contando agora? — perguntou ele, com um sorrisinho satisfeito. — Vou deixar você imaginando. Sabe — acrescentou, se aproximando —, quando você precisar de alguma coisa para ocupar sua mente durante sua vida monótona com o Fowler.

— Você não é fácil, hein? — Libby perdeu a paciência. — Fazer pirraça não é sexy, Varona. Daqui a dez anos você vai estar sozinho, sem poder contar com ninguém além do Gideon, que ainda vai estar escolhendo suas gravatas, e, acredite, não vou gastar um segundo sequer pensando em você.

— Enquanto isso, daqui a dez anos *você* vai estar atolada com três bebês Fowler — rebateu Nico. — Se perguntando o que foi que aconteceu com sua carreira enquanto seu marido patético pergunta se o jantar está pronto.

Novamente ela se encontrava daquela forma:

Enraivecida.

— Se eu nunca mais vir você, Varona — sibilou Libby, baixinho —, ainda vai ser *cedo demais*...

27

— Com licença — disse a voz de um homem ao lado, e Nico e Libby se viraram para ele.

— O que foi? — perguntaram os dois em uníssono, e a pessoa, seja lá quem fosse, sorriu.

Era negro, a cabeça raspada reluzindo um pouco, e aparentava estar na casa dos quarenta anos. Destacava-se entre a multidão de alunos cada vez menor e era britânico até demais, desde os maneirismos à vestimenta (tweed, muito tweed, com uma pitada de xadrez), e bem alto.

Também era bastante inconveniente.

— Nicolás Ferrer de Varona e Elizabeth Rhodes? — indagou o homem. — Gostaria de fazer uma proposta a vocês.

— Nós já estamos empregados — informou Libby, irritada, evitando a resposta inevitavelmente aristocrática de Nico. — E, mais importante, estamos ocupados agora.

— Sim, estou vendo. — O homem parecia se divertir. — No entanto, estou com pouco tempo, e temo que, quando se trata da minha proposta, preciso mesmo ter o melhor.

— E qual de nós seria o melhor, exatamente? — quis saber Nico, olhando para Libby por um minuto gratuito de presunção antes de se virar para o homem, que estava com um guarda-chuva preso debaixo do braço. — A não ser, é claro, que o melhor seja...

— Vocês dois — confirmou o homem, e Nico e Libby trocaram um olhar que dizia *é óbvio* —, ou, talvez, apenas um. — Ele deu de ombros, e Libby, apesar do desinteresse, franziu um pouco a testa. — Quem vai conseguir depende de vocês, não de mim.

— Conseguir? — questionou ela antes de sequer perceber que estava falando. — O que isso significa?

— Só há espaço para cinco — disse o homem. — Seis são escolhidos. Os melhores do mundo — acrescentou.

— Do *mundo*? — repetiu Libby, desconfiada. — Que exagero.

O homem inclinou a cabeça.

— Bem, fico feliz em atestar nossos parâmetros. Há quase dez bilhões de pessoas no mundo neste momento, certo? — começou ele, e Libby e Nico, confusos, assentiram. — Para ser mais exato, nove bilhões e meio, das quais apenas uma porção é mágica. Cinco milhões, mais ou menos, podem ser classificadas como bruxas. Dessas, apenas seis por cento são identificadas como feiticeiras medeianas-de-calibre, elegíveis para treinamento em nível universitário em instituições espalhadas pelo mundo. Apenas dez por cento dessas se qualificarão para as melhores universidades, como esta — disse ele, gesticulando para os cartazes da UAMNY. — Desse modo, apenas uma pequena fração, um por cento ou menos, é considerada pelo meu comitê de seleção. A grande maioria é prontamente eliminada. Isso nos deixa com trezentas pessoas. Desses trezentos graduandos, outros dez por cento *podem* ter as qualificações requeridas: especialidades, performance acadêmica, traços de personalidade etc.

Trinta pessoas. Nico lançou a Libby um olhar convencido, como se soubesse que ela estava fazendo a conta, e ela, por sua vez, devolveu um olhar desdenhoso, como se soubesse que ele não estava.

— E então, obviamente, vem a parte divertida, a *verdadeira* seleção — continuou o homem, como se tivesse todo o tempo do mundo, opulência evidenciada pelo refinado traje de tweed. — Quais estudantes têm a magia mais rara? As mentes mais questionadoras? A vasta maioria dos seus colegas de classe mais talentosos servirão à economia mágica como contadores, investidores, advogados mágicos — informou-lhes o homem. — Talvez os poucos que são raros vão criar algo realmente especial. Mas apenas trinta pessoas no total são boas o suficiente para serem consideradas extraordinárias, e dessas apenas seis são raras o bastante para serem convidadas a passar pela porta.

O homem abriu um sorriso contido.

— Ao fim do ano, apenas cinco voltarão por ela. Mas esse é um assunto para o futuro.

Libby, que ainda estava surpresa pelos parâmetros de seleção, permitiu que Nico falasse primeiro.

— Você acha que existem quatro pessoas melhores que Rhodes ou eu?

— Acho que há seis pessoas cujo talento é igualmente extraordinário, pelo qual você poderá ser qualificado ou não — respondeu o homem com um ar impaciente, como se não devesse mais haver dúvidas quanto àquilo.

— Então você quer que a gente entre numa competição — observou Libby amargamente, dando uma olhadela em Nico —, de novo.

— E com mais outros quatro — concordou o homem, estendendo um cartão para os dois. — Atlas Blakely — informou-lhes, enquanto Libby lia a inscrição no papel. ATLAS BLAKELY, GUARDIÃO. — Como eu disse, gostaria de lhes fazer uma proposta.

— Guardião de quê? — perguntou Nico, e o homem, Atlas, abriu um sorriso malicioso.

— É melhor que eu explique para todos de uma só vez. Perdoem-me, mas é uma explicação bastante longa, e minha oferta termina em algumas horas.

Libby, que quase nunca era impulsiva, permaneceu cautelosamente relutante.

— Você não vai nem nos dizer do que se trata? — questionou, considerando as táticas de recrutamento inutilmente furtivas. — Por que a gente aceitaria uma coisa dessas?

— Bem, essa parte não cabe a mim, não é? — disse Atlas, dando de ombros. — Enfim, como mencionei, tenho um cronograma bastante apertado — repetiu, enfiando o guarda-chuva debaixo do braço conforme a multidão restante, agora reduzida a apenas alguns gatos pingados, começou a esvaziar os corredores. — O fuso horário é uma questão complicada. Posso contar com qual de vocês? — Atlas olhou de um para o outro, e Libby franziu a testa.

— Pensei que você tivesse falado que a decisão era nossa.

— Ah, e no fim das contas é mesmo, com certeza — respondeu Atlas, assentindo. — Presumi que apenas um de vocês aceitaria, já que ambos pareciam tão ávidos em irem embora e seguirem com suas vidas.

O olhar de Libby esbarrou no de Nico, os dois transparecendo a irritação que sentiam.

— E então, Rhodes? — disse Nico, em seu suave tom de zombaria. — Você quer contar a ele que sou o melhor ou devo contar?

— Libs — soou a voz de Ezra, aproximando-se a passos largos de Libby, de costas para ele.

Ela vislumbrou o cabelo preto e desgrenhado do namorado e tentou parecer o mais calma possível, como se não estivesse fazendo a única coisa que sempre fazia quando estava perto de Nico (ou seja, inevitavelmente perdendo a cabeça).

— Pronta para ir? Sua mãe está esperando lá fo...

— Ah, *olá*, Fowler — cumprimentou Nico, encarando Ezra com um sorriso de desdém. — Gerente de projetos, hein?

Libby sentiu o estômago revirar. É claro que ele dissera aquilo para ofender Ezra. Era uma posição prestigiosa para qualquer medeiano, mas Nico de Varona não era qualquer medeiano. Ele ia se tornar algo grande, algo... *extraordinário*.

Era um dos seis melhores do mundo.

Do *mundo*.

E ela também.

Mas para quê?

Libby piscou, despertando de seus devaneios ao perceber que Nico ainda falava.

— ... discutindo um assunto aqui, Fowler. Será que você pode nos dar licença?

Ezra olhou com desconfiança para a namorada, franzindo a testa.

— Você...

— Estou bem — garantiu-lhe ela. — Só... espere um segundo, está bem? Só um segundo — repetiu, afastando-o e se virando antes de perceber, tarde demais, que Ezra não tinha dado qualquer indicação de que notara outra pessoa ali.

— E então, Nicolás? — perguntava Atlas a Nico, cheio de expectativa.

— Ah, por favor, me chame de Nico. — O garoto colocou o cartão de Atlas no bolso, dando a Libby um olhar pomposo de satisfação enquanto estendia a mão direita. — Quando devo esperar encontrá-lo, sr. Blakely?

Ah, não.

Ah, *não*.

— Pode me chamar de Atlas, Nico. E o cartão poderá ser usado para o transporte esta tarde — explicou Atlas, e então se virou para Libby. — Quanto a você, srta. Rhodes, devo dizer que estou decepcionado — disse ele, lançando a mente da jovem em um turbilhão de pensamentos —, mas, de qualquer forma, foi um pra...

— Estarei lá — interrompeu Libby, e, para a fúria dela, a boca de Nico se curvou em um sorrisinho entretido e pouco surpreso com sua decisão. — É só uma proposta, certo? — disse, em parte para Nico, em parte para Atlas, sobrando um pedacinho para si mesma. — Posso escolher aceitar ou não depois que você explicar, não é?

— Certamente — confirmou Atlas, inclinando a cabeça. — Verei vocês dois esta tarde, então.

— Só uma coisinha — acrescentou Libby, fazendo uma pausa depois de uma olhada rápida para Ezra, que os observava a distância, com as sobrancelhas arqueadas, o cabelo parecendo desgrenhado até demais, como se ele o tivesse bagunçado com a mão, inquieto. — Meu namorado não consegue ver você? — Quando Atlas assentiu, ela perguntou, hesitante: — Então o que exatamente ele acha que estamos fazendo agora?

— Ah, acredito que ele está preenchendo as lacunas com algo que sua mente considera razoável — disse Atlas, e Libby sentiu-se ficar um pouco pálida, não totalmente fascinada com o que poderia ser. — Até esta tarde, então — acrescentou ele antes de desaparecer, deixando Nico sacudindo o corpo com uma risada silenciosa.

— Do que você está rindo? — sibilou Libby, olhando para ele.

Após alguns segundos para se recompor, Nico deu de ombros, indicando Ezra com o olhar.

— Acho que você vai descobrir. Vejo você mais tarde, Rhodes — despediu-se ele, e partiu com uma reverência pomposa, e Libby se perguntou se não havia, de fato, sentido cheiro de fumaça mais cedo.

· REINA ·
QUATRO HORAS ANTES

No dia em que Reina Mori nasceu, houve um incêndio nas redondezas. Para um ambiente urbano, em particular um tão desacostumado com coisas pegando fogo, houve naquele dia um senso aguçado de mortalidade. O fogo era um problema tão primitivo e arcaico; para Tóquio, o epicentro de avanços tanto na tecnologia mortal quanto na mágica, ser atingido por algo tão ultrapassado quanto a falta de sofisticação das abundantes chamas era considerado bíblico de um jeito perturbador. Às vezes, quando Reina dormia, o cheiro da fumaça penetrava suas narinas, e ela acordava tossindo, com ânsia de vômito, até que a memória da fumaça desaparecesse de seus pulmões.

Logo de cara, os médicos souberam que ela detinha o poder do mais alto calibre medeiano, ultrapassando até mesmo as trivialidades da bruxaria comum, que por si só já eram raridades. Não havia muita vida natural no arranha-céu do hospital, mas o que *existia* — as plantas ornamentais nos cantos, punhados de flores em vasos simpáticos — retomara sua forma infantil, como criancinhas nervosas, ansiosas, desejosas e com medo da morte.

A avó de Reina sempre dizia que o nascimento da neta fora um milagre, afirmando que, quando a bebê respirou pela primeira vez, o resto do mundo suspirou aliviado, se agarrando à porção de vida que ela lhe dera. Reina, por outro lado, considerava seu primeiro respirar como o começo de uma vida repleta de afazeres.

A verdade é que ser rotulada como naturalista não deveria desgastá-la tanto. Havia outros naturalistas medeianos, muitos nascidos na área rural do país, que em geral optavam por trabalhar em grandes companhias de agricultura; lá, poderiam ser muito bem pagos por seus serviços ao aumentar a produção de soja ou purificar a água. Era um erro Reina ser considerada uma deles, ou sequer ser chamada de naturalista. Outros medeianos pediam coisas à natureza e, se o fizessem com doçura, nobreza ou poder suficientes, a natureza as concedia. No caso de Reina, a natureza era como uma irmã irritante, ou talvez um viciado incurável que por ventura era um parente, sempre aparecendo para fazer as exigências mais absurdas. E Reina, que para começo de conversa não ligava muito para laços familiares, pouco se importava com a sensação, optando, na maioria das vezes, por ignorá-la.

O que havia de bom em ser a filha ilegítima de alguém a não ser pela oportunidade de aprender a editar a própria história, apagar a própria existência? Ela nasceu sabendo como trancar as coisas do lado de fora.

Exceto pela chance de sair de Tóquio, não havia por que ir à escola em Osaka. A universidade de magia da capital era boa o bastante, senão talvez um pouco melhor, mas Reina nunca vira com muita empolgação a perspectiva de viver no mesmo lugar para sempre. Procurara muito por experiências como a dela — algo que fosse menos *olhe que salvadora você é* e mais *olhe que fardo é ter que se importar com tudo isso* — e, em sua maioria, encontrara na mitologia as respostas que procurava. Lá, bruxas, ou deuses que eram vistos como bruxas, tinham experiências que Reina achou intensamente familiares e, em alguns casos, desejosas: exílio em ilhas. Seis meses no Submundo. O compulsivo transformar de um inimigo em algo que não podia falar. Os professores dela a encorajavam a praticar seu naturalismo, a considerar a botânica e a ervologia e focar seus estudos em cada detalhezinho das plantas, mas Reina queria os clássicos. Queria literatura e, mais importante, a liberdade de pensar em algo que não a encarava com a necessidade vazia da clorofila. Quando Tóquio jogou uma bolsa de estudos em suas mãos, implorando que estudasse com seus principais naturalistas, Reina preferiu a promessa de um currículo mais livre em Osaka.

Uma pequena fuga, mas ainda assim uma fuga.

Ela se graduou no Instituto de Magia de Osaka e conseguiu um emprego como garçonete num café e sala de chá perto do epicentro mágico da cidade. E qual era a vantagem de ser garçonete onde a magia fazia grande parte do trabalho? Havia tempo de sobra para ler. E escrever. Reina, que tinha inúmeras firmas de agricultura prontas para agarrá-la no momento em que se formou (várias delas para companhias rivais, da China, dos Estados Unidos e também do Japão), fizera tudo o que pudera para evitar trabalhar em meio à vastidão de campos de plantação, onde tanto a terra quanto seus habitantes a drenariam para os próprios propósitos. O café não tinha plantas e, por mais que os móveis de madeira se deformassem sob suas mãos de tempos em tempos, se atrevendo até a escrever o nome dela em seus anéis expostos, aquilo era fácil de ignorar.

O que não significava que as pessoas nunca viessem procurá-la. Hoje, era um homem alto e negro vestindo um sobretudo Burberry.

Verdade seja dita, ele não se parecia com o típico vilão capitalista, tinha um quê de Sherlock Holmes. O homem entrou, sentou-se à mesa e colocou três pequenas sementes na superfície, esperando até que Reina ficasse de pé, suspirando.

Não havia mais ninguém no café; Reina presumiu que ele cuidara desse detalhe.

— Faça elas crescerem — sugeriu ele, sem meias palavras.

Falou num contido dialeto de Tóquio em vez do típico de Osaka, o que deixava duas coisas muito evidentes: 1) ele sabia exatamente quem ela era, ou pelo menos de onde ela era; e 2) aquela claramente não era a língua materna dele.

Reina encarou o homem com um olhar apático.

— Eu não as faço crescer — respondeu ela em inglês. — Elas só crescem.

Ele pareceu inabalável de uma maneira convencida, como se tivesse adivinhado o que ouviria, respondendo em um inglês com sotaque que era intensa e elegantemente britânico:

— E você acha que isso não tem nada a ver com você?

Reina sabia a resposta que ele esperava. Hoje, de todos os dias, ele não ia conseguir.

— Você quer algo de mim — observou Reina, acrescentando, séria: — Todo mundo quer.

— Quero, sim — concordou o homem. — Eu gostaria de um café, por favor.

— Ótimo. — Ela acenou para trás. — Vai ficar pronto em dois minutos. Mais alguma coisa?

— Sim. Funciona melhor quando você está com raiva? Quando está triste? Nada de café, então.

— Não sei do que você está falando.

— Há outros naturalistas — disse ele, com um olhar demorado e penetrante. — Por que eu deveria escolher você?

— Você não devia me escolher — respondeu ela. — Sou uma garçonete, não uma naturalista.

Uma das sementes abriu e se enfiou na madeira da mesa.

— Há dons e há talentos — disse o homem. — O que você diria que isto é?

— Nem um nem outro. — A segunda semente rachou. — Uma maldição, talvez.

— Hum. — O homem olhou para as sementes e depois para Reina. — O que você está lendo?

Ela havia se esquecido de que estava com um livro enfiado debaixo do braço.

— Uma tradução de um manuscrito de Circe, a bruxa grega.

Ele mordeu o lábio.

— O manuscrito está perdido há tempos, não?

— Pessoas o leram e escreveram o que continha — explicou Reina.

— Tão confiável quanto o Novo Testamento, então — provocou o homem.

Reina deu de ombros.

— É o que tenho.

— E se eu disser que tenho o original?

A terceira semente pulou, colidindo contra o teto antes de ricochetear de volta e se enfiar no chão.

Por alguns segundos, nem Reina nem o homem se moveram.

— Isso não existe — disse Reina, pigarreando. — Você mesmo acabou de dizer.

— Não, eu especificamente disse que está perdido há tempos — retrucou ele, observando as pequenas fissuras que se formavam no chão, dançando levianamente ao redor da semente a seus pés. — Nem todos têm a oportunidade de vê-lo.

Reina sentiu a boca se comprimir em uma linha fina. Era um suborno estranho, mas já haviam oferecido coisas para ela antes. Tudo tinha um preço.

— O que eu preciso fazer, então? — perguntou ela, irritada. — Te prometer oito anos de colheita? Garantir uma porcentagem dos seus ganhos anuais? Não, obrigada.

Ela se virou, e algo rachou sob seus pés. Pequenas raízes verdes brotaram do chão e se projetaram como gavinhas, como tentáculos, tentando alcançar os tornozelos dela e batendo na sola de seus sapatos.

— E se — interpôs o homem, inalterado — você me desse em troca três respostas?

Reina se virou de repente, e o homem não hesitou. Era óbvio que tinha prática em negociar.

— O que faz isso acontecer? — perguntou.

A primeira pergunta dele, e certamente não a que Reina escolheria se fosse ela quem estivesse naquela posição.

— Não sei.

Ele arqueou uma sobrancelha, à espera, e ela suspirou.

— Tá, o poder... ele me usa. Usa minha energia, meus pensamentos, minhas emoções. Se há energia a ser dada, ele pega mais. Na maior parte do tempo eu o restrinjo, mas quando deixo meus pensamentos vagarem...

— O que acontece com você nesses momentos? Não, espere, deixe-me reformular — emendou ele, aparentemente permanecendo fiel à promessa feita. — O poder exaure você?

Ela travou o maxilar.

— Às vezes ele me devolve um pouco. Mas normalmente me exaure, sim.

— Entendi. Última pergunta. O que acontece quando você tenta usá-lo?

— Eu te falei — respondeu Reina. — Eu não o uso.

Ele se recostou, gesticulando para as duas sementes que restaram na mesa, uma com as raízes crescendo devagar enquanto a outra estava partida ao meio, exposta.

A implicação ali era clara: *Tente, e você verá.*

Ela pesou as consequências, analisando a situação.

— Quem é você? — questionou Reina, desviando a atenção da semente.

— Atlas Blakely, Guardião — respondeu.

— Guardião do quê?

— Eu adoraria contar a você, mas a verdade é um tanto exclusiva. Tecnicamente, não posso convidá-la ainda, pois está empatada em sexto na nossa lista.

Reina franziu a testa.

— O que isso significa?

— Significa que apenas seis podem ser convidados — disse Atlas, direto. — Seus professores do Instituto Osaka parecem pensar que você vai recusar minha oferta, o que significa que sua vaga está de certa forma... — Ele deixou as palavras no ar. — Bem, serei franco. Você não é uma unanimidade, srta. Mori. Tenho exatamente vinte minutos para convencer o resto do conselho de que você deve ser nossa sexta escolha.

— E quem disse que eu quero ser escolhida?

Ele deu de ombros.

— Talvez você não queira. Nesse caso, direi ao outro candidato que a vaga é dele. Um viajante. Um jovem muito inteligente, bem treinado. Talvez mais bem treinado do que você. — Uma pausa para deixá-la absorver a ideia. — Ele possui um dom muito raro, mas tem, na minha visão, uma habilidade bem menos útil do que a sua.

Reina ficou em silêncio. A planta, que havia se enrolado no tornozelo dela, deu um suspiro descontente, murchando um pouco com sua apreensão.

— Muito bem — disse Atlas, se pondo de pé, e Reina hesitou.

— Espere. — Ela engoliu em seco. — Me mostre o manuscrito.

Atlas arqueou a sobrancelha.

— Você disse que três respostas eram tudo que eu precisava dar — lembrou-o Reina, e ele abriu um sorrisinho satisfeito.

— Eu disse, não foi mesmo?

Atlas balançou a mão, fazendo surgir um livro tecido manualmente, que levitou no ar entre eles. A capa foi aberta devagar, revelando uma escrita diminuta e rabiscada que parecia uma mistura de grego antigo e runas pseudo-hieroglíficas.

— Qual feitiço você está lendo? — perguntou Atlas quando Reina estendeu a mão para tocar o livro. — Desculpe — disse ele, afastando-o alguns centímetros. — Não posso deixar que você o toque. Sequer deveria estar fora dos arquivos, mas, de novo, estou na expectativa de que você prove que meus esforços valem a pena. Que feitiço você está lendo?

— Eu... hum... feitiço de disfarce. — Reina encarava as páginas, só entendendo metade delas. O programa de leitura de runas em Osaka fora bastante introdutório; o de Tóquio teria sido melhor, mas lá havia condições. — Aquele que ela usou para mudar a aparência da ilha.

Atlas assentiu, as páginas virando sozinhas, e em uma delas havia um desenho simples de Aeaea, parte da escrita apagada pelo tempo. Era um feitiço de ilusão grosseiro e inacabado, algo que Reina não fora capaz de estudar além da teoria medeiana básica. No Instituto Osaka, cursos de ilusão eram restritos a ilusionistas, e ela não era um deles.

— Ah — disse ela.

Atlas sorriu.

— Quinze minutos — lembrou-lhe ele, e então fez o livro sumir.

Então ali também havia condições. Isso era óbvio. Reina nunca gostara desse tipo de persuasão, mas havia uma parte lógica dela que entendia que as pessoas nunca parariam de pedir. Ela era um poço de poder, um cofre de portas pesadas, e as pessoas ou encontrariam uma forma de abri-las ou ela mesma uma hora ou outra teria que fazer isso. Apenas para um comprador que valesse a pena.

Reina fechou os olhos.

Podemos?, perguntaram as sementes em sua linguagenzinha de semente, o que parecia mais com pequenas picadas na pele dela. Como vozes de criança, *porfavorporfavorporfavor, Mãe, podemos?*

Reina suspirou.

Cresçam, disse a jovem na linguagem delas. Reina nunca soube como era para as plantas, mas parecia que a entendiam bem o suficiente. *Peguem o que precisarem de mim*, acrescentou, irritada. *Andem logo com isso.*

O alívio foi um deslizar vindo de dentro dos ossos dela: *Ebaaaaaaaaaaaaa*.

Quando voltou a abrir os olhos, as sementes no chão haviam florescido numa série de finos galhos, se estendendo dos pés dela até o teto e se espalhando como uma onda. A que estava incrustada na mesa havia partido a madeira em duas, brotando acima dela como musgo sobre um tronco morto. A última, a que estava partida, tremeu e explodiu em uma extensão madura de cor, tomando a forma de vinhas que então passaram a dar frutos, cada um amadurecendo em uma velocidade astronômica enquanto eram observados.

Quando as maçãs estavam redondas, pesadas e tentadoramente prontas para serem colhidas, Reina exalou, liberando a tensão em seus ombros, e olhou com expectativa para o visitante.

— Ah — disse Atlas, se remexendo na cadeira. As plantas o deixaram com pouco espaço para se sentar confortavelmente. Entre o dossel entrelaçado acima e a rede de grossas raízes abaixo, ele não tinha mais espaço para a cabeça ou as pernas. — Então é um dom e um talento.

Reina sabia de seu valor bem o suficiente para não perguntar.

— Quais outros livros você tem?

— Ainda não fiz minha oferta, srta. Mori — respondeu Atlas.

— Você vai me querer — disse ela, erguendo o queixo. — Ninguém consegue fazer o que eu faço.

— Verdade, mas você não conhece os outros candidatos da lista — observou ele. — Temos dois dos melhores físicos que o mundo já viu em gerações, um ilusionista com um dom ímpar, uma telepata incomparável, um empata capaz de enganar uma multidão de milhares…

— Não importa quem você tem. — Reina o encarou, contraindo o maxilar. — Ainda assim você vai me querer.

Atlas pensou por um momento.

— De fato — disse ele. — Sim, isso é bastante verdadeiro, não é?

Ha ha ha, riram as plantas. *Ha ha, Mãe ganha, nós ganhamos.*

— Parem — sussurrou Reina para os galhos que desceram para acariciar de leve a cabeça dela, em aprovação, e Atlas riu, estendendo a mão, que continha um cartão.

— Pegue isto e, em aproximadamente quatro horas, você será transportada para a orientação — informou ele.

— Orientação para o quê? — perguntou Reina, e ele deu de ombros.

— É melhor que eu não tenha que repetir — disse ele. — Boa sorte, Reina Mori. Este não será seu último teste.

Quando ele se foi, Reina franziu as sobrancelhas.

A última coisa de que ela precisava era um café cheio de plantas, e agora a caneca dele estava esquecida no balcão, o conteúdo já esfriando.

· TRISTAN ·
TRÊS HORAS ANTES

— Não — disse Tristan quando a porta se abriu. — De novo, não. Agora, não.

— Parceiro — grunhiu Rupesh —, você está aqui há horas.

— Sim, fazendo meu trabalho. Que surpresa, né?

— Não muito — murmurou Rupesh, sentando-se na cadeira vaga diante da mesa de Tristan. — Você é o futuro herdeiro, Tris. Não faz sentido você trabalhar tanto se vai acabar herdando tudo de qualquer jeito.

— Só para você saber, esta empresa não é uma monarquia — retrucou Tristan, sem tirar os olhos dos dois cálculos em que trabalhava. Então balançou a mão, reorganizando-os. O valor estava um pouco errado e ele ajustou a porcentagem de desconto, sabendo que o conselho de investidores avesso a riscos ia querer ver uma extensão maior de porcentagens. — Mesmo se fosse, não sou o herdeiro, sou só…

— … o noivo da filha do chefe — completou Rupesh, erguendo a sobrancelha. — Sabe, você deveria marcar a data logo. Faz alguns meses, não faz? Tenho certeza de que Eden está ficando impaciente.

Era verdade, e a cada dia que se passava o comportamento dela ficava menos sutil quanto ao assunto.

— Tenho estado muito ocupado — respondeu Tristan, seco. — E, de qualquer forma, esta conversa é exatamente o tipo de coisa que não tenho tempo para ter. Vaza — ordenou ele, gesticulando para a porta, impaciente. — Tenho pelo menos mais três avaliações para terminar antes de poder ir embora.

Era o feriado anual da família Wessex, e Tristan estaria ao lado de Eden, como sempre. Seria o quarto ano em que acompanharia a filha mais velha da família, e aquela não era a atividade favorita dele, não que fosse necessário dizer. Tomar cuidado com onde pisava, pensar antes de falar — a máscara do decoro era exaustiva, mas mesmo assim valia a pena o fingimento sem fim para ganhar acesso ao incomparável idílio dos Wessex. O comportamento irrepreensível de Tristan decepcionava Eden, que, à menor insinuação de insuficiência na formação do namorado, fazia um escarcéu diante da família. Ainda assim, para Tristan, estar lá valia cada microagressão arrogante e esnobe, assim como ser considerado um herdeiro por alguém cujo nome não era aquele que pertencia a seu pai biológico.

Tristan se perguntou se Eden concordaria em deixá-lo pegar o nome *dela*; isso, é claro, se ele conseguisse invocar a força necessária para dar o passo final para selar seu destino.

— Você vai passar o *feriado* com eles — observou Rupesh, arqueando uma única sobrancelha escura. — Você já é parte da família.

— Não, não sou.

Ainda não. Tristan massageou a têmpora, olhando para os cálculos outra vez. O capital necessário para fazer o acordo funcionar era pequeno, sem mencionar que a infraestrutura mágica existente estava repleta de problemas. Mesmo assim, o dinheiro em potencial existente naquele portfólio era maior do que nos outros treze projetos medianos que avaliara naquele dia. James Wessex ia gostar, mesmo que o restante do conselho não gostasse, e não era à toa que o nome no prédio era o dele.

Tristan colocou o projeto com a classificação de *talvez*, adicionando:

— Esta empresa não vai simplesmente cair no meu colo, Rup. Se eu quiser herdá-la, terei que trabalhar por ela. Você podia considerar fazer o mesmo — aconselhou ele, erguendo o olhar para ajeitar os óculos com lentes com filtro de luz azul, e Rupesh revirou os olhos.

— Então termina logo isso — sugeriu Rupesh. — Eden está a manhã inteira postando fotos sobre sua preparação para o evento.

Eden Wessex, herdeira do investidor e bilionário James Wessex, era linda e, portanto, um produto pronto, capaz de lucrar com bens intangíveis como beleza e influência. Foi Tristan quem aconselhou à companhia investir no *Raio*, a versão mágica de um aplicativo de rede social mortal. Desde então, Eden era o rosto da empresa.

— Certo, obrigado — disse Tristan, pigarreando. Enquanto os dois conversaram, ele provavelmente perdia mensagens dela. — Vou acabar daqui a pouco. É só isso?

— Você sabe que não posso ir embora sem você, parceiro. — Rupesh piscou. — Não posso sair antes do menino de ouro, posso?

— Certo. Bem, você não está se ajudando nem um pouco, então — observou Tristan, gesticulando para a porta. Mais dois acordos, pensou ele, olhando para a papelada. Bem, um. Um deles era extremamente inadequado. — Vai lá, Rup. E vê se dá um jeito nessa mancha de café.

— Oi? — perguntou Rupesh, olhando para baixo, e Tristan tirou os olhos do formulário.

— Você não está treinando suas ilusões — disse ele, apontando para a marca na ponta da gravata de Rupesh. — Você não pode gastar quinhentas libras num cinto de grife e depois tirar seus feitiços de mancha direto de uma lixeira.

Tristan sabia que era uma característica de Rupesh fazer exatamente aquilo. Algumas pessoas só se importavam com o que as outras podiam ver, e Rupesh, em particular, não sabia quão reveladora era a visão do colega.

— Nossa, você é insuportável, sabia? — criticou Rupesh, revirando os olhos. — Ninguém fica reparando se meus feitiços estão desgastados ou não.

— Que você saiba.

Para Tristan, não havia muito mais coisas em que reparar. Rupesh Abkari: nascido em berço de ouro, provavelmente seria lá que morreria também.

Que bom para ele.

— Só mais um motivo para te odiar, parceiro. — Rupesh sorriu. — Enfim, termine suas coisas, Tris. Faça um favor a todos nós e vá aproveitar suas férias pitorescas à beira-mar para que o resto do pessoal aqui possa pegar leve por uns dias, que tal?

— Estou tentando — garantiu Tristan, e então a porta se fechou, deixando-o, enfim, sozinho.

Ele jogou uma proposta para o lado, pegando outra, que achou mais promissora. Os cálculos pareciam confiáveis. Não era necessário muito capital logo de cara, o que significava...

A porta se abriu novamente, e Tristan grunhiu.

— Pela última vez, Rupesh...

— Estou longe de ser o Rupesh — respondeu uma voz grave.

Tristan ergueu a cabeça, encarando o estranho na sala. Era um homem alto, negro e num terno de tweed sem graça. Olhava para o teto abobadado do escritório de Tristan.

— Bem — observou o homem, deixando a porta bater ao entrar —, isso aqui é uma baita evolução de onde você começou, não é?

Sem dúvida era. Seu novo escritório, iluminado pelos feixes de luz do céu londrino, foi um presente recente que veio junto da última promoção.

Entretanto, qualquer um que soubesse onde Tristan começara não era flor que se cheirasse, e ele se preparou, sério, pronto para a queda.

— Se você é um… — Ele se deteve antes de pronunciar a palavra *amigo*, prendendo-a entre os dentes. — Um *sócio* do meu pai…

— Não exatamente — garantiu o homem. — Embora todos nós saibamos sobre Adrian Caine de alguma forma, não é mesmo?

Nós. Tristan lutou contra uma careta.

— Aqui não sou um Caine — declarou. Ainda era o nome na mesa dele, mas as pessoas raramente fariam a conexão. Os ricos pouco ligavam para a podridão conquanto que de tempos em tempos fosse varrida para debaixo do tapete. — Não há nada que eu possa fazer por você.

— Eu não estou pedindo nada — retrucou o homem, pousando o olhar na cadeira vazia em frente à mesa de Tristan, que por sua vez não o convidou a se sentar. Mas então o homem continuou: — Embora me reste perguntar como você pegou este caminho em particular. Afinal de contas, você era o herdeiro de seu próprio império, não é? — perguntou, e Tristan ficou em silêncio. — Não tenho conhecimento de como o único filho dos Caine veio trabalhar com a fortuna dos Wessex.

Não que isso fosse da conta de alguém, mas Tristan e o pai tinham cortado relações enquanto Tristan ainda estava na universidade, assim que ficou óbvio que Adrian Caine considerava o filho algo um pouco melhor do que uma ferramenta inútil da classe alta — na melhor das hipóteses, um bichinho de estimação para o entretenimento deles; e, na pior, um adorador no altar de seus pecados. Isso era verdade, mas, ao contrário do pai, Tristan conseguia enxergar a situação como um todo, para além de seus interesses. Adrian Caine era um sujeito desprezível, o líder de um culto, e também ganancioso. James Wessex era igual, mas Tristan era esperto o suficiente para saber de qual das infelicidades dos dois homens ele não poderia chegar perto.

— Algumas coisas não têm a ver com dinheiro — respondeu Tristan, o que estava na cara que era mentira. Tudo girava em torno de dinheiro, mas, se você tinha dinheiro suficiente em algum momento se esqueceria de que isso é verdade. Ambicioso, Tristan escolheu viver lá. — E se você não se importar…

— Têm a ver com o quê, então?

Tristan suspirou alto.

— Olha, não sei quem deixou você entrar, mas...

— Você pode fazer mais do que isso. — O homem o encarou com um olhar solene. — Nós dois sabemos que isso não vai satisfazer você por muito tempo.

Discordo, pensou Tristan. Na verdade, dinheiro era *muito* prazeroso, em especial quando surrupiado dos muito ricos.

— Você não me conhece — disse Tristan. — Saber meu nome é só uma partezinha de quem sou, e uma não muito persuasiva.

— Sei que você é mais raro do que pensa — contrapôs o homem. — Seu pai pode pensar que seu dom é um desperdício, mas eu sei a verdade. Qualquer um pode ser um ilusionista. Qualquer um pode ser um ladrão. Qualquer um pode ser Adrian Caine. — Os lábios dele se pressionaram numa linha fina. — O que você tem ninguém pode fazer.

— O que exatamente eu tenho? — perguntou Tristan, ríspido. — E não diga potencial.

— Potencial? Dificilmente. Com certeza não aqui. — O homem gesticulou para o escritório opulento. — É uma gaiola bonita, mas não deixa de ser uma gaiola.

— Quem é você? — indagou Tristan, um pouco atrasado, embora, em sua defesa, ele estivesse trabalhando para o capitalismo havia muitas horas. Não estava tão atento. — Se você não é amigo do meu pai e não é amigo de James Wessex, e acho que não está aqui para me apresentar seu mais recente serviço de software medeiano... — murmurou, e o homem diante dele pressionou os lábios, sinal de que as suposições de Tristan estavam corretas. — Não consigo nem pensar num motivo para você estar aqui.

— É tão difícil assim acreditar que eu possa estar aqui por você, Tristan? — perguntou o homem, parecendo vagamente entretido. — Eu já estive no seu lugar, sabia?

Tristan se reclinou na cadeira, gesticulando para o escritório.

— Duvido.

— Verdade, eu nunca estive prestes a me casar e entrar para a família medeiana mais poderosa de Londres — respondeu o estranho, com uma risadinha. — Mas uma vez trilhei um caminho muito particular. Um que pensei ser minha única opção de sucesso, até que um dia alguém me fez uma proposta.

Ele se inclinou à frente, colocando um cartão fino na mesa. Dizia apenas ATLAS BLAKELY, GUARDIÃO, e brilhava um pouco graças a uma ilusão.

Tristan franziu a testa. Um feitiço de transporte.

— Para onde isso vai? — perguntou, sem demonstrar muito interesse, e o homem, Atlas Blakely, sorriu.

— Então você consegue ver o feitiço?

— Dadas as circunstâncias, era seguro assumir que se trata de um. — Tristan esfregou a testa, desconfiado. Da gaveta da mesa, o celular dele vibrou alto; Eden o estava procurando. — Não sou tão burro assim para tocar em algo como isso. Tenho lugares para ir, e seja lá o que isto for…

— Você consegue ver através de ilusões — disse Atlas, deixando Tristan tenso e apreensivo.

Não era qualquer pessoa que detinha aquela informação. Não que Tristan se importasse com quaisquer detalhes que soubessem sobre ele, mas seu talento era mais efetivo quando os outros não estavam cientes dele. — Você vê valor e, melhor ainda, vê *falsidade*. Você vê verdade. É isso que o torna especial, Tristan. Você pode trabalhar todos os dias da sua vida para expandir o império de James Wessex ou pode ser o que você é. *Quem* você é. — Atlas o encarou, firme. — Por quanto tempo você acha que conseguirá fazer isso antes que James descubra de onde você veio? O sotaque é um detalhe interessante, mas deixa escapar o East End que há em você, o lugar de onde você veio. O eco de uma bruxa da classe trabalhadora que mora em sua língua da classe trabalhadora — sugeriu Atlas suavemente.

Debaixo da mesa, Tristan cerrou o punho.

— Você está me chantageando?

— Não — respondeu Atlas. — É uma oferta. Uma oportunidade.

— Tenho várias oportunidades.

— Você merece coisa melhor — disse Atlas. — Melhor do que James Wessex. Certamente melhor do que Eden Wessex, e infinitamente melhor do que Adrian Caine.

O celular de Tristan vibrou outra vez. Era provável que Eden estivesse enviando fotos dos peitos. Quatro anos de namoro e nunca se cansava de exibir o feitiço de aumento que ela não sabia que Tristan conseguia ver. Mas, como não poderia deixar de ser, as fotos não eram para ele. Eden queria um homem que estampasse a primeira página de tabloides, alguém que jogasse o nome dela na lama. Já Tristan queria o capital social do exato nome que ela estava arruinando. Porém, quando se tratava de negócios, eles eram uma combinação muito boa.

— Você não sabe do que está falando.

— Não sei? — rebateu Atlas, gesticulando para o cartão. — Você tem cerca de duas horas para se decidir.

— Decidir o quê? — rebateu Tristan bruscamente, mas Atlas já tinha ficado de pé, dando de ombros.

— Vou ficar feliz em responder às suas perguntas — disse o homem —, mas não aqui. Se você vai continuar a viver esta vida, Tristan, então não há motivo para estendermos a conversa, não é? Mas há muito mais disponível para você do que acha, se estiver disposto a aceitar. — Ele olhou para Tristan de esguelha. — Muito mais do que de onde você veio e certamente muito mais do que onde você está.

Era fácil para ele dizer aquilo, pensou Tristan. Fosse lá quem Atlas Blakely fosse, o pai *dele* não era um tirano teimoso que considerava o único filho a maior decepção de sua vida. Não foi *ele* quem tinha centrado toda a atenção em Eden Wessex cinco anos antes, durante uma festa em que ele era o barman, e decidira que ela era a melhor saída, a mais fácil, a *única* saída.

Entretanto, Atlas Blakely talvez não estivesse de todo errado. Era interessante pensar que havia um mundo em que o melhor amigo de Tristan ali no escritório não achasse que ninguém percebia que ele estava transando com sua noiva, sem saber que da sua sala Tristan conseguia ver o feitiço de contracepção meia-boca deixado no pinto dele.

Tristan e sua sala com uma vista espetacularmente mediana.

— O que é? — perguntou Tristan. — Essa... — Ele deixou a palavra se enrolar em sua língua. — Oportunidade.

— Uma que acontece uma vez na vida — disse Atlas, o que não era uma resposta. — Você saberá quando vir.

Isso era quase sempre verdade. Havia pouco que Tristan Caine não conseguia ver.

— Tenho compromissos — informou Tristan.

Uma vida para viver. Um futuro para escolher.

Atlas assentiu.

— Escolha com cuidado — aconselhou, e então saiu do escritório como o feixe de luz desaparecendo por trás das nuvens cinza de Londres, batendo a porta com força.

· CALLUM ·
DUAS HORAS ANTES

Callum Nova estava muito acostumado a conseguir o que queria. Ele tinha uma especialidade mágica tão importante que, se a mantivesse para si, o que geralmente fazia, teria notas máximas em toda aula, sem nem precisar se esforçar. Era um tipo de hipnose. Algumas pessoas com quem se relacionara chamavam isso de efeito alucinógeno, como o de uma droga. Se não estivessem de guarda alta o tempo todo, ele podia manipulá-las a fazer qualquer coisa. O que tornava tudo fácil para ele. Fácil demais? Às vezes, sim.

Mas não significava que Callum não gostava de um desafio.

Desde que se formara na universidade e voltara para Atenas seis anos antes, ele não tinha feito muita coisa, o que não era seu detalhe favorito sobre si. É óbvio, trabalhava na empresa da família, como faziam muitos dos medeianos graduados. O principal negócio da família Nova, que controlava um conglomerado de imprensa mágico, era a beleza. Era uma grandiosidade. Também era tudo uma ilusão, cada pedacinho, e Callum era a ilusão mais falsa entre todas. Ele comercializava vaidade, e era bom nisso. Melhor do que bom.

Só que era tedioso convencer pessoas de algo em que já acreditavam. Callum tinha uma especialidade única e rara: era o que chamavam de manipulador. Mais raro ainda era seu talento, excedendo em muito a capacidade de qualquer bruxo que podia lançar feitiços no nível básico. Para começar, era inteligente, o que significava que convencer pessoas a fazerem o que ele queria tinha que ser consideravelmente desafiador antes de fazê-lo se esforçar. Além disso, estava numa eterna busca por diversão, de modo que o homem na porta precisou dizer poucas palavras para convencê-lo.

— Guardião — leu Callum em voz alta, analisando o cartão com os pés sobre a mesa.

Ele apareceu no trabalho quatro horas após o horário, e nem sua cogerente (sua irmã) nem o dono da empresa (o pai) disseram qualquer coisa sobre a reunião que perdera. De tarde, compensaria isso quando se sentasse por dois minutos (poderia ser feito em noventa segundos, mas ele ficaria tempo suficiente para terminar o café espresso) com o cliente que os Nova precisavam para garantir um portfólio cheio de ilusionistas de alto escalão para a Semana de Moda de Londres.

— Espero que você seja o guardião de algo interessante, Atlas Blakely.

— Sou, sim — disse Atlas, ficando de pé. — Devo supor que você vai, então?

— Suposições são perigosas — afirmou Callum, sentindo o contorno dos interesses de Atlas. Era desfocado e duro, difícil de contaminar.

Ele presumiu que Atlas Blakely, fosse quem fosse, tinha sido avisado sobre suas habilidades especiais, o que significava que seria preciso cavar mais para descobrir a verdadeira natureza do homem. Na opinião de Callum, qualquer um disposto a fazer o trabalho sujo merecia alguns minutos de seu tempo.

— Quem mais está envolvido? — perguntou o jovem.

— Outros cinco.

Um bom número, pensou Callum. Exclusivo o suficiente, mas, estatisticamente falando, ele poderia gostar de uma das cinco pessoas.

— Quem é o mais interessante?

— Interessante é subjetivo — disse Atlas.

— Então sou eu — arriscou Callum.

Atlas deu uma risada seca.

— Você não é desinteressante, sr. Nova, embora eu suspeite de que será a primeira vez que encontrará uma sala cheia de pessoas tão raras quanto você.

— Fascinante — respondeu Callum, tirando os pés da mesa e se inclinando à frente. — Mesmo assim, eu gostaria de saber mais sobre eles.

Atlas arqueou a sobrancelha.

— Você não tem curiosidade pela oportunidade em si, sr. Nova?

— Se eu quiser, ela é minha. — Callum deu de ombros. — Sempre posso tomar a decisão mais tarde. Sabe, mais interessante que o jogo são os jogadores. Bom, para ser mais preciso — corrigiu ele —, suponho que o jogo é diferente dependendo dos jogadores.

Atlas franziu a boca.

— Nico de Varona — disse ele.

— Nunca ouvi falar. O que ele faz?

— É um físico — respondeu Atlas. — Ele pode obrigar as forças físicas a se ajustarem às suas demandas, assim como você faz com a intenção.

— Pouco interessante. — Callum se recostou. — Mas posso dar uma chance a ele. Quem mais?

— Libby Rhodes também é física — prosseguiu Atlas. — A influência dela no ambiente é diferente de qualquer coisa que já vi. O mesmo se aplica a Reina Mori, que é uma naturalista para quem a própria terra oferece frutos.

— Naturalistas são fáceis de encontrar — disse Callum, embora, admitisse, estava curioso. — Quem mais?

— Tristan Caine. Ele consegue ver através de ilusões.

Raro. Muito raro. Embora não particularmente útil.

— E?

— Parisa Kamali. — Ele hesitou ao dizer o nome. — Suponho que seja melhor não comentar a especialidade dela.

— Ah, é? — Callum arqueou uma sobrancelha. — E você contou a eles sobre a minha?

— Eles não perguntaram sobre você.

Callum pigarreou.

— É seu hábito analisar psicologicamente todo mundo que conhece? — perguntou ele, com ar indiferente, e Atlas não respondeu. — Se bem que é improvável que pessoas menos propensas a perceber que estão sendo influenciadas saibam o que você está fazendo, não é?

— Presumo que somos opostos de certas maneiras, sr. Nova — disse Atlas. — Sei o que as pessoas querem ouvir. Você as faz quererem ouvir o que sabe.

— Talvez eu seja apenas naturalmente interessante? — sugeriu Callum alegremente, e Atlas deu uma risada baixa, cedendo.

— Sabe, para alguém que conhece tão bem o próprio valor, talvez você tenha esquecido que por trás de seu talento natural há alguém muito, muito trivial — comentou Atlas, e Callum pestanejou, pego de surpresa. — O que não necessariamente é um problema, mas...

— Um problema? — repetiu Callum, indignado. — Que morde e assopra é esse?

— Não é um problema — disse Atlas —, mas com certeza é algo inacabado. — Ele então ficou de pé. — Muito obrigado pelo seu tempo, sr. Nova, pois imagino que você poderia ter feito várias coisas durante o tempo no qual transcorreu nossa conversa. Quanto tempo acha que levaria para começar uma guerra? Ou para terminar uma? — Ele ficou em silêncio, e Callum fez o mesmo. — Cinco minutos? Talvez dez? Quanto tempo acha que levaria para matar alguém? Para salvar uma vida? Admiro o que você não fez — reconheceu Atlas, inclinando a cabeça e olhando de relance para o jovem —, mas preciso questionar por que você não o fez.

— Porque eu ficaria louco se interferisse no mundo — explicou Callum, impaciente. — É necessário certo nível de controle para ser o que sou.

— Controle ou talvez falta de imaginação — refutou Atlas.

Callum era confiante demais para ligar para a provocação. Em vez disso, disparou:

— É melhor que isso valha meu tempo.

Ele não disse, mas este era o tempo que levaria: quatro minutos e trinta e nove segundos.

Tinha a impressão de que Atlas Blakely, o guardião, o enganava, e também tinha a nítida sensação de que não deveria se dar ao trabalho de evitar tentar não ser pego.

— Eu poderia dizer o mesmo a você — respondeu Atlas, e tocou o chapéu educadamente como um adeus.

· PARISA ·
UMA HORA ANTES

Estava sentada no bar usando seu vestido preto favorito, bebericando um martíni. Sempre fazia aquilo sozinha. Por um tempo, tivera o hábito de ter amigas por perto, mas por fim decidiu que eram barulhentas demais. Inconvenientes. Por vezes invejosas também, o que Parisa não suportava. Ela tivera uma ou duas amigas na escola em Paris, e um dia havia sido próxima aos irmãos que moravam em Teerã, mas desde então tinha determinado que era melhor ficar sozinha. No fim das contas, aquilo fez sentido para ela. As pessoas que faziam fila para ver a *Mona Lisa* em geral não saberiam nomear as pinturas expostas ao redor, e não havia nada de errado nisso.

Havia muitas palavras para o que Parisa era, algo que ela supunha que a maioria das pessoas não aprovaria. Talvez nem fosse necessário dizer que ela não ligava muito para aprovação. Parisa era talentosa e inteligente, mas, acima disso — pelo menos de acordo com qualquer pessoa que um dia tivesse olhado para ela —, era linda, e receber aprovação por algo que lhe fora dado por algum arranjo acidental de DNA, em vez de por algo que ela mesma conseguira com as próprias mãos, não era, para ela, algo que merecia ser idolatrado ou condenado. Parisa não se incomodava com a aparência que tinha, mas também não a considerava um presente pelo qual devesse ser grata. Apenas usava sua beleza como qualquer outra ferramenta, como um martelo ou uma pá ou o que fosse necessário para completar uma tarefa. Além disso, também não valia a pena pensar em ser reprovada ou não. As mesmas mulheres que poderiam reprová-la logo elogiavam seus diamantes, seus sapatos, seus seios — tudo natural, nunca sintético, nem mesmo um truque de ilusão. Podiam chamar Parisa do que quisessem, mas pelo menos era autêntica. Era real, mesmo que ganhasse a vida com falsas promessas.

Na verdade, não havia nada mais perigoso do que uma mulher que conhecia seu próprio valor.

Parisa observou os homens mais velhos ao canto, aqueles em ternos caros, que estavam numa reunião de negócios. Ouviu por alguns minutos o assunto da conversa — afinal, nem tudo era sexo; às vezes o uso de informações privilegiadas era a opção mais fácil, e ela era inteligente o bastante para apresentar múltiplas ameaças —, mas por fim perdeu o interesse, já que o conceito de negócio era fundamentalmente incorreto. No entanto, os homens ainda a intrigavam. Um deles estava brincando com a aliança e pensando na esposa, irritado. Chato. Um dos outros evidentemente estava cultivando algum tipo de tensão sexual não resolvida com relação ao chato, o que era mais interessante, embora inútil para os propósitos dela. O último era bonito, possivelmente rico (pendente mediante avaliação futura), e havia um dedo marcado pelo sol onde a aliança deveria estar. Parisa se mexeu na cadeira, cruzando as pernas com delicadeza.

O homem ergueu a cabeça, tendo um vislumbre da coxa dela.

Bem, ele certamente estava disposto. Isso era certo.

Então Parisa desviou o olhar, sem saber se o homem ia terminar a reunião logo. Enquanto isso, ocuparia seus pensamentos com outra coisa. Talvez com a mulher rica nos fundos, que parecia prestes a chorar. Não, depressiva demais. Havia sempre o barman, que obviamente sabia como usar as mãos. Ele já as imaginara percorrendo o corpo dela, passeando por seus quadris, só que Parisa não ia tirar nada daquela interação. Um orgasmo com certeza, mas de que serviria? Ela podia ter um orgasmo sozinha sem se tornar a garota que transa com o barman. Se alguém ia se envolver na vida dela, precisava trazer dinheiro, poder ou magia. Nada mais servia.

Parisa se voltou para o homem negro vestindo tweed no fim do bar, contemplando o silêncio que vinha da cabeça dele. Ela não o vira entrar, o que era incomum. Então só podia ser um medeiano, ou pelo menos um bruxo. Interessante. Ela o observou brincar com um cartão fino, batendo-o contra o balcão, e franziu a testa para as palavras. ATLAS BLAKELY, GUARDIÃO. Guardião de quê?

O problema de ser uma garota inteligente era também ser naturalmente curiosa. Parisa deu as costas para a reunião de negócios, se posicionando na direção de Atlas Blakely e brincando com suas respectivas posições no cômodo, aumentando o volume.

Assim, focou a mente e enxergou… seis pessoas. Não, cinco. Cinco pessoas, nenhum rosto. Magia extraordinária. E, sim, ele certamente era um medeiano, e os outros também, ao que parecia. Atlas sentia afinidade com um dos cinco. Um deles era um prêmio; algo que o homem, Atlas, havia ganhado não fazia muito tempo. Isso o deixava um pouco cheio de si. Dois deles eram uma dupla, vinham em combo. Eles não gostavam de ser colocados na mesma caixinha, mas paciência, era o que eram. Um deles era um problema, uma incógnita, uma pergunta, a beirada de um desfiladeiro estreito. O outro era... a resposta, como um eco, embora Parisa não conseguisse ver exatamente por quê. Tentou ver o rosto deles com nitidez, mas não conseguiu; entravam e saíam de vista, atraindo-a para mais perto.

Parisa olhou ao redor, caminhando um pouco dentro dos pensamentos de Atlas. Pareciam ter passado por uma espécie de curadoria, um tanto como um museu, como se fossem para ser vistos por ela em uma ordem específica. Um longo processo de seleção, e em seguida um espelho. Cinco molduras de retratos nebulosos, e em seguida um espelho. Parisa olhou para o próprio rosto e sentiu um tranco, assustada.

Na outra ponta do bar, o homem se levantou. Então andou até onde ela estava sentada sozinha, parando apenas para colocar o cartão diante dela e partindo logo depois. Sem que ele dissesse qualquer coisa em voz alta, Parisa soube por que havia recebido aquilo. Passara tempo suficiente na mente dele para entender, e percebia agora que ele a havia deixado entrar de livre e espontânea vontade. Em uma hora, diziam os pensamentos de Atlas, o cartão a levaria a um lugar. Um lugar importante. Era óbvio que, para aquele homem, se tratava do lugar mais importante no mundo, independentemente de quem ele fosse. Essa parte Parisa suspeitava ser sua interpretação, e estava um pouco confusa. Por instinto soube que, fosse o que fosse, valeria mais a pena do que o homem na reunião de negócios. *Aquele* homem havia recentemente reparado a costura de seu terno. Tinha sido ajustado; não era feito sob medida nem novo, nem mesmo era dele. Avaliação final: um homem vestiria um terno melhor para ir a um encontro de negócios como este caso ele conseguisse pagar, e aquele homem não tinha dinheiro para isso.

Parisa suspirou, resignada, pegando o cartão do bar.

Uma hora depois, estava sentada em um cômodo com Atlas Blakely e as outras cinco pessoas que vira vagamente representadas na mente dele, sem que nem Atlas nem Parisa trocassem qualquer palavra, amigável ou não. Era um ambiente razoavelmente agradável, moderno e minimalista, com um extenso sofá e também uma série de poltronas com espaldar alto. Além de Parisa, apenas outras duas pessoas estavam sentadas. Ela observou o garoto hispânico bonito — definitivamente um garoto e definitivamente obcecado pela garota sentada ao lado de Parisa — decidir que ela era linda e sorriu consigo mesma, com a certeza absoluta de que poderia devorá-lo vivo, e ele deixaria. Seria divertido por um dia ou dois, talvez, mas esse encontro, seja lá o que fosse, parecia mais importante que aquilo. Este cômodo e tudo que prometia conter pareciam, de uma hora para outra, bem mais importantes.

O sul-africano loiro era interessante. Bonito até demais, talvez. O cabelo dourado, as roupas perfeitas e sob medida, o rosto marcante e incomum. Estava de olho no inglês negro, Tristan, com extrema curiosidade, talvez com uma atenção até mesmo voraz. Que bom, Parisa pensou, satisfeita. Não gostava de homens como ele. Era do tipo que ia querer gritar seu próprio nome, gritar sobre seu pau, ouvir coisas como "ah, sim, amor, como você faz isso, está me deixando louca", uma chatice. Raramente acabava sendo algo que valia a pena. Em geral, pessoas ricas como ele eram mão de vaca, e a experiência a ensinara que aquilo não lhe acrescentava em nada.

Além disso, os seis ali presentes eram iguais. Ele não tinha nada a oferecer, exceto talvez lealdade, mas não era do tipo que a daria tão fácil. Estava acostumado a ter as coisas do próprio jeito e, pelo que Parisa podia ver nos pensamentos dele, isso era algo que ele fazia com pelo menos certo nível de intenção. Parisa Kamali nunca quisera ser controlada por ninguém, e certamente não ia começar agora.

Era provável que o garoto latino também fosse inútil, o que era decepcionante. Ele obviamente era rico e com certeza atraente (*Nicolás*, pensou ela com satisfação, saboreando em sua mente o nome, assim como poderia fazer com ele, sussurrando-o no centímetro de pele logo abaixo do lóbulo da orelha), mas era óbvio que se cansava rápido das coisas e era fácil demais de conquistar. Não era o estilo de Parisa. A garota pela qual ele parecia obcecado, uma morena de olhos inocentes e com uma franja infantilizada, era igualmente descartável, embora Parisa tenha estado com garotas antes e fosse raro que as descartasse. Na verdade, tinha passado grande parte do mês anterior com uma herdeira mortal rica que comprara a roupa que Parisa usava naquele momento, e também aquelas botas e aquela bolsa. A realidade era que as pessoas eram iguais por dentro, o que Parisa sempre conseguia ver. Era o lance dela, ver coisas que não deveria. Mas, naquele caso, a garota estava inconfundivelmente perdida. Parecia gostar mesmo do namorado. Ela também tinha *boas intenções,* o que era uma pena, sempre indicava ser alguém difícil de usar. A garota, Libby, era tão boa que acabava sendo pouco útil. Parisa em pouquíssimo tempo desistiu dela.

Reina, a naturalista com piercing no nariz e cabelo preto curto sedoso e sem corte, era facilmente a presença mais ameaçadora na sala. Irradiava poder em sua forma mais pura, o que, na experiência de Parisa, era a característica de alguém que era melhor não ser alfinetado. Parisa a colocou em sua caixa mental de "Não perturbe" e decidiu ficar fora do caminho dela até ter mais informações.

E então havia Tristan, o inglês, que Parisa gostou em questão de segundos, depois de entrar com discrição em seus pensamentos. Tinha a aparência de alguém que tivera uma adolescência difícil, física e emocionalmente. Ela prestou atenção aos detalhes: a queimadura no osso externo do pulso direito, a cicatriz que dividia a têmpora ao meio, a cicatrização inadequada de um dedo quebrado, com uma mancha branca sobre a articulação central. Seja lá quem o maltratou, Tristan já o havia deixado para trás. Havia uma raiva ressentida dentro dele, batendo debilmente como um tambor de madeira. Era óbvio que não sabia por que estava ali, mas, agora que estava, queria punir todos naquela sala, incluindo a si mesmo. Parisa gostou disso, achou interessante, ou pelo menos compreensível. Assim como ela, Tristan, parado próximo à porta, analisava minuciosamente o que acontecia ao redor, percebendo que tudo estava estranho na sala, as ilusões que os outros usavam para esconder várias partes de si mesmos, que variavam da pequena aplicação de corretivo de Libby numa mancha de estresse escondida pela franja até as falsas pontas douradas do cabelo de Callum. Parisa encarou com certo fascínio a rejeição instantânea de Tristan.

Ele estava indiferente.

Se ela decidisse que queria que Tristan mudasse de opinião, pensou Parisa, ele mudaria.

O que não queria dizer, necessariamente, que ela queria. De novo, não havia por que investir em alguém que não lhe daria vantagem. Talvez a conexão mais benéfica ali fosse mesmo o Guardião, Atlas. Ele não devia ter mais de quarenta e poucos anos, o que era viável o suficiente. Parisa já estava calculando quanto trabalho seria necessário para conquistar a confiança de Atlas Blakely quando a porta atrás dele se abriu, fazendo com que todos se virassem.

— Ah, Dalton — anunciou Atlas.

Um homem elegante e magro assentiu em resposta. Era talvez alguns anos mais velho que Parisa e vestia um terno Oxford limpo e engomado com vincos tão precisos quanto a divisão de seu cabelo, preto como as penas de um corvo.

— Atlas — disse ele em voz baixa, seu olhar recaindo sobre Parisa.

Isso, pensou ela. *Sim, você.*

Dalton a achou linda. Nada de novo sob o sol, todo mundo achava isso. Ele tentou não olhar para os peitos dela. Não estava dando muito certo. Parisa sorriu, e os pensamentos dele aceleraram antes de se transformarem em um borrão. Ficou em silêncio por um momento, e então Atlas pigarreou.

— Pessoal, Dalton Ellery — apresentou Atlas, e Dalton assentiu, breve, desviando o olhar de Parisa e abrindo um sorriso um tanto forçado para os outros.

— Bem-vindos — disse ele. — Parabéns por terem sido selecionados para a Sociedade Alexandrina.

A voz dele era suave e macia, apesar da postura um pouco rígida, e seus ombros largos — provavelmente resultado de um considerável trabalho manual, para o qual Parisa tinha certeza de que as camisas dele eram especialmente ajustadas — pareciam presos no lugar, desconfortáveis. Dava a impressão de ser obcecado por limpeza, com a barba meticulosamente raspada e o cabelo meticulosamente cortado rente à nuca, a mesma nuca que Parisa estava louca para lamber.

— Estou certo de que vocês agora entendem a honra que é estar aqui — afirmou ele.

— Dalton é um pesquisador e também membro da nossa última classe de iniciados — informou Atlas. — Ele os guiará pelo processo, ajudando-os na transição para suas novas posições.

Parisa conseguia pensar em algumas posições que podia fazer sem qualquer tipo de ajuda. Ela entrou no subconsciente de Dalton, dando uma olhada. Será que ele ia querer caçá-la? Ou ia preferir que ela o perseguisse? Dalton estava bloqueando algo dela, de todos, e Parisa franziu a testa, surpresa. Era comum praticar algum método de defesa contra telepatia, mas era algo que exigia certo esforço, mesmo para um mediano com considerável talento. Havia outra pessoa ali que Dalton temia que lesse sua mente?

Parisa vislumbrou um sorriso nos lábios de Atlas, que arqueou a sobrancelha para ela, deixando-a intrigada.

Ah, pensou ela, e o sorriso dele se alargou.

Talvez agora você saiba como é para as outras pessoas, disse Atlas, e então acrescentou, com cuidado: *E eu a aconselharia a ficar longe de Dalton. Vou aconselhá-lo a fazer o mesmo.*

Ele costuma seguir suas instruções?, perguntou Parisa.

O sorriso dele não vacilou.

Sim. E você deveria fazer o mesmo.

E os outros?

Não posso evitar que, no decorrer do ano, você faça seja lá o que vai fazer. Mesmo assim, existem limites, srta. Kamali.

Ela sorriu em concordância, limpando a mente. Na defesa ou no ataque, era igualmente habilidosa, e em resposta Atlas acenou de leve a cabeça.

— Bem — disse ele. — Vamos discutir os detalhes da iniciação, então?

II

VERDADE

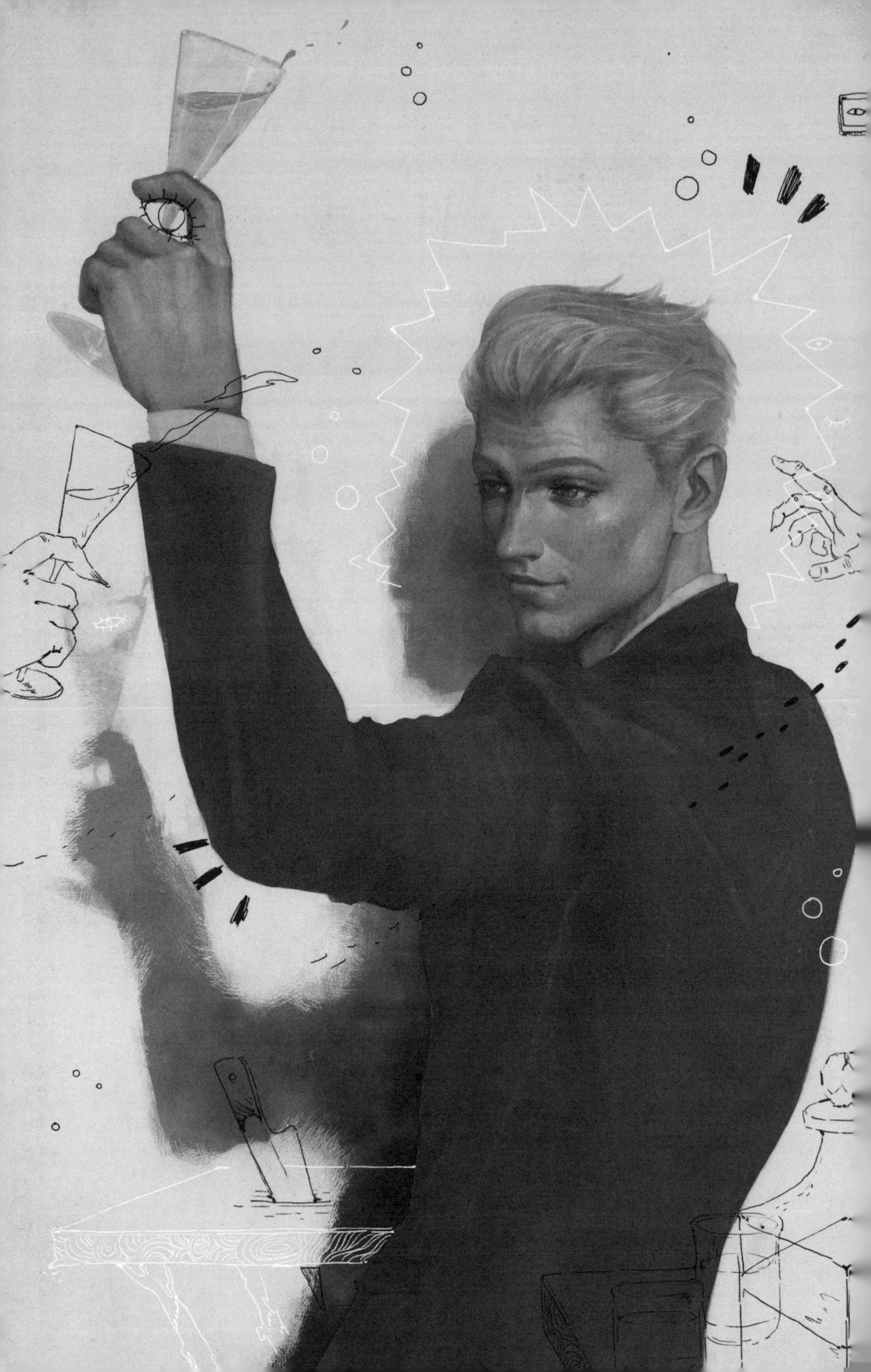

· NICO ·

Nico estava inquieto. Sempre ficava assim. Sendo o tipo de pessoa que precisava estar sempre em movimento, com frequência era incapaz de ficar parado. As pessoas em geral não se importavam porque era de se esperar que ele sorrisse, risse, enchesse a sala com o dinamismo de sua personalidade, mas isso lhe custava bastante energia, resultando numa queima de caloria que de certo era inútil. Acontecia de traços de magia escapulirem também caso ele não estivesse prestando atenção, e a presença dele já tinha uma tendência de remodelar o ambiente ao redor sem que percebesse, às vezes forçando as coisas a saírem do caminho.

Libby lhe lançou um olhar de advertência enquanto o chão abaixo deles estremecia. Por trás daquela franja horrível, seus olhos duros e mutáveis demonstravam censura e estavam bastante alertas.

— O que você *tem*? — perguntou ela em um murmúrio quando eles foram liberados, se referindo com espetacular falta de sutileza ao que provavelmente considerava uma perturbação irresponsável.

A reunião de recrutamento chegara ao fim, e eles estavam sendo direcionados por corredores de mármore no prédio ao qual o feitiço de transporte de Atlas Blakely os tinha levado. Em vez de serem transportados direto para onde desejavam, como tinha ocorrido na chegada deles, o grupo saiu pelo respectivo portal de transporte público de cada um. Desde que saíram do elevador e colocaram os pés no piso térreo utilitário do sistema de viagem mágica de Nova York, que se ramificava feito linhas de metrô em terminais de saída tão mundanos quanto, Libby não tirava os olhos de Nico. Os corredores do lugar lembravam um tribunal. Ou um banco. Ou qualquer outro lugar em que o dinheiro mudava de mão.

Era incrível, pensou Nico com amargura, como sempre podia contar com Libby parar notar os tremores causados pela agitação dele. Ninguém mais teria identificado uma mudança tão insignificante no ambiente, mas, é claro, lá estava a querida Elizabeth, que nunca falhava em trazer a informação à tona. Era como ter uma cicatriz assombrosa, algo que ele não podia esconder, mesmo que ela fosse a única a ver. Nico ainda não sabia se o prazer que Libby tinha em lembrá-lo das próprias insuficiências era resultado da personalidade insuportável dela, dos poderes que os dois compartilhavam de forma alarmante ou da longa história de coexistência deles. Mas supunha ser uma combinação mágica das três coisas, de forma que a fonte da antipatia entre os dois fosse pelo menos trinta e três por cento culpa dela.

— É que é uma decisão importante, só isso — disse Nico, embora estivesse mentindo. Ele já tinha se decidido.

Todos haviam recebido vinte e quatro horas para responder se aceitariam ou não a oferta para competir pela iniciação na Sociedade Alexandrina, decisão que Atlas sem dúvida esperava que eles tomassem sozinhos, do conforto de seus lares. Infelizmente, viver em Manhattan, a apenas poucos quarteirões de distância de Libby Rhodes, significava que ele e Libby tinham os mesmos pontos de transporte e estavam agora a poucos minutos do portal de entrada mágico da Grand Central Station (perto do restaurante especializado em ostras).

Nico olhou para Libby e perguntou, no tom mais inofensivo que conseguiu:
— No que você está pensando?

Ela o olhou de soslaio e então moveu os olhos escuros para o dedão dele, que pulsava ansioso contra a coxa.

— Estou pensando que deveria ter aceitado aquela bolsa da UAMNY — murmurou, e porque era uma pessoa tão naturalmente alegre, Nico abriu um sorriso exultante, permitindo que se estendesse de ponta a ponta sem piedade.

— *Eu sabia* — disse ele, triunfante. — Eu sabia que você queria a bolsa. Você é uma mentirosa, Rhodes.

— Meu Deus. — Ela revirou os olhos, tornando a mexer na franja. — Não sei por que eu ainda tento.

— Só responda à pergunta.

— Não. — Ela se virou para ele, fazendo uma careta. — A gente não tinha concordado em nunca mais se falar depois da formatura?

— Bem, isso obviamente não está acontecendo.

Nico tocou a coxa mais algumas vezes no exato momento em que Libby disse para ninguém em específico:

— Eu amo essa música.

Esta era mais uma diferença entre os dois: ele primeiro sentia a presença do ritmo; já ela ouvia a melodia antes e a identificava mais rapidamente.

De novo, não havia como saber se sempre foram assim ou se aprenderam durante sua inseparabilidade involuntária. Se não fosse por Libby, Nico talvez não percebesse a maioria das coisas que percebia, e provavelmente vice-versa. Para ele era difícil existir quando Libby não estava por perto, uma maldição singularmente irritante. Sua única fonte de prazer era saber que ela provavelmente se sentia da mesma forma quando se permitia admitir.

— Acho que o Gideon disse oi — comentou Nico, o que era quase uma oferta de paz.

— Eu sei. Ele falou comigo quando o vi de manhã. — Uma pausa, e então Libby completou: — Ele e Max me amam, sabia? Apesar de o mesmo não se aplicar a você.

— É, eu sei. E tenho todo o direito de odiar isso.

Eles subiram os degraus da Grand Central Station e saíram para a rua, onde eram livres para se transportarem magicamente, se quisessem. A conversa tinha chegado ao fim.

Ou não.

— Os outros candidatos são mais velhos que nós — observou Libby. — Eles já estão trabalhando, sabe? Eles parecem tão... sofisticados.

— A aparência não é tudo — disse Nico. — Embora aquela Parisa seja uma gostosa.

— Nossa, deixa de ser nojento. — Ela deu um meio sorriso, o que para Libby era quase um sorriso de orelha a orelha. — Você não tem chance com ela.

— Não estou nem aí, Rhodes. — Nico ergueu a mão e gesticulou para a rua. — Por aqui?

— Isso.

A necessidade requeria que eles permitissem certas tréguas em sua infinita guerra pela supremacia. Antes de atravessarem a rua, pararam pelo meio segundo necessário para garantir que nenhum táxi estava voando pela interseção.

— Você vai aceitar, não vai? — perguntou Libby.

Todos os sinais de ansiedade dela estavam à mostra: enrolando uma mecha de cabelo no dedo, mordendo o lábio sem nem perceber.

— Provavelmente vou. — Ele tinha certeza. — Você não vai?

— Bem... — Libby hesitou. — Quer dizer, sim, óbvio, não sou burra. Não posso deixar essa oportunidade passar, é ainda melhor que a bolsa da

UAMNY. Mas... — Ela deixou as palavras morrerem. — Acho que é um pouco intimidador.

Mentirosa. Ela já sabia que era boa. Estava cumprindo o papel social de modéstia que sabia que Nico não cumpriria.

— Você precisa mesmo trabalhar sua autoestima, Rhodes. Faz uns cinco anos que autodepreciação como traço de personalidade saiu de moda.

— Você é um pé no saco, Varona. — Agora ela estava mordiscando a unha do dedão. Era um hábito estúpido, embora Nico detestasse bem mais quando ela enrolava o cabelo no dedo. — Eu te odeio — acrescentou Libby. A frase se tornou uma marca da conversa entre eles, similar a um "hm" ou a uma pausa para pensar.

— Ah, tá bom, entendi. Então, você vai aceitar?

Libby enfim deixou de lado um pouquinho do fingimento, revirando os olhos.

— É claro que vou. Desde que Ezra concorde também.

— Você não pode estar falando sério.

De vez em quando, Libby conseguia lançar um olhar que fazia as bolas dele encolherem, e aquele era um desses momentos. Era o tipo de olhar que lembrava a Nico que ela tinha ateado fogo nele na primeira vez em que se encontraram, e sem qualquer esforço.

Ele ia gostar mais de Libby se ela lhe lançasse aquele olhar com mais frequência.

— Eu moro com ele, Varona. E a gente acabou de assinar um novo contrato de aluguel — lembrou-lhe Libby, como se Nico pudesse esquecer o apego absurdo dela a Ezra Fowler, o antigo conselheiro residente deles e um verdadeiro estraga-prazeres. — Acho que eu deveria contar a ele se estou pensando em ir para a Biblioteca de Alexandria por um ano. Ou por mais tempo, acho. Isto é, se eu for iniciada — disse ela, com um ar que dizia *e eu serei*.

Então os dois trocaram um olhar de concordância que não precisava ser traduzido.

— Quer dizer, você *vai* tocar nesse assunto com Max e Gideon, não vai? — quis saber Libby, arqueando uma sobrancelha que desapareceu atrás da franja.

— Para falar do aluguel? Minha hospedagem já está garantida — comentou Nico, desviando do assunto.

Ela o olhou de soslaio.

— Vocês nunca passaram mais que uma hora longe um do outro desde o primeiro ano.

— Você fala como se a gente fosse grudado cirurgicamente. Nós temos nossas próprias vidas — retrucou Nico, enquanto eles cruzavam a Sexta Avenida, costurando o caminho que seguiam rumo ao sul.

A sobrancelha de Libby continuou perdida atrás da franja, o que o deixou ainda mais irritado.

— E *temos* mesmo — reforçou ele, e os lábios dela se curvaram, em dúvida. — E de qualquer jeito eles não estão fazendo nada. Max é rico e Gideon... Bem, você conhece o Gideon.

A expressão de Libby suavizou.

— É. Conheço, sim.

Ela mexia no cabelo conforme os dois caminhavam em silêncio o meio quilômetro restante. Nico pensou, não pela primeira vez, que deveria mesmo começar a jogar o bingo da ansiedade de Libby Rhodes.

— Vejo você amanhã, certo? — disse ele, parando quando chegaram ao quarteirão dela.

— Há? Claro. — Libby estava pensando em outra coisa. — Certo, e...

— Rhodes. — Nico suspirou, e ela ergueu o olhar, franzindo a testa. — Olha, só não... você sabe. Não entre no modo Rhodes.

— Isso não existe, Varona — resmungou ela em resposta.

— Isso com certeza existe — garantiu Nico. — Só não entre no modo Rhodes.

— *Mas* que...

— Você sabe — interrompeu ele. — Não fique o tempo todo, tipo, inquieta ou algo assim. É cansativo demais.

Ela travou o maxilar.

— Então eu sou cansativa agora?

Ela era, e como ainda não tomara ciência disso era um mistério.

— Você é boa, Rhodes — lembrou-lhe Nico, interrompendo-a antes que ela ficasse na defensiva sem necessidade. — Você é boa, está bem? Só aceite que eu não me daria ao trabalho de odiar Libby Rhodes se você não fosse boa.

— Varona, isso presume que eu *dou a mínima* para o que você pensa.

— Você dá a mínima para o que todo mundo pensa, Rhodes. Especialmente quando se trata do que eu penso.

— Ah, *especialmente* você, é isso?

— É. — Era óbvio. — Não adianta negar.

Ela estava agitada agora, mas pelo menos era uma melhora em comparação à fraqueza e à insegurança.

— Tanto faz — murmurou Libby. — Só... vejo você por aí. Amanhã, acho. — Ela deu as costas, seguindo para o prédio.

— Diga a Ezra que eu mandei um oi! — gritou Nico para ela.

Por cima do ombro, Libby lhe mostrou o dedo do meio.

Então tudo estava bem, ou pelo menos como sempre fora.

Nico caminhou os quarteirões restantes e subiu a escada do prédio em que morava, passando pela bodega e pelos quatro andares dominados pelo cheiro incrivelmente destoante de comidas sendo preparadas até chegar ao estreito patamar onde ficava o apartamento de um quarto que eles converteram em um de dois quartos (sem muito sucesso) no qual eles eram vizinhos, pelos últimos três anos, de uma família dominicana multigeracional e do chihuahua ilegal dela. Ele usou seus feitiços de proteção e entrou sem precisar de chave, deparando com os moradores de sempre: sentado no sofá desconfortável (ganhado em um jogo de pedra, papel e tesoura com os irmãos Bengali, que moravam no andar de baixo) estava alguém cujo cabelo não era loiro nem castanho, um pseudoinsone com olhos pequenos e barba de cinco dias por fazer, além de ter uma postura horrível, e ao lado estava um labrador preto dormindo.

— Nicolás — disse Gideon, sorrindo, na entrada. — *Cómo estás?*

— *Ah, bien, más o menos. Ça va?*

— *Oui, ça va* — respondeu Gideon, dando uma cutucada no cachorro. — Max, acorde.

Após alguns instantes, o cachorro saiu do sofá e se espreguiçou, grogue e irritado. Então, em um piscar de olhos, estava de volta a sua forma normal, coçando a cabeça e olhando para Gideon.

— Eu estava confortável, seu escroto — anunciou o homem que às vezes era Maximilian Viridian Wolfe (pouco domesticado nas melhores circunstâncias) e às vezes não.

— Bem, eu não estava — disse Gideon, com seu tom contido de sempre, levantando-se e deixando de lado o jornal que estivera lendo. — Podemos sair? Para jantar?

— Que nada, vou cozinhar — respondeu Nico.

Ele era o único que podia cozinhar, já que Max tinha pouco interesse em aprender habilidades práticas, enquanto Gideon... tinha outros problemas.

No momento, Gideon estava sem camisa, esticando as mãos para o alto, para além do brilho inesperado do cabelo cor de areia, e, se não fossem os hematomas abaixo dos olhos, ele teria parecido quase perfeitamente normal.

Mas ele não era, é óbvio, embora a normalidade enganosa fosse parte de seu charme.

Deixando a lerdeza eterna de lado, Nico já tinha visto Gideon em estados piores. Por exemplo, ao evitar a mãe, Eilif, sem nem pensar duas vezes. Ela era uma vigarista que geralmente aparecia nas redondezas de banheiros públicos ou em uma eventual sarjeta de água da chuva. Havia também a família adotiva, que era menos uma família e mais um bando de sanguessugas da Nova Escócia, no Canadá. A aparência de Gideon estava pior do que o normal nas últimas semanas, mas Nico tinha certeza de que esse era o inevitável resultado de se graduar na UAMNY. Por quatro anos, Gideon conseguiu ter uma vida normal, mas agora tinha voltado a...

Bem... Voltado a fosse lá o que a vida havia se tornado, pensava Nico, quando não se tinha para onde ir e um caso grave de algo que uma pessoa menos informada poderia chamar de narcolepsia crônica.

— *Ropa vieja?* — sugeriu Nico, sem dizer o que estava pensando.

— *Boa.* — Max deu um soco no braço de Gideon, indo para o banheiro.

Estava, como sempre acontecia quando se transformava, completamente nu. Nico revirou os olhos e Max deu uma piscadela, sem se incomodar em se cobrir.

— Libby me mandou uma mensagem — comentou Gideon. — Disse que você foi um babaca, como sempre.

— Só isso? — quis saber Nico, esperando que sim.

Ah, mas é óbvio que não fora só isso.

— Disse que vocês receberam uma oferta de emprego misteriosa.

— Misteriosa?

Droga.

— Sim, porque ela não me disse o que era.

Todos eles tinham sido aconselhados a manter sigilo, mas...

— Não acredito que ela já contou isso para você — resmungou Nico, indignado. — Sério, como ela consegue?

— A mensagem chegou um pouco antes de você. E, só para você saber, eu sou grato por ela me manter informado. — Gideon coçou a nuca. — Quanto tempo você ia levar para nos contar se ela não tivesse dito nada?

Aquela monstrinha sorrateira. Então aquela era a punição de Nico. Comunicação forçada com pessoas com as quais ele se importava, o que ela sabia que Nico odiava, tudo por ter dito a verdade sobre o namorado dela.

— *Ropa vieja* leva um tempo — retrucou Nico, rapidamente voltando para a cozinha estreita, que não tinha sido reformada (tirando o que Max chamava de gambiarras, também conhecidas como "danos materiais leves") desde o surgimento da refrigeração e que tinha o mínimo espaço de balcão possível para ser considerada uma cozinha. — Tem que refogar.

— Que resposta ruim, Nico — disse Gideon atrás dele, e Nico parou, suspirando.

— Eu... — começou ele, tornando a se virar para Gideon. — Eu... não posso contar o que é. Por enquanto.

Com um olhar de súplica, Nico invocou a confiança infalível construída em seus quatro anos de história compartilhada, e, depois de um momento, Gideon deu de ombros.

— Tudo bem — cedeu ele, seguindo os passos de Nico até o fogão. — Mas você ainda tem que me contar as coisas, sabe? Você tem pisado em ovos, é esquisito. — Gideon fez uma pausa. — Quer saber, talvez você não deva ir dessa vez.

— Por que não? — perguntou Nico, se levantando após ter se inclinado para esvaziar a grelha do forno (Max fora proibido de guardar as tarefas da aula ali, mas *ainda assim...*) e por pouco não batendo nas panelas suspensas.

— Porque você está tratando ele como um bebê — disse Max ao sair do quarto e pegar uma cerveja na geladeira, tocando o ombro de Nico com o dele.

Max se dera ao trabalho de vestir uma mistura incongruente de calça de moletom e suéter de caxemira, o que ao menos era uma melhoria no estado de imundície do apartamento.

— Você está fugindo do assunto, Nicky. Ninguém gosta disso.

— Não estou, não — começou Nico, mas suspirou ao ver o olhar descrente de Gideon. — Tudo bem, estou. Mas, em minha defesa, eu faço parecer muito atraente.

— E quando foi que você teve tempo para criar instintos maternos? — perguntou Max, farejando o ar enquanto Nico começava a preparar a comida.

— Provavelmente durante alguma aula que você matou — disse Gideon a Max antes de se voltar para Nico. — Ei — chamou em voz baixa, empurrando-o levemente com o ombro. — Estou falando sério. Se você vai a algum lugar, eu gostaria de saber.

Nossa, se ele soubesse. Gideon não tinha a menor noção das muitas coisas que Nico fizera sem o conhecimento dele. (Para Nico, foi mais difícil esconder do amigo os feitiços de proteção que levantara ao redor dele do que construí-los — um feito impressionante até para alguém com as habilidades de Nico e que passou despercebido.) Ainda assim, não ajudaria em nada reconhecer abertamente o perigo representado por Eilif, mãe de Gideon. Do mesmo jeito, até onde Nico sabia, também não ajudaria em nada discutir fossem lá quais fossem as calamidades provocadas pela Sociedade, caso Nico aceitasse a oferta.

Em geral, Nico gostava de pensar que a existência de algumas poucas coisas não ditas entre ele e Gideon, aqui e ali, fosse o preço do afeto mútuo. Uma linguagem do amor.

— Você nem vai notar que não estou aqui — disse Nico, olhando-o de esguelha.

— Por quê? Você espera que eu vá te visitar?

Nico afastou Gideon com a mão, para que ele saísse de frente da geladeira.

— Aham — respondeu, fingindo não ver que a resposta deu ao outro certo alívio. — Na verdade, você poderia vir. Eu coloco você em uma gaveta legal em algum lugar, sabe? Guardo no meu armário.

— Estou bem, obrigado. — Gideon se recostou nos armários inferiores, bocejando. — Você tem mais daquele...

— Tenho. — Nico revirou uma das gavetas da cozinha, jogando para Gideon um frasco que foi pego com uma mão. — Mas você não vai usar — ordenou Nico, segurando a espátula —, a não ser que eu possa ir hoje à noite.

— Não sei dizer se isso é reflexo da sua preocupação comigo ou só seu medo colossal de que algo interessante aconteça sem você estar lá para ver — resmungou Gideon, drenando o conteúdo do frasco. — Mas, beleza, tudo bem.

— Ei, você precisa de mim. Essa coisa não é fácil de conseguir — relembrou-o Nico.

Porém, um dos segredos carinhosamente não ditos de Nico e Gideon era como conseguir aquilo era difícil. Nico tivera que fazer várias coisas impronunciáveis só para garantir que a alquimista do terceiro ano ficasse relaxada e com a mente vazia o suficiente para que ele roubasse a fórmula. Ele mal tinha as habilidades telepáticas necessárias para fazer aquilo, ou seja, roubar, as quais levou os quatro anos na UAMNY para aprender e que o exauriam tanto que por quatro dias Libby Rhodes pensou que ele estivesse morrendo ou fingindo que estava morrendo, só para lhe dar falsas *esperanças*. Todo esse esforço era mais do que ele faria por qualquer outra pessoa.

O problema de ser amigo de Gideon era a constante possibilidade de perdê-lo. De acordo com a maioria das leis da natureza, pessoas como Gideon (que na verdade não era *tecnicamente* uma pessoa) não deveriam existir. Os pais de Gideon, um ser aquático irresponsável e um equídeo que era ainda mais irresponsável (uma sereia e um sátiro respectivamente, em termos coloquiais), sempre tiveram vinte e cinco por cento de chances de que sua prole parecesse perfeitamente humana, como Gideon. É óbvio que eles não se importaram que seu filho de aparência humana não fosse, tecnicamente, nada que pudesse constar nos registros oficiais e que, embora tivesse habilidades medeianas, não pertenceria à classe de espécies à qual, pela lei, todos os medeianos pertenciam. Gideon não tinha direito a nenhum serviço social, não podia ser empregado por meio de vias legais e, infelizmente, não podia transformar palha em ouro sem um esforço considerável. Gideon só recebera educação formal por um acidente, possibilitado por uma fraude institucional em larga escala.

A história se resumia a uma coisa: a oportunidade de estudar uma subespécie como Gideon não era algo que a UAMNY desejava jogar fora. Porém, agora que não estava mais matriculado como aluno, ele voltou a ser um zé-ninguém.

Não passava de um homem que podia caminhar através dos sonhos. E o melhor amigo de Nico.

— Foi mal — disse Nico, e Gideon ergueu o olhar. — Eu ia contar, eu só…

Nico se sentia culpado.

— Já falei, você não precisa disso — reforçou Gideon.

Se Nico e Gideon pareciam sempre tão grudados, motivo de chacota de Libby Rhodes, foi só para que Nico pudesse pessoalmente assegurar a sobrevivência do amigo. Libby não entenderia aquilo, é claro. Era uma das poucas que sabiam que Gideon não era o que parecia, mas não tinha noção do que significava. Não fazia ideia de quantas vezes Gideon esteve em perigo. Nem de como ele às vezes falhava em manter a forma corpórea em um único reino, ou quantas vezes ficou preso na própria cabeça, perdido nos espaços intangíveis do pensamento e do subconsciente, sem conseguir encontrar o caminho de volta. Libby não sabia que Gideon tinha inimigos, ou que aqueles que sabiam o que ele era e queriam se aproveitar dele — incluindo a própria mãe, Eilif — eram, acima de tudo, a ameaça mais perigosa à sua vida.

Libby também não sabia que, embora Nico não a subestimasse, ela não perdia uma chance de subestimá-lo. Ele aperfeiçoara sua técnica em várias especialidades, e todas lhe foram muito custosas. Podia mudar de forma para seguir os outros dois amigos no reino dos sonhos (os limites dos animais eram menos restritos do que os dos humanos), mas só o fez depois de aprender a manipular cada elemento de sua própria estrutura molecular — algo que fazia apenas uma vez por mês, porque significava que depois ia precisar de um dia inteiro para se recuperar. Nico poderia preparar algo para vincular a forma física de Gideon de um jeito mais permanente à realidade em que ele se encontrava, mas somente após um esforço exaustivo que o deixaria latejando e dolorido por uma semana.

Gideon, cujo entendimento das contribuições de Nico era deliberadamente restrito, considerava exagerados até mesmo os esforços de que ele tinha ciência. Nico, que sabia da real extensão de suas ações, considerava suas ações dignas de pena e insignificantes. Como explicar? Desde o início da amizade entre os dois, Nico considerara Gideon um quebra-cabeça, um enigma a ser desvendado, algo para acalmar sua mente incansável. Depois, ficou óbvio que Gideon era tão desconcertante quanto Nico suspeitara, embora por motivos muito diferentes. Como podia uma pessoa (ou fosse lá o que Gideon era) ser tão esmagadoramente sensível, tão terrivelmente segura de si? E, mais importante, como podia uma pessoa com a bondade inexplicável e imperdoável de Gideon encontrar tamanha grandeza em Nico, que na melhor das hipóteses era uma fraude incorrigível. Era um pensamento atordoante.

A questão era que em hipótese alguma Nico recusaria a oferta da Sociedade. Poder? Ele precisava. Uma cura obscura que poderia ser encontrada em uma misteriosa coleção de arquivos? Ele precisava disso também. Dinheiro, prestígio, conexões? Precisava de tudo isso, e Gideon estaria melhor, mais seguro, se Nico conseguisse tudo isso. Dois anos longe não era pedir demais.

— Me desculpe — pediu Nico de novo. — Eu não sabia como contar para você que eu ia embora. Eu não sei — corrigiu-se ele — como contar para você que eu *tenho* que ir, e também não posso dizer por quê. Eu só preciso que confie em mim quando digo que esse tempo longe vai valer a pena.

Por um momento, Gideon arqueou a sobrancelha em meio a um conflito silencioso. Então acenou com a cabeça.

— Eu nunca quis que você parasse sua vida por mim, Nico — disse Gideon.

Não, ele não queria, e fora exatamente por isso que Nico havia feito tanto pelo amigo, para começo de conversa — ou pensara que não havia outra escolha a não ser fazer o que era preciso, até aquele dia.

— No momento em que você se tornou meu amigo, se tornou também meu problema — afirmou Nico, e então, percebendo o que dissera, acrescentou: — Ou, você sabe, meu. Sei lá.

Gideon ficou de pé, suspirando.

— Nico...

— Dá para vocês pararem de sussurrar? — gritou Max do sofá. — É difícil ouvir vocês daqui.

Nico e Gideon se entreolharam.

— Max está certo — disse Nico, pensando que não valia a pena continuar a discussão.

Gideon, que obviamente decidira pelo mesmo, pegou algumas cenouras da gaveta de vegetais para fazer o acompanhamento do prato, empurrando Nico de leve com o quadril.

— Melhor eu ralar?

— Não, pode ficar aqui — resmungou Nico, fazendo uma piada, e viu um sorriso despontar no rosto de Gideon e decidiu que o resto da conversa poderia esperar.

· TRISTAN ·

O problema de ver tão diretamente através das coisas era o desenvolvimento de certo nível de cinismo. Algumas pessoas poderiam encarar uma promessa de conhecimento e poder sem desenvolver uma compulsão por descobrir as condições por trás da proposta, mas Tristan não era assim.

— Preciso falar com você — disse ele, ficando para trás enquanto os outros cinco candidatos seguiam em frente e se aproximando do Guardião, que fora tão evasivo ao insistir em convocá-lo.

Atlas interrompeu a conversa silenciosa com o homem — Dalton alguma coisa — que mais cedo entrara na sala e falara pelo que pareceram horas sobre a Sociedade. Tristan viu que o tal Dalton espalhava bastante magia enquanto falava, e essa foi uma das razões que o levaram a não se esforçar para ouvir sua conversa com o Guardião. Se ele ia ser convencido a abandonar a vida que tão meticulosamente tecera para si, não ia ser iludido ou manipulado para fazer parte disso. A escolha seria dele, baseada em fatos concretos que ou Atlas fornecia, ou Tristan ia embora. Simples assim.

Com um único olhar de relance, Atlas parecia ter entendido tudo, então assentiu e dispensou Dalton. O cômodo, com todos os móveis de couro sem alma e completa falta de personalidade ou arte, pareceu diferente sem os outros ali. Era obsoleto e enganoso de uma forma estranha, como encontrar um vazio por baixo de uma máscara.

— Pergunte — ordenou ele, nem paciente nem impacientemente, e Tristan comprimiu os lábios.

— Você sabe tão bem quanto eu que minhas habilidades são raras, mas não úteis. Não pode esperar que eu acredite que tenho uma das seis especialidades mágicas mais valiosas do mundo.

Atlas se apoiou na mesa ao centro do cômodo, por um momento observando, em um silêncio contemplativo, a posição de Tristan ao lado da porta.

— E por que eu teria escolhido você, então — instigou Atlas —, se eu não acreditasse que você tivesse feito por merecer?

— É exatamente isso que quero saber — afirmou Tristan. — Se tem algo a ver com meu pai...

— Não tem — interrompeu Atlas, dispensando as preocupações de Tristan com um aceno de mão e gesticulando para que ele lhe seguisse, cruzando a porta a passos largos. — Seu pai é um bruxo, sr. Caine. Bastante habilidoso — disse Atlas, olhando por cima do ombro para Tristan, que relutou em segui-lo —, mas ainda assim um bruxo comum.

É óbvio que Atlas ia querer que Tristan acreditasse naquilo. Não era a primeira vez que alguém tentava exaltar suas habilidades para se infiltrar na gangue do pai dele.

— Meu pai é o chefe do sindicato de crime mágico — retrucou ele, parando no corredor. — E mesmo se não fosse, eu...

— Aposto que você nem sequer compreende o que é — tornou a interromper Atlas. O Guardião então parou em uma bifurcação no corredor, esperando, e, com uma careta, Tristan voltou a segui-lo. — Qual era a sua especialidade? — perguntou Atlas conforme os dois caminhavam. — E não estou falando das suas habilidades. Quero saber qual credencial você recebeu como medeiano da Escola de Magia de Londres.

Tristan o observou com cautela.

— Pensei que você já soubesse tudo sobre todo mundo aqui.

— E sei mesmo — retrucou Atlas, dando de ombros —, mas sou um homem bastante ocupado e importante, com muitas coisas em mente, então prefiro que você me conte.

Tá.

Não fazia sentido enrolar.

— Estudei na faculdade de ilusão.

— Mas você não é um ilusionista — observou Atlas.

— Não — concordou Tristan em voz baixa —, mas posso ver *através* de ilusões...

— Não — corrigiu Atlas, assustando-o. — Você pode fazer mais do que ver através de ilusões.

Ao chegarem aos elevadores, Atlas mudou abruptamente de direção, em vez disso conduzindo Tristan por uma porta dupla de vidro.

— Por aqui — orientou Atlas.

Embora Tristan não gostasse nem um pouco da ideia de estender sua breve e misteriosa viagem de campo, permitiu a Atlas que o guiasse por um corredor estreito que terminava em um outro mais amplo.

Aquela ala do prédio era, sem dúvida, mais antiga, com pelo menos dois séculos de diferença, talvez mais. A porta de vidro moderna contrastando com o mármore centenário sugeria que a sala na qual ele e os outros foram recebidos se tratava de uma adição recente.

— Aqui — determinou Atlas, depois de já terem atravessado metade do corredor comprido e sem janelas, parando de repente diante de uma pintura pendurada na parede. — O que esta pintura representa?

Era um retrato qualquer de mais um homem cheio da grana posando sozinho diante de uma tapeçaria. Decepcionante. Pelo que Tristan tinha visto, as táticas de Atlas não passavam de pura retórica previsível, típica ferramenta usada em recrutamento para cultos. Nada de respostas, apenas perguntas. Ser evasivo e lisonjear, enganar e esconder.

— Não tenho tempo para joguinhos — disse Tristan com impaciência. — Te garanto, fui diagnosticado por cada medeiano na Escola de Magia de Londres, e sei qual é o alcance das minhas habilidades...

— No momento em que perguntei — interrompeu Atlas —, você identificou a pintura como um retrato do amante do artista. — Ele gesticulou para a obra de arte atrás de si. — Você viu várias coisas, é claro. Bem mais do que fui capaz de distinguir em minha breve incursão em suas observações, por sinal. Mas você olhou para este retrato comum de um benfeitor da Sociedade do século XIX e interpretou detalhes que o levaram a concluir o que representava, o que ninguém além de você viu.

Atlas apontou para o título na placa, que dizia apenas: VISCONDE WELLES, 1816.

— Você apurou que a luz vinda da janela não vinha de um estúdio qualquer, mas de um lugar em que tanto artista quanto modelo estavam confortáveis. Percebeu que a apresentação dele era informal e que as marcas de sua posição foram apressadamente adicionadas mais tarde. Chegou a uma conclusão razoável não sobre o que lhe apresentei, mas sobre o que você deduziu. Isso acontece porque você vê componentes — observou Atlas, e Tristan, sempre alerta a segundas intenções, suspendeu com precaução a descrença. — Em termos mortais, isso faz de você um sábio. Você também vê componentes mágicos, o que é o motivo de ter sido considerado pela classificação medeiana.

Mas — acrescentou ele, cedendo —, você está certo ao suspeitar que nossos interesses em você excedem a magia que exibiu de livre e espontânea vontade até agora.

Atlas bombardeou Tristan com um olhar profundo e preocupante de expectativa.

— Você é mais do que raro — disse ele, categórico. — Você nem sequer consegue imaginar suas capacidades, Tristan, porque ninguém nunca soube o que fazer com você, portanto você nunca teve motivo para saber. Já estudou o espaço? O tempo? O pensamento?

Diante do breve franzir de testa perplexo do jovem, Atlas prosseguiu:

— Exatamente. Você foi educado junto de um grupo de ilusionistas, sob a única intenção de lucrar com a prestidigitação financeira.

Tristan se irritou.

— É isso que você acha que sou?

— É óbvio que não, Tristan, ou eu não estaria aqui, tentando convencê-lo do contrário.

Tristan refletiu por um instante.

— Você faz parecer que o jogo está a meu favor — observou ele, ainda com a guarda erguida, e Atlas balançou a cabeça.

— De maneira alguma. Sei quão útil você é. Agora é sua vez de convencer os outros. A promessa dos seus talentos não é nada comparada ao que você venha se provar a ser.

Atlas abriu um sorriso breve e distraído, expressando em silêncio que desejava encerrar a conversa.

— Não posso prometer nada — disse o Guardião. — Na verdade, não vou prometer nada a você, e seja lá o que você vai concluir dessa conversa, não se engane: nada que eu disse é garantia de alguma coisa. Ao contrário dos outros em sua turma de iniciados, seu poder permanece amplamente não testado. Grande parte do seu potencial não foi alcançado e, por mais ímpar que eu acredite que ele seja, terá que ser você a manifestá-lo. Temo, sr. Caine, que lhe resta apenas apostar, caso queira chegar à recompensa.

Tristan não era totalmente contra o risco; afinal, era conhecido por já ter apostado sua sorte de maneiras audaciosas no passado. Na verdade, a maior parte de sua vida atual tinha sido uma aposta e, embora estivesse dando frutos como esperado, ele não tinha se dado conta, a princípio, de quão insatisfatório aquele retorno seria.

Ficou evidente para Tristan que o poder nunca era dado, apenas tirado. Merecido ou não, teria que pegá-lo com as próprias mãos, e não recebê-lo de bom grado por Atlas Blakely ou qualquer outra pessoa.

Graças aos próprios méritos, Tristan estaria, em questão de meses, casado com uma herdeira, tornando-se o herdeiro de uma parte gigantesca da economia mágica, totalmente livre da empresa criminosa do pai — e, suspeitava, com chances iguais de pular de uma ponte ou de "acidentalmente" envenenar a kombucha desintoxicante favorita de Rupesh.

Era um tipo de aposta, então.

— Devo levá-lo ao elevador? — perguntou Atlas.

— Não, obrigado — agradeceu Tristan, concluindo que deveria começar a aprender a andar pelo prédio. — Posso encontrá-lo sozinho.

· PARISA ·

Seguir Dalton Ellery não era exatamente uma tarefa difícil. Uma parte do prédio, fora da vista de todos, era mais antiga, um tanto senciente, com camadas intricadas de feitiços que tinham desenvolvido um senso de pensamento básico e primordial. Pelo que Parisa notou, o prédio tinha uma mente, e era bem fácil identificar o movimento dos passos de Dalton Ellery junto das vértebras dos corredores do prédio. Sem fazer qualquer esforço, Parisa o seguiu graciosamente.

Para seu alívio, ele ainda era bonito à segunda vista, as maçãs do rosto elevadas e proeminentes daquele jeito clássico dos príncipes. Então aquele não era um rosto que ele vestira apenas para a reunião. Feitiços de ocultação de qualquer tipo eram extenuantes em momentos desnecessários.

No entanto, Parisa sentiu a pequena trava de um mecanismo escondido quando Dalton a viu, as defesas dele subindo imediatamente naquele corredor vazio.

— Você não parece ligar muito para poder — provocou Parisa, decidindo arriscar em voz alta que tipo de homem era Dalton Ellery.

A declaração era tão precisa que chegava a ser banal. Ele tinha uma aparência diligente e uma solenidade não aplicável à fanfarronice hipermasculina dos políticos e homens de negócios.

A conclusão mais precipitada de Parisa — a suposição mais imprudente — era que a franqueza poderia tanto enervá-lo quanto encorajá-lo. De qualquer forma, seria o suficiente para garantir a ela um espacinho nos pensamentos de Dalton, como se tivesse deixado uma porta entreaberta atrás dela. Parisa encontraria com mais facilidade o caminho de volta para os pensamentos dele se já tivesse estado dentro de sua cabeça.

— Srta. Kamali — disse ele, seu tom perfeitamente contido, apesar de ter sido pego de surpresa. — Na verdade, eu não consigo nem pensar que posso parecer alguma coisa, dada a irrelevância desse encontro.

Hum. Aquilo não era informativo o bastante, para dizer o mínimo; nem enervante nem encorajador, apenas factual.

Ela tentou de novo.

— Só porque foi muito breve, não? Eu não descreveria o que acabou de acontecer como irrelevante.

— Ah, não? — Ele deu de ombros, inclinando a cabeça, intrigado. — Bem, talvez você esteja certa. Se me der licença...

Aquilo não era suficiente.

— Dalton — chamou Parisa, e ele a olhou com uma educação profundamente comedida. — É normal que eu ainda tenha dúvidas, apesar de sua apresentação esclarecedora.

— Dúvidas sobre...?

— Tudo. Essa tal Sociedade, entre outras coisas.

— Bem, srta. Kamali, temo que não posso dar a você muitas respostas além das que já dei.

Se Parisa já não estivesse ciente de quão pouco os homens ligavam para a evidente frustração feminina, poderia ter sorrido. A indiferença dele era profundamente inútil.

— Você... — começou ela, tentando enveredar para uma abordagem mais efetiva. — Você mesmo teve que fazer essa escolha um dia, não foi?

— Tive — confirmou Dalton, com um *óbvio* implícito.

— E você fez essa escolha depois de uma única reunião? Foi contatado por Atlas Blakely, sentou-se em uma sala com estranhos, assim como nós estávamos... e simplesmente concordou, sem fazer qualquer pergunta?

Enfim, um sinal de hesitação.

— Exatamente. Como tenho certeza de que já sabe, é uma oferta tentadora.

— Mas então — continuou ela, fazendo questão de frisar — você escolheu continuar, mesmo depois de já ter passado pelo período de iniciação.

A sobrancelha dele se arqueou, outro sinal promissor.

— Isso a surpreende?

— É óbvio que sim — disse Parisa, aliviada ao ver que ele enfim estava assumindo um papel mais ativo na conversa. — Seu discurso para nós naquela sala foi sobre poder, não é mesmo? Retornar ao mundo depois da iniciação para aproveitar os recursos designados aos membros da Sociedade — explicou ela —, e, ainda assim, mesmo com essa oportunidade, você escolheu ficar aqui.

Em essência, era um clérigo. Algo intermediário entre o divino Alexandrino e o rebanho escolhido.

— Um passarinho verde me disse uma vez que não pareço ser do tipo que liga para poder — disse Dalton.

Parisa sorriu. Ele não sabia ainda, mas ela encontrara o ponto de partida.

— Bem, acho que tenho poucos motivos para *não* aceitar a oferta — respondeu Parisa, dando de ombros. Afinal de contas, não havia nada que a impedisse de fazê-lo. — O único problema é que não sou exatamente uma fã de trabalho em equipe.

— Você vai ficar feliz por ter uma equipe — assegurou Dalton. — Em parte, as especialidades são escolhidas para complementarem umas às outras. Três de vocês se especializam em fisicalidade, enquanto os outros três...

— Então você sabe qual é a minha especialidade...

Ele abre um sorriso soturno.

— Sei, srta. Kamali.

— E suponho que você não confie em mim, não é?

— No geral, evito confiar em pessoas como você — informou Dalton.

Aquilo, pensou Parisa, dizia muita coisa.

— Então você suspeita que eu já esteja te usando... — disse ela.

A resposta dele foi um meio sorriso seco, com uma mensagem explícita o suficiente: *Eu sei muito bem que não devo responder a isso.*

— Bem, então suponho que preciso provar que você está errado — continuou Parisa.

Dalton tornou a assentir brevemente.

— Toda a sorte do mundo a você, srta. Kamali — declarou ele. — Minhas expectativas são altíssimas em relação à senhorita.

Dalton se virou, encaminhando-se para o corredor seguinte, quando Parisa tocou o braço dele, pegando-o desprevenido apenas por tempo suficiente para ficar na ponta dos pés e apoiar as palmas das mãos em seu peito.

Haveria ali o menor pulso de contemplação — o trabalho mais difícil era feito momentos antes de algo ser concluído. A promessa da respiração dela nos lábios dele; o ângulo em que Dalton a via, os olhos escuros dela muito grandes, e a maneira como ele aos poucos se tornava consciente do calor da pele de Parisa. Naquele momento ele sentiria o cheiro do perfume dela e então mais um pouco outra vez mais tarde, se perguntando se Parisa havia dobrado uma esquina ali por perto ou recentemente estado no cômodo. Ele catalogaria a sensação da pequenez dela no mesmo momento incongruente em que registrasse a força de sua presença; o imediatismo dela, a proximidade, o perturbaria por um segundo e, então, sem presença de espírito para recuar, ele se permitiria imaginar o que poderia acontecer a seguir.

O beijo em si foi tão frágil e breve que pouco importou. Ela aprenderia apenas o cheiro do perfume dele, a sensação de sua boca. O detalhe mais importante de um beijo era, em geral, a definição de um único fato: o beijo foi correspondido? Mas *aquele* beijo, é claro, foi passageiro demais para fornecer qualquer informação. Na verdade, seria melhor que ele não o correspondesse, já que, na verdade, homem nenhum permitiria a uma mulher acesso aos recantos mais valiosos de sua mente se a beijasse tão prontamente.

— Desculpe — disse Parisa, tirando as mãos do peito dele. Equilíbrio era uma questão delicada, o desejo dela se lançando à frente enquanto o corpo se afastava fisicamente. Aqueles que não acreditavam que aquela era uma dança não haviam praticado a coreografia pelo tempo ou com devoção suficientes.

— Temo que me conter — murmurou ela — custe mais energia do que estou disposta a gastar.

Magia era uma energia que todos sabiam não poder desperdiçar. Em algum nível, ela sabia que Dalton entenderia.

— Srta. Kamali. — Estas, as primeiras palavras depois de beijá-la, para sempre teriam o gosto dela, e Parisa duvidava que Dalton deixaria passar a oportunidade de dizer o nome dela outra vez. — Talvez você tenha entendido errado.

— Ah, disso tenho certeza, mas suponho que gosto bastante de uma oportunidade de entender errado.

Ela sorriu, e Dalton se soltou dela, devagar.

— Seus esforços seriam melhor investidos convencendo sua turma de iniciados quanto ao seu valor — sugeriu ele. — Não tenho impacto direto na sua escolha ou não para a iniciação.

— Sou muito boa no que faço. Não estou preocupada com a opinião deles.

— Talvez você devesse estar.

— Eu não tenho o hábito de fazer coisas que deveria.

— É o que parece.

Dalton disparou outro olhar em sua direção, e, desta vez, para sua imensa satisfação, Parisa viu.

A abertura de uma porta.

— Se eu acreditasse que você é capaz de sinceridade, recomendaria a você que pulasse fora — disse ele. — Infelizmente, acho que você tem tudo que é necessário para ganhar este jogo.

— Então é um jogo. — Enfim algo que Parisa poderia usar.

— É um jogo — confirmou ele. — Mas temo que você tenha tirado conclusões precipitadas. Eu não sou uma peça útil.

Como regra, ela não tirava conclusões precipitadas. Mas era melhor que Dalton pensasse que sim.

— Talvez eu tenha você só por diversão, então — disse ela, mas, como não tinha o hábito de ser a pessoa que era deixada para trás, deu o primeiro passo para se afastar. — Os portais de transporte são por aqui? — perguntou a ele, intencionalmente apontando na direção errada.

O momento que a mente dele levaria para consertar a informação errada com precisão seria o suficiente para pegar a sombra de algo, e ela estava certa, estava diante do vislumbre de algo profundamente suprimido.

— Por ali — indicou Dalton —, virando a esquina.

Fosse lá o que se esgueirava pela mente dele, não era um pensamento formado. Era um turbilhão de coisas, identificáveis apenas por quão carnais eram. Desejo, por exemplo. Ela o beijara, e ele agora a desejava. Mas havia outra coisa também, e, diferente das outras vezes, não estava entrelaçada ao resto. Normalmente ela não tinha dificuldade em interpretar as coisas, mesmo quando se tratava de pessoas altamente treinadas em defesas telepáticas, mas havia algo que não sabia identificar obscurecendo os pensamentos de Dalton.

Luxúria era uma cor, mas medo era uma sensação. Mãos pegajosas ou suor frio eram indicadores óbvios, mas geralmente se apresentava na forma de certa incongruência multissensorial. Como ver o sol e sentir cheiro de fumaça ou sentir o toque da seda mas o gosto de bile. Sons que emergiam da escuridão invisível. Era essa a sensação, só que mais estranha.

Dalton Ellery com certeza temia alguma coisa. Tragicamente, esta coisa não era Parisa.

— Obrigada — disse ela, sem qualquer gratidão, e voltou pelo corredor, deparando-se com outra pessoa esperando no vestíbulo de mármore ao lado dos elevadores.

Era o britânico, sem dúvida alguma, com aquelas cicatrizes que ela tinha admirado com tanta atenção.

O homem era interessante, pensou Parisa. Havia algo muito forte se espiralando dentro dele, algo recuando para poder dar o bote, mas o melhor das serpentes era que elas só se davam ao trabalho de fazer alguma coisa quando alguém bloqueava o sol que as banhava.

Além disso, chame de ocidentalização implacável, mas ela gostava do sotaque britânico.

— Tristan, não é? — perguntou, observando-o desviar a atenção de um pântano de pensamentos bastante lamacento. — Está indo para Londres?

— Estou. — Tristan estava meio ouvindo, meio pensando, embora os pensamentos, em sua maioria, não fossem identificáveis. Por outro lado, tomavam caminhos bastante lineares, como o mapa de Manhattan, mas também pareciam alcançar destinos que requeriam mais esforço do que Parisa tinha energia para seguir naquele instante. — E você?

— Também estou indo para Londres — respondeu ela, e Tristan arqueou as sobrancelhas, surpreso, tornando a focá-la.

Ele estava se lembrando da origem acadêmica dela na École Magique de Paris e de sua origem pessoal em Teerã, detalhes introdutórios básicos que foram dados por Atlas.

Ótimo, então ele estava prestando atenção.

— Mas pensei que...

— Você consegue ver através de todas as ilusões? — perguntou Parisa. — Ou só das ruins?

Ele hesitou por um momento, e então sua boca se contorceu. Tinha uma boca raivosa, ou pelo menos uma acostumada a camuflar a raiva.

— Você é uma daquelas — apontou Tristan.

— Se não estiver ocupado, devíamos sair para beber alguma coisa — respondeu ela.

Logo de cara, ele ficou desconfiado.

— Por quê?

— Bem, não faz sentido voltar a Paris. Além do mais, preciso me entreter pelo resto da noite.

— E você acha que eu vou te entreter?

Ela permitiu um piscar deliberado, olhando-o de cima a baixo.

— Eu com certeza gostaria de ver você tentar — respondeu. — E de qualquer forma, se vamos aceitar participar disso, devemos começar a fazer amigos.

— Amigos? — Tristan praticamente umedeceu os lábios ao dizer a palavra.

— Eu gosto de conhecer meus amigos intimamente — garantiu Parisa.

— Eu estou noivo.

Isso era verdade, mas insignificante.

— Que incrível. Tenho certeza de que ela é uma ótima moça.

— Na verdade, não.

— Melhor ainda — disse Parisa. — Porque eu também não sou.

Tristan a encarou demoradamente.

— O que fez você ficar por tanto tempo depois da reunião?

Ela pensou no que contar, pesando as opções. Não eram os mesmos cálculos que tinham sido necessários com Dalton Ellery, é claro. Aquilo era puramente recreativo. Dalton era mais uma preocupação profissional, embora salpicada com um pouco de desejo genuíno.

Dalton era xadrez. Tristan era damas. Importante notar que ambos eram jogos.

— Vou te contar no café da manhã — sugeriu Parisa.

Tristan suspirou alto, direcionando sua resignação para o ar vazio antes de se voltar para ela.

— Tenho algumas coisas para fazer primeiro — disse ele. — Terminar tudo com Eden. Pedir demissão. Dar um soco na cara do meu melhor amigo.

— Tudo isso parece ser um comportamento responsável que pode esperar até amanhã cedo — aconselhou Parisa, passando pelas portas abertas e incitando-o a segui-la. — Se certifique de tirar um tempo para a parte em que eu te conto minhas teorias sobre o que estão escondendo de nós, talvez em algum momento entre o fim do noivado e a agressão que muito provavelmente será bem merecida.

Então Tristan entrou no portal atrás dela.

— Você tem teorias?

Parisa apertou o botão para Londres.

— Você não?

Eles trocaram um olhar, ambos sorrindo, enquanto o portal confirmava: *Estação King's Cross, Londres, Inglaterra, Reino Unido.*

— Por que eu? — quis saber Tristan.

— Por que não? — Foi a resposta de Parisa.

Parecia que os dois pensavam igual. Ela não tinha experiência com colaboração, mas sentiu que aquele era um importante requisito para o trabalho em equipe.

— Uma cerveja com certeza cairia bem — afirmou Tristan, e as portas se fecharam, entregando-os para o que restava da noite.

· LIBBY ·

Não tinha sido um dia muito bom para Ezra, coitadinho. Aquela noite, portanto, foi o único desfecho possível, considerando que ele tinha sido forçado a passar a maior parte do tempo com os pais de Libby na cerimônia de formatura antes de ela sumir sem nem avisar e então retornar para adiar qualquer explicação sobre sua ausência ao pressioná-lo com firmeza contra a cama. Ao menos ele transara, o que trouxe a promessa de uma agradável mudança no rumo dos eventos, embora, por outro lado, durante o ato a parceira dele (ou seja, Libby) tenha se agarrado a segundas intenções secretas e manipulativas que a deixaram distraída e incapaz de chegar ao clímax, o que tornou o momento... potencialmente menos agradável para ele.

Pró subsequente: Libby, graciosa, preparara o jantar para ele.

Contra subsequente: durante o jantar ela também lhe informara que ia aceitar a oferta de Atlas Blakely, Guardião, embora não pudesse explicar direito o motivo.

— Então você simplesmente... vai embora? — perguntou Ezra. De um lado, seu cabelo preto estava amassado e, do outro, espetado para todos os lados. Estava no meio de um gole quando Libby começou a falar e desde então se esquecera da taça de vinho ainda em sua mão. — Mas, Lib...

— São só dois anos — relembrou a namorada. — Bem, um com certeza, e com sorte, se eu for escolhida, mais um.

Ezra pousou a taça, franzindo a testa. Ele era contemplativo por natureza. Descabelado. Muito gentil, na verdade.

— E... o que é exatamente? Essa oportunidade?

— Eu não posso contar.

— Mas...

— Você vai ter que confiar em mim — disse ela, não pela primeira vez. — Em essência, é uma sociedade — adicionou Libby, numa tentativa de explicar, mas isso, infelizmente, se mostrou a exata pista auditiva errada.

— Por falar em sociedades, tem algo que quero contar a você — comentou Ezra, sorrindo do nada. — Ouvi Porter falar no escritório do tesoureiro que Varona recusou a bolsa na UAMNY. Sei que você não estava animada para a posição de investidora de risco, então, se ainda tiver interesse, tenho certeza de que posso fazer uma boa recomendação.

Certamente Ezra sabia que aquilo era a coisa errada a se dizer. Não é? Libby jamais aceitaria as sobras de Nico, muito menos agora.

Entretanto, isso a deixava com mais uma coisa para explicar.

— Bem, o caso do Varona é que... — Libby tossiu. — Bem, Varona... também foi convidado.

Ezra vacilou.

— Ah, é?

— Você não pode estar surpreso. — Ela descontou sua inquietação nos utensílios, remexendo o macarrão no prato. — Você nos viu esta manhã, não?

— Vi, mas pensei...

— Olhe, é como sempre foi — disse ela, indiferente. — Seja lá por qual motivo, Nico e eu conseguimos fazer as mesmas coisas, e...

— E então por que eles precisam de vocês dois? — indagou Ezra. De novo, a coisa errada a se dizer. — Você odeia trabalhar com ele. Sem contar que todo mundo sabe que você é melhor...

— Na verdade, Ezra, as pessoas não sabem. Não sabem mesmo — acrescentou Libby com uma careta —, já que ele conseguiu a bolsa que eu queria, e eu, não. Viu como funciona?

— Mas...

— Amor, eu não posso deixar que ele ganhe dessa vez. Sério, não posso. — Ela limpou a boca com o guardanapo, colocando-o de volta na mesa, frustrada. — Preciso me distinguir dele. Você não entende?

— Você não pode fazer isso, sei lá, tentando algo diferente? — sugeriu Ezra, tacitamente desaprovando aquela atitude.

Ele fazia soar tão simples, de um jeito teoricamente sem falhas. Como Ezra ainda não conseguia entender que a ideia de fazer algo diferente de Nico sempre pareceu simplesmente fazer *menos*? De uma forma absurda, as sugestões "pragmáticas" (e, tudo bem, beleza, mentalmente saudáveis) de Ezra de algum jeito sempre forçava Libby a defender o talento de Nico de Varona, algo que a enojava.

— Olha — disse Libby —, provavelmente apenas um de nós dois vai ser selecionado para... — Uma pausa, para evitar dar mais detalhes. — ... o quadro de funcionários. — Outra pausa, e então: — Nico e eu temos a mesma especialidade, o que significa que a comparação entre nós é inevitável. Então, ou ele será escolhido e eu não, e então voltarei para casa em um ano ou menos, ou eu serei escolhida e ele não, e então...

— E então você ganha. — Ezra suspirou com uma mão cobrindo a boca. — E aí poderemos enfim parar de nos preocupar com o que o Varona faz?

— Isso. — Essa parte era bastante óbvia. — Não que você tenha que se preocupar com o Varona agora.

Ezra ficou tenso.

— Lib, eu não...

— Na verdade, você estava, sim — disse Libby, pegando a taça. — E já falei para você, não tem nada entre a gente. Ele é só um escroto.

— Acredite, eu sei...

— Eu vou ligar para você toda noite — garantiu ela. — Virei para casa todo fim de semana. — Ela poderia fazer isso, provavelmente. Talvez. — Você mal vai perceber minha ausência.

Ezra suspirou.

— Libby...

— Você só precisa me deixar provar do que sou capaz. Você fica dizendo que o Varona não é melhor que eu...

— ... porque ele *não é*...

— ... mas não faz diferença o que você pensa, Ezra, não de verdade. — Ele contraiu os lábios, provavelmente um pouco ressentido por ela dispensar suas tentativas bem-intencionadas e muito atenciosas de tranquilizá-la, mas quanto a isso Libby não podia fazer concessões. — Você o odeia demais para ver quão bom ele de fato é, amor. Eu só quero a oportunidade de aprender mais, de me provar. E me provar ao ir contra o melhor do mundo significa ir contra Nico de Varona, quer você acredite ou não.

— Então eu não posso dar minha opinião. — A expressão de Ezra estava um pouco austera, mas principalmente indecifrável.

Era a mesma expressão de quando ele fazia palavras cruzadas ou de quando tentava não falar nada sobre a louça suja que ela deixa na pia todos os dias.

— É claro que pode — corrigiu Libby. — Você pode dizer: "Libby, eu te amo e te apoio" ou pode dizer outra coisa. — Ela engoliu em seco antes de continuar: — Mas acredite em mim, Ezra, só há duas respostas possíveis. Se você não disser uma, está dizendo a outra.

Ela aguardou a resposta dele, apreensiva. Não esperava que Ezra fizesse exigências irracionais, não exatamente — ele nunca fez, quase ao ponto de ela se sentir culpada —, mas certamente sabia que ele não ficaria superanimado. Proximidade era importante para Ezra. Tinha sido ideia dele os dois morarem juntos, e ele esperava certa quantidade do que um psicólogo chamaria de "tempo de qualidade". Com certeza Ezra não gostaria da ideia de Nico estar ao lado dela em sua ausência.

Porém, para o imenso alívio de Libby, Ezra apenas suspirou, segurando a mão dela sobre a mesa.

— Você sonha alto, estrela — comentou ele.

— Isso não é bem uma resposta — murmurou ela.

— Tudo bem. Libby, eu te amo e te apoio. — Ela ganhou alguns segundos para enfim relaxar, e então Ezra acrescentou: — Mas tome cuidado, está bem?

Libby fez uma careta.

— Tomar cuidado com o quê? — indagou, debochada. — Varona?

Nico era comicamente inofensivo. Era talentoso, isso com certeza, mas incapaz de conspirações. Muitas vezes ele a irritava, mas mesmo assim não oferecia nenhum perigo além de fazê-la perder a paciência.

— Só tome cuidado. — Ezra se inclinou sobre a mesa, encostando os lábios na testa dela. — Eu nunca me perdoaria se algo acontecesse com você — murmurou, e ela soltou um resmungo.

Era só a típica ladainha do cavaleiro branco salvando o dia.

— Posso me cuidar sozinha, Ezra.

— Eu sei. — Ele tocou a bochecha dela, sorrindo de leve. — Mas se não for para cuidar de você, para que mais eu sirvo?

— Para eu usar seu corpo — garantiu ela. — E você faz uma lasanha ótima.

De repente, Ezra a tirou da cadeira, puxando-a para um abraço enquanto Libby ria num protesto pouco convincente.

— Vou sentir saudades, Libby Rhodes — disse ele —, a verdade é essa.

Então estava decidido. Ela ia mesmo fazer aquilo.

Libby envolveu os braços ao redor do pescoço de Ezra, se agarrando a ele por um momento. Talvez ela não fosse uma donzela indefesa, mas ainda era bom estar ancorada a algo antes de se jogar no desconhecido.

III

BATALHA

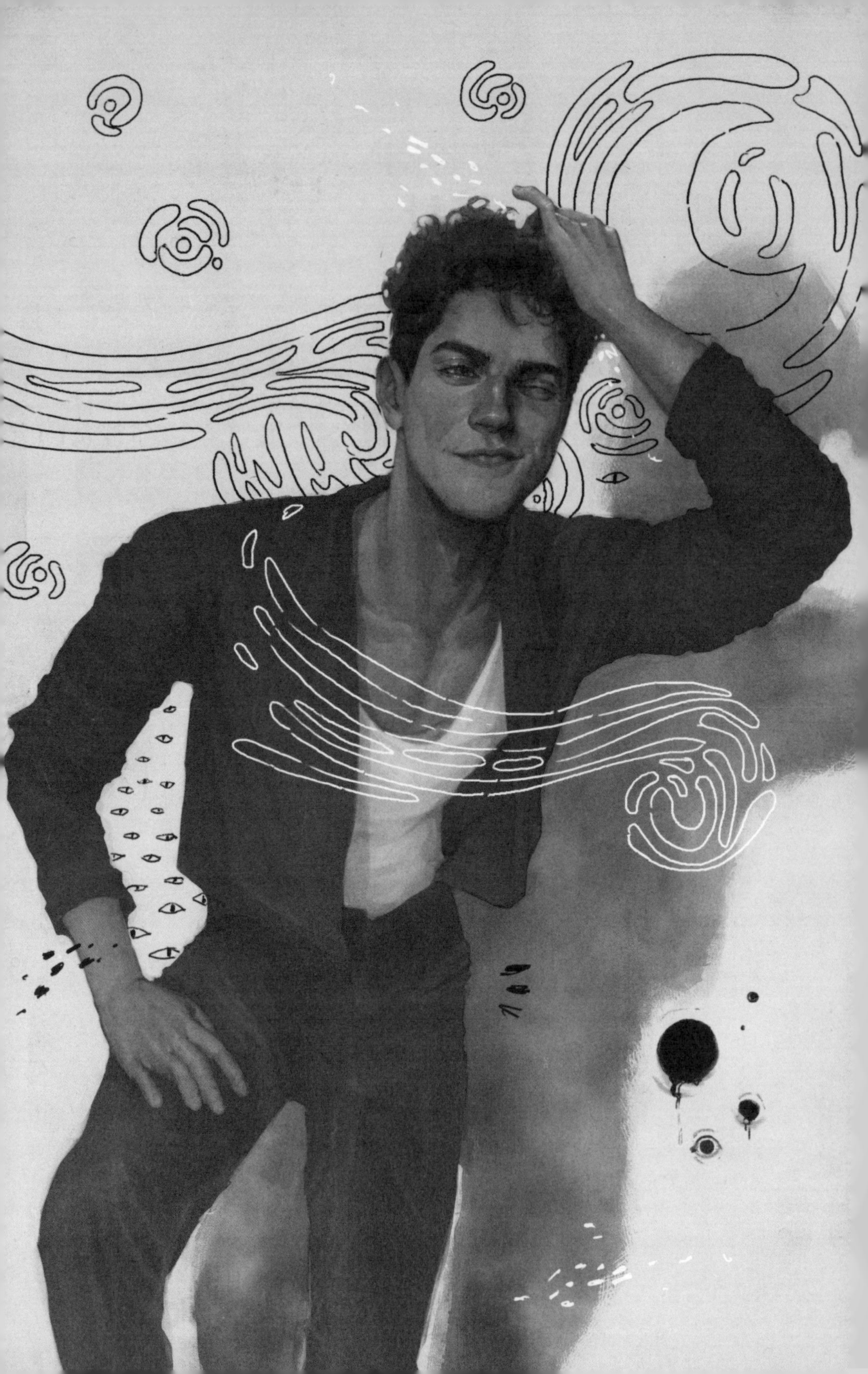

· CALLUM ·

Não tinha sido exatamente complexo tomar a decisão de se juntar à Sociedade após o convite de Atlas Blakely. Se não gostasse da experiência, pensou Callum, iria embora. Era como ele costumava levar a vida: ia e vinha conforme desejava. As pessoas que eram afetadas por essas decisões, caso se irritassem com a mutabilidade da personalidade dele, não ficavam com raiva por muito tempo. Espontaneamente ou não, Callum sabia como despertar o interesse das pessoas por sua opinião sobre um assunto. Uma vez que ele explicava seu ponto de vista, elas sempre se sentiam compelidas a agir de maneira razoável.

Callum sempre soubera que a palavra usada para sua especialidade pela Universidade Helenística de Artes Mágicas era a errada. A subcategoria manipuladora de ilusionista era, em geral, mais aplicada a casos de especialidades físicas: pessoas que podiam deformar coisas, transformá-las em algo diferente. Nas mãos certas, água podia se passar por vinho, ou pelo menos parecer e ter o gosto. Uma das particularidades sobre o estudo e a realidade da magia era que, no fim, só importavam como eram o gosto ou a aparência das coisas. O que eram para ser, ou o que eram no começo, podia facilmente ser descartado em favor de alcançar o resultado necessário.

Mas o que a Sociedade parecia saber — o que *Atlas Blakely* parecia saber, e o que os outros normalmente não sabiam — era que o trabalho de Callum era definido de forma mais certeira como um tipo vigoroso de empatia. Na verdade, era surpreendente que ele tivesse sido magicamente diagnosticado de maneira incorreta. A empatia era uma manifestação mágica mais comum em mulheres, portanto, quando aparecia, em geral era cultivada de uma maneira delicada e maternal. Havia várias medeianas que eram capazes de acessar as emoções dos outros; com frequência, se tornavam humanitárias maravilhosas, enaltecidas pelas contribuições que faziam à terapia e à cura. Ser ao mesmo tempo mágico e santo era uma coisa muito feminina. (Callum colocaria a culpa na falsa dicotomia das construções dos papéis de gênero caso tivesse tempo.)

Quando essa mesma habilidade era encontrada em homens, costumava ser diluída demais para ser classificada como mágica; com maior frequência, era considerada um traço isolado de personalidade. No caso da persuasão, um traço com o potencial de alcançar o nível mediano de habilidade (classificado, talvez, como "carisma" pelos não mágicos), esta geralmente era deixada de lado em favor do método comum de conduzir as coisas: um diploma de alguma universidade mortal famosa, como Oxford e Harvard, por exemplo, e então uma próspera carreira mortal a partir daí. De vez em quando, esses homens se tornavam CEOs, advogados ou políticos. Às vezes se tornavam tiranos, megalomaníacos ou ditadores — nesses casos, era provavelmente melhor que seus talentos não se manifestassem. Magia, como várias outras formas de esforço físico, requeria o treinamento certo para ser usada de maneira adequada por qualquer período de tempo; se algum daqueles homens algum dia percebesse que sua habilidade natural era algo que podia ser melhorada, o mundo seria bem pior do que já era.

Naturalmente, havia uma exceção para toda regra, o que era o caso de Callum. Ele estava a salvo de qualquer mau comportamento global (ou melhor, o mundo estava a salvo) devido à sua falta de ambição, que, combinada com seu amor por coisas refinadas, significava que ele nunca aspirara pela dominação mundial ou por algo similar. A combinação da fome com qualquer habilidade de manipulação era sempre perigosa; é uma lei essencial do comportamento humano que, quando recebem ferramentas para fazê-lo, aqueles nascidos na base da pirâmide sempre vão fazer de tudo para chegar ao topo. Aqueles nascidos no topo, como Callum, eram menos propensos a mudar as coisas. Quando o ambiente já era glorioso e belo, qual seria o propósito de mudar seus arredores?

Portanto, nada levara Callum a aceitar a oferta de Atlas Blakely, mas nada também o convencera do contrário. Ele poderia seguir em frente com a iniciação, ou não; a Sociedade poderia impressioná-lo o suficiente para que permanecesse, ou não. Não era necessário dizer que a Sociedade Alexandrina em si não era exatamente impressionante. Callum viera de berço de ouro, o que significava que já tinha visto a riqueza em suas formas naturais: da realeza, aristocrática, capitalista, corrupta... A lista era infinita. *Aquela* forma, a variante Alexandrina, era tecnicamente acadêmica, embora a riqueza pertencente à elite acadêmica também fosse quase sempre uma das outras formas, senão uma combinação de todas elas.

Não passava de um círculo autoperpetuante; conhecimento gera conhecimento assim como poder gera poder — de modo geral, institucional. Não que Callum estivesse apto a criticar o sistema. Seria ele de fato melhor, mais inteligente, mais altamente habilidoso que seus colegas, ou teria ele apenas nascido com os recursos necessários? Como com a maioria das coisas das quais Callum se beneficiava, essas eram perguntas para as quais ele não dava a mínima.

Os outros cinco haviam todos retornado (como esperado) para aceitar o convite feito por Atlas Blakely, se materializando um por um graças a um novo feitiço de transporte. Dessa vez, não se reuniram na sala corporativa a qual tinham ido na primeira vez, mas no hall de entrada de uma mansão, que era opulenta, exibindo a inconfundível tessitura entre elitismo e riqueza herdada.

Era hilário, sério. Como se a chamada Sociedade Alexandrina tivesse decidido que, agora que todos eles faziam parte da piada, finalmente era seguro mostrar a verdadeira face. O olhar de Callum varreu desde as balaustradas do piso superior da galeria até a imensa escada que descia de ambos os lados e alcançava os outros cinco, que também contemplavam o lugar cada um à sua maneira. A estadunidense, Libby Rhodes, era a mais memorável pela frequência e pelo tom irritante com que falava, e, naturalmente, foi a primeira a fazer uma pergunta idiota.

— Estamos *mesmo* em Alexandria? — indagou ela, a testa franzida sob uma franja pouco atraente. Se dependesse de Callum, teria dado a ela um corte de cabelo bem diferente; de preferência algo amarrado ou puxado para trás, para que ela deixasse as mechas do cabelo em paz. — Nada aqui parece muito Alexandrino.

Com certeza não parecia. O interior do lugar em que estavam, seja lá onde fosse, lembrava bastante a parte interna de alguma grande propriedade inglesa no campo. Era difícil dizer o tamanho real estando do lado de dentro, mas a casa por si só poderia apenas ser descrita como imponente, com alas voltadas para seu interior, evidenciando uma caprichosa sobreposição entre o estilo italiano e os clássicos tijolos aparentes da era Tudor. O saguão do térreo pelo qual tinham entrado levava em direção à galeria no andar superior, que conduzia a uma enorme sala adornada com uma bela tapeçaria, e cada cômodo que se seguia ficava cada vez mais dourado, chegando ao teto. Havia um toque sombrio na decoração, as paletas restringindo-se a sempre-vivas e videiras. Ou fazia tempo que a casa tinha sido modernizada, ou a pessoa responsável pela estética da casa estava tomada por uma melancolia existencial profunda.

De qualquer forma, havia um número limitado de salas a serem vistas antes de se chegar a algumas conclusões óbvias, como a provável localização de onde estavam. Apesar dos Nova possuírem uma residência em Cape Town, a família de Callum tinha sido convidada mais de uma vez para visitar a Família Real Britânica (um dia os Nova foram próximos à realeza da Grécia, o que justifica o período bastante confortável que Callum passou na Universidade Helenística de Atenas), e ele considerava a decoração da Sociedade bastante similar. Retratos da aristocracia alinhavam-se nas paredes ao lado de uma variedade de bustos vitorianos e, embora a arquitetura em si tivesse influência greco-romana, trazia marcas óbvias dos românticos, inclinando-se mais para o estilo neoclássico do século XVIII do que para o genuinamente clássico.

Portanto, a ideia de que pudessem estar em qualquer outro lugar que não fosse a Inglaterra era extremamente improvável.

— Bem, acredito que não há mal algum em dizer que na verdade estamos nos arredores de Londres — confirmou Dalton Ellery, o ajudante robótico cuja energia foi imediatamente fácil de adivinhar: medo, ou possivelmente intimidação. Callum presumiu que Dalton cultivava um pouquinho de inferioridade intelectual, o que era a única coisa que podia explicar a devoção que o homem reservava aos acadêmicos. Se as vantagens da associação à Sociedade eram fortuna e prestígio, por que ficar ali e não tirar nenhuma vantagem?

Mas, já que Callum estava pouco se lixando, não pensou no assunto por muito tempo.

Em vez disso, observou Tristan e Parisa, as únicas duas pessoas interessantes ali. Conforme o grupo dava continuidade ao tour pela casa, os dois trocaram um olhar que guardava muitos segredos.

Libby, a garota da franja cuja ansiedade era tão enervante e interminável que quase fez Callum ranger os dentes, franzia a testa, confusa.

— Mas, se esta é realmente a Biblioteca de Alexandria, então como…

— A Sociedade mudou sua localização física muitas vezes durante a história — explicou Dalton. — Era orginalmente em Alexandria, é claro, mas logo em seguida foi movida para Roma, e então para Praga até as Guerras Napoleônicas e, por fim, chegou aqui durante a Era dos Descobrimentos, junto dos outros benefícios imperialistas.

— Essa é a coisa mais britânica que já ouvi — murmurou Nico, o jovem cubano que, por sorte, não era alto o bastante para ser uma ameaça aos impulsos vaidosos de Callum.

— Sim, é muito similar ao Museu Britânico, na medida em que relíquias de todas as culturas foram guardadas à força sob um teto monárquico — confirmou Dalton com desdém, levando-os escada acima e prosseguindo com a explicação como se o que tivesse acabado de dizer não fosse uma declaração extremamente chocante. — De qualquer forma, houve inúmeras tentativas de guardá-la em outro lugar, como é de se esperar. Os estadunidenses tinham um argumento muito forte para levá-la para Nova York até 1941, e é claro que vocês sabem o que aconteceu na época. Enfim, como eu estava dizendo, vocês ficarão aqui — disse, virando a esquina de uma galeria para adentrar mais uma sala de estar, e dali chegando a um corredor ladeado de portas. — O nome de vocês está indicado em placas ao lado das portas, e algumas coisas foram deixadas lá para vocês. Quando nosso tour acabar, vocês encontrarão Atlas e então vão prosseguir para o jantar. O gongo soa diariamente às sete e meia da noite. É esperado que vocês compareçam esta noite.

Callum percebeu que Tristan e Parisa trocaram mais um olhar conspiratório. Será que eles já se conheciam, como os dois estudantes estadunidenses? Ele parou por um momento para avaliá-los, e então deduziu que não, eles não haviam se encontrado antes, embora com certeza tivessem se encontrado intimamente desde então.

Sentiu uma pontada de frustração. Nunca gostou de não estar entre os primeiros a fazer amizade.

— E o que exatamente é um dia normal? — perguntou Libby, continuando seu interrogatório. — Haverá aulas ou...?

— Algo assim — respondeu Dalton. — Embora eu espere que Atlas dê a vocês maiores informações.

— Você não sabe? — perguntou Reina, a garota japonesa com a cara de alguém morrendo de tédio e piercing no nariz, cuja voz era muito mais grave do que Callum esperava.

Ela não havia falado antes, nem dado muita indicação de estar prestando atenção, embora analisasse com cuidado o que havia em cada cômodo pelo qual passavam.

— Bem, cada turma de candidatos é um pouco diferente — disse Dalton. — Há diferentes especialidades escolhidas a cada dez anos, o que torna cada rodada de iniciados uma nova composição de habilidades. Portanto, suas tarefas variam de década em década.

— Suponho que você não vai nos contar quais são as nossas especialidades — provocou Parisa.

Ela, percebeu Callum, irradiava certa persuasão, embora parecesse direcionada a Dalton. Típico. Um falso intelectualismo sempre era atraente para qualquer garota que tivesse passado tempo demais na França. Era tão parisiense quanto cabelos cortados estilo Chanel, minimalismo indumentário e queijo.

— Isso depende de vocês — disse Dalton. — Embora eu duvide que demore muito até vocês descobrirem.

— Vivendo na mesma casa, fazendo todas as refeições juntos? É apenas uma questão de tempo até estarmos saturados de tanto conhecimento sobre nós mesmos — observou Tristan, levando Parisa a uma risada rouca que Callum considerou extremamente falsa.

— Tenho certeza de que sim — respondeu Dalton, sem se alterar. — Agora, se vocês puderem me acompanhar, por favor.

Lá embaixo, Dalton os conduziu por um labirinto de imponentes antessalas neoclássicas antes de chegarem a uma grande sala de grandeza particularmente ensolarada. O cômodo destoava do resto do formato da casa, dando espaço para uma abside curvada para fora em direção ao terreno abaixo da redoma pintada, e em frente à lareira havia uma parede coberta de livros. Reina, que tinha se arrastado com desinteresse durante toda a procissão pela casa, parecia ter enfim despertado ao ver a ampla biblioteca que ali residia, seus olhos se arregalando de onde ela estava, na retaguarda do grupo.

— Esta é a sala pintada — informou-lhes Dalton. — É onde vocês se encontrarão com Atlas e comigo toda manhã, logo após o café da manhã na sala matinal. O caminho mais fácil pelos jardins até chegar à sala de leitura e os arquivos é através daquelas portas — adicionou ele, gesticulando para a esquerda com um olhar de esguelha.

— Esta não é a biblioteca? — perguntou Reina, franzindo a testa enquanto olhava para uma das prateleiras no alto.

Perto dali, uma samambaia parecia estremecer de expectativa.

— Não. A biblioteca é para escrever cartas. E, se quiserem, tomar chá com leite — elucidou Dalton.

Nico, que estava ao lado de Libby, fez uma careta de nojo.

— Isso — concordou Dalton, tirando um fio solto do punho da camisa. — Exatamente isso.

— E ninguém mais mora aqui? — quis saber Libby, estreitando os olhos para o corredor. — Pensei que fosse uma sociedade.

— Apenas os arquivos são guardados aqui. Geralmente os Alexandrinos vêm e vão com hora marcada — explicou Dalton. — Vez ou outra haverá pequenos grupos em reunião na sala de leitura e será solicitado que vocês não os perturbem, e vice-versa. Atlas também pode ter reuniões com visitantes na sala de jantar oficial ou no escritório dele, que fica na ala sul.

— Isso faz parte do trabalho de guardião? — perguntou Tristan, apático.

— Faz — respondeu Dalton.

— O que exatamente isso significa? — indagou Nico.

— Significa que, entre outras coisas, o Guardião é quem administra os arquivos e tem como missão preservá-los — explicou Dalton. — Caso alguém queira ter acesso a eles, é Atlas quem precisa permitir.

— É tão fácil assim, ir e vir? — perguntou Libby, outra vez.

— Certamente não, embora isso também seja uma questão relacionada à discrição de vocês — disse Dalton.

— Nossa? — questionou Tristan.

— De vocês — confirmou Dalton.

Libby abriu a boca mais uma vez, pronta para a próxima pergunta.

— Mas como…

— O que Dalton quer dizer — disse a voz de Atlas Blakely num barítono amanteigado — é que, como cabe a mim controlar os membros da Sociedade, há ainda um número de medidas de segurança a serem consideradas quando se trata de forasteiros.

Com a chegada dele, Callum e Tristan se viraram para a entrada, com os seis, sem nem perceber, formando uma fila, de costas para a redoma pintada da abside.

— Parte de seu trabalho como nova turma de iniciados — continuou Atlas — é desenvolver um protocolo que sirva a todos vocês coletivamente. E, antes que perguntem o que isso significa — disse ele, olhando para Libby e sorrindo —, eu explico. Tal qual acontece com a maioria dos segredos cruciais, há certo número de pessoas que sabe da existência da Sociedade. Durante anos, várias organizações quiseram usurpá-la, infiltrar-se nela ou, em alguns casos, destruí-la. Portanto, confiamos não apenas nos feitiços já instalados mas também na turma de iniciados da Sociedade para manter seu próprio sistema de segurança.

— Espere aí — disse Libby, que ainda estava pensando na possibilidade de segredos globais serem amplamente revelados. — Então isso significa que...

— Significa que a primeira coisa a ser discutida entre vocês será sua proficiência na defesa mágica — confirmou Atlas enquanto uma série de cadeiras se materializava atrás deles, na mesa ao lado da lareira. — Sentem-se, por favor — pediu ele, e cautelosamente todos os seis obedeceram; Reina, talvez, com mais cautela que os outros. — Não vai demorar muito — prosseguiu Atlas, tentando tranquilizá-los. — A responsabilidade de vocês durante esta tarde determinará seu plano como um grupo. Estou aqui principalmente para dar informações antes de deixá-los para se dedicarem à tarefa.

— Alguém já teve sucesso ao roubar alguma coisa? — perguntou Tristan, que parecia ser o mais descrente do grupo, ou pelo menos o primeiro a manifestar seu ceticismo sem pudor.

— Ou pelo menos conseguiu invadir com algum nível de sucesso? — completou Nico.

— Sim — respondeu Atlas. — Nesse caso, espero que sua ofensiva mágica seja tão refinada quanto sua defesa, já que vocês serão requisitados para recuperar qualquer coisa que seja removida sem permissão.

— Requisitados... — repetiu Reina num murmúrio, e Atlas se virou para ela com um sorriso.

— Educadamente requisitados — confirmou ele. — E então vão lidar com a situação da forma que julgarem apropriada.

Aquele era o tipo de ameaça sutil que Callum teria esperado. Tudo era britânico até demais, desde a redoma dessa suposta "sala pintada" à ideia de que seriam convocados a jantar por um gongo.

Libby, óbvio, ergueu a mão.

— Com que frequência, exatamente, espera-se que a gente defenda a... — Uma pausa. — ... coleção da Sociedade?

— Bem, depende da força do sistema de vocês. — Por um momento, um brilho vermelho se manifestou no canto da sala, e então desapareceu. — Aquilo, por exemplo, foi uma tentativa frustrada de adentrar o perímetro da Sociedade. Embora também seja provável que alguém só tenha esquecido as chaves.

Ele estava sorrindo, então ao que parecia havia feito uma piada. Callum tinha a impressão de que Atlas Blakely queria desesperadamente que gostassem dele. Ou, pelo menos, era o tipo de pessoa que queria fazer as outras gostarem dele.

— Quanto à... "coleção", como você a chamou, srta. Rhodes — continuou Atlas, com um acenar na direção de Libby —, significando "o conteúdo dos arquivos", isso é uma questão bem mais complexa. Todos vocês ganharão acesso aos registros da Sociedade por etapas; conforme ganharem a confiança da Sociedade, avançarão um pouco mais. Cada porta destrancada leva à outra, que, uma vez destrancada, leva a mais uma. Metaforicamente falando, é claro.

Foi Nico quem perguntou dessa vez:

— E essas portas...?

— Começaremos com as fisicalidades. Espaço — disse Atlas. — As leis fundamentais da física e como contorná-las.

Nico e Libby se entreolharam. Foi a primeira vez, percebeu Callum, que Libby não mostrou um de seus comportamentos estranhos.

— Quando provarem que são dignos de confiança com nossas descobertas mais prontamente disponíveis, passarão ao próximo assunto. Os cinco iniciados vão além, é óbvio, durante o segundo ano, destinado ao estudo de forma independente. A partir daí, as coisas se tornarão muito mais especializadas. Dalton, por exemplo — disse Atlas, gesticulando por sobre o ombro para onde Dalton se misturava com o papel de parede —, trabalha em um campo de especialização tão restrito que, no momento, só ele tem permissão para acessar aqueles materiais.

Parisa, observou Callum, achou aquela informaçãozinha muito interessante.

— Nem mesmo você? — perguntou Reina, surpreendendo-os de novo com sua voz.

— Nem mesmo eu — confirmou Atlas. — Enquanto sociedade, não acreditamos que seja necessário um homem saber tudo sobre tudo. Também não achamos que seja possível, e certamente não é muito seguro.

— Por que não?

Era Libby... de novo.

— Porque o problema do conhecimento, srta. Rhodes, é seu desejo insaciável. Quanto mais você tem, menos sente saber alguma coisa — respondeu Atlas. — Portanto, por vezes homens enlouquecem em busca dele.

— E como as mulheres reagem? — incitou Parisa.

Atlas abriu um meio sorriso.

— A maioria sabe que não deve buscá-lo — disse ele, e para Callum isso soou como um aviso.

— Quando você diz um sistema... — começou Libby.

Callum estremeceu, irritado outra vez, quando Atlas voltou a atenção para ela. Libby era como um mosquito; o efeito de sua ansiedade não era exatamente doloroso, mas parecia implacável. Callum não conseguia se sentir confortável.

— Vocês estão em seis — disse Atlas, gesticulando para o grupo. — Cada um mantém um sexto de responsabilidade pela segurança da Sociedade. Como vão dividir, cabe apenas a vocês. Agora, antes que eu os deixe — acrescentou ele, parecendo assustar Libby com a possibilidade de ter que ficar sem supervisão —, direi que, embora no momento vocês não tenham acesso a tudo o que está sob a alçada da Sociedade, são extremamente responsáveis por toda a proteção dela. Por favor, tenham isso em mente ao elaborar seu plano.

— Parece um pouco contraintuitivo, não? — observou Tristan. Ele era, como Callum previra, uma pessoa que tinha nascido para ser do contra. — Somos responsáveis por coisas que nem conseguimos ver.

— Exatamente — concordou Atlas, assentindo. — Perguntas?

Libby abriu a boca, mas, para o imenso alívio de Callum, Nico ergueu a mão, fazendo-a parar.

— Excelente — disse Atlas, se virando para Dalton. — Bem, nos reuniremos no jantar. Sejam bem-vindos à Sociedade Alexandrina — acrescentou ele, permitindo a Dalton que saísse da sala pintada primeiro e inclinando a cabeça uma última vez antes de passar pelas portas e fechá-las.

· REINA ·

Houve um momento de curiosidade resguardada enquanto os seis que continuaram ali avaliavam uns aos outros em silêncio.

— Você está muito quieto — observou Tristan, se virando para Callum, o sul-africano loiro sentado à esquerda. — Não tem nada para falar sobre isso?

— Nada que valha a pena — respondeu Callum. Ele tinha certo apelo, algo bem Hollywood antiga, uma amostra da perpétua praga da ocidentalização que Reina passara a odiar em vez de admirar, mas a voz dele era suave e seus trejeitos eram quase reconfortantes. — E você parece bem desconfiado.

— Infelizmente sou assim, acho — disse Tristan, nem um pouco arrependido.

Parisa, percebeu Reina, não tirava os olhos dela, e isso a fez estremecer um pouco, sua pele arrepiada com a leve sensação de invasão, que por sua vez perturbou uma das samambaias ali perto.

— Que estranho — comentou Libby, que estava observando a planta. Ela franziu a testa e se voltou para Reina. — Então você é... uma naturalista?

Reina odiava ser questionada sobre o assunto.

— Sou.

— A maioria dos naturalistas de nível medeiano tem mais controle sobre suas habilidades — observou Parisa, logo de cara se revelando uma pessoa desagradável. Não que isso surpreendesse Reina. Ela não parecia ser do tipo que se preocupava com banalidades como a existência de outras pessoas.

Entretanto, embora não fosse surpreendente, era cansativo. O problema não era Parisa achar Reina inapta, é óbvio. Isso não cabia a ela determinar, estando certa ou não. A história de vida de Reina lhe ensinara que o que não ajuda não atrapalha, então Parisa tinha todo o direito de chegar a qualquer conclusão errada que bem entendesse.

O desafio mesmo era que experiências como aquela, em que pessoas eram postas para trabalharem juntas, tornavam muito difícil evitar interações sociais. Eles não teriam escolha a não ser passar tempo *juntos*, e era aí que residia o verdadeiro problema.

Reina estava começando a desejar ter ficado em casa.

— Ah, eu não quis dizer que... — As bochechas de Libby coraram. — É só que... Acho que eu esperava que, há...

— Eu não estudei naturalismo — declarou Reina, indo direto ao ponto. — Me especializei em magia antiga. Nos clássicos.

— Ah — balbuciou Libby, um pouco confusa, e os olhos de Parisa se estreitaram.

— O quê? Tipo uma historiadora?

— Tipo uma historiadora — repetiu Reina.

Exatamente uma.

— Então você nem ao menos praticou seu ofício? — perguntou Parisa, parecendo não se importar com o tom dela.

— Qual é a especialidade de vocês? — interrompeu Nico, se juntando à conversa enquanto o desconforto de Reina só aumentava.

Era provável que fosse melhor assim, já que bastaria apenas um pedido silencioso dela para que a samambaia desse um mata-leão em Parisa, a mesma samambaia que a garota suspeitava que Reina não era capaz de controlar.

A mudança de assunto sugerida por Nico pareceu mais uma forma de começar um diálogo com Parisa do que uma tentativa de defender Reina.

— A sua, por exemplo — sugeriu ele a Parisa, fazendo a expressão dela endurecer.

— Qual a sua? — retrucou ela.

— Rhodes e eu somos físicos. Bem, física de força, estruturas moleculares, esse tipo de coisa — explicou Nico. — Mas eu sou melhor, é claro...

— Cala a boca — murmurou Libby.

— ... e nós dois temos nossos respectivos materiais de preferência, mas ambos podemos manipular fisicalidades. Movimento, ondas, elementos — resumiu ele, voltando a olhar com expectativa para Parisa. — E você?

— O que tem eu? — rebateu Parisa, se fazendo de desentendida.

Nico hesitou.

— Bem, eu pensei...

— Não vejo por que compartilharmos detalhes de nossas especialidades — interrompeu Tristan, amargo. — Estamos competindo uns contra os outros, não é?

— Mas ainda assim temos que trabalhar juntos — objetou Libby, perplexa. — Seu plano é manter sua magia em segredo por um ano inteiro?

— E por que não? — disse Parisa, dando de ombros. — Quem for esperto o bastante para descobrir provavelmente conquistou esse direito, e quanto às complexidades...

— Mas não vamos conseguir trabalhar em grupo se não soubermos nada uns dos outros — argumentou Nico, como se seu papel ali fosse tranquilizar os outros. Reina tinha a impressão de que ele se considerava agradável o suficiente para conseguir, e era possível que não estivesse errado. — Mesmo que um de nós acabe sendo eliminado — continuou ele —, não vejo como isso nos incapacita enquanto grupo.

— Você só está falando isso porque já nos disse qual é a sua especialidade — murmurou Callum com um sorrisinho, o que fez Reina gostar ainda menos dele.

— Bem, eu não tenho por que me envergonhar — disse Nico, um pouco irritado, o que a fez gostar mais dele. — Então, a não ser que o resto de vocês tenha algum tipo de insegurança sobre seja lá o que conseguem fazer...

— Insegurança? — zombou Tristan. — Então você está concluindo que é o melhor aqui?

— Eu não falei isso — insistiu Nico. — Eu só...

— Ele *acha* que é o melhor aqui — disse Parisa —, mas quem não pensa igual? Talvez só você — disparou, lançando a Reina um olhar pouco amigável.

Ela, pensou Reina, certamente estava no fim da lista de pessoas com as quais queria fazer amizade.

— Eu só acho que podemos tentar chegar a um meio-termo, pelo menos — disse Nico. — Não deveríamos ter uma ideia de quem pode fazer o quê?

— Concordo — respondeu Reina, principalmente porque via que Parisa e Tristan eram do contra. Não fazia diferença para ela; todos já sabiam qual era sua especialidade, então ela, como Nico e a agora enfim silenciosa Libby, não tinha motivo para não pressionar os outros a confessarem. — Do contrário, as especialidades físicas vão assumir a maior parte do trabalho, e se eu tiver que gastar toda a minha energia em fazer a segurança...

— Nem tudo se resume à força bruta — contrapôs Tristan, irritado. — Só porque vocês têm especialidades físicas, não significa que farão toda a magia.

— Bem, você com certeza não está se ajudan...

— Parem — disse Nico, e, como foi abrupto, a conversa cessou. — Quem está fazendo isso?

Reina detestava a interrupção, mas era melhor ser interrompida por Nico do que por Tristan.

— Fazendo o quê?

— A essa altura, Rhodes já deveria ter falado alguma coisa — afirmou Nico, olhando-a de relance. Ela pestanejou, surpresa, e então Nico voltou a atenção para os outros, espiando Tristan, Parisa e Callum com desconfiança. — Alguém a convenceu a não falar. Quem foi?

Tristan olhou para Parisa.

— Uau, valeu mesmo — disse ela, secamente. — Muito sutil.

— Bem, você não pode me culpar por...

— Não fui eu — interrompeu Parisa, agora ríspida e irritada, e Reina teve que conter um sorriso.

Não apenas a aliança entre Tristan e Parisa estava sendo abalada antes da hora, mas agora era óbvia a especialidade dela: podia ler mentes ou emoções.

— Um de vocês pode influenciar comportamento — acusou Nico, acrescentando: — Não faça mais isso.

Havia apenas uma outra opção.

Um a um, eles gradualmente se viraram para Callum, que suspirou.

— Relaxem — disse ele, cruzando as pernas com indiferença. — Ela estava ansiosa. Eu só desliguei essa parte dela.

Libby pestanejou, de repente furiosa.

— Como você *ousa*...

— Rhodes, o ar está seco demais para esse tipo de volatilidade — falou Nico.

— Cala a boca, Varona...

— Então você é um empata — apontou Reina, olhando para Callum —, e isso significa que... — Uma olhadela em Parisa. — ... você pode ler mentes — adivinhou, determinando que era pouco provável que uma sociedade alegando ser a mais avançada de seu tipo convidaria dois pares de especialidades idênticas.

— Não mais — respondeu Parisa, olhando para Tristan. — Todos levantaram a guarda agora.

— Ninguém aqui consegue segurar isso por muito tempo — afirmou Tristan, olhando desconfiado para Callum. — Ainda mais se também vamos ter que proteger nossas emoções.

— Isso é ridículo — disse Libby, liberta da influência de Callum. — Escutem, eu sou a última pessoa a dizer que o Varona está fazendo algo sensato...

— Quem? — interrompeu Callum, que provavelmente estava sendo insolente de propósito.

— Eu... Nico, tanto faz. O caso é que — Libby expirou, incomodada — nós nunca vamos conseguir fazer nada se estivermos tentando nos proteger uns dos outros. Vim aqui para *aprender*, merda! — Ela perdeu a paciência, o que Reina ficou excessivamente aliviada em presenciar. Libby podia ser irritante, mas pelo menos não tinha medo de insistir em algo que de fato era importante. As prioridades dela, ao contrário das dos outros, estavam corretas. — Eu me recuso a exaurir minha magia só para manter vocês fora da minha cabeça!

— Tá bom — disse Callum, lentamente. — Prometo não deixar nenhum de vocês à vontade, então.

Nico se irritou.

— Ei. Ela não está errada. Eu também gostaria de ter autonomia com relação à minha senciência, obrigado.

Tristan e Parisa pareciam concordar, embora não estivessem prontos para dizer.

— Tenho certeza de que a gente não deveria ter que explicar para um *empata* por que nenhum de nós quer outra pessoa controlando nossas emoções — insistiu Libby.

Callum gesticulou com a mão no ar, indolente.

— Só porque eu sei quais são seus sentimentos não significa que gasto meu tempo tentando entendê-los, mas tudo bem. Vou me comportar se ela fizer o mesmo — argumentou, lançando um olhar dissimulado para Parisa, que o encarou de volta.

— Eu não influencio ninguém — afirmou ela, irritada. — Pelo menos, não com magia. Porque eu não sou uma escrota.

É claro que você não é, Reina pensou alto, e Parisa fez outra cara feia.

Com a discussão suspensa, os três membros que restavam se viraram para Tristan, que, percebeu Reina um pouco tarde, era o único que não tinha revelado sua especialidade.

— Eu... — Ele ficou tenso, sentindo-se encurralado. — Sou um tipo de ilusionista.

— É, eu também — respondeu Callum, desconfiado. — Isso é um termo guarda-chuva, você não acha?

— Espere aí. — De repente, Parisa se lembrou de algo. — Seu nome é Callum *Nova*, não é? Dos ilusionistas Nova?

Os outros endireitaram um pouco a postura, expressando um interesse que nem mesmo Reina conseguiu evitar. A Corporação Nova era um conglomerado de mídia global que secretamente, ou não tão secretamente assim, se especializara em ilusões; a corporação dominava tanto as indústrias mortais quanto as medeianas, principalmente as relacionadas a cosméticos e beleza. Os Nova eram fascinantes não apenas por seus produtos, mas também pelas práticas comerciais implacáveis. Ao longo dos anos, expulsaram várias empresas menores do mercado, minando repetidas vezes os estatutos medeianos sobre a quantidade de magia que poderia ser usada em produtos mortais.

No entanto, não foi por isso que Reina achou tão curioso aquele momento em particular. Ela percebeu que Parisa estava se dando conta de que ignorara a pessoa com mais dinheiro ali, e isso trouxe a Reina tanta satisfação que a figueira no canto da sala alegremente deu frutos.

— Sim, eu sou um Nova — informou Callum, sem tirar o olhar de Tristan, que ainda não confessara nada. — Embora, como vocês provavelmente já perceberam, ilusões não são exatamente minha obra-prima.

— Tá — grunhiu Tristan. — Consigo ver através de ilusões.

No mesmo instante, Libby levou a mão à bochecha, e Tristan suspirou.

— Sim, eu consigo ver — disse ele. — É só uma espinha. Relaxa.

Então, devagar, a atenção de Tristan se voltou para Callum, que ficara visivelmente apreensivo. *Incrível*, pensou Reina. Melhor que isso só se Tristan lhes informasse que aquele não era o verdadeiro nariz de Parisa.

— Se você não contar a eles, eu também não conto — sugeriu Tristan para Callum.

Por um momento, a tensão na sala foi tanta que até as plantas murcharam.

Então, de repente, Callum riu.

— Vamos manter isso entre nós, então — concordou ele, dando um soquinho no ombro de Tristan. — Melhor deixar uma pitada de mistério no ar.

Então agora havia um "nós" e um "eles". Isso era consideravelmente menos incrível.

MãeMãeMãe, a hera no canto do cômodo sussurrou com um tremor de consternação, seguida pelo sibilo de uma figueira ali perto.

Mãe está brava, choramingou o filodendro. *Ela está brava, AhnãoAhnãoAhnão…*

— ... não há motivo para brigar — dizia Libby, enquanto, em silêncio, Reina respirava fundo, torcendo para não fazer nenhuma vegetação por perto se rebelar. — Apesar do que pensamos uns sobre os outros, ainda precisamos formular algum tipo de plano de segurança, então...

Mas, antes que Libby Rhodes pudesse chegar a algum tipo de conclusão, um gongo profundo soou, alto e percussivo, e a porta da sala pintada se abriu de supetão, a própria casa parecendo incitá-los a sair para o corredor.

— Acho que vamos ter que deixar essa conversa para outra hora — informou Callum, ficando de pé e seguindo em frente, sem se importar de ouvir qual seria o fim da frase de Libby.

Atrás dele, Tristan e Parisa se entreolharam e seguiram também; Nico ficou de pé, acenando para Libby com uma careta. No entanto, frustrada, ela hesitou, e em vez disso voltou sua atenção para Reina.

— Ei, então... — começou, desconfortável. — Sei que eu devo ter parecido meio rude naquela hora, com aquela história de você ser uma naturalista, mas eu só estava...

— Nós não precisamos ser amigas — interrompeu-a Reina, direta ao ponto.

Obviamente Libby estava prestes a estender um ramo de oliveira, em sua mente uma oferta de paz, mas Reina já tinha ramos *de verdade* com que lidar, sem precisar de versões metafóricas. Certamente não tinha interesse em fazer amigos; tudo que queria daquela experiência era ter acesso aos arquivos da Sociedade.

Mas também não queria fechar nenhuma porta.

— Só precisamos ser melhores do que *eles* — afirmou Reina, áspera, apontando com o queixo para os outros três, e enfim Libby pareceu compreender.

— Entendi — disse ela, e então, para a felicidade de Reina, acompanhou Nico porta afora, deixando-a sozinha na sala pintada.

Reina partiu logo depois, enquanto as plantas da sala pintada sofriam com sua perda.

· NICO ·

Por mais que Nico se ressentisse de cada sílaba prestes a sair de sua boca, ele duvidava que pudesse haver outra alternativa.

— Preste atenção, preciso que isso dê certo — disse para Libby, em voz baixa, conforme eles viravam em um dos corredores labirínticos da mansão.

As janelas estreitas do andar inferior davam para o jardim varrido pelo crepúsculo, banhando-os em faixas de luz dourada e sombra à medida que caminhavam.

Como esperado, Libby ficou imediatamente na defensiva.

— Varona, eu preciso lembrá-lo de que você não é o único aqui a ter algo a provar…

— Rhodes, me poupe do sermão. Eu preciso de acesso. De acesso *específico*, embora eu ainda não saiba especificamente ao quê. Só preciso garantir que eu consiga pôr as mãos no máximo de arquivos da Sociedade que eu puder.

— E por quê? — indagou Libby.

Quando se tratava de Nico, ela tinha uma capacidade infinita de ficar com o pé atrás. Sim, podia contar a ela que a maioria da pesquisa existente sobre a prole de criaturas era antiga e há muito perdida (ou era ilegal e superficial), mas ele não queria tocar nesse assunto. Aqueles eram os segredos de Gideon, não dele. E, como era apenas uma questão de tempo até a mãe criminosa de Gideon tentar passar pelas barreiras de proteção que Nico erguera ao redor do amigo, no apartamento deles, um senso de urgência dominava o garoto.

— Eu só preciso… — disse ele e, antes que Libby pudesse abrir a boca outra vez, interrompeu-a: — Só estou tentando dizer que estou disposto a fazer o que for preciso para seguir em frente.

— Nico, se você está tentando me intimidar…

— Não é isso! — retrucou Nico, frustrado. — Rhodes… Que inferno. Eu estou tentando trabalhar *com* você.

— Desde quando?

Para uma garota tão inteligente, ela podia ser burra como uma porta.

— Desde que eu percebi que os três mais velhos já estão formando panelinhas — sibilou Nico, apontado para Tristan, Parisa e Callum, que andavam lado a lado.

Aos poucos, a ficha de Libby caiu.

— Você quer fazer algum tipo de aliança, é isso?

— Você ouviu o que Atlas disse. Primeiro a gente vai fazer magias físicas — relembrou Nico. — Você e eu nos sairemos melhor nisso do que os outros.

— Talvez Reina também mande bem — sugeriu Libby, olhando de relance para trás, apreensiva. — Mas eu não consigo entender direito qual é a dela.

— Se ela vai mandar bem ou não, pouco importa. Rhodes, nós já estamos em desvantagem — apontou Nico mais uma vez. — Há dois de nós e um de cada deles. Se alguém será eliminado, a escolha natural é que seja um de nós.

Libby mordeu o lábio.

— Então o que você sugere?

— Que a gente trabalhe junto. — Uma coisa inédita para os dois, considerando sua inimizade mútua, mas Nico esperava que Libby não fosse tão criteriosa daquela vez. — De qualquer forma, assim vamos poder fazer mais. — Era incrível que tinha sido necessário eles se graduarem na UAMNY para que acreditassem em seus professores, que por anos insistiram naquela aliança. — A gente só não pode dar aos outros um motivo para pensarem que um de nós é descartável.

— Se alguém aqui vai tentar me fazer parecer descartável, esse alguém é você — disse ela, e Nico suspirou.

— Deixa de ser estressadinha. Estou tentando ser maduro. — Ou algo assim. — No mínimo, estou sendo pragmático.

Libby pensou no assunto.

— Mas e se uma aliança com você não for vantajosa para mim? Quer dizer, se você se *provar* um inútil...

— Eu não sou nem nunca fui um *inútil* — rebateu Nico —, mas tudo bem. Seremos um time enquanto for vantajoso para ambos. O que você acha disso?

— E o que faremos quando deixar de ser?

— Vamos pensar nisso quando esse momento chegar.

Libby se perdeu em pensamentos outra vez, dando um breve suspiro.

— Acho que eles são *mesmo* um bando de esnobes — murmurou, conforme se aproximavam do saguão no centro da casa em formato de H. E então acrescentou: — E eu meio que já odeio Callum.

— Tente não odiar — aconselhou Nico. — Empatas podem fazer muitas coisas com emoções fortes.

— Não preciso que você me explique o que empatas podem ou não fazer. — Uma resposta previsível, mas Nico já a via começando a ceder. — É que é tão ridículo isso de a gente não poder trabalhar todos juntos — murmurou Libby, meio para si mesma. — Quer dizer, qual é o *propósito* de ter tanto talento aqui se ninguém está disposto a ver aonde isso vai nos levar?

Nico deu de ombros.

— Talvez eles mudem de ideia.

— Ah, claro, porque é o que sempre acontece — resmungou Libby, cutucando a franja por conta da agitação.

Ela definitivamente estava à beira de concordar. Nico esperou, lhe dando a chance de fazer seus cálculos internos, que provaram que ele estava certo.

— Tá bom — aceitou ela, de má vontade, e Nico frisou para si mesmo que isso *não* era irritante, porque era o que ele queria e, além disso, provava que estava certo. — Então, nós somos aliados até não sermos mais. O que presumo que vai acontecer a qualquer momento.

— Adoro sua empolgação, Rhodes — disse Nico, e ela resmungou algum insulto em resposta, os dois enfim chegando à sala de jantar.

Como tudo que já tinham visto ali, a sala era formal de um jeito lamentável, com mais pinturas de paisagens interioranas nas paredes e uma daquelas mesas enormes perfeitas para banquetes ou motins. (Nico tentou não pensar em qual dos dois preferia, embora um banquete parecesse pouco provável naquele grupo.)

Deixando as alianças de lado, Nico estava se sentindo bastante confiante, ao contrário de Libby, que tivera a reação oposta. Sim, ela foi de imediato tomada como alvo por Callum (que fazia parte de uma previsível laia de idiotas, na opinião de Nico) e era frágil demais para aceitar o desinteresse de Reina, mas só porque estava no código moral de Libby se preocupar sem necessidade com coisas que estavam fora de seu controle.

Uma vez que ela tivesse a oportunidade de se provar, não se mostraria tão contida, isso Nico sabia por experiência própria. Elizabeth Rhodes era muitas coisas, a maioria delas inúteis, mas, quando se tratava de suas habilidades, "contida" era o último adjetivo que poderia ser usado para descrevê-la. Ao menos uma vez, o rancor de Libby provavelmente o ajudaria.

Quanto antes ela tivesse a chance de ser testada, melhor seria, pensou Nico com malícia, observando durante o jantar que Callum, Tristan e Parisa sem dúvida estavam se enganando se pensavam que ficarem cheios de segredinhos e serem mais experientes do que os outros os tornava um tipo de clube exclusivo. Ele quase se arrependia de ter achado Parisa tão atraente, embora dificilmente fosse a primeira vez que gostara de uma garota cuja qualidade primária era sua inabilidade de ser impressionada.

Por sorte, o jantar foi breve. No dia seguinte, eles teriam o dia cheio, informou-lhes Dalton ao fim da refeição. Naquela noite, entretanto, apenas seriam conduzidos aos quartos para descansar.

Dalton os guiou de volta à majestosa escadaria do saguão, deixando a sala de jantar para trás e seguindo rumo à serifa ocidental da casa em formato de H. O grupo ficaria alojado numa ala reaproveitada, o lado leste do andar superior, que continha mais salas de estar, uma capela privada (secular, ao que parecia, com um tríptico de vitrais estreitos representando sabedoria, justiça e esclarecimento, ou talvez incêndio) e mais um caleidoscópio de homens brancos vestindo rufo. A assim chamada antecâmara (um termo pomposo para o que Nico suspeitava que em pouquíssimo tempo estaria repleta de meias perdidas, não importasse o que acontecesse) não passava de uma sala de estar que vinha logo antes dos quartos, que se espalhavam ao longo de um único corredor simples. O nome de cada um deles estava gravado numa plaqueta ao lado da porta dos quartos.

— Nossa, estamos de volta ao internato — murmurou Callum para Parisa, embora, é óbvio, mais ninguém ali tivesse passado pela experiência.

Exceto por Nico, que fora enviado de Havana à Nova Inglaterra no momento em que seu status de medeiano foi reconhecido, mas que ao menos tinha consciência o bastante de sua fortuna para não mencioná-la casualmente daquela forma. A UAMNY era frequentada por muitos estudantes como Libby ou Gideon, que passaram a maior parte da vida em escolas mortais. Vir de dinheiro mágico, como Nico e Max, não era algo do qual se gabar, a não ser que alguém tivesse a intenção de causar desconfiança e ser odiado. Para alguém que em teoria conseguia sentir as emoções das outras pessoas, Callum parecia terrivelmente sem noção.

— Fale por você — murmurou Parisa, provando que Nico tinha razão, embora Callum tenha dado um sorrisinho.

— Vocês são adultos, então não há regras. Só não façam nenhuma idiotice — orientou Dalton, tendo ouvido a conversa.

— Não há regras? — repetiu Tristan, olhando para Libby como se esperasse que ela fosse desmaiar com a notícia, o que era uma avaliação correta da personalidade dela.

Libby sempre tinha um ar de que estava pronta para denunciar qualquer sinal de algo errado. Certamente as roupas que estava usando não ajudavam muito — parecia ter saído das páginas de um catálogo de primavera para representantes de classe (cardigã de gola quadrada, saia xadrez e sapatilhas).

— Vocês não podem trazer mais ninguém para a casa — acrescentou Dalton. — Mas, como seria impossível conseguir isso, não me dei ao trabalho de incluir nos avisos.

— Você também mora aqui? — perguntou Parisa.

— No terreno — confirmou Dalton, evasivo.

— Se houver algum problema... — começou Libby.

— Isto aqui não é uma escola — reforçou Dalton —, e como tal não há nenhum diretor para resolver qualquer evento que desagrade um de vocês. Eu não sou nem o professor nem o porta-voz de vocês. Se de fato houver algum problema, cabe a vocês seis coletivamente resolvê-lo. Mais alguma coisa?

Nada.

— Muito bem, tenham uma boa noite — disse Dalton, enquanto os seis se dispersavam e seguiam para os respectivos aposentos.

Como a casa em si, os quartos eram incrivelmente ingleses, cada um contendo uma cama de dossel, uma mesa de tamanho razoável, um guarda-roupas, uma lareira de mármore e uma única estante de livros vazia. O quarto de Nico, que ficava na primeira porta à esquerda, era ao lado do de Callum e em frente ao de Reina. Libby pareceu inquieta ao seguir até o final do corredor com Tristan, o que em nada surpreendeu Nico. Ela tinha muito medo de não gostarem dela, e ele duvidava que Tristan algum dia gostara de alguém de fato. Até então, a decisão de Nico de se aliar a Libby não contribuía muito para sua popularidade na casa. Ainda assim, era melhor ser a opção mais tolerável das três especialidades físicas do que um agregado aos outros três.

Nico não perdeu tempo e foi logo se deitar. Em parte porque Gideon prometera visitá-lo e também porque seu poder dependia em grande parte de seu estado físico. Em geral, magia era esforço físico. Certamente havia um nível de cansaço envolvido, e a recuperação entre os usos era uma necessidade.

Nico a comparava com as Olímpiadas dos mortais: alguém com aptidão natural poderia gerenciar os fundamentos de sua própria especialidade com bastante facilidade, *talvez* até sem se cansar, mas ganhar uma medalha de ouro requeria um longo treinamento. O mesmo se aplicava às outras especialidades que não fossem a da pessoa. Ela com certeza poderia *tentar* ser bem-sucedida em todos os esportes olímpicos, mas o resultado muito provavelmente seria desastroso. Só alguém muito tolo ou muito talentoso tentaria tanto quanto Nico de Varona tentara.

Por sorte, ele era talentoso de um jeito perturbador e extremamente insensato.

— Isso foi difícil pra caramba — disse Gideon, se manifestando no subconsciente de Nico no meio de algum sonho dele, do qual agora não conseguia se lembrar. No momento, Nico parecia estar em algum tipo de cela de prisão, se reclinando numa cama estreita com Gideon do outro lado das barras. — Seja lá para onde você foi, é uma fortaleza.

Nico olhou ao redor, franzindo a testa.

— É mesmo?

— Eu não consigo entrar de fato — contou Gideon, gesticulando para as barras. — E precisei deixar Max lá fora.

— Lá fora onde?

— Ah, em um dos reinos. — Eles haviam tentado mapeá-los na faculdade, mas era difícil. Reinos de pensamentos já eram complicados de entender, e os reinos do subconsciente eram extensos e entrelaçados, sob constantes mudanças. — Ele vai ficar bem. Tenho certeza de que está dormindo.

Nico ficou de pé, se aproximando das barras.

— Não pensei que seria tão difícil.

Pensando bem, ele deveria ter se preparado.

— Há muitos mecanismos de defesa — explicou Gideon. — Mais do que eu esperaria.

— Até mesmo mentais?

— Especialmente mentais. — Gideon dedilhou algo no ar, como uma corda de violão. — Viu aquilo? Alguém aqui é um telepata.

Provavelmente Parisa, se o que Tristan tinha pressuposto estava certo, embora Nico duvidasse que aquela defesa em particular fosse coisa dela. Deveria ser um fio dentro de um escudo maior contra telepatia, o que fazia sentido. Nem toda forma de roubo requeria uma forma corpórea de entrada.

Então ergueu o olhar, à procura de uma câmera (ou pela iteração de uma), e a localizou no canto.

— Bem — disse Nico, apontando para ela. — Tente não dizer nada muito comprometedor.

Gideon olhou para trás, dando de ombros.

— Para falar a verdade, não tenho muito o que dizer. — Ele pausa e então diz: — *Avez-vous des problèmes? Tout va bien?*

— *Sí, estoy bien, no te preocupes*. — Alguém assistindo àquilo provavelmente poderia traduzir, mas a questão não era essa. — Acho que não vamos poder fazer isso com frequência.

Gideon inclinou a cabeça, parecendo concordar.

— Você não dorme direito quando estou aqui — observou. — E, julgando pela segurança deste lugar, você vai precisar de toda a sua energia.

— Provavelmente.

Nico suspirou.

Ele tentou não pensar em como os próximos dois anos seriam ainda mais difíceis sem ao menos os vestígios subconscientes de Gideon para lhe manter são.

— A Libby está aqui? — perguntou Gideon.

— Está, em algum lugar por aí. — Ele sorriu. — Mas você não deveria saber disso.

— Bem, na verdade foi só um chute. — Gideon inclinou a cabeça. — Você está sendo legal com ela, né?

— Eu sempre sou legal. E não me diga o que fazer.

O sorriso de Gideon ficou maior.

— *Tu me manques* — disse ele. — Max ainda não percebeu que você se foi, óbvio.

— Óbvio que não. — Uma pausa. — *Y yo también*.

— É esquisito sem você no apartamento.

— Eu sei. — Mas não sabia pra valer. Não parecia real ainda, porém logo ia parecer. — Pelo menos é silencioso?

— É, e eu não gosto de silêncio — respondeu Gideon. — Fico achando que a qualquer momento minha mãe vai sair do ralo.

— Isso não vai acontecer, nós tivemos uma conversinha.

— Sério?

— Bem, ela me surpreendeu no banho — disse Nico. — Mesmo assim, ela foi muito bem persuadida.

Ou algo perto disso, pensou ele, sombrio, se é que os feitiços de proteção serviam para alguma coisa.

— Nicolás. — Gideon suspirou. — *Déjate*.

Gideon tinha certeza — mais do que qualquer pessoa — de que Nico estava escondendo algo, e de que fazia isso da forma mais carinhosa possível, mas, de novo, Eilif era um assunto bastante complexo. Nico nunca entendera como ela era capaz de atravessar os planos astrais com tamanha facilidade (um livro em algum lugar daquela casa provavelmente lhe forneceria a resposta, percebeu ele, zunindo com possibilidades), mas, detalhes à parte, ela era extraordinária, uma espécie de pirata. Independentemente do que Eilif fez, magicamente falando, fez bem o suficiente para Gideon estar em perigo constante, e Nico não ia correr o risco de a mulher encontrá-lo de novo. Da última vez, ela o infernizou para aceitar um trabalho que o exauriu tanto que ele teve convulsões ininterruptas por dias, colapsando, por fim, próximo ao parque Tompkins Square e sendo levado ao hospital antes que conseguissem entrar em contato com Nico. E isso sem mencionar que as pessoas de quem Gideon tinha roubado (detalhe esse que Eilif falhara em relatar, sendo terrivelmente esquecida ou, o que é mais provável, só terrível mesmo) foram atrás de Gideon nos reinos e extraíram sua vingança. Nico não precisou que Gideon explicasse por que ele tinha se forçado a ficar acordado, apenas cochilando de vez em quando, durante um mês inteiro.

Essas coisas, assim como a necessidade incontestável das proteções de Nico, não precisavam ser espalhadas aos quatro ventos.

— Gideon, só estou tentando...

Nico parou de falar quando as barras se distorceram e o rosto de Gideon desapareceu. Ele abriu os olhos na escuridão absoluta. Alguém o chacoalhava para acordá-lo.

— Tem alguém aqui — disse uma voz que ele não reconheceu de imediato. Ainda grogue, Nico teve dificuldade para se sentar.

— O quê? É só meu amigo, ele não...

— Não na sua cabeça. — Era a voz de Reina, ele se deu conta, seus olhos se ajustando para identificar a forma do rosto dela. — Tem alguém na casa.

— Como você...

— Há plantas em todos os cômodos. Elas me acordaram. — Reina estava usando um tom que soava como *pare de falar*. — Alguém está tentando entrar, isso se já não tiver conseguido.

— O que você quer que eu faça?

— Não sei — disse ela, as sobrancelhas arqueadas. — Alguma coisa.

Nico estendeu o braço, pressionando a mão no piso para sentir a madeira pulsar.

— Vibrações — informou. — Com certeza tem alguém aqui.

— Eu sei disso. Acabei de te falar.

Bem, seria melhor se Nico pudesse lidar com a questão sozinho, ou quase. Reina provavelmente tinha feito um favor ao acordá-lo primeiro.

Ah, mas ele dissera que não se encarregaria de tudo sozinho.

— Acorde Rhodes — pediu, depois de pensar melhor, ficando de pé. — Ela está no último…

— No último quarto à direita, eu sei.

Reina saiu em disparada, sem fazer perguntas.

Nico foi para a sala de estar, avançou pelo corredor (com alguma extravagância arquitetônica obscura cujo nome ele já esquecera), seguindo em direção à entrada oeste, para a galeria, desacelerando o passo para tentar ouvir algo. Libby era melhor nisso; era mais sintonizada às ondas das coisas, geralmente ao som e à velocidade, então Nico desistiu e começou a sentir. Ele sentiu uma perturbação em algum lugar no andar de baixo.

Assustou-se quando a porta da sala de estar foi escancarada atrás dele, revelando Parisa na soleira.

— Você está pensando muito alto — informou-lhe ela com um incômodo palpável, enquanto Libby finalmente surgia pela porta de seu quarto.

— A gente não deveria acordar…

— O que está acontecendo? — exigiu saber Callum, surgindo a passos largos no corredor.

— Tem alguém na casa — informou Nico.

— Quem? — perguntaram Libby e Callum em uníssono.

— Alguém — responderam Nico e Reina.

— Muitos alguéns — corrigiu Parisa. Ela estava tocando a parede, lendo os conteúdos da casa como se fossem braile. — Há pelo menos três pontos de acesso comprometidos.

— Ela tem razão — concordou Reina.

— Eu sei que tenho razão — resmungou Parisa.

— Alguém acordou Tristan? — perguntou Libby, parecendo inquieta, como esperado.

— Faça isso — ordenou Parisa, desinteressada.

— Não, Rhodes vem comigo — disse Nico, observando o primeiro andar de onde estava, na balaustrada, para verificar se havia algum movimento ainda não detectado.

— Quê? — disseram Libby, Parisa e Callum.

— Vocês me ouviram — respondeu Nico, gesticulando para que Libby o seguisse. — Reina, acorde Tristan e diga a ele para nos seguir. Rhodes, não saia do meu lado.

Libby lançou um olhar para ele de *você não manda em mim*, mas Nico já estava se afastando. Callum seguiu Nico, movendo-se sem pressa, como alguém que nunca se sente ameaçado.

Antes mesmo que chegasse ao topo da escada, a situação envolvendo a casa tinha escalado de tentativa a invasão.

A emboscada localizada nas portas da frente do andar de baixo entrou em ação assim que eles emergiram na galeria. Um grupo de pessoas abaixo estava claramente coordenando cada passo deles, embora Nico ainda não conseguisse dizer quantas eram.

— Abaixe-se — sibilou Nico, puxando Libby para baixo e acenando para Callum enquanto algo passava zunindo acima, disparado do salão de entrada e seguindo para onde eles estavam.

Era bem maior que uma bala, então não devia ser tão mortal. Era mais provável que fosse algo para imobilização temporária, o que a maioria das armas mágicas tendia a ser. Mas esses tipos de armamento eram caros e não muito úteis quando disparados contra um alvo desconhecido. Nico ficou intrigado.

— Deve ser um teste — supôs Callum, falando baixo. — Uma tática para assustar a gente e fazer com que trabalhemos juntos.

Era possível, pensou Nico, embora não quisesse concordar com Callum em voz alta.

— Me dê cobertura — disse ele para Libby.

— Tá — concordou ela, fazendo uma careta. — Mantenha a cabeça baixa.

Todo ano, a UAMNY promovia um torneio destinado às habilidades físicas; algo similar a um jogo de pique-bandeira, mas com menos regras e mais concessões. Ele e Libby nunca estiveram na mesma equipe, quase sempre se enfrentando na rodada final, mas todas as partidas eram, em essencial, a mesma coisa: alguém atacava, alguém dava cobertura.

Nico ficou de pé enquanto Libby conjurava uma bolha fina de proteção ao redor dele, manipulando a estrutura molecular do ar em suas imediações. O mundo, em sua maioria, era entropia e caos. Então magia era ordem, porque era controle. Nico e Libby conseguiam alterar o material ao redor deles. Podiam pegar a compulsão do universo para encher um vácuo e então dobrá-lo, distorcê-lo, alterá-lo. O fato de que os dois eram fontes naturais de energia, unidades de armazenamento idênticas para cargas elétricas gigantescas, significava que não apenas podiam dominar a energia necessária para uma explosão, mas que também podiam criar um ambiente menos resistente para tal.

Mesmo assim, até mesmo baterias tinham limites. Combate direcionado a uma pessoa por vez era uma excelente forma de desperdiçar muito tempo e energia, então Nico optou por lançar uma rede mais ampla. Assim, alterou a direção da fricção da sala de estar próxima, no andar inferior, enviando os invasores do saguão principal para a parede mais distante. Para ajudar, um fino tentáculo de plantas se enrolou ao redor deles, prendendo-os com força.

— Valeu, Reina — disse Nico, ofegante, devolvendo o balanço da força ao cômodo.

Atrás dele, Reina deu de ombros em resposta.

O escudo de Libby se dissipou.

— É só isso? — perguntou ela.

Em silêncio, Nico contou os corpos presos na armadilha de Reina: um total insignificante e um tanto suspeito de três pessoas. Essa quantidade era suficiente para invadir uma casa com o tipo de proteção que Gideon sentira?

— Não — respondeu Parisa, pegando Nico de surpresa, que por um segundo esqueceu qual era a habilidade dela antes de chegar à conclusão de que seus pensamentos não eram dignos de serem ocultados agora. — Há alguém na ala leste, perto da sala de jantar...

— E na biblioteca — disse Reina, antes de acrescentar, irritada: — E também na sala pintada.

— Qual delas? — exigiu Callum.

— Você pretende ser útil em algum momento ou não? — retrucou Reina, encarando-o.

— Se eu sentisse que seria preciso me preocupar, provavelmente me preocuparia — respondeu Callum. — Do jeito que está, por que vou me dar ao trabalho?

— O que está acontecendo? — indagou Tristan, que aparentemente resolveu se juntar a eles.

— Blakely está nos testando — respondeu Callum.

— Você não sabe se é isso — retrucou Libby. Sob o corredor da galeria, ela ouviu o som de mais alguém entrando. Ela franziu a testa, concentrada. — Vai que é real.

— O que você quer que eu faça com esses daí? — perguntou Reina, apontando para os homens se contorcendo dentro das vinhas que os mantinham presos.

— Bem, já que não os queremos *na casa*... — começou Parisa, impaciente.

— Varona, você ouviu isso?

Antes que Nico pudesse responder que sim, Rhodes, se ela podia ouvir, *ele* também podia, um tilintar estranho e desorientador soou em seus ouvidos, preenchendo sua mente com uma branquidão vaga, cegando-o por trás dos olhos fechados.

Nico sentiu uma dor vaga, como o alfinetar de uma agulha. Algo atingiu seu ombro, e ele quis se livrar da coisa, mas o chio branco que de alguma forma preenchia seus ouvidos e olhos era debilitador, paralisante. Sentiu uma pressão dentro da cabeça, que ameaçou preencher todo o espaço, como um tumor se expandindo a toda velocidade.

Então o tilintar diminuiu, apenas o suficiente para que ele conseguisse abrir os olhos e ver que Libby estava falando, ou ao menos tentando.

Varona, a boca dela estava dizendo. *Varona, é uma sonda!*

Uma sonda? Não, não uma sonda.

Nico piscou, a visão ficando mais nítida.

Uma onda.

Isso fazia mais sentido. Ele tentou erguer a mão direita, mas a dor o impediu. Então decidiu pela esquerda, tentando agarrar uma partícula de som e mirá-la, como um chicote, até que o que estava acontecendo cedeu. Libby, agora livre do esforço de arrastá-lo para longe do efeito imobilizador da onda de som, a extinguiu com uma faísca.

— ... não pode ser um teste — completou ela, por fim.

Foi então que Nico percebeu que a dor em seu ombro era muito mais que uma pontada. O ferimento estava pegajoso de sangue e, pelo que sabia, isso não costumava acontecer com armas mágicas. Então deslizou até a base das balaustradas, observando por entre as colunas para averiguar o que restara lá embaixo, enquanto os outros logo se protegeram atrás de algo, se agachando do lado oposto da parede da galeria.

— Isto não é um ferimento falso! — apontou Libby, horrorizada.

— É um ferimento de bala — observou Parisa. — Seja lá quem são, eles não devem ser mágicos.

Fazia sentido, mesmo que o primeiro tiro houvesse sido algum tipo de magia. Certas formas podiam facilmente ser fornecidas para um comprador mortal com dinheiro suficiente, e medeianos eram tão raros que enviar um grupo deles com certeza seria um desperdício. Armas eram mais baratas e perfeitamente efetivas. Nico grunhiu, irritado, estancando o sangue com uma onda saída de sua mão.

— Mas isso não pode ser coisa da Sociedade — protestou Libby. — Nós com certeza temos que fazer alguma coisa!

— Há pelo menos um medeiano aqui — observou Nico, gemendo entredentes, com dificuldade para se erguer. Ele não ia se dar ao trabalho de aliviar a dor, já que isso ia requerer mais energia do que ele podia gastar no momento. Não era nada letal, então se curaria mais tarde. — Acho que é melhor nos separarmos. Posso lidar com o resto se Rhodes procurar o medeiano.

— O resto? — repetiu Callum, desconfiado. — Isso aí no seu ombro não é nada bom. Não foi uma pistola, foi um rifle automático. Talvez estejamos lidando com forças militares especiais.

— *Obrigado* — respondeu Nico, áspero, enquanto outros disparos soavam abaixo. Sabia muito bem com o que estava lidando, o que era exatamente o que estava tentando dizer. — Eles não se dariam ao trabalho de armar um bando de medeianos com AK-47 — gritou sobre o som dos disparos —, assim como não enviariam mortais sem nenhuma supervisão mágica. — Se fosse algum tipo de força militar, era provável que estivesse sob o comando de um medeiano. — E se ele for bom com ondas, Rhodes vai ouvi-lo chegando.

— A gente devia se separar — concordou Parisa, que pelo menos era muito prática.

Dissera aquilo com naturalidade, como se recomendasse levar uma blusa para o caso de fazer frio.

— Aham, boa ideia. Você fica comigo — sugeriu Nico. — Rhodes pode ir com Tristan, e Reina pode ir com...

— Eu vou ficar — interrompeu Reina.

— O quê? — questionaram Callum e Libby, um com ironia e o outro com desconfiança.

Reina parecia irredutível.

— Nico vai bater de frente com mais pessoas. E eu tenho experiência de combate.

Nico olhou para ela.

— É mesmo?

— Bem, eu treinei combate físico — continuou ela, o que soava bastante como se apenas tivesse lido muitos livros sobre o assunto. — Além disso, vocês todos parecem pensar que sou inútil na minha especialidade, estou errada?

— Não temos tempo para discutir agora — apontou Libby, interrompendo antes que alguém pudesse falar. — Parisa, vá com Callum — ordenou ela. Qualquer coisa para evitar ir com Callum, supôs Nico. — E Varona está certo, Tristan pode vir comigo.

— Beleza — disse Parisa, apática. — Posso encontrar o medeiano na casa.

— Ótimo, e nós checaremos os pontos de acesso lá embaixo...

Esse foi o ponto em que a paciência de Nico para discutir logística acabou. Àquela altura, o braço dele começara a ficar dormente, provavelmente porque a mente estava concentrada em conter os intrusos.

Ele tinha se saído muito, muito bem no torneio de físicos. Na verdade, foi eleito o melhor jogador por quatro anos consecutivos, e, por melhor que Libby tivesse sido ou não (está bem, ela *era* boa, mas mesmo assim), nunca ganhara dele. Nico tinha gosto por adrenalina e, além disso, precisava se vingar de alguém por conta do ferimento à bala. Em sua opinião não tão humilde, estavam em dívida com ele e não era pouca coisa.

— Vamos — disse Nico, chamando Reina e então pulando o corrimão, a incitando a segui-lo para a saraivada de tiros abaixo, se protegendo com a mão estendida. — Vejo você lá embaixo.

— Varona — Libby suspirou —, você percebe que há *degraus*...

Nico não estava ouvindo, ocupado enquanto avançava em direção ao chão. Tiros foram disparados — uau, que surpresa —, mas ele já estava esperando por isso. Assim, caiu em pé e desviou de uma bala tão facilmente quanto teria se esquivado de um soco, agarrando o uniforme que sugeria que ele estivera certo: era algum tipo de força-tarefa militar. Que divertido! Empolgante. Todos eles contra Nico — que pena que não pensaram em trazer um grupo duas vezes maior. Em meio ao cenário, ele curvou um pouco o chão, afunilando-os em um ralo invisível. Assim era mais fácil ver quantos eram. Nico contou seis e sorriu consigo, fazendo o chão voltar ao normal. Os homens armados tropeçaram, e então, conforme recuperavam o equilíbrio, atiraram na direção dele.

Para a surpresa do físico, foi Reina quem mirou primeiro, enviando um raio de algo muito bruto, mas muito rápido, no peito de um atirador que se aproximava. Arrancou o ar dele, fazendo-o golpear com a arma o rosto de um camarada. Ao ouvir o praguejar, Nico pensou que o grupo fosse dos Estados Unidos, talvez a CIA. Isso, pensou, com um arrepio de antecipação, seria de fato muito incrível. Ele nunca tinha sido importante o bastante para merecer ser assassinado.

Mais tiros foram disparados, o que certamente não podia continuar; um ferimento a bala já estava de bom tamanho. Depois de esperar um momento para absorver o impacto atrás do escudo temporário que fizera, Nico agarrou o atirador mais próximo e o girou em círculo, fazendo os outros se lançarem atrás dos móveis aristocráticos para se protegerem das balas. Um puxãozinho da gravidade sob os invasores fez com que flutuassem em câmera lenta para o outro lado do cômodo, os rifles sendo arrancados de suas mãos. Nico invocou as armas e as desmontou com um único e explosivo golpe, fazendo chover componentes como estilhaços enquanto as forças gravitacionais comuns da sala voltavam ao normal.

Pronto, pensou ele. Agora, sim, vamos ter uma luta de verdade.

Reina parecia estar lidando bem com o combate corpo a corpo, já tendo progredido do pé da majestosa escada para dentro da sala de jantar; Nico brevemente a viu de esguelha, enquanto se esquivava de um soco que devia ter acertado sua orelha, levando-o na direção de mais outro cômodo que exalava formalidade. No confronto, Reina se movia como um touro, ataque seguido de ataque, e a força de seus golpes permanecia incompleta mas pesada, inconfundível. O estilo de combate de Nico tinha um pouco mais de finesse, era mais ágil. O primeiro atirador, então armado com um pequeno canivete, foi para cima dele com um gancho cego de direita, do qual Nico facilmente se esquivou, fazendo o atirador tropeçar, praguejando alto.

Aquilo certamente era britânico, pensou Nico. CIA *e* MI6, talvez?

Quanta honra.

Reina lidou com dois atiradores, acertando um disparo forte mas descomplicado para imobilizar uma coxa, enquanto Nico diminuía os quatro invasores restantes para três, girando a faca do atirador para um golpe no rim. Assim, diminuiu de três para dois com algumas pancadas na cabeça, desnorteando os homens com alguns movimentos descuidados, acertando o atirador com um gancho forte que jogou a cabeça do homem para trás com um estalo. O impacto foi satisfatório, eficiente e potente. Nico só precisou de um pouquinho de precisão para guiar sua mão não dominante e sadia.

Na verdade, fazia sentido que quem quer que estivesse tentando invadir a Sociedade não houvesse enviado um grupo inteiro de medeianos. Sem dúvida eles sabiam que tipo de medidas de segurança estavam tentando romper, e uma equipe de operações especiais poderia causar o mesmo dano sem derramar uma valiosa gota de sangue mágico. Com certeza teriam que ser acompanhados por um medeiano para quebrar as proteções de segurança, mas ninguém que Nico enfrentava no momento era perigoso, a menos que ele permitisse que fossem. Claro, não estava a fim de ser morto.

Os dois atiradores restantes não eram burros. Atacaram lado a lado, fazendo de Nico a ponta de um triângulo isósceles; um princípio básico de combates um a um e, portanto, bastante previsíveis. Assim como foi a decisão de Nico de forçá-los em um cinturão de Órion, correndo em direção a um enquanto lançava uma onda de força no outro. Para Nico, a magia era apenas um intensificador de sua aptidão natural. Ele tinha firmeza nos pés e equilíbrio, era conciso e rápido sem precisar apelar para nenhum de seus poderes, que deveriam ser preservados ao máximo. Até poderia desperdiçá-los, terminando a batalha mais cedo e depois levando mais tempo para se recuperar, mas era mais sábio do que isso. Aqueles homens até poderiam não ser mágicos, mas *alguém* ali era, e certamente logo se revelaria. E, quando acontecesse, ele queria estar pronto. Até lá, o combate teria que ser mano a mano.

Ele usou magia apenas para que seus golpes causassem nas vítimas o mesmo efeito de ser eletrocutado, enviando um atirador (agora totalmente desarmado, por conta da ajuda de um feitiço de invocação e por ter sido acertado com o próprio canivete no músculo do quadríceps) cambaleando para trás, imobilizado por ora, enquanto o outro disparava à frente, errando Nico por um centímetro.

Nico, retomando o controle do canivete, se abaixou e deslizou bem a tempo de evitar um tiro que foi direcionado para acertar seu ombro ferido — que, supôs ele, foi um alvo fácil por estar coberto de sangue. Por sorte, seus reflexos levaram o oponente diretamente ao ponto de dificuldade que Nico esperava, e a finta seguinte, calculada para interceptar o atirador que disparava por trás, fez com que o segundo atirador acertasse o primeiro.

E foi então que ele sentiu um pequeno tremor abaixo dos pés; um aviso, e também um lembrete de que aqueles não eram os únicos invasores na casa. Ocupado com os dois últimos, Nico afrouxou a gravidade mais uma vez para se fazer levitar paralelamente ao chão, cortando a artéria carótida de um com o canivete em sua mão enquanto apontava o arco de seu pé para o osso esterno do outro. O último atirador sentiu o efeito do chute de Nico como um golpe em seu coração, parando no meio de um suspiro e desabando no momento em que Reina enfiava uma lâmina no pescoço de seu agressor.

Nico estava prestes a se virar e comemorar — parabenizá-la com um tapinha no ombro por ter feito mais do que apenas ler um livro —, quando sentiu aquele som desconcertante penetrando de novo em sua cabeça. Dessa vez era tão alto que o garoto saiu do chão, flutuando numa total paralisia corporal.

Aquilo era tudo que aquele medeiano conseguia fazer? Ondas?

Nico supunha haver um motivo para apenas seis deles terem sido escolhidos para a Sociedade. Nem todo medeiano tinha poder *e* habilidade. Aquele parecia ter apenas um talento. No entanto, em defesa do medeiano, era um talento altamente útil, e Nico na mesma hora ficou fraco, tendo sangrado quantidades copiosas durante todos os momentos em que não estava se concentrando no ferimento em seu ombro. Se já não tivesse gastado tanta energia, não seria difícil resistir à onda. Podia subjugar a maioria dos medeianos só com a força, mas não quando estava criticamente ferido.

Mesmo assim, ainda que fosse doer, precisava ser feito.

Nico invocou o que restava da reserva de suas habilidades, quase se exaurindo no meio do processo, e foi surpreendido por uma pequena faísca; um tremor em algum ponto abaixo da palma dormente de sua mão. Era uma espécie de corrente elétrica, e Nico a sentiu sair do corpo numa explosão, um expulsar com a força de um arfar e o volume de um grito.

A carga extra em seus poderes tinha que ter vindo de Reina — a mão que ele tinha colocado sobre o ombro dela pulsava de forma significativa, um zunido elétrico —, mas na hora ele não conseguiu pensar no que causara aquilo. Teve segundos antes de o medeiano conjurar outra onda de som, então, com a palma da mão ainda no ombro de Reina, Nico, parado na porta escancarada do saguão principal, disparou um conjunto de magia — poder, energia, força, quaisquer fossem os nomes — diretamente para dentro do corpo do medeiano. A explosão resultante foi suficiente para afastá-lo de Reina. Os dois tropeçaram para trás, batendo na parede coberta por tapeçarias da antessala, esquivando-se de uma chuva de fragmentos que caía do teto.

O som do disparo de Nico atingindo o alvo foi um grito de dor feminino. O físico então limpou a névoa de pó do ar, esperando até que ele e Reina pudessem vê-la claramente.

— Bem — disse Nico para Reina, olhando para a invasora medeiana, que lutava para se levantar no meio do estrago pouco viável do saguão principal. — Você quer ir primeiro ou vou eu?

Porém, não ficou surpreso quando Reina abriu um sorriso sombrio, dando um passo pesado à frente.

— Eu tenho certeza de que há o bastante para nós dois — respondeu ela, colocando a mão no ombro dele enquanto Nico invocava o que faiscava em suas veias.

· TRISTAN ·

Tristan identificou o som de uma explosão ensurdecedora, seguida pelo barulho inconfundível da risada de Nico de Varona.

Ele estava *se divertindo*, pensou Tristan, enojado. Quando deixaram Nico para trás, ferido pelo tiro e tudo mais, os passos dele estavam tão despreocupados que o garoto parecia estar dançando, deslizando por entre os disparos, como se a própria gravidade funcionasse de forma diferente para ele, o que talvez fosse verdade. Tristan nunca tinha conhecido alguém com a especialidade tão ampla de "físico", descobrindo depois que a maioria desses medeianos tinha um campo de habilidades bem específico. Com grandes poderes, em geral vinha a capacidade de influenciar apenas certos fenômenos: levitação. Incandescência. Força. Velocidade. Tristan não sabia ser possível alguém dominar todas essas faculdades ao mesmo tempo e, pelo que parecia, isso nem era tudo. A magia física era tão intensa que no momento Nico provavelmente deveria estar exausto, mas não era o caso.

Ele estava *rindo*. Estava se divertindo e, enquanto isso, Tristan estava prestes a vomitar.

Na mente de Tristan, ele aceitara a tarefa mais fácil: ia apenas "proteger o perímetro", ou fosse lá como chamavam aquele tipo de atividade. Se alguém ia atirar em algo, pensou ele, seriam todas aquelas armas apontadas para Nico, de quem Tristan não tinha ido muito com a cara, para início de conversa. Ele conhecia aquele tipo: escandaloso, exibido, cheio de bravata sem mérito, como a maioria dos bruxos da gangue de seu pai. Todos eles tinham inclinações violentas que mal conseguiam camuflar com uma devoção servil ao rúgbi, e Tristan presumiu que Nico fosse um deles. Jovem, cheio de si e pronto para lutas que não conseguia vencer.

Pelo visto, estava errado. Nico não apenas podia ganhar, como também podia ganhar com um ferimento de bala no ombro de sua mão dominante.

Ainda mais alarmante, ele não era o único que podia.

Foi com imensa relutância que, no começo, Tristan concordou em se unir a Libby, uma jovem impertinente que ele suspeitara ser insegura demais para durar um dia ali. Apenas o cavalheirismo (ou algo do tipo) o impedira de se juntar a Callum e Parisa, que viraram à esquerda, seguindo algum pensamento que Parisa lera na mente da casa. Tristan pensara: bem, alguém tem que ficar de olho nessa garotinha irritante, ou então como ela sobreviveria sem ter alguém para responder às suas mil perguntas?

Mas foi então que, é óbvio, ele foi pego de surpresa naquela mansão monstruosa, se vendo encurralado por um grupo do que pareciam ser espiões armados e tendo que depender da tal garota irritante *muito* mais do que admitiria.

— Abaixe-se — ordenou Libby enquanto outra arma disparava, dessa vez de algum lugar atrás dele.

Pelo menos era uma mudança bem-vinda do costumeiro resmungo apreensivo dela. Se havia algum alívio nisso tudo, era que Libby Rhodes era muito mais habilidosa do que aparentava.

Tristan estava começando a se arrepender de não ter feito amizade com nenhum dos três especialistas físicos. Nico teria sido ideal, já que parecia ser uma usina de energia. A magia irradiando dele era muito mais refinada do que qualquer outra que Tristan já vira, e já tinha visto muitas enquanto atuava como analista de investimentos. Ele conhecera medeianos que alegavam abastecer usinas inteiras com o equivalente a energia nuclear e que não chegavam perto de ter o talento puro de Nico ou mesmo o seu controle. Tristan percebeu, com tristeza, que Libby e Nico podiam ter dado a impressão de serem os menos ameaçadores pelo fato de serem os mais jovens e com menos experiência, mas de repente duvidou que fossem tão imaturos assim. Ele desejou não ter traçado fronteiras imaginárias entre si e os outros, porque duvidava que seria fácil apagá-las.

Esse pensamento serviu como um desagradável lembrete de que o pai de Tristan, um bruxo com níveis moderados de magia física, sempre o considerara um fracassado. Desde o começo, Tristan fora lento em mostrar quaisquer sinais de magia e mal se qualificou para o status de medeiano quando chegou à adolescência. Um resultado surpreendente, considerando que eles passaram tantos anos antes disso preocupados com a possibilidade de Tristan nem sequer ser um bruxo.

Foi por isso que tinha sido escolhido? Atlas Blakely disse a Tristan que ele era raro e especial, portanto pensou: Sim, tudo bem, é hora de largar tudo que passei anos incansáveis cultivando para provar ao meu pai que eu também posso fazer algo incrivelmente perigoso?

— Você sabe algum feitiço de combate? — perguntou Libby, ofegante, lançando a Tristan um olhar que sugeria que ele era a pessoa mais inútil que conhecera.

Naquele momento, ele suspeitava que era, de fato.

— Eu... não sou bom com fisicalidades — conseguiu responder, desviando de mais disparos.

Aqueles homens pareciam diferentes do grupo que Nico enfrentara no saguão principal inferior, mas certamente também estavam munidos de armas automáticas. Tristan não tinha um conhecimento muito aprofundado sobre a interseção entre magia e tecnologia na guerra, visto que James Wessex tinha escolhido lidar ele próprio com qualquer questão de tecnologia armamentista, mas suspeitava que se travava de mortais usando escopos magicamente aprimorados.

— Tá, tudo bem — respondeu Libby, impaciente —, mas você é...?

Ela parou de falar antes de dizer algo que Tristan presumiu ser a palavra *útil*.

O que, como Adrian Caine sempre se esforçou para reforçar, Tristan nunca fora.

— Só venha comigo — disse ela, frustrada, puxando-o. — Fique atrás de mim.

Aquilo era uma mudança um tanto enfurecedora, pensou Tristan. Para começar, ele não tinha muita experiência em ser alvo de tiros. A oportunidade oferecida por Atlas Blakely era para ser apenas uma bolsa acadêmica, caramba. Ele não esperara que seu tempo nos arquivos alexandrinos envolvesse se esconder atrás do móvel cafona mais próximo que pudesse encontrar.

Ele poderia muito bem ter ficado na Corporação Wessex e passado a vida sem levar um tiro. Poderia simplesmente ter dito a Atlas para ir catar coquinho e curtido o feriado com a noiva; poderia estar fazendo sexo intenso e hercúleo naquele exato momento e acordando para discutir o futuro da empresa com seu sogro bilionário enquanto tomava um Bloody Mary preparado com maestria. Importava que Eden fosse uma adúltera irritante ou James um tirano capitalista, se isso significava que ele nunca mais teria que se esforçar, exceto numa partida de badminton em família na qual todos estariam bêbados e Tristan teria que fingir uma risada quando os figurões zombassem das necessidades do proletariado?

No momento, não dava para saber.

Enfim Libby estava começando a tomar iniciativa na defesa, tendo descartado qualquer hesitação em prol da sobrevivência. Fosse lá quem tivesse invadido, eles estavam vestidos de preto da cabeça aos pés e se moviam de forma acrobática pela sala de estar horripilante, como sombras fantasmagóricas em meio a retratos indulgentes de homens brancos com vestimentas aristocráticas. Havia tanta magia na sala que era difícil ver algo além de frestas enevoadas e translúcidas. Libby se virou e mirou alguma coisa, uma expulsão de poder saindo dela em direção a nada específico.

— Você errou — disse Tristan, um momento "eu te avisei" murmurado que ele teria evitado se sua vida não estivesse em risco.

— Eu não errei! — retrucou Libby.

— Você errou, sim — rebateu ele entredentes, apontando. — Você errou por mais ou menos um metro e meio.

— Mas ele está caído, ele está...

Que inferno, será que ela era cega? Tristan deveria ter ficado com Nico.

— Do que você está falando? — perguntou ele. — Você deve ter quebrado uma lâmpada, tá, mas era do período eduardiano...

— Eu não... Você está dizendo que não tem nada ali?

— É óbvio que não tem nada ali — grunhiu ele, frustrado —, é uma...

Puta merda, ele era burro?

— É uma ilusão — percebeu Tristan em voz alta, fazendo cara feia para sua própria falha em notar o óbvio, e então, sem perder mais tempo, segurou os ombros de Libby e a virou na direção correta, apontando. — Bem ali, está vendo? Em linha reta?

Ela disparou de novo, dessa vez desarmando uma série de disparos ao impedir o progresso das balas em pleno ar e ainda instigando uma combustão em massa. O atirador foi jogado para trás, o ar repleto de projéteis, e a força da explosão criou uma momentânea cortina de fumaça. Libby era assustadoramente incendiária, o que Tristan suspeitava ser uma habilidade que deveria ser poupada, embora a ajuda tivesse chegado em ótima hora. Provavelmente ia custar à garota a mesma quantidade de energia que Nico estava gastando no andar de baixo, então era melhor não disparar a torto e a direito enquanto não sabiam quantos ainda teriam que enfrentar.

— Me diz o que você enxerga na sala — pediu ele bem perto da orelha dela, tentando se concentrar enquanto a fumaça se dissipava.

Tudo o que conseguia distinguir eram clarões, torrentes de magia.

— Não sei... dezenas deles, pelo menos — respondeu ela, fazendo uma careta.

Tristan percebeu a frustração de Libby. Para alguém que obviamente era tão controladora, a presença de ilusões devia ser atordoante.

— A sala está lotada deles.

— Só restam três — informou Tristan —, mas não desperdice energia. Vou ver se consigo encontrar o medeiano responsável pelas ilusões.

— Vai logo! — gritou Libby, rangendo os dentes.

Certo. Ele ergueu a cabeça e olhou ao redor, tentando determinar quem estava lançando o feitiço, se é que existia alguém. Tristan não identificou qualquer indicação de magia sendo produzida, embora tenha visto uma bala, uma de verdade. Libby provavelmente não conseguia distingui-la das outras, mas bem a tempo fez um escudo bastante primitivo, que se dissolveu com o impacto. Ela deu um pulo, alarmada.

— O medeiano não está aqui — declarou Tristan, o que provavelmente era a conclusão mais problemática a que poderia ter chegado. — Vamos nos livrar desses três e ir embora.

— Me ajude a mirar — pediu ela, sem hesitar. — Consigo dar conta dos três.

Tristan não duvidava. Ele pegou o braço esquerdo dela, guiando-a quando um dos homens começou a atirar. Como antes, a explosão de Libby ricocheteou de volta para o atirador, embora Tristan não tenha esperado para ver se a estratégia dera certo. Os outros estavam se movendo depressa, então ele a puxou para si, mirando primeiro no que estava indo na direção deles e, com um pouco de dificuldade, no que estava fugindo da sala.

— Estão indo por ali — revelou ele, endireitando Libby e correndo em direção ao que escapava. — Deve ser onde o medeiano está. Você pode...

Uma fina bolha de mudança atmosférica os rodeou, selando-se com um pequeno gole de pressão a vácuo.

— Valeu.

— Não foi nada — disse ela, ofegante, enquanto Tristan via traços de magia e seguia o rastro em direção à capela privada que havia na casa.

O vitral mais próximo era o que representava o conhecimento, a imagem âmbar de uma chama brilhando de forma misteriosa sob as faíscas saindo das mãos de Libby.

O ilusionista foi fácil de encontrar, mesmo antes de terem entrado na antessala. O feitiço de encobrimento era obviamente custoso, cobrindo grande parte do cômodo e se expandindo para os pontos de acesso próximos. Tristan segurou Libby, observando primeiro o medeiano para saber se ele estava trabalhando com outra pessoa.

Parecia que sim, embora não desse para atestar se era com um parceiro remoto ou alguém na casa. Ele digitava rapidamente num notebook que não parecia nem um pouco mágico. Se Tristan tivesse que adivinhar, chutaria que estava programando câmeras de segurança, o que significava que ele e Libby tinham alguns segundos antes de serem notados. Se não tivesse que se preocupar em controlar os outros, já teria notado a presença dos dois na sala.

— Ataque enquanto ele não está prestando atenção — disse Tristan para Libby. Ela hesitou, o que era a única coisa que ele esperava que não fizesse.

— Eu atiro para matar ou...

Naquele exato momento, os olhos do medeiano se ergueram da tela do notebook, encontrando os de Tristan.

— AGORA! — gritou ele, mais desesperado do que desejava, e Libby enfim levantou a mão a tempo de impedir fosse lá o que vinha na direção deles.

O outro medeiano arregalou os olhos, claramente assustado diante da ideia de ser derrotado, enquanto Libby avançava na direção dele, empurrando a expulsão de poder lançada pelo ilusionista.

Mas ele não ia desistir sem lutar. Tentou outra vez, e a resposta de Libby foi rápida feito um raio, quebrando o controle do medeiano como uma chicotada feita de algo ao redor dos pulsos do oponente. Tristan ouviu um uivo de dor, e então um murmúrio baixinho, alguma obscenidade básica, suspeitava, embora seu mandarim estivesse enferrujado.

— Quem te enviou? — exigiu Libby, mas o medeiano havia se levantado.

Tristan, com receio de que o outro medeiano conjurasse mais ilusões para tentar se defender, pulou à frente, agarrando e erguendo outra vez o braço de Libby.

— Qual deles? — Libby arfou. — Ele se dividiu.

— Aquele ali, perto da janela do fundo...

— Ele está se multiplicando!

— Fica parada, eu sei onde ele...

Dessa vez, ao posicionar a palma de Libby na trajetória de fuga do medeiano, Tristan viu algo de relance, uma magia que de longe não conseguira identificar ao certo. Era uma correntinha brilhante, delicada como uma joia, que de repente se partiu.

Naquele exato momento, o medeiano virou a cabeça, os olhos se arregalando, angustiados. Era um feitiço de ligação, mas agora estava quebrado.

— Ele tinha um parceiro, mas agora não tem mais — traduziu Tristan, sussurrando no ouvido de Libby, que se retesou.

— Isso significa...

— Significa que você tem que matá-lo antes que ele escape!

Com os dedos ao redor do pulso dela, Tristan sentiu o impacto da magia ao deixar o corpo de Libby. Sentiu uma força inteira pulsando pelas veias dela e ficou maravilhado por estar tão perto do que podia muito bem ser uma munição viva. Ela era uma bomba humana. Podia partir a sala, o próprio ar, em átomos pequenos e indistinguíveis (exceto para Tristan). Se Adrian Caine um dia conhecesse Libby Rhodes, não pensaria duas vezes antes de comprá-la de alguma forma. Ofereceria a ela a maior fatia, lhe daria o mais alto privilégio de seu culto de bruxos meias-bocas. Ele era assim, o pai de Tristan: homem, mulher, raça, classe, nada importava. Percepção não era nada. Utilidade era fundamental. Destruição era o deus de Adrian Caine.

Tristan desviou o olhar da explosão, embora o calor tenha sido suficiente para ferir sua bochecha. Libby cambaleou, debilitada por causa do esforço, e ele envolveu a cintura dela com um dos braços e se pôs a arrastá-la para fora da sala.

Então viu Parisa, que emergiu de um dos andares abaixo para o patamar da escadaria, pálida como um fantasma. Callum estava ao seu lado.

— Aí estão vocês — disse Parisa, fraca.

— O que aconteceu? — perguntou Tristan, colocando Libby de pé.

Ela parecia um pouco tonta, mas assentiu para que a soltasse, se afastando do toque dele.

— Eu estou bem — afirmou ela, embora continuasse preparada para um ataque, os ombros ainda tensos.

— Acabei de encontrar outra medeiana lá embaixo — comentou Callum. — Alguma organização de espiões de Pequim. Uma especialista em combate.

Tristan arqueou as sobrancelhas, conectando os pontos.

— A medeiana tinha um parceiro?

— Tinha, um ilu...

— Um ilusionista — confirmou Tristan, trocando um olhar com Libby. — Nós o pegamos. Como você sabe que eram espiões?

— Além do óbvio? Ela me contou — respondeu Callum. — Só ela e o parceiro eram mágicos, os outros eram mortais.

Provavelmente uma distração, enquanto apenas um dos medeianos entrava. Libby continuava em posição de ataque, olhando ao redor, paranoica.

— Ela disse a vocês que não havia mais ninguém? Talvez estivesse mentindo.

— Talvez, mas não estava — afirmou Callum.

— Como é que você sabe? — pressionou Libby. — Talvez ela...

— Eu sei porque perguntei com jeitinho.

Parisa saberia dizer se a mulher mentira ou não — ou poderia saber, se a medeiana não estivesse usando nenhum escudo de defesa —, mas Tristan percebeu que a telepata não tinha dito uma única palavra sobre o assunto.

— Você está bem? — perguntou, e ela estremeceu, olhando para ele com uma expressão momentaneamente perdida.

— Estou. — Parisa pigarreou. — Pelo que vi, a casa está vazia agora.

— Era apenas um grupo?

Parisa balançou a cabeça.

— Seja lá quem Nico e Reina derrotaram, eles eram um grupo, e tinha também os outros que derrotamos e mais alguém, que trabalhava sozinho.

— Não sozinho — disse uma voz, e os quatro olharam para cima, assumindo várias posições de defesa no mesmo instante. — Não se preocupem. — Atlas riu, Dalton vindo logo atrás. — Sou só eu.

— É ele mesmo? — sussurrou Libby para Tristan, que estava um pouco impressionado com a pergunta.

A paranoia, ou talvez o perfeccionismo, caía como uma luva nela. Libby não confiava mais nos próprios olhos, e era provável que fosse melhor assim.

— É, sim — respondeu ele.

Ela assentiu, séria, mas não disse nada.

— O agente eliminado pela srta. Kamali foi enviado por seu antigo empregador, sr. Caine — informou Atlas, olhando para Tristan. — A cada década a gente espera ver alguém da Corporação Wessex, fique sabendo, então não chegou a ser uma surpresa.

Tristan franziu a testa.

— Você... *espera* que eles venham?

Naquele exato momento, Nico, eufórico, subiu os degraus, Reina o seguindo feito uma sombra.

— Ei! — disse ele, ensanguentado e desfigurado. A camiseta branca fina estava manchada de sangue devido ao ferimento no ombro e o nariz estava quebrado, embora o garoto aparentasse não notar. Vibrava de adrenalina, cumprimentando Atlas com um aceno excessivamente ansioso. — O que está rolando?

— Bem, sr. De Varona, acabei de informar aos outros sobre a operação que vocês enfrentaram esta noite — respondeu Atlas, optando por não comentar sobre a aparência de Nico. — Você e a srta. Mori derrotaram uma força-tarefa militar.

— MI6? — arriscou Nico.

— Sim, e também a CIA — confirmou Atlas. — Liderados por um medeiano especializado em…

— Ondas, a gente sabe — completou o garoto, ainda elétrico enquanto olhava para Libby. — Como você se saiu, Rhodes?

Libby ficou tensa.

— Não fique tão animadinho, Varona, o que aconteceu foi uma atrocidade — sibilou ela, mas Atlas respondeu em seu lugar.

— Com a ajuda do sr. Caine, a srta. Rhodes executou um dos ilusionistas mais procurados do mundo — disse ele, assentindo para Tristan em consideração. — A parceira dele, uma especialista em combate corpo a corpo, foi executada pelo sr. Nova. Ambos são agentes muito queridos de um serviço de inteligência de Pequim. Convenientemente, ambos eram procurados no mundo todo por crimes de guerra — informou ele, com gentileza. — Nós teremos o prazer de informar às autoridades que elas não terão mais que se preocupar com eles.

— Deixamos alguém escapar? — indagou Libby que, como era de se esperar, não conseguia se ver livre de sua apreensão.

Porém, antes que Atlas pudesse abrir a boca, Reina falou:

— Sim, dois deles fugiram.

As outras cinco cabeças se viraram para ela, que deu de ombros.

— Eles não iam conseguir o que vieram buscar — comentou ela, calma. — As proteções eram complexas demais.

— Exato — confirmou Atlas. — A srta. Mori tem razão. Havia de fato dois medeianos do Fórum que tentaram, sem sucesso, invadir os feitiços de proteção dos arquivos da biblioteca.

— Do Fórum? — perguntou Callum.

— Uma sociedade acadêmica não muito diferente desta — informou Atlas. — Eles acreditam que o conhecimento não deve ser guardado com tamanho cuidado, e sim distribuído livremente. Confesso que eles não compreendem nosso trabalho e com frequência tentam atacar nossos arquivos.

— Como você sabe de tudo isso? — indagou Tristan, irritado com o tom despreocupado na voz do Guardião. — Parece que nós éramos cobaias em um experimento que você já sabia que ia acontecer.

— Porque era tudo um teste — interrompeu Callum.

Atlas abriu um sorriso impaciente.

— Não era um teste — disse ele. — Não exatamente.

— Tente explicar com mais exatidão, então — aconselhou Parisa. — Afinal de contas, nós quase fomos mortos.

— Vocês não foram "quase mortos" — corrigiu-a Atlas. — A vida de vocês estava, sim, em perigo, mas vocês foram escolhidos para a Sociedade porque já possuíam todas as ferramentas necessárias para sobreviver. A chance de que qualquer um de vocês acabasse morto era…

— Possível. — Libby comprimiu os lábios. — Estatisticamente falando era, *de fato*, possível — acrescentou, inclinando a cabeça em direção a Atlas com algo que Tristan imaginou ser respeito.

— Muitas coisas são possíveis — concordou Atlas. — Mas nunca disse que a segurança de vocês estava garantida. Na verdade, deixei bastante claro que seria requerido algum conhecimento em combate e segurança.

Ninguém deu um pio. Todos aguardavam, esperava Tristan, até que a raiva que sentiam se dissipasse, já que haviam suposto que ao menos alguns princípios seriam mantidos, por mais que nunca tivessem assinado qualquer documento dizendo que preferiam *não* tomar um tiro no meio da noite.

— É prática da Sociedade, a cada década depois do advento de uma nova safra de candidatos, "vazar" sua data de chegada — prosseguiu Atlas. — Algumas tentativas de invasão são esperadas nesse dia, mas nunca sabemos seus autores ou como esses ataques acontecerão.

— A maioria das tentativas foi impedida por feitiços já existentes — completou Dalton. — E a instalação nos permite ver a evolução de nossos inimigos.

— Instalação… — repetiu Nico. — O que é isso? Uma espécie de jogo?

Ele parecia maravilhado por ter sido convidado para participar.

— É apenas uma prática comum — informou Atlas. — Gostamos de ver como nossos iniciados em potencial trabalham em equipe.

— Ou seja, em resumo, é um teste — decretou Callum, soando nada satisfeito.

— Uma tradição — corrigiu Atlas, com outro sorriso firme. — E, verdade seja dita, vocês todos se saíram muito bem, embora eu espere que ter visto cada um em ação permita que vocês construam um sistema de defesa mais efetivo. A colaboração é muito importante para o trabalho que fazemos aqui. — Ele se virou para Dalton. — Você não concorda, sr. Ellery?

— Como eu disse, cada turma de iniciados consiste numa composição única de especialidades — explicou Dalton, dirigindo-se ao grupo. — Digo por experiência própria que vocês foram selecionados tanto como uma equipe quanto por suas habilidades individuais. A partir de agora, a Sociedade espera que ajam de acordo com as expectativas que depositamos em vocês.

— Sim, precisamente — concluiu Atlas, voltando a atenção para eles. — Obviamente haverá alguns detalhes a serem conferidos, a respeito de danos estruturais ou mágicos. Como vemos que a casa agora está vazia e que suas proteções voltaram a funcionar normalmente, convido vocês a descansar e revisitar a segurança do ambiente pela manhã. Boa noite — disse ele, rígido, assentindo para os seis. Então deu meia-volta e saiu, seguido por Dalton.

Com grande e possivelmente exagerado interesse, Parisa, percebeu Tristan, observou Dalton se afastando, franzindo a testa por um momento. Ele esperou até que os outros se movessem — primeiro Reina, que foi para a cama sem dizer nada, e então Callum, que revirou os olhos, seguido por Nico e Libby, que imediatamente começaram a discutir em voz baixa —, então se aproximou da telepata, que se virou, parecendo desnorteada.

— O que foi? — perguntou.

O olhar dela pousou em Callum, que estava alguns passos à frente deles.

— Nada — respondeu ela. — Não foi nada.

— Não parece ser nada.

— Não mesmo?

Callum parecia perfeitamente tranquilo.

— O que aconteceu? — tentou Tristan outra vez.

— Não foi nada — repetiu Parisa. — É só que... — Ela deixou as palavras morrerem e então pigarreou, começando a andar enquanto Tristan a seguia. — Não aconteceu nada.

— Ah, sim, nada — repetiu ele com rispidez. — Certo.

Eles chegaram aos quartos, permanecendo no início do corredor enquanto os outros iam para a cama. Nico bradou algo desaprovador para Libby — algo como "Fowler vai viver, merda" —, e então restaram apenas Tristan e Parisa.

Parisa se dirigiu ao seu quarto, e Tristan parou ao lado da porta, hesitante.

— Eu estava pensando — começou, pigarreando —, se você queria...

— No momento, não — respondeu ela. — A noite passada foi divertida, mas eu realmente não acho que devemos fazer isso com frequência. O que você acha?

Tristan se irritou.

— Não é disso que estou falando.

— Óbvio que é — retrucou Parisa. — Você acabou de ter uma experiência de quase morte e agora quer enfiar seu pau em alguma coisa até se sentir melhor.

Tristan, que era britânico demais para essa conversa, se ressentiu pela escolha de palavras, embora Parisa o tenha interrompido antes que pudesse expressar em voz alta sua indignação.

— Faz parte da evolução — garantiu ela. — Quando você chega perto da morte, é natural do ser humano querer procriar.

— Eu não estive tão perto da morte assim — murmurou Tristan.

— Não? Bom, sorte a sua.

A expressão dela endureceu, seu olhar disparando para a porta do quarto de Callum.

Não que Tristan tivesse duvidado antes, mas aquele "nada" com certeza fora "alguma coisa".

— Pensei que você gostasse dele — comentou Tristan, e Parisa se irritou.

— E quem disse que não gosto?

— Só estou dizendo...

— Eu não o conheço.

Tristan pensou em perguntar uma terceira vez.

— Tenho certeza de que alguma coisa aconteceu — afirmou ele, em vez disso. — Você não precisa me contar o que foi, eu só...

— Nada. Não foi nada. — Ela o encarou, na defensiva. — Como estava a senhorita florzinha?

— Libby? Ela é ok. Boa, na verdade — corrigiu-se Tristan, já que não parecia justo não lhe dar o devido crédito. Talvez ela não tivesse conseguido sair de lá facilmente sem ele, mas sem ela Tristan não teria saído *de jeito nenhum*. — Ela é boa.

— Um pouco carente, não acha?

— Você achou?

— Você devia ver como é dentro da cabeça dela — zombou Parisa.

Tristan já estava bastante certo de que aquele era um lugar onde não tinha interesse em estar.

— Duvido que nós seremos amigos — comentou, um tanto desconfortável —, mas pelo menos ela é útil.

Lá estava outra vez. Útil.

A única coisa que ele não era.

— Autodepreciação é um desperdício e tanto — disse Parisa, soando entediada pelos pensamentos dele. — Ou você acredita que é merecedor ou não, fim da história. E, se não acreditar — acrescentou, abrindo a porta do quarto —, eu com certeza não quero arriscar arruinar a excelente opinião que formei sobre você na noite passada, talvez de forma equivocada.

Tristan revirou os olhos.

— Então eu sou bom *demais*? É esse o problema?

— O problema é que eu não quero que você se apegue — respondeu Parisa. — Você não pode substituir uma mulher que dá trabalho por outra, e, o que é ainda mais importante, eu não tenho tempo para os dilemas que você tem com seu papai.

— Ao menos me dê um pé na bunda com carinho — murmurou Tristan.

— Ah, isso não chega nem perto de ser um pé na bunda. Tenho certeza de que vamos nos divertir, mas com certeza não duas noites seguidas — declarou Parisa, com um dar de ombros. — Isso passa a mensagem errada.

— Que no caso é…?

— Que eu não o eliminaria se tivesse a chance — disse ela, e então entrou no quarto, batendo a porta.

Ótimo, pensou Tristan. Era uma realidade tão confusa Parisa ser linda mesmo quando estava sendo cruel — *especialmente* nessas horas, na verdade. Além disso, ela era muito mais bonita que Eden, o que dizia muito sobre beleza e também sobre crueldade.

Tristan tinha um talento e tanto para encontrar mulheres que se colocavam em primeiro lugar. Era como se fosse um cão farejador para fatalidade emocional, sempre capaz de cavar fundo até encontrar aquela exata pessoa que não teria qualquer problema em fazê-lo se sentir inferior. Ele desejava ser menos atraído por isso, por aquele senso de si sem vergonha, mas infelizmente a ambição lhe deixava um gosto muito doce na boca, e com Parisa não era diferente. Talvez estivesse certa. Talvez *tivesse* dilemas com o pai.

Depois de uma vida inteira sendo inútil, Tristan talvez só quisesse ser usado.

IV

ESPAÇO

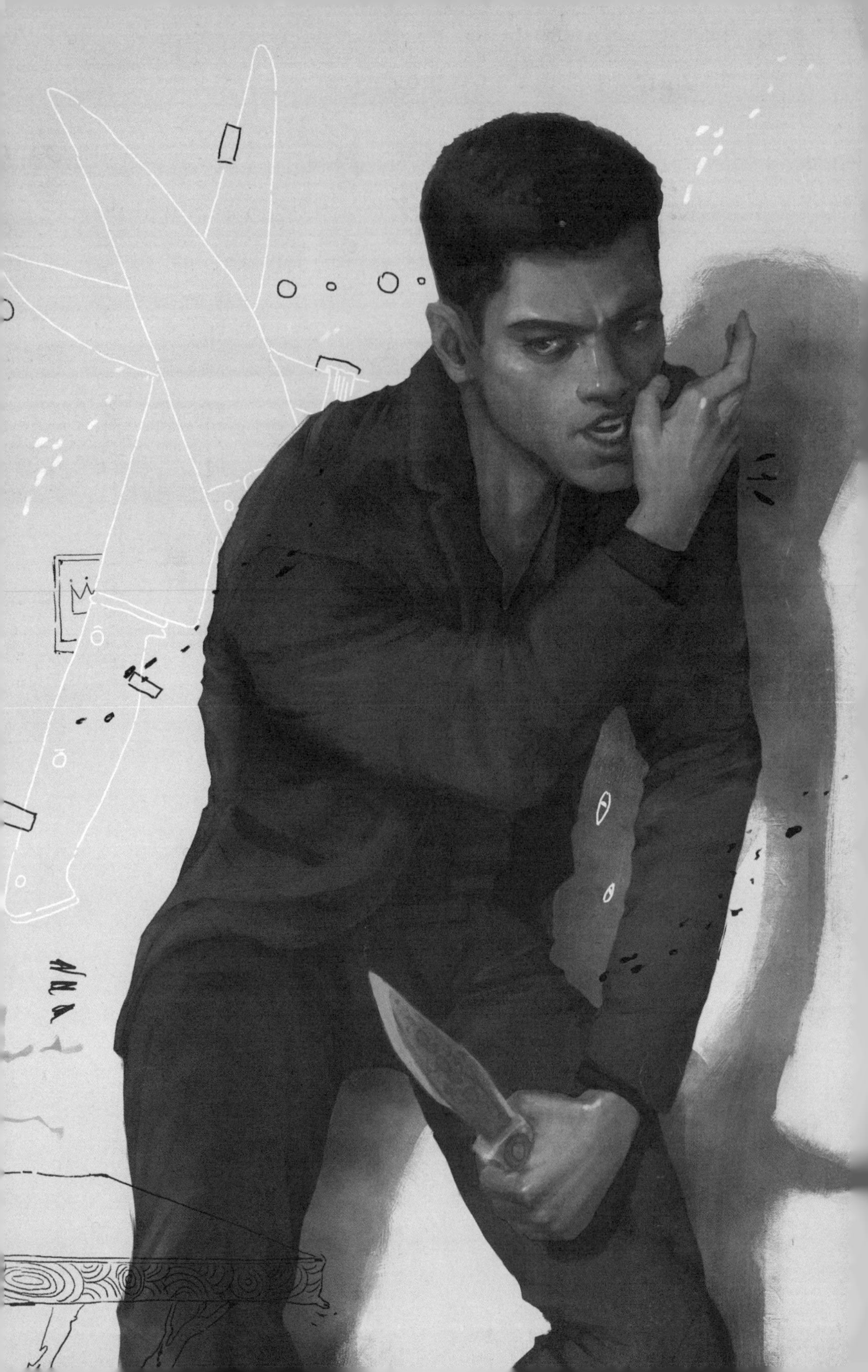

· LIBBY ·

— Então — disse Ezra. — Como está indo?
— Ah, você sabe — respondeu Libby. — Bem.
— *Bem*? — grunhiu Ezra suavemente, em parte fascinado, em parte intrigado, com um revirar de olhos que a namorada conseguia ouvir pelo telefone. — Poxa, Libs. Você ficou quase um mês sem dar notícias, e eu acabei de tagarelar por dez minutos sobre as rosquinhas de cebola do meu supervisor. Acho que você pode arranjar *alguma coisa* para me contar sobre seu novo emprego.

Que maravilha. Libby pensou que seria esperta o suficiente para mais uma vez escapar de qualquer espécie de confissão, uma vez que estava empenhada em dar alguma atenção à história do supervisor e suas rosquinhas e disposta a lidar com a probabilidade de casualmente começar a fazer sexo por telefone, mas era óbvio que não. Sério, era só o que faltava: ter que contar a alguém que ia querer saber cada detalhezinho o absoluto nada que ela tinha permissão para explicar.

— É uma bolsa — começou ela, mordiscando o interior da bochecha. — Nós fazemos… sabe, as coisas de sempre. Lemos muito. Uma aula de manhã, às vezes à tarde. E pesquisa, óbvio.

Pronto. Aí estava uma resposta. Uma resposta chata, com a intenção de não deixar espaço para perguntas mais profundas.

— O que você está pesquisando?

Ai.

— Ah, há…

— Há sempre uma intersecção entre magia e ciência — dissera Atlas ao introduzir o primeiro tópico de estudos, depois das insuficientes quarenta e oito horas que se seguiram aos eventos do primeiro dia.

Com a casa e suas proteções já totalmente reparadas (e seus habitantes com expressões que variavam de sonolência a exaustão, exceto por Callum, que parecia tão assustadoramente descansado que Libby presumiu que ele tinha ido longe demais com as ilusões), Atlas os conduziu para a sala de leitura, onde ficavam os arquivos. Era um espaço aberto de dois andares e pé-direito alto com uma série de mesas no centro, a maioria das quais estava ocupada com não mais do que uma ou duas cadeiras, além de uma pequena luminária de leitura. Já na metade final da sala, a iluminação era fraca para evitar perturbar (aparentemente) as obras, que por vezes eram frágeis. O andar de cima, por sua vez, brilhava vagamente sob uma fileira de luzes, com vista para as mesas de leitura de seu alpendre ladeado de estantes. Nos fundos da sala no andar de cima havia uma série de tubulações de cápsulas, como rampas de entrega à moda antiga. Era daquela forma, explicaria Atlas mais tarde, que os pedidos de manuscritos eram entregues.

Quando entraram no cômodo, um homem de meia-idade que devia estar usando o sistema de requerimento olhou do alpendre acima para os jovens lá embaixo, observando-os e cumprimentando Atlas com um aceno de cabeça.

Atlas assentiu em resposta, cortês.

— Bom dia, sr. Oliveira — disse ele em português, surpreendendo Libby com a referência a alguém que ela tinha quase certeza de que era o atual presidente do escritório medeiano do Brasil.

— De qualquer forma — disse Atlas, dando continuidade à aula —, muito do que existe nos arquivos da Sociedade não faz separação entre magia e ciência. Essa distinção passou a ser mais frequente nos séculos mais recentes, em especial nas eras pré-Iluminista e pós-Reforma Protestante. As reflexões científicas da Antiguidade, como as numerosas obras de Demócrito que temos no arquivo...

(Ao ouvir isso, Reina de repente ressuscitou do habitual olhar entediado de quem queria estar em outro lugar. Não era de estranhar que ela se interessasse pelo assunto, afinal, Demócrito escreveu dezenas de textos sobre atomismo antigo, conhecimento que seria classificado pela educação clássica de Reina como "perdido".)

— ... indicam que a maioria dos estudos sobre natureza, e da natureza da vida em si, não sugerem qualquer exclusão da magia. De fato, até algumas pesquisas medievais sobre o Paraíso e o cosmo sugerem estudos científicos e mágicos. Peguem, por exemplo, *Paradiso*, de Dante, que apresenta uma interpretação artística, porém não imprecisa, sobre a Terra e sua atmosfera. O misticismo do paraíso de Dante pode ser atribuído tanto às forças científicas quanto às mágicas.

A maioria das "aulas" que tinham, se é que se podia chamá-las dessa forma, eram discussões socráticas conduzidas por Atlas ou meandros filosóficos fornecidos por Dalton, que em geral ocorriam num dos cômodos ridiculamente abafados no andar de baixo, na maioria das vezes no com a cúpula pintada. A ementa, supôs Libby, nada mais era do que uma escassa lista de tópicos. Não havia uma lista de leitura, o que foi confuso no início. Não havia tarefas nem teses e, portanto, nada para direcionar a pesquisa deles. E, apesar de suas diferentes especialidades, esperava-se que cada candidato contribuísse para a discussão dos assuntos mágicos ou dos teoremas da forma que achassem mais adequada. Para Libby, que havia pouquíssimo tempo se desligara dos rigores da universidade, aquele nível de liberdade era ao mesmo tempo uma bênção e uma maldição.

Além das aulas e das demandas iniciais da construção dos novos feitiços de proteção, o tempo deles era flexível e independente. A casa, embora fosse grande e fácil de se esconder caso houvesse necessidade, se encolheu em questão de dias, passando a ocupar de dois a três cômodos onde se podia comer e dormir regularmente. O tempo de Libby, como o da maioria dos candidatos (à exceção de Callum, provavelmente), foi dominado pela presença dos incontáveis textos de primeira edição dos arquivos. Qualquer referência feita na discussão daquele dia era retirada dos arquivos com facilidade — com *tanta* facilidade, na verdade, que uma cópia manuscrita das anotações de Heisenberg uma vez apareceu na mesa, ao lado de Libby, antes mesmo que ela expressasse em voz alta sua curiosidade.

("Interessante", dissera Atlas na ocasião. "O princípio da incerteza de Heisenberg é baseado, em grande parte, num enorme equívoco. Talvez vocês tenham ouvido falar que, na noite em que iniciou os cálculos, Werner Heisenberg estava observando um homem diante dele que parecia estar debaixo de uma lâmpada, antes de desaparecer na noite, e então aparecer sob outra fonte de luz, e assim por diante. A teoria de Heisenberg era a de que o homem não estava de fato aparecendo e desaparecendo, mas simplesmente ficando visível e invisível devido às fontes de luz; portanto, se Heisenberg pudesse reconstruir a trajetória do homem por sua interação com outras coisas, o mesmo poderia ser feito com os elétrons, que é um princípio da física que foi comprovado repetidas vezes. Infelizmente", continuara Atlas, dando uma risadinha, "o pobre Werner estava na verdade observando um medeiano chamado Ambroos Visser, que podia desaparecer e aparecer quando bem entendesse, e que estava se divertindo muito fazendo isso naquela noite. Após sua morte, Ambroos passou a liderar a sociedade poltergeist naquele mesmo parque em Copenhague, e hoje é altamente reverenciado por sua contribuição para nosso entendimento do espectro atômico".)

Entretanto, solicitações tangenciais ou relativas a outros assuntos não eram tão facilmente alcançadas. Não que Libby se concentrasse em algum tópico específico *per se*, mas, por curiosidade (e também por uma breve e inesperada lembrança da irmã, Katherine, ao testemunhar uma das muitas vezes em que Reina revirava os olhos), ela se viu testando o sistema de entrega de arquivos com um pedido por livros sobre magias seguras contra doenças degenerativas. Apenas um único objeto caiu em suas mãos da tubulação de cápsulas: um pedaço de pergaminho com os dizeres SOLICITAÇÃO NEGADA.

— Lib? — perguntou Ezra, arrancando Libby de seus pensamentos e trazendo-a de volta à ligação. — Ainda está aí?

— Estou, foi mal — disse ela, confusa. — O que você perguntou mesmo?

Ezra deu uma risada baixa, o som abafado pelo fone. Devia estar na cama, virado de lado para encaixar o aparelho na orelha, e ela ouvia aquele farfalhar que denunciava o que só podiam ser suas trufas de manteiga de amendoim. Libby imaginou os cachos pretos dele amassados e sentiu no fundo de sua alma uma pontada de saudade que vinha em ondas.

— No que você está trabalhando no momento? — perguntou ele.

— Ah, há... conservação ecológica. Algo assim.

Aquilo era em parte verdade, caso o processo de terraformar ambientes hostis fosse considerado um estudo ecológico.

Na tarde anterior, Libby e Nico haviam gastado quase toda a energia tentando alterar a composição molecular da sala pintada, na expectativa de trocar a natureza de sua atmosfera para que ficasse de acordo com suas especificações preferidas. Mas, num tom bastante rude, Reina ordenou que parassem, alegando que a figueira no canto estava sufocando.

— Só estamos tentando entender os princípios básicos da ciência e da magia para que possamos aplicá-los a... projetos maiores.

Como, por exemplo, buracos de minhoca. Até então, Nico e Libby haviam conseguido criar com sucesso um único buraco de minhoca, o que levara duas semanas de pesquisa e um dia inteiro de feitiços. Nos últimos dias, Nico estava sendo forçado a ser a cobaia do próprio experimento, porque mais ninguém estava disposto a acabar indo parar em Júpiter. (Tecnicamente era impossível, já que exigiria pelo menos dez mil Nicos e Libbys para energizar qualquer coisa próxima daquela magnitude de poder e precisão, mas, mesmo assim, Tristan em particular pareceu preferir comer o próprio pé a ser uma cobaia.) No fim das contas, o buraco levou Nico do corredor do primeiro andar até a ala oeste da cozinha. É óbvio que ele passou a fazer isso com frequência. Típico.

— Bem, eu entendo que você ainda não tenha achado nada muito interessante por aí — disse Ezra. — A maior parte da vida acadêmica parece bastante inútil nas primeiras fases da pesquisa. E provavelmente por bastante tempo depois disso, imagino.

— Isso é... verdade.

Libby se permitiu hesitar, sem querer admitir que a criação do buraco de minhoca na verdade não tinha sido nada inútil, mesmo que significasse que Nico estava constante e inconvenientemente desaparecendo e reaparecendo com petiscos diversos.

Pelo que Libby sabia, eles eram os primeiros a criar um buraco de minhoca, ainda mais a provar que um existia. Era um primeiro esforço singelo, quase sem qualquer importância, mas, se houvesse fontes de energia maiores no futuro — se, por um acaso, algum medeiano nascesse dotado de energia nuclear na ponta dos dedos, assim como acontecia com Nico e Libby, mas, digamos, *um milhão* de vezes mais potente —, então alguém poderia facilmente recriar o mesmo efeito no espaço, no tempo... ou no espaço-tempo! Na verdade, se quaisquer agências governamentais soubessem o que eles haviam feito, poderiam muito bem conseguir medeianos suficientes para começar um programa espacial mágico. Libby quisera ligar para a NASA no momento em que eles conseguiram, mas só então se deu conta de que sem dúvida alguma o buraco seria controlado por um político (qualquer político, em algum lugar, ou pelo menos um monte deles, alguns dos quais inevitavelmente seriam menos competentes ou mais diabólicos que outros), e, como Atlas dizia o tempo todo, a maioria das formas de conhecimento deveria ser protegida até o momento em que tais revelações não seriam usadas sem a devida moderação.

Mesmo se Libby *pudesse* dar conta de terraformar Marte, não havia garantia de que não originaria uma segunda era de Imperialismo global, o que seria um desastre. Por ora, o melhor a fazer era manter a descoberta nos arquivos.

— ... Varona?

— O quê? — perguntou Libby, tendo se distraído com pensamentos sobre exploração planetária outra vez. — Desculpe, eu estava só...

— Eu estava perguntando como estão as coisas com o Varona — comentou Ezra, soando um pouco mais tenso do que quando rira da desatenção dela mais cedo. Libby supôs que Ezra nunca ia deixar de soar tenso quanto o assunto era Nico, e com razão. Ela também tinha a tendência de sentir arrepios à menção do nome dele. — Ele está sendo... você sabe, ele mesmo?

— Ah, bem...

Naquele exato momento, Libby ouviu uma explosão dos sons aleatórios de Nico na galeria, o que significava que provavelmente estava treinando com Reina outra vez. Isso havia começado quase após a instalação ("instalação" sendo como Atlas chamava todos eles terem quase morrido na primeira noite como membros da Sociedade), e agora todos os dias Nico e Reina tinham o hábito de praticar juntos o que pareciam ser artes marciais.

Viver na companhia do regime de lutas um tanto obsessivo de Nico era estranho, óbvio. Tinha todas as características dos seus hábitos pré-estabelecidos na UAMNY (obsessões obscuras, desaparecimentos aleatórios, atrasos perpétuos), mas agora aquilo se manifestava de uma maneira nova e perturbadora. Não que Nico fosse um usuário assíduo de camisas, mas cruzar com ele sem uma — pingando suor e colidindo contra Libby no corredor e sujando a blusa dela com sua transpiração — passou a ser uma ocorrência muito frequente.

É verdade que, no início, a camaradagem instantânea (ou qualquer que fosse o nome daquilo) entre Nico e Reina incomodou Libby. Era horrível admitir, mas Nico atualmente era a coisa mais próxima que Libby tinha de um amigo. Reina já demonstrara que não tinha qualquer interesse em ser sua amiga, e os outros provavelmente também a odiavam (no caso de Callum, esse sentimento era profundamente recíproco), então a potencial perda de Nico fora um golpe para ela, algo que Libby nunca pensara que fosse dizer sobre Nico de Varona, ou sobre a ausência dele.

Talvez fosse ingênuo da sua parte, mas Libby acreditara que a experiência da Sociedade seria algum tipo de utopia acadêmica onde todos se dariam bem. Eles não deveriam compartilhar de *algum* interesse em comum em seu aprendizado? A UAMNY estava cheia de pessoas com ideias semelhantes em busca de uma comunidade, então ela imaginou que a Sociedade teria algo parecido, talvez até maior. No entanto, o máximo que conseguiu de alguém foi o que só poderia ser considerado uma vaga simpatia, que partiu de Parisa. Apesar dos esforços hercúleos de Libby para bloquear seus pensamentos, a telepata dissera, do nada:

— Antes que você pergunte, Rhodes, não, não é nada pessoal. Se eu tivesse tempo, provavelmente ia gostar de você, mas acho que nós duas sabemos que eu apenas te decepcionaria.

Ou seja, para a maioria de seus companheiros, a amizade não era uma opção.

Libby precisava admitir: estava mais ressentida do que gostaria com a incursão de Nico e Reina por aquela violência conjunta. Em parte porque significava que ela poderia perder a aliança com Nico — portanto, correndo o risco de ser eliminada quando os outros se sentissem livres para confessar seu desgosto coletivo —, mas *também* porque era irritante que Nico tivesse passado quatro anos odiando Libby só para então fazer amizade com a garota que quase nunca abria a boca, exceto para debochar.

— Não faz biquinho, Rhodes — aconselhou Nico.

Àquela altura todos eles haviam explorado os espaços dentro dos domínios da Sociedade. O jardim do sul da casa era cercado por um gramado belamente aparado, um bosque e algumas rosas, ao lado das quais se encontrava o primeiro local da aventura conjunta de Nico e Reina pelo boxe recreativo.

Em algum momento das primeiras semanas, Nico puxou Libby num canto, ela protegendo os olhos do sol escaldante do verão, ele alegremente secando o suor do peito.

— Eu ainda preciso de você — garantiu a ela, pomposo e efervescente como sempre.

— Ah, que bom — respondeu Libby, com ironia. — Graças aos céus ainda sou útil para você.

— Na verdade, eu queria contar uma coisa para você. — Nico não prestara atenção ao que ela dissera, acostumado demais ao sarcasmo da aliada àquela altura, mas a surpreendeu com uma mão conspiratória no cotovelo, arrastando-a pela coleção de arbustos que Libby supunha ser a concepção de jardim dos ingleses. — Percebi uma coisa sobre a Reina.

— Varona — começou Libby, suspirando —, se isso vai ser nojento...

— Hein? Não, não é nada do que você está pensando. Se eu quisesse dormir com alguém... bem, esquece — murmurou ele —, isso não é relevante. Só digo uma coisa: confie em mim, você *quer* que eu traga Reina para o nosso lado — garantiu, baixando a voz a um volume que ela deduziu que Nico achasse conspiratório. — Precisamos dela, e eu nem sei se ela entende isso. Ou o porquê.

— E *você* entende? — provocou Libby, intrigada.

Nico nunca foi muito famoso por sua percepção aguçada. Por exemplo: ele de alguma forma não tinha sequer notado que a melhor amiga de Libby na universidade, Mira, estivera caidinha por ele durante todos aqueles anos de faculdade.

(Antes *e* depois de dormir com ela. Não, sério, homens são uns babacas.)

— Eu meio que descobri por acidente — admitiu Nico, outra vez arruinando as tentativas leais de Libby de minar a masculinidade dele para vingar Mira. — Então seu ceticismo não é tão horrível, mas, sim, eu entendo. Reina é... — Ele deixou as palavras morrerem, franzindo a testa. — Ela é tipo uma bateria.

— Como assim? — perguntou Libby, arqueando as sobrancelhas.

— Bem, estive refletindo sobre o assunto, e o que é um naturalista se não um tipo de fonte energética, certo? Não sei como ela faz isso ou o que está explorando, mas para e pensa, Rhodes. — Nico parecia estar implorando, o que era irritante. É óbvio que as engrenagens na cabeça dela já estavam rodando, como devia ter acontecido com as dele. — Deu para perceber quando enfrentamos as ondas medeianas durante a instalação. Quando a tocava, era como se eu tivesse uma fonte extra de energia.

(Essa epifania e a conversa correspondente na verdade aconteceram antes do buraco de minhoca. Na verdade, os dois não teriam conseguido criar o buraco caso Nico não tivesse descoberto aquela informação sobre Reina, mas Libby, é lógico, não massageara o ego dele com isso. Nem pretendia.)

— A gente precisa testar — foi tudo o que Libby lhe disse, olhando-o de esguelha. Era um pouco animador descobrir que a aliança deles era, de fato, uma aliança. Afinal, ele havia esperado até que estivessem sozinhos para compartilhar suas suspeitas. — Você acha que ela ficaria do nosso lado?

— Rhodes, ela *já* está do nosso lado — zombou Nico, o que a princípio Libby atribuiu à inesgotável arrogância dele, mas então, por sorte, ele prosseguiu e apresentou evidências reais. — Nós não conversamos muito — explicou, gesticulando para seu recente período de atividade física —, mas parece que ela até que tolera você...

— Ah, valeu, Varona, obrigada mesmo...

— ... e com certeza absoluta odeia Parisa. E também não esconde que não confia em Tristan nem em Callum.

— Nem deveria — murmurou Libby para si mesma.

Aquilo parecia ter provocado alguma epifania tangencial e secundária na teia de pensamentos de Nico de Varona.

— Durante a instalação você estava com Tristan — observou ele, pegando uma garrafa d'água e despejando parte do conteúdo na cabeça (respingando em Libby, o que não a deixou nada feliz) antes de beber o que restara. — Como ele se saiu?

Ah, sim, Tristan. Um completo enigma, até onde ela sabia.

— Ele consegue fazer uma coisa estranha — admitiu Libby, secando uma gotinha de água da testa antes que arruinasse sua franja. Estava deixando crescer, o que significava que estava irritante de um jeito fora do comum. — Lembra que ele disse que consegue ver através das ilusões? Então, eu não tinha percebido que isso significava que ele não necessariamente as vê enquanto estão sendo usadas.

— O quê, nadinha?

— Não. Nadinha de nada. Ele teve que me perguntar o que eu via no cômodo.

— Hum, que estranho. — Nico ficou pensativo, mordiscando o bocal da garrafa d'água. — Você acha que isso é útil?

— Muito. Bem — prosseguiu ela, depois de pensar por um momento —, é uma habilidade útil, pelo menos. Embora eu não tenha certeza de que ela é suficiente para que ele não seja eliminado. E, embora eu odeie admitir — continuou ela, pausando para suspirar —, um empata e um telepata podem ser aliados de maior serventia quando sairmos das ciências físicas.

— Melhor um telepata do que um empata, não acha? Se tivéssemos que escolher... — disse Nico.

— Você só diz isso porque gosta de Parisa — murmurou Libby, e Nico abriu um imperdoável sorriso de orelha a orelha.

— E você vai me culpar por isso, Rhodes?

— Sinceramente, Varona. — Não, é óbvio que ela não podia culpá-lo. Parisa com certeza era a mulher mais linda que Libby já tinha visto na vida. Por sorte, Libby não era um garoto bobo e não dava atenção a detalhes alheios como tentar transar com ela. — Deixando seu pau de fora da conversa, ela não é muito fã de trabalho em equipe. Eu mal a chamaria de vantagem nesse sentido.

— Verdade — disse Nico, que deve ter levado uma pancada na cabeça para considerar de verdade algo que ela disse. — Ela tem estado estranha com Callum, você percebeu?

Libby lançou a Nico um olhar que indicava que *todos* eles estavam agindo de forma estranha com Callum, e era justificável.

— Verdade — repetiu Nico.

— E o que isso tem a ver? — perguntou Libby, gesticulando com cuidado para a incurável falta de camisa de Nico e, por extensão, para seu relacionamento com Reina. — Vocês dois são, tipo...?

— É só exercício, Rhodes — disse Nico, flexionando o abdome para enfatizar. — Já falei para você, a gente não conversa muito.

— Tudo bem — disse ela, com um suspiro —, mas vocês... quer dizer, vocês dois estão... sabe?

— Por que você se importa? — Nico abriu mais um daqueles sorrisos convencidos e deslumbrantes que ela odiava com todas as forças do seu ser. — Não me diga que está com ciúme.

— Ah, vai se ferrar, Varona — disse ela, se virando para ir embora.

Só conseguia tolerar uma quantidade limitada da babaquice de Nico por vez. No entanto, antes que se afastasse, ele segurou seu braço e a virou.

— Você não tem contado nada disso para o Fowler, né? — perguntou ele.

— Se eu não posso contar para o Gideon, você com certeza também não pode contar para o Fowler.

— Ah, sim, porque seu colega de quarto e meu namorado são farinha do mesmo saco — provocou Libby, revirando os olhos.

— Só estou dizendo...

— *Relaxe*, Varona, não vou contar nada para ele.

— Nem mesmo sobre a instalação, certo?

— Óbvio que não. Ficou louco? — Libby quisera contar a ele no início, mas um único segundo de ponderação a lembrou de que Ezra surtaria se soubesse que ela estivera em perigo. Talvez tivesse algo a ver com a experiência de luto que eles compartilhavam, mas ele era um daqueles homens à moda antiga, um incorrigível cavaleiro no cavalo branco. — De jeito nenhum.

— Onde Tristan está com a cabeça? — perguntou Nico, já tendo descartado o assunto Ezra e passando para fosse lá o que tinha decidido conquistar a seguir. — Você acha que a gente consegue trazê-lo para o nosso lado?

— E a gente *quer* Tristan do nosso lado?

Libby estava em dúvida.

— Por quê? Você não gosta dele? — perguntou Nico.

— Não é isso. — A verdade é que ela gostava dele bem mais do que esperava. — Ele é inteligente, tenho que admitir — cedeu ela, lembrando que muitas vezes ele ajudava com os cálculos de que precisavam, muito mais do que Callum ou Parisa. O passado de Tristan como investidor na tecnologia mágica era de grande valia, mesmo que sua experiência prática com fisicalidades o impedisse de contribuir de forma significativa no sentido mágico. — É só que ele também é muito, há...

— Mal-humorado — completou Nico.

— Bem, eu não diria...

— Ele é mal-humorado — repetiu Nico.

— Varona, estou tentando...

— Ele é *mal-humorado* — repetiu Nico, mais alto.

— Talvez ele só seja tímido — retrucou Libby, pouco convincente. E em seguida, porque aquilo não enganava ninguém, disse: — Não acho que há alguma coisa *errada* com ele, eu só... Bem, para começar, ele muito provavelmente não gosta de mim — disse ela, e então hesitou, chocada por soar tão infantil.

— Eu também não gosto de você, Rhodes, então acho que isso não é relevante — disse Nico, com um sorrisinho abominável, mostrando que era digno de confiança. — Além disso, parece bem óbvio que Tristan não gosta de ninguém, então não acho que você deveria levar para o lado pessoal.

— Eu não levo para o lado pessoal. — Não para valer. — Só estou dizendo que não estou pronta para formar uma *aliança* com ele. Ou com Reina, para ser sincera — acrescentou rapidamente. — Ela pode ser útil e tal, mas só faz algumas poucas semanas.

— Eu não disse que a gente tem que se devotar de corpo e alma a ela — disse Nico. — Eu só acho que ela é... sabe? — O sorriso dele aumentou, vingativo e divertido. — Moderadamente épica.

Era um belo elogio, e vindo de alguém que considerava Libby uma das vinte piores pessoas que já conhecera (de acordo com o que ele lhe dissera uma vez durante um bate-boca acalorado). Libby não tinha ciúme de Reina, não era isso. Ao menos estava definido que Nico manteria a aliança com Libby, e isso, no final das contas, era realmente tudo de que ela precisava.

Seria legal ter um aliado que também fosse um amigo? Seria, com certeza, talvez. Libby por meio segundo pensara que Tristan se abriria com ela depois do que passaram na instalação, mas ele mantivera distância desde então. Libby supôs que estivesse exagerando, afinal, era a mais nova, e Tristan devia ter mais ou menos a idade de Callum, o que talvez explicasse a proximidade cada vez maior entre os dois. Ou talvez a antipatia de Callum por ela (ou pelas emoções dela, o que, de uma vez por todas, *não* a abalava) fizesse com que Tristan não fosse muito com sua cara também.

Nesse caso, Tristan não era apenas um idiota, mas também alguém em cujos instintos Libby dificilmente poderia confiar. Não foi preciso muito para convencê-la de que Callum não prestava, e até Parisa parecia concordar. Então, se Tristan não conseguia ver...

Ela mordeu o lábio, trocando o telefone para a outra orelha, distraída.

— Ele não vale a sua energia, Lib — disse Ezra.

— Eu sei — respondeu Libby, antes de lembrar que o namorado estava se referindo a Nico, não a Tristan, e que, ah, sim, ela ainda estava no telefone com Ezra. — Quer dizer... me desculpe... Varona é de boa, eu estava só...

— Tem mais alguém?

— Hein? — Droga, mais uma coisa sobre a qual não podia falar: os outros medeianos que estavam no programa com ela. De novo, a saudade de Ezra combinada com a inconveniência de ter que responder às perguntas dele, um pequeno incômodo que acontecia com mais frequência a cada dia. — Não, eu só estava...

Houve uma batida suave na porta.

— Rapidinho, Ezra. Quem é? — perguntou Libby, tampando o telefone com a mão.

— Sou eu, Tristan — respondeu a voz do outro lado, apática, a entonação de quem desejava que a interação já tivesse acabado, como era de se esperar de todas as interações dele.

— Ah, há... — Que surpresa. — Um segundo. Ezra? — disse ela, voltando à ligação. — Posso te ligar daqui a pouco?

Silêncio.

— Acho que vou encerrar por hoje, Lib, está ficando tarde aqui. Amanhã?

— Amanhã — prometeu ela, um tanto aliviada. — Te amo.

— Também te amo.

Ezra desligou, sua voz estranhamente neutra.

Ah, merda. Bem, aquele era um problema para a Libby do futuro. A de agora ficou de pé, indo até a porta para abri-la.

Para alguém que não ligava muito para ilusões, Tristan Caine certamente era uma. Era sábado, o que significava que todos tinham o dia livre — isto é, presumindo que ninguém invadira as medidas de segurança atualizadas havia pouco tempo —, mas Tristan estava vestido com elegância, com uma camisa social para dentro da calça e as mangas dobradas na altura do cotovelo, como se estivesse indo para um almoço de negócios breve e importante, com um jornal enfiado debaixo do braço. Libby apostava que Tristan já descera para a sala ensolarada para tomar o café da manhã e almoçar, refeições que nos fins de semana eles tinham a opção de receber no quarto. Era como se a aparência de normalidade fosse uma parte crucial da identidade de Tristan Caine.

— Sim? — perguntou ela, um pouco ofegante devido à corridinha até a porta.

Como sempre, ele estava com seu olhar indecifrável e severo.

— Você ainda está com o Lucrécio?

— Ah, sim, estou... Só um instante. Pode entrar.

Libby deixou a porta aberta, se virando para descobrir onde tinha deixado o livro.

— Trabalhando no sábado? — perguntou ela, procurando em sua bagunça.

Ela não pretendia tocar na obra de Lucrécio tão cedo. Seu plano era passar o dia de legging, se resguardando e se preparando para a enorme quantidade de energia que talvez precisasse produzir na segunda-feira.

— Só quero dar outra olhada nele — disse Tristan.

— Para falar a verdade, não sei se vai ajudar muito — comentou ela, enfim encontrando o livro na pilha ao lado da mesa de cabeceira. Libby não era a pessoa mais organizada do mundo, nem a melhor em acordar cedo. Ao lado de Tristan, sentia-se inadequada, afinal, ele era tão arrumadinho que quase reluzia. — Acho que não tem muita coisa aí que já não tenha sido abordada em trabalhos posteriores.

— Fala alguma coisa sobre o tempo, não?

— Mais ou menos. Nada concreto, mas...

— Eu gostaria de conferir mesmo assim — disse ele, interrompendo-a, e Libby arregalou os olhos.

— Desculpe, eu não estava tentando...

— Não precisa se desculpar — disse Tristan, impaciente. — Só tenho uma teoria que gostaria de testar.

— Ah. — Libby entregou o livro para ele. Mas, antes que Tristan partisse, ela pigarreou. — Alguma chance de você me contar que teoria é essa que está testando?

— Por quê?

— Ah... por curiosidade, acho. — Incrível como ele a fez se sentir uma criminosa por fazer uma simples pergunta. — Eu me *importo* com a pesquisa que fazemos, sabe?

Ele se irritou um pouco.

— Eu nunca disse o contrário.

— Eu sei, des... — Ela parou de falar antes de se desculpar outra vez. — Deixa pra lá. A propósito, pode ficar com ele — disse, apontando para o livro. — Não acho que tenha algo útil. Teoricamente falando, eu suponho que a ideia de que o tempo e o movimento não são funções separadas é uma base interessante, mas isso provavelmente não é único em relação a...

— Você e Nico manipulam forças, certo?

Ela estava chocada, primeiro pela interrupção e segundo por ele falar da habilidade dela.

— Hein? — perguntou Libby.

— Força. Certo?

— Isso, força. — Ele parecia estar pensando em alguma coisa, então Libby prosseguiu: — Nós a usamos para alterar a composição física das coisas.

— E por que vocês não poderiam fazer um buraco de minhoca através do tempo?

— Eu... — Aquela não era a pergunta que ela estava esperando. — Bem, eu... falando de modo teórico, suponho que poderíamos usar um buraco de minhoca para conectar dois pontos diferentes no tempo, mas, para começar, isso ia demandar entender a natureza do tempo.

— O que vocês precisariam saber para entender?

Tristan não parecia estar zombando de Libby. Ela arriscou uma explicação, tentando não ficar na defensiva ao ouvir uma pergunta moderadamente óbvia.

— Bem, o tempo não é exatamente algo físico — respondeu Libby, devagar. — Var... Nico e eu podemos manipular as coisas que vemos e sentimos, mas o tempo é... algo diferente.

— Vocês não conseguem vê-lo nem senti-lo?

— Eu... — De novo ela parou, um pouco surpresa. — Espere um minuto. Você está dizendo que *consegue*?

Ele a estudou por um momento, um tanto inquieto.

— Não foi o que eu disse — apontou ele. — Só quero estar preparado para seja lá o que faremos na segunda.

Não parecia valer a pena mencionar que Tristan não fizera quase nada nas últimas semanas. Exceto pelas vezes em que agregou argumentos teóricos para guiar os experimentos, ele não contribuíra tanto assim.

Libby supunha que não era culpa dele. Ao menos trabalhava duro, não é? Tristan lia todos os textos, fazia anotações, trabalhava sozinho no fim de semana. E, pensando bem, se ele tinha a capacidade de enxergar coisas que ela não enxergava quando se tratava de ilusões, talvez enxergasse outras coisas também.

A ideia de que Tristan, assim como Reina, tivesse algum talento adicional que Libby pudesse usar e reportar para Nico a deixou empolgada. Por que Nico de Varona tinha que ser o único a descobrir para o que uma pessoa servia?

— Há uma teoria de que o quantum *é* espaço — disse Libby, animada com a ideia de que poderia ter descoberto algo. — E esse espaço em si não é um vazio, mas sim um retalho de pequeninas partículas individuais. Então, será que o tempo poderia ser feito de partículas similares? O potencial gravitacional é...

— Olha, eu agradeço pelo livro — disse Tristan —, mas eu realmente não tenho nada para conversar.

— Ah. — O som escapuliu dela, e Libby se deu por vencida: — Tá bom, desculpa.

O maxilar de Tristan contraiu de irritação.

— Nada de desculpas — emendou Libby, forçando um sorriso. — Eu só quis dizer...

— Sabe, você não tem que pedir desculpas por existir — interrompeu Tristan, desconfortável, e então se virou para ir embora, fazendo Libby desejar ter ficado no telefone com o namorado em vez de atender à porta.

Ezra a apoiava incondicionalmente. Na verdade, era por isso que gostava dele. Os dois se conectaram pela perda, então ele fazia questão de estar presente em todos os momentos. Como Libby não valorizaria um homem que estava sempre determinado a ficar ao seu lado? Ezra era o incansável fã número um dela. O problema era que acreditava em Libby com tanto afinco e tão intensamente que às vezes a irritava, como se não enxergasse as dificuldades que ela precisava enfrentar. Às vezes a fé do namorado nela a sufocava, embora ele só quisesse lhe dar todo o apoio possível.

Que dádiva era ter tanta certeza sobre as coisas. Em momentos como aquele, Libby desejava algo para mantê-la centrada. Segura de si.

— Rhodes — disse Tristan, parado na soleira da porta, despertando-a de seus devaneios. — Obrigado pelo livro.

Ela pestanejou e então assentiu.

— Espero que ajude.

Ele deu de ombros e fechou a porta, e Libby se deixou cair na cama com um suspiro.

· CALLUM ·

Parisa não confiava mais nele. A suspeita irradiava dela, seus receios distorcendo de forma irreparável o ar entre os dois. Considerando seus respectivos talentos, Parisa deveria saber que Callum tinha consciência de como ela se sentia, da corrosão que atrofiava o potencial daquela relação. E o fato de não ter se dado ao trabalho de tocar no assunto significava que não tinha intenção de remediar as coisas e, se não se importava em consertar aquela parceria, então parecia que escolhera criar um muro, estabelecendo limites.

O que era uma pena, não apenas pelos motivos óbvios, mas porque também significava que Callum tinha errado. Presumira que Parisa era o tipo de pessoa que admirava quando um homem tomava controle da situação em vez de deixá-la fazer o trabalho por conta própria.

Ficou evidente que não era o caso.

Em se tratando de alianças, Libby estava descartada por motivos óbvios, e Nico também. Reina era uma ilha, então não lhe era útil, mas Callum teria que se aproximar de alguém. Não para evitar ser eliminado, com certeza. Ele poderia persuadi-los se fosse preciso, ou até se decidisse ficar.

Era mais uma questão de entretenimento, e, como Callum não se entretia com os livros nem com a pesquisa, ia precisar encontrar estímulo numa pessoa.

Por sorte, ainda havia uma fonte em potencial.

— Você parece preocupado — comentou com Tristan durante a aula do dia, se inclinando para falar com ele na pseudoprivacidade abaixo do domo da sala pintada. — O que está rolando?

O olhar de Tristan encontrou o dele, e então se voltou para Libby e Nico, que empurraram a mesa e o sofá para o lado, ocupando o centro da sala com suas brincadeiras cosmológicas mais recentes.

— Você está vendo isso? — perguntou Tristan.

— Estou.

— E *não* está preocupado?

— Acho que não vejo muita utilidade em ter um buraco negro na minha sala de estar — disse ele, abrindo um sorriso indiferente.

Callum sabia que o que Libby e Nico (e Reina, provavelmente) estavam fazendo até que era monumental. Aquele era apenas o mais recente de uma série de experimentos, cujo primeiro tinha sido a pontezinha de Nico para surrupiar petiscos. Teoricamente falando, Callum compreendia por que usar magia para modelar um fenômeno antes inexplicável era uma questão de relevância intelectual, então, para os objetivos da Sociedade, ele reconhecia o experimento como o tipo de coisa que merecia um lugar nos arquivos. Não havia dúvida quanto ao valor acadêmico daquilo.

Só que tudo lhe parecia pouquíssimo prático, e Callum era um homem prático.

— A maioria das pessoas é burra o suficiente para esse tipo de informação não fazer a menor diferença na vida delas — explicou Callum. — Por que se dar ao trabalho de entender o universo quando tudo que o compõe excede a compreensão humana básica?

— Mas eles acabaram de provar um importante elemento da teoria quântica — explicou Tristan, franzindo a testa, e Callum percebeu que ele não conseguia tirar os olhos do que Libby e Nico haviam feito.

— Aqueles dois medeianos de vinte e poucos anos acabaram de criar algo que a história da humanidade tentou entender e não conseguiu.

Na opinião de Callum, ele soava irracionalmente embasbacado. Típico. Aquela casa parecia a terra dos sonhos o tempo todo. Não restava dúvida de que havia alguém precisando de um choque de realidade.

— Aqueles dois medeianos de vinte e poucos anos colocaram em prática uma teoria que acompanha a humanidade há tempos — corrigiu Callum, tentando trazer uma nuance muito necessária à situação. — Embora, novamente, eu não saiba qual é a possível utilidade de jogar algo num buraco negro e observar quicar de volta para fora.

Tristan enfim conseguiu desviar a atenção do truque molecular de Nico e Libby, lançando um olhar afiado para Callum.

— Você está falando sério?

— Mais sério impossível, temo informar — disse Callum. — Acho que é só um truque inteligente.

— Truque inteligente — repetiu Tristan, incrédulo. — E o que é que *você* consegue fazer, então?

É óbvio que Tristan estava brincando, apenas provando um ponto e não perguntando para valer, o que era uma pena, já que a resposta poderia muito bem calar a boca dele. Para começar, Callum poderia desvendar a psique de Libby Rhodes com cinco palavras ou menos (perguntar a ela se era filha única provavelmente bastaria), ou, por outro lado, poderia obrigar os gêmeos cosmologistas a fazerem qualquer coisa que ele quisesse. Isso significava, entre outras coisas, que poderia se apropriar daquele buraco negro com bastante facilidade. Se estivesse com um humor particularmente ousado, poderia ir além e persuadir todas as pessoas na sala a pularem dentro dele.

Do outro lado da sala, de frente para eles, Parisa ficou tensa.

— Não gosto de magia física — disse Callum, por fim, voltando sua atenção para Tristan. — Me dá uma coceira estranha. A garganta fica arranhando, sabe?

Levou um tempo, mas Tristan percebeu que Callum estava apenas fazendo uma piada. Ótimo, então ele não era totalmente simplório.

Tristan suspirou e disse:

— Pelo menos me diga que você reconhece o significado do que está acontecendo aqui.

— Se reconheço? Com certeza. Um enorme evento mágico que logo será engolido por outro enorme evento mágico — afirmou Callum.

Era assim que todas as ciências funcionavam. Todos eles eram peças em algum outro evento. O átomo era parte da bomba atômica. Cataclismos, matança, guerras mundiais, créditos de risco, hipotecas bancárias. Para Callum, a história humana era interessante por causa dos *humanos*, e não da ciência. Porque os humanos eram idiotas que transformavam os elementos da vida em armas. A única coisa interessante que Libby e Nico haviam alcançado até então (na opinião dele) era terraformar um modelo em miniatura da Lua, porque significava que a Lua uma hora ou outra poderia ser conquistada. Alguém tentaria reconstruir Roma, ou começar um novo Vaticano. Ia ser uma loucura e, portanto, interessante. *Mais* interessante do que estudar os níveis de carbono alterado ou fosse lá o que aqueles dois tinham conseguido fazer.

— Pelo lado positivo, não houve mil perguntas — comentou Callum com Tristan no jantar daquela noite, apontando com o queixo para Libby, que estava do outro lado da mesa. Tristan havia se sentado na cadeira vaga ao lado dele.

A mesa estava ocupada com os sons de uma conversa baixa entre Libby e Nico, que comparavam figurinhas. Parisa já havia se retirado, e Reina estava distraída comendo enquanto se concentrava em algum jornal antigo.

— Vou me arrepender de deixar de lado o elemento de Rhodes — sussurrou Callum —, só porque a competência dela no assunto nos dá um merecido momento de paz.

Tristan deu um sorrisinho relutante, como se os princípios da superioridade moral o tivessem compelido a não rir, mas por pouco.

— Você não gosta mesmo dela, né?

— Algumas pessoas são falhas e interessantes — disse Callum, dando de ombros. — Outras só são falhas.

— Me lembre de não perguntar o que você acha de mim.

— Na verdade, acho que você deveria perguntar.

Tristan ficou em silêncio.

— Sei que você suspeita muito de mim — declarou Callum, antes de prosseguir: — De todo mundo.

— Acho as pessoas muito decepcionantes — disse Tristan.

— Interessante, penso do mesmíssimo jeito.

— Isso é considerado interessante?

— Bem, levando em conta que minha especialidade requer que eu compreenda a maioria dos detalhes da natureza humana, acho que sim — disse Callum. — Sabendo o que sei, eu deveria, sim, achar outras pessoas fascinantes, ou pelo menos valiosas.

— E você as acha?

— Algumas. A maioria acho que são apenas réplicas de outras.

— Você prefere pessoas boas ou ruins? — indagou Tristan, saindo pela tangente.

— Gosto um pouco de ambas. Discórdia é bom — respondeu Callum. — Você mesmo é um excelente exemplo.

— Sou?

— Você quer ser leal a Parisa, o que é interessante — observou Callum, e Tristan se contorceu um pouco, involuntariamente, uma confirmação. — Vocês só dormiram juntos uma vez, e você parece sentir que lhe deve algo. Mesma coisa com Rhodes, embora ainda não tenha dormido com ela.

Tristan empalideceu.

— Acho bem difícil que elas estejam na mesma categoria.

— Ah, não estão — concordou Callum. — Você sente que deve sua vida a Rhodes. A Parisa você simplesmente *quer* dever sua vida.

— Quero?

— Sim. E, em nome dela, você quer muito não confiar em mim. — Callum abriu outro sorriso reticente. — Infelizmente, você também me acha interessante.

— De que maneira?

— De quase todas as maneiras — respondeu Callum, com uma olhadinha de relance para os outros na mesa. — Você não é o único.

Tristan ficou em silêncio por um momento.

— Parece que você fez algo a Parisa — observou ele, e Callum suspirou.

— Sim, parece que eu fiz, não é? Uma pena. Gosto dela.

— O que você fez? A insultou?

— Não que eu saiba — respondeu Callum, embora a resposta verdadeira fosse não, ele não a havia insultado. Ele a *assustara*, o que era a única sensação que Parisa Kamali não conseguia tolerar. — Mas acho que talvez ela supere.

Parisa era o tipo de pessoa que sempre fazia o que era melhor para si, mesmo que levasse algum tempo para processar.

— Você não liga muito se as pessoas gostam ou não de você, né? — perguntou Tristan, um tanto entretido.

— Não, nem um pouco.

Ele duvidava que Tristan fosse capaz de entender, mas a sensação de ser gostado era extraordinariamente tediosa. Era a coisa mais próxima de baunilha na qual Callum conseguia pensar, embora nada se comparasse de verdade. Ser temido era similar a anis, a absinto. Um sabor estranho e excitante. Ser admirado era dourado, adocicado. Ser odiado era um aroma amadeirado e sulfúrico, como fumaça nas narinas, algo com que engasgar, se feito da maneira certa. Ser invejado era ácido, um sabor cítrico, como maçã verde.

Ser desejado era a sensação favorita de Callum. Também era esfumaçado, de certa forma, só que mais sensual, misterioso e perfumado. Cheirava a lençóis bagunçados. Tinha o gosto do tremular da chama de uma vela. Dava a sensação de um suspiro baixinho, permissivo e suplicante. Ele sempre conseguia sentir na pele, afiado como uma lâmina. Perfurante, como o gemido de um amante em seu ouvido.

— Temo que ser gostado é bastante mundano — disse Callum. — Um vasto lugar-comum.

— Uau, que chato — disse Tristan, seco.

— Ah, às vezes é útil. Mas com certeza não é meu objetivo na vida.

— Então como você planeja não ser eliminado?

— Bem — disse Callum, pacientemente —, para começar, você não vai deixar que isso aconteça.

Tristan levou a mão à boca para esconder o sorriso de escárnio.

— E como eu vou fazer isso?

— Rhodes dá ouvidos a você. Varona dá ouvidos a ela. E Reina dá ouvidos a ele.

— Então sua suposição sobre mim é que...

— É que você não vai querer me eliminar. — Callum sorriu de novo. — É bastante simples, não acha?

— Percebi que você não incluiu Parisa em seus cálculos. Nem a mim, se é que importa — disse Tristan, em seu tom arrastado de sempre —, embora eu esteja disposto a ignorar isso pelo bem do argumento.

— Bem — começou Callum —, se seu objetivo for interferir nos pensamentos de alguém, uma telepata é útil, óbvio. Mas você tem ideia de como é pouco frequente as pessoas de fato *pensarem*? — instigou, levando o copo aos lábios enquanto Tristan, inevitavelmente concordando, deu uma risada sem som. — Assim que se acostumarem com Parisa, os outros vão ser capazes de mantê-la fora dos seus pensamentos durante a maior parte do tempo. — Até agora isso não havia acontecido, e era verdade que ela era muito, muito boa, facilmente a telepata mais poderosa que Callum conhecera, e isso por si só dizia muita coisa. — Mas, com raras exceções, as emoções são muito mais resistentes e difíceis de ocultar. E, ao contrário dos pensamentos, emoções podem ser manipuladas com facilidade. Pensamentos, por outro lado, devem ser implantados ou roubados, o que significa que um telepata sempre gastará mais energia do que um empata ao usar magia.

— Então você acha que é a opção mais útil?

— Eu acho que sou a melhor opção — elucidou Callum. — Porém, mais importante, acho que, no fim do dia, você me entende mais do que vai admitir.

A declaração pairou entrou os dois com relativa nitidez. Callum quase não tinha dúvidas de que, quaisquer que fossem os motivos que os outros tinham para não gostar dele, Tristan acharia seu raciocínio mais persuasivo. O cinismo de Tristan, ou sua desilusão, ou seja lá o que o tenha deixado tão amargamente desencantado com o mundo, era útil nesse nível.

— O que estou dizendo é que estou do seu lado — afirmou Callum.

— E...?

— E nada. Você com certeza sabe que este é um jogo de alianças. Eu sou seu aliado.

— E por isso eu deveria ser o seu?

Naquele exato momento, Libby ergueu a cabeça. Ela já tinha adquirido o hábito de evitar a atenção de Callum (o que provavelmente era inteligente de sua parte), então olhou bem nos olhos de Tristan por acidente antes de rapidamente desviá-los, retornando à conversa com Nico.

Tristan ficou tenso, provavelmente consciente de que acabara de ficar preso numa conversa com Callum, com quem nenhum dos outros parecia muito disposto a fazer amizade.

— Parisa não é uma aliada — aconselhou Callum a Tristan, que pigarreou. — Nem Rhodes. Quanto aos outros, Varona e Reina são pragmáticos. Eles vão escolher qualquer um que os levar mais longe quando chegar a hora.

— E você não deveria fazer o mesmo, esperar para ver se eu tenho algum valor antes de tentar me recrutar? — indagou Tristan.

— Você tem valor. Não sou eu que preciso dá-lo a você.

Do outro lado da mesa, Nico exclamou algo ininteligível sobre ondas gravitacionais e calor. Ou talvez tenha sido sobre tempo e temperatura. Ou quem sabe não importasse nem um pouco, nem mesmo remotamente, porque, a menos que Nico quisesse ser algum tipo de físico mediano acorrentado a um laboratório pelo resto da vida depois que seus dois anos ali chegassem ao fim, aquilo não renderia nenhum fruto. O objetivo na Sociedade era entrar, obter acesso e depois sair. Ficar ali, como fizera Dalton Ellery ao se tornar pesquisador, era perda de tempo. O melhor deles procuraria se beneficiar da influência da Sociedade, não se vincular aos anais dela.

Callum era o tipo de pessoa feita para ir longe, com a Sociedade ou sem. Tristan também, embora de uma maneira diferente. Callum podia sentir o cheiro nele: a ambição, a fome, o impulso. O desejo por poder, o qual lhe havia sido negado até então. Callum sentia nos outros também, embora não tão forte e certamente não tão perto de um anseio. Nico tinha segundas intenções (bem seladas, com gosto de metal), e talvez os outros tivessem seus motivos, mas apenas Tristan de fato *queria*, com todo o seu ser. Era salgado, saboroso, como a própria salivação.

A única pessoa que estava tão faminta e desesperada quanto Tristan era Reina, e certamente não havia por que tentar conquistá-la. Ainda não. Ela escolheria o lado que precisasse quando a hora chegasse.

Libby era uma ameaça tão pequena que pouco importava. E, por isso, Callum *não* a levou em consideração em seus cálculos pessoais. Se algum dia precisasse de outro buraco negro, simplesmente a procuraria em fosse lá qual emprego governamental mundano ela ia se enfiar depois de ser eliminada do grupo. Verdade seja dita, havia ainda uma ligação não identificada entre Libby e Tristan — talvez o resultado da experiência deles durante a instalação —, mas isso seria uma questão simples de resolver. Secretamente, Tristan se ressentia dela, ou se ressentia de suas habilidades, e aquela era uma emoção fácil de lidar. Callum poderia simplesmente enrolá-la no dedo, transformando-a em ódio contínuo.

Quanto a Parisa, ela era um empecilho. Callum havia menosprezado as habilidades dela para Tristan por motivos óbvios, e aquilo fora apenas com relação à especialidade técnica. Ela era uma medeiana melhor do que Callum, que nunca fora um aluno esforçado, sem falar que era imensamente calculista. Até mesmo fatal. Era a única inimiga que Callum não quisera, mas ela já havia traçado o limite, então ele teria que derrubar as peças dela do tabuleiro o quanto antes.

Callum não queria perder tempo brincando com os peões de Parisa; queria o rei dela.

— Tenho que admitir, estou um pouco de saco cheio desse showzinho de físico — murmurou Tristan consigo, encarando com uma intensidade que lembrava bastante inveja enquanto Libby e Nico, por razões desconhecidas e que pouco importavam, tentavam reverter o estado de uma xícara de água fervente.

Ah, a concordância inevitável. Tão deliciosamente doce.

— Vamos tomar uma para encerrar a noite — sugeriu Callum, ficando de pé. — Você toma seu uísque puro?

— A essa altura eu tomaria um barril inteiro — disse Tristan.

— Ótimo. Boa noite — disse Callum para os outros, saindo da sala de jantar e entrando na sala pintada.

Reina não se deu ao trabalho de erguer o olhar, muito menos Nico. Libby, sim, e esse foi o motivo de Callum ter dito alguma coisa, para começo de conversa. Ela veria Tristan seguindo-o e se sentiria mais isolada do que já se sentia, e tudo sem que Callum precisasse fazer um pingo de esforço.

Pobre garotinha mágica. Tanto poder, tão poucos amigos.

— Boa noite — disse Libby, baixinho, sem olhar para Tristan.

As pessoas eram brinquedinhos tão delicados.

· NICO ·

A aparição da mãe de Gideon enquanto Nico saía do banho não foi nada bacana. Uma variada sucessão de "cacete" saiu da boca dele em pelo menos três línguas, e Eilif, que se materializara do nada e se empoleirara na beirada da pia, revirou os olhos. Ela disse algo com impaciência num islandês rápido, ou talvez fosse norueguês, e Nico, que estava completamente nu, lançou a ela um olhar cujo objetivo era relembrá-la de que ser quadrilíngue não era, embora provavelmente fosse um esforço digno, algo que ele estivesse a fim de se tornar naquele dia.

— Sou só eu — disse ela em inglês, observando a tentativa dele de se cobrir. — Acalme-se.

— Em primeiro lugar, nem vem — disse Nico, pensando que aquela era uma forma necessária e precisa de iniciar o contato, lutando para se manter são (e, idealmente, para também manter seu pênis). — Em segundo lugar, como foi que você entrou aqui? — indagou, considerando que consequências à Sociedade traria a aparição de uma sereia em seu banheiro. A luz vermelha no canto, que sinalizava uma invasão nas proteções, não se acendeu, o que era um tanto preocupante. — Isso nem sequer deveria ser *possível*...

— Bem, levei um pouquinho de tempo para te encontrar, mas acabei descobrindo onde você estava. Cobrei alguns favores, esse tipo de coisa. Preciso que você retire imediatamente as proteções que escondem meu filho de mim. Você está ótimo, Nicolás — observou Eilif, numa fala contínua e líquida. — Quase no ponto para ser saboreado.

— Você precisa parar com isso — grunhiu Nico diante do olhar de sedução da criatura. Ele se moveu outra vez, agora irritado porque o banheiro não estava minimamente arrumado quanto os outros cômodos. Havia uma banheira e um chuveiro, e um par de espelhos dourados sobre a pia dupla de porcelana branca, que no momento não ajudavam em nada. — E o que você quer dizer com "alguns favores"?

— Ah, eu sei onde você está — disse ela, começando a mexer no cabelo. Eilif estava um pouco azul, como sempre, e excepcionalmente vascular, os rios índigos se espalhando como *kintsugi* pelos seios desnudos dela. — Não foi muito difícil. Danadinho — repreendeu ela, em uma espécie de reflexão tardia e arrogante.

— Mesmo assim, você não deveria ter conseguido entrar — retrucou Nico, rouco.

— Nicolás, como pode ser minha culpa que as proteções contra criaturas tenham sido deixadas sem supervisão?

Justo. Isso havia passado pela cabeça dele enquanto implantavam as proteções, mas até então estava achando os arquivos da Sociedade pouco úteis de um jeito preocupante. Na primeira oportunidade que teve, Nico foi até a sala de leitura e preencheu formulários e mais formulários com cada variação de "prole de criatura", "expectativa de vida parcialmente humana", "??? narcolepsia mas não pra valer" e (por desespero) "defesa contra a mãe de alguém", enviando cada um dos pedidos de acesso por um sistema muito antigo e ultrapassado de tubulação de cápsulas, mas todas as suas solicitações foram negadas. Durante semanas, Nico alterou os termos de pesquisa, ampliando e afunilando suas especificidades, mas tudo que conseguiu invocar dos arquivos foram tediosas fontes de enciclopédia: um atlas de criaturas conhecidas e suas origens, um questionário de magia que se parecia com um livro de contos de fadas e vários volumes só de genealogia das fadas. Ele conseguira encontrar um texto insuportavelmente volumoso sobre a natureza da criatura mágica (o qual entregou para Reina), mas não conseguia explicar para ninguém por que precisava entender como criar uma proteção contra uma sereia em particular.

Bem, ele *poderia* tentar, mas duvidava que alguém fosse levá-lo a sério. Além disso, Eilif não lhe oferecia qualquer perigo. Ela era só... suspeita e, principalmente, desequilibrada. De qualquer forma, era evidente que os arquivos estavam altamente protegidos contra qualquer coisa, exceto contra ela, o que significava que, se Nico tinha qualquer esperança de ajudar Gideon, ia precisar abrir algumas portas da Sociedade primeiro — idealmente através da iniciação, para destrancar o ano subsequente de estudo independente, o que significava passar *aquele* ano inteiro evitando que Eilif destruísse a casa. Ou, a propósito, Gideon.

— Mas, então, e as proteções que você colocou no meu filho? — indagou Eilif.

— Chega! — disparou Nico, porque embora ela representasse pouquíssimo perigo para *ele*, com Gideon o buraco era mais embaixo. — Você faz ideia de como foi difícil colocá-las? Deixe Gideon em paz.

— Bem. — Os lábios pálidos dela se comprimiram. — Vejo que *você* não entende o conceito de ter filhos.

— Nem você entende! — gritou Nico, irritado. — Você o usa, Eilif, e ele odeia isso. Se Gideon não te quer por perto, então você não vai ficar por perto.

Em resposta, Eilif se debruçou casualmente sobre a pia mais distante, baixando os olhos para os quadris dele.

E então mais abaixo.

E ela encarou.

E encarou.

— Pare de amaldiçoar meu pau — ordenou Nico, impaciente. — Não vou mudar de ideia.

Suspirando, Eilif jogou as mãos para cima.

— Sabe, estou me cansando de você — disse ela, fria. — Você não deveria, sei lá, morrer logo? Gideon já tem pelo menos setenta anos mortais agora.

— Ele tem vinte e dois — disse Nico.

— O quê? Impossível.

— Falando nisso, eu dei uma festa de aniversário para ele, e você não foi.

Ela gesticulou com desdém, como sempre pouco interessada nos costumes tradicionais da maternidade.

— Ele é uma criança faz séculos!

— Ele não é uma criança, é um adulto. Tem aproximadamente um quarto da vida de um mortal.

— Isso não parece certo…

— Bem, mas está! — disse Nico, indignado, e Eilif deu um resmungo alto e azul.

— Me dê o meu filho — exigiu ela, direta. — Ele precisa de mim.

— Não precisa, não.

— Como ele vai comer?

— Ele come *numa boa*.

Ela estreitou os olhos, pouco convencida.

— Sabe, estávamos bem antes de você aparecer — acusou ela.

— Isso não está nem perto de ser verdade — retrucou Nico. — Você abandonou seu filho, um bebê, nas florestas da Nova Escócia e então passou a aparecer uma vez em nunca só para fazê-lo perseguir você pelos reinos dos sonhos. Eu não chamo isso de estar "bem", a não ser que estejamos falando só de você.

— De quem mais estaríamos falando? — exigiu Eilif, e então percebendo: — Ah, sim. Gideon.

— Exato, Gideon. — Que exaustivo. — Seu filho, lembra?

— *Devolva o meu filho* — exigiu Eilif, tremendo de fúria. — Por favor, meu doce Nicolás — murmurou, provavelmente prestes a usar algum truque de sereia nele. — Meu querido, você não sonha com riquezas?

— Pare — alertou ele.

— Mas...

— Não.

— Mas eu quero...

— Você não pode.

— *Mas ele é meu* — choramingou Eilif, amuada como se fosse uma criança. — Está bem, fique com ele. Por enquanto — ameaçou, e então, com um último olhar repreensivo, em parte sedução, em parte ódio imortal, Eilif desapareceu, engolida outra vez pelo ar.

— Varona, o que está acontecendo aí dentro? Que inferno! — disse a voz de Libby do corredor.

— Inferno, exatamente isso — confirmou Nico. — Mas não se preocupe, já acabou.

Ou acabaria logo, dependendo da disposição de Eilif para se vingar ou do tamanho da dívida em que devia estar atolada. Aquilo poderia se transformar num problema, principalmente se Eilif ficasse devendo a seu próximo empregador. Por sorte, seria simples, acreditava Nico, procurar o amigo no reino dos sonhos sem preocupá-lo muito.

— Então tá, né — murmurou Libby, os sons dos passos dela voltando para o quarto.

Uma rápida mensagem para Gideon — *me encontre no lugar de sempre?* — seguida por outra — *está tudo bem!* — garantiram que ele fosse para a cama mais cedo.

— O que foi que você fez? — perguntou Gideon assim que Nico se sentou, retomando seu lugar dentro da cela nas alas subconscientes da Sociedade. — Algo interessante, espero.

— Já está entediado, Sandman? — perguntou Nico, se aproximando das barras.

Gideon deu de ombros.

— Acho que sim — respondeu ele. — Já cansei de ficar lendo para pegar no sono. Não tem tantos livros assim no mundo.

— Bem, isso que dá ver muita televisão. Você sempre acaba em reinos perigosos quando se expõe à violência excessiva e, desculpe, mas você simplesmente não é muito bom com armas de fogo.

Gideon soltou um suspiro exagerado.

— Para de me dar bronca, Nicky, você não é a minha mãe.

Era uma piada, mas Nico vacilou com o lembrete. Gideon, vendo a expressão do amigo, congelou de repente.

— Ah, não — disse, empalidecendo.

Nico suspirou.

— Está tudo bem, Gideon, eu dei um jeito, promet...

— O que ela disse?

— Nada, já te falei, está tu...

— Nicolás — disse Gideon, feroz. — O que ela disse?

Nico nunca levara muito jeito para mentir para Gideon, o que era uma pena. Ele era tão excepcionalmente talentoso em todo o resto.

— Nada de mais, sério — respondeu. — Ela parece... precisar de você para alguma coisa.

— Sim, eu sei que ela precisa — afirmou Gideon, massageando a bochecha com a mão. — Em algum momento ela sempre acaba precisando de mim para alguma coisa. Achei que ela tivesse mesmo me deixado em paz dessa vez, mas...

Ele hesitou, e, de novo, Nico vacilou. Lá se foram seus segredinhos tão bem guardados.

— Você — disse Gideon, se dando conta em voz alta, encarando o amigo. — Você colocou uma proteção contra ela sem me contar, não foi?

— O quê? Isso é doideira! — retrucou Nico suavemente.

— Você não tinha o *direito*...

Imediatamente Nico deixou de lado a farsa (que era bem chinfrim).

— Isso é ridículo, é lógico que eu...

— ... você não pode interferir sem me contar...

— ... eu *ia* te contar. Na verdade, tenho certeza de que já contei! Não é minha culpa se você não leu as atas com atenção...

— Pela última vez, minha mãe é problema *meu*, não seu...

Nico, é óbvio, recebeu aquilo com um grunhido de frustração.

— Você ainda não percebeu que eu *quero* os seus problemas? — reivindicou Nico, levantando o tom de voz, e, por sorte, Gideon se calou. — Sua dor é problema meu, seu príncipe idiota. Seu desgraçado dos infernos. — Nico esfregou a têmpora, cansado, enquanto os lábios de Gideon se curvavam para cima num sorrisinho. — Não é para rir. Não... Não olha para mim, para. *Para...*

— Que xingamentos são esses, Nicky?

— Cala a boca. Eu estou furioso.

— Por que *você* está furioso?

— Porque por algum motivo idiota você parece pensar que precisa lidar com tudo sozinho...

— ... quando na verdade *você* deveria estar lidando com tudo *sozinho*, é isso? *Touché*. Filho da mãe.

— Gideon, sério. Eu sou rico e extremamente bonito — grunhiu Nico. — Você acha mesmo que tenho meus próprios problemas para cuidar? Não, eu não tenho, então me deixe cuidar dos seus. Me coloque para trabalhar, eu imploro.

Gideon revirou os olhos.

— Você é — disse ele, e expirou, completando: — *insuportável*.

— Eu sei. E você está seguro e fora do radar da sua mãe agora, então fique caladinho. Mas ela com certeza está procurando você — confessou Nico, o que era a informação mais importante que pretendera dar. — A proteção vai durar por mais um tempo, mas não vai demorar muito para que ela a quebre. Ou pague alguém para quebrá-la.

Infelizmente, Eilif era muito pior do que o povo mágico comum, principalmente porque tinha amigos em lugares perigosos, a maioria deles com acesso ilimitado a informações a que muitas pessoas e organizações governamentais desejavam que não tivessem.

— Será que eu poderia ficar aqui nos reinos? — indagou Gideon, pensativo.

Funcionaria, mas não para sempre.

— Você ainda tem um corpo.

— Aham.

— Um corpo *mortal*.

— Bem, parece ser um corpo mortal.

— Está envelhecendo, não está?

— Parece que sim, é possível, mas...

— A gente vai descobrir um dia — garantiu Nico. — Seu tempo de vida e tal. Sua dieta natural, onde colocar a caixa de areia, como fazer os exer-

cícios adequados. Você sabe, a manutenção básica de criaturas híbridas...
— completou.

— Embora eu suponha que, se minha mãe me matar primeiro, nada disso vai fazer a menor diferença — observou Gideon.

Nico precisou se afastar das barras para contar rapidamente até três antes que pudesse responder.

— Não brinque com essas coisas — alertou, com uma expressão de dor.

Mas Gideon, que em geral parecia se divertir com qualquer coisa que Nico fazia, apenas sorriu.

— Não se preocupe comigo, sério — disse, provavelmente pela milésima vez, todas elas inúteis. — Não acho que ela consegue de fato me matar. Se conseguir, será um acidente. Ela só é muito descuidada.

— Ela quase afogou você duas vezes!

— Pode ser que eu esteja me lembrando mais ou menos disso.

— Não existe isso de lembrar mais ou menos!

— Em defesa dela, ela não sabia que eu não podia respirar debaixo d'água. Pelo menos da primeira vez.

— Isso *não* é desculpa! — disse Nico, irado.

Mas Gideon estava rindo.

— Sabe, Max não liga para nada disso — comentou ele. — Você deveria considerar fazer o mesmo.

— O quê, arrastar meu rabo pelo tapete?

— Não, e ele parou de fazer isso, para nossa felicidade.

— Gideon, eu quero que você fique bem — disse Nico, implorando. — Por favor. *Je t'en supplie.*

— Eu estou bem, Nico. Se preocupar comigo é só sua desculpa para evitar sua própria vida, sobre a qual, aliás, eu não sei nada a respeito — relembrou-lhe Gideon. — Você planeja me contar alguma coisa ou eu sempre vou ser só sua princesinha indefesa?

— Primeiramente, você seria uma péssima princesa — murmurou Nico. — Você *de jeito nenhum* tem corpo para usar espartilho, e, quanto ao resto, acredite em mim, eu contaria se pudesse...

— Mas você não pode — completou Gideon, e sorriu. Desviou o olhar e então tornou a encará-lo, dizendo: — Sabe, eu também me preocupo com você. Deixando sua vaidade de lado, acho que você já tem muitos problemas para ficar obcecado pelos meus.

— Tipo o quê? — zombou Nico, gesticulando enfaticamente para sua cabeleira.

— Eu... Esquece. — Gideon deu de ombros. — Só estou dizendo que esta é uma via de mão dupla.

— Bem, eu sei disso, não sei? Eu nunca me devotaria tão magnanimamente a alguém que falhasse em perceber quão interessante eu sou.

— E você é muito devoto.

— Tão devoto quanto interessante — confirmou Nico. — Parece que chegamos a um acordo aqui.

Gideon o olhou como se fosse lhe dar um soco no nariz.

Ou seja, como sempre.

— *Estás bien?* — perguntou Gideon.

Por mais estranho que parecesse, Nico estava bem. Estava de fato satisfeito com seus avanços. Ele e Libby quase se tratavam feito gente, discutindo apenas sobre questões acadêmicas ("Uma coisa é parar o tempo, outra é tentar movê-lo por aí" era o argumento dele sobre a teoria mais recente dela, mas é lógico que Libby tinha contra-argumentos). Além disso, ele e Reina também estavam fazendo progressos, e no geral Nico comia direito e não queria matar as pessoas ao seu redor. (Ele passaria bem sem Callum ou Tristan, mas já enfrentara oposição mais estressante antes).

É óbvio, sentia falta das coisas normais, como a liberdade de ir a lugares que não fossem aquela casa e também sexo, mas tinha a sensação de que era melhor não dormir com ninguém ali. Era bastante provável que deixaria Parisa fazer o que quisesse com ele, e aquilo com certeza não acabaria bem.

— *Je vais bien* — concluiu Nico.

— Que bom. Então vou deixá-lo voltar a dormir.

— O quê? Mas já? — Nico franziu a testa. — Mas...

Gideon estalou os dedos, e Nico se sentou na cama, ofegante. Estava de volta ao corpo, de volta à mansão da Sociedade. De volta ao lugar de que tecnicamente não tinha saído.

Ao lado dele, o celular vibrava.

Vá dormir.

Nico revirou os olhos. Babaca.

Vejo vc nos meus sonhos, brincou.

O celular vibrou na mão dele.

Sempre, Nicolás, sempre.

· REINA ·

Na opinião de Reina, ela já tinha recebido retornos extravagantes por seu investimento em se juntar à Sociedade. Perto do verão, apenas um quarto daquele seu ano atribulado, ela já tinha conquistado riquezas. É verdade, deixara pouco para trás, então talvez o sacrifício tivesse sido mínimo, mas ainda estava se divertindo, à sua própria maneira. O acesso que a Sociedade lhe proporcionara era tudo pelo que ansiara. O conteúdo dos arquivos era exatamente o que sonhara que a Biblioteca de Alexandria conteria, e isso só com o contato mais básico com o antigo pensamento científico e mágico. Ao completar escassos três meses de pesquisas sobre a física da força e do espaço, Reina já havia conseguido o grimório de Circe *e* as obras perdidas de Demócrito e de Anaximandro. Não havia limites para o que poderia fazer com um ano inteiro e mais outro depois disso.

Isso significava que a motivação contínua para ser uma das fontes de divertimento de Atlas Blakely servia, no mínimo, para não *perder* o acesso. Colocara as mãos em obras antigas de animismo, naturalismo, cosmologia, mas o que viria dos medeianos medievais, que só poderiam ter contribuído secretamente? E quanto aos iluministas? Ela veria as obras de Isaac Newton e Morgan le Fay? Impossível saber até que chegasse lá, portanto, de um jeito ou de outro, precisava durar ali dentro até chegar àquele ponto.

Reina passava a maior parte de seu tempo livre na sala de leitura, mais do que qualquer um dos candidatos. Estava sempre pondo à prova quantos textos conseguia acessar independentemente do assunto que estivesse estudando no momento, o que explicava por que estava mais atenta a quem passava pelas portas da Sociedade. Embora os membros já iniciados da instituição nunca interagissem com ninguém da turma de candidatos, Reina com frequência os via indo e vindo dos arquivos ou se encontrando com Atlas no escritório dele. Ela não sabia muito bem o que mais Atlas, como Guardião, "protegia" sem ser os arquivos, dado que Reina e os outros cinco nada sabiam sobre as atividades da elite iniciada da Sociedade, mas era óbvio que ele fazia seu trabalho direito. Afinal, todos que passavam pelas portas da mansão o faziam com a permissão dele, por mais elevados que fossem seus status no mundo externo, e mesmo assim ninguém parecia ressentido ou pouco à vontade diante da presença dele.

Havia um membro da Sociedade em particular que Reina acabou encontrando por coincidência: Aiya Sato, uma mulher que integrava o conselho de diretores de um conglomerado de tecnologia gigantesco com sede em Tóquio. Aiya se tornara a bilionária mais jovem da economia mortal, além de também ser uma medeiana celebrada, com os pés pousados com segurança nos dois mundos.

— Ah, você deve ser a srta. Mori — disse ela. As duas estavam lado a lado no andar superior da sala de leitura, esperando pelos resultados de suas respectivas invocações de outras partes do arquivo. Aiya, uma comunicadora nata, iniciou a conversa no idioma materno delas. — Me conte, como foi a instalação?

Reina deu poucos detalhes; nunca foi muito de jogar conversa fora. Aiya, no entanto, era muito tagarela.

— Suponho que deva ser muito diferente com Atlas Blakely no comando — dizia ela, e foi quando Reina a interrompeu.

— Faz muito tempo que você foi iniciada?

Parecia impossível. Ela tinha uma aparência muito jovial, não devia ter mais que trinta anos.

— Não, não muito. Na verdade, uma turma antes da sua.

— Você estava na turma de iniciação de Dalton Ellery, então?

Aiya arqueou as sobrancelhas, surpresa.

— Você conhece Dalton?

— Ele ainda faz pesquisa aqui.

— Pensei que Dalton seria o primeiro a dar no pé — comentou Aiya, franzindo a testa. — Não consigo imaginar o que ele ainda está fazendo aqui.

— Não é comum alguns membros ficarem?

Era uma posição que Reina cobiçava: a iniciada privilegiada que tinha permissão para ficar e continuar sua pesquisa independente. O currículo para o primeiro ano da candidatura era agradavelmente esquelético (amplas categorias de espaço, tempo, pensamento e assim por diante), com grande parte do tempo deles sem nenhuma obrigação agendada e ocupada por seus estudos desinibidos, e havia ficado implícito que o segundo ano, depois da iniciação, tinha ainda menos supervisão. O gosto atual de liberdade acadêmica já era incrível, e a possibilidade de outros nove anos de estudos ininterruptos até a próxima classe de iniciados, então? Um sonho.

— Ah, algumas pessoas escolhem, sim, continuar a pesquisa além dos dois anos da bolsa, mas eu não teria pensado que Dalton escolheria esse caminho — disse Aiya, confusa. — Você sabe qual é a especialidade dele, não sabe?

O que exatamente Dalton pesquisava era um mistério, assim como seus motivos para ficar ali em vez de se aventurar pelo mundo sob a promessa de glória da Sociedade. Reina não conseguiu pensar em nada que ele dissera ou fizera que poderia lhe indicar a resposta.

— Não, acho que não.

— Dalton é um animador — disse Aiya, enfática, como se isso devesse significar alguma coisa.

— Ele pode trazer coisas à vida?

— Coisas — repetiu Aiya com uma risadinha. — Sim.

Reina franziu a testa.

— Ele é…

— Ah, não, ele não é um necromante — corrigiu Aiya rapidamente. — Quer dizer, ele *pode* fazer isso, mas prefere o inanimado e metafísico, ou pelo menos preferia quando eu o conhecia. Você sabia que ele é de algum lugar nas florestas da Dinamarca? Ou talvez seja da Holanda. Eu sempre confundo. Ele deixou de usar o "von", acho, mas a questão é que há lendas no vilarejo dele sobre um garoto que pode dar vida a florestas inteiras, ou até ao próprio vento. Ele é a mitologia moderna. — Ela abriu um sorrisinho. — Não consigo imaginar por que concordou em ficar, embora eu ache que ele ainda é bem jovem. Além de sempre ter sido o favorito de Atlas.

— Achei que Atlas fosse o Guardião há bastante tempo — disse Reina, lembrando que o comentário de Aiya sobre Atlas fora o que despertara seu interesse na conversa com a executiva.

Mas, agora que ela estava pensando no assunto, Atlas não parecia exatamente velho. Poderoso, sim. E bastante confortável em sua posição de autoridade. Mas se as classes de iniciação aconteciam a cada dez anos, não tinha como ele ter sido iniciado muito antes de Dalton e Aiya.

Aiya balançou a cabeça.

— Não, por muito tempo foi outra pessoa. Um cara dos Estados Unidos, por quase meio século. O retrato dele está aqui em algum lugar... — Ela balançou a mão no ar, desinteressada.

— Mas você chegou a conhecer Atlas?

— Ele basicamente era o que Dalton é agora, acho. Para dizer a verdade, não víamos muito nosso Guardião. Atlas fazia a maior parte do trabalho. — Atlas raramente perdia uma sessão, mesmo sendo o trabalho de Dalton introduzir um novo assunto. Era o costume, supôs Reina. — Você o vê com frequência?

— Sim, quase todos os dias.

— Hum. Estranho — disse Aiya.

— É mesmo?

— Bem, a posição dele tem outras responsabilidades. — Aiya sorriu. — Embora eu suponha que ele sempre tenha sido muito entusiasmado. E um prodígio, ouvi dizer, quando se trata de Guardiões.

— É normal os pesquisadores assumirem a posição de Guardião? — perguntou Reina. Ser pesquisadora lhe interessava, já Guardiã, com toda a logística, recrutamentos e políticas correspondentes, não. — Dalton vai ser o próximo?

— Bem, para ser sincera, Dalton é exatamente o tipo de pessoa que preferiria ser Guardião a pesquisador, mas não. Atlas é um caso especial. Os Guardiões costumam ser selecionados pelo conselho de guardiões da Sociedade, e geralmente é alguém bem distante de qualquer cargo interno dentro da instituição.

— E tem algum motivo para isso?

— Algo sobre não escolher alguém que já está no mau caminho, tenho certeza — respondeu ela, acrescentando logo depois: — Não é o caso de Atlas, lógico. Ele teria sido a escolha natural. É muito querido. Mas Dalton é... um mistério. — Aiya franziu a testa. — Achei que ele seria mais do tipo que vai atrás de alguma coisa.

Os livros delas chegaram lado a lado nos tubos antigos dos arquivos. O de Reina era uma cópia de *A grande cosmologia*, de Leucipo. O de Aiya não tinha título.

— Você volta com frequência aos arquivos? — perguntou Reina.

— Não, não muito — respondeu Aiya. — Mesmo assim, é uma fonte valiosa. Há muito mais do que você pode imaginar por trás destas paredes.

Ela guardou o livro na bolsa, se virando para Reina com um sorriso.

— Por favor, aproveite seu tempo aqui. Tudo vale a pena, de verdade. Eu tive minhas dúvidas no começo, mas acredite em mim quando digo: eu faria tudo de novo, sem pensar duas vezes.

— Foi difícil? — quis saber Reina. — O processo de eliminação?

Por um breve momento, o sorriso de Aiya falhou.

— Você quer dizer a iniciação em si?

— Não, quer dizer... é difícil — disse Reina, tentando reformular — escolher quem eliminar?

— Ah, sim. Muito mais do que se imagina. — O sorriso desapareceu de vez. — Mas, como eu disse, vale a pena. Tenha um ótimo dia — disse Aiya, oferecendo um aceno educado e rapidamente lhe dando as costas, o som de seus saltos finos ecoando pela sala de leitura enquanto ela atravessava o corredor estreito para sair pelas pesadas portas duplas.

Reina teve a sensação de que acabara de ter uma interação muito estranha, embora não conseguisse explicar exatamente por quê. A sensação permaneceu com ela por grande parte dos dias seguintes, aparecendo e sumindo de seus pensamentos sem deixar quaisquer conclusões sólidas.

Por fim, deixou aquilo pra lá. Entre trabalhar, treinar com Nico (Reina precisava praticar e sentia que ele era o combatente mano a mano mais forte) e ler por prazer, não havia muito tempo para se preocupar com o que era irrelevante. Na verdade, ela estava bastante satisfeita, embora tivesse a vaga impressão de que o mesmo não se aplicava aos outros.

MãeMãeMãe, uma das samambaias gemeu um dia, esparramada sobre uma prateleira na sala pintada enquanto os seis se sentavam em sua formação circular usual. *Mãe, há problemasproblemasproblemas no ar. Mãe, porfavorporfavor, você está vendo?*

A princípio, Reina pensou que fosse a profana aliança florescendo entre Callum e Tristan, que estavam sentados logo abaixo da samambaia. Sempre fora muito provável encontrar os dois juntos, desde que uma linha tinha sido traçada (intencionalmente ou não) entre os especialistas físicos e os outros, mas ultimamente estava ficando cada vez mais raro ver um sem a companhia do outro. Com frequência, eles tinham conversas furtivas, Callum se inclinando para perto enquanto Tristan falava. Reina pensou que fosse algo bom, ou pelo menos algo perfeitamente aceitável, já que significava que Parisa não teria Tristan grudado nela, mas aos poucos ficou evidente que Parisa estava sendo punida por algo. Se a punição estava vindo das mãos de Tristan ou das de Callum, não dava para saber.

O problema de Tristan, e o motivo de Reina às vezes preferir Callum, era a maldade dele, sua mordida. Era afiada, serrilhada e inevitavelmente se tornou mais maliciosa devido a sua...

"Inteligência" era uma palavra que deixava a desejar. Tristan era mais do que apenas sagaz ou esperto ou instruído; era *rápido*, e sempre o primeiro a perceber quando algo estava errado. No começo, Reina o achou irritante, sendo do contra só por diversão, mas se tornou cada vez mais óbvio que, a não ser que soubesse com exatidão o que corrigir, Tristan não se dava ao trabalho de falar. Para melhor ou para pior, ele tinha uma incrível apatia a quase tudo, que se misturava ao escárnio apenas quando algo estava problematicamente fora de lugar. Reina não conseguia decidir se aquela crueldade intuitiva ficava mais forte com Callum, que não se envolvia em nenhum dos trabalhos deles, ou com Parisa, que parecia se achar acima daquilo tudo.

Por fora, o comportamento de Parisa não mudou, para a decepção de Reina. Ela não estava sofrendo e tentando esconder, mas sim distraída. Não parecia sentir minimamente a perda de Tristan, sentada à esquerda dele como fizera desde o início, mas fora do seu campo de visão. Algo parecia suspeito em relação ao súbito desinteresse de Parisa, embora Reina só tenha identificado o motivo quando a samambaia murcha reclamou do oxigênio na sala.

— Há uma transição natural de espaço para tempo — disse Dalton, ao lado de Atlas, como sempre. — A maioria dos físicos modernos, na verdade, não acredita que exista tal distinção. Alguns nem sequer acreditam que o tempo exista, pelo menos não no nosso conceito ficcional dele, onde pode ser percorrido com certo tipo de linearidade.

O lembrete da existência de Dalton Ellery no mundo levou Reina de volta à sua conversa com Aiya, fazendo-a pensar de novo na confusão da outra sobre a decisão de Dalton em retornar à Sociedade. Na opinião de Reina, ele parecia uma pessoa que nascera para ser acadêmica — a epítome de "quem não consegue fazer ensina" —, e, mesmo assim, Aiya reagira como se aquela ideia fosse incompreensível. Era intrigante — e até mesmo atraente — a ideia de que Dalton pudesse estar retendo uma poderosa habilidade mágica que precisara dos últimos dez anos para dominar.

E Reina, enfim percebendo a maneira como Parisa olhava para Dalton, certamente não era a única a sentir essa atração.

Ela supôs que aquilo explicava muita coisa; para começar, por que Parisa muitas vezes sumia e ainda por que a perda de Tristan, a escolha inicial dela para uma relação mais íntima (ou ao menos era o que parecia), não a incomodava tanto. De imediato, o conflito de Reina sobre Callum e Tristan estarem se aliando contra Parisa desapareceu, deixando-a decepcionada.

Então a samambaia estava certa. *Havia* problemas no ar, mas era coisa de Parisa.

É óbvio que ela estava tramando alguma coisa. Mesmo para Reina, o olhar entre Dalton e Parisa era intenso demais. Não dava para saber ao certo se algo tinha ou não acontecido entre os dois, mas não havia dúvida de que alguma versão disso aconteceria em breve.

— O que você está planejando? — perguntou Reina abruptamente, bloqueando o caminho de Parisa para a sala de jantar ao final da aula de Dalton. — Qual exatamente é a sua intenção?

Os olhos de Parisa encontraram os dela, irritados.

— Como é?

— Leia minha mente — sugeriu Reina, debochada.

Parisa retribuiu com um olhar igualmente desdenhoso.

— Por que eu deveria ter alguma intenção? Ele é gato. E eu estou entediada.

Como Reina suspeitava, Parisa já havia lido seus pensamentos, e Reina descobriu que não se importava com a opinião dela sobre seus pensamentos.

— Sério, não é possível que você ache que sou burra assim — retrucou Reina. — Nem eu penso que *você* é burra assim.

— Nossa, valeu — disse Parisa, se irritando à própria maneira, moderada —, mas você é contra por alguma razão específica ou só está sendo lerda de propósito?

— Não estou nem aí para o que você escolhe fazer, mas eu não gosto quando as coisas não fazem sentido. Eu não confio nelas e também não confio em você.

Parisa suspirou alto.

— Você não deveria estar brincando com alguma das outras crianças?

Nunca deixou de ser ultrajante a maneira como os três mais velhos olhavam com desprezo para Libby e Nico, embora fosse bem mais ridículo quando especulavam sobre separá-los, sugerindo, como Callum por vezes murmurava, que era mais fácil tolerar um do que o outro. Na mente de Reina, eles eram estrelas binárias, presas no campo gravitacional uma da outra e facilmente diminuídas sem a força oposta. Ela não ficou nada surpresa quando descobriu que um era destro (Nico) e o outro, canhoto (Libby).

— Pode negar o quanto quiser, mas aqueles dois já provaram seu valor — disse Reina. — Com o que você contribuiu até agora?

— Com o que *você* contribuiu? — devolveu Parisa. — Você é uma acadêmica. Você pode ser acadêmica com ou sem a Sociedade.

Já Parisa tinha a profissão mais antiga da humanidade.

— Ah, muito gentil da sua parte — disse ela, ouvindo o desprezo não tão cuidadosamente disfarçado de Reina. — Você acha que é isso? Sou algum tipo de súcubo interesseira e agora você vai me arrastar até as autoridades?

— Súcubo é uma palavra mais bonita do que a que eu tinha imaginado — disse Reina.

Parisa revirou os olhos.

— Olhe, eu *consigo* ver, mesmo que você não consiga, que você acha que deve sentir pena de mim. É gentil da sua parte. E totalmente desnecessário. — Ela comprimiu os lábios. — Callum não está me punindo. Está só tentando levar a melhor para cima de mim, mas não vai. E você pode se perguntar quem deveria escolher entre nós, mas posso te dizer agora mesmo: se você soubesse o que sei, me escolheria em vez dele todas as vezes.

— Então por que você não nos conta o que sabe? — exigiu Reina, sem acreditar totalmente nela. — Se você o odeia tanto.

— Eu não o odeio. Não sinto nada por ele. E, se você soubesse o que é bom para você, faria o mesmo — alertou Parisa, enquanto a planta calathea dentro do vaso tremia profeticamente no canto. — Terminamos aqui?

Sim. Não. De certa forma, Reina tinha conseguido o que queria. Parisa estava atrás de Dalton: confirmado. Parisa tinha algo contra Callum: confirmado. O "motivo" de tudo era o que permanecia um pouco alarmante.

Infelizmente, Parisa podia ver tanto quanto ela.

— Sabe por que você não me entende? — respondeu Parisa ao pensamento de Reina, se aproximando e baixando o tom de voz. — Porque você acha que me desvendou. Acha que já me encontrou antes, outras versões de mulheres como eu, mas você não faz ideia do que eu sou. Você acha que é a minha aparência que me define? Minhas ambições? Você nem sequer pode começar a conhecer a soma das minhas partes, e pode encarar o quanto quiser, mas não verá coisa alguma até que eu te mostre.

Seria fácil demais discutir. Seria exatamente o que Parisa queria, e o pior, a irritante verdade era que Reina nunca conhecera uma telepata como ela. A distinção tinha algo a ver com alfabetização — os pensamentos eram por vezes coisas abstratas e malformadas que a maioria dos telepatas podia ler, mas não interpretar, e mesmo para aqueles que conseguiam, a tarefa de subjugar tais pensamentos não exigia muito esforço.

A magia de Parisa não vasculhava, em vez disso se dissolvia, leve como pluma. Ela estava certa. Reina não viu nada.

— Não me inveje, Reina — aconselhou Parisa suavemente, se virando e sussurrando em seu ouvido: — Tenha medo de mim.

Então seguiu pelo corredor, desaparecendo de vista.

· PARISA ·

Ela sempre sabia em que parte da casa Dalton estava. Para começar, havia enormes quantidades de magia ao redor dele, nós embolados que sempre pareciam surgir em explosões, como chamas. Além disso, seus pensamentos ficavam menos protegidos quando estava trabalhando, porque geralmente trabalhava sozinho. Ele passava a maior parte do tempo sozinho, na verdade, a não ser que estivesse caminhando pelo perímetro com Atlas, instruindo os seis candidatos de alguma forma ou trabalhando com membros da Sociedade que vinham para projetos especiais. Era mais bem treinado que os outros em defesa, mas, ainda assim, havia momentos em que até Dalton Ellery não conseguia manter Parisa do lado de fora.

À noite, ele dormia pouquíssimo. Parisa conseguia ouvir os pensamentos dele chiando, se localizando ao redor de algo que ela não conseguia identificar a distância, até que reconheceu o som de algo inconfundível.

Parisa.

Por que sexo? Porque era muito fácil não envolver sentimentos, descomplicado, primitivo. Um retorno direto às necessidades básicas. Porque os pensamentos, por mais malformados ou sem forma que pudessem se tornar no calor do momento, não poderiam ser tão rapidamente protegidos durante algo tão químico. O sexo bom nunca era irracional, apenas significava que a concentração estava em outro lugar. Parisa conhecia seu ofício bem o suficiente para saber disso, portanto já estava ciente de que teria sucesso em sua missão na primeira vez em que o beijou, deslizando algo na tranca dos pensamentos dele, nutrindo a certeza de que já podia entrar.

Depois, ela manteve distância, mas o verão tinha sido longo o bastante para que Dalton enchesse a cabeça de devaneios. Estava pensando cada vez mais nela, e Parisa, por sua vez, já o visualizara o suficiente no privado para saber quais partes dele queria tocar primeiro, onde planejava pousar seus lábios, suas mãos, seus dentes. Parisa dera a ele a emoção de sua presença ao se inclinar quando Dalton apontava para alguma coisa, preenchendo a atmosfera com seu perfume.

Ele sabia dos conteúdos que havia na ficha dela, assim como na dos outros. Também sabia das habilidades e da história dela. O que significava que já sabia que o toque da mão de Parisa roçando na dele quando se cruzavam na escada ou no corredor era apenas a superfície de uma profundidade inimaginável. Uma vez, na presença dele, Parisa se serviu uma taça de champanhe e se sentou do outro lado da sala, sem se mexer. Sem dizer nada. Levou um pouco de champanhe aos lábios, deixando que se espalhasse sobre a língua. Ela sentira a vibração dos pensamentos dele, a tensão que ali havia, que impedia que Dalton se concentrasse. Ele leu a mesma frase dezoito vezes.

Naquela noite, ele estava sozinho na sala de leitura. Verdade seja dita, Dalton não pareceu muito surpreso ao vê-la, embora tenha tido a presença de espírito de não revelar seu alívio.

— Você não deveria... — avisou ele, se reclinando, cansado, no encosto da cadeira.

Não especificou se queria dizer que Parisa não deveria estar ali ou que não deveria chegar mais perto, mas ela estava, e então chegou. Dalton não reclamou, nem pareceu dar qualquer indicação de que ia reclamar. Naquele momento, a mente dele era um cofre selado.

Na experiência de Parisa, aquilo dificilmente era algo que Dalton poderia esconder dela por muito tempo.

— Você parece cansado — disse ela, se aproximando, correndo os dedos sobre a madeira da mesa.

Então, roçou a lombada dos livros dele, colocando o toque de sua pele em primeiro lugar na mente dele. Dalton fechou os olhos quando ela escorregou a mão do braço dele até o ombro, deixando-a pairar ali por um momento. Àquela altura, eles haviam se tocado mais vezes do que era possível contar nos dedos; de maneira inocente, mas com frequência, para que a memória fizesse apenas metade do trabalho por ela.

— Há algo errado? — emendou Parisa, atrevida.

— Você não deveria estar aqui.

Parisa conseguia sentir a pele dos antebraços dele arrepiando pela brevidade do contato. Nem tudo era uma questão de telepatia.

— Pensei que não houvesse regras — disse ela.

— Eu não chamaria isto de regra.

Era uma pena que aquele olhar contido ficasse tão bem nele. Dalton estava tenso em todos os lugares certos, pronto para uma briga.

— E do que você chamaria?

— De desaconselhável. — Os olhos dele ainda estavam fechados, então Parisa escorregou a ponta dos dedos por seu pescoço, flutuando-os até o pomo de adão. — Possivelmente errado.

— Errado? — A ponta dos dedos dela dançou abaixo do colarinho, traçando a clavícula dele. — Não me provoque.

Num movimento súbito, Dalton segurou a mão dela, traçando círculos no pulso com os dedos.

— Você está tomando cuidado, Parisa?

Ela teve a sensação de que ele não se referia àquele momento específico.

— Eu deveria estar? — perguntou.

— Você tem inimigos. Não deve se arriscar.

— Por que não? Sempre tenho inimigos. É inevitável.

— Não. Não aqui. Não... — interrompeu-se Dalton. — Encontre alguém em algum lugar, Parisa. Não desperdice seu tempo comigo. Encontre alguém na sua classe de iniciação, alguém confiável. Isso, ou se torne indispensável de alguma forma.

— Por quê? — perguntou ela, com uma risada. — Porque você não quer que eu vá embora?

— Porque eu não quero que você... — Ele se calou, os olhos se abrindo. — O que você quer de mim? — perguntou, baixinho, e antes que ela pudesse abrir a boca, ele disse: — Darei a você se isso significar que trabalhará duro para ganhar este jogo.

Lá estava outra vez: a pungente sensação de medo.

— Você quer respostas? — pressionou-a Dalton. — Informação? O que é? Por que eu?

Parisa se soltou do toque dele, acariciando o cabelo nas têmporas.

— O que faz você ter tanta certeza de que quero algo, Dalton?

Ela queria dizer o nome dele, testá-lo, então o fez. Podia ver em seu rosto o quão visceralmente ele sofrera por aquilo.

— Você quer. Eu sei que quer alguma coisa. — Dalton respirou fundo. — Me diga o que é.

— E se eu lhe disser que não sei? — murmurou Parisa, contornando a cadeira e apoiando-se contra a mesa, com as palmas para trás.

Ele se levantou, suas mãos parecendo levitar num transe, se movendo sozinhas para encontrar os quadris dela.

— Talvez você me intrigue — disse ela. — Talvez eu goste de quebra-cabeças.

— Jogue com outra pessoa, então. Nico. Callum.

A menção ao nome de Callum a irritou, e Dalton ergueu o olhar, sobrancelhas franzidas.

— O que foi?

— Nada. — O cômodo era iluminado de cima, mas lá embaixo só havia um único abajur para iluminar as feições de Dalton. — Não tenho interesse em Callum.

Os lábios de Dalton roçaram o tecido do vestido dela, sobre o osso esterno, abaixo da cavidade da garganta. Ele fechou os olhos, e então os abriu.

— Sabe, eu vi o que ele fez. Eu assisti. — Dalton gesticulou ao redor, evasivo. — Há feitiços de vigilância e proteções em todos os lugares, e eu estava observando vocês dois na hora. Eu vi.

— Então você o viu matá-la.

A lembrança quase fez Parisa estremecer; ou teria feito, se ela não tivesse um controle tão forte de si.

— Não, Parisa. — Dalton ergueu a mão, tocando a bochecha dela. Um único roçar do dedão dele, bem sobre o osso. — Eu a vi se matar — disse ele com delicadeza e, embora fosse a pior hora, certamente a errada, Parisa o puxou para mais perto. Um tanto impulsiva, ela o queria ao seu alcance.

Parisa cultivara a afinidade de Dalton por ela, fazendo-o desejá-la como um viciado. Uma gota e ele iria longe demais. Ele cedeu com facilidade, de prontidão; perigosamente, loucamente. As mãos dele agarraram os quadris dela, e ele a sentou na extremidade da mesa, incitando uma onda de calor.

— As pessoas fazem coisas que não são naturais. Coisas sombrias, às vezes.

Dalton soava faminto, insaciável, desesperado.

Os lábios dele roçaram no pescoço dela, e Parisa suspirou, algo que fizera inúmeras vezes antes e poderia repetir inúmeras outras. Mesmo assim, era diferente mesmo quando igual, e com ele era pouco profissional, persuasivo.

Aquela era a magia do sexo, a animação. Algo ganhando vida dentro dela com o toque dele.

— Você não consegue fazer um acordo com o diabo se isso significar conseguir o que deseja? — sussurrou Dalton.

Ela fechou os olhos e pensou nas palavras de Callum.

Você não está cansada? Todo esse trabalho, toda essa correria da qual não consegue escapar; consigo sentir em você, ao seu redor. Você não sente mais nada, não é? Apenas erosão, fatiga, esgotamento. Sua exaustão é tudo que você é.

Parisa tremeu e puxou Dalton para mais perto, para que a pulsação dele se alinhasse com a dela. Ambas estavam arrítmicas e irregulares.

Pelo que você luta? Você ainda se lembra? Não pode deixar isso para trás. Eles vão te perseguir, te caçar, te seguir até o fim do mundo. Você já sabe disso, sabe de tudo. De como eles vão te matar de mil maneiras diferentes, pouquinho a pouquinho, pedaço a pedaço. Como eles vão te destruir, um pouquinho por vez, ao roubar sua vida de você.

As mãos dela viajaram pelas costas de Dalton, unhas afundando nos ombros dele.

Sua morte terá que estar nas mãos deles, nos termos deles, não nos seus. Eles vão ter que te matar para se manterem vivos.

Ela sentiu Dalton prestes a ceder, oscilando na beira do precipício.

Você tem uma escolha, sabia? Você só tem uma única escolha verdadeira nesta vida: viver ou morrer. A decisão é sua. É a única coisa que ninguém mais pode tirar de você.

Os lábios de Dalton, quando encontraram os dela, estavam temperados com algo, conhaque e abandono. Parisa deslizou os dedos pelo cabelo dele, deleitando-se com o arrepio que a puxou para mais perto, como o reflexo de uma queda. Então colocou as mãos para trás, empurrando os livros. Dalton deslizou as mãos por baixo do vestido dela, envolvendo suas coxas.

A arma que você está apontando para nós... Você sequer sabe quem somos? Sabe por que está aqui?

— Prometa — disse Dalton. — Prometa que fará alguma coisa.

Vire a arma.

— Dalton, eu...

Puxe o gatilho.

Parisa arfou, sangue e loucura percorrendo seu corpo quando Dalton empurrou o vestido pernas acima, puxando-a para mais perto. Em seus pensamentos, ela viu a morte da assassina de novo e de novo e de novo. *Vire a arma.* O cheiro do fogo, o sangue de uma mulher respingando em seus pés. *Puxe o gatilho.* Callum nem sequer levantou um dedo. Parecia entediado. *Vire a arma.* Ele olhou nos olhos daquela mulher e a convenceu a morrer. *Puxe o gatilho*. A morte dela não custou nada a ele, nem mesmo um segundo de hesitação.

Era aquele o tipo de diabo a que Dalton se referira?

— Não sou bom — disse Dalton contra a boca dela. — Ninguém aqui é bom. Conhecimento é carnificina. Você não pode tê-lo sem algum sacrifício.

Parisa o beijou com mais força; ele tateou o vestido dela e caiu de joelhos, puxando os quadris dela em sua direção. Ela sentiu a ponta de um livro cutucando a base de sua coluna, e então a doçura inesquecível da boca de Dalton: o beijo dele, a língua dele, os lábios dele. As costas dela se arquearam para longe da madeira, acomodando seu suspiro sussurrado. Em algum lugar na mente de Dalton, as coisas estavam se soltando; uma porta se abria. Parisa entrou e a fechou com força atrás de si, agarrando o cabelo dele.

O que havia ali? Não muito. Mesmo agora, mesmo na cabeça dele, Dalton era cuidadoso. Ela conseguia encontrar apenas fragmentos, restos de coisas. Ainda havia medo. Traços de culpa. Ele precisava se desamarrar, se desfazer. Ela poderia puxar alguns fios e ter um vislumbre do interior, encontrar a fonte, se pudesse colocá-lo num caminho destinado à destruição.

Parisa o puxou para ficar de pé, rapidamente abrindo o zíper da calça dele. Não havia nenhum homem vivo que conseguisse mergulhar dentro dela sem sentir o vazio, a cegueira do êxtase. A satisfação era cegante assim. Ela puxou seu quadril, arranhou suas costas, mordeu o músculo de seu ombro. Se fossem pegos assim, que fosse. Seriam pegos e ponto final.

Dalton havia imaginado aquilo antes. Parisa podia ver as evidências como um livro aberto na mente dele. Já a tinha tido cem vezes diferentes, de mil maneiras, e o fato de ela poder vê-las agora era promissor. Havia uma fraqueza nas defesas dele, e era ela. Coitadinho, pensou ela, podre coitadinho acadêmico, tentando estudar seus livros e manter distância quando, na verdade, ele a fodia de quatro nas entranhas de sua mente cansada. Mesmo aquilo — estar com ela ali, sobre a mesa coberta com suas anotações — ele já tinha visto antes: profético. Era como se Dalton tivesse dado vida a essa visão.

Ambos arfaram. Ele queria os dois grudados, Parisa firmemente presa em seus braços, e ela também queria. Dali, sentia o gosto ardente dos pensamentos dele. Dalton não estava apenas com medo de algo — estava com medo de tudo. Odiava aquela casa, as memórias nela. As próprias memórias eram facas, brilhando na luz. Espetaram os dedos dela, alertando-a para se afastar. *Vire a arma. Puxe o gatilho.* Havia demônios ali, muitos. *Você não consegue fazer um acordo com o diabo se isso significar conseguir o que deseja?* Também havia molecagem, juventude, furiosa e pequena. Uma vez ele trouxe uma muda morta de volta à vida, apenas para vê-la murchar e morrer de novo.

O gosto dele na língua dela, real e imaginário, era açúcar queimado, adoração selvagem, fúria macia. Pobrezinho, pobre coisinha desesperada. Parisa relembrou os pensamentos de Reina, pensamentos que a naturalista não conseguia controlar muito bem: *Dalton é algo, ele é algo importante, ele sabe algo que nós não sabemos.*

Eu sei disso, sua burra, pensou Parisa, eu nunca erro.

— Dalton — sussurrou ela, e aquela teria que ser a primeira de muitas vezes, porque, por mais que Parisa fosse gostar de se soltar dentro dele, aquilo era o que não podia fazer naquele momento. Dalton queria contar algo, algo que sentia ser desesperadamente importante, algo que não podia dizer em voz alta, e, se ela não conseguisse agora, ele poderia trancar essa coisa ainda mais profundamente dentro de si. Poderia selá-la. Parisa repetiu o nome dele, revirando-o em sua língua, encaixando-o na forma de seus desejos indelicados: — Dalton.

— Me prometa — repetiu ele, irregular agora, infeliz e fraco, e Parisa estava com dificuldade de manter seus pensamentos.

O que ele queria que ela soubesse? Era algo poderoso, quase explosivo, mas selado e minguante. Queria que ela soubesse, mas não podia contar. Queria algo, algo que não podia confessar em voz alta. Algo que poderia devastar os dois.

O que era? Dalton estava perto agora, mais perto, e Parisa tinha as pernas enroladas ao redor da cintura dele, os braços presos ao redor de seu pescoço. O que Callum tinha a ver com aquilo? *Vire a arma. Puxe o gatilho.* O nó dentro dela ficou mais firme, inchando e pulsando em suas veias. O coração estava acelerado também, acelerado até demais, todos os músculos tensionados. Dalton, Dalton, Dalton. Ele era tão bom quanto ela queria que fosse, bom de um jeito desastroso. Aquele era o momento que Parisa buscaria de novo e de novo. O trauma dele era primoroso, o vício de sua intimidade combativo e doce. Ah, ele era cheio de mentiras e segredos, e só queria manter alguns. O que ele tinha feito, o que sabia, o que queria?

Parisa viu no instante em que soltou, gemendo em silêncio entre os lábios dele. Então era a intimidade *dela* o que Dalton queria. Apenas quando estava vulnerável, tendo prazer nas mãos dele, Dalton podia esquecer o que Parisa era por tempo suficiente para deixá-la ver. Ela gozou e a mente dele foi junto, entrando numa erupção de alívio.

Era o fragmento de uma ideia; a lasca quebrada de uma verdade maior. Tão pequena e afiada que Parisa quase não a viu, como um espinho preso na sola de um sapato. Tropeçou nela: Dalton não queria que ela morresse. *Parisa*. Aquela vozinha que ouvira era parte do mesmo pensamento, do mesmo medo. *Parisa, não vá. Parisa, por favor, fique segura.*

Entrou na mente dela como um estilhaço, uma lasca. Era um pensamento tão pequenino, tão inócuo, enterrado indiscretamente numa cova rasa de apreensão. Dalton tinha inúmeras preocupações, dorzinhas irregulares de pensamento, mas aquele era tão fácil de encontrar que Parisa poderia ter tropeçado nele, e foi o que tinha acontecido.

Ela ergueu a mão, agarrando o maxilar dele.

— Quem vai me matar? — perguntou ela, rápido o bastante para que não houvesse tempo de Dalton preparar a resposta.

Ele já estava exposto — extasiado, desfeito. O remorso seria absorvido depois, talvez ressentimento, talvez arrependimento. Mas, por enquanto, não teria como Dalton ser mais dela.

As palavras haviam saído dos lábios dela para que ele engolisse. Prontamente, Dalton as lançou garganta abaixo.

— Todos eles — arfou ele em voz alta, e então Parisa entendeu.

Eles terão que matá-la para se manterem vivos.

V

TEMPO

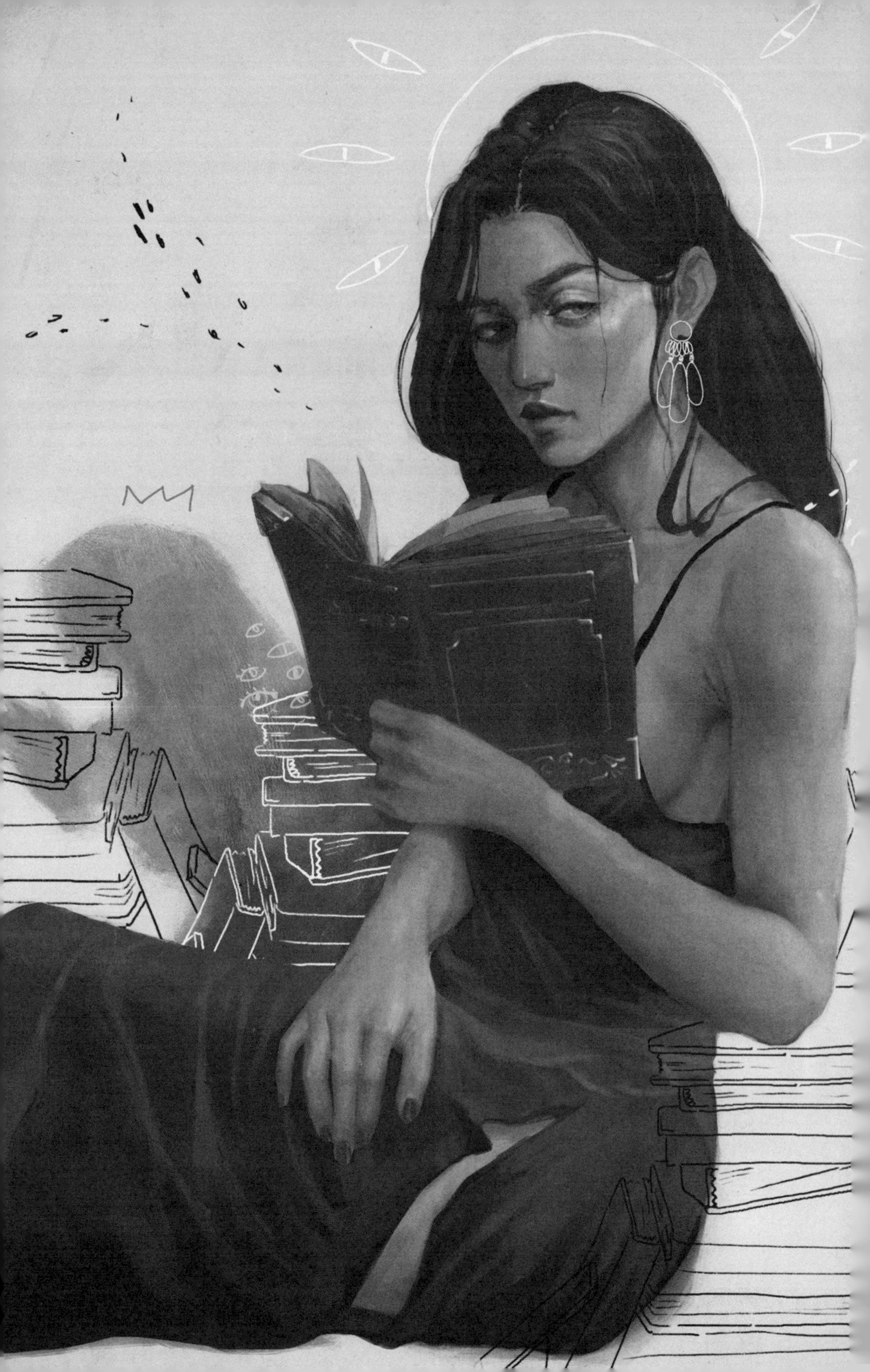

· TRISTAN ·

Havia momentos em que a predisposição natural de Tristan em relação ao cinismo servia a uma desordem maior e mais duradora: uma paranoia vasta e crônica. Quaisquer raros vislumbres de otimismo eram facilmente destruídos, como um vírus que a mente e o corpo dele atacavam de prontidão. Esperança? Cancerígena. Talvez fosse sistêmico, uma questão de desconfiança institucional de toda uma vida. Tinha a sensação constante de que, se as coisas estavam indo bem, então ele estava prestes a ser enganado.

E era por isso que a possibilidade de levar sua magia para além do que pensara antes de se juntar à Sociedade era tão incrivelmente perturbadora. Havia motivos lógicos que comprovassem que isso era verdade? Óbvio que sim. Toda habilidade se tornava mais refinada quando treinada de maneira adequada, em especial as mágicas, e já que o status de medeiano de Tristan sempre fora questionado (nas palavras imortais de Adrian Caine: "Esses malditos figurões estão só se divertindo, não adianta ficar bravinho, filho."), aconteceu de ele talvez não ter experimentado o verdadeiro espectro de suas habilidades até então.

Isso o impediu de, em vez disso, se perguntar se estava enlouquecendo aos poucos? Não, com certeza não, porque era grande a chance de ele e os outros estarem sendo silenciosa e efetivamente envenenados. (Seria uma conversa complexa, mas boa. Se ele fosse morrer assim, fazer o quê? Fosse lá quem tivesse planejado aquilo, merecia o resultado pretendido, óbvio.)

Como era difícil de colocar em palavras, ele nada explicou. A ninguém. No entanto, sentiu que estava deixando escapar certas sugestões de agitação sutis, uma suspeita que Callum por vezes reforçava, sempre lançando a Tristan um olhar tranquilizador quando o outro se sentia mais perturbado. Era o conflito da coisa, a *tensão*. A dificuldade de ver uma coisa e saber de outra. Estranhamente, essa noção fora despertada por causa de algo que Libby dissera. A física tinha comentado sobre a habilidade de Tristan como se fosse evidente que ele não conseguia enxergar a versão dela da realidade, e a partir daí foi uma confusão de deduções.

Tudo dependia de um fato básico e inegável: o que Tristan podia ver e o que os outros podiam ver eram diferentes. Outras pessoas, de acordo com Callum e Parisa, viam coisas baseadas em suas experiências pessoais, no que lhes ensinaram, no que lhes disseram ser verdade e no que não era. O próprio Einstein (que, por incrível que pareça, não era um medeiano, embora muito provavelmente um bruxo) dissera que sequer havia realidade além das *relações* entre os sistemas. O que todos os outros viam — ilusões, percepções, interpretações — não era uma forma objetiva de realidade, o que significava que, por outro lado, o que Tristan conseguia ver... *era*.

De certa forma, ele via a realidade em si: em um estado verdadeiro e imparcial.

Mas, quanto mais de perto olhava, mais turva a realidade ficava.

Numa madrugada, Tristan não conseguiu dormir e ficou sentado no centro da cama para testar a visão outra vez. Mas, óbvio, não eram seus olhos *de verdade* que usava; era outra forma de olhar, o que ele supunha ser sua magia, embora ainda não houvesse progredido o suficiente ao ponto de saber como chamá-la. Em geral, ao se concentrar, conseguia ver pequenas partículas de coisas. Ao focar em algo, podia observar sua trajetória, seguir seu caminho, quase como a poeira. Às vezes, identificava algo — uma disposição que tomava a forma de uma cor, como uma aurora, que ainda assim não era nada disso, porque logicamente Tristan não aprimorara o sentido necessário para saber como nomeá-la. Não ouvia nem sentia o cheiro da realidade, e certamente nem o gosto. Era mais como se a desmontasse camada a camada, observando-a, em vez disso, como um modelo.

Tinha a mesma progressão lógica que a maioria das coisas. Por exemplo, levando em consideração o fogo que queima na lareira. O clima estava esfriando agora, se movendo rapidamente para o outono, e então Tristan adormecera na luz dançante, sombras caindo, o cheiro das chamas aquecendo o ar enquanto as cinzas desciam até a base da madeira. Ele sabia que era fogo porque se parecia com fogo, tinha cheiro de fogo. Sabia, com base em sua experiência, com base em sua história pessoal, que se queimaria se o tocasse. Sabia que era fogo porque lhe disseram que era fogo — isso fora provado inúmeras vezes.

Mas e se não fosse?

Era com essa pergunta que Tristan estava se debatendo. Não sobre o fogo em si, mas sobre todas as outras coisas. Na verdade, se tratava de uma crise bastante existencial: a questão de não saber mais a diferença entre o que era verdade, de fato, e o que meramente *acreditava* ser a verdade porque foi como lhe disseram que as coisas funcionavam. Era assim para os outros? A Terra fora plana um dia; acreditava-se que era plana, então no imaginário coletivo assim fora, ou era, mesmo que não passasse de uma mentira.

Ou será que era verdade?

O raciocínio estava causando em Tristan uma dor de cabeça tão grande que ele sequer parou para questionar por que alguém estava batendo à porta do quarto àquela hora. Ele apenas gesticulou e ordenou que se abrisse.

— Que foi? — disse ele, de sua maneira habitual.

— Quer parar com o cataclismo a essa hora da noite? — rebateu Parisa, também de sua maneira habitual.

Ela, percebeu Tristan, estava totalmente vestida, mas um tanto... amarrotada. Ele a observou, intrigado, enquanto Parisa entrava e fechava a porta, se apoiando nela.

— Está bastante óbvio que eu não acordei você — comentou Tristan, se perguntando se ela morderia a isca e explicaria.

Como era de se esperar, ela não explicou.

— Não, não me acordou. Mas, como regra geral, você poderia se acalmar — disse, se aproximando um pouco.

Entrando pela janela, o luar a iluminou, apenas o suficiente para que Tristan visse o leve franzir da testa dela. Todas as expressões de Parisa eram tão artísticas que podiam ser exibidas no Louvre, e não pela primeira vez Tristan se perguntou que aparência teriam os pais dela, para conseguirem atingir tamanha simetria genética. Chegava a ser ultrajante.

— Na verdade, meus pais não são exatamente bonitos — disse Parisa. — E tecnicamente meu rosto não é simétrico. — Ela fez uma pausa. — Meus seios certamente não são.

— Sei bem. — Tristan não havia notado aquela assimetria em específico, mas pareceu a coisa certa para lembrá-la de que pelo menos estivera em posição de saber. Várias posições, inclusive. — E isso deveria soar como vaidade? Ou humildade?

— Nem um nem outro. A beleza não é nada. — Parisa gesticulou ao ar e andou na ponta dos pés em direção a ele, sentando-se na ponta da cama. — A percepção é falha. Todo mundo tem padrões enfiados na cabeça por conta da propaganda cultural. Nada que as pessoas veem é real, apenas a forma como elas percebem as coisas que é.

Uau, que pertinente, pensou Tristan, soturno. Podia ser intencional da parte dela, embora no momento não estivesse a fim de descobrir qual pensamento Parisa estava ou não acessando.

— O que foi? — perguntou ele. — Está estampado na sua cara que alguma coisa está te incomodando.

— Descobri uma coisa. Acho. — Parisa tamborilava os dedos nas pernas. — Ainda não tenho certeza de que vai ser de grande ajuda para você.

— De grande ajuda para *mim*?

— Bem, você tem razão. Você não ia gostar. Não receberia bem a informação de jeito nenhum. — Ela olhou para Tristan, estreitando os olhos. — Não, não posso contar — determinou depois de um momento. — Mas, infelizmente, quero que você confie em mim.

— Talvez você desconheça o conceito de confiança — disse Tristan, presumindo que provavelmente era verdade —, mas raramente ela é baseada em nada. Me corrija se eu estiver errado, mas você está sugerindo que gostaria que eu confiasse cegamente em seu julgamento, apesar de haver inúmeras coisas que você não quer compartilhar?

— Eu sei o que se passa na sua cabeça, Tristan — relembrou-lhe Parisa, da mesma forma que ele comentara sobre a intimidade com ela, embora com mais tranquilidade. Ela de fato fizera um balanço dos detalhes, enquanto ele estava mais preocupado com ela. — Você não levaria numa boa.

— Ah, ótimo. Até sua condescendência é dita de um jeito bonito.

Quando ela se virou na direção dele, na cama, Tristan sentiu um leve toque de perfume, só que não era totalmente dela. Parisa tinha um cheiro próprio, uma gama de florais. Naquele momento, havia traços de colônia, almíscar de algo masculino e enfumaçado que, verdade seja dita, a ex-noiva de Tristan sempre tivera o cuidado de evitar. Eden Wessex talvez não soubesse que Tristan conseguia ver através das ilusões dela, mas era uma adúltera dedicada. Ele considerara aquele — ainda considerava, na verdade — um dos maiores pontos fortes dela.

— Esta Sociedade — disse Parisa, trazendo-o de volta ao assunto — não é o que pensei que fosse. Eles estão mentindo para a gente, pelo menos em relação a uma coisa.

O sentimento inquieto de resistência tornou a aflorar. De novo, a tormenta de sempre: Tristan queria acreditar que a Sociedade estava lhe fornecendo um poder que de outra forma não conseguiria ter, mesmo que James Wessex algum dia se rebaixasse o bastante para tentar. Naquele momento, Parisa estava outra vez equilibrando a balança, alimentando a dúvida infinita de Tristan.

— Não acho que possamos fazer algo a respeito. — Parisa foi direta. — Ainda não. Mas acho que vale a pena saber para quem trabalhamos.

Tristan franziu a testa.

— Você está falando de Atlas?

— Será que é para ele que trabalhamos? — Ela comprimiu os lábios. — Há respostas que preciso buscar, mas enquanto isso você precisa tomar cuidado.

Ele odiava expressar sua perplexidade com tanta frequência, mas não havia outra opção.

— Eu?

— Callum está influenciando você — afirmou Parisa. — Não sei se está fazendo isso com magia ou de outra forma, mas ele quer algo de você. Está disposto a cegá-lo para conseguir o que quer.

— Não sou uma donzela indefesa, Parisa. Não preciso ser salvo.

Isso, para o desespero da vaidade dele, só serviu para diverti-la.

— Na verdade, acho que uma donzela indefesa é exatamente o que você é, Tristan. — Parisa estendeu a mão, tocando seu rosto. — Eu sei que você não confia em Callum. Acho que é isso que ele está usando contra você. Ele está apresentando você à realidade *dele*, pensando que a sinceridade dele vai convencê-lo, mas você não está ouvindo de verdade, está, Tristan? Você não está ouvindo o que ele realmente é, mesmo que ele diga na sua cara.

Tristan ficou tenso.

— Se eu não confio nele, que diferença isso faz?

— Mesmo que você não confie nele, ainda assim você *acredita* nele. Callum está influenciando sua percepção ao confirmar tudo que você já acredita ser verdade. Ele está plantando sementinhas em você, e isso me preocupa. — Então Parisa acariciou seu maxilar, passando o dedão sobre os lábios. — Isso me preocupa — repetiu, baixinho.

A resposta imediata de Tristan foi desconfiar da ternura dela.

— O que foi que ele fez? — perguntou. — O que ele poderia ter feito para chatear tanto você?

— Ele não me chateou. Me deixou inquieta. — Parisa se afastou. — E se você precisa mesmo saber, ele convenceu a ilusionista a se matar.

Tristan franziu a testa.

— E...?

— Você não vê? A arma dele somos *nós*. Nossas crenças, nossas fraquezas. Ele pode virá-las contra nós. — Da tênue luz da janela, Tristan a viu crispando os lábios. — Ele encontra os monstros que mantemos trancados e os liberta, então por que eu iria querer que ele visse os meus?

— Está bem — cedeu Tristan, evasivo —, mas você não poderia fazer o mesmo? Você lê mentes. Deveríamos ter a mesma suspeita em relação a você?

Agitada, Parisa se levantou.

— Há uma diferença entre o que somos capazes de fazer e como escolhemos usar essa capacidade — disse ela, irritada.

— Talvez, mas, se quer mesmo que eu confie em você, terá que me dar um motivo — exigiu Tristan. — Senão que diferença há entre você e Callum?

Ela lançou a ele um olhar tão afiado que Tristan conseguiu sentir a pontada.

— Callum não precisa de você, Tristan — disse Parisa. — Ele quer você. E você deveria se perguntar por quê.

Ela saiu do quarto e não falou com ele por quatro dias.

Não que isso incomodasse muito Tristan. O silêncio de mulheres temperamentais era um elemento muito comum na vida dele e, de qualquer forma, não fazia ideia de como interpretar o... aviso dela? A ameaça? O que Parisa queria era um mistério, embora Tristan estivesse satisfeito por ela não ter conseguido o que queria. Ele odiava dar às pessoas o que elas queriam, em especial sem ter a intenção de fazê-lo.

Além disso, estava extremamente distraído. Eles estavam percorrendo as muitas teorias sobre tempo, começando com as tentativas de viagem no tempo feitas por bruxos na Idade Média — uma conversa que, por algum motivo, também incluiu as proeminentes tentativas europeias de estender a vida mortal. Na mente de Tristan, o conceito de tempo deveria ser abordado nas magias físicas, não nas falhas históricas ou alquímicas. Talvez fosse só uma desculpa para dar a eles mais acesso a outro período mágico da história.

Tristan estava começando a se isolar mais e mais, fazendo sua própria pesquisa nos textos antigos que eles estavam lendo sobre a construção do universo, antes de retornar aos mistérios que sentia não terem sido resolvidos. Por que o buraco de minhoca deles não funcionava para viajar no tempo? Seria mesmo necessário *mais* magia para influenciar o tempo ou eles só não fizeram da maneira certa? Ele tentou desenhá-lo uma vez, rabiscando-o em suas notas enquanto Dalton falava sobre Fernão de Magalhães e a Fonte da Juventude, mas não deu em nada.

Isto é, até Libby procurá-lo.

A princípio, Tristan não percebeu que a garota estava de fato à sua procura. Pensara que a física apenas dera de cara com ele na sala pintada depois do jantar e que, portanto, se apressaria para ir embora. No entanto, o encontrão era apenas outro efeito colateral da presença natural de Libby, então ele a olhou, aguardando.

— Pensei numa coisa — disse ela.

Ele a esperou continuar.

— Bem, Varona e eu pensamos numa coisa. Quer dizer, *eu* pensei — corrigiu-se ela na mesma hora —, mas eu precisava dele para testarmos. Bem, não sei se você quer ouvir, mas percebi que você estava desenhando no outro dia e... não que eu estivesse bisbilhotando, eu só... Ai, nossa, desculpa — disse Libby, completando o que poderia ser uma maneira ótima de terminar aquela frase. — Eu não quis... Bem, acontece que...

— Desembucha, Rhodes — interrompeu Tristan. Ele estava prestes a descobrir algo, talvez. (Provavelmente não, o cérebro o lembrou. Era só pensamento positivo.) — Não tenho o dia todo.

— Está bem, está bem. — As bochechas dela queimavam furiosamente, mas Libby se aproximou. — Você pode... tentar uma coisa comigo?

Tristan a olhou de um jeito que deveria expressar que pensaria no assunto se — e *apenas* se — significasse que ela chegaria logo ao ponto e o deixaria em paz.

— Certo. — Libby pigarreou. — Olha só isso.

Ela pegou uma bolinha de borracha do bolso e a jogou, deixando-a quicar três vezes antes de congelá-la no ar.

— Agora observe enquanto eu faço o caminho reverso — pediu ela.

A bola quicou ao contrário três vezes para pousar de volta na mão dela.

— Tudo bem — disse Tristan. — E...?

— Eu tenho a teoria de que eu e você enxergamos isso de forma diferente. Para mim, pareceu que eu fiz exatamente a mesma coisa para a frente e para trás. Eu poderia ter voltado no tempo dez segundos e não ter notado nada de diferente de quando joguei a bola. Mas para você... — Ela deixou as palavras morrerem, esperando.

Tristan refletiu.

— Faça de novo — disse ele, e o rosto de Libby relaxou no mesmo instante.

Estava aliviada, suspeitou Tristan, em ver que talvez ele tivesse mesmo percebido algo, ou que pelo menos estivesse dando a ela a chance de *fazê-lo* perceber.

Libby tornou a jogar a bola, deixando-a quicar três vezes antes de congelá-la.

Em seguida, invocou-a de volta, assim como antes, e a segurou.

— Notou alguma coisa? — perguntou.

Sim. Não algo que ele pudesse explicar, mas havia um elemento fora de lugar. Um rápido movimento ao redor da bola que quase passou despercebido.

— O que você esperava que eu visse? — questionou Tristan.

— Calor — explicou Libby, a respiração acelerando. Era óbvio que ela estava animada, de uma maneira que chegava a ser infantil. — Acontece que, de acordo com tudo que li, é possível que o tempo seja mensurável assim como a gravidade. Coisas se movendo para cima e para baixo? Gravidade. Coisas se movendo para trás e para a frente? Força, é óbvio, dependendo da dimensão, mas também, de certa forma, *tempo*. Se os relógios tivessem parado, se nada tivesse mudado, não haveria evidência física de que eu não tinha revertido o tempo no momento em que reverti o movimento da bola. A única maneira real de saber que nós *não* viajamos no tempo, além de confiar em seu entendimento de que não viajamos — adicionou Libby para reiterar, gesticulando ao redor da sala —, é que o calor foi produzido pela bola ao atingir o chão, e o calor não pode ser perdido. A energia térmica da bola quicando precisa ir para algum lugar, então, conquanto a energia não tiver desaparecido, não voltamos no tempo.

— Tudo bem — disse Tristan devagar. — E...?

— E... — Ela hesitou. — E... nada — concluiu, murchando um pouco. — Eu só pensei que... — Libby hesitou outra vez. — Bem, se você consegue ver o calor, também consegue ver o tempo, não acha? — Ela jogou a franja para o lado. — Se o que você está vendo é ainda mais específico, elétrons ou algo assim, ou até o próprio quantum, então o próximo passo é manipulá-lo. Faz tempo que estou pensando nisso — informou ela, de novo se tornando a Libby CDF, que temporariamente perdia seus tiques nervosos. — Nas ilusões, como com aquele medeiano que eu...

Pigarreando, Libby se calou antes de pronunciar a palavra "matei".

— Você me contou o que viu — explicou ela —, e usei essa informação para mudar meus arredores. Então, se você me contasse o que foi que viu quando se tratasse de tempo...

— Você poderia usá-lo. Mudá-lo. — Por um momento, Tristan revirou os pensamentos. — Manipulá-lo?

— Acho que depende do que você estava vendo — disse Libby, com cuidado —, mas, se eu estiver certa sobre o que você consegue fazer, acho que você poderia identificar a estrutura física do tempo, então, sim. Poderíamos manipulá-lo de alguma forma. — Ela estava tão eufórica que perdeu o ar, a excitação de um problema quase resolvido. — Mas, se você estiver ocupado — continuou ela, hesitando —, podemos sempre tentar outra ho...

— Rhodes, cala a boca — interrompeu Tristan. — Vem aqui.

Ela estava obviamente tão satisfeita que nem se deu ao trabalho de retrucar. Em vez disso saiu saltitando para se sentar ao lado dele na mesa perto das vastas estantes. Ele se pôs de pé, gesticulando para que Libby se sentasse na cadeira dele.

— Você senta — ordenou Tristan. — Vou ficar de pé atrás de você.

Libby obedeceu e assentiu enquanto ele se concentrava outra vez.

Fosse lá o que aquela magia em particular era, quando Tristan se concentrava o bastante as coisas ficavam granulosas. Quando fazia o equivalente a um semicerrar de olhos, era como o zoom de lentes microscópicas. Os cantos ficavam embaçados, mas ele conseguia ver coisas cada vez menores. Camadas sobre camadas, movimento ficando mais rápido quanto mais ele se aproximava.

— Qual é a sensação quando você manipula a gravidade? — perguntou ele.

Libby fechou os olhos, estendendo o braço.

Ela baixou a mão, e a pressão quase fez Tristan cair de joelhos.

— É como uma onda — explicou Libby logo em seguida. — Como se as coisas estivessem flutuando numa corrente invisível.

Tristan conjurou seu entendimento do tempo linear, revirando-o na mente. Onde poderiam estar as ideias equivocadas? Na parte que dizia respeito a ele ser linear, supôs. Que ele se movia para a frente e para trás. Que era ordenado. Que era irrelevante para conceitos como calor.

E lá estava... Quando ele deixou as expectativas de lado, encontrou. Era a única coisa se movendo num ritmo constante identificável, embora variasse em níveis diferentes através do cômodo. Mais rápido para cima, mais lento para baixo. Não era a mesma constância que o relógio na parede, que estava perto do topo do teto, mas quando estava perto de Libby era regular. Tão regular quanto um pulso. Tristan podia vê-lo, ou senti-lo (ou fosse lá como o experimentava), no que presumia serem sessenta batidas por minuto bem onde o cabelo de Libby roçava os ombros com delicadeza. Estava mais longo; crescera pelo menos dois centímetros desde a chegada deles.

Tristan pousou a mão no braço de Libby e começou a tamborilar o padrão do movimento.

— Há algo aqui no cômodo que tenha esta sensação? — perguntou a ela.

Libby tornou a fechar os olhos, franzindo a testa. Em seguida, tocou a mão dele, puxando-a para logo abaixo da clavícula, repousando-a sobre o esterno e deixando Tristan um pouco descompassado, os dedos roçando na pele nua dela.

— Desculpa — disse ela. — Preciso que esteja onde eu possa sentir.

Certo. Daquela forma, ricochetearia no peito dela.

Tristan localizou a batida exata que procurava e repetiu o padrão outra vez, esperando. Por outras dez, vinte batidas, ele bateu como um metrônomo, e, quando alcançou mais ou menos quarenta batidas, os olhos de Libby se abriram de uma vez.

— Encontrei — disse ela, e então, com um movimento da mão, o padrão que Tristan estivera observando parou no tempo.

Para a incredulidade dele, *tudo* parou.

O relógio na parede parou. Até Tristan. O movimento de seu respirar fora suspenso, e ele suspeitava que o mesmo acontecera com o sangue em suas veias. Nada se movia, embora de alguma forma Tristan conseguisse olhar ao redor, ou sentir os arredores, experimentando a si mesmo de uma maneira nova dentro do espaço que ocupava. Sua mão ainda descansava sobre o peito de Libby, seu dedão abaixo da gola da blusa dela, agora quieto. Ela tinha a mais estranha das expressões — quase um sorriso, mas algo mais estrondoso. Ardia com resiliência, com triunfo, e então ele compreendeu: ela fizera aquilo com intenção, com habilidade.

Com a ajuda dele, Libby Rhodes *parara o tempo*.

Ela piscou e tudo voltou ao lugar, retomando o movimento. Não passara de um lapso, uma resistência momentânea que fora quase indistinguível, mas mesmo assim Tristan via o suor na testa dela. Tivera um custo.

Libby se levantou de supetão, virando-se para encará-lo em seu estado febril, e desabou. Tristan a segurou com um braço ao redor da cintura, enquanto Libby lutava para ficar de pé, agarrando-se aos ombros dele.

— Eu poderia fazer mais se Nico estivesse aqui — disse ela, encarando o nada. Encarando o peito de Tristan, mas também o nada: olhando para baixo, para a corrente de seus pensamentos, rapidamente calculando algo. Como fazer de novo, ou fazer mais, ou melhor. — Eu não consigo segurar sozinha, mas se ele estivesse aqui, ou talvez Reina... e você me mostrou como movê-lo primeiro, então talvez nós poderíamos... Bem, talvez se eu só... Droga, eu deveria...

— Rhodes. — Tristan suspirou. — Escute...

— Bem, para ser sincera, não sei o que poderíamos fazer — confessou ela. — Se é assim que o tempo se move, então tudo é um pouco diferente, certo? Se o tempo é uma força que pode ser medida como qualquer outra...

— Rhodes, escute...

— ... pelo menos poderíamos *moldá-lo*, não poderíamos? Quer dizer, se você consegue vê-lo, então...

— Rhodes, puta que pariu!

Ela ergueu o olhar, assustada, e Tristan a encarava (um tanto exasperado, presumiu).

— Obrigado — disse ele, e então expirou, irritado. — Sério, que inferno. Eu só queria te agradecer.

Aquela franja abismal dela estava ficando longa até demais, caía sobre os olhos. Ela a afastou com a mão, baixando um pouco o queixo.

— De nada — respondeu ela, suave.

O silêncio que se seguiu, o que de fato era uma raridade, estava cheio de coisas que Tristan geralmente odiava. Coisas leves e inchadas, como gratidão, porque agora ele entendia que não havia imaginado nada daquilo; Libby provara para ele. Provara que, fosse lá o que ele tinha, cegueira ou loucura, ainda assim podia ser útil de alguma forma. Verdade, Tristan podia ser um pouco mais do que lentes através das quais ver coisas, mas ele era um escopo, uma necessidade. Sem ele, Libby não conseguiria ver. Sem ele, não teria conseguido *fazer* aquilo.

Que alívio era ser uma engrenagem que, para variar um pouco, girou.

— O que está acontecendo aqui? — veio uma voz atrás deles, e Tristan imediatamente soltou Libby, dando um passo para trás. — Que estranho — observou Callum, entrando na sala enquanto Libby se apoiava na cadeira atrás dela, aturdida. — Fazendo o dever de casa, crianças?

Tristan ficou calado.

— Tenho que ir — murmurou Libby, baixando o olhar e se apressando até a porta.

Callum a observou partir, achando graça.

— Você consegue imaginar? Ser desse jeito? Nascer com todo esse poder e ainda assim não ser boa o suficiente, ainda desesperada para sair correndo da sala. Chega a ser triste, se você parar para pensar. — Callum pegou uma das cadeiras livres, se afundando nela. — Alguém precisa mesmo tirar aquele poder dela e usá-lo para algo útil.

Explicar o que Libby acabara de fazer provavelmente não mudaria a percepção de Callum. Se servia para alguma coisa, apenas provaria seu ponto.

— Pelo menos ela é incansável — disse Tristan.

— Ela? Ela é totalmente cansável, Caine. — Callum ainda estava sorrindo. A opinião dele sobre Libby, por pior que fosse, não chegava nem perto de acabar com seu bom humor. — Está interessado?

— Nela? Nem um pouco. — Tristan se sentou na cadeira onde Libby estivera. — Mas consigo entender por que ela foi escolhida.

— Prefiro não acreditar que você ainda questiona esse tipo de coisa — observou Callum. — O que importa o motivo? Além do seu gosto pessoal para a intriga, lógico.

Tristan olhou-o de relance.

— Você não se pergunta?

— Não. — Callum deu de ombros. — A Sociedade tem seus motivos para ter nos escolhido. Minhas escolhas são o que importa. Por que jogar o jogo deles — adicionou, o sorriso brilhando outra vez —, quando posso jogar o meu?

Callum não precisa de você. Ele quer você, a voz de Parisa relembrou Tristan. *E você deveria se perguntar por quê.*

— Aí está essa dúvida de novo — disse Callum, ainda se divertindo com o que quer que conseguisse ler de Tristan. — É muito revigorante, na verdade. Todo mundo tem essa frequência irritante, cheia de trancos e barrancos, mas você é diferente. Uma base firme e agradável.

— E isso é bom?

— É como uma meditação. — Callum fechou os olhos, se afundando mais na cadeira. Inspirou fundo e então, devagar, tornou a abri-los. Suas palavras eram arrastadas. — Suas energias são absolutamente resplandecentes.

Tristan revirou os olhos.

— Quer beber alguma coisa? — perguntou. — Acho que cairia bem.

Callum se levantou e assentiu.

— O que estamos comemorando?

— Nossa mortalidade frágil — disse Tristan. — A inevitabilidade de nos reduzirmos a caos e poeira.

— Que sombrio — observou Callum com apreço, pousando a mão no ombro de Tristan. — Tente não dizer isso a Rhodes, ou ela vai entrar em colapso.

Sem conseguir resistir, Tristan perguntou:

— E se ela for mais durona do que você acha?

Callum deu de ombros com desdém.

— Só estou curioso — explicou Tristan — se isso te agradaria ou te jogaria numa espiral de desespero existencial.

— Eu? Eu nunca me desespero — disse Callum. — Estou perpetuamente indiferente.

Não pela primeira vez, Tristan pensou como a habilidade de avaliar as pessoas exatamente como elas eram se mostrava uma qualidade perigosa de se ter. O dom de entender a realidade de uma pessoa, tanto sua luz quanto sua escuridão, sem as falhas da percepção para embaçar seus detalhes ou emprestar significado à existência era... perturbador.

Uma bênção ou uma maldição.

— E se eu decepcionar você? — quis saber Tristan.

— Você me decepciona o tempo todo, Caine. É por isso que gosto tanto de você — ponderou ele, chamando Tristan para a biblioteca e suas garrafas de uísque caro.

· NICO ·

Era de se imaginar, dada a aparição de Eilif no banheiro dele, que as proteções tinham algum tipo de buraco. Não que a magia fosse tão facilmente resumida a questões concretas como buracos, solidez ou o contrário, mas, para todos os efeitos, as proteções feitas para manter as pessoas fora da Sociedade eram defeituosas com base exatamente nisso: eram destinadas a pessoas. O que, pelos cálculos de Nico, Eilif não era.

Finalmente os arquivos da biblioteca tinham dado a Nico algo relevante, embora fosse apenas uma cartilha sobre criaturas e suas respectivas magias, para a qual ele contara com o conhecimento de Reina sobre runas e linguística antiga para entender por completo. Não havia dissertações recentes sobre o assunto, graças à caça, contrabando e "estudo acadêmico" das criaturas, práticas que destruíram suas populações ao longo do tempo. A dúbia prática medeiana de conservação (leia-se: registro e rastreio) em relação a espécies mágicas cada vez menos numerosas havia se tornado tão pouco confiável entre as próprias criaturas que, de acordo com Gideon, a maioria escolhera se alinhar (como a mãe dele fizera) a outras fontes de magia marginalizadas — pessoas que eram irrelevantes para a política medeiana.

Pobreza, descolonização, o canal escola-prisão, a crise migratória global... ser humano e institucionalmente negligenciado já era ruim o suficiente. Com os ecossistemas oceânicos mudando, uma sereia moderna como Eilif não podia ser responsabilizada por se recusar a se limitar às explorações habituais do mar, isso para não mencionar fosse lá o que o pai de Gideon pudesse estar aprontando.

"Ele está morto ou se escondendo", explicara Gideon uma vez. "Não que importe, porque jamais espero ouvir falar nele. Tenho certeza de que tenho irmãos pelo mundo inteiro, pertencentes a qualquer variedade de espécies. Sem dúvidas ele não reconhece nenhum."

Na época, Gideon dissera isso com frieza, totalmente indiferente à possibilidade, e Nico não se dera ao trabalho de perguntar mais. Gideon já tinha traumas psicológicos suficientes sem adicionar a obsessão do pai à mistura, então, se servia para alguma coisa, a ausência do patriarca provavelmente era uma bênção. A mãe dele já era ruim o bastante, já que seus motivos para ir atrás do filho quase nunca eram maternais.

Quando Gideon era criança, simplesmente fazia o que a mãe mandava durante as raras visitas dela ao lar adotivo — vá dormir, busque essa bugiganga de alguém, dê esta a outra pessoa. Ele não entendia os pormenores das tarefas, nem para quem as fazia, até que, aos poucos, as vítimas pararam de vê-lo como criança e começaram a caçá-lo como um adulto. As pessoas, dizia ele, costumavam enlouquecer quando algo era roubado de seus pensamentos. Ele não queria mais fazer parte daquilo. Quando Gideon se tornou consciente das consequências das "tarefas" designadas por Eilif no mundo dos sonhos, parou de atendê-las, ou pelo menos tentou. Eilif, como era de se esperar, não aceitou a humanidade de Gideon (se não a possível mortalidade dele) como um motivo para não interferir.

Na melhor das hipóteses, Eilif era um perigo iminente; na pior, uma bomba sempre prestes a explodir, a razão pela qual a principal preocupação de Nico era, sempre, manter a mãe do amigo longe. Quando o perímetro da Sociedade fosse protegido, ele poderia voltar sua atenção a estudar as fraturas existenciais restantes de Gideon sem temer que ele se tornasse responsável por uma séria falha de segurança.

Apesar de confiar em Reina para traduzir com precisão as runas, Nico esperara não ter que explicar as razões para sua breve incursão num estudo extracurricular raro. Como sempre, Reina pediu poucas explicações.

— Até onde sei, magia é magia — disse ela na sala pintada, mal erguendo o olhar da página. Estava sentada numa cadeira com as pernas dobradas sob o corpo, toda a sua figura circundando o livro, protegendo-o, como se temesse que alguém de repente o arrancasse de suas mãos. — A genética da maioria das criaturas não é muito diferente da genética humana em relação à dos primatas. É só uma questão de distinção evolucionária.

— Mutações?

Reina o encarou, semicerrando um pouco os olhos.

— Você quer dizer "mutações genéticas"? — rebateu ela.

Nico se indignou com a insinuação de que ele quisera dizer aberrações.

— É óbvio — disse ele, talvez com mais intensidade do que o necessário.

— Sem grosseria — observou Reina, impassível. Então, voltou a atenção à página. — A diferença na habilidade mágica parece estar na forma habitual de uso. — Os olhos dela passavam pela página com uma brevíssima ruptura no movimento, um olhar de esguelha para o que Nico supôs ser uma planta se comunicando em algum ponto do corredor. — Verdade — concordou ela, mal-humorada, provavelmente falando com a planta, embora tivesse voltado a atenção para Nico com um ar observador e contemplativo. — É menor — disse ela.

Nico franziu a testa.

— Menor?

— A... — Reina fez uma pausa, xingando baixinho, ou foi o que Nico pensou ter escutado. — ... produção — completou, por fim retirando a palavra de algum lugar em seu léxico multilíngue. — O uso, a energia, seja lá qual for a palavra. Criaturas produzem menos, ou melhor, desperdiçam menos.

— Desperdiçam?

— Pergunte a Tristan — sugeriu ela.

— Perguntar o quê?

Nico se virou ao som da voz de Libby, que estava parada à porta, com metade do corpo para dentro e metade para fora.

— Nada — respondeu ele, ao mesmo tempo que Reina disse:

— Quanta magia os humanos produzem.

— Humanos — repetiu Libby, entrando na sala, com uma ponta de interesse. — Comparado a quê?

— A *nada* — repetiu Nico, mais enfático dessa vez, enquanto Reina voltava a atenção ao livro, murmurando:

— Criaturas.

Libby olhou para Nico, confusa.

— Criaturas, Varona? Sério? Isso me parece bem pouco relevante.

A sobrancelha dela estava arqueada abaixo da franja enorme, o que ele odiava. Uma coisa era Libby ser intrometida, outra era confrontá-lo com uma descrença tão palpável.

O que ela esperava que ele aprontaria dessa vez?

— Só quero ter certeza de uma coisa — disse ele evasivamente, com o tom de impaciência intensa que sabia que espantaria Libby.

Havia sempre a possibilidade de ela dar no pé se ele a irritasse o suficiente.

— Tá, e o que Tristan tem a ver com a história?

Droga. Era óbvio que a curiosidade dela fora despertada.

— Não faço a menor ideia — respondeu Nico, embora, para o desânimo dele, tenha feito Reina enfim se lembrar de explicar.

— Tristan consegue ver a magia sendo usada — comentou ela detrás da cortina de cabelo preto.

— E como é que você sabe disso? — perguntou Libby, o que, para os ouvidos de Nico, soava como uma acusação desnecessária, como se ela se ressentisse da possibilidade de Reina e Tristan estarem tendo algum tipo de encontrinho semanal onde discutiam suas vidas privadas e desejos secretos.

— Observando — respondeu Reina, o que Nico poderia ter dito a Libby que era a resposta óbvia.

Reina falava pouco e via muito, embora o que mais gostasse na naturalista fosse seu desinteresse pela maioria das coisas que via, não as considerando, portanto, dignas de discussão.

Ao contrário de Libby, que era o exato oposto.

— Tristan consegue ver a magia em uso — prosseguiu Reina. Então deu uma olhadela para Nico, para mostrar que retornaria ao assunto anterior. — Como eu estava dizendo, as criaturas têm um uso mais refinado de sua própria magia. A pesquisa medeiana a considera algo elementar, mas isso é elitismo acadêmico. — Nico deu de ombros numa concordância tácita. — As criaturas canalizam melhor sua magia, de maneira mais eficiente. É… — Outra pausa para o léxico. — Mais fina. Estreita. Gira como um fio, não como… — Outra pausa. — Fumaça.

— Suponho que Tristan já tenha usado a palavra "vazamento" para descrever a magia — murmurou Libby consigo mesma, pensativa. — Embora a gente provavelmente possa pedir a ele que explique melhor.

A ideia de pedir qualquer coisa a Tristan Caine que não fosse uma cara feia ou um comentário sarcástico murmurado acabou com o que restava da pouca paciência de Nico.

— Nem pensar — disse ele de repente, e teria tirado o livro do alcance de Reina e saído pisando duro se não fosse pela forma como ela protegia o arquivo, com o corpo inteiro. — Isso não tem a ver com você, Rhodes.

Libby se irritou.

— Tem a ver com o quê, então?

— Com nada. — Gideon. — Com certeza nada que me faça precisar de você.

Libby estreitou os olhos. Em resposta, Reina se inclinou ainda mais sobre o livro, garantindo aos dois que ela não tinha interesse naquela interação e que não pretendia mover uma palha para ajudá-los.

Nico, que discutia com Libby Rhodes com frequência suficiente para saber quando uma explosão estava prestes a acontecer, deixou o assunto de lado. Levantou-se de repente e deu meia-volta, seguindo para as escadas e pisando duro ao passar por Libby. Já havia feito coisas demais sem a ajuda de uma biblioteca. Então ia apenas cuidar da questão das proteções sem se estressar.

Ou não. Atrás dele, os passos inabaláveis de Libby soavam retumbantes e obstinados.

— Varona, se você está planejando fazer alguma besteira...

— Primeiramente — disse Nico, virando-se para ela após Libby dar de cara com as costas dele —, se eu fosse escolher fazer alguma besteira, não pediria sua opinião. Em segundo lugar...

— Você não pode sair por aí brincando com as coisas sem necessidade só porque está entediado — retrucou Libby, com um tom de voz matronal e exausto, como se fosse a mãe ou a guardiã dele, o que certamente não era. — E se precisarem de você para alguma coisa?

— Para o quê?

— Não sei. Alguma coisa. — Ela o encarou, exasperada. — Talvez seja óbvio, Varona, que você não deveria fazer coisas burras só porque elas são burras. Ou você não consegue entender isso?

— Se estou entediado, *você* com certeza também está — acusou Nico, sentindo que estava à beira de uma crueldade mesquinha, mas, como sempre, quando o assunto era Gideon, ele não conseguia se manter calmo. — Não deixa de ser verdade só porque você não admite. E ficar me seguindo para ver o que faço de errado dá a você uma onda de adrenalina, não é?

— Eu não estou seguindo você — respondeu Libby, fervendo de raiva. — Estou tentando ser útil. Estou usando a pesquisa que estamos fazendo e a aplicando onde posso, o que é exatamente o que você deveria estar fazendo.

Libby Rhodes presumir que sabia o que ele *deveria* estar fazendo... aí já era demais.

— Ah, é mesmo? Que incrível da sua parte. Como você é sábia — choramingou Nico, zombando e estendendo a mão para acariciar a cabeça dela. — Boa garota, Rhodes...

Ela afastou a mão dele, o ar ao redor deles estalando com as faíscas do desagrado dela.

— Só me conte o que você está aprontando, Varona. Podemos resolver mais rápido se você simplesmente me pedir...

— Pedir o quê? Ajuda?

Libby ficou em silêncio.

— Você teria *me* pedido ajuda, Rhodes? — perguntou Nico, consciente de quão incrédula sua voz soava. — Não somos pessoas diferentes agora só porque concordamos em uma coisa. Ou você esqueceu que ainda estamos competindo?

Ele se arrependeu daquelas palavras assim que elas saíram de sua boca, porque não foi aquilo que quis dizer. Nico realmente não precisava de Libby como inimiga e com certeza não planejava perder tempo com rivalidades além do que era necessário para a iniciação. No entanto, precisava que ela ficasse fora de seus assuntos privados e, naquele caso, Nico *não* queria ouvir o sermão que sem dúvida viria sobre como ele inadvertidamente tinha permitido que uma sereia rebelde entrasse na Sociedade. Duvidava que seria breve e sabia que perguntas exaustivas viriam a seguir, perguntas a que ele não pretendia responder.

— Então essa é a sua ideia de aliança.

A voz de Libby estava tomada de raiva.

Não, não raiva. Algo mais amargo, menos malicioso.

Uma tristeza frágil.

— Não vamos fingir que o que há entre nós é algo que não é — disse Nico, porque o dano já fora feito, e Libby não era conhecida exatamente por sua complacência com ele. — Não somos amigos, Rhodes. Nunca fomos, nunca seremos *e* — acrescentou ele, cedendo a uma onda de frustração que se misturava sem piedade com culpa —, já que não posso simplesmente *pedir* para que você me deixe em paz…

Ela deu meia-volta, o último relance de sua expressão demonstrando uma decepção vazia. Nico a observou descer as escadas, desaparecendo rapidamente de vista enquanto o eco suave da voz de Gideon soava em sua mente: *Você está sendo legal com ela, né?*

Não, é óbvio que não estava, pensou Nico, com uma pontada de remorso. Porque não havia uma pessoa no mundo que podia fazê-lo se sentir menos adequado apenas por existir. Não que ele pudesse admitir isso para Libby sem se rebaixar por completo.

Além disso, ele tinha proteções para consertar.

Furioso, Nico deslizou pelo que restava da escada, virando na galeria na direção oposta aos quartos. Ia precisar de privacidade para trabalhar sem ser interrompido, o que significava que o andar de baixo não era uma opção. Por sorte, o andar de cima continha vários cômodos desnecessária e majestosamente insignificantes aonde ninguém nunca ia. Nico se fechou em uma das salas de estar douradas da ala leste (fazia muito tempo que ali tinha deixado de ser um local para jogos de cartas aristocráticos ou fosse lá para o que os ingleses usavam suas salas de estar) e começou a andar de um lado para outro, concentrado, diante da lareira.

Basicamente, as proteções eram como grades, ordenadas e, portanto, fáceis de inspecionar em busca de algo que não estivesse certo, o que à primeira vista não era nada. Os seis haviam projetado a estrutura do sistema de segurança num globo esférico, dentro do qual um tecido de trama fechada de defesas mágicas encobria a Sociedade e seus arquivos. A entrada física seria repelida com facilidade pela carapaça de forças alteradas ao redor da casa, enquanto a entrada mágica intangível era sentida pelo sistema interno de senciência interligada e fluida que Parisa sempre mencionava.

Como, então, Eilif conseguira passar por todas elas e aparecer no banheiro de Nico?

Era melhor checar os canos.

Nico fechou os olhos com uma careta e examinou o encanamento da casa, sentindo as extremidades pelas distorções de magia que reconhecia como suas, ou talvez de Libby. Em termos de digitais mágicas, as assinaturas deles eram quase idênticas; talvez uma consequência do treinamento similar. Nico sentiu outra onda de culpa, irritação ou alegria e a afastou, tentando se concentrar mais, ou talvez menos. De modo intuitivo, não importava qual elemento específico de magia lhe pertencia. Fosse de Libby ou dele, responderia com obediência, controlado pela habilidade lançada por qualquer um dos dois.

Como esperado, uma inspeção mais minuciosa mostrou que havia várias bolhas e manchas, pequenas degradações de segurança que Nico conseguiu sentir pelos canos, e então, depois de uma análise adicional, entre as camadas de isolamento nas paredes. Não era o suficiente para permitir que uma *pessoa* emergisse de corpo e alma pelas rachaduras — compressão era uma tarefa difícil, sendo necessária energia suficiente para desativar as proteções sensoriais internas da casa antes de qualquer sucesso possível —, mas para Eilif, ou para outra criatura tentando entrar? Se o que Reina dissera sobre o refinamento da energia era verdade, então era possível. Dutos de ar ou outros métodos de entrada já haviam sido negligenciados antes, e, nesse caso, Nico sentia a forma como a infraestrutura da casa se espalhava embaixo das proteções que criaram, corroída por magia, água com alto teor de minerais e o que mais corroía metal com o tempo. Ele não tinha tanta habilidade na área de mecânica, mas talvez aquele fosse exatamente o problema. Os medeianos selecionados para a Sociedade eram acadêmicos e certamente não foram escolhidos pela eficiência em saber quando uma casa velha estava precisando de manutenção. Por mais senciente que pudesse ser, ela ainda era uma estrutura física, e o elemento de Nico era a fisicalidade. Talvez aquela sempre tenha sido a função dele (ou de Libby) ali.

Magia não era diferente de deterioração, corrosão, mudança de temperatura e excesso de uso. Contradições e expansões e lascas e descamações e movimentos e tempo e espaço. Era curioso como no final tudo não passava de brincadeira de criança, mesmo quando pertencia ao imensurável, ou ao inestimável. Nico simplesmente repararia as áreas onde as proteções foram enfraquecidas, reforçando-as com bandagens customizadas onde pudessem estar distorcidas.

Se seus recursos seriam válidos seria uma questão de adesão, que era... um pouco difícil, mas não impossível. Nico apenas tornaria a moldar o que pudesse e cobriria o que não pudesse.

No fundo, sabia que considerava fazer algo que Gideon julgaria como "irresponsável" — ou muito provavelmente seria Libby quem diria isso, com Gideon atrás dela, sorrindo e concordando. De toda forma, Max estaria pouco se lixando, o que Nico percebeu ser algo que adorava em Reina. Ele poderia chamá-la, pensou, levando-se em conta que a explosão extra de energia que parecia pegar emprestado dela, de modo consensual, poderia ser algo prudente a se ter no momento. No entanto, diante da implicação desastrosa daquela imprudência ("Alguma burrice", esnobou Libby na cabeça dele), ele logo desistiu da ideia, deixando-a de lado com um toque de rejeição.

E daí se, só dessa vez, ele se excedesse um pouco, um pequeno agrado para si mesmo? O poder dele era renovável, reabastecido com facilidade. Ficaria dolorido por uma noite ou três e então o desconforto passaria, e ninguém teria que saber o erro que inicialmente cometera ao ignorar o problema. Se Libby ia encher a paciência dele dizendo que estava mais cansado que de costume, que assim fosse. De qualquer forma, ele não era muito útil no reino do tempo. Não tinha interesse em fontes, fossem elas da juventude ou não.

Lembrar-se de sua inutilidade foi aborrecimento suficiente para Nico tomar sua decisão. Ele não gostava da ansiedade causada pela apatia, que era tão constante para ele quanto a implacável tendência de Libby ao medo. Medo de quê? De falhar, provavelmente. Ela era o tipo de perfeccionista que temia tanto ser inadequada que, de vez em quando, até o esforço de tentar era suficiente para paralisá-la com dúvidas. Nico, por outro lado, nunca considerava falhar uma opção, e mesmo que isso acabasse o prejudicando no futuro, ao menos não o impedia de agir.

Se Libby tinha cometido o erro de se considerar pequena demais, então Nico, por sua vez, se regozijaria em enxergar em si uma vastidão. A oportunidade de crescer além dos limites de seus poderes o excitava. Por que não alcançar mais, ir atrás de coisas além de seu limite atual? Sem dúvida era uma atitude razoável, se isso significava ajudar Gideon. Mesmo quando as opções eram alcançar o Sol ou colidir em chamas com o mar, segurança era uma inutilidade que Nico de Varona não suportava.

Assim, ele começou com as tarefas mais fáceis: tatear cegamente pelos feixes desfiados de magia que se formaram ao redor dos pequenos vãos da casa, suavizando-os no ar. A magia estava mais fina nos pontos de desembaraço, então, quando Nico sentiu as fraquezas minúsculas e vasculares, reforçou suas estruturas moleculares com a dele, selando as rachaduras até que o poder mais uma vez fluísse pela grade mágica da casa. Foi uma mistura de puxar e empurrar, amenizando a entropia em deterioração e tornando-a avenidas de tráfego ordenado. A senciência da casa resistiu, tensionando-se um pouco diante dos reparos, e o esforço de Nico fez correntes de suor escorrerem por suas costas. Seu pescoço doía com uma tensão muscular que mal havia percebido antes, mas que agora pulsava com desconforto e exaustão. Era um resultado, supôs ele mais tarde, das semanas de sedentarismo enquanto trabalhava com espaço. Não seria a primeira vez que seria instruído (ou repreendido) a se alongar.

Nico ignorou as alfinetadas e agulhadas que sofria nos nervos em seu pescoço, deixando de lado a dor que irradiava para cima, latejando. Dor de cabeça, ótimo. Era provável que ele também estivesse desidratado. Mas parar agora significava ter que recomeçar mais tarde, e Nico odiava parar as coisas no meio do caminho. Talvez fosse um hiperfoco, mas as fixações dele eram assim e não iam mudar.

Quando não encontrou mais nenhum ninho ou tufos granulosos de magia, Nico começou a tarefa de metalurgia, purificando as toxicidades que eram resultado da erosão do tempo. Por um segundo, percebeu algo incomodando sua memória, uma aula antiga a que assistira pela metade. *A magia não pode* ser produzida do nada, assim como acontece com a energia. Não há diferença entre elas. *Sr. de Varona, você poderia nos dar a honra da sua atenção, por favor?*, e então um eco de risadas enquanto Nico dava alguma resposta irreverente e, sim, tudo bem, aquela parte da matéria falava dos princípios do tempo, não falava? Que inconveniente era saber que sua mente havia escondido coisas para uso futuro, mas que era tarde demais, porque a verdade (que Nico era apenas um humano tentando energizar a regeneração de uma estrutura física muito maior do que ele mesmo) dificilmente o ajudaria, agora que havia começado. Ele sentiu o rugir do solo abaixo do tapete carmesim eduardiano — algo saindo de seu controle. Nico devia ter calculado mal a velocidade com que a casa tentaria drená-lo, sugando com avidez o que ele pretendia dividir com parcimônia. Nico havia aberto um corte profundo demais, sangrando magia sem ser capaz de manter o ritmo ou cauterizar a ferida.

Hum. O que fazer depois de tudo isso? *Seguir em frente* era a única resposta que Nico conhecia. Falhar, parar, deixar de ser ou de fazer nunca eram uma opção. Ele rangeu os dentes, tremendo com um calafrio ou arrepio de poder que o transformou em uma espécie de espirro doloroso e intenso. Ai, droga, saúde, o tipo de espirro que podia acabar quebrando uma costela ou rompendo uma veia, o que a maioria das pessoas não sabia ser possível. Engraçado como funcionava; a inocente fragilidade de ser humano. Havia tantas maneiras de quebrar e tão poucas delas eram heroicas ou nobres.

Pelo menos se ele se desintegrasse nos móveis inúteis da sala, Libby poderia usar a situação como uma chance de dar uma palestra póstuma, supôs ele.

"Nicolás Ferrer de Varona era um idiota", diria ela, "um idiota de carteirinha que nunca acreditou que tinha limites, embora eu cordialmente frisasse o contrário, e vocês sabiam que é possível morrer de esforço excessivo? *Ele* sabia, é óbvio, porque eu lhe disse várias vezes, mas, uau, adivinhem, ele nunca me ouviu..."

— Varona.

Nico ouviu a voz de Libby em algum ponto na boca do estômago, o bater de seus dentes limitando-o a nada mais que um grunhido em resposta. O foco era mais importante, assim como a questão menos importante relacionada à sobrevivência dele.

— Meu Deus do céu.

Seu tom era reprovador como sempre, então não havia como saber se ela era real ou só coisa da cabeça dele. O latejar era ensurdecedor, e a dor que irradiava de seus ombros até o pescoço era suficiente para cegá-lo com a pressão entre os olhos e atrás da cavidade nasal. Sentiu o tecido da camisa sendo afastado de seu peito e barriga, provavelmente encharcado de suor, mas não havia como parar, não agora, e por que jogar tudo fora? Ele consertara as áreas císticas de acúmulo mágico e podridão, e assim voltou sua atenção para as lacunas e os buracos.

Nico sentia o corpo sendo arrastado na direção do calor, ondas cobrindo-o desigualmente através de lampejos do que deviam ser chamas. Era de se imaginar que Libby — se estivesse mesmo ali e não fosse apenas fruto da imaginação dele — havia acendido o fogo na lareira da sala de estar para evitar que ele se resfriasse. Ela devia ter planejado fazê-lo suar até se livrar da febre do esforço, o que era um pensamento agradável, quando se pensava em tudo que tinha acontecido, mas provavelmente ineficaz. No pior dos casos, não seria diferente das bandagens que Nico prendia à deterioração da casa, decoração de mentirinha para desacelerar a morte certa.

É óbvio, porém, que Nico estava apenas sendo dramático. Ele não ia morrer.

— Seu criançaão insuportável. Seu príncipe burro.

O apelido mais querido que ela criara para ele, ou pelo menos o mais frequente. Parecia algo que Nico poderia ter acidentalmente colonizado e colocado em uso.

— Você não vai fazer algo tão completamente imperdoável quanto desperdiçar seu talento e morrer, eu não vou aceitar isso — informou Libby, fazendo os ombros dele se endireitarem.

Ele teria murmurado *Eu sei disso, Rhodes, cala a boca*, se não estivesse tão focado na tarefa de se manter vivo e, mais especificamente, mirando no que estava pingando para fora de seu corpo, o que provavelmente era algo de que precisava para sobreviver.

— Seu filisteuzinho de meia-tigela — continuou Libby. — No que você estava pensando, seu merda? Não, não responda — resmungou ela, empurrando-o com pouca delicadeza, de forma que as costas dele encostaram em algo duro, como a perna de uma cadeira vitoriana. — Só me diga o que você está fazendo para que eu possa ajudá-lo, embora eu devesse jogar você pela janela — murmurou ela para si mesma em reflexão tardia.

Em resposta, Nico grunhiu alguma coisa, porque o que restava a ser feito seria cansativo demais e, no momento, impossível de colocar em palavras. Quase tudo que podia ser selado ou reforçado tinha sido selado e reforçado, e tudo que restava eram áreas de decomposição, estragadas e finas e precisando menos de bandagem do que de amputação, de reconstrução de dentro para fora. Reverter o dano, pedir ao caos para se estruturar, era o suficiente para desgastá-lo por completo, extraindo o pouco que lhe restava. Podia sentir nas convulsões de seu intestino a maneira como a magia agora estava sendo retirada de seus rins, do coração, dos pulmões. Nico sentira seu poder crescendo por meses, se espalhando como raízes num solo mais rico. Mas onde havia mais a oferecer, também havia mais a perder.

— Você não pode simplesmente se entregar assim — repreendeu-o Libby, a admoestação professoral de sempre, mas então agarrou a mão dele com força, enlaçando os dedos nos dele. — Só me mostre.

Era provável que, no momento em que o tocara, Libby já tivesse sentido a direção que o poder dele tomara. Desde o início eles levavam jeito para isso, uma forma de se tornar o início e o fim um do outro. Em geral, se recusavam a fazê-lo, é óbvio, porque era invasivo. Porque Nico usar Libby ou vice-versa era o equivalente a temporariamente trocar de membros e juntas. Pelo resto do dia, ele ia sentir que estava erguendo a mão dela em vez da própria ou dobrando o joelho dela a cada passo, e sabia que Libby ia se sentir da mesma forma. Nico erguia a cabeça, e os olhares deles se encontravam, e Libby fazia uma careta, como se ele tivesse tirado algo dela, e, sim, fosse lá o que ela tirara de Nico tinha a mesma força do que tinha antes, e não era como se tivessem feito de propósito, mas mesmo assim Libby sentia falta do que Nico agora possuía, e o mesmo se aplicava a Nico.

Eles lutavam para se desatarem adequadamente, ou para fazer algo pior. Cada um deles se tornava uma estranha cópia moldada um do outro.

Foi só quando começaram a usar a magia para replicar os efeitos do espaço que a sensação de poder pegado emprestado e membros roubados deixou de parecer um horrível e desconjuntado ato sexual e mais uma verdadeira sincronicidade. Havia harmonia quando se moviam juntos, como o espalhar de um par mais amplo de asas. Difícil explicar qual era a diferença, exceto pela sensação de ter enfim descoberto um uso adequado, um propósito ideal. Sim, eles ainda eram sobrenaturalmente poderosos, mas estiveram sem foco, sem direção, e assim suas habilidades pareciam retroativamente mais desengonçadas, menos refinadas. Juntas, eram purificadas e focadas, imaculadas e destiladas.

Uma consequência do uso: crescimento.

Pela primeira vez depois de vários minutos, Nico inspirou sem esforço e percebeu com grande alívio que a junção do poder de Libby ao dele fizera mais do que apenas mitigar sua tarefa. Deixou-o numa corrente mais limpa, mais precisa, com menos vazamento, como Tristan diria (e antes Nico não diria o mesmo, se não tivesse percebido quão pouco vazante parecia agora), além de mais polida, contornada e macia.

Em questão de minutos, os canos estavam consertados. Segundos depois, as proteções pulsaram sem interrupção. Nico gastou o poder restante numa varredura minuciosa do perímetro esférico, o que o deixou numa onda instável. Sem falhas dessa vez, sem pequenos erros. Sem defeitos na onda da vigilância dele.

Libby o soltou, arrastando um pouco os pés ao se mover.

— Por quê? — perguntou ela depois de um momento.

Nico abriu os olhos com dificuldade, a imagem turva de Libby se manifestando ao lado dele. O vermelho das paredes com seus adornos dourados parecia desfocado ao redor do cabelo dela, do contorno dos olhos fechados. Libby não estava completamente exausta, não como Nico, mas era certo que pagara um preço. Ela havia sofrido parte do dano dele.

— Sinto muito — conseguiu resmungar Nico, embora rouco e insuficiente.

— É bom sentir mesmo. — Libby pressionou a palma da mão no chão. — Ainda há um leve tremor.

— Foi isso... — Merda, a boca dele estava insuportavelmente seca. — Foi isso o que trouxe você aqui? Um tremor?

— Foi.

Óbvio que fora. Libby certamente faria um escândalo sobre a perturbação que ele causara e ressaltaria como era pífio o controle que ele tinha sobre suas habilidades, quando, na verdade, *ela* era a única que podia sentir. Como sempre, seria culpa de Nico, e com toda a certeza ela usaria isso para se engrandecer...:

— Você é injustamente talentoso. Bom de um jeito perturbador. — Libby suspirou com um tático murmúrio de inveja, e então abriu bem os olhos. — Fazer toda aquela magia... — Ela o encarou, perscrutando-o. — Eu nunca teria tentado sozinha.

— Eu não deveria ter tentado sozinho.

Não havia motivo para negar agora.

— Não mesmo, mas você quase conseguiu. Podia ter se virado bem sem mim.

— "Quase" e "podia" não contariam muito se eu tivesse errado.

— Verdade, mas mesmo assim. — Libby deu de ombros. — Até parece que você não sabia muito bem que eu viria.

Nico abriu a boca para argumentar que é óbvio que não sabia, mas, parando para pensar, se perguntou se ela não estava um pouquinho certa. Quando Libby estava por perto, havia uma rede de segurança, quer ele reconhecesse ou não. Nico não podia fazer muita coisa sem que ela percebesse, e com certeza sabia disso em algum nível, conscientemente ou não.

— Obrigado — disse ele, ou balbuciou.

Libby parecia satisfeita, quase convencida.

— Por que você estava consertando a casa sozinho? — perguntou, deixando de lado o momento repulsivo de benevolência entre eles. — Reina podia ter ajudado — acrescentou, depois de pensar um pouco.

Nico achou uma jogada milagrosa que ela não tivesse sugerido a si mesma, então, como recompensa, disse:

— Rhodes, se eu fosse pedir ajuda a alguém, seria a você.

— Palavras jogadas ao vento, Varona — foi a resposta dela, igualmente diplomática. — Você nunca pede ajuda a ninguém.

— Mesmo assim, é verdade.

Libby revirou os olhos, se aproximando para pressionar o dedão no pulso dele, medindo os batimentos.

— Lento — observou.

— Estou cansado.

— Mais alguma coisa?

— Dor de cabeça.

— Beba água.

— Sim — grunhiu ele. — Que inferno, eu *sei* disso, Rhodes...

— Alguma dor? Inchaço?

— Sim, sim e sim. Sim para tudo isso...

— Você provavelmente deveria ir dormir — comentou ela com suavidade.

— *Porra*, eu acabei de dizer que...

— Por quê? — interrompeu Libby e, embora Nico estivesse exausto, embora não quisesse a discussão que certamente ia acontecer e embora preferisse muito mais ir para a cama e dormir por pelo menos doze horas, ele ainda disse a única coisa que sabia que Libby não aceitaria.

— Não posso contar.

A voz dele soava vazia até para si mesmo.

Como era de se esperar, Libby ficou em silêncio. Nico podia sentir a tensão dela pairando no ar, a ansiedade rodeando-a como os braços de Reina fizeram com o livro. Algo para proteger, manter em segurança, para manter escondido.

Por mais que odiasse admitir, Nico se ressentia mais de si mesmo quando a fazia se sentir pequena.

— Só... por favor, não me faça contar nada — prosseguiu ele, aos frangalhos, esperando que o esforço de sinceridade a persuadisse a não sofrer mais.

Libby ficou quieta por um momento.

— Você disse que era uma aliança — disse ela.

— E é. — E era mesmo. — É uma aliança, Rhodes, eu juro. Falei sério.

— Então, se você precisar de ajuda...?

— Você — assegurou-a Nico rapidamente. — Vou procurar você.

— E se *eu* precisar de alguma coisa?

Ela era juvenil demais, vingativa. Ao menos uma vez, no entanto, Nico não se ressentiu.

— Eu — confirmou ele, aliviado por poder oferecer algo. — Estou com você, Rhodes. A partir de agora, juro.

— Acho bom mesmo. — Libby parecia satisfeita, ou pelo menos aliviada. — Você me deve muito depois dessa idiotice.

— Sabia que sua arrogância ia dar as caras — resmungou ele, só para manter algum decoro.

Não havia necessidade de assustar nenhum dos dois com um afastamento brusco da animosidade habitual.

— Mesmo assim. — Libby suspirou. — Você me contaria se estivesse em perigo real?

— Não estamos mais.

— Isso não é uma resposta, Varona.

— Tá, eu contaria. — Outro grunhido. — Eu contaria se estivéssemos, mas, para sua informação, não estamos.

— Mas estávamos?

— Não em perigo, exatamente. Mas havia alguns... descuidos.

— E agora?

— Confira as proteções você mesma se não confia em mim.

— Já conferi. — Libby fez outra pausa. — Os canos, sério?

— O quê, você não entende os fundamentos do cuidado com o lar, Rhodes?

— Caramba, como eu te odeio.

Ah, a normalidade.

— O sentimento é recíproco — concordou Nico, lutando para ficar de pé.

Libby, como sempre, não o ajudou, apenas observou com divertimento sua tentativa.

Na mesma hora, Nico sentiu um músculo da coxa se contrair, uma facada de dor que reverberou pela perna enquanto ele reunia forças, sem sucesso, para permanecer em pé, abafando um choramingo.

— Cãibra? — adivinhou Libby, blasé.

— Cala a boca — disse Nico entre os dentes, os olhos totalmente marejados.

— Deixa de ser fraco.

Ela gesticulou com a mão, dissolvendo-o no espaço enquanto o chão saía de baixo dele. Do nada, Nico se materializou no quarto, se esparramando para a frente numa guinada instável, as palmas das mãos atingindo a cama. A atração gravitacional do quarto tornou a tremer, cortesia de Libby, para depositá-lo deitado no colchão, onde caiu sem protestar enquanto os membros latejavam.

— Valeu — conseguiu murmurar Nico entre os travesseiros.

Ainda desnorteado, notou que a camisa permanecera em outro lugar, provavelmente encharcada de suor, e o pior, ele ainda não havia bebido nem um pouco de…

Nico pestanejou quando um copo d'água apareceu sobre a mesa de cabeceira.

— Rhodes maldita — murmurou Nico para si mesmo.

— Eu ouvi isso — veio a resposta de Libby do outro lado da porta.

Mas a essa altura Nico já estava adormecendo, sem sonhos.

· PARISA ·

Então não se tratava de um jogo. Ou talvez só fosse um muito sádico.
Foi só em retrospecto que Parisa percebeu que Atlas e Dalton nunca especificaram que um dos seis seria enviado para casa, apenas que um dos seis seria *eliminado* por meio de uma decisão tomada pelos outros. Cinco escolheriam um para ir, mas as condições da partida nunca foram expostas. De início, ela considerara a decisão um método arbitrário — embora civilizado — de garantir que apenas os melhores e mais dedicados seguissem em frente.

Porém, de uma forma bizarra, agora tudo fazia sentido. Por que a sociedade acadêmica mais exclusiva do mundo permitiria que um de seus membros em potencial *fosse embora*? Na melhor das hipóteses, seria um risco para a segurança. Mesmo que o medeiano eliminado partisse de forma amigável — o que àquela altura já se mostrava pouco provável —, das pessoas só se podia esperar que fossem descuidadas com informações.

Apenas os mortos guardavam segredos. No momento em que ela se deu conta disso — tropeçando na verdade na mente de Dalton —, todo o resto fez sentido.

A memória do encontro deles não saía da cabeça dela, repetindo-se como uma profecia.

— Um de nós tem que morrer — dissera Parisa em voz alta depois do encontro amoroso deles na sala de leitura, testando a nova informação para ver como soaria contra o fundo da realidade.

O fato de Dalton ainda a estar penetrando no momento era uma preocupação menos importante, até que ele ficou tenso.

— Como é?

— É por isso que você não quer que eu perca. Você não quer que eu morra. — Ela chegou um pouco para trás para encará-lo. — Um pouco drástico, não acha?

Dalton não parecia nem aliviado nem perturbado com a dedução dela. No máximo, estava resignado, e, embora tenha tentado se afastar, Parisa o prendeu com as pernas, ainda digerindo a ideia.

— Então você matou alguém — disse ela, intrigada. — É isso que você mantém trancado a sete chaves? Sua culpa?

— Você me usou — observou ele, confirmando as suspeitas.

O que obviamente estava escrito na testa dela.

— Mas que motivo pode haver para matar um iniciado? — pressionou-o Parisa, nem um pouco interessada na tarefa de massagear o ego dele. Como se uma mulher não pudesse aproveitar o sexo e ler mentes ao mesmo tempo! Eles não haviam nem se desgrudado ainda, e Dalton já estava procurando maneiras de fazer dela a vilã de sua narrativa de *femme fatale*, algo para o qual Parisa não tinha tempo ou paciência. — Livrar o mundo de um medeiano? E para quê?

Dalton, por fim, se afastou dela, fechando a calça.

— Você não deveria saber disso. Eu deveria ter sido mais cuidadoso.

Mentiroso. Tinha ficado óbvio que ele queria que ela soubesse.

— Talvez não devêssemos ficar remoendo coisas que não deveríamos saber — observou Parisa, e Dalton lhe lançou um olhar pesaroso, o gosto dela tão doce em sua língua que mesmo ela podia ver os pensamentos dele sobre o assunto. — Você vai me contar o porquê ou eu devo sair correndo e contar aos outros que isso aqui é uma sofisticada disputa até a morte?

— Não é isso — retrucou Dalton, de maneira mecânica.

Parecia que aquela era a resposta corporativa. Parisa se perguntou se ele seria capaz de dar qualquer outra explicação, de forma contratual ou não.

— A magia vem com um preço, Parisa — disse ele. — Você sabe disso. Alguns assuntos requerem sacrifícios. Sangue. Dor. A única forma de criar tal magia é destruí-la.

Os pensamentos dele estavam mais confusos que aquela explicação, menos finitos.

— Esse não é o motivo — observou Parisa, testando a reação dele.

— Mas é óbvio que é. — Agora ele estava impaciente, tenso. Havia uma chance de que apenas não gostasse de ser desmentido, embora ela suspeitasse que fosse mais do que isso. — Os assuntos contidos nos arquivos não são para todos. Eles são raros, requerem imenso poder e um controle inimaginável. Há uma razão para que apenas seis sejam escolhidos...

— Cinco — corrigiu-o Parisa. — Cinco são escolhidos. Um é executado.

Dalton pressionou os lábios.

— Não chame de execução. Não se trata de uma execução. É...

— Um sacrifício de livre e espontânea vontade? Eu duvido muito. — Ela deu uma risada aguda. — Me conta aí: qual de nós teria concordado com isso se a gente soubesse que um teria que morrer, hein? E eu sei que não para por aí.

Parisa o observou com cuidado, esperando para ver se revelaria algo mais, porém Dalton havia se trancado a sete chaves outra vez. Ele já confidenciara muito, ou apenas queria que ela acreditasse nisso. Quer aquela tivesse sido a intenção dele ou não, não dava para saber.

— Você queria que eu soubesse, Dalton — continuou ela, decidindo acusá-lo abertamente para ver no que dava. — Não acho que você seria descuidado a ponto de me deixar chegar tão perto se não fosse por isso. Mas, se quer que eu faça alguma coisa, então precisa me explicar por que isso existe. Senão — acrescentou, num tom debochado —, que motivo eu teria para ficar?

— Você não pode ir embora, Parisa. Já viu coisas demais.

Sim, ela vira, e ele não parecia pensar que ela faria aquilo mesmo se pudesse. Não havia pânico nem preocupação desenfreada na voz dele. Estava apenas atestando um fato. Era uma pena que a convicção dele tivesse tanto valor. Afinal de contas, para qual vida ela poderia voltar depois daquilo?

Parisa alisou a saia, ajustando as roupas de baixo e ficando de pé.

— Dalton... — Ela agarrou o colarinho dele. — Você sabe que fiz mais do que te usar, né?

Ele umedeceu os lábios.

— Ah, é?

— Eu gostei de estar com você — garantiu ela, puxando-o para si. — Mas temo que terei muito mais perguntas depois que tiver refletido sobre tudo isso.

Instintivamente, as mãos dele encontraram a cintura dela. Ele ansiaria por ela agora, Parisa tinha certeza. Dalton acordaria no meio da noite para encontrar a forma dela materializada entre suas mãos vazias.

— Talvez eu não revele mais nada a você — disse ele.

— Talvez.

Parisa não fez nada após o encontro, dedicando seu tempo a avaliar o que Dalton faria após a revelação. Quando a resposta pareceu ser nada, o significado do silêncio dele se intensificou. Dalton também estava esperando, embora ela duvidasse que por muito tempo.

Tinha razão. Seria uma questão de semanas antes que eles voltassem a se encontrar numa situação comprometedora.

Àquela altura, os seis candidatos haviam avançado para teorias relacionadas ao tempo, e Parisa, que era especialista em consciência, foi capaz de fazer bem mais do que antes, quando a magia física era a principal preocupação deles. A maioria das teorias do tempo e seus movimentos era silenciosamente psicológica — a experiência de uma pessoa com relação ao tempo podia ser moldada pelo pensamento ou pela memória. Fragmentos do passado pareciam mais perto enquanto o futuro parecia ao mesmo tempo inexistente, distante e aproximando-se rapidamente. Era evidente que Tristan pretendia provar a importância da teoria do tempo quântico (ou alguma coisa nesse sentido), mas Parisa estava focando o óbvio: que a *verdadeira* função do tempo não era uma questão ligada à sua construção, mas sim à forma como era experienciado pelos outros.

Era a primeira vez que a biblioteca começava a revelar a ela arquivos e informações específicas, dando-lhe seu empurrão pseudossenciente habitual numa direção ou em outra, e Parisa começara a se aventurar pelos textos históricos dos quais antes fizera pouco caso. Nada de Freud, é claro. A psicologia mortal ocidental como um modo de estudo autoconsciente estava atrasada havia vários séculos, surpreendendo um total de zero pessoas. Em vez disso, Parisa fez uma imersão nos pergaminhos da era dourada islâmica, mordendo a isca de um palpite ainda em construção e descobrindo que a percepção do astrônomo árabe Ibn al-Haytham sobre ilusões de ótica se assemelhava à noção de Parisa sobre a experiência humana em geral, ou seja, que o tempo era uma ilusão de si mesmo.

Quase toda teoria sobre o tempo estava enraizada numa falácia, e o conceito de que podemos manipulá-lo na verdade foi alcançado através do mecanismo do pensamento ou da emoção. Callum era preguiçoso demais para focar esse último, mas Parisa mergulhou de cabeça nas primeiras artes medeianas psicológicas — em sua maioria, islâmicas e budistas — com um fervor que surpreendeu a todos.

Isto é, a todos exceto Dalton.

— Eu falei para você — disse ele, encontrando-a sozinha na sala de leitura uma noite.

Parisa lhe permitiu pensar que fora pega de surpresa.

— Hein? — disse ela, fingindo ter se assustado.

Dalton puxou uma cadeira e se sentou ao lado dela à mesa.

— Este é o manuscrito de al-Biruni?

— É.

— Você está estudando tempo de reação?

Foi al-Biruni que iniciou os primeiros experimentos com cronometria mental, o que naquele caso era o atraso existente entre estímulo e resposta, quanto tempo levava desde os olhos verem algo até o cérebro reagir.

— Como você sabe o que estou estudando? — perguntou Parisa, embora não tivesse necessidade.

Porque os dois sabiam que Dalton, é lógico, não conseguia tirar os olhos dela.

— Eu notei que você está trabalhando numa teoria — comentou ele. — Pensei que talvez quisesse discuti-la.

Parisa se permitiu abrir um sorrisinho.

— Não é melhor a gente falar mais baixo? Psicologia diferencial é um tema muito picante.

— Há uma intimidade no estudo intenso que até mesmo eu acho perturbadora — disse Dalton, se inclinando para perto dela. — A expressão de um pensamento não formado.

— Quem disse que meus pensamentos permanecem sem forma?

— Você não compartilha nada com nenhum dos outros — observou Dalton. — E eu aconselhei você a encontrar um aliado.

Ela esfregou o joelho no dele.

— E eu já não encontrei um?

— Uma outra pessoa — rebateu ele com um sarcasmo entretido, embora não tivesse se afastado. — Já falei para você, não pode ser eu.

— O que faz você pensar que preciso de um aliado? Ou acha que eu me permitiria ser assassinada?

Dalton olhou ao redor, apreensivo, embora fosse improvável que estivessem sendo ouvidos. Parisa não conseguia sentir outra atividade cognitiva ativa na casa, exceto talvez por Nico. Ele tinha um visitante bastante frequente, um tipo de telepata, embora nunca estivesse completamente consciente quando acontecia.

— Mesmo assim — disse Dalton.

Um apelo.

Acredite em mim, me escute.

Me deseje, me foda, me ame.

— O que você vê em mim? Com certeza não me acha confiável — observou Parisa. — Acho inclusive que você não ia querer confiar em mim nem se pudesse.

Ele abriu um sorriso curto e revelador.

— Não, eu não quero.

— Eu seduzi você, então? — perguntou Parisa.

— Acho que convencionalmente sim.

— E de maneira não convencional?

O cabelo de Parisa se derramava sobre um dos ombros, chamando a atenção dele.

— Você me atormenta um pouco — confessou Dalton.

— Porque você acha que eu posso não te querer?

— Porque acho que pode querer, e isso seria desastroso. Uma calamidade.

— Ter a mim, você quer dizer?

Isso se encaixaria no arquétipo dela. Seduzir e destruir. O mundo estava cheio de poetas que pensavam que o amor de uma mulher os tinha arruinado.

— Não. — Ele comprimiu os lábios, irônico. — Porque você me teria.

— Que ousado da sua parte. — E incomum também. Parisa ainda precisava identificar a natureza dele. Era modesto ou presunçoso? Ele tinha sido desviado de seu caminho de forma imprudente ou era ela que estava sendo manipulada? A ideia de que Dalton pudesse estar brincando com ela exatamente do jeito que Parisa brincava com ele era entorpecente de um jeito brutal, e ela se virou para encará-lo. — O que aconteceria se eu quisesse você?

— Você me teria.

— E...?

— E nada. Só isso.

— E eu não tenho você agora?

— Se tivesse, você não acharia chato?

— Então você está jogando um jogo?

— Eu nunca insultaria você com um jogo. — Dalton baixou o olhar, suas principescas maçãs do rosto sombreadas pela luz fraca do pequeno abajur. Ele nunca tinha um ângulo ruim, pensou Parisa, fascinada. — Qual é a sua teoria?

— Quem você matou? — disparou ela.

Houve um breve impasse entre eles, repleto de uma tensão inquieta.

— Os outros — observou Dalton — sugeriram que focássemos a mecânica do tempo. Loops temporais.

Parisa deu de ombros.

— Eu não tenho necessidade alguma de reconstruir o universo como se fossem blocos.

— Por que não? Isso não é poder?

— Por quê? Só porque ninguém mais conseguiu? Eu não preciso de um mundo novo.

— Por que você quer este?

— Porque — disse ela, impaciente — o poder que seria necessário para criar um mundo novo só serviria para destruir todo o resto no meio do caminho. A magia tem seu preço. Não foi você que disse isso?

— Interessante. — Dalton a encarou. — Então você concorda.

— Com o quê?

— Com as regras da Sociedade. Com o processo de eliminação.

— Com o jogo de assassinato, você quer dizer — corrigiu Parisa. — O que por si só é um insulto.

— E mesmo assim você continua aqui, não?

A contragosto, ela sentiu o olhar pousar sutilmente em suas anotações.

— Eu falei para você. — Dessa vez, o sorriso de Dalton aumentou. — Eu falei. Mesmo sabendo a verdade, você não iria embora.

— Quem você matou? — Parisa tornou a perguntar. — E como?

Dalton pegou a página debaixo do cotovelo dela, dando uma olhada.

Parisa suspirou, lembrando-se do que ele dissera sobre intimidade na academia. Ele gostava mais dela quando Parisa estava vulnerável, não era? Quando ele tinha um pedaço do qual ela não desejava se ver livre. Prazer inalterado ou conhecimento não compartilhado.

— Lembrança — disse ela, e Dalton ergueu o olhar. — A experiência do tempo através da lembrança.

Ele arqueou a sobrancelha.

— Viagem no tempo é simples — explicou Parisa —, se você estiver viajando pela percepção do tempo de uma única pessoa. Talvez — objetou ela, antecipando a inevitável falha dele em entender — isso possa ser considerado menos interessante para meus colegas nada sutis…

— Eles estudam aquilo no qual são especialistas, assim como você. Prossiga — orientou Dalton.

— Não é nada muito complexo — disse ela, surpresa mas não incomodada com a resposta áspera de Dalton. — Pessoas inteligentes respondem mais rapidamente ao estímulo, portanto as pessoas inteligentes experimentam o tempo de forma mais rápida e podem ser percebidas como tendo mais dele. A inteligência também é, em alguns casos, uma doença, afinal com frequência a genialidade é efeito colateral da paranoia. Talvez algumas dessas pessoas tenham um excesso de tempo que experimentam de maneira diferente. E se uma pessoa tem tempo em excesso...

— Ela poderia viajar por sua própria experiência de tempo de maneira diferente — concluiu Dalton.

— Exato — disse Parisa. — Em essência é isso.

Dalton levou a mão ao queixo, pensando.

— Como você mediria a inteligência? Ou nesse caso a magia é que seria mensurada?

— Quem você matou? — insistiu ela.

— As pessoas não gostavam muito dele — revelou Dalton, surpreendendo-a de novo. Parisa não estava exatamente esperando por uma resposta. — Não que isso sirva como desculpa.

— Ele era perigoso?

Dalton franziu a testa.

— Como?

— Ele era perigoso? — repetiu ela. — Para você ou para a Sociedade?

— Ele... — Dalton pestanejou, se afastando um pouco. — A Sociedade não determinou se ele ia viver ou morrer.

— Não? De certa forma determinou. Afinal, eles selecionam seis candidatos a cada década, sabendo que um deles será eliminado. Você não acha que eles têm uma ideia de qual pode ser descartado?

Dalton pestanejou de novo.

E de novo.

Os pensamentos dele estavam nebulosos e passaram por uma reformulação, assumindo uma forma diferente.

— Como vocês o mataram? — perguntou Parisa.

— Usando uma faca — disse Dalton.

— Uma emboscada?

— Sim. De certa forma.

— Que romântico.

— Nós estávamos muito intoxicados. — Dalton esfregou o maxilar, cansado. — Não é fácil tirar uma vida. Mesmo sabendo que era preciso.

Qualquer coisa compulsória não era um conceito que agradava Parisa.

— E se vocês não o tivessem matado?

— Como assim?

— E se vocês tivessem escolhido não matar ninguém? — repetiu Parisa, enquanto os pensamentos de Dalton se desenrolavam outra vez. — A Sociedade teria feito alguma coisa?

— Ele sabia — disse Dalton, o que não era uma resposta. — Ele sabia que seria ele.

— E daí?

— E daí que ele teria matado um de nós, se pudesse. — Uma pausa. — Provavelmente seria eu.

Isso explicava o medo dele, ao menos em parte.

Parisa estendeu a mão, tirando o cabelo de Dalton que estava caído na testa.

— Me leve para a sua cama hoje — disse ela. — Estou sedenta de curiosidade.

Os lençóis dele eram brancos, perfeitamente esticados. Bagunçá-los foi um prazer enorme para Parisa.

E depois houve os outros momentos.

Uma vez, ela o encontrara nos jardins. Estava cedo, frio e úmido. Dalton estava nos limites do terreno, de costas para a casa, olhando os cornisos sem flores.

— Os ingleses romantizam demais seus próprios invernos tristes — disse Parisa.

— Anglofilia — disse Dalton, virando-se para ela.

As bochechas dele estavam coradas, iluminadas por manchas gêmeas de frio, e Parisa tomou-lhe o rosto entre as mãos para aquecê-las.

— Cuidado — alertou ele. — Pode ser que eu interprete isso como uma demonstração de afeto.

— Você acha que eu não sou afetuosa? Sedução não se resume a letalidade — disse Parisa. — A maioria das pessoas só quer carinho. Se eu não fosse carinhosa, não chegaria a lugar nenhum.

— E para onde você quer ir esta manhã?

— A nenhum lugar para o qual você não possa me levar — respondeu ela, gesticulando para que Dalton a conduzisse.

Caminhando devagar, ele avançou para a beirada mais distante do gramado.

— Bajulação faz parte da sedução, certo?

— Inevitavelmente, sim.

— Ah. Eu me arrependo de ser um caso tão objetivo.

— Ninguém nunca é objetivo.

Dalton abriu um sorriso delicado.

— Então não somos simples, somos apenas... todos iguais?

— Um defeito da humanidade — disse Parisa, dando de ombros enquanto eles caminhavam. — A compulsão para ser único, sempre em guerra com o desejo de pertencer a uma única e identificável mesmice.

Já estavam fora de vista, despertos cedo demais para que outra pessoa bisbilhotasse, mas mesmo assim Dalton a puxou para o bosque de bétulas ali perto, escondendo-os.

— Você me faz ser tão comum — disse ele.

— Faço?

— Pense como eu poderia ser interessante para outra pessoa — sugeriu Dalton. — Um acadêmico homicida.

— Você não é desinteressante — afirmou ela. — Por que ele queria te matar?

— Quem?

O fingimento era cansativo, mas, ao que tudo indicava, necessário.

— Quantas pessoas já quiseram matá-lo, Dalton?

— Provavelmente não foram poucas.

— Isso é deliciosamente incomum — disse ela, evasiva.

Dalton a puxou para seus braços, o corpo pressionado contra o dela.

— Me diga uma coisa — pediu ele. — Você teria me desejado mais se eu relutasse por mais tempo?

— Não — respondeu Parisa. — Eu o teria considerado muito idiota, no caso.

Ela brincou com o passador da calça dele, a cabeça fervilhando de hipóteses.

— Me conte sobre o Fórum — pediu ela, satisfeita em ver a surpresa no rosto dele. — Tenho me perguntado sobre os inimigos da Sociedade. Em específico, se eles podem estar certos.

Ela não esquecera que os agentes do Fórum conseguiram escapar, por conta própria, das proteções da Sociedade durante a instalação.

Embora tivesse sido pego desprevenido, Dalton pareceu impassível diante do questionamento.

— Por que eu saberia qualquer coisa sobre o Fórum?

— Tá. — Parisa suspirou, decepcionada porém resignada. — Então me conte por que ele queria te matar.

— Ele tinha que matar alguém — repetiu Dalton, com um ar entediado —, antes que eles o matassem.

— Você foi forte ou fraco demais?

— Como assim?

— Ele o escolheu como alvo ou porque você era fraco demais — explicou ela —, ou porque era forte demais.

— O que você acha?

Parisa encarou Dalton, que a observava com atenção.

— Você mesma deve ter me escolhido por um motivo — disse ele, dando de ombros. — Foi porque sou fraco ou porque sou forte?

— Você está fazendo de si mesmo uma parábola?

— Talvez.

— Por que acha que seria perigoso para mim ter você? — contra-atacou ela. — Seria perigoso para quem?

— Para mim — respondeu Dalton. — Entre outros.

— E ainda assim te falta um pouco de autopreservação, não é?

— É o que parece.

— Foi por *isso* que ele quis matar você?

Era para ser uma piada, cutucando-o para ver o que seria revelado se ela chutasse aleatoriamente, mas ele a olhou com uma severidade incomum e disse:

— Quero tentar uma coisa. Me encontre esta noite.

— Onde?

— No meu quarto. Quero ver quão boa você é.

— A gente já tentou isso — contrapôs Parisa, áspera. — E acredito que nós dois fomos admiráveis na ocasião.

— Não é isso — disse Dalton, embora fosse óbvio que ele não se oporia se aquele fosse o caso. — Quis dizer que vou passar o dia enterrando uma coisa. Um pensamento.

— Uma resposta?

— Exato.

Parisa foi tomada por uma onda de excitação.

— Pensei que você não fosse jogar comigo.

— Não é um jogo. É um teste.

— Por quê?

— Curiosidade.

Intrigada, ela o encarou por um momento, mas Dalton pareceu estar falando sério.

— Você está interessado em mim — arriscou Parisa.

— Acredito que isso seja bastante óbvio.

— Não desse jeito. — Ela abriu um sorrisinho, cutucando o passador da calça dele. — Você quer me *estudar*.

Dalton não negou.

— Sou o primeiro? — quis saber ele.

— Talvez. — Obviamente não. — Mas por quê?

— Não tenho certeza. — Ela conferiu, ele não tinha. — Intuição, suponho.

Parisa deu de ombros, mudando de assunto.

— O que eu ganho com isso?

— Uma resposta.

— *A* resposta?

— Tá, tudo bem. — Uma pausa. — Isso vai drenar muito de você.

— O teste ou a resposta?

— O teste. — Os lábios deles se comprimiram. — Por enquanto.

— Ótimo — disse ela, provocadora.

— Já sei o que você consegue fazer sem tentar — avisou Dalton. — Agora eu quero saber o que acontece quando você tenta.

Parisa estremeceu, ansiosa. Ela havia sentido falta da sensação de operar em seu elemento.

— Tudo bem — disse, estalando os dedos. — Então eu vou tentar.

Quando Parisa chegou aos aposentos dele, entrando na ala leste em silêncio quando os outros já haviam ido se deitar, Dalton já estava adormecido. O quarto dele era quase idêntico aos outros, sem qualquer detalhe pessoal que merecesse atenção. Guarda-roupa, mesa, lareira vazia. Havia uma ampulheta ao lado da cama, implicando uma mensagem bastante clara: havia um limite de tempo para o teste. Parisa a virou de ponta-cabeça, fechando os olhos, e se deitou de costas ao seu lado, encontrando o ritmo da pulsação dele. Bastaria entrar em sua própria consciência para localizar os limites da consciência dele num plano astral paralelo, e então se esforçar para buscar as portas mais difíceis de abrir.

Parisa entrou na mente dele sem precisar se esforçar. Quando abriu os olhos, se deparou com um emaranhado de espinhos.

— Que clichê — suspirou ela, abrindo a parede espinhenta.

Além de um arco denso, havia um labirinto de árvores ciprestes e um caminho de lajotas cinza, conduzindo (lógico) a um castelo gótico de torres estreitas saído de um conto de fadas.

— Tenho uma hora para chegar à princesa na torre, é isso mesmo?

Isto é, uma hora na experiência dele, e todas as indicações sugeriam que Dalton era particularmente brilhante. Parisa virou-se para o lado, localizando um punhado de fungos não nativos crescendo em meio ao caminho de espinhos.

— Sutil — murmurou, secamente, e arrancou um, deixando-o virar areia na palma de sua mão.

Como a ampulheta ao lado da cama, o tempo escorria pelos dedos dela. Cronometria mental, como eles haviam discutido. Assim, enquanto Parisa atravessava a mente dele, Dalton lhe permitia manipular seu próprio conceito de tempo, podendo coletá-lo para uso próprio, como os elementos para ganhar poderes especiais num videogame. Então era aquilo? Um jogo, no fim das contas. Parisa conjurou, então, um conjunto elegante de armaduras finas, escondendo os grãos do tempo excedente.

O processo de navegar pelo labirinto fora elaborado para fazê-la desperdiçar energia. Trabalhar a própria magia dentro da cabeça de Dalton requeria um esforço exponencialmente maior do que fazê-lo no universo físico — daquela forma, o poder funcionava como um engarrafamento. Um carro desacelerando significava uma onda de atraso amplificado, e, de forma parecida, o uso de magia fora da mente de Dalton compunha um grau fantasma de esforço dentro dela. Se Parisa utilizasse o tempo extra que coletara, ia ficar esgotada. E, se não usasse, ia ficar sem tempo. Era um desajeitado conjunto de regras, mas esperto o suficiente, ainda mais para alguém que, para começar, não se tratava de um telepata. No fim, era como qualquer outra coisa: uma aposta. Como desvendaria o mistério seria inteiramente escolha dela.

Nada daquilo era primitivo: o reino que Dalton construíra na própria mente não poderia ter sido erguido do dia para a noite, não quando um medeiano inferior não teria conseguido fazê-lo em uma vida inteira. Isso implicava que ele tinha algo a esconder. E mais: alguém de quem esconder. A configuração do labirinto era instável, mudando com frequência, mas também era grandiosa e complexa. Fosse lá qual segredo Dalton Ellery trancara, ele não queria que fosse descoberto, e suas capacidades extraordinárias permitiram que o escondesse dela.

Parisa esperava, dada a sofisticação das defesas mentais dele, que algo a forçasse para fora dali. Era fácil para a mente conjurar fogo e fazer pequenas chamas pularem através das rachaduras nos caminhos de pedra, como línguas incandescentes para iluminar o caminho. Quando foi atacada por guardas espectrais, Parisa não se surpreendeu. Eles haviam sido rapidamente clonados de um design humanoide e lutavam de maneira mecânica — o mesmo padrão de ataques, de novo e de novo. Ainda assim, para o trabalho de um amador, era impressionante, mas aquilo era apenas um teste. Dalton já tinha manifestado que não queria que Parisa morresse, então talvez fosse por isso que a mente dele não conseguia ameaçá-la de verdade. Fora feita apenas para dar a ela algo a provar.

O fim do labirinto deu em uma grande colunata, que conduziu Parisa até a entrada do castelo. Ela passou pela arcada para alcançar os degraus para a torre mais alta, subindo de dois em dois. A armadura que fizera estava começando a enferrujar. Ela, corporalmente, estava se apagando. Estava ficando sem tempo.

O castelo em si era bem-feito, mas imaginado sem muita criatividade. Era baseado, muito provavelmente, em algum lugar em que Dalton já estivera uma vez, embora houvesse detalhes que pegavam Parisa de surpresa — cada tocha estava acesa na parede com uma chama que respondia unicamente às mudanças no ar, e as cores das tapeçarias deviam ter sido selecionadas com propósito, e não escolhidas com base em uma lembrança. Ela subiu pela escada central, seguindo o caminho elaborado para ela, mas pôde ver que as salas laterais estavam mobiliadas e cheias; haviam sido feitas, não copiadas. A paleta de cores era toda de cobalto e violeta, como um machucado preocupante.

Os corredores ficaram mais estreitos, conduzindo-a para cima de patamar a patamar, até que Parisa entrou em uma escada sinuosa e em espiral. No topo da torre, havia três cômodos; esses, ao contrário das salas anteriores, estavam fechados. Ela tinha tempo de abrir todas as três, mas por tempo suficiente apenas para uma espiadinha. Se quisesse explorar com calma, teria que escolher uma.

Dentro da primeira porta estava ela mesma. *Aquela* Parisa — a Parisa de Dalton — virou-se nos braços dele para ver onde a verdadeira Parisa estava, parada no corredor, esperando. Ah, então ele lhe dera a oportunidade de ver como realmente se sentia com relação a ela. Que chatice.

Parisa abriu a segunda porta, encontrando uma lembrança. Havia um estranho e Dalton, com uma faca na mão. Então fora isso o que acontecera. Hum, tentador.

A terceira porta continha apenas um baú trancado. Arrombá-lo poderia requerer mais tempo do que ela tinha, embora Parisa tenha se detido quando percebeu a configuração da sala. Era uma praça romana, um fórum. *O* Fórum.

Ela hesitou, dando um passo à frente, mas então parou. Aquilo podia esperar. Era isso ou era uma resposta que ela podia descobrir sozinha.

Então se virou, voltando para o corredor para abrir a segunda porta, onde estava o estranho, a faca precariamente equilibrada entre eles.

Quase imediatamente, Parisa foi arremessada para dentro da consciência de Dalton, revivendo a memória dele, embora não houvesse começado como ela esperara.

— ... tem certeza?

Era um sussurro do estranho, um jovem, para um Dalton quase irreconhecível. O cabelo era o mesmo, sua aparência meticulosa como sempre, mas havia algo diferente no rosto dele. Um semblante uma década mais jovem, é verdade, mas preenchido com algo.

Não. Em que *faltava* algo.

— Quando fizermos isso, não vai ter volta. — O rapaz tinha pele marrom-clara e falava com um sotaque desconhecido enquanto caminhava de um lado para o outro num dos cômodos da Sociedade. Talvez fosse até o quarto de Parisa. — Você vai conseguir viver com isso?

Dalton, que estava deitado de lado na cama, pouco ouvia. Estava enfeitiçando algo de um jeito preguiçoso. O ar ao redor de seu livro aberto piscou e se distorceu, uma pequena tempestade se formando acima da página.

— Eu não precisaria. — Um tanto sinistro, Dalton se virou para Parisa. — As pessoas acham que é o significado da vida que importa — disse a ela, que piscou, intrigada. Não tinha certeza de como Dalton estava manipulando a memória para falar com ela, mas não havia dúvida de que estava, mesmo que o outro ocupante do quarto continuasse a andar de um lado a outro. — Não é o *significado* — prosseguiu ele. — Todo mundo quer um propósito, mas não existe propósito algum. Só existem vivo e não vivo. Você gosta? — perguntou ele, de repente mudando o tom. — Fiz isso para você.

Dalton se virou para o outro jovem antes que Parisa pudesse responder.

— Eu poderia trazer você de volta, sabe — sugeriu ele.

Até Parisa podia ver que esse Dalton mais jovem não soava genuíno.

— Você não tinha dito que não podia fazer isso? — perguntou o jovem, parando abruptamente.

— Eu disse que não faço, mas é claro que eu *posso*. — Dalton lançou outra olhada de esguelha na direção de Parisa, abrindo um sorriso perturbador, o ar se distorcendo novamente. — Eu sou um animador — disse a ela, o que o outro jovem parecia não ouvir. — A morte não se apresenta para mim com qualquer tipo de permanência. Exceto a minha, o que suponho que explica o que fiz a seguir.

Ele se voltou para o jovem.

— Não há nada dizendo que a gente não pode trazer você de volta — disse ele, fazendo desaparecer a tempestade em miniatura que tinha conjurado. — Talvez seja um teste adicional? Talvez haja sempre um animador e, portanto, ninguém morre de verdade.

Houve o vislumbre de algo: uma faca. Ela brilhou na mão de Parisa.

Então ela sentiu uma guinada. A inconfundível entrada da lâmina na carne. Em seguida, sem aviso, ela estava sentada sozinha.

— Eu não devia estar fazendo isso, mas você precisa me ouvir.

Dessa vez, era Atlas Blakely quem caminhava de um lado para o outro, e Parisa olhou para baixo, reconhecendo os dedos entrelaçados de Dalton como seus.

— É você quem eles querem matar, Dalton — prosseguiu ele. — Os outros concordaram que será você.

— Como é que você sabe? — disparou a boca de Parisa, que na verdade era a de Dalton.

Ela ainda estava no mesmo quarto, que devia ser o dele. Atlas estava de pé perto da lareira.

— Eles temem você. Você os deixa desconfortáveis.

— Isso é um tanto mesquinho da parte deles — disse Dalton com deboche, antes de acrescentar: — Tudo bem. Deixe que tentem.

— Não. — Atlas se virou. — Você precisa fazê-los mudarem de ideia. Você *tem* que sobreviver.

— Por quê?

— A Sociedade precisa de você, quer eles vejam isso ou não. O que você pode fazer, o que você poderia *acessar*... — Atlas balançou a cabeça. — No que alguém como *ele* pode ser útil? Houve outros como ele antes. Homens como ele fazem fortuna, ficam ricos, e para por aí. Eles contribuem para a oligarquia global e só, ponto final. Você é necessário de outras formas.

Houve um pequeno rasgo na cena, e os pedaços do quarto caíram num vácuo. Parisa mergulhou num apagão temporário. Então Dalton estava sentado diante dela outra vez, um ponto de luz que Parisa tentou, em vão, parar de ver, e de novo ela estava de armadura, sentada no pequeno e quase vazio cômodo da torre do castelo.

Estavam sozinhos, cada um em uma cadeira de madeira comum, e Dalton — aquela versão mais jovem dele — estava inclinado à frente, a centímetros do rosto dela.

— Eles se acostumaram comigo — disse ele. — E matar não era algo que eu apreciava. Eu sou um animador — acrescentou, como se aquilo explicasse tudo.

Parisa supunha que explicava, em partes.

— Você traz vida — observou ela.

— Eu trago vida — concordou ele.

Parisa notou evidências de que Dalton, fosse lá o que ele era — lembrança, holograma ou fantasma —, tinha sido adulterado, seus movimentos bruscos muito incomuns à versão meticulosa do Dalton que ela conhecia.

Não dava para saber se ele estava sendo sincero. Era óbvio que as lembranças dele haviam sido alteradas, fosse por trauma da experiência passada ou pela inteligência de seu eu atual.

— Você está me usando? — quis saber Parisa, se perguntando se chegaria ao ponto de se permitir ser atraída para um lugar pouco prudente.

O eu mais novo de Dalton sorriu de orelha a orelha.

— Queria que você tivesse visto a outra sala — disse ele. — A gente teria aproveitado muito. Esta aqui é um tanto chata.

— Você mentiu para ele — observou Parisa. — O outro candidato. Você disse a ele que o traria de volta?

— Na verdade, ele nunca concordou. Acho que ele sabia que eu não faria.

— Não o mataria ou não o traria de volta?

— Suspeito que nenhum dos dois.

— Então ele disse aos outros para matar você?

— Sim.

— E você os persuadiu do contrário?

— Exato.

— Foi difícil?

— Não. Eles só ficaram felizes por não serem eles.

— E por que você não o trouxe de volta?

— Empenho demais. — Dalton deu de ombros. — E, de qualquer forma, eu estava errado.

— Quanto ao quê?

— Quanto a tudo. — Outro dar de ombros. — Alguém sempre morre. Eles precisam morrer, senão dá errado.

— O que dá errado?

Ele a olhou, desinteressado.

Aquela versão dele não era nem um pouco o que Parisa imaginara.

— O que é o Fórum? — perguntou Parisa em vez disso.

— Um lugar chato — respondeu Dalton. — Só com os rejeitados da Sociedade.

— Você não acha isso interessante?

— Todo mundo tem inimigos.

Parisa sentiu certa incompatibilidade, algum tipo de erro, detalhes que não faziam sentido.

— Por que você continua aqui? — perguntou a Dalton. — Na Sociedade. Por que ficou?

Ele se inclinou na direção dela e, naquele momento, Parisa adivinhou o que ele era. A imagem de Dalton piscou um pouco, movendo-se em rajadas.

Vivo, mas por pouco. Senciente, mas não em controle.

Não era um fantasma. Nem uma lembrança.

— Você é uma animação? — perguntou ela, se esquecendo da pergunta anterior.

A boca de Dalton se torceu com ironia. Ele entreabriu os lábios.

Então Parisa sentiu uma mão agarrar o colarinho de sua blusa, arrastando-a para trás.

— Saia — disse uma voz grave. — Agora.

Ela deu um pulo para se levantar, ou pelo menos tentou, mas descobriu que o retorno à sua própria consciência a deixara deitada de lado e paralisada. O Dalton real segurava a cabeça dela, e aos poucos, enquanto voltava a ocupar o corpo, Parisa percebeu que estivera convulsionando, sufocando no que só depois percebeu ser sua língua.

Parisa se extenuara. Fazia tempo que a areia na ampulheta parara de cair e, pela expressão no rosto de Dalton, acordá-la exigira um tremendo esforço.

Ela se afastou, piscando.

— O que foi aquilo?

Dalton franziu a testa.

— Do que você está falando?

— Aquela voz no final, aquilo era…?

Ela parou, atordoada.

Havia algo no rosto de Dalton. Não que estivesse mais velho, o que ele de fato estava. Devia ter uns vinte e poucos na memória de dez anos antes, mas era mais que aquilo. Sua expressão estava diferente, tomada por preocupação. Na hora, Parisa não tentara ler os pensamentos da versão mais jovem dele, deduzindo que os estava acessando diretamente — afinal, ela estava dentro da cabeça *dele* —, mas, percebeu que se equivocara.

Fosse lá o que Dalton era na época, seu eu atual não tinha nenhum traço do anterior. Era um fio solto se desfiando, algo que se desfez e depois foi cortado. Quem esteve na cabeça dele se perdera de vez.

— Você não é completo, é? — percebeu Parisa em voz alta.

Dalton a encarou.

— Como é?

— Aquela coisa, a animação, era…

— Você nunca nem chegou a começar o teste — interrompeu ele devagar, e então foi a vez de Parisa se virar para ele.

— O quê?

— Onde você estava? — pressionou-a Dalton, apreensivo. — Eu podia te sentir, mas…

Parisa sentiu um tremor de incerteza.

— O que era? — perguntou. — Seu teste?

— Um cofre de banco — respondeu ele. — Com uma fechadura de combinação. Não passava de um quebra-cabeça.

Então o que ela tinha invadido dentro da cabeça dele? Estranho. Mais do que estranho. A situação que Dalton descrevera parecia direta, até fácil. Para resumir, algo que ela teria esperado de alguém que não era um telepata, diferente da coisa que encontrara.

— O que havia no cofre? — perguntou ela, cansada.

— Um pedaço de pergaminho, nada muito importante… Era para você levar só alguns minutos para encontrar. Onde você estava? — repetiu Dalton, com mais urgência, mas dessa vez Parisa não respondeu.

Independentemente de onde tivesse estado, tinha cada vez mais certeza de que fora Atlas Blakely quem a arrastou para fora.

· REINA ·

Perto das comemorações de fim de ano, eles receberam autorização para voltarem para casa, se quisessem, e Reina definitivamente não queria.

— Alguém não devia ficar aqui para cuidar das proteções? — perguntou a Dalton.

— Atlas e eu estaremos aqui — disse ele. — Além disso, é só um fim de semana.

— Eu não comemoro o Natal — comentou ela, insatisfeita com a inconveniência.

— A maioria dos medeianos também não comemora — concordou ele —, mas a Sociedade sedia seus eventos anuais durante as festas mortais.

Reina franziu a testa.

— Então a gente não está convidado para os eventos da Sociedade?

— Vocês são iniciados em potencial, não membros.

— Mas somos nós que moramos aqui.

— Sim, e ao final do ano um de vocês não permanecerá aqui, então não, vocês não estão convidados — disse Dalton, sem emoção.

A ideia de ir para casa (um conceito vazio de significado, assim como "família" e "horas adequadas de sono") era inaceitável. Chegava até a ser detestável. Ela estava no meio de um manuscrito fascinante que vira com Parisa, um trabalho medeiano sobre o estudo místico de Ibn Sirin sobre os sonhos, material que despertou a curiosidade de Reina acerca do conceito de reinos dentro do subconsciente. Nico também manifestara interesse pelo manuscrito, o que ela considerava um ponto de grande importância. Assim como as runas que pedira para ela traduzir, não havia como saber por que ele queria um livro sobre sonhos. Nico não tinha interesse em psicologia histórica, ou em qualquer coisa que não pudesse transformar num milagre da física (ficando muito mal-humorado quando não obtinha permissão para ser impressionante de um jeito que fugia à compreensão), mas, de qualquer forma, era bom ter alguém com quem conversar sobre o assunto. Em geral, os outros eram muito reservados quanto a suas pesquisas, guardando as teorias como se fossem segredos.

Nico sempre foi o mais receptivo com Reina, a ponto de convidá-la para ir a Nova York no recesso de fim de ano.

— Você vai odiar Max — disse ele, alegremente, enquanto os dois lutavam, se referindo a alguém que Reina entendera ser um dos colegas que moravam com ele. — Você vai querer matá-lo e cinco minutos depois de ir embora vai perceber que na verdade o ama. Já Gideon é o oposto — acrescentou. — Ele é a melhor pessoa que você vai conhecer na vida, e então vai perceber que ele roubou seu suéter favorito.

Reina fingiu que ia dar um forte gancho de direita, mas Nico leu aquele movimento como se já o soubesse de cor e salteado. Ele deslizou para trás com uma das mãos na bochecha, a outra descendo com uma arrogância inconcebível para combinar com a peculiaridade de seu sorriso. Então fez um breve gesto de *ah, não, tente de novo*.

A ideia de ficar num local ocupado por rapazes de vinte e poucos anos causou um incômodo nada agradável em Reina.

— Não, obrigada — respondeu ela.

Nico não era o tipo de pessoa que se ofendia com essas coisas e, como era de se esperar, não se ofendeu.

— Se é o que você quer... — disse ele, dando de ombros, desviando de um gancho enquanto Reina percebia que Libby os observava, aflita.

Ela estava ansiosa para ver o namorado, ou pelo menos fora o que dissera, embora Reina não tivesse comprado essa desculpa. O namorado de Libby (ninguém ali conseguia lembrar o nome dele, ou talvez Libby nunca tenha revelado essa informação) parecia ligar sempre nos piores momentos, e Libby ficava visivelmente irritada quando olhava para a tela. Ela negava o incômodo, é óbvio, com mais veemência para Nico, mas, pelo que Reina notava, reprimir uma careta era a resposta pavloviana padrão de Libby à menor menção a seu namorado.

Os outros cinco compartilhavam da relutância de Reina quanto ao breve recesso. Tristan parecia temer a ideia de partir, provavelmente porque para estar ali havia fechado uma imensa variedade de portas na vida; Parisa estava irritada por ser temporariamente chutada para escanteio, séria como sempre; Callum, como era de se esperar, não parecia se importar muito. Apenas Nico parecia ter algum interesse genuíno em ir para casa, mas em geral Nico era tão adaptável que Reina suspeitava que ele poderia tornar qualquer coisa confortável o suficiente para aguentar por um tempo.

Os últimos meses tinham sido relativamente pacíficos. Todos haviam entrado numa espécie de ritmo, e a ruptura da frágil paz parecia especialmente inconveniente, até mesmo perturbadora. É verdade que eles não haviam se *unido*, mas pelo menos se adequaram o suficiente para existirem no espaço físico um do outro sem o persistente clima de tensão. O tempo, pensou Reina, era uma coisa delicada, e as plantas da casa não escondiam o luto de sua ausência iminente.

No final, ela acabou decidindo ficar em Londres.

Reina nunca havia se aventurado além dos limites da mansão da Sociedade, então no momento era uma turista na cidade. No primeiro dia, visitou o Globe Theatre, depois andou pela Bridge. No segundo, fez um rápido passeio matinal pelo Kyoto Garden (as árvores estremeceram de alegria, vibrando com sussurros gelados enquanto contavam suas origens), seguido por uma visita ao Museu Britânico.

Estava olhando para a pintura de Utamaro da cortesã japonesa quando alguém pigarreou às suas costas, irritando-a, impaciente.

— Comprada — disse um cavalheiro sul-asiático, de cabelos finos, dirigindo-se a Reina em inglês.

— O quê? — inquiriu Reina.

— Comprada — repetiu ele. — Não roubada.

O sotaque não soava totalmente inglês; havia uma mistura de origens.

— Desculpe-me — prosseguiu ele. — Acredito que o termo técnico seja "adquirida". Os britânicos odeiam ser acusados de roubo.

— Como quase qualquer pessoa, acredito eu — disse Reina, esperando colocar um ponto-final na conversa.

Infelizmente, ela estava errada.

— Pelo menos há um pouco de utilidade nisso — continuou o cavalheiro. — Aqui os tesouros do mundo todo estão à mostra, não escondidos.

Reina assentiu, distraída, se virando para ir embora, mas o cavalheiro a seguiu.

— A cada dez anos, seis dos medeianos mais talentosos do mundo somem do mapa — observou ele, e Reina pressionou os lábios, apreensiva. — Alguns deles reaparecem dois anos depois em posições de poder e privilégio. Suponho que você não tenha teorias quanto a isso, certo?

— O que é que você quer? — perguntou Reina, incomodada.

Se fosse considerada grossa, tudo bem. Ela não sentia qualquer necessidade de ser educada.

— Pensamos que você estivesse em Tóquio — disse o homem. Uma continuação do pensamento anterior dele, se ela não o houvesse interrompido. — Estaríamos aqui antes, na verdade, mas você não é fácil de rastrear. Com uma família como a sua...

— Não tenho contato com a minha família — informou Reina. Eles não a queriam. Ela também não os queria. O que vinha primeiro não importava. — E também não quero ser importunada.

— Srta. Mori, se você me permitir só por um momento...

— Está na cara que você sabe quem eu sou — disse Reina. — Então você já não deveria saber que rejeitei todas as ofertas que recebi até agora? Seja lá o que você acha que aceitei, é mentira. E seja lá o que planeja me oferecer, também não tenho interesse.

— Certamente você deve sentir algum tipo de obrigação — disse o homem. — Uma acadêmica como você deve achar valioso ter acesso aos registros alexandrinos.

Reina ficou tensa. Atlas sempre disse que a Sociedade era conhecida entre certos grupos, mas, mesmo assim, ela odiava pensar que o lugar que tanto estimava podia ser mencionado com tamanha indiferença.

— Que bem há nos arquivos — pressionou o homem, vendo a expressão no rosto dela — quando apenas uma pequena parcela da população mágica do mundo pode aprender com eles? Pelo menos os artefatos *neste* museu são de acesso a todo o mundo mortal.

— O conhecimento deve ser protegido — disse Reina, se virando para ir embora.

O homem a fez parar.

— Há maneiras melhores de proteger o conhecimento que não sejam escondê-lo.

Outra versão dela até poderia ter concordado com o homem. No entanto, naquele momento, ela se limitou a lhe dar um pouco de atenção.

— Quem é você?

— Não se trata de quem eu sou, mas sim o que represento — respondeu o homem.

— Que no caso é...?

— Liberdade de informação. Igualdade. Diversidade. Novas ideias.

— E o que você acha que vai tirar de mim?

— A Sociedade é inerentemente classicista — disse o homem. — Apenas os medeianos altamente treinados vão alcançar essa posição, e os arquivos servem apenas para garantir um sistema elitista que não tem supervisão. Todos os tesouros do mundo sob um único teto — provocou ele —, com uma única organização para controlar sua distribuição.

— Não faço a menor ideia do que você está falando — retrucou Reina, na defensiva.

— Verdade, você ainda não se tornou um membro — concordou o homem, baixando a voz. — Ainda tem tempo para fazer outras escolhas. Ainda não está sujeita às regras da Sociedade, nem a seus segredos.

— Mesmo que essas coisas fossem verdade, o que você ia querer de mim? — murmurou Reina.

— Não é o que queremos de você, srta. Mori, mas o que podemos lhe oferecer. — O homem pegou um cartão no bolso e o entregou a ela. — Algum dia, se você se encontrar presa por conta da escolha que fez, pode entrar em contato com a gente. Garantiremos que sua voz seja ouvida.

O cartão dizia NOTHAZAI, que podia tanto ser o nome ou o pseudônimo do homem, e, na parte de trás, O FÓRUM, uma referência a uma subversão de tudo o que a Sociedade era. O Fórum Romano era um mercado de ideias, o espaço de reuniões mais celebrado do mundo. Era o centro de comércio, política e civilidade. Em resumo, enquanto a Sociedade se enclausurava atrás de portas fechadas, o Fórum era aberto a todos.

Mas, em primeiro lugar, havia um motivo para a Biblioteca de Alexandria ser forçada a se esconder.

— Vocês são mesmo o Fórum? — perguntou Reina, ainda olhando o cartão. — Ou são só uma máfia?

Quando ergueu o olhar, ele — Nothazai — a encarava.

— O que você consegue fazer não é segredo, Reina Mori — disse ele. — Pelo menos, o que você *poderia* fazer não é um segredo. Somos cidadãos não de um mundo escondido, mas de uma economia global, de toda uma raça humana. Vivemos num mundo complicado, sempre à beira do progresso e da regressão, e pouquíssimos recebem a oportunidade de causar mudanças verdadeiras. Poder como o da Sociedade não eleva este mundo, apenas o muda de mãos, continuando a segregar suas vantagens.

Era um argumento antigo. Por que ter impérios em vez de democracias? A resposta da Sociedade era óbvia: porque algumas coisas eram inaptas a governar a si mesmas.

— Pelo que entendi, você acha que não posso contribuir com nada de onde estou agora — comentou Reina.

— Acho que está bem evidente que você é uma mistura de muitas insatisfações, srta. Mori — disse Nothazai. — Você se ressente de todas as formas de privilégio, incluindo dos próprios, e ainda assim não mostra nenhum desejo de desfazer o sistema atual. Acho que algum dia você vai entender as próprias convicções, e, quando acontecer, algo a incentivará a ir em frente. Seja lá qual for a causa, espero que você considere a nossa.

— Você quer me acusar de algum tipo de tirania por tabela? Ou isso é uma consequência involuntária da sua tática de recrutamento? — indagou Reina.

O homem deu de ombros.

— Não é um fato comprovado pela história que o poder não foi feito para existir nas mãos de poucas pessoas?

— Para cada tirano, há uma sociedade "livre" que se autodestrói — argumentou Reina, que conhecia o suficiente de história antiga para entender as falhas do excesso de arrogância. — O poder não é para aqueles que farão mau uso dele.

— Não é pior a tirania vista como nobre?

— Ganância é ganância — disse Reina, com frieza. — Mesmo que eu aceitasse sua perspectiva quanto às falhas da Sociedade, por que eu deveria acreditar que suas intenções são diferentes?

Nothazai sorriu.

— Eu apenas suspeito, srta. Mori, que você logo mudará sua opinião sobre o assunto, e, quando isso acontecer, saiba que não ficará desamparada. Se precisar de um aliado, você terá um — ofereceu ele, se curvando.

A simetria do momento a lembrou de algo.

— Você é algum tipo de Guardião? — perguntou ela, pensando no cartão de Atlas Blakely.

Por alguma razão, ela se lembrou do que Atlas dissera sobre outros medeianos que podiam ter ficado com o lugar dela; um viajante, como ele especificara, fosse lá o que isso significava.

Seriam os membros do Fórum meros rejeitados da Sociedade?

— Não, eu não sou ninguém importante. O Fórum cuida de si mesmo — explicou Nothazai, e se virou para ir embora, mas então deu meia-volta. — A propósito — acrescentou, em um tom de voz baixo —, talvez você já saiba, mas Sato, a bilionária de Tóquio, acabou de ganhar a eleição especial do parlamento, desbancando o candidato em exercício.

A menção de Aiya era alarmante, embora Reina não tivesse deixado transparecer.

— Por que eu me importaria com Aiya Sato?

— Ah, tenho certeza de que ela não tem importância para você, mas é muito interessante. Afinal, foi ela quem desvendou a corrupção do conselheiro em exercício. É quase como se ela tivesse informações que o próprio governo não tinha. O conselheiro nega, é lógico, mas em quem acreditar? Não há evidências além das registradas no próprio dossiê de Sato, então talvez nunca saibamos.

Por um breve momento, Reina se lembrou do que Aiya tinha solicitado durante a breve interação delas na sala de leitura: um livro não marcado. Reina logo se livrou da lembrança, se esforçando para obscurecer o pensamento. Mesmo que Nothazai não fosse um telepata habilidoso como Parisa, havia outras maneiras de entrar na cabeça dela.

— Assassinatos — disse Nothazai. — Desenvolvimento de novas tecnologias que se enquadram nos direitos autorais mortais, mas nunca em domínio público. Novos armamentos vendidos apenas para a elite. Programas espaciais desenvolvidos em segredo para nações belicistas. Guerras biológicas não reportadas, doenças que apagam os inomináveis, deixados à margem da pobreza.

— Você culpa a Sociedade por essas coisas?

Eram alegações amplas, e até onde Reina considerou viáveis, irreconhecíveis.

— Eu culpo, sim, a Sociedade — afirmou Nothazai —, porque se não é trabalho dela causar tais atrocidades, então por que não assumir o esforço para preveni-las? Com certeza deve estar ganhando com isso.

Em algum lugar nos escritórios administrativos do museu, uma pequena samambaia morrendo de sede soltou um grito agudo e lamentoso.

— Alguém sempre sai ganhando — disse Reina. — Assim como alguém sempre sai perdendo.

Nothazai deu a ela um breve olhar decepcionado.

— Sim, imagino que sim. Tenha um bom dia, então — disse ele, e voltou a fazer parte do fluxo do museu, se afastando de Reina, que estudava o cartão.

Era uma coincidência estranha ele ter aparecido naquele momento. Ela tivera um pressentimento, não? Que algo atrapalharia a paz que tinha encontrado dentro da Sociedade no momento em que saísse de seus perímetros.

Entretanto, talvez aquele momento fosse estranho até *demais*, agora que Reina parara para pensar. Aquele tal Nothazai tinha uma suspeita e uma estreita janela de tempo para contatá-la sem as proteções da Sociedade. Restava apenas uma questão de horas antes que Reina tivesse que voltar à mansão, o que era um tempo bastante específico para se adivinhar.

Poderia aquilo ser mais um teste da Sociedade, assim como foi a instalação?

A ideia de que algo impediria Reina de ser iniciada na Sociedade era suficiente para que ela, intrigada, amassasse o cartão numa bola dura e indesejada.

Os outros podiam fazer o que bem entendessem com o poder. Reina jogou o cartão na lixeira e saiu para o ar frio, ignorando as mudinhas que brotavam entre as rachaduras da calçada. Aquele argumento de que ela deveria recusar a Sociedade para salvar o mundo era absurdo. Os poderes dela tinham que ser levados em consideração. O Fórum não seria o primeiro a sugerir que Reina sacrificasse sua autonomia para sustentar um planeta que tinha se superpovoado com irresponsabilidade? Aquilo era pedir demais, e Reina a vida toda fora confrontada com as demandas dos outros. Até mesmo, ou talvez em especial, com as demandas daqueles que não a queriam nem um pouco.

Dependendo do ponto de vista, Perséfone ou havia sido sequestrada ou fugira de Deméter para evitar ser usada. De qualquer forma, tornara-se uma rainha. O Fórum, fossem quem fossem, havia julgado Reina de modo errôneo quanto a ser livre de princípios, quando na verdade os dela eram óbvios: ela não sangraria por qualquer coisa.

Se este mundo sentia que podia tirar algo de Reina, que assim fosse. Ela também tiraria dele com prazer.

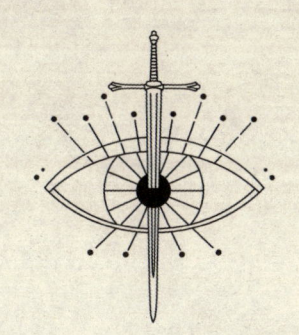

VI
PENSAMENTO

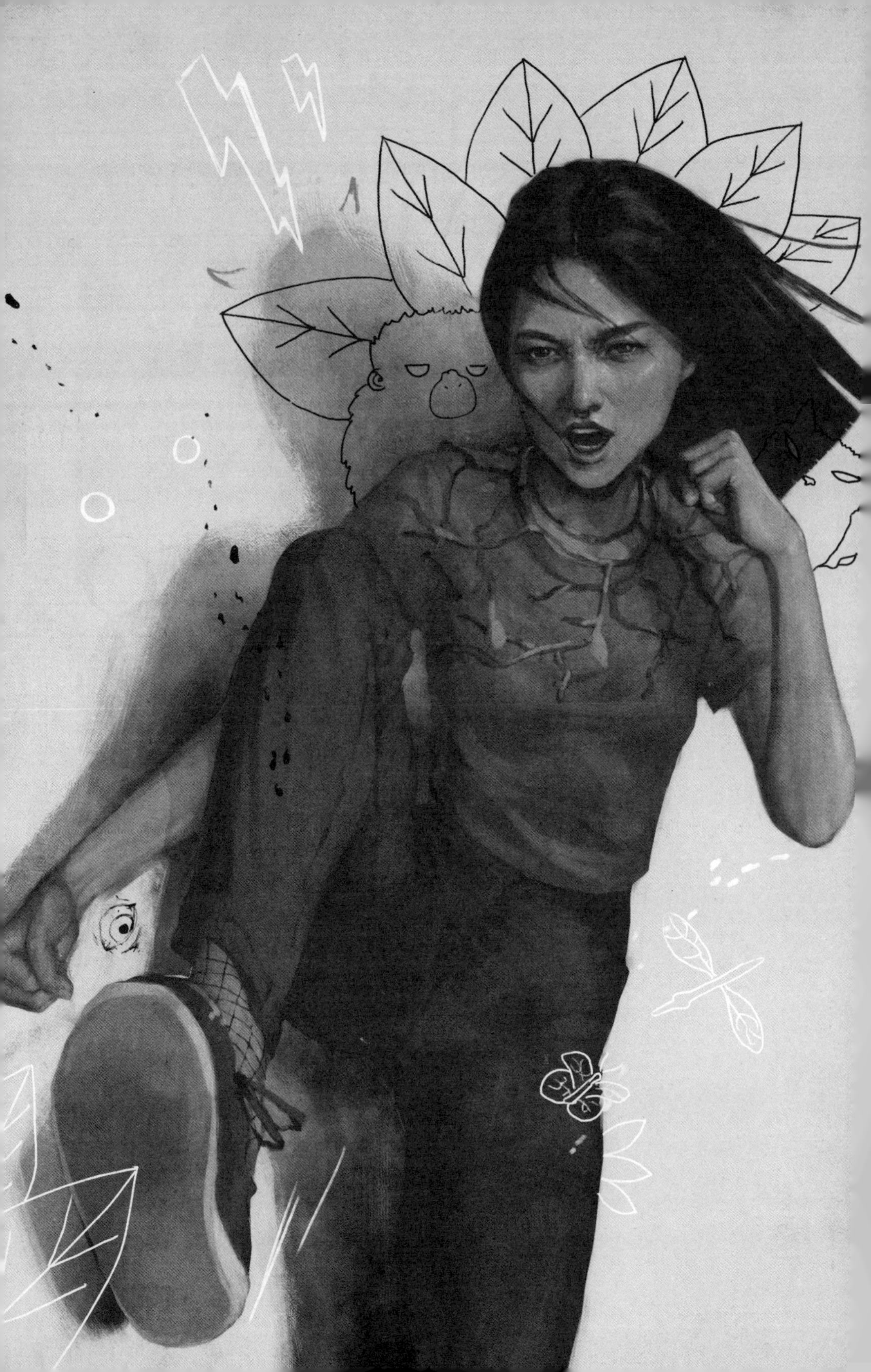

· LIBBY ·

Libby bateu a porta do apartamento, se virando e se deparando com Ezra à sua espera na sala, ansioso.

O ruim dos apartamentos de Manhattan era a impressionante falta de espaço para ficar sozinho. Isso e as paredes finas.

— Suponho que você estava ouvindo — disse Libby, áspera, e Ezra colocou a mão no bolso da frente, ganhando tempo antes de responder.

— Estava. — Ele pigarreou. — Escute, Lib…

Ela sabia o que viria a seguir. Para início de conversa, ela não havia chegado em casa sob a promessa de sexo e chocolates, ou sei lá o quê. A briga começara assim que Libby passara pela porta. E, dois dias depois, ainda não fora resolvida. O fato de Ezra ainda precisar dela para remoer o assunto de sempre, sobre onde Libby estivera e o que andara fazendo, estava começando a parecer desumano para os dois.

— Eu já falei — disse Libby, suspirando —, não vou contar nada para você, Ezra. Eu não posso.

— Sim, você já disse isso com todas as letras — respondeu ele, abrupto demais, e então fez uma careta, reconhecendo os subtons combativos em sua voz e recuando com cuidado. — Olha, eu não quero brigar sobre isso de novo…

— Então não brigue.

Libby se afastou da porta, de repente desesperada para estar em movimento. Ezra a seguiu, orbitando ao redor dela, e Libby achou que fosse sufocar.

— Só estou preocupado com você, Libby.

— Não fique.

Talvez um tom mais suave ajudasse. Não que ela tivesse um para usar.

— Então o que devo fazer? — Ezra estava magoado e suplicante, de cabelo bagunçado e descalço, um retrato da intimidade doméstica em plena exibição implacável. — Você volta depois de seis meses sem falar nada? Beleza, tudo bem. Você não pode me contar onde esteve? Tá certo. Mas agora há pessoas batendo na nossa porta e te chateando, e você está tentando... o quê? *Escondê-las* de mim?

— Exatamente. Porque isso não tem nada a ver com você — retrucou Libby, ainda demonstrando uma impaciência brusca. — Eu sempre soube que você não confiava em mim, Ezra, não de corpo e alma, mas isso está saindo de controle...

— Isso não tem nada a ver com confiança, Libby. É a sua segurança que está em jogo. — De novo *aquilo*. — Se você está preocupada com alguma coisa, ou se está metida em algo...

Ela fechou a mão.

— Então você acha que sou burra o bastante para me meter em confusão e precisar da sua ajuda para resolver. É isso?

— Libby, não comece. — Ezra suspirou. — Você é minha namorada. Você é importante para mim. Você, para o bem ou para o mal, é minha responsabilidade, e...

— Ezra, me escute com atenção, porque esta é a última vez que vou dizer isso. — Ela deu alguns passos para diminuir a distância entre eles, encerrando a última discussão que planejava ter naquele dia. — Eu *não* sou sua — anunciou ela, séria.

Libby não esperou para ver se o namorado diria algo em resposta. A expressão no rosto dele sugeria que, fosse lá o que viria a seguir, ela não ia gostar. Libby pensou em fazer uma mala, em invocar suas coisas. Pensou em gritar ou chorar ou fazer exigências; em geral, armar um barraco.

Mas, no fim, era tudo tão exaustivo que ela apenas se virou e abriu a porta do apartamento, apenas com a certeza de que precisava sair dali.

Deixou que Ezra a visse partir.

E assim que saiu percebeu: um casaco teria sido uma boa ideia. Libby tremeu na escuridão do lado de fora da pizzaria abaixo do prédio e desviou de um universitário ao olhar na direção do prédio de Nico. Era uma ideia, sem dúvida, mas se havia alguém pouco compreensivo — ou até compreensivo, mas de uma maneira *extremamente* inútil — seria Nico, que odiara Ezra à primeira vista.

Isso para não mencionar que, se fosse até Nico, Libby teria que contar a respeito da visitante que acabara de receber.

— Elizabeth Rhodes? — perguntara a mulher com sotaque do Bronx. Se não fosse o lenço caro enrolado ao redor do seu cabelo natural, ela poderia ser confundida com aqueles ativistas que abordavam pessoas na rua para falar sobre o meio ambiente ou veganismo, ou até dos perigos de colocar em risco suas almas imortais. — Se eu puder ter um minutinho de seu tempo...

Libby estremeceu e piscou para se livrar da lembrança, indo em direção à estação de trem.

Perguntou-se por que eles nunca foram avisados de que outras organizações podiam tentar recrutá-los. Tudo bem, Atlas mencionara a existência do Fórum, mas tinha deixado de fora que, naqueles dois dias, eles ficariam vulneráveis a abordagens como aquela.

Era algum tipo de teste, como a instalação? A lealdade dela estava sendo colocada à prova?

— Srta. Rhodes, certamente você já refletiu sobre o elitismo natural promovido pela mera existência da Sociedade — comentara a mulher, Williams. — Ninguém mais na sua família é magicamente treinado, certo? Mas eu me pergunto — dissera, com suavidade —, será que a Sociedade não poderia ter salvado sua irmã se tivessem compartilhado o que sabiam?

Era uma pergunta que Libby se fizera centenas de vezes. Na verdade, por um tempo lhe tirara o sono, em especial quando foi abordada pela UAMNY. Os pensamentos, tortuosos e destrutivos, sempre eram os mesmos: se ela soubesse mais, ou se tivesse sido treinada mais cedo, ou se alguém tivesse lhe contado antes...

Mas ela já sabia a resposta. Por anos, ela pesquisara incansavelmente.

— Não há cura para doenças degenerativas — respondera Libby, com a confiança de alguém em posse de um conhecimento íntimo e sombrio do assunto.

Williams arqueou a sobrancelha.

— Tem certeza?

As palavras PEDIDO NEGADO flutuaram com relutância na mente dela.

Com certeza era algum tipo de armadilha. Fosse um teste ou não, não havia dúvida de que se tratava de uma armadilha. Alguém estava brincando com a história de vida dela, manipulando-a com o assunto, e Libby pouco se importava. Se havia uma coisa que ela aprendera trabalhando com Callum era que sentir muito ou muito intensamente apenas significava que ela não estava pensando com a cabeça.

Não era culpa da Sociedade, argumentou Libby em resposta, que o capitalismo impedisse que o sistema de saúde medeiano estivesse disponível para mortais. Se os métodos medeianos eram precificados de acordo com empatia, então sim, ótimo, talvez pudessem culpar a pesquisa por existir sem o conhecimento de todos — mas primeiro teria passado tanto por corporações mortais quanto medeianas. Teria tido um custo tão elevado que, mesmo se uma cura existisse, teria levado a família dela à falência.

— Então sua irmã mereceu morrer? — perguntara Williams, sem rodeios.

E foi então que Libby bateu a porta com tudo.

Fazia anos que ela não falava sobre Katherine. Nem mesmo com Ezra. Ela pensava na irmã de tempos em tempos, mas apenas a certa distância, como se fosse algo que mantivesse afastado, mas não muito. Para não enlouquecer, Libby tinha descartado o ato de se perguntar se algo poderia ter sido feito. De repente, a ideia de que um estranho pudesse ter trazido tudo à tona parecia um pouco sinistra e com certeza indesejada. Em especial considerando o que Libby tentou e não conseguiu descobrir.

Teria sido aquilo coisa da Sociedade? Eles saberiam de Katherine Rhodes, que Libby chamava de Kitty quando criança, a filha que os pais delas adoravam, e com razão. Katherine morrera aos dezesseis anos, quando Libby tinha treze, definhando numa cama de hospital aos caprichos de um corpo sem magia que aos poucos a matou. Os administradores na UAMNY, quando perguntados, disseram a Libby que as habilidades dela provavelmente só haviam se desenvolvido quando o estresse de perder a irmã arrefeceu. Katherine, disseram eles, estivera doente por anos, demandando a atenção dos pais delas, e, portanto, Libby não teria focado nas próprias habilidades mesmo se tivesse percebido que as tinha. Seria necessário empenho para recuperar o tempo perdido, apontaram eles.

— Eu poderia ter salvado a minha irmã? — perguntara ela na época, porque a culpa do sobrevivente era mais intensa em retrospecto.

— Não — responderam. — Não existe nada que pudesse reverter ou retardar os efeitos da doença dela.

Libby precisara de dois anos de pesquisa doentia para provar que eles estavam certos, e então mais dois para enfim deixar os pensamentos sobre a irmã descansarem. Se não fosse por Nico, ela talvez não tivesse conseguido.

— Ah, engole isso, Rhodes, todos nós temos problemas. Não significa que você pode desperdiçar o tempo que ela nunca teve — disse ele depois de ouvir a confissão de Libby sobre o assunto, no auge dos surtos das provas finais. Era óbvio que ela cometera um erro enorme.

Ao ouvir isso, Libby deu um tapa nele, e Ezra interferiu para acalmá-la. Nico foi enviado para a detenção, e Libby disse a si mesma que seria melhor do que ele em todas as disciplinas, mesmo se isso a matasse.

Ela beijou Ezra pela primeira vez naquela mesma noite.

A Sociedade devia saber de tudo aquilo, menos os detalhes inconsequentes da vida pessoal dela. Eles deviam saber de Katherine, então talvez aquilo *fosse* um teste — mas, de novo, qualquer pessoa com o mínimo de dedicação descobriria com facilidade a história de origem dela. Uma medeiana que demorara a se desenvolver e que tinha uma irmã morta? Não era exatamente complicado montar o quebra-cabeça, em especial para uma organização com recursos sem iguais. Ou a Sociedade sabia exatamente como perturbá-la para testar sua lealdade, ou o Fórum quisera dar a ela um motivo convincente para duvidar da Sociedade.

De qualquer forma, havia apenas um lugar em que Libby queria estar naquele momento.

Depois de andar sem rumo pelas ruas de Manhattan com uma trilha de fumaça em seu encalço, Libby atravessou as portas da Grand Central e pegou as escadas, encontrando os transportes medeianos para levá-la de volta a Londres. Tecnicamente, era cedo demais para voltar — eles foram instruídos a só fazer isso no dia seguinte —, mas ela ajudara a construir a segurança da mansão, não fora? Duas vezes, ainda por cima. Nada nas proteções seria suficiente para impedir a entrada dela. Para todos os interesses e propósitos, a saída deles fora mais um pedido educado do que uma ordem oficial.

Libby se transportou através das proteções até o terreno da mansão, passando pela porta da frente em vez de entrar pelo portal de visitante da ala oeste. Voou pela grande sala, se preparando para virar à direita em direção à sala de leitura, mas parou ao ouvir o eco distante de vozes, uma onda de som baixa, denunciando tons sussurrados. Escutando com atenção para identificar de onde vinham, franziu a testa e rapidamente se virou na direção oposta, avançando a caminho da sala pintada.

Ah, então ela não fora a única a voltar correndo.

Parisa e Tristan estavam no chão da sala pintada, com as costas viradas para o fogo crepitante, bebendo uma garrafa de alguma coisa. Tinham deixado o restante da sala no escuro, a mesa e os livros mergulhados nas sombras, cortinas afastadas ao redor da abside circular para captar um pouco de luz na noite sem lua.

Em geral, quando entrava naquela sala, Libby a via como no dia em que tinha parado o tempo sob a ponta dos dedos: a luz aquecendo o teto pintado e abobado, o vulto do relógio na cornija, a mão de Tristan leve como uma pluma em seu peito. No entanto, aquilo parecia diferente. Era como invadir um mundo diferente, um universo distante.

Parisa, como sempre bonita de um jeito que chegava a ser injusto, descansava a cabeça no colo de Tristan, o cabelo escuro espalhado sobre as coxas dele, a fenda no vestido dela tão aberta que a perna toda estava à mostra, quase até o quadril. A camisa de Tristan também estava aberta, deixada um pouco folgada e revelando a curva do peito dele abaixo da sombra da clavícula. Um sorriso lânguido tomava conta de seus lábios, embora estivesse um pouco distorcido pela garrafa que Tristan levava à boca. Ele engoliu com uma risada, e Parisa ergueu a mão sem olhar, a ponta dos dedos roçando a boca dele.

Ao vê-los, o tempo parou para Libby outra vez. Era como se tivesse sido enfeitiçada.

Não que Libby já não soubesse que Parisa e Tristan estavam dormindo juntos. Bem, ela não *sabia* exatamente, mas não estava surpresa por agora ver com os próprios olhos as evidências. A verdade é que eles não tinham muitas escolhas dentro da casa, e, se Nico já dissera com todas as letras que Parisa era a primeira escolha dele, não seria surpresa para ninguém que ela também fosse a de Tristan.

Libby pensou outra vez na mão de Tristan em seu peito e engoliu em seco, afastando a lembrança.

Ela não ligava para o que os dois faziam. Afinal de contas, tinha um namorado.

Um namorado com quem acabara de brigar.

Um que ela preferia não ver.

Mas...

Mas.

Mesmo assim um namorado.

— Olha, você parece meio atordoada — disse Parisa. Ela se ergueu, pegando a garrafa das mãos de Tristan e olhando para Libby, parada na soleira. — Talvez deva se juntar à gente.

Libby pestanejou, pega de surpresa. Não tinha percebido que eles a tinham notado ali.

— Eu... — começou ela, a voz falhando. — Isso é... isso obviamente é privado, então...

— Tome um gole, Rhodes. — A voz de Tristan era um ronco baixo, os olhos dele sombriamente divertidos. — Está escrito na sua testa que você precisa disso.

— Nós não mordemos — acrescentou Parisa. — A não ser que você curta esse tipo de coisa, lógico.

Libby se virou para eles, ainda compelida a sair da sala de leitura.

— Eu só ia...

— Seja lá o que for, ainda vai estar lá pela manhã, Rhodes. Sente-se.

Tristan apontou com o queixo para o lugar ao lado dele no chão.

Libby hesitou, sem saber se aquela era sua escolha ideal de companhia, mas a ideia de não estar sozinha era... tentadora. E Tristan tinha razão, quer soubesse ou não. A tarefa de voltar a surtar poderia ser facilmente retomada na manhã seguinte.

Ela deu um passo à frente, e Parisa sorriu, aprovando, e lhe entregou a garrafa. Libby se deixou cair do outro lado de Tristan, dando um gole.

— Nossa — disse ela, se encolhendo enquanto o líquido descia queimando. — O que é isso?

— Conhaque — respondeu Parisa. — Com alguns toques de especiarias fermentadas a mais.

— O que significa...

— Significa que é absinto — disse Tristan. — É absinto.

— Ah. — Libby engoliu, já um pouco descompensada pelo efeito daquele único gole.

— Deixe-me adivinhar... — Parisa suspirou, se esticando sobre Tristan para pegar a garrafa de Libby. — Você não é muito de beber?

— Não exatamente — respondeu Libby.

Parisa levou a garrafa aos lábios, que estavam manchados de um tom vermelho-escuro. O vestido era azul-marinho, quase preto, e Libby no mesmo instante desejou ter a sofisticação necessária para usar um look daqueles.

— Tem outras coisas aqui que você pode usar — observou Parisa, rindo, com os lábios colados na garrafa.

Libby sentiu as bochechas queimarem. Mesmo com suas melhores tentativas de se defender telepaticamente, Parisa sempre acabava ouvindo mais do que Libby deixava.

— Eu quis dizer que nunca poderia usar algo tão... — Ela tossiu. — Eu só não sou boa em seguir as tendências.

Parisa se inclinou para a frente, devolvendo a garrafa a Libby. A alça do vestido casualmente escorregara de seu ombro, flutuando no que Libby agora percebeu exigir a ausência de um sutiã.

— Minha proposta ainda está de pé — afirmou Parisa enquanto Libby levava a garrafa aos lábios, e Tristan riu quando ela engasgou.

— Você também deve ter recebido uma visitinha do Fórum — disse ele para Libby, que acabara de se recuperar de uma explosão de tossidas regadas a absinto. — Que revelação profunda eles fizeram sobre você?

— Me diz você — retrucou Libby, dando outra golada.

A última coisa que queria era ter aquela conversa estando sóbria. Ela já se sentia imatura e inepta o tempo todo.

— Bem, infelizmente foi tudo muito entediante. Meu pai é um chefão do crime, sabe, essas coisas — disse Tristan, acrescentando, diante da confusão de Libby: — Um cara difícil e desagradável. Mas um bruxo adequado.

— Sério?

— Você nunca ouviu falar em Adrian Caine? — questionou Tristan. Libby balançou a cabeça, e o sorrisinho de Tristan falhou um pouco. — Estou brincando. Não esperava que você frequentasse a parte baixa e decadente de Londres.

— Ele é tipo o Poderoso Chefão? — perguntou ela.

— Um pouco. Só que menos paternal. — Tristan pegou a garrafa da mão dela, não se importando em esperar que ela a soltasse antes de dar um longo gole. — Ele ia adorar você — completou depois de engolir, sacudindo-se como um cachorro.

Libby o olhou de esguelha, esperando para ver se aquilo fora um insulto. Tristan a encarou e arqueou uma sobrancelha, ansioso.

Não pareceu ter sido um insulto.

— E eu, é lógico, sou uma puta — disse Parisa, e Libby tornou a engasgar. — Tenho certeza de que existe uma palavra melhor, mas no momento não vou me dar ao trabalho de pensar em nenhuma.

— Uma acompanhante de luxo, talvez? — sugeriu Tristan.

— Não, nada tão profissional. Mais como uma galanteadora excepcionalmente talentosa — disse Parisa. — Começou depois que me formei na escola em Paris. Não — corrigiu-se ela, relembrando —, acredito que tecnicamente começou *enquanto* eu estava na escola, embora na época fosse só um hobby. Sabe, uma coisa meio Jogos Olímpicos, que só celebram as conquistas dos amadores.

Libby deixou as perguntas para Tristan.

— Suponho que tudo começou com um professor?

— Claro, como era de se esperar. Os acadêmicos são os mais brutalmente carentes, ou pelo menos eles se convenceram disso. Na verdade, todos são obscenos por igual, só que viviam num fragmento de realidade tão estreito que nunca saíam dos escritórios para ver quem mais estava trepando.

— Você quer dizer trepando com você ou trepando no geral?

— No geral — confirmou Parisa —, embora eu também me encaixe aí.

Tristan deu uma risadinha.

— E depois disso?

— Um senador francês.

— Um avanço e tanto, não?

— Na verdade, não. Os políticos são os menos perspicazes e os primeiros a ficar fora de validade. Mas é sempre importante ter um e depois jogar fora.

— Pelo menos foi divertido?

— Nem um pouquinho. Foi o meu caso mais breve, e o de que menos gostei.

— Ah. E depois do senador...?

— Um herdeiro. Depois o pai dele. Depois a irmã. Mas eu nunca fui muito do tipo que gosta de feriados em família.

— Entendo. Você tinha um favorito?

— Óbvio — respondeu Parisa. — Eu amava o cachorrinho deles.

Libby olhou de um para o outro, perplexa. Não entendia como eles conseguiam falar tão abertamente e com tanta... *irreverência* sobre as aventuras sexuais de Parisa.

— Ah, é que isso o conforta, sério — disse Parisa, respondendo aos pensamentos de Libby, encontrando o olhar dela. — Não que ele vá admitir. Saber a verdade sobre minha natureza sórdida apenas confirma as mais profundas suspeitas de Tristan sobre a humanidade. Tenho certeza de que Tristan poderia ser esfaqueado no meio de um orgasmo e ainda assim encontrar forças para gemer "eu estava certo" antes de sucumbir ao abraço cavernoso da morte.

— Você tem razão, mas a partir de agora vou ficar atento a facas — disse Tristan, ambíguo, o que deveria ter sido a confirmação do envolvimento dele com Parisa, mas só deixou Libby mais desnorteada.

Eles estavam juntos ou não?

— Não estamos — disse Parisa —, e ele gosta de você, Rhodes. Não gosta, Tristan? — perguntou ela, se virando para ele.

Tristan sustentou o olhar de Parisa por um momento enquanto as entranhas de Libby davam um nó num silêncio desconfortável, o resto dela incerto sobre como reagir. Fora uma piada, claro. Verdade seja dita, Parisa podia ler mentes, mas não era isso. Obviamente ela só estava provocando.

Ou não?

— Acho que gosto de Rhodes o bastante — foi a resposta decepcionante de Tristan, e Libby achou que aquele seria um momento maravilhoso para uma mudança de assunto.

— Então o Fórum tentou… chantagear vocês? — perguntou a eles, pigarreando. — Extorquir vocês ou algo assim?

— Algo assim — confirmou Parisa, revirando os olhos. — E eu teria pensado no assunto, só que a abordagem deles foi muito desagradável. Tão descarada e direta. — Ela estremeceu, desaprovadora. — Tive casos tórridos com menos indecência.

— Você pensou *mesmo* no assunto? — disse Libby, de certa forma incapaz de diferenciar entre a queimação no estômago e aquela no peito só de considerar a situação. — Sério mesmo? — A voz dela, muito para seu desagrado, estava aguda de descrença. — Mas e se for…

— Uma armadilha? Duvido — interrompeu Parisa. — Não parece o estilo da Sociedade.

— Mas a instalação…

— Foram eles nos colocando como alvos — disse Tristan —, mas não exatamente uma armadilha.

Libby supôs que ele tinha razão, embora não conseguisse se lembrar do argumento de Parisa.

— Mesmo assim. Você considerou aceitar a oferta do Fórum?

— Lógico — confirmou a outra, pegando a garrafa das mãos de Libby e parando-a diante de Tristan.

Eles trocaram um olhar, e Tristan arqueou a sobrancelha. Então inclinou a cabeça para trás, permitindo que Parisa despejasse um pouco de absinto garganta abaixo. Ele lambeu o excesso de líquido dos lábios, engasgando-se num riso enquanto Parisa derramava a bebida no queixo dele.

— Ops — disse ela, limpando com os dedos antes de levar a garrafa aos próprios lábios. — Enfim… — Ela engoliu e devolveu a garrafa a Libby. — Não é como se eu já tivesse qualquer motivo para jurar lealdade à Sociedade. Ainda não fui iniciada, né?

— Bem, não — concordou Libby, franzindo a testa ao aceitar a garrafa. — Mas, mesmo assim, isso não é um pouco...

— Desonesto? — sugeriu Parisa. — Talvez, embora eu dificilmente seja conhecida por minha fidelidade. — Ela olhou para Tristan de esguelha. — E você?

— Eu? Bem, eu sou um homem de uma mulher só, srta. Kamali — disse Tristan, dando um sorrisinho. — Na maior parte do tempo.

— Na maior parte do tempo — repetiu Parisa, assentindo. — Mas certamente não o tempo todo?

Libby deu um longo gole na garrafa, de repente sentindo que ia precisar de muito mais do veneno que estava bebendo.

— Por que, há... — começou Libby, e Parisa virou-se para ela. — Posso te perguntar...?

— Por que sexo? — completou Parisa, e as bochechas de Libby tornaram a queimar, completamente imersas em vergonha. — Porque eu gosto, Elizabeth. E porque a maioria das pessoas são idiotas que pagarão por isso, sem falar que existir em sociedade custa dinheiro.

— Eu sei, mas não é... — Ela deixou as palavras morrerem. — Bem...

— Você quer saber se eu acho degradante fazer sexo com pessoas por dinheiro, é isso? — adivinhou Parisa, seca.

Imediatamente, Libby desejou não ter dito nada.

— Eu só... Você obviamente é muito talentosa, e...

— E eu uso meus talentos bem — concordou Parisa, enquanto Libby levava a garrafa de volta aos lábios de qualquer jeito, apenas para fazer algo com as mãos. — E são atitudes como a sua que garantem que minha oferta nunca será recusada. Afinal de contas, se todos nós pudéssemos ter sexo satisfatório e à vontade quando bem entendêssemos, por que seríamos monogâmicos? Estigmas como o seu a mantêm subjugada, sabia?

Parisa inclinou a garrafa de Libby para cima para garantir um gole maior.

Libby sentiu o líquido ser derramado pelas laterais da boca e fechou os olhos marejados enquanto Parisa ria, afastando a garrafa. O gosto de anis marinou na língua de Libby, desconhecido e peculiar.

— Você não odeia a necessidade do apego emocional? — murmurou Parisa, a ponta dos dedos roçando o pescoço de Libby antes de brincar, distraidamente, com as pontas do cabelo dela. — Os homens em especial são exaustivos, eles sugam tudo da gente. Demandam que a gente carregue os fardos deles, que conserte seus males. Um homem está sempre em busca de uma boa mulher, mas o que nos oferecem em troca?

Lampejos de sua irritação com Ezra passaram pela mente de Libby.

— Se fosse outro dia, eu teria uma resposta melhor para isso — murmurou ela, e sentiu a recompensa vindo na forma da risada mais desdenhosa de Tristan contra seu cotovelo. Ela mudou de posição no chão, se inclinando para perto do peito dele, e deixou a vibração da alegria dele reverberar agradavelmente em seus ossos. — Mas, mesmo assim, você é uma telepata, Parisa. Vocês são raros, e você é excepcionalmente boa, eu sei que é. Eu só... — Libby deu de ombros. — Não vejo o que você ganha com isso.

— Você não faz coisas para tornar outras coisas mais fáceis para você? — questionou Parisa. — Você não usa sua magia para subir escadas, mas desafia a gravidade mesmo assim, não é?

— E daí? — perguntou Libby. Tristan se inclinou para a garrafa, os dedos roçando os dela enquanto ela mergulhava ainda mais no abrigo oferecido pelo peito dele. — Não vejo o que uma coisa tem a ver com a outra.

— Bem, porque para você sexo é algo puramente físico, quando na verdade as mentes se abrem junto com todo o resto — explicou Parisa. — Tentar dominar a mente de alguém, subjugá-la com a sua própria, é desperdício de tempo. Quando ele está dentro de mim, mal preciso erguer um dedo para saber exatamente o que ele é, o que ele quer. Ele mesmo me dirá sem que eu tenha que perguntar. Então por que imprimir minhas demandas sem necessidade, desperdiçando energia e esforço? Posso fazer as pessoas serem leais a mim apenas oferecendo algo que elas querem acima de todas as coisas, algo que não me custa nada dar.

Aquilo fazia um pouco de sentido para Libby. Os braços de Tristan a envolveram enquanto ele ajustava a postura, tocando o centímetro de pele entre o cós da calça jeans dela e a bainha do suéter. Sem querer, ela encarou o peito dele.

Tristan tinha uma pequena cicatriz ali.

— Então você os usa... — disse Libby, pigarreando e voltando a atenção para Parisa. — Esses seus... amantes?

— Eu *desfruto* deles — corrigiu Parisa —, e eles desfrutam de mim.

— E são só homens?

Parisa umedeceu os lábios, abrindo um sorrisinho.

— A maioria das mulheres se apaixona menos pelos parceiros que escolhem e mais pelo simples desespero pela aprovação deles, famintas por devoção — disse ela. — Elas querem, em geral, serem tocadas, já que ninguém mais pode tocá-las, e a maioria delas erra ao pensar que isso requer romance. — Parisa se inclinou à frente, pegando a garrafa das mãos de Libby. — Mas no momento em que nos damos conta de que podemos nos sentir realizadas sem carregarmos o fardo de pertencer à outra pessoa, quando percebemos que podemos experimentar o arrebatamento sem ser a outra metade de uma pessoa, e, portanto, comprometidas às fraquezas delas, às faltas e falhas e às muitas fraturas insuportáveis delas, então somos livres, não somos?

Libby levou um momento para perceber que Parisa havia deixado a garrafa de lado, esquecida. Em vez disso, estava sentindo o braço de Tristan em suas costas e envolvida pelo aroma de rosas no cabelo comprido de Parisa, caindo como uma cortina ao alcance das mãos. Ela podia ver o brilho suave de álcool nos lábios da outra, e a alça do vestido de seda que ela ainda não tinha arrumado, escorregando mais pelo ombro. Libby podia ouvir o tom de sugestão na voz dela, tão excitante quanto o absinto, tão quente quanto o ruidoso fogo crepitante.

— Você subestima seu poder, Libby Rhodes — disse Parisa.

Libby prendeu a respiração quando Parisa se aproximou, meio montada no colo de Tristan, para segurar o rosto dela, colocando seu cabelo atrás da orelha. Libby, perplexa, ficou totalmente imóvel enquanto os lábios de Parisa roçavam os seus, quentes e macios. Delicados e convidativos. Ela estremeceu um pouco apesar do calor e, enquanto isso, a mão de Tristan subiu por sua coluna, viajando com cuidado pelas costelas. Libby retribuiu o beijo de Parisa, hesitante, com leveza.

— Você está brincando comigo — sussurrou Libby na boca de Parisa, murchando um pouco com a agonia.

Parisa se afastou e olhou para Tristan.

— Beije-a — sugeriu. — Ela precisa ser convencida.

— E você vai deixar que eu a convença? — disse Tristan secamente, enquanto o coração de Libby martelava no peito. — Pensei que essa fosse a sua especialidade.

Parisa olhou para Libby, rindo melodicamente.

— Ah, mas ela não confia em mim — murmurou, estendendo a mão para brincar com o cabelo de Libby outra vez. — Ela está curiosa quanto a mim, tudo bem, mas, se eu fizer, ela vai se levantar e sair correndo.

Parisa deixou a mão descer, escorregando a palma sobre o relevo das costelas de Libby.

— Não estou brincando com você — disse, suavemente. — Eu adoraria provar você, srta. Rhodes. — Isso fez Libby se arrepiar de novo. — Mas não é só isso. Você é útil, Libby. Você é poderosa. Você — concluiu Parisa com outro beijo breve — é alguém que vale a pena conhecer bem, e por completo, e... — Ela se interrompeu, a ponta dos dedos subindo pela parte interna da coxa de Libby. — Talvez profundamente.

Libby se assustou com o som que saiu dos próprios lábios.

Parisa ergueu uma sobrancelha, entendendo tudo, e então se virou para Tristan.

— Beije-a — repetiu. — E faça direito.

— E se ela não me quiser? — perguntou ele, olhando para Libby.

No momento em que seus olhos se encontraram, Libby tentou conjurar Ezra: o cabelo selvagem ou a intimidade dele, tudo que ela — em algum ponto — amara. Tentou pensar em alguma coisa, qualquer coisa, para lembrar que o deixara em casa, o deixara para trás, mas podia ver apenas vislumbres de sua própria frustração, sua fúria, sua irritação. Ela tentou, inutilmente, imaginá-lo.

Em vez disso, viu apenas Tristan.

Desamparada, Libby sentiu as batidas do coração como uma vez acontecera sob o toque de Tristan, ricocheteando em seu peito como tambores. Ela tinha parado o tempo com ele, uma vez. Este era o problema: dentro daquelas paredes ela não era de Ezra, não era um dos objetos, posses ou animais de estimação dele, mas sim inteiramente dela mesma. Libby parara o tempo! Ela havia recriado um mistério do universo! Ali ela havia feito o que queria e o fizera bem.

Libby era poderosa por conta própria. Não precisava da supervisão de Ezra. Nem a queria.

— Você precisa me dizer o que quer, Rhodes — disse Tristan, esperando, e se a voz dele estava tomada por algo, talvez fosse culpa do absinto.

Ou talvez fosse o olhar dele, um olhar de quem já estava despindo-a, beijando-a, arrancando suas roupas íntimas com os dentes. De quem já a admirava dos pés da cama, os amplos ombros presos entre as coxas dela.

— Eu conto a ele ou você conta? — perguntou Parisa com um riso baixo, lançando a Libby um olhar revelador.

Ela acariciou a bochecha de Tristan com o nó de um dos dedos, provocando-o, roçando a boca dele, o canto dos lábios.

Libby não conseguia decidir o que era mais preocupante: os pensamentos que estava tendo sobre Tristan, ou o fato de que Parisa podia vê-los e ainda não acreditava que Libby era capaz de fazer o que queria.

E *o que* ela queria?

Libby olhou para Tristan e sentiu outra vez — aquele pequeno oscilar, o pulso do tempo parando. Tinha sido tão fora do comum para ela, algo que envolvia muito mais sentimento e instinto do que qualquer coisa que já tivesse feito antes. Fosse resultado da perda da irmã ou obra de sua própria psique, Libby pensava constante e implacavelmente. Ela sempre oscilava entre estados de preocupação ou apreensão ou, na maioria dos casos, medo. Medo da ineptidão, medo do fracasso. Medo de fazer errado, de não fazer direito. Medo de ser a filha decepcionante que estava viva em vez da filha brilhante que estava morta. Libby sempre tinha medo, exceto quando colocava Nico no lugar dele, ou era tocada por Parisa. Ou quando deixava Tristan guiá-la cegamente, forçando-a a confiar em algo que não podia ver.

Libby segurou o rosto de Tristan e o puxou para perto, grudando os lábios dele nos seus, e ele soltou um som na boca dela que era ao mesmo tempo surpresa e alívio.

Ela o beijou.

Ele a beijou.

Já foi bastante emocionante ter a língua de Tristan em sua boca, o braço dele enrolado com firmeza em sua cintura, mas então Libby estendeu a mão, encontrando a seda do vestido de Parisa. A mão de Parisa deslizou pelo quadril dela, e quando Tristan se afastou, recuperando o fôlego, Parisa beijou o pescoço de Libby, a ponta da língua traçando uma linha. Libby deslizou a mão hesitante pela coxa de Parisa e Tristan gemeu em sua boca — o que só podia dizer que a outra mão de Parisa devia ter encontrado um local igualmente bom.

Aquilo estava mesmo acontecendo? Parecia que sim. Restos do absinto queimaram no peito de Libby, dispersando seus pensamentos. Tristan a puxou para o colo e Parisa tirou o suéter dela, jogando-o de lado para se juntar à garrafa quase vazia.

Por um momento, um pensamento um tanto lúcido passou pela mente de Libby antes que tudo voltasse às sensações iniciais: mãos, línguas, lábios, dentes. De alguma forma, o peito de Tristan estava nu, e ela cravou as unhas nos músculos ali, a pele dele faiscando onde ela o tocava.

As coisas progrediram apressadas, drásticas, eufóricas. Libby provou os dois, como goles feitos na garrafa, e cada um deles a tratava como se fosse a pessoa que ri por último. Se ia ou não se arrepender, deixaria para descobrir no dia seguinte.

— Não quero acordar sozinha — sussurrou Libby no ouvido de Tristan, e foi baixinho e frágil, cristalino, como vidro se quebrando, a lasca de um fio de cabelo quebrado que surgiu de uma base fraca.

A vulnerabilidade dela estava perdida entre a multidão de pecados, mas pouco se importou. Queria o cabelo de Parisa enrolado em seus dedos, queria que Tristan a colocasse em posições que a fariam estremecer só de lembrar, não ia negar, mas ela também queria isso. Estar inegavelmente conectada a alguém, mesmo que por pouco tempo, pelo menos até que os primeiros raios de sol brilhassem.

No fundo, Libby sabia que a partir daquele momento as coisas seriam diferentes entre eles, de maneira irreversível, e uma parte mais sã dela se perguntou se essa tinha sido a intenção de Parisa desde o começo. A telepata praticamente tinha soletrado isso, que o sexo era um meio de afirmar o controle — de criar laços, correntes de obrigações, onde antes não havia —, mas se Libby estava sendo usada, manipulada ou devorada, não estava nem aí, nem mesmo um pouco, totalmente nem aí. Bastava saborear, sentir, tocar, em vez de pensar. Bastava estar assim, tão livre de sentimentos.

Bastava, ao menos uma vez, *sentir*, e nada mais.

· CALLUM ·

Algo tinha acontecido com Tristan.
Ficou aparente logo após o retorno de Callum à Sociedade em Londres. Ele havia chegado no final da tarde depois de passar seus dois dias obrigatórios longe dali, em Míconos. (Ele não tinha a menor intenção de voltar para a Cidade do Cabo, onde a chance de ter que trabalhar era alta demais para arriscar.) Então, no momento em que passou pelas proteções, Callum começou a vasculhar a casa, começando com os dois lugares mais prováveis de encontrar Tristan durante a manhã: na biblioteca para o chá ou na sala de leitura para pesquisa. Ele, que tivera um visitante muito interessante durante o tempo fora, estava ansioso para compartilhar com Tristan algumas notícias importantes: que alguém, ou naquele caso todo mundo, havia deixado de mencionar uma advertência muito importante sobre o tal processo de *eliminação* da Sociedade.

Mas, em vez disso, encontrou Tristan à soleira da porta da sala pintada, olhando para o chão, inerte.

— Suponho que você tenha recebido uma visita do Fórum — começou Callum, mas não continuou. Tristan parecia mais acabado que o normal, como se tivesse ficado acordado a noite toda, e havia fumaça de remorso e náusea saindo dele em ondas. — Nossa — comentou Callum ao inspecioná-lo mais de perto, pego de surpresa. — Em que merda você se meteu enquanto estávamos fora?

— Não aconteceu nada. Só estou um pouco cansado — murmurou Tristan, sem fazer muito sentido.

A voz dele estava rouca e baixa, e a expressão de puro sofrimento em seu rosto foi o suficiente para dar a Callum uma dor de cabeça só de olhar.

— E moído, pelo que parece.

Em geral, Tristan não exagerava no álcool; era um dos principais motivos para Callum gostar dele. Havia muito a se dizer sobre um homem que permanecia sempre na linha.

— Com uma ressaca dos infernos — confirmou Tristan, virando-se devagar para encarar Callum e levando uma mão à cabeça. — Eu faria alguma coisa a respeito, mas a ideia de lidar com qualquer coisa soa cansativa demais.

Compreensível. A maioria das pessoas sofria de ressaca, e os medeianos ainda mais. Afinal, álcool era um veneno e a magia, facilmente corrompida.

— Aqui — disse Callum, pressionando o dedão entre as sobrancelhas de Tristan. — Melhor?

Não era difícil amenizar uma dor de cabeça. Menos ainda fazer *parecer* que fora amenizada.

— Muito. — Tristan lançou a Callum um breve olhar de gratidão. — Você aproveitou as costas marítimas esplendorosas da Grécia, Vossa Majestade?

— Você foi convidado, como deve se lembrar.

— Eu me lembro, e com certeza devia ter ido junto.

— Bem, fica para a próxima. De qualquer forma, há algo muito interessante que acho que você deve saber.

— Se for sobre o Fórum, também recebi uma visita. Um cara bastante desagradável, se quer saber.

— Na verdade, não — disse Callum. — Ou pelo menos não exatamente. — Ele gesticulou para o lado de fora. — Quer dar uma volta? O ar fresco pode ser bom para você.

Apesar da neve, os jardins, que acomodavam rosas de todas as variedades, sempre apresentavam uma temperatura suportável. Dentro da casa, um burburinho indicava que Nico retornara com Reina e, ao que parece, Libby.

— Suponho que agora a gente vai ter que ouvir sem parar sobre o amado namorado de Rhodes — comentou Callum, suspirando.

Para a própria surpresa, Tristan ficou desconfortável, o rosto sem expressão.

— Suponho que sim — murmurou ele, e Callum franziu a testa.

Não foi o desconforto de Tristan que o incomodou, mas sim o bloqueio óbvio. Tristan estava usando magia para manter o outro do lado de fora, evitando ser interpretado. Os outros faziam isso com frequência, erguendo escudos intangíveis quando Callum se aproximava, mas Tristan, que consideraria aquilo um desperdício de esforço, nunca o fizera.

Estranho.

— Enfim — disse Callum —, esta Sociedade tem um mecanismozinho bem interessante. A "eliminação" a que eles se referem? Talvez seja um termo literal até demais.

Não fora muito difícil encontrar a verdade no centro das intenções do recrutador do Fórum. Parecia que, embora o conteúdo da coleção da Sociedade permanecesse um segredo, o mesmo não se aplicava à sua verdadeira natureza.

— Um candidato — disse Callum, chegando mais perto — deve morrer.

Ele imaginou que Tristan ficaria tenso, ou que seu olhar sombrio se estreitaria, como sempre acontecia. Talvez Tristan até confirmasse que tinha suas suspeitas, como quase sempre tinha. Era um homem tão apegado à própria misantropia que ao saber a verdade sua reação certamente seria mais de indiferença do que de horror.

— Isso é loucura — disse ele, sem expressar qualquer emoção em particular.

Callum travou o maxilar, irritado.

Então Tristan já sabia.

— Você não me contou — observou Callum em voz alta, e Tristan ergueu o olhar, fazendo uma careta.

— Eu acabei de descobrir, e por um momento tinha me esquecido.

— Você *esqueceu*?

— Bem, eu... — Tristan hesitou, sua parede de neutralidade falhando por um momento. — Eu já te falei, foi... uma noite estranha. Ainda não terminei de processá-la.

Se essa versão de Tristan era alguma coisa, "inacabada" era o termo certo.

— Será que você poderia explicar em voz alta? — incentivou Callum. — Afinal, você ficou sabendo que um de nós terá que ser assassinado. — Ele se irritou por não ser a pessoa a revelar aquele pedacinho trivial de informação. — Quem foi que contou para você? Não, não responda — resmungou, depois de pensar melhor. — Foi Parisa, não foi? Você esteve com Parisa ontem à noite.

Tristan pareceu aliviado.

— Eu... Sim, eu estivesse, mas...

— Como ela sabia?

— Ela não disse.

— E você não perguntou?

Não dava para acreditar. Sob quaisquer circunstâncias, Tristan teria questionado.

— Eu... — Tristan se interrompeu, tornando a gesticular. — Eu estava distraído.

Callum ficou tenso. É lógico que Parisa havia aproveitado a oportunidade para garantir sua aliança com Tristan, da forma como sabia fazê-lo. Callum havia sido o principal confidente de Tristan por meses. Era de se esperar que por ora ela já teria processado aquela perda e tentado algo para revertê-la.

— Sabe — pontuou Callum —, não há destino mais certo que a traição. A confiança, quando perdida, não pode ser restaurada.

Tristan ergueu o olhar.

— Como é?

— Com a Sociedade — explicou o outro suavemente. — Eles estão mentindo para nós, ou pelo menos nos enganando. Como devemos responder?

— Imagino que deve haver um motivo...

— Você... *Você* imagina que deve haver um *motivo*, sério mesmo? — repetiu Callum, fazendo cara feia.

— E por que não teria? — retrucou Tristan, na defensiva. — Talvez seja outro truque. Um teste.

— Um teste? Só para nos fazer *pensar* que temos que matar alguém? É óbvio que você não entende o dano de tal exercício — resmungou Callum. — Não há nada mais destrutivo do que um pensamento, em especial um que não possa ser anulado. No momento em que um grupo de pessoas decide que pode se livrar de alguém de uma vez por todas, o que você imagina que acontece?

— Você está dizendo que não faria?

— Lógico que não. Mas sucumbir às exigências de uma Sociedade cujo precursor de entrada é o sacrifício humano? Você não pode só chegar e me dizer que aceitou isso sem questionar. — Disso Callum tinha certeza. — Até Parisa não consideraria isso, a não ser que houvesse algo que importasse para ela. Quanto aos outros, Reina não ia ligar, e talvez Varona pudesse ser convencido, mas Rhodes com certeza ia...

Callum parou, refletindo.

— Bem, nesse caso, não vejo a eliminação recaindo sobre outra pessoa que não Rhodes.

— O quê? — Tristan o encarou.

— Quem mais seria? — rebateu Callum, impaciente. — A única pessoa com menos amigos que Rhodes é Parisa, mas ela pelo menos é útil.

— Você não acha que Rhodes é útil?

— Ela é a metade de uma dupla. Varona tem exatamente os mesmos talentos que Rhodes, só que é menos irritante.

— Varona não é Rhodes — disse Tristan, as extremidades de seu escudo tremendo um pouco. — Eles não são intercambiáveis.

— Ah, para. Você não consegue imaginar matar Rhodes porque seria como afogar um gatinho. Ela ia fazer um escândalo.

— Eu... — Tristan se afastou, enojado. — Eu não acredito que você esteja mesmo cogitando isso.

— É você quem parece estar totalmente tranquilo com a ideia de cometer um assassinato — acusou Callum. — Eu só estou tentando descobrir como você espera que isso aconteça.

— Varona nunca vai concordar em matar Rhodes — afirmou Tristan. — Parisa também não.

— Eles vão ter que escolher alguém, não vão?

— Talvez eles me escolham — disse Tristan, aflito. — Talvez eles devessem me escolher.

— Ah, pelo amor de Deus, Tristan. — Um pequeno fusível do temperamento de Callum soltou faíscas. — Você tem que se colocar pra baixo o tempo todo?

Tristan lhe lançou um olhar severo.

— Eu devia ser mais como você, então?

Era óbvio que aquela conversa não iria a lugar algum.

— Tire uma soneca — recomendou Callum, dando meia-volta, irritado. — Você é chato demais quando está cansado.

Callum esperara que eles teriam algum tipo de reunião para discutir estratégias, determinando qual dos outros aguentariam perder, mas parecia que Tristan estava lidando com tudo com extraordinária inaptidão. Callum passou pelos corredores, e estava voltando ao quarto quando quase trombou com Libby.

— Rhodes — resmungou ele, e a garota ergueu o olhar, empalidecendo, antes de apertar o passo sem dizer nada.

Se havia algo que Callum odiava em si, era a prisão em que sua dedução o colocava. Então, Libby e Tristan estavam sofrendo da mesma doença humana intolerável regada a vergonha e alcoolismo. Que maravilha. Era óbvio que algo acontecera entre eles, e Tristan não lhe contara nada.

Mais uma vez Tristan não lhe contara nada.

Callum chegou ao corredor dos quartos e abriu a porta de Parisa, batendo-a ao entrar.

— Não — disse Parisa, languidamente. — E com Reina você também nem precisa se dar ao trabalho. Bem... pensando melhor, eu gostaria muito de ver isso — admitiu ela, erguendo a cabeça e apoiando-a na mão. — Suponho que ela morderia o seu pau se você tentasse. Que tal a gente fazer uma aposta e ver quem ganha?

Parisa, ao contrário dos outros, não cheirava a nada. Nada dela estava fora do lugar. Nem sequer parecia desidratada. Parecia...

Presunçosa.

— O que você fez? — perguntou Callum, indo direto ao ponto.

— O que eu faço de melhor — respondeu Parisa.

— O que Rhodes tem a ver com isso?

— Sabe, eu até gosto bastante da Rhodes — cantarolou Parisa, reflexiva. — Ela é muito... doce.

O sorriso dela se curvou um pouco, provocador, e Callum captou o recado. Ele relaxou, aliviado. Enfim alguém com quem podia se divertir.

— Eles são idiotas — afirmou, se aproximando para se sentar ao lado dela na cama. — Todos eles.

— Todo mundo é idiota — respondeu Parisa, traçando padrões no edredom, distraída. — Você deve saber disso tão bem quanto qualquer um.

Verdade.

— O que você fez?

— Eu os mudei. — Parisa deu de ombros. — Não dá para reverter esse tipo de coisa.

Aquele era o perigo do pensamento. Era tão raro descartar pensamentos depois de terem sido capturados e manipulados que uma mente alterada com sucesso mal poderia, se pudesse, voltar ao seu estado anterior.

Pior ainda eram os sentimentos. Estes nunca eram esquecidos, mesmo que suas fontes fossem.

— Não, não dá — concordou Callum, devagar. — Mas por que isso importaria para você?

— E por que não importaria? — Ela tornou a dar de ombros. — É um jogo. Você sabe disso.

— Os riscos não importam?

Parisa pestanejou, surpresa, e então a expressão se desfez.

— Você os matou dessa vez? — perguntou.

— Matei quem?

— Seja lá quem foi a pessoa. Do Fórum.

— Não, não exatamente.

Ela o encarou.

— Não *exatamente*?

— Bem, se ele morrer mais tarde, não é culpa minha. São os próprios sentimentos dele. — Callum deu de ombros. — Como ele vai escolher digeri-los não é responsabilidade minha.

— Meu Deus, você é um psicopata — acusou Parisa, sentando-se ereta. — Você não sente empatia nenhuma, não é?

— Um empata sem empatia — disse Callum. — Com certeza você está ouvindo a bobagem que está dizendo.

— Você não pode só…

— E o que *você* fez, hein? Você consegue ouvir os pensamentos deles, Parisa. Você pode mudá-los, assim como você acabou de confessar de livre e espontânea vontade. Pela lógica, você interfere tanto quanto eu, e sua causa foi mais nobre que a minha?

— Eu não *destruo* pessoas…

— Será mesmo que não? — retrucou Callum. — Pelo que vi, Tristan e Rhodes pareciam gravemente degenerados. Eles não são quem eram antes.

— "Degenerados" dificilmente seria a palavra que eu usaria. E com certeza não é o mesmo que "destruídos".

Callum se aproximou um pouco, e Parisa se afastou, enojada.

— Você me odeia porque nós somos iguais — disse ele, baixinho. — Você ainda não chegou a essa conclusão?

Ela se irritou, distraída em seu medo de um jeito adorável.

— Nós não somos iguais.

— E como somos diferentes?

— Você não sente nada.

— E você é compreensiva, mas mesmo assim age como bem entende. É isso?

Parisa abriu a boca, mas não disse nada.

— Nós não somos iguais — repetiu, enfim. — Além disso, você se superestima.

— É mesmo?

— Você se acha mais poderoso que eu, não acha?

— Você precisa se esforçar muito mais para alcançar o mesmo resultado. Se não sou mais poderoso, com certeza tenho mais recursos.

— Os outros sabem a verdade.

— Sabem? Talvez não.

Callum podia sentir as peças se encaixando dentro dela, derretendo nos moldes. Uma junção sem esforços. O processo do pensamento dela era tão elegante, tão agradável. Era extremamente satisfatório vê-la tomando decisões, ao contrário de outras pessoas. Pessoas comuns eram tão caóticas e desleixadas. Parisa despejou seus pensamentos como se fossem mel, e, embora Callum não os conseguisse ler como ela, podia intuir outras coisas com bem mais nitidez.

Por exemplo: ela pensara, um tanto ingenuamente, que poderia ganhar.

— Devemos colocar isso à prova? — incitou-o Parisa. — Talvez você esteja certo. Afinal de contas, é óbvio que *você* acha que somos iguais, então para todos os efeitos eles devem achar o mesmo. Pensamentos, sentimentos, isso tudo é farinha do mesmo saco para eles. — De novo, os dois entravam em um acordo sem deixar de conspirar um contra o outro. Mesmo em segurança fora do alcance de Callum, Parisa sentia que eles estavam conectados por circunstâncias similares. — Os outros devem ter a chance de saber a verdade sobre o que cada um de nós pode fazer.

— Uma batalha de intelectos?

— Óbvio que não — disse ela. — Por que batalhar quando podemos apenas... jogar um jogo?

Naquela noite, Callum dormiu bem, tranquilo.

De manhã, eles se encontraram, como de costume, na sala pintada. Precisavam persuadir o árbitro.

— Já temos uma lição específica para hoje — contrapôs Dalton em sua enfadonha voz acadêmica.

Sentados no círculo de sempre, os outros se entreolharam. Atlas estava fora cuidando de algo, o que era ideal.

— Além disso — prosseguiu Dalton —, não vejo por que isso seria necessário.

— O objeto de pesquisa atual é o pensamento — argumentou Parisa. — Não é válido observar uma aula prática sobre o assunto?

Dalton os encarou, inquieto.

— Não sei dizer se é apropriado.

— Ah, vamos lá — disse Nico, que estava muito entediado com a matéria, como sempre. — Uma hora ou outra teremos que eliminar alguém, não é? Vale a pena saber o que as outras magias podem fazer.

— É mesmo, Dalton, em breve vamos eliminar alguém — concordou Callum suavemente. — Por que não nos permitir determinar quem tem a maior capacidade agora?

De todo mundo, Dalton saberia a diferença entre os talentos de Parisa e Callum. Afinal, ele estava ocupado mantendo-a fora de sua cabeça, e o mesmo se aplicava a Callum, travando uma batalha para que nenhum dos dois fosse capaz de manipular os humores dele, o que significava que Dalton geralmente ficava cansado quando Parisa e Callum estavam na mesma sala, permitindo que algumas coisas escapassem pelas rachaduras.

Que Dalton estava dormindo com Parisa havia meses era, se ainda um segredo para os outros, um muito mal guardado, ainda mais para Callum. Mais de uma vez, Callum testemunhara Dalton saboreando Parisa com cada parte de seu ser sem tocá-la, aproveitando apenas a silhueta das sensações anteriores, memória muscular para amantes. Em momentos arbitrários ao longo do dia, Callum podia saboreá-la, senti-la e cheirá-la novamente, como os fantasmas dos anseios de outra pessoa.

Ele se perguntou se isso era algo a ser usado contra Parisa. Ela se importaria se um amante descobrisse o que ela fizera com os outros dois...? Provavelmente não, pensou Callum, decepcionado. Ela parecia o tipo de pessoa que alguém amava apenas por sua própria conta e risco, e ele duvidava que ela tivesse feito (ou mantido) uma promessa.

— Bem, suponho que não demorará muito — disse Dalton, desconfortável.

— Uma hora — disse Parisa. — Mas sem interferências.

Aquele era um pedido bastante interessante, observou Callum.

Talvez até chegasse a ser burro.

— Qual é o propósito de um árbitro se não pode haver interferência? — resmungou Tristan.

Ele seria um desafio para mais tarde, pensou Callum. Tristan já havia olhado para Libby duas vezes; precisaria ser lembrado de como escolher os aliados direito.

— Só alguém para nos parar quando a hora acabar — disse Parisa, olhando para Dalton. — Nem um minuto a menos, nem um minuto a mais.

— Nada de planos astrais também — disse Callum. — É chato para a audiência.

— Tudo bem. Apenas a realidade corpórea — concordou Parisa.

Eles apertaram as mãos, se posicionando em lados opostos da sala. Parisa ficou perto do domo e Callum, perto da porta, enquanto os outros se protegeram perto da lareira.

— Rhodes, controle sua ansiedade — disparou Callum.

Do outro lado da sala, os lábios de Parisa repuxaram.

— Não escute o que ele diz, Rhodes — disse ela. — Ele vai ficar bem.

Com cautela, a vibração da agitação eterna de Libby de alguma forma desvaneceu.

Eles esperaram em silêncio até que o relógio na cornija marcasse um horário redondo.

— Comecem — anunciou Dalton.

— Por que você está aqui? — perguntou Parisa de pronto, e Callum deu uma risadinha.

— Você quer transformar isso num debate? Ou num interrogatório?

— Varona — disse Parisa, chamando Nico sem tirar os olhos dos de Callum. — O que você não deve fazer no começo de uma luta?

— A maioria das coisas — respondeu Nico, ambíguo.

— E por que não?

— Porque ainda não sei as armadilhas — respondeu ele, dando de ombros. — Antes de mais nada eu primeiro preciso aprender o ritmo da outra pessoa para então partir para os golpes pesados.

— Isso — disse Parisa. — Viu? Até Varona sabe.

Callum fez cara feia.

— É isso o que você está fazendo? Lutando? Achei que o objetivo fosse nos diferenciarmos a partir das especialidades físicas, não agir de acordo com elas.

O sorriso de Parisa cresceu.

— Responda à pergunta — exigiu ela.

— Muito bem. Eu vim para cá porque não tinha outros planos urgentes — explicou Callum — Agora, acredito, é minha vez de fazer uma pergunta para você. Certo?

— Se é o que você quer... — disse Parisa.

— Ótimo. Quando foi que você se deu conta de que é linda?

Houve um espasmo entre as sobrancelhas dela. Estava desconfiada.

— Não é uma armadilha para sua modéstia — garantiu Callum. — Não muito, na verdade, já que todos podemos confirmar que é um fato.

— Minha modéstia não é uma questão — respondeu Parisa. — Eu apenas não vejo a relevância.

— É uma abertura. Ou um controle, se você preferir.

— Isso é algum tipo de polígrafo?

— Você me perguntou por que estou aqui para extrair algum tipo de verdade de mim, não é? De acordo com seus próprios parâmetros, eu com certeza posso jogar no mesmo lado da moeda.

— Certo. — Parisa comprimiu os lábios. — Você está perguntando quando eu percebi que sou linda? Bem, eu sempre soube.

— Bem, com certeza isso é verdade, de certa forma — concordou Callum —, mas você não tem uma beleza comum, tem? Você tem o tipo de beleza que faz os homens irem à guerra. Enlouquecerem.

— Se você diz...

— Então, quando foi que você entendeu isso? Seu poder sobre os outros. Principalmente sobre homens — disse ele, dando um passo na direção dela. — Ou foi uma mulher primeiro? Não — constatou, vendo-a encolher em resposta. — É lógico que foi um homem.

— É lógico que foi um homem — repetiu ela, sorrindo. — Sempre é.

— Você tem uma aura de solidão, sabe? — disse Callum. — Mas ela é um pouco... fabricada, não é? Você não é filha única, isso seria um tipo diferente de solidão. Tipo Rhodes — disse ele, gesticulando para trás. — Ela é solitária e sozinha, mas você, não. Você é solitária porque escolhe ser.

— Talvez eu simplesmente despreze as pessoas.

— Qual é o nome da sua irmã? — questionou Callum, e Parisa pestanejou. — Vocês eram próximas, até que deixaram de ser. Seu irmão tem um nome forte, suspeito. Bem masculino, difícil de quebrar. Ele é o herdeiro, não é? O mais velho. Depois vem sua irmã e então você. Ele te favoreceu, seu irmão, e então sua irmã te renegou... e ela não acreditou em você, não foi? Quando você lhe contou o que viu na mente dele.

Callum viu Parisa hesitando, forçada a reviver sua juventude sombria.

— Vamos ver — prosseguiu ele, estalando os dedos, preenchendo as paredes da sala pintada com imagens e tons do passado de Parisa. — Dinheiro, isso é mamão com açúcar.

Seu invocar das emoções de Parisa seria fácil, uma pintura, diferente de um pensamento que ela podia extrair da cabeça dele, o que seria uma fotografia. Ser um empata era uma ciência inexata, mas o importante era identificar corretamente os fundamentos-base do que alguns podiam chamar de alma. Por exemplo, a luz dourada da infância e do privilégio de Parisa.

— Obviamente você teve uma educação de altíssima qualidade — continuou ele. — Professores particulares?

Ela travou o maxilar.

— Sim.

— Isso parou depois de um tempo. Você adorava seu professor, é óbvio. Amava aprender. Mas seu irmão, ele não gostava de ver você dando tanta atenção a alguém que não fosse ele. Tão triste! Pobre Parisinha, princesa de sua família, trancada em seu cofre de riquezas como um doce pássaro enjaulado. E como você escapou? — Callum pensou a respeito, colocando uma imagem do eu antigo dela na parede. — Ah, lógico. Com a ajuda de um homem.

A ilustração embaçada da jovem Parisa foi varrida, levada embora pelo vento.

— Venha comigo — disse Callum, e imediatamente os joelhos de Parisa bambearam, sem força para relutar. Os outros, ele tinha certeza, também o seguiram, igualmente hipnotizados. — Tem mais espaço aqui. O que eu estava dizendo? Ah, sim, alguém te salvou... Não, não, você se salvou — corrigiu ele, conduzindo-a pela antessala do salão. — Mas você o fez acreditar que era mérito dele. Foi... o amigo do seu irmão? Sim, o amigo mais chegado dele. Consigo sentir a traição. Ele esperava de você algo pelos esforços dele... Devoção eterna? Não. — Callum riu. — Com certeza não. Ele queria algo muito mais... acessível.

Quando chegaram ao saguão de entrada, ele parou, olhando para Parisa. A imagem dela que os seguia pelas paredes enquanto caminhavam estava nas sombras da balaustrada acima, a luz ao redor de repente extinta.

— Quantos anos você tinha?

Callum observou Parisa engolir em seco.

— Dezoito — disse ela.

— Mentirosa.

Os lábios dela se crisparam.

— Quinze — confessou.

— Obrigado pela honestidade. — Callum se virou para as escadas, direcionando-a para lá. — Então você devia ter o quê, onze, quando tomou consciência?

— Doze.

— Certo, certo. E seu irmão tinha dezessete, dezoito...?
— Dezenove.
— Naturalmente. E sua irmã, catorze?
— Sim.
— Que problemático. Muito, muito problemático. — Callum estendeu a mão para tocar a bochecha dela, e Parisa se retraiu, enojada. Ele riu, conduzindo-a pelas portas da cabine no andar de cima. — Então sou eu quem você odeia?
— Eu não te odeio.
— Você *não* quer me odiar — corrigiu Callum — porque suspeita que eu tenha cometido crimes terríveis com coisas bobas como o ódio.
Ele entrou na sala de estar formal, estendendo a mão.
— Podemos?
Ela o encarou.
— Você quer dançar? — perguntou.
— Quero ver se você consegue me acompanhar — assegurou Callum.
Parisa revirou os olhos, mas segurou a mão dele.
— Você provavelmente pensa que está ganhando — observou ela, começando uma valsa estranhamente perfeita assim que Callum colocou as mãos na cintura dela, embora ele não esperasse menos.
Em algum lugar, música tocava. Ele pensou ser obra dela.
— Estou? — retrucou Callum. — É você quem supostamente pode ler meus pensamentos.
— Você passa a maior parte da sua existência com a crença única de que está ganhando — afirmou ela. — Para ser sincera, Callum, não há nada de muito interessante para ler.
— Ah, é?
— Não tem muita coisa acontecendo aí — garantiu Parisa, seu pescoço belamente alongado enquanto ela conduzia os passos da valsa. — Nenhuma ambição em específico. Nenhum senso de inadequação.
— Eu deveria me sentir inadequado?
— A maioria das pessoas se sente.
— Talvez eu não seja como a maioria. Não é esse o objetivo?
— Não só esse — murmurou Parisa, olhando para ele.
— Você é tão fechada comigo — disse Callum, desaprovador. — Está começando a ferir meus sentimentos.

— Eu não sabia que você tinha sentimentos para serem feridos.

Ele a girou sob o braço, conjurando um pouco de cor para marinar as paredes. Se os outros ainda os seguiam, fazia tempo que Callum tinha perdido a noção de onde estavam. Para o crédito de Parisa, ela era interessante demais.

— Era assim? — perguntou ele, gesticulando para o carmesim. — Não tenho certeza de que sei o tom certo.

— Do quê?

Ele sentiu Parisa ficar tensa em seus braços.

— Seu vestido de noiva — respondeu Callum, sorrindo educadamente, e por um momento Parisa congelou. — A propósito, como vai o seu marido? Vivo, presumo. Imagino que foi por isso que você mudou de nome, foi para a escola em Paris. Você não parece o tipo de pessoa que tem como foco a carreira, então imagino que estivesse fugindo de alguma coisa. E que lugar melhor para se esconder do que dentro das paredes magicamente protegidas de uma universidade?

Callum sentiu a sutil corrente de ódio dela, intensa e maravilhosa.

— Ah, não é a pior coisa do mundo — prosseguiu ele. — Muitas adolescentes já fugiram de seus maridos tirânicos antes. Seu irmão tentou impedir? Não, óbvio que não. — Callum suspirou. — Ele nunca perdoou você por dar as costas para ele, e essa foi sua punição.

Parisa deu um passo para trás, atordoada, e Callum lhe estendeu a mão.

— Você tem fugido há muito tempo — murmurou ele, afastando um cacho solto da bochecha dela. — Coitadinha. — Callum a puxou para um abraço, sentindo o leve inchaço do sofrimento dela saudando-o como uma onda dentro de seu peito. — Você foge para se salvar desde que nasceu.

Callum a sentiu fraquejar contra ele, exausta, e envolveu os ombros de Parisa com os braços.

— Sabe, não foi culpa sua — disse ele, passando o braço pela cintura dela, guiando-a por um lance adicional de escadas, para longe da capela (pretensioso demais), até o terraço no andar de cima. Parisa estava murchando aos poucos, o sentimento começando a sangrar para fora dela como se Callum tivesse perfurado uma veia. — As pessoas acham que a beleza é algo tão valorizado, mas não para você. Não a sua. Sua beleza é uma maldição.

— Callum...

Os lábios de Parisa estavam dormentes, o nome dele saiu arrastado.

Ele roçou o dedão no lábio inferior da telepata, com um sorrisinho no rosto.

— Você os odeia? — sussurrou, beijando a bochecha dela. — Não, não acho que odeie. Acho que, no fundo, você suspeita que merece isso, não é? Você enlouquece as pessoas, já viu acontecer. Você as vê te notarem de imediato, não é mesmo? Sabe como se parece, como é a sensação. Talvez você se considere um monstro por isso. Explicaria o medo que você tem de mim — disse Callum suavemente, tomando o rosto dela entre as mãos. — No fundo, você acredita que é muito pior do que já fui, porque sua fome é incurável. Seus desejos são insaciáveis. Você nunca se cansa de fazer as pessoas terem um fraco por você, não é? A perversidade do seu desejo te assusta, mas é mais fácil pensar que talvez eu seja pior.

Callum abriu as portas de vidro do terraço. Os pés de Parisa tocaram o mármore molhado, quase deslizando, a chuva londrina caindo. As gotas respingaram na farsa greco-romana que era a decoração da Sociedade, gotículas escorrendo como lágrimas dos cupidos de mármore, das ninfas pintadas de branco.

Callum colocou uma das mãos dela na dobra de seu braço, conduzindo-a pelo perímetro do telhado para admirar a vista dos jardins, a enxurrada de cornisos e a linha de pinheiros brancos.

— Às vezes você deve se perguntar se não seria mais fácil não existir — comentou ele.

Parisa ficou em silêncio, encarando os pés. Os sapatos dela, estilosos como sempre, eram de camurça e estavam arruinados, encharcados pela chuva em questão de minutos. O cabelo escorria pelos ombros, embora, é lógico, isso em nada diminuísse sua beleza. Ele nunca vira os olhos de uma mulher brilharem tão fracamente e ainda permanecerem tão brilhantes. Na mente de Callum, a expressão assustada dos outros presentes aumentava a beleza dela. Parisa nunca estivera tão adorável, tão em frangalhos. Ela fazia a devastação parecer riqueza, como joias.

— Eles machucaram você? — perguntou Callum.

Parisa, com dificuldade, ergueu o olhar, enojada.

— Quem?

— Todos.

Por um momento, os olhos dela se fecharam, e Parisa vacilou. Os lábios se entreabriram para murmurar uma palavra.

— Sim.

Callum limpou as gotas das bochechas dela, dos lábios. Deu um beijo no espaço entre as sobrancelhas; reconfortante, gentil. Doce.

— Eles não precisam te machucar mais — disse Callum, dando um passo para trás, deixando-a sozinha na beira do telhado.

Parisa queimava em fogo baixo. Uma fervura que ameaçava tremeluzir, um vislumbre prestes a se apagar. Era engraçado como a chuva sempre fazia as coisas parecerem tão sombrias. Londres criava esse efeito com naturalidade, por vontade própria. O cinza-enevoado era tão espetacularmente parecido com a solidão na qual Parisa estava inundada. Estava tão saturada nele que era a única coisa que brilhava.

Eles poderiam ter sido amigos. Ele tinha desejado aquilo. Em vez disso, Callum observou Parisa virar a cabeça, olhando para os jardins, apreciando a vista do terreno. Ela ainda estava olhando, sem piscar, quando estendeu a mão para o corrimão, fechando-a em torno dele e, com um arrepio, se acomodando na brisa. Estava tão vazia que Callum duvidava de que muita coisa a inflamasse. Talvez uma faísca, mas nada além disso.

O isolamento era uma arma poderosa. O isolamento forçado, mais ainda.

Pelo menos Callum deu a ela a honra de presenciar sua subida no parapeito. Verdade seja dita, ela levou pouco tempo para tomar a decisão; não era do tipo que hesitava. Callum estava quase orgulhoso dela por ser tão forte, por fazer as coisas com as próprias mãos. Manteve seu olhar no dela, tranquilizador. Não sentiria repulsa pela escolha dela.

Quando Parisa caiu, Libby gritou.

Que pena, pensou Callum. Perdido em meio às emoções de Parisa, que o engoliam, ele esquecera que os outros estavam lá. Ela era tão adorável; sua tristeza, tão pura. A angústia dela era a coisa mais maravilhosa que Callum já provara.

Ele se virou para encarar os outros, uma sensação de advertência incongruente atingindo seu peito enquanto registrava as expressões deles.

— Não — disparou Libby, histérica. — Não, você não pode... o quê...

— Por que você não os parou? — exigiu Nico, rodeando Dalton, que balançava a cabeça, anestesiado.

— Ainda não tinha dado uma hora — informou ele, visivelmente desnorteado.

— Você *enlouqueceu*? — vociferou Tristan, parecendo lutar para encontrar as palavras.

Seus olhos, Callum observou, estavam bem abertos, embora fosse difícil dizer quais emoções eram exclusivamente deles. Callum sentia uma variedade de sentimentos vindos de Tristan: tristeza, descrença, e então, bem no final, desconfiança.

Ah, pensou ele com uma careta, e olhou para cima, os olhos encontrando os de Parisa, que também sorria de onde estava, atrás dos outros.

— Hora de acordar — disse ela, estalando os dedos.

Em um instante, todos estavam de volta à sala pintada, de pé, suas roupas secas.

Como se nunca tivessem saído do lugar.

— Eu disse nada de projeções astrais — pontuou Callum, irritado, embora devesse dar crédito a ela.

Não havia percebido nada. Nenhum detalhe da casa estivera faltando, e a chuva fora um toque agradável.

— Quer dizer então que eu deveria estar morta? — zombou ela. — E, além disso, nós não estávamos no plano astral. Estávamos na cabeça de outra pessoa.

— De quem?

— Nico — afirmou Parisa, e o físico pestanejou, assustado. — Desculpe — acrescentou ela, cínica, virando-se para ele.

Callum então percebeu por que ela tinha começado o joguinho de xadrez deles com uma pergunta tão simples. O que importava não era a resposta, mas sim a indução ao erro. Parisa aproveitou a expectativa de agressão de Callum para desviar abruptamente a concentração do grupo para Nico, que *havia* sido agressivo. Ela atacara Callum, permitindo a ele que pensasse ter a vantagem.

Espertinha, pensou Callum, sombrio.

— Você é um alvo fácil, Varona. Não tem malícia — explicou Parisa. — Menos paredes impermeáveis.

— Obrigado? — retrucou Nico, embora ainda a encarasse, sem estar convencido de que ela era real.

— Deu uma hora — anunciou Dalton, exalando com alívio ao olhar para o relógio. — Embora eu não saiba como declarar um vencedor.

— Callum, é óbvio — afirmou Parisa. — Ele fez a maior magia, não foi? Eu mal teria chance de contra-atacar.

Ela se virou para ele.

— Eu fiz? — repetiu Callum, e observou os lábios dela tremerem.

— Fez. Eu posso ter nos colocado num lugar onde você não poderia me machucar de verdade, mas mesmo assim você venceu. Você me quebrou, não foi? Então ganhou.

Só que Callum sentia o triunfo irradiando dela; era enjoativo e pútrido, rançoso e podre. Tinha passado do ponto, evoluindo para a decadência. Ela era a morte se enraizando em solo fértil, ressuscitando na abundância da perda dele.

Callum havia mesmo quebrado Parisa, isso era inegável. A morte dela, mesmo na forma incorpórea, fora real. Mas, mesmo assim, não havia dúvidas de que Parisa o deixara encontrar as peças para quebrar, sabendo que ele o faria. Não era de se espantar que não contra-atacara. Nada que ela lhe revelara fora mentira, mas, ao tirar vantagem da fraqueza dela, Callum mostrara muito mais sobre si mesmo. Afinal, Parisa entendia pensamentos: em especial, que algo, uma vez plantado, nunca podia ser esquecido.

O erro de Callum estava óbvio: ele desejara se provar forte, mas ninguém queria força. Não desse jeito. Força era para máquinas e monstros; os outros não conseguiam se conectar à impecabilidade, à perfeição. Humanos queriam humanidade, e isso significava que Callum teria que mostrar evidências de fraqueza. Ele viu Tristan desviando o olhar e soube que Parisa o derrotara, mas aquela fora apenas uma batalha. Para o próximo truque, ele teria que deixar desaparecer a cortina de fumaça do que fora naquele dia.

— Callum, então — disse Dalton, se virando para os outros. — Alguém gostaria de analisar o que vimos?

— Não — disse Reina, seca, falando, para variar, por todos os outros.

Ela se virou para Parisa com algo como compaixão, o que Callum observou com uma careta.

Ele teria que fazê-los acreditar que podia ser fraco. Talvez apenas uma pessoa dentre os cinco estaria disposta a acreditar nele, mas Parisa já provara que era o suficiente.

Não havia como impedir as coisas em que uma pessoa podia acreditar.

· TRISTAN ·

Tudo tinha começado com uma pergunta.
— O que você acha que a gente deve fazer? — perguntou Tristan a Parisa enquanto eles estavam deitados no chão da sala pintada, antes de Libby se juntar aos dois.

Parisa havia aparecido no apartamento dele em Londres e o persuadira a voltar mais cedo do fim de semana de feriado, para discutir suas respectivas visitas do Fórum, embora a conversa só tivesse de fato acontecido bem mais tarde.

Para atrasar o inevitável ataque violento de dilemas morais e pensamentos intrusivos, Tristan vasculhara os minibares da casa e surgira com uma garrafa de absinto. Ele a levou aos lábios, e sabia que Parisa teria uma resposta. Para todas as perguntas, mas em especial àquela. Ela não o teria procurado de mãos vazias.

— Acho que devemos fazer nossas próprias regras — respondeu Parisa, desabotoando um dos botões da camisa dele.

Em retrospecto, aquela noite fora um borrão, o que era algo que Tristan desejou ter dito na hora. Infelizmente, estivera perfeitamente consciente quando deslizou a língua entre os lábios de Libby, sabendo tanto quem ela era quanto o que ele *devia* ter sido — ou seja, alguém que, na melhor das hipóteses, relutaria em cair na depravação e, muito provavelmente, em ruína.

Talvez Parisa fosse o motivo daquilo tudo ter começado, com sua esperteza e com o que Tristan julgou serem séculos de malícia feminina atávica. Mas ele não tentou se impedir de ir adiante, e não havia mais cura para aquilo que agora, compreendera ele, se tornara o objeto de seu anseio.

Em outras palavras, a maldita da Elizabeth Rhodes.

Na verdade, ele estava *sedento,* nada tão intencional quanto desejar. Aquilo só podia ser resultado de alguma reação química, ou possessão demoníaca, ou outra doença trágica que faz pessoas escreverem livros sobre superação. O absinto sem dúvida o encorajara, se espalhando pelos membros dele em uma onda de calor, mas, fosse lá o que estivesse consumindo Tristan, ele tinha uma vaga noção de que estava acontecendo naquele exato momento. Os sintomas já denunciaram sua condição, ou talvez ela sempre tivesse existido (sutil e furtivamente). Talvez Tristan estivesse sedento por ela desde o começo.

Era importante ter em mente que Libby Rhodes era, em primeiro lugar, uma física. Mesmo depois, o toque dela retumbava pelos ossos dele como se fossem os tremores da própria Terra.

Mas ela não pareceu muito focada no que se passara entre eles.

— Elétrons — disse Libby, sem cerimônia, pegando Tristan de surpresa, depois de mais de um mês sem fazer menção alguma às respectivas indiscrições deles.

Tendo recentemente começado a experimentar as engrenagens de sua magia enquanto desativava ou distraía um de seus sentidos, Tristan estivera enchendo seus canais auditivos com ruídos ambientes enquanto pensava no sabor da boca de Libby.

— Como? — perguntou ele, aliviado por apenas Parisa poder ler sua mente. (E, por sorte, ela não estava na sala.)

— Qual é a menor coisa que você consegue enxergar? — indagou Libby.

Aquilo não ajudou muito.

— Como assim?

— Bem, você parece capaz de focar os componentes das coisas — explicou ela, ainda sem fazer qualquer comentário acerca de assuntos mais óbvios, como o fato de terem dormido juntos recentemente.

Tristan acordara na cama com ela — com *ela*, não Parisa — e esperara encontrar algo similar à Libby Rhodes de sempre. Apreensão, arrependimento, culpa, qualquer uma das opções anteriores. Em vez disso, acordara com Libby lendo um manuscrito, olhando para ele, que lutava para se levantar.

— Nós não precisamos falar sobre o assunto. — Foram as primeiras palavras a saírem da boca dela. — Na verdade, prefiro que a gente não fale.

Por um milagre, Tristan conseguiu se endireitar, estreitando os olhos para ela. Sua boca estava seca como um deserto, a cabeça martelando, tomada por implacáveis vislumbres de coisas que fizera, sentira e provara na última noite.

— Tá bom — ele conseguiu dizer.

Libby parou, acometida por algum tipo de questionamento interno.

— O que você estava fazendo com Parisa aqui na noite passada, afinal de contas?

A ressaca não ia ajudar em nada naquele diálogo.

— Ela me pediu para vir. Disse que tinha algo para conversar.

Tristan ouviu a frieza em sua voz e se calou, hesitante, sem saber ao certo se, sob aquelas circunstâncias unicamente perturbadoras, valia a pena tocar no assunto que Parisa revelara sobre a Sociedade.

— Ah. — Libby desviou o olhar. — Bem, se você não quer me contar...

Merda. Agora ele teria que contar, não teria?

— Rhodes — começou Tristan, e então editou o que ia falar.

Com certeza ela não aceitaria bem aquela informação, embora omiti-la fosse moralmente bem pior, dada a interação deles na noite anterior. Havia algo em acordar nu nos lençóis de outra pessoa que fazia Tristan não querer submetê-la a um homicídio grupal secreto.

Por onde começar, se é que ele conseguiria fazer isso? Parisa contara a ele que, para cinco serem iniciados, um tinha que morrer. Eles não escolheriam alguém para *ser eliminado*; em vez disso, eram responsáveis por escolher alguém *para eliminarem*. O tempo todo eles foram levados a acreditar que aquela experiência era civilizada e justa, mas na realidade era primitiva e vergonhosa e, se Parisa estava certa, eles provavelmente estavam nas mãos de uma organização que matara e continuava matando havia milhares de anos.

Tristan já esperava uma reação desesperada da parte de Libby, então determinou que talvez uma mentira pela metade fosse a melhor solução. (Sob circunstância alguma ele queria ser a pessoa que contaria a verdade para Libby. Afinal, a cama dela era bastante inflamável, assim como ele no momento).

— Você conhece o dilema do trem? — perguntou ele. — Você está diante de uma alavanca que controla um trem...

— ... e ou você mata cinco para salvar um, ou mata um para salvar cinco. Sim, eu conheço — confirmou Libby.

Que coincidência milagrosa era Tristan estar tendo essa conversa com ela, na cama dela, durante o estudo do pensamento. É lógico que, no que diz respeito à magia, o pensamento tinha menos a ver com filosofia e mais com certas compulsões, e como elas podiam ser lidas, manipuladas ou interpretadas.

Nesse caso, teria que fazer uma abordagem ética.

— Você faria isso? — perguntou ele e, quando Libby franziu a testa, explicou: — Mataria um para salvar cinco?

— Parisa chamou você aqui para um experimento de pensamento?

— O quê?

Libby esperou, e Tristan piscou, confuso.

— Ah. Não, ela estava... Bem, era sobre o Fórum. Aparentemente...

Mais hesitação. Tristan nunca estivera tão hesitante na vida, e então desejou desesperadamente estar vestido. Ou que nem sequer conhecesse a sensação de estar *despido* ao lado dela, para começar.

Parisa tinha razão. Pensamentos, uma vez plantados, não podiam ser esquecidos. Tristan não conseguia se desfazer da sensação de roçar os dedos no osso da clavícula de Libby, seu dedão pairando sobre a garganta dela como se pudesse cortá-lo ou adorná-lo, ou ambas as coisas.

— Aparentemente — tentou ele outra vez —, a visita do Fórum a Parisa a fez... pensar.

— Sobre a Sociedade, você quer dizer?

— Aham. Mais ou menos.

— O que isso tem a ver com o dilema do trem?

— Bem, alguém é eliminado, não é? Nesse caso, você mata um para se salvar. Não literalmente, óbvio — apressou-se Tristan em dizer. — Mas... conceitualmente.

— Eu nunca liguei muito para exercícios mentais — disse Libby, cansada. — Além disso, o experimento, em alguns casos, depende um pouco de quem são as pessoas.

— Suponha então que uma das pessoas seja eu. Isso mudaria as coisas?

Ele tentou dar um ar de leveza à sugestão, embora, é lógico, a realidade de saber o que sabia tornasse as coisas bem mais desconcertantes do que Libby poderia imaginar. Mas ela não era exatamente Parisa. Tristan duvidava que Libby informaria sua decisão de se livrar dele enquanto ainda estivessem juntos na cama, uma suposição que se mostrou correta.

— Você não acha mesmo que eu ia eliminar você, né? — perguntou ela, franzindo a testa, e continuou dizendo algo totalmente diferente do que Tristan esperara: — Seu potencial ainda é totalmente desconhecido. Se alguém precisa da Sociedade, Tristan, esse alguém é você. Acho que até Atlas consegue ver isso.

Isso, pensou Tristan, era extremamente útil, ao mesmo tempo que não ajudava em nada.

Nunca conhecera alguém tão desconcertante. Como alguém poderia catastrofizar o mundano em todas as oportunidades possíveis apenas para afirmar de prontidão sua posição acerca de transgressões morais tão sérias? Libby o fez se sentir louco, insano, instável. É verdade que ela estava um pouco desinformada quanto aos detalhes (culpa dele), mas havia ali indicadores de uma lógica sensata: ela não eliminaria Tristan porque o poder dele continha o maior potencial. Não por quem ele era, ou mesmo *pelo que* ele era, mas sim pelo que poderia vir a ser. Aquilo não estivera nem perto do topo das preocupações dele, nem mesmo entre as de Parisa, até onde ele sabia. Parisa apenas queria Tristan porque confiava nele em algum nível, ou algo assim. Talvez fosse um tipo de ciclo, a forma como a utilidade dele para ela era o que o provava ser útil.

Enquanto isso, não havia como saber onde Libby Rhodes poderia encontrar uma base intelectual sólida. Tristan, como esperado, estava inquieto a ponto de considerar todas as conjunturas possíveis. Ele queria tanto aquilo que seria capaz de matar? Às vezes, a resposta era inquestionavelmente sim. O que era ser humano se não desejar coisas irracionais? Parisa podia construir mundos dentro da mente de uma pessoa. Callum, para o bem ou para o mal, podia destruir a alma de alguém sem levantar um dedo sequer. Libby e Nico também eram poderosos; Reina *literalmente* vazava magia bruta, que transbordava dela a ponto de beirar a irresponsabilidade — mas Tristan ainda não sabia nada de si mesmo, ou onde se encaixava entre eles. É verdade que ele ainda não era o mais útil, mas o retorno do investimento dele poderia ser o maior de todos.

Ele ao menos entendia o que existia ao seu alcance? Algum deles entendia?

A moralidade, o pouco que Tristan tinha dela, o arrastava entre as faculdades do pensamento, para a frente e para trás. "Eu faço o que é necessário", tinha sido a opinião de Adrian Caine sobre a maioria dos próprios pecados, e, embora fosse (academicamente falando) um ponto de vista filosófico legítimo, era bastante repugnante quando ignorava coisas como "misericórdia", "compaixão" ou mesmo "culpa". E se havia algo que Tristan sempre quisera ser, estava bem à esquerda de qualquer coisa que o pai dele fosse.

É lógico que ele não seria capaz de *matar* alguém. Com certeza não para ter acesso a alguns livros (raros. Nas mãos dos medeianos mais poderosos que Tristan já conhecera. Parte de uma tradição que existia havia séculos, portanto não era...?)

(Deixa pra lá.)

De qualquer forma, se Tristan fizesse aquilo — ou sequer o aceitasse como algo que *podia* fazer —, algum dia seria capaz de se perdoar? Ele seria capaz de viver com fosse lá o que permanecesse em sua consciência? Engraçado como os humanos podiam se adaptar em pouquíssimo tempo. Um dia, ele acreditou que poderia se casar com Eden Wessex e servir ao pai dela, se dedicando ao máximo àquele projeto de vida, sem nunca se questionar se queria mais do que aquilo, ou, como no momento em que se encontrava, se estaria *sedento* por mais. Tristan estava começando a pensar que sua solidariedade com a pessoa que fora um dia tinha sido muito mais estável, e talvez muito mais saudável. Tinha sido como exercícios regulares, hábitos alimentares corretos, arruinados por uma farra feliz e farta. Agora ele tinha tudo que podia querer. Poder, autonomia. Sexo. Nossa, o sexo. E bastava matar uma pessoa, mas quem seria? Seria difícil todos concordarem com um nome.

A não ser que...

— E se fosse Callum? — perguntou a Libby, com cuidado.

(Meramente em prol do argumento. Afinal, se havia uma pessoa que Libby seria *capaz* de matar, todos sabiam quem era. E, ao contrário do que ela pudesse tentar argumentar, não era Varona.)

Libby franziu a testa.

— O quê... Você está falando de matar Callum para... me salvar? Para salvar o restante de nós?

— Estou.

Tristan ficou nervoso só de pensar nessa sugestão, embora, para a sorte deles, Callum não estivesse na casa. A presença dele, como a de Reina, era facilmente identificável pelos rastros excessivos de magia. Mas, com todas as ilusões de Callum, era difícil discernir o que estava mesmo em uso e o que não estava.

— Digamos que seja Callum num lado dos trilhos e o resto de nós no outro — explicou Tristan.

— Ah. — Libby piscou, em seguida arregalando os olhos. — Bem, eu...

Tristan esperou, se preparando. Não tinha certeza de que resposta queria ouvir. Para Libby, aquela era apenas uma pergunta hipotética, não sendo suficiente para determinar a posição dela.

Mesmo assim, Tristan se surpreendeu quando ela disse:

— Não vou fazer isso.

— O quê? — disparou ele, automaticamente, com tanta rapidez que chacoalhou as profundezas de seu cérebro dolorido repleto de pensamentos perturbadores. — Como assim você não vai fazer?

— Eu não vou matar ninguém. — Libby deu de ombros. — Nem pensar.

— Bem, suponhamos que você não tenha escolha.

— No experimento do pensamento, você quer dizer?

Tristan hesitou, e então disse:

— Sim, no experimento do pensamento.

— Sempre temos escolha. — Ela mordiscou o interior da bochecha, tocando o manuscrito no colo, em uma vibração que ele provavelmente não conseguia ouvir. — E você?

— Eu o quê?

— Mataria Callum?

— Eu... — Tristan pestanejou. — Bem, eu...

— Ou a mim. — Ela o olhou de esguelha. — Você me mataria?

— Não. — Não, ela não. Que desperdício seria resguardar o mundo do poder dela, da capacidade dela. Um completo e horroroso crime contra a humanidade. Essa era uma conclusão fácil, mesmo que o sexo não fosse parte da equação. — Não, é lógico que não, mas...

— O que Parisa disse?

Tristan se deu conta de que Parisa dissera a mesma coisa, só que de forma drasticamente diferente: *Eu não vou fazer isso.*

— Acho — disse ele, devagar — que Parisa planejaria algum tipo de motim. Tomaria o controle do trem. — Tristan deu uma risada sombria que fez sua garganta doer. — Matar três e salvar três, só para não ter que fazer exatamente o que mandaram.

— Bem, há essa opção — disse Libby, dando de ombros, como se tudo que ele dissera fosse uma opção plausível.

Tristan tentou formular um pensamento, mas foi interrompido pelo movimento de Libby cuidadosamente marcando onde parara no manuscrito, se virando para encará-lo.

— Eu provavelmente preciso falar com... — Uma pausa. — Eu preciso, há. Meu namorado vai... — começou ela, e então ficou em silêncio. — Eu provavelmente deveria contar a ele.

— Você não vai... — Merda. — O que vai dizer?

Libby mordeu o lábio.

— Não decidi ainda.

— Você vai...

Terminar?

— Não faço ideia. Acho que sim. — Uma pausa. — Sim.

— Então...

O fato de Tristan não poder falar abertamente sobre o assunto nem deixar de falar sobre ele era bastante perturbador. Desejou ter a presença de espírito para ficar em silêncio, para sair dali como alguém que fazia esse tipo de coisa o tempo todo, mas naquele momento ele sofria apenas de alfinetadas de desidratação e estupidez total e irrestrita.

— Então você vai simplesmente contar a ele? Na cara dura?

— Não sei. Preciso pensar — disse Libby.

Obviamente ela queria dizer que pensaria sozinha, o que era justo. Esse exercício de pensamento, ao contrário do anterior, não fora feito para revisão em pares. O impulso de perguntar *pensar no quê?* inundou a consciência de Tristan por um momento, mas a memória muscular evitou que se prendesse nisso por muito tempo. Já era ruim o suficiente que tivesse feito o que fizera; ele não queria se tornar o tipo de pessoa que remoía as coisas. Tinha membros acostumados à distância impassível e, para seu alívio, ele a colocou entre si e Libby Rhodes com facilidade.

Semanas se passaram e Tristan ainda não ouvira nada de Libby. As primeiras interações deles foram um pouco esquisitas, com ocasionais olhares de relance e uma colisão desastrosa que envolveu a palma dele inadvertidamente deslizando pelo quadril dela enquanto passavam um pelo outro entre as mesas na sala de leitura, mas não houvera nenhuma outra conversa. Nenhum tipo de contato intencional, nem nada além de "olá", "boa noite" ou "por favor, passe o pão".

Até, é óbvio:

— Elétrons.

Tristan estava sentado a uma mesa sozinho na sala de leitura, concentrado. Ou tentando se concentrar. Libby entrara e o assustara, puxando a cadeira de uma das outras mesas para se sentar ao seu lado sob o brilho fraco do abajur, como se eles fossem amigos casuais que nunca, digamos, tinham transado.

— Como assim "elétrons"? — perguntou Tristan, se sentindo grogue e burro.

Era irônico que a pesquisa sobre pensamento o deixasse tão desprovido de qualquer um, mesmo depois de quase dois meses de estudo. O tópico atual de precognição (e o estudo dos precognidores mais famosos da história, como Cassandra e Nostradamus) não fez absolutamente nada para prepará-lo para esse tipo de interação, que só poderia ser descrito como um pesadelo repentino.

— Se você pudesse quebrar as coisas e deixá-las do tamanho de um elétron, também poderia alterá-las quimicamente — disse Libby, se inclinando para perto dele. — Em teoria.

— Ah. — Tristan pigarreou. — Bem, parece um... assunto para depois, não?

— O quê, química?

— Ainda estamos estudando psicocinese.

— Bem, isso não é diferente do pensamento no geral — afirmou Libby. — Pensei nisso quando estávamos discutindo as mecânicas do futuro. A propósito, você pensou em mais alguma coisa sobre o tempo?

Libby tinha uma mania tão incessante de fazê-lo se perguntar do que diabos ela estava falando.

— Sobre... o tempo?

— Sim, se você pode usá-lo. — Ela, diferente dele, parecia ignorar solenemente o fato de que aquela era a primeira vez que estavam conversando a sós desde que Tristan acordara na cama de Libby. — A precognição é prova de que o futuro pode ser acessado através do pensamento, então por que o mesmo não pode ser aplicado de maneira física? Sem falar que o tempo é uma dimensão da qual ninguém consegue sequer imaginar a forma, quanto menos vê-la. — Ela lhe lançou um olhar direto e perturbador. — Ao contrário de você.

— O quê? Você acha que eu posso...? — Seu pouco treinamento de ilusionista erroneamente diagnosticado estava o deixando na mão. Magicamente falando, Tristan não tinha a menor ideia de que tipo de linguagem poderia ser usada para descrever o que Libby sugeria. — *Usar* o tempo?

— Não faço ideia, Tristan. É por isso que estou te perguntando. É provável que você saiba algum jeito de usá-la, não?

— Usar o quê?

— Sua especialidade.

— O que tem ela?

— Bem, é sua, não? Então supõe-se que é você quem deveria usá-la, não eu.

Um tanto confuso, Tristan arranhou um argumento, tirando-o de algum lugar.

— Várias especialidades mágicas são feitas para serem usadas em conjunto. A maioria dos naturalistas trabalha com...

— Não é isso que eu estou dizendo. — Libby inclinou a cabeça, a franja caindo para o lado. Ela a deixara crescer. Agora, estava quase grande o bastante para colocar atrás da orelha, fato do qual Tristan tinha total conhecimento, e isso o preocupava. — Não há nada de errado em usar uma especialidade que não seja a sua. Eu só suspeito do contrário.

— Por quê?

— Por que o quê?

— Por que você suspeita do contrário?

— Para falar a verdade, é mais um palpite do que uma suspeita. O que Parisa acha?

— Eu… — Tristan parou de falar, de novo surpreso. — Como é?

— Na verdade, por falar em Parisa… — Outra mudança brusca, bem quando Tristan pensara entender a conversa. — Você acha que ela mudou de ideia?

Em vez de continuar fazendo duas variações da mesma pergunta, Tristan cruzou os braços, esperando.

— Sobre a… eliminação — explicou Libby, intuindo corretamente que ele não fazia a menor ideia do que ela estava falando. — Parece que ela pode ter mudado de ideia depois daquela coisa toda com o Callum. Sabe, o dilema do trem?

— Ah. — Certo. A questãozinha da morte de Parisa pelas mãos de Callum.

— Sim. — Tristan lutou contra um arrepio repentino. — Para ser justo, acho que ela sempre soube que ele faria isso.

— Bem. — Libby pigarreou. — Suponho que possa haver mérito na coisa toda.

Tristan arqueou a sobrancelha.

— Mérito em… matar Callum?

— Você viu o que ele fez, Tristan. — A expressão de Libby tinha um ar novo e sombrio de determinação que ele nunca vira antes. — Callum não sabia que não era real, sabia? Não fazia ideia de que estava em algum tipo de… realidade aumentada na cabeça do Varona — disse ela com um franzir de testa. — Então a realidade de *Callum* é a de que ele poderia se livrar de Parisa a qualquer momento, e com facilidade. Então talvez isso seja algo para considerar no experimento.

— Que algumas pessoas deveriam morrer?

— Que algumas especialidades não deveriam existir — afirmou ela, chegando a uma conclusão.

Aquilo, pensou Tristan, com certeza era uma percepção chocante.

— É por isso que é um dilema moral, Rhodes.

A boca dele estava seca de novo, embora não soubesse ao certo por quê. Talvez porque Libby, sem intenção, decidira qual dos cinco ela assassinaria, o que talvez algum dia fizesse mesmo.

Precognição. Que horrível. Ele definitivamente não invejava Cassandra.

— Não há uma resposta certa — disse Tristan, devagar.

O sorriso de Libby cresceu um pouquinho, e ela o olhou nos olhos.

— Suponho que não — observou ela, mais para si mesma, e então, para a surpresa dele, começou a se levantar para ir embora.

Tristan ficou subitamente irritado, sem acreditar que Libby pudesse aparecer do nada, sugerir que ele era capaz de fazer algo totalmente impossível e então ir embora sem abordar os pensamentos que o atormentavam havia semanas. *Ele* seria capaz de matar alguém? E *ela*? Eles haviam vendido suas almas no instante em que pisaram no prédio? Haviam se tornado algo que de outra forma não seriam, agora distorcidos a ponto de jamais voltarem ao que eram antes? Será que não eram ainda as aberrações que seriam *no fim*? Que merda ele deveria fazer com elétrons — como ele poderia um dia *usar o tempo*? —, e, aliás, Libby terminara ou não com o namorado?

A mão de Tristan se ergueu antes que ele pudesse se conter.

— Rhodes, escute...

— Ah — disse a voz de Callum, passando pela soleira da sala de leitura bem quando Libby se virava, de olhos arregalados. — Pensei ter sentido um incômodo prolongado. É o Tristan perturbando você de novo, Rhodes?

— Não, óbvio que não. — Libby pigarreou, olhando para a mão de Tristan, que se afastou do braço dela. — Só pense no assunto — disse, baixinho —, tudo bem?

Então ela fitou os sapatos de Callum e inclinou a cabeça, deixando a sala em silêncio.

— Tão nervosinha, aquela ali — disse Callum, olhando para Libby e então para Tristan. — Ela não sabe, sabe?

— Não. — Tristan ainda não conseguira dizer a ela que o dilema moral hipotético não era, no fim das contas, tão hipotético (ou moral). — Além disso, talvez não seja verdade.

— Talvez não seja — concordou Callum, caindo numa cadeira ao lado da de Tristan. — Como você imagina que seria o anúncio?

— Talvez seja uma brincadeira — disse Tristan —, ou uma armadilha. Tipo...

— A instalação? E o Fórum?

Tristan suspirou.

— Acho que eles só querem ver do que somos capazes.

— E se for verdade? — perguntou Callum. — Não acho que você tenha um favorito, tem?

— Um favorito?

— "Alvo" é um termo muito ofensivo — disse Callum. — Ou "um x vermelho".

Tristan se encolheu um pouco, e o sorriso eterno do outro minguou.

— Você também me acha insensível agora, Tristan?

— Um cacto acharia você insensível — murmurou Tristan, e Callum deu uma risadinha.

— E mesmo assim aqui estamos — disse ele, pegando dois copos —, tudo farinha do mesmo saco.

Ele colocou um copo na frente de Tristan, servindo um pouco de uísque de uma uisqueira tirado do bolso do casaco.

— Sabe, não consigo lembrar quando me dei conta de que podia sentir coisas que as outras pessoas não podiam — comentou Callum em tom de brincadeira, sem tirar os olhos do líquido no copo. — Só... sempre esteve ali. Eu sabia, é óbvio, desde o começo, que minha mãe não me amava. Ela dizia "eu te amo" para mim com a mesma frequência que dizia para as minhas irmãs — prosseguiu, se virando para servir um copo para si —, mas eu conseguia sentir como faltava afeto quando ela dizia aquilo para mim.

Callum fez uma pausa.

— Ela odiava meu pai. Ainda odeia — continuou ele, pegando o copo e dando uma cheirada. — Tenho um palpite de que fui concebido em circunstâncias bem pouco admiráveis.

Ele ergueu o olhar para Tristan, que levara o copo aos lábios, entorpecido. Como sempre, havia um borrar de magia ao redor de Callum, mas nada que desse para identificar. Nada fora do comum, fosse lá o que o comum de Callum fosse.

— Enfim — prosseguiu Callum —, percebi que se eu fizesse certas coisas, dissesse coisas de uma certa forma ou olhasse nos olhos dela enquanto as fazia, podia fazê-la... ser mais gentil comigo. — O uísque queimava na boca de Tristan, mais fumaça que sabor. O oposto do sabor de sua última incursão no absinto, com resultados ainda aflitivamente aguçados. — Acho que eu tinha dez anos quando percebi que eu *fizera* minha mãe me amar. Então percebi que, sob minha influência, ela podia fazer outras coisas também. Largar o copo. Pousar a faca. Desfazer a mala. Se afastar da varanda. — O sorriso de Callum era sombrio. — Agora ela está mais do que feliz. A matriarca do conglomerado de mídia mais bem-sucedido do mundo, plenamente satisfeita com um de seus muitos namorados novinhos. Meu pai não a perturba há mais de uma década. Mas ela ainda me ama de maneira diferente; não é sincero. Ela me ama porque eu coloquei esse sentimento. Porque eu me tornei a âncora dela a esta vida e, portanto, ela me ama o mesmo tanto que pode amar qualquer tipo de corrente. Ela me ama como um prisioneiro de guerra.

Callum deu um gole.

— Eu sinto — disse ele, erguendo seus olhos azuis para encontrar os de Tristan. — Sinto intensamente. Mas devo, por necessidade, sentir de maneira diferente das outras pessoas.

Isso, supunha Tristan, era um eufemismo. Ele se perguntou outra vez se Callum estava usando algo para influenciá-lo e determinou, com relutância, que não sabia.

Não *conseguia* saber.

— Eu... — começou ele, e pigarreou, dando outro gole. — Eu não desejaria ter sua maldição.

— Todos temos nossas próprias maldições. Nossas próprias bênçãos. — O sorriso de Callum falhou. — Somos os deuses de nossos próprios universos, não somos? Destrutivos. — Ele ergueu o copo, brindando com Tristan, e se afundou mais em sua cadeira. — Você está com raiva de mim?

— Com raiva?

— Não há uma palavra para o que você está sentindo — corrigiu-se Callum —, embora eu ache que raiva descreva o suficiente. Há amargura agora, ressentimento. Um pouco de mancha, ou ferrugem, suponho, no que éramos.

— Você a matou — disse Tristan.

Mesmo agora parecia bobagem, algo inconcebível de dizer.

Tristan estava anestesiado na hora, sem acreditar totalmente no que via. Agora parecia um sonho distante, algo que inventara quando a mente se distraíra. Um delírio, algo assim. Algo feio e horrível que dançava para dentro de seus pensamentos e saía, passageiro e terrível demais para ser verdade.

— Me pareceu a coisa honrada a se fazer — disse Callum.

Foi necessário bastante esforço para que Tristan não ficasse boquiaberto.

— Como assim?

Callum deu de ombros.

— Quando você sente a dor de alguém, Tristan, é difícil não querer livrá-las disso. Não é o que fazemos pela dor física, para o sofrimento terminal? Sob outras circunstâncias, é chamado de misericórdia. — Ele tomou outro gole. — Às vezes, quando sofro a angústia de outra pessoa, quero o que ela quer: que tudo termine. A condição de Parisa é vitalícia, eterna. Degenerativa. — Ele pousou o copo, agora vazio, na mesa. — Vai consumi-la — prosseguiu —, de uma forma ou de outra. Quero que ela morra? Não. Mas... — Outro dar de ombros. — Algumas pessoas sofrem com bravura. Outras, desajeitadamente. — Callum ergueu o olhar, vendo a expressão de incerteza de Tristan. — Algumas sofrem em silêncio, com poesia. Parisa sofre teimosa e inutilmente, seguindo em frente só por seguir. Só para evitar a derrota, para sentir algo além do vazio. É, acima de tudo, por vaidade. — Ele deu uma risada seca. — Ela é como todas as coisas bonitas: não consegue suportar a ideia de não existir. Eu me pergunto se a dor dela vai ficar mais aguda ou mais fraca depois que a beleza dela acabar.

— E quanto àqueles de nós que não sofrem? — quis saber Tristan, passando o dedo na borda do copo. — Que valor nós temos para você?

Callum o encarou por um momento.

— Todos temos as exatas maldições que merecemos — explicou ele. — O que eu seria, se os pecados que me construíram fossem diferentes de alguma forma? Você, acho, tem uma condição de pequenez, de invisibilidade. — Callum endireitou a postura, se inclinando à frente. — Você é forçado a ver as coisas como são, Tristan, porque acha que ninguém pode ver você.

Callum pegou o copo dos dedos do outro, se inclinando por sobre a mesa. Ele acariciou a bochecha de Tristan, o polegar descansando no queixo. Por um breve momento Tristan pensou querer o que viria a seguir. Toque. Ternura.

Callum saberia o que ele queria, então talvez Tristan quisera mesmo.

— Eu sinto intensamente — disse Callum.

Então se levantou, suas pernas longas e magras, deixando o copo no lugar em que ele estivera.

Não é preciso dizer que, nos dias seguintes, Tristan ficou num tormento silencioso. Callum, pelo menos, não era diferente em sua intimidade. Em primeiro lugar eles eram amigos, nada de novo, acostumados a beber à noite perto do fogo. Havia um companheirismo em Callum, um conforto. Houve momentos em que parecia que os dedos de Callum se moviam na direção do ombro de Tristan ou deslizavam, tranquilizadores, entre as armadilhas da escápula do outro. Mas eram apenas momentos.

Enquanto isso, Libby se manteve friamente distante, e os pensamentos de Tristan sobre o tempo com ela se misturaram àqueles sobre a questão do tempo em si, de maneira inevitável.

Enquanto a primavera começava fora de época, mais cedo, se esgueirando por baixo do frio invernal, Tristan com frequência se viu ao ar livre, se aproximando das proteções que circundavam a Sociedade. A magia nas extremidades era espessa e cheia, identificável em fios tão volumosos como cordas. Havia tramas de outros grupos de iniciados que produziam um quebra-cabeça divertido e insone. Tristan brincava com as peças, puxando suas extremidades como um fio descosturado, procurando por qualquer perturbação no pulsar da consistência.

Tempo. A forma mais fácil de vê-lo — ou fosse lá que parte dele Tristan conseguia identificar — era ficar ali, quase fora dos limites do terreno, e existir em vários estágios dele ao mesmo tempo. Não era exatamente uma atividade normal, mas nada daquilo era. Com o tempo, ele e os outros já não eram mais quase supervisionados. Por coincidência ou não, nenhum deles vira muito Atlas desde que foram confrontados pelo Fórum, o que levara os seis candidatos a um tipo estranho de desconfiança. Cada um havia desenvolvido seus próprios hábitos estranhos nesse ínterim, e aquele era o de Tristan. Ele ficava em silêncio, acionando engrenagens que só sabia mais ou menos como usar, e esperava — ou melhor, pensava — que algo ia acontecer se olhasse por tempo suficiente.

O problema era sua imaginação. Libby dissera uma vez: a dela era pequena demais. A dele era problemática demais. Objetivamente, Tristan sabia que o mundo continha outras dimensões que eles ainda não entendiam, mas quando criança ele aprendera quais formas buscar e, com naturalidade, procurava por elas agora. Encarar o familiar e de alguma forma esperar ver algo novo era frustrante e totalmente impossível. Sim, Tristan podia ver coisas que as outras pessoas não viam, mas o problema era que ele não acreditava em seus próprios olhos quando as via. A criança que escutava todos os dias sobre sua inutilidade era agora um homem desprovido de fantasia, sem a inventividade para dar a ele um escopo mais amplo. Era um tanto irônico: foi sua própria natureza que mais o podou.

Apenas uma vez Tristan encontrou uma pessoa enquanto fazia isso — uma noite úmida, fresca e tomada de pólen, pouco antes do amanhecer. De onde estava, ele olhou entre os cornisos, assustado, de repente vendo um jovem à frente, nos limites do gramado, encarando a casa como se não pudesse exatamente vê-la. Ou talvez estivesse olhando para outra coisa.

— Olá? — chamou Tristan, e o homem piscou, ajustando o foco.

Ele não era muito velho, provavelmente da mesma idade de Tristan ou um pouco mais jovem, esguio e quase magro demais, com um cabelo preto comprido e uma rara aparência de desleixo. O tipo de pessoa que em geral não derramava café na camisa, mas que naquele dia deixara acontecer.

— Você consegue me ver? — perguntou o homem, incrédulo.

Tristan pensou que talvez ele estivesse usando uma ilusão de disfarce, mas foi interrompido antes que pudesse perguntar.

— Deixa pra lá, isso é óbvio.

O homem suspirou, mais para si mesmo. Ele não tinha sotaque britânico. Na verdade, seu sotaque era estadunidense ao extremo, embora diferente do de Libby.

(Tristan se perguntou por que pensara nela, mas logo ignorou. Atualmente, Libby sempre estava na mente dele.)

— É óbvio que você consegue me ver, ou não teria dito nada — observou o homem, amigavelmente. — É só que eu nunca encontrei outro viajante antes.

— Outro... viajante? — perguntou Tristan.

— Geralmente quando faço isso tudo fica meio congelado. Eu sabia que havia outros tipos, é claro. Só sempre pensei que eu estava existindo num plano que as outras pessoas não podiam ver — confessou o homem.

— Um plano de quê?

O homem franziu a testa, perplexo.

— Bem, deixa pra lá. Eu... devo estar errado. — Ele pigarreou. — De qualquer forma...

— O que você está olhando? — perguntou Tristan, que estava academicamente preso na questão. — Nos seus arredores, digo.

Ele esperava determinar se eles estavam no mesmo lugar física ou apenas temporariamente. Ou talvez nenhuma das opções, ou ambas.

— Ah. — O homem olhou ao redor, parando por tanto tempo que Tristan se perguntou se ele ia mesmo responder. — Bem, meu apartamento — disse, por fim. — Só estou decidindo se devo entrar.

— Então não acho que estou no mesmo plano que você. — Isso se o homem estava dizendo a verdade, embora não desse para entender por que não estaria. Então, porque não tinha certeza se queria que o encontro misterioso acabasse, perguntou: — O que você está decidindo?

— Bem, eu só não me decidi completamente a respeito de uma coisa que tenho que fazer — respondeu o outro. — Na verdade, não. É pior. Acho que eu já decidi o que farei, e espero que seja a coisa certa. Mas não é, ou talvez seja. Mas acho que não importa — concluiu ele, com um suspiro —, porque já comecei, e me arrepender não vai ajudar.

Tristan sentiu uma identificação imediata com a incerteza do homem.

— Não vou tomar seu tempo — disse ele. — Estou só... brincando um pouco, acho.

Cálculos surgiram na mente de Tristan, embora fossem de pouca ajuda. Parecia que eles estavam no mesmo plano de algo — tempo era a única explicação plausível —, mas como ele chegara ali? Ou havia acontecido de maneira tão sutil que ele não sabia o que estava fazendo (e, portanto, poderia ter feito antes, ou poderia fazer outra vez, por acidente), ou ele fizera algo para iniciar o mecanismo e falhara em anotar os passos. Era hora de ele começar a catalogar suas refeições, seus pares de meias, cada passo diferente que desse, para o caso de algo que fizesse acabasse o arrastando para outro canto da realidade.

— Bom, tente brincar com responsabilidade. — O homem abriu um sorriso triste. — A propósito, meu nome é Ezra.

— Tristan.

Ele estendeu a mão para cumprimentá-lo.

— Tristan — repetiu o homem, franzindo as sobrancelhas. — Mas você não é...?

Tristan esperou, mas Ezra hesitou, pigarreando.

— Não importa. Boa sorte, Tristan — disse ele, e seguiu em frente, aos poucos desaparecendo na névoa densa que cobria o gramado da casa.

Quando o homem desapareceu, Tristan se deu conta de que ele tinha feito algo. O quê, ele não fazia ideia, mas acontecera, então Tristan deu meia-volta e entrou na casa, subindo as escadas e parando ao chegar ao corredor dos quartos.

Podia contar a Libby. Ela provavelmente o excederia em entusiasmo, o que significava que ele teria a liberdade de, ironicamente, dizer coisas como: "Se acalme, não é nada", mesmo que não estivesse falando para valer. Ele se virou para a porta dela, considerando, e então parou. Libby faria muitas perguntas, tentando, como sempre, resolver o quebra-cabeça. Era uma arquiteta de detalhes, sempre nas trincheiras da construção. Ela ia querer ver como as coisas se moviam, de quais partes se tratavam, e é óbvio que Tristan não teria qualquer resposta. Libby olharia para ele de olhos arregalados e diria: "Mais alguma coisa?", e Tristan diria não, aquilo era tudo que ele sabia, então pediria desculpas por ter mencionado... Ele olhou para o relógio.

Cinco.

Da manhã.

Tristan suspirou, se afastando da porta de Libby e se virando para encarar aquela ao lado da dele, batendo uma vez.

Callum abriu a porta sem camisa, o cabelo bagunçado. Atrás dele, Tristan avistava os lençóis desfeitos, e ainda quentes, onde Callum estivera deitado instantes antes, num sono profundo e solene.

Era estranho para Tristan não saber qual era a aparência de Callum para os outros. Ele às vezes desejava poder se aventurar dentro da cabeça de alguém, assim como Parisa, só para ver. Era agora uma curiosidade. Ele sabia que Callum fizera algo no cabelo, no nariz. Podia ver que os encantamentos foram usados, mas não conseguia entender seus efeitos. Em vez disso, para ele Callum parecia o que sempre fora, com um cabelo que não era bem loiro e uma testa notavelmente ampla, o maxilar tão quadrado que sempre parecia retesado. Havia coisas disponíveis para consertar para quem quisesse consertá-las. Os olhos de Callum eram próximos e não tão azuis quanto ele era capaz de torná-los, se tentasse. Era possível que Callum pudesse até mesmo se dar ao luxo dos encantamentos que os faria permanentes. Até a tecnologia mortal podia consertar a visão de uma pessoa. Os feitiços medeianos disponíveis ao filho de uma agência de ilusionistas significavam que mesmo Callum não se lembraria de que seu rosto parecia inacabado.

— Eu vejo você.

Foi o que saiu da boca de Tristan antes que ele tivesse se decidido por completo sobre o que dizer, o que provavelmente foi a melhor escolha, pois poderia ter dito "Eu não quero ficar sozinho", ou pior, "Não sei o que quero", duas coisas que Callum saberia só de olhar. Que coisa horrível era estar tão tragicamente exposto.

Callum se afastou da porta, chamando-o com um movimento.

Sem dizer nada, Tristan entrou.

· NICO ·

Nico falhou em dar um cruzado de direita e errou um gancho forte, topando diretamente com o punho de Reina e praguejando em voz alta, numa mistura de insultos eruditos em espanhol e do interior da Nova Escócia.

(Uma vez, Gideon ensinara a ele como dizer algo em sereiano — que era uma mistura de dinamarquês, islandês e algo que Nico classificou como vagamente inuíte —, mas também o alertara que, se pronunciado de maneira incorreta, invocaria um tipo de coisa do mar que era metade fantasma e metade sereia, então dificilmente parecia valer a pena usá-lo. Max também não ajudava com a profanidade, já que, teimoso, tendia a usar demais a mesma: "cacete".)

— Você está ruim hoje — observou Reina, o suor pingando da testa dela, olhando para Nico enquanto ele cambaleava para trás, atordoado, para dentro dos canteiros de roseiras desabrochando alegremente.

Levou um momento, mas por fim o olho dele parou de lacrimejar.

— Talvez você esteja melhorando — murmurou Nico, sem convicção.

— Estou, mas isso foi um erro seu — apontou Reina, com sua consideração de sempre pelos sentimentos dele.

— Eu sei, beleza. — Nico se sentou no gramado, murchando um pouco. — Então vamos parar por aqui.

Reina observou a grama com um olhar depreciativo (talvez se sentindo insultada; ela mencionara uma vez que certos tipos de gramado inglês tendiam a se acharem demais), mas por fim se sentou, desconfortável, ao lado dele.

— O que foi? — perguntou.

— Nada — respondeu Nico.

— Então tá.

Era, em quase todos os sentidos, o oposto do encontro que ele acabara de ter.

— Você está se escondendo — dissera Parisa a Nico na sala pintada, virando uma página no livro sem erguer o olhar, sentada à mesa de leitura. — Pare de se esconder.

À porta, Nico congelou.

— Não estou...

— Telepata — relembrou-o ela, soando entediada. — Você não está apenas se escondendo, também está murchando.

— Não estou murchando.

(Tudo bem, talvez não fosse totalmente diferente da conversa dele com Reina).

— Que tal vir aqui e me dizer o que está incomodando você, e a gente se livra disso juntos? — disse Parisa, enfim desviando o olhar do que Nico ficou surpreso em perceber ser uma cópia antiga de um quadrinho de X-Men. — O que foi? — quis saber ela, impaciente, seguindo a linha de visão dele até o quadrinho com um olhar melhor descrito como minucioso. — O Professor Xavier é telepata.

— Bem, eu sei disso — disse Nico, sem jeito.

— Você não acha que ele é baseado num medeiano?

— Não, só estou... deixa pra lá. — Ele hesitou, enrolando no dedo uma mecha de cabelo da parte de trás da cabeça e fazendo uma careta. — Eu vou só... Você está ocupada, vou...

— Sente-se — ordenou Parisa, empurrando uma cadeira com o pé.

— Tá. Beleza, tudo bem.

Nico se sentou pesada e desajeitadamente.

— Você está bem. Pare de ficar agitado.

— Não estou agitado — retrucou Nico, se irritando um pouco, e ela ergueu o olhar.

Era mesmo desesperadoramente injusto ela ser bonita assim, pensou Nico.

— Eu sei — disse ela. — Essa é a minha história de origem, se você prestou atenção.

Imediatamente, Nico tornou a hesitar.

— Eu sei — respondeu ele, mais para o próprio pé do que para ela.

Então Libby era assim? Ele quase nunca era tão estabanado, nem tão preocupado com ser assim. Ele conhecera muitas garotas bonitas e com certeza um punhado de garotas malvadas e atraentes. Deveria estar preparado para aquilo.

— Eu não sou malvada — corrigiu Parisa —, só gosto de ir direto ao ponto. E antes que você brinque e culpe a barreira linguística — continuou, parando quando ele abriu a boca —, eu também sou trilíngue, então isso não serve como desculpa.

— Um brinde à sua superioridade linguística, então — resmungou Nico, sem paciência.

Parisa olhou para as páginas, folheando-as.

— Sarcasmo é uma forma morta de sagacidade — observou.

Qualquer referência à mortalidade era suficiente para fazer Nico se encolher, e Parisa ergueu o olhar com o movimento, suspirando.

— Só me conta de uma vez — sugeriu, deixando o quadrinho de lado. — Não posso deixar que você fique pisando em ovos assim, Nicolás. Se você for molenga, então eu vou ter que ser molenga, e não consigo sequer começar a te contar o pouco tempo que tenho para fingimento...

— Você *morreu* — disse Nico — na minha *cabeça*.

Parisa fez uma pausa, provavelmente para mergulhar mais uma vez o dedinho do pé na cabeça em questão. Ela estava descalça, percebeu Nico, observando o rosa-claro das unhas dos pés, que descansavam na cadeira ao lado da dele. Nico estava longe de ter paciência para manter defesas telepáticas, então, como sempre, nem se deu ao trabalho. Ele focou puramente em observar o esmalte dela, esperando que fosse menos revelador do que qualquer coisa que Parisa pudesse encontrar nos pensamentos dele.

— Não se preocupe comigo dentro da sua cabeça — disse Parisa, por fim. — Ela não existe, Nico. Só eu existo.

Bom conselho, na teoria. Neste caso, mal se aplicava.

— De certa forma, eu me sinto responsável — admitiu Nico —, o que é...

— Ridículo — completou ela.

— Eu ia dizer que provavelmente é injusto — corrigiu ele —, mas mesmo assim. Por quê...?

Ele hesitou.

— Por que escolhi usar a sua mente e não a de outra pessoa? — completou Parisa. — Eu te disse, Nico, porque você é o menos capaz de ser malicioso.

— Parece um insulto.

— Por quê?

— Porque passa a impressão de que eu sou... não sei — murmurou ele, meio envergonhado. — Inocente.

— O que é isso, machismo?

Parisa suspirou.

Nico se remexeu na cadeira, olhando para os dedos dela outra vez.

— Se quer saber, é você quem eu mais quero na cama — disse ela, sujeitando-o a décadas de traumas secretos apenas por sustentar o olhar dele enquanto falava. — A verdade é que é raro eu ser altruísta o suficiente para manter distância, e ainda mais raro eu invocar qualquer controle. Infelizmente, estou com muito desejo de não arruinar você.

Ele deslizou a mão para os pés de Parisa, preguiçosamente apoiados na cadeira ao lado, acariciando um dedo da base à ponta.

— Quem disse que você *me* arruinaria?

— Ah, Nico, eu amaria que fosse você a me arruinar — disse Parisa, impertinente, se movendo para descansar os pés no colo dele —, mas, para o meu pesar, eu jamais ia permitir. E, enfim, você faz as coisas abertamente demais, se dando em excesso. Você me comeria com todo o seu coração — lamentou —, e não posso colocá-lo nesse tipo de perigo.

— Eu sou capaz de fazer sexo casual — afirmou Nico, se perguntando por que sentia a necessidade de tornar aquilo um fato.

Ele botou a mão no calcanhar dela, subindo até o tornozelo e acariciando a panturrilha, devagar, moldando a mão à forma dela.

— Para você, ou é bom, ou é casual — disse ela. — E não posso arriscar ter um sem ambos.

Ela enterrou os dedos do pé na coxa dele, escorregando na cadeira.

— O que você faz em seus sonhos? — perguntou Parisa, e então: — Você fala com alguém — completou, se respondendo, tamborilando as unhas na madeira da mesa. — Consigo ouvir você fazendo isso às vezes.

— Ah. — Nico pigarreou. — Eu... É que não posso...

— Sair por aí espalhando o segredo dos outros, tudo bem, só que eu já sei, então não há muito o que contar. O nome dele é Gideon — disse Parisa, direta, como um personagem familiar que ela tirara das páginas de um quadrinho. — Ele preocupa você o tempo todo. Gideon, Gideon, Gideon... Ele está nos seus pensamentos com tanta constância que às vezes eu me pego pensando no nome dele. — Ela suspirou um pouco enquanto Nico continuava a massagear o músculo delgado da panturrilha dela, dedilhando as tenras fibras. — Ele é um viajante, não é, o seu Gideon? Não um telepata. — Parisa fechou os olhos, tornando a expirar quando os dedos de

Nico roçaram a parte interna do joelho dela. — Pelo que vejo, ele opera nos sonhos, não no pensamento.

— Na verdade... — disse Nico, e hesitou.

Parisa abriu os olhos e mexeu a perna de novo, dessa vez ajustando o corpo para que o arco do pé ficasse perigosamente acima da valiosa vulgaridade preferida de Max.

— Na verdade...? — incentivou ela.

Pela primeira vez, Parisa não estava sorrindo com falsa modéstia. Não pretendia seduzi-lo para ter uma resposta. Pretendia esmagá-lo se ele não o fizesse.

Nico gostou mais dela por isso, o que era preocupante.

— Não se preocupe — tranquilizou ela. — Talvez você seja a única pessoa que gosta de mim pelos motivos certos.

Nico revirou os olhos, pegando o pé dela outra vez.

— Você acha que existe uma intersecção entre sonho e pensamento? — Diante da pausa de expectativa dela, ele explicou: — Tenho tentado pesquisar sobre o assunto, mas não chego a lugar algum. Não sei o que estou procurando.

— O que ele é? Gideon?

Ele massageou o osso acima do arco, acariciando-o com o polegar. Uma distração útil, na verdade, para não se sentir tão culpado por revelar os segredos de Gideon, embora Nico achasse que, se Parisa pudesse ajudar, valeria a pena. Já havia passado um ano inteiro sem nenhum progresso e, sem Gideon, Nico estava começando a se sentir um pouco nervoso, solitário e desesperado.

— Tecnicamente, uma criatura.

— Híbrida humana?

— Bem... — Nico mordiscou o interior da bochecha. — Não. Metade sereiano, metade sátiro.

— Ah. — O sorriso de Parisa repuxou antes de aumentar. — Tem forma humana? Digo, na parte que importa.

Nico a encarou.

— Isso era para ser engraçado?

— Sim. Um pouco. — A língua dela deslizou sobre os lábios, com um ar um pouco travesso. — Não consigo controlar meus apetites.

— Ele tem um pau, se isso responde à sua pergunta. — Bruscamente, Nico agarrou o outro pé, cutucando o dedinho dela como punição. — Não que eu... — Mais hesitação. — Só estou dizendo que morei com ele por muito tempo. Coisas acontecem.

— Então você já viu?

Nico ergueu o olhar, defensivo, e ela deu de ombros.

— Já vi muitos — disse Parisa. — Não vou julgar você.

— Não é a mesma coisa — murmurou ele.

— Tá bom, e vamos de machismo de novo. — Ela empurrou o joelho dele com o calcanhar. — Não fique tão chateado.

— Não estou. Eu só...

— Então Gideon consegue viajar pelos sonhos?

— Ele... consegue — disse Nico, devagar. — Sim. Desculpe, sim.

— Ah. — Parisa se endireitou, tirando os pés do colo dele. — Você já fez isso também?

— Eu... — Ele sentiu as bochechas corarem. — É um assunto privado.

— É mesmo?

Não.

— Tá, eu consigo viajar — confessou Nico, com uma careta —, mas não me pergunte como eu...

— Como você faz?

Ele rangeu os dentes.

— Eu já disse, é...

— Descreva o pênis do Gideon — sugeriu Parisa, e no pulsar de pânico que se seguiu, ela conseguiu arrancar algo da cabeça dele. — Ah, então você se transforma? Bem, isso é muito impressionante. Mais do que impressionante. — Ela o empurrou com delicadeza de novo, encantada. — Brilhante. Agora a gente nunca vai poder trepar — afirmou, parecendo contente com essa conclusão —, porque eu não durmo com gente que é mais mágica que eu.

— Duvido — disse Nico, vagamente devastado.

— Eu sou muito mágica — explicou Parisa. — O Fórum deve estar louco para pôr as mãos em você — acrescentou ela, o que não dizia nada para Nico. Ele franziu a testa, confuso, e Parisa inclinou a cabeça, compreendendo o que aquilo significava. — Você não recebeu uma visita do Fórum enquanto estava em Nova York?

Nico pensou naquele fim de semana, tentando lembrar se algo estivera fora do lugar.

("Ei", dissera Gideon em determinado momento enquanto eles estavam no reino dos sonhos. "Alguém está tentando passar pelas proteções do apartamento." Nico, que estivera em sua forma de sempre de falcão, ficou em silêncio, mas bateu as asas brevemente para sugerir que eles podiam muito bem ir para aquele lugar. "Certo", dissera Gideon. "Foi o que pensei.")

— Bem... — Parisa suspirou, trazendo-o de volta ao assunto. — Deixa pra lá, então. Você queria saber sobre sonhos e pensamentos? — perguntou, e enquanto Nico tinha sido até aquele momento muito insistente em manter o que sabia da condição de Gideon em segredo, ele identificou o movimento de uma rara porta se abrindo. De alguma forma, ele ganhara uma chave para a sinceridade de Parisa Kamali, e não planejava desperdiçá-la.

— Você leu um livro sobre sonhos — comentou ele. — Reina me contou.

— O livro de Ibn Sirin, você quer dizer? — perguntou Parisa. — Embora digam que ele abominava livros, então provavelmente um medeiano inferior o escreveu.

— Sim, esse livro mesmo. Acho. — Nico pensou. — E você tem alguma...

— Tenho. Uma teoria em especial — confirmou Parisa. — Como são os sonhos quando você está em um?

— Eles têm uma topografia. Estão em... reinos, por falta de uma palavra melhor.

— Como um plano astral?

— Eu não saberia dizer — disse Nico —, já que o único no qual estive foi o que você criou na minha mente, e eu nem sabia que estava lá.

— Bem, você lembra como era e a sensação — disse ela, e ele refletiu um pouco.

— De ser algo indistinto da realidade, você quer dizer?

— Basicamente — concordou Parisa. — Nosso subconsciente preenche as lacunas. Se alguém, em especial você, olhasse com atenção para os detalhes, teria visto que não estávamos na realidade. Mas a maioria das pessoas não olha com atenção, a não ser que tenha um motivo para fazê-lo.

— Bem, então, sim, o reino dos sonhos parece a mesma coisa. Como a realidade — disse ele.

— A minha teoria é a que os sonhos são seu próprio plano astral. Só que são ausentes de tempo.

— *Ausentes* de tempo? — repetiu Nico.

— Sim. Você tem consciência do tempo quando viaja com Gideon? — perguntou ela, e Nico balançou a cabeça. — E ele?

— Não exatamente.

— Bem, talvez sua teoria esteja quase certa. Os sonhos podem ser a intersecção entre tempo e pensamento — disse Parisa, avaliando. — Há vários estudos que mostram que o tempo passa de maneira diferente nos sonhos, algo que pode ser até calculado. Provavelmente não é diferente de como o tempo se move no espaço.

Aquela era uma teoria interessante.

— Então o tempo poderia se mover mais rápido ou mais devagar nos sonhos?

— Instintivamente, obedecemos ao tempo — explicou ela. — Gideon deve ter bastante controle para ser capaz de entrar e sair quando quiser.

Nico nunca pensara daquela forma, mas, a menos que estivesse perdido, Gideon sabia precisamente quando retornar. Nico, que aparecia em forma de pássaro nos sonhos, sempre achou que ele andasse com um relógio de pulso ou algo do tipo.

— Por que você se preocupa tanto com ele? — indagou Parisa, interrompendo os pensamentos de Nico. — Tirando a questão da amizade.

Hesitando, Nico abriu a boca, então tornou a fechá-la.

Aos poucos, abriu outra vez.

— Ele é muito... valioso.

Nico não queria entrar em detalhes e contar os pedidos constantes da mãe de Gideon. Deixando os crimes de Eilif de lado, era incerto se Gideon era ou não um fugitivo. Ele com certeza se considerava um, motivo pelo qual o amigo sempre manteve seu nome em sigilo, mas Nico nunca gostou da ideia de aquilo ser verdade. Quando Gideon entendeu o que a mãe lhe pedia que fizesse, ele aguentou o fardo daquela cumplicidade e tentou botar um ponto-final nela. Realmente tentou consertar as coisas.

Mas não levou muito tempo para perceber que se esconder da mãe (e dos funcionários dela) era muito mais difícil do que imaginara.

— Ah, sim — murmurou Parisa consigo —, suponho que as habilidades dele seriam monetizadas com facilidade. Muitas pessoas pagariam para ter posse de algo em sonho se soubessem que tal poder existe. — Ela desviou o olhar por um momento, pensando. — Então o que exatamente você está procurando nos arquivos?

Confessar a verdade era difícil, mas não pareceu valer a pena omitir aquela informação. Se alguém seria capaz de ajudá-lo — ou não usar o que ele sabia para fins escusos —, ele supôs ser Parisa.

— O que ele é, acho — admitiu Nico. — O que são os poderes dele. Quanto tempo ele vai viver. Se alguém como ele já existiu. — Uma pausa. — Esse tipo de coisa.

— Pelo que entendi, ele anseia por uma espécie?

— De certa forma.

— Que pena — disse ela. — Muito humano da parte dele desejar fazer parte de um coletivo.

Eles se sentaram em silêncio por um momento, o relógio na lareira tiquetaqueando. Nico tinha a sensação de que Parisa estava imersa nos próprios pensamentos e não nos dele, o que era algo digno de nota. Ela parecia girar dentro de uma órbita solitária, a energia na sala de repente se acumulando em torno dela em tentáculos de curiosidade em vez de se expandir para fora, como a contemplação de outras pessoas tendia a fazer.

— Você devia ter alguma coisa — comentou Parisa, depois de um momento. — Um talismã para carregar consigo.

Nico ergueu o olhar, intrigado.

— Como assim?

— Algo para manter com você. Algo que só você saiba o que é. Para ter certeza de onde está e se você existe num plano de realidade — explicou ela. — Seu amigo Gideon também deveria ter um.

— Por quê?

Nico, confuso, observou Parisa ficar de pé e se espreguiçar.

— Bem, você ainda não se deu conta, mas você não conseguiu ignorar o que viu dentro da sua cabeça porque não sabia que estava dentro dela. — Parisa se virou para ele e abriu um sorrisinho. — Vai te ajudar, Nico. Você tem que ter um talismã. Encontre um e o mantenha com você, e então nunca terá que se perguntar o que é real ou não.

Parisa se virou para ir embora, expressando cada intenção de sair da sala sem ser importunada, mas Nico se levantou, segurando seu braço.

— Você não acha que Callum seria capaz de machucá-la de verdade, acha? — perguntou Nico, a voz saindo mais urgente e aflita do que ele gostaria. Uma hora antes, mesmo cinco minutos antes, jamais teria se permitido uma demonstração de vulnerabilidade tão impressionante, mas precisava saber. — Na vida real, quero dizer. Na realidade. Seja lá o que isso signifique.

Os olhos dela se estreitaram um pouco.

— Não importa — disse, e se virou, mas Nico tocou as costas dela, implorando.

— Como é que não importa? Você consegue ver dentro da cabeça dele, Parisa. Eu não consigo. — Nico a soltou, mas se manteve perto dela, com um ar conspiratório. — Por favor. Só me conte o que ele realmente é.

Por um momento, quando ela o encarou, Nico pensou ter visto uma evidência incomum de tensão no rosto da telepata, vestígios de um segredo que em breve seria revelado, uma verdade querendo se libertar. Ela tomou a decisão no segundo em que seus olhos encontraram os dele, mas, mesmo com a conversa inesperada que haviam tido, Nico não estava preparado para a resposta, nem para o efeito devastador que teria sobre ele.

— Não importa se Callum planeja me machucar — disse Parisa —, porque eu vou matá-lo antes.

Então ela se aproximou e disse algo que fora um golpe para Nico, e mesmo depois de horas, ele continuava chocado.

— O que foi? — repetiu Reina, tirando-o de seus devaneios e trazendo-o de volta à conversa deles enquanto Nico mexia distraído no espinho de uma roseira solto em sua meia.

O silêncio não costumava deixar Reina desconfortável, mas provavelmente ele estava em silêncio por tempo demais. O sol estava se pondo, brilhando tênue no horizonte.

Nico puxou uma folha de grama, arrancando-a. Ele se perguntou se Reina ouvia a grama gritar quando Nico fazia isso e se contraiu ao lembrar que o universo tinha uma voz que ele não podia ouvir, outro detalhe entre muitos que ele não podia mais ignorar. Um pedaço feliz de ignorância perdida, pertencente a uma pessoa que ele nunca mais seria.

— Você mataria alguém para ter tudo isso? — murmurou Nico para Reina, embora tenha se arrependido da pergunta no instante em que ela saiu de seus lábios.

Reina perguntaria por quê, e talvez ele não fosse capaz de dar uma resposta. Mas Nico não precisava ter se preocupado. Reina nem sequer hesitou.

— Sim — disse ela, e fechou os olhos, aproveitando o calor em silêncio na grama.

VII

INTENÇÃO

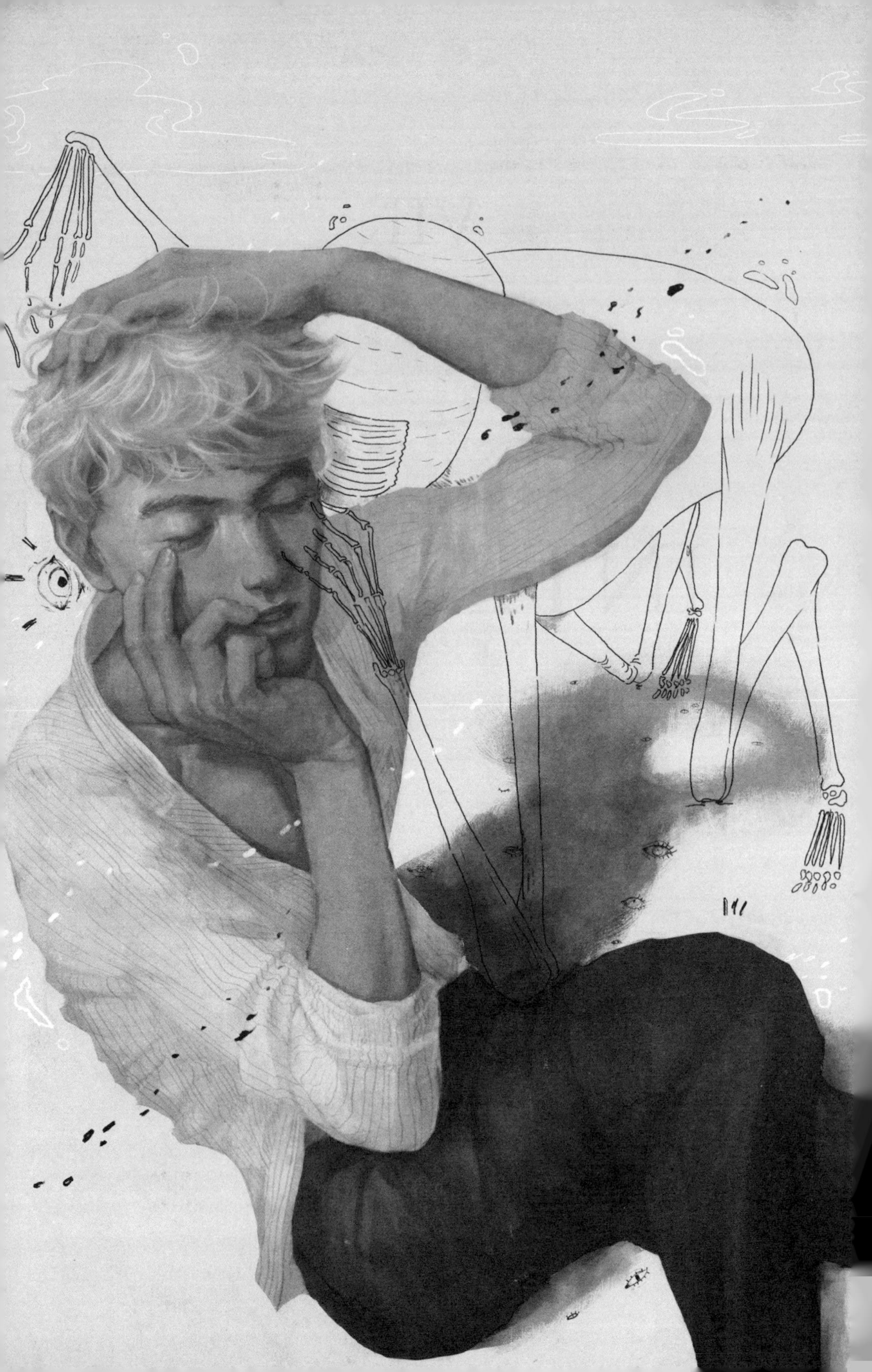

· REINA ·

O reino do pensamento não era totalmente desinteressante como tema de estudo, mas, ainda assim, Reina ficou satisfeita em seguir em frente. As pausas no assunto eram particularmente intrigantes, porque sempre havia a sensação de algum tecido invisível oculto, como se estivessem sendo dirigidos por correntes que não podiam ver até que já tivessem absorvido o material, o engolido por inteiro.

Reina teve a vantagem de ter sido criada em meio a filosofias orientais em oposição às ocidentais, o que significava que estava mais disposta a confiar em normas gerais de dualidades. Ela entendia, de uma forma que os outros não conseguiam, a existência de polaridades, o misticismo da oposição, que reconhecer a presença da vida significava aceitar a presença da morte. Que conhecimento exigia ignorância. Que ganho significava perda. A ambição sugeria contentamento, em certo sentido, porque a fome implicava a existência de fartura.

— Sorte é uma questão de probabilidade — disse Dalton.

Na ausência cada vez mais constante de Atlas, Dalton assumira a função de guiá-los para além do material introdutório. Ele não parecia apreciar muito a tarefa, estava sempre com uma cara de quem fora arrastado de algo mais importante. Tinha um ar de quem desejava estar em outro lugar ou, em geral, de quem estava com os pensamentos bem distantes dos alunos.

Mesmo assim, os seis haviam se acostumado com a presença dele, encarando-o menos como um administrador (como Atlas) e mais como um cozinheiro que mal viam, ou um zelador. Alguém que lhes dava sustento, mas não interferia muito na rotina deles.

— Sorte — prosseguiu Dalton — é uma magia e uma ciência que foi estudada em detalhes, tanto por medeianos quanto por mortais. É o acaso, mas com um dado viciado: a inclinação da probabilidade em direção a um evento favorável. Por motivos óbvios, a propensão à sorte é uma mercadoria valiosa.

Também é uma magia comum, mesmo para os níveis mais baixos dos bruxos. Agora, a questão do azar...

— Azar? — repetiu Libby, confusa.

(Reina não tinha essa dúvida. A existência da sorte necessariamente implicava seu antônimo.)

— Azar — confirmou Dalton —, por falta de termo melhor, é a perturbação intencional da probabilidade. Sortilégios, feitiços, maldições...

— Magia de batalha? — perguntou Nico, que, apesar de bem-intencionado, tinha a tendência de ser muito literal.

— Azar — repetiu Dalton. — Feitiços, é lógico, são a forma mais direta; má sorte intencional causada à vítima. Os outros dois...

— Sortilégios são inconveniências, estorvos — comentou Libby. — E maldições são dano deliberado?

Ela sempre parecia articular as coisas em forma de perguntas, mesmo quando estava certa, supostamente por um desejo de parecer inofensiva. (Como se qualquer um deles fosse se sentir ameaçado pelo conhecimento dela de algo que todos eles tiveram que estudar no primeiro ano na universidade.)

— Academicamente falando, sim — confirmou Dalton. — Mas, para os propósitos da Sociedade, estamos menos preocupados com os resultados de tais magias do que com a construção delas, quais maldições se provaram mais efetivas e por quê, esse tipo de coisa. Principalmente — disse ele, a atenção se dispersando, como acontecia com frequência, para Parisa —, como a perturbação da sorte pode ser utilizada para destruir um homem, perturbando-o da forma, ou melhor, da falta de forma que o caminho dele deveria naturalmente ter.

Os olhos escuros de Parisa sustentaram os dele por um momento. Dalton pigarreou.

— Natureza é caos, magia é ordem, mas elas não são totalmente desvinculadas. Linhagens sanguíneas — prosseguiu Dalton — são transportadores comuns de mecanismos de má sorte, continuidade genética. É muito comum que uma maldição siga a genealogia de alguma forma ou seja passada para a prole. Esse tipo de magia é muito mais complexo do que parece. Qualquer coisa com consequências tão duradouras requerem certo nível de sacrifício e perda para o lançador do feitiço.

Os comentários de Reina eram raros, mas às vezes necessários.

— Por quê?

As plantas ao lado dela serpentearam de alegria, incentivando-a a falar mais. *MãeMãe, nos acalme com sua voz, nos agrada te ouvir!*

Ela cruzou as pernas, irritada.

— Por quê? — repetiu Dalton diante da interrupção dela, outra vez parecendo desejar ser deixado em paz com seus pensamentos. — Porque, embora a magia e a natureza tenham formas distintas, elas não são inseparáveis. A magia tem aspectos da natureza, a natureza tem aspectos da magia, e tirar uma da outra é uma corrupção de ambas as formas. É a desintegração do naturalismo em si. Um homem com uma maldição vai perturbar o equilíbrio das coisas, deformando o universo ao seu redor. Sorte mágica é uma corrupção também; para qualquer corrupção se sustentar, o lançador do feitiço deve aceitar, de certa forma, uma fratura, um pedaço de si mesmo para sempre quebrado, o preço do desequilíbrio causado.

— Eu não quero saber por que é necessário — disparou Reina, direta. — Quero saber por que funciona.

Dalton estreitou os olhos.

— O sacrifício tem sua própria magia — explicou ele. — A decisão de fazer algo em si já é uma mudança, uma ruptura do estado natural da ordem do mundo. As coisas aconteceriam em favor do lançador do feitiço independentemente da interferência? Sim, é óbvio; a probabilidade significa que todos os resultados são, de modo conceitual, possíveis — disse Dalton, zumbindo de maneira metódica. — Mas focar um resultado específico é necessitar de uma mudança em alguma direção, duradoura e irreversível. Nós estudamos o domínio da consciência porque entendemos que decidir algo, pesar um custo e aceitar suas consequências são alterar o mundo à força de alguma forma tangível. Essa é uma magia tão verdadeira e real quanto qualquer outra.

— Você está sugerindo que a magia é algum tipo de espiritualismo? — questionou Reina.

Mãe está falando a verdade! Mãe fala a verdade! Ela é feita de verdade!

— Às vezes — prosseguiu ela, com aspereza —, você trata a magia como um deus, como uma energia, e às vezes como um pulso. É uma vibração não científica quando conveniente, mas já sabemos que seu comportamento pode ser previsto e, portanto, mudado.

Dalton não disse nada, esperando que ela chegasse ao ponto, então Reina insistiu:

— Você faz da magia sua própria entidade, mas ela não tem autonomia de escolha. Nenhuma pesquisa mostra que a magia escolhe deliberadamente como honrar as intenções do lançador do feitiço, ele simplesmente funciona ou não, dependendo das habilidades da pessoa que o lança.

Dalton parou para considerar.

— Então você quer dizer que a magia não tem sua própria senciência?

Reina assentiu. Ao lado dela, a expressão de Parisa se tornou contemplativa.

— A magia não é um deus — concordou Dalton —, é uma ferramenta. Mas ela responde de maneira discreta às intenções do usuário, seja lá quão sutil possam ser. É uma questão não muito diferente da relatividade geral — disse ele. — A intenção não pode mudar a fundação da ciência ou a magia como um todo, mas sabemos, por observação, que seu resultado pode mudar em relação ao uso.

— Então se uma flecha atinge o alvo depende tanto da habilidade do arqueiro quanto das leis definidas do *momentum* — formulou Libby. — É isso que você quer dizer?

— Sim e não — respondeu Dalton. — Não é uma equação tão simples. As regras da letalidade não são limitadas por uma restrição ou duas, mas por muitas. Quando se trata de magia, a questão não se resume apenas ao arqueiro, mas também à flecha em si. Às vezes a flecha é feita de pedra; às vezes, de aço; às vezes, de papel. Se a flecha em si for fraca, até mesmo uma imensidão de habilidade pode falhar.

— Além de mirar o arco, a intenção do arqueiro forja a flecha? — quis saber Nico, franzindo a testa.

— Às vezes — respondeu Dalton. — Em outras, a flecha é forjada por outra coisa.

— A flecha forja a si mesma?

Libby de novo. Devagar, Dalton se virou para ela, a observando em silêncio por um momento. Ela parecia querer dizer uma coisa — *se a magia é a flecha e nós somos os arqueiros, quanto controle temos sobre sua trajetória?* —, mas pareceu que por fim acabou fazendo outra pergunta.

A magia é a ferramenta ou nós é que somos?

— Esse é o propósito deste estudo — disse Dalton, depois de um tempo.

Callum e Tristan ainda não haviam falado nada, o que não era totalmente incomum, assim como não era incomum que se entreolhassem. Em certo ponto fora Tristan a iniciar os olhares, quase como medida de segurança —

conferindo se sua perna esquerda ainda existia, ou se ainda estava usando a camisa que vestira antes do café da manhã. Agora, era Callum quem fazia a manutenção de rotina. Observando as funções num trem de passageiros, protegendo seus bens.

Reina se virou para Nico, que perdera o interesse nos fundamentos filosóficos da conversa. Perguntou-se se ele ainda estava pensando no que Parisa lhe dissera, e então passou a se perguntar quais eram as intenções dele.

Ela estava bastante confiante de que Nico não a mataria. (As plantas dela recuaram, sibilando com a ideia de alguém fazer o contrário.) Falando de maneira prática, é óbvio, Reina estava bastante certa de que ninguém o faria; ela não estava nem no topo nem no final da lista de ninguém, o que a fazia não ser alvo nem vítima em potencial. No fundo, eles eram ambiciosos por igual — individualmente, todos tinham fome de algo —, mas as polaridades do grupo eram aquelas cuja incongruência não podia ser retificada. A presença de Parisa implicava a existência de Callum, e aquela era a tensão que os outros eram incapazes de suportar. Desacostumados à necessidade de oposição, eles acabariam sentindo ser necessário fazer uma escolha.

Reina se virou para olhar Parisa, considerando suas próprias escolhas. Por um lado, ficaria feliz de se livrar dela. Por outro, Parisa jogara muito bem; Reina duvidava que alguém pudesse convencer Tristan ou Libby a matá-la. Não, era melhor tirar Libby da equação. Ela não escolheria ninguém — era medrosa demais. A não ser que Libby matasse Callum? Uma possibilidade. Afinal, Libby fora a mais perturbada pela morte astral de Parisa.

Como um lembrete do incidente em questão, Reina se virou para observar Callum de novo, com mais atenção. A planta atrás dele tremeu, e Reina franziu a testa, concordando. Era Callum quem deixava todos eles desconfortáveis, e mesmo a mais simples forma de vida conseguia sentir. Era a escolha óbvia, mas havia um enorme obstáculo à unanimidade: Tristan. Ele concordaria em matar Callum? Era provável que não, e isso explicava a necessidade de Callum de checar como o outro estava com regularidade.

Parecia que o incidente entre Callum e Parisa separara o restante deles em duas facções — pessoas que se incomodavam com a morte, e pessoas que não. E Tristan era o meridiano.

Talvez eles devessem se livrar de Tristan e ponto final.

Parisa se virou para ela de sobrancelha arqueada. (Reina tinha sido descuidada; talvez pensando de maneira um tanto desajeitada sobre a ideia.)

Não finja que algum dia você teve um amigo de verdade, pensou Reina, numa resposta silenciosa. *Você o trairia num segundo se isso fosse te beneficiar.*

Os lábios de Parisa se curvaram para cima, num sorrisinho malicioso. Ela deu de ombros, nem confirmando nem negando, e então voltou sua atenção para Dalton, que estava começando a discutir maldições em formas de consciência quando a porta se abriu atrás dele, revelando a aparição inesperada de Atlas.

— Não quero interromper vocês — disse Atlas, embora, é óbvio, ele *tenha* interrompido.

Estava de terno, como sempre, mas parecia estar chegando de algum compromisso, talvez uma reunião. Já que nunca assumira o cargo de Guardiã numa sociedade secreta de elite, Reina não sabia quais eram as atividades diárias dele. Ela o observou desenganchar o guarda-chuva do braço e pousá-lo ao lado da porta, apoiando-o na moldura.

Em certo ponto, aquilo tinha sido normal. Quando os seis começaram os estudos, Atlas estivera presente toda manhã, mas, como Dalton, ele se afastara quando os candidatos ficaram confortáveis com o trabalho da Sociedade. A aparição dele mudou a química e a atmosfera da sala.

Dalton assentiu, pronto para continuar a lista de sugestão de leitura, mas, antes que pudesse dizer algo, Libby ergueu a mão.

— Desculpe, senhor — disse ela, virando-se para Atlas —, mas, já que você está aqui, queria saber se a gente vai discutir os detalhes da iniciação em algum momento.

O restante da sala congelou.

Dalton, percebeu Reina, tinha ficado roboticamente parado, dando curto-circuito no mesmo instante. Nico estava mortificado, mas com um tipo bem específico de mortificação: o desânimo específico de ter esquecido algo importante, como ter saído de casa com o forno ligado. O olhar de Tristan estava fixado à frente, como se ele não tivesse ouvido a pergunta (impossível), e Callum reprimia uma risada, como se esperasse reviver o momento infinitamente até que houvesse espremido toda a diversão possível.

Parisa estava menos chocada. Era provável que soubesse o que Libby ia perguntar antes que a outra dissesse qualquer coisa em voz alta, dada sua capacidade de ler mentes, mas com certeza não havia dúvidas para ninguém ali que fossem lá os segredos que os outros tinham, Parisa também os conhecia.

Só Libby estava de mãos abanando.

— Bem, estamos aqui há quase um ano — prosseguiu ela. — E nesse tempo todos nós recebemos visitas de membros de outras organizações, não é?

Ninguém confirmou, mas isso não pareceu detê-la nem por um segundo.

— Então, parece que a esta altura deveríamos saber o que vem a seguir — concluiu ela, olhando ao redor. — Vai haver algum tipo de prova ou...?

— Desculpe minha brevidade — disse Atlas. — Enquanto grupo, vocês terão que selecionar um membro para ser eliminado ao final do mês. Quanto aos detalhes, é um pouco cedo demais para discuti-los.

— É mesmo? — Libby franziu a testa. — Porque parece que...

— A Sociedade faz as coisas de uma maneira bem particular por um motivo — informou Atlas. — Pode não parecer muito compreensível agora, mas não posso permitir que a urgência se sobreponha à importância da nossa metodologia. Temo que a eficiência logística seja apenas uma de muitas preocupações.

Estava óbvio que Libby não ia obter mais respostas; mais óbvia ainda era a decepção dela com a ideia de continuar na ignorância.

— Ah. — Ela cruzou os braços sobre o peito, se voltando para Dalton. — Perdão.

Dalton prosseguiu, voltando à aula um tanto distraído e, pelo resto da tarde, nada parecia fora de lugar.

No que dizia respeito a Reina, entretanto, algo monumental havia sido alcançado. Ela agora tinha certeza de que apenas Libby permanecia no escuro, o que significava que, se o restante deles estava ciente dos termos da iniciação e ainda não havia ido embora, então todos deveriam ter chegado, em segredo, à mesma conclusão que Reina.

Estavam dispostos a matar quem quer que fosse para ficar. Cinco de seis flechas não estavam apenas afiadas, mas também letais, e agora estavam prontamente apontadas.

Por um momento, Reina sentiu o puxão de um sorriso em seu rosto: intenção.

MãeMãeMãe está viiiiiiiiiiiiiiva!

· TRISTAN ·

— Talvez a gente devesse matar Rhodes — observou Callum no café da manhã.

Tristan parou de mastigar, engolindo a torrada de uma só vez. Callum olhou para ele, dando de ombros.

— Só parece prático — disse. — Ela e Varona são um par, não são? Por que manter os dois?

Não era a primeira vez que Callum apresentava aquele argumento, mas isso não tornou a resposta de Tristan mais fácil.

— Então por que não matar Nico?

— Suponho que poderíamos. — Callum pegou o café, dando um gole. — Eu poderia ser convencido.

Ele devolveu a xícara à mesa, olhando para a torrada que Tristan deixou de lado.

— Está tudo bem?

Tristan fez uma careta.

— Estamos discutindo qual de nós *matar*, Callum. Não acho que eu deveria continuar comendo.

— Não? Você ainda está aqui — comentou Callum. — Imagino que signifique que esperam que você continue fazendo tudo exatamente como faria em circunstâncias normais.

— Mesmo assim.

A barriga de Tristan doía, ou seu peito. Ele se sentia enjoado e completamente despedaçado.

Foi isso que Dalton quis dizer sobre uma pessoa estar fragmentada? Talvez eles estivessem sendo desintegrados de propósito, moralmente removidos para que pudessem ser costurados outra vez com partes menos humanas. Talvez, no fim, sobrariam apenas vestígios das antigas crenças dele, como uma cauda vestigial. Algum pequeno nó na base de sua coluna vertebral filosófica.

Era de se surpreender com a tamanha facilidade que ele havia aceitado a ideia da eliminação. Não deveria ter hesitado, recuado, dado no pé? Em vez disso, a ideia parecia ter se estabelecido como algo de que ele sempre suspeitara, tornando-se mais inegavelmente óbvia a cada dia. É lógico que alguém tinha que morrer. A magia imensa exigia uma fonte de energia, e um sacrifício dessa natureza seria exatamente isso: imenso.

Pelo menos para Tristan. Era plausível que, em certo nível de privilégio, coisas triviais como a vida e o bem-estar das pessoas eram detalhes insignificantes, custos baixos a serem considerados brevemente e depois, no interesse da produtividade, deixados de lado por um bem maior.

Pensamentos e orações.

— Talvez não funcione se você não sentir nada — murmurou Tristan, e Callum ergueu o olhar de uma vez.

— Como é que é?

— Eu só quis dizer...

O que ele *quisera* dizer? Afinal, era Callum ao lado dele.

— Esqueça o que falei.

— Você já acreditou em mim. — Callum apertou a xícara. — Não mais, certo?

— Bem, é só que...

— Isso é o que faço para sobreviver — disse Callum, a voz dura com algo; traição, talvez.

Tristan se encolheu, se lembrando do que o outro dissera: *A confiança, quando perdida, não pode ser restaurada.*

— Pensei que você já tivesse entendido isso sobre mim a essa altura — concluiu ele.

— Eu entendi. Eu entendo — corrigiu-se Tristan. — Mas você pareceu tão...

— O quê, insensível? Frio, indiferente, traiçoeiro? — Uma pausa. — Ou você quis dizer cruel?

Silêncio.

Callum se virou com expectativa para Tristan, que não ergueu a cabeça.

— Você ainda não entende, né?

Tristan permaneceu calado.

— Estamos nisso por causa do que *temos*, não pelo que nos falta — disse Callum, de repente exalando impaciência. — Quem Parisa seria se não tivesse visto os pensamentos do irmão? Se Reina não tivesse sido sugada desde o nascimento?

— Callum — Tristan conseguiu dizer —, eu só estava tentando...

— O quê? Fazer de mim o vilão? No fim, nós vamos fazer a mesma escolha, Tristan. Na verdade, já fizemos. — Os lábios de Callum estavam crispados; com malícia, ou dor. — Uma hora ou outra, você e eu vamos decidir matar alguém. Você é menos culpado apenas porque conseguiu desvendar mais coisas?

Confuso, Tristan pensou em dizer que sim. Pensou em argumentar: *Isso é culpa, é algo humano, sua determinação é robótica, como uma máquina. No fim, eu não seria capaz de continuar o mesmo, eu não poderia me tornar uma versão falsa de mim mesmo, tenho um coração batendo dentro do peito, mas onde está o seu?*

Ele não disse nada.

— Você está aqui — disse Callum — porque deseja algo tanto quanto eu. Poder, compreensão, não importa o quê. Talvez você queira conhecimento, talvez não. Talvez você esteja aqui porque planeja sair desta Sociedade e assumir a empresa de James Wessex. Talvez você o faça falir, arruíne a filha dele. Talvez isso aqui sirva como vingança para você, uma represália, quer você planeje admitir para si mesmo ou não.

Com dificuldade, Tristan engoliu em seco.

— Talvez você consiga ver muitas coisas, Tristan, mas eu vejo partes suas que você não se permite ver. Essa é a porra da minha maldição.

Callum se levantou de repente e começou a andar de um lado a outro.

— Não há uma única pessoa viva que possa ver a si mesma do jeito que eu posso vê-la — rosnou ele, e não soou como um aviso. Ou uma ameaça. — Você quer acreditar que a hesitação faz de você uma pessoa boa, te faz melhor? Mas não faz. Cada um de nós tem algo faltando. Somos todos muito poderosos, muito extraordinários, e será que você não vê que é porque estamos cheios de lacunas? Somos vazios e estamos tentando nos preencher, nos acendendo com fogo só para provar que somos *normais*, que somos comuns. Que nós, como qualquer outra coisa, podemos queimar.

Ele se virou, exasperado.

— Nós somos medeianos porque nunca teremos o suficiente — disse ele, rouco. — Nós não somos mortais; somos deuses nascidos com dor embutida. Somos seres incendiários e somos *falhos*, exceto pelo fato de que as fraquezas que fingimos ter não são nossas fraquezas reais. Não somos sensíveis, não sofremos de deficiência ou fraqueza; nós as imitamos. Nos convencemos de que as temos. Mas nossa única verdadeira fraqueza é que sabemos que somos maiores, mais fortes, tão próximos da onipotência quanto podemos ser, e temos fome, a desejamos com ardor. Outras pessoas podem ver seus limites, Tristan, mas nós não temos nenhum. Queremos encontrar nossas extremidades impossíveis, agarrar restrições que não existem, e *isso*... — Callum expirou. — É isso que vai nos deixar loucos.

Tristan olhou para sua torrada esquecida, de repente exaurido.

A voz de Callum não suavizou.

— Você não quer enlouquecer? Que pena, porque isso já aconteceu. Se for embora, a loucura vai te seguir. Você já foi longe demais, e eu também.

— Não vou matar a Rhodes — disse Tristan. — Não consigo.

Callum parou por um momento, enrijecendo, e então voltou ao assento. Ele arrumou o cabelo e balançou a mão sobre o café para aquecê-lo de volta.

— Eu sei — disse ele, apático. — Parisa garantiu que isso acontecesse.

Pelo resto do dia, Tristan se sentiu atordoado. Estava esgotado, como se tivesse uma ferida que não coagulara. Seu constante autoquestionamento, e o dos outros, era cruelmente agudo. Uma coisa era ser entendido por outra pessoa, ser exposto por ela, e outra era (por mais inevitável que fosse) ser usada de forma errada por ela. Tanto Parisa quanto Callum haviam visto partes de Tristan que ele não entendia ou não conseguia entender; um desconfiava do outro. O que, então, eles viram nele que poderiam usar a seu favor? Incerto, Tristan cedia sob o peso da dúvida.

Nada mais era concreto. O tempo não existia, nem mesmo o infinito. Havia outras dimensões, outros planos, outras pessoas que poderiam usá-los. Talvez Tristan estivesse apaixonado por Callum ou Parisa, ou por ambos, ou por nenhum deles, talvez na verdade os odiasse, talvez significasse algo o fato de ele confiar tão pouco nos dois e eles pouco se importarem, tendo sabido disso o tempo todo. Talvez as únicas partes que Tristan não pudesse ver fossem ele mesmo e seu lugar no jogo entre eles. Em meio a essa probabilidade, sua própria idiotice maldita, ele viu na própria mente o rosto decepcionado de Libby, balançando a cabeça de leve.

Talvez fosse ela que Tristan amava. Ou talvez a verdadeira loucura fosse quanto ele queria desesperadamente não amá-la.

Independentemente disso, o que Tristan precisava com mais urgência era acreditar em *algo*; parar de olhar para as peças e enfim entender o todo. Ele queria se deleitar com sua magia, não lutar contra ela. Queria algo, em algum lugar, que pudesse entender.

Tristan estava andando de um lado para o outro na sala pintada, tentando se decidir, perfurando com fúria um caminho da abside da cúpula até a porta. O movimento não ajudava o borrão das coisas que ele só via pela metade, mas ficar parado não era uma opção. Ele fechou os olhos e estendeu a mão para algo sólido, sentindo fios no ar. As alas da casa sob o design de Nico e Libby eram como grades, difíceis de mexer, como se fossem barras de ferro. Ele parou e tentou algo diferente: ser parte delas, um integrante em vez de observador.

Tristan se sentiu como um lampejo de existência, tanto no lugar quanto fora dele. De certa forma, era como meditar. Um foco na conexão e, quanto mais enraizado em seus próprios pensamentos ele ficava, menos capaz de se centrar em qualquer realidade física ele era. Na ausência da visão, apenas seu sentido e memória podiam lhe dizer onde ele estava: pisos de madeira, o cheiro de gravetos queimando na fornalha, o ar da mansão da Sociedade, ocupado por contorções mágicas que o próprio Tristan fizera — mas no interesse de desaprender seus preconceitos, ele os descartou. Tristan não estava em lugar nenhum e também em todos os lugares, tudo e nada. Ele abandonou a necessidade de tomar uma forma ou uma configuração.

Surpreendentemente, foi a voz de Parisa que falou com ele. Tristan não sabia dizer quando ou onde.

— Você tem que ter um talismã — disse ela. — Encontre um e o mantenha com você, e então nunca terá que se perguntar o que é real ou não.

Alarmado, Tristan abriu os olhos, mas, ao se lembrar da realidade, confirmou que não havia saído do lugar que se lembrava de estar da última vez. Permanecia embaixo da cúpula da sala pintada, sozinho.

Para onde havia ido naquele instante? Tinha sequer se mexido? Parisa tinha estado dentro da cabeça dele de alguma forma, ou fora uma memória? Era a magia dela ou a dele?

Tanto trabalho para não saber o que era real.

Tristan se sacudiu e, depois de uma pausa para pensar, pegou um pedacinho de papel e rabiscou algo que só ele saberia ou entenderia, antes de enfiá-lo no bolso.

Callum ergueu o olhar quando Tristan entrou na sala matinal, se preparando para continuar a discussão anterior, mas o outro balançou a cabeça.

— Não estou aqui para brigar — disse ele. — É claro que você tem razão. Eu sei que tem.

Callum não pareceu convencido.

— Isso é para ser uma concessão ou um elogio?

— Nenhum dos dois. Um fato. Ou melhor, uma bandeira branca.

— Isso é trégua, então?

— Ou um pedido de desculpas — disse Tristan. — O que você preferir.

Callum arqueou as sobrancelhas.

— Acho que não preciso de nenhum.

— Talvez não. — Tristan cruzou os braços, se recostando na soleira da porta da sala de leitura. — Uma bebida?

Callum o observou por mais um momento, e então assentiu, fechando o livro e ficando de pé.

Os dois caminharam em harmonia ensaiada até a sala pintada. Callum invocou um par de copos de um canto, olhando de relance para Tristan.

— Uísque?

— Claro.

Com um movimento da mão, Callum serviu a bebida, vazando magia como sempre e, ao lado dele, Tristan se sentou. Os movimentos deles eram praticados com frequência, e Callum colocou um copo na mão de Tristan, pegando o outro. Por vários minutos, ficaram em silêncio, cada um aproveitando a bebida. Era uma mistura esfumaçada e oca, sedosa com âmbar e caramelo sob a luz, com o acabamento suave que ambos preferiam.

— Não precisa ser a Rhodes — disse Callum, por fim. — Mas você tem que admitir que ela não é popular.

Tristan bebericou o uísque.

— Eu sei.

— Não ser popular não significa não ter valor — acrescentou Callum.

— Eu sei.

— E se seu apego a ela é…

— Não é. — De novo, Tristan deu um gole. — Acho que não.

— Ah. — Callum olhou para ele. — Só para você saber, ela tem tentado pesquisar sobre a irmã morta.

Tristan piscou, intrigado.

— Como assim?

— A irmã dela morreu de uma doença degenerativa. Acho que talvez eu já tenha mencionado isso.

Ele não tinha, embora Tristan continuasse na dúvida se Callum deveria ter contado ou não.

— Como você sabe?

— Porque eu sei — respondeu o outro, apenas. — Alguém que viu outra pessoa definhar é fácil de identificar. Eles são assombrados de forma diferente. — Ele fez uma pausa, e então acrescentou: — E ela também está solicitando livros sobre degeneração humana, algo que a biblioteca continua negando.

— E *disso* você sabe porque...?

— Coincidência. Nós moramos na mesma casa.

— Ah. — Tristan pigarreou. — Como eu sei que você está sendo sincero comigo?

— Que motivo eu teria para mentir?

— Bem, não é como se você não se beneficiasse. Em ter um aliado.

— Ter um aliado ou ter você?

— Me diga você.

Tristan deu uma olhadela para ele, e Callum suspirou.

— Você não está acostumado a ser desejado, está? — perguntou o outro. Antes que Tristan conseguisse pronunciar sua resposta sem dúvida alguma desconfortável, Callum explicou: — Como amigo, quero dizer. Como uma pessoa. — Uma pausa. — Como qualquer coisa.

— Por favor, sem psicanálise hoje — pediu Tristan.

— Tá bom. — O sorriso de Callum aumentou. — Dilemas com o papai.

Tristan o encarou, e Callum riu.

— Bem, o uísque está bom e a companhia também. De um jeito chocante, essa é a extensão primária do seu valor para mim, Tristan. Conversas sobre tudo, no mínimo.

— Não sei tudo.

— Essa é a melhor parte. Os silêncios são particularmente atraentes.

Então, eles se sentaram em silêncio por um momento, se saturando no alívio da resolução do conflito.

Depois de minutos de uma coexistência silenciosa, Callum olhou para o relógio.

— Bem, suponho que é hora de eu ir para a cama. — Ele se levantou, pousando o copo vazio na mesa. — Vai ficar acordado?

— Por um tempinho — respondeu Tristan, e o outro assentiu.

— Se quer saber — disse ele, dando um tapinha no ombro de Tristan —, as partes que você parece odiar estão longe de ser repugnantes.

— Obrigado — disse Tristan, enfático, e Callum deixou escapar outra risada do fundo da alma.

Ele passou pelas portas e desapareceu, o calor de sua magia engolido pela escuridão e sumindo com ele.

Tristan, deixado sozinho à luz da lareira da sala pintada, pousou o copo na mesa, colocando a mão no bolso. Então pegou o bilhete que escrevera para si mais cedo, desenrolando-o para ler o conteúdo escrito. Definitivamente não tinha a solenidade de um talismã mágico, mas ainda era um pedaço inalterado de realidade, algo que indicava a verdade.

Especificamente: a bebida que quisera quando estivera sozinho e era incontestavelmente ele mesmo.

Uma taça de vinho. De qualidade. Do Velho Mundo.

Tristan olhou para o suor no copo de uísque que Callum servira, observando uma gota de condensação pingar na mesa.

— Merda! — praguejou Tristan em voz alta, amassando o papel.

· LIBBY ·

— Srta. Rhodes, que surpresa — disse Atlas, num tom agradável. Libby parou à porta da sala de leitura, franzindo a testa. Atlas estava sentado sozinho a uma das mesinhas, completamente concentrado em seu livro.

Não precisou erguer o olhar para notar a chegada dela, o que, na mente de Libby, dizia muita coisa.

— Mas não é uma surpresa de verdade, não é mesmo? — retrucou ela.

Atlas enfim deixou o livro de lado e a encarou com um sorrisinho.

— O que me denunciou?

A falta de perturbação, principalmente. Não havia magia naquele ato, era pura e simplesmente observação.

— Foi só um palpite — disse Libby, e Atlas gesticulou para que ela se sentasse.

— E como você sabia que eu estava aqui?

Os feitiços de proteção. Afinal de contas, fora ela que os projetara.

— Ouvi Dalton mencionar — disse Libby, sentando-se.

— Hum — disse Atlas. Ele tamborilou o livro, que era, ironicamente, *A tempestade*. — Imagino que você tenha mais perguntas sobre a iniciação, certo?

— Tenho, sim. *Várias*.

Tantas, na verdade, que Libby sequer sabia por onde começar.

Estivera fazendo milhares de coisas nos últimos dias. Pesquisas, como sempre. Após a visita do Fórum, ela havia mais uma vez procurado por algo relativo à doença de Katherine, sem chegar a qualquer resultado específico. Tudo que a biblioteca lhe dava — ou, em todo o caso, tudo que a biblioteca fora programada por outra pessoa para lhe dar — eram assuntos pertinentes à tarefa em questão: *maldições* degenerativas, longevidade e seus opostos. A decadência que era o processo de entropia natural permanecia fora de alcance.

Todos os pedidos dela eram negados, a não ser que tivessem algo a ver com o estudo da corrupção intencional — azar, como Dalton definira.

Libby havia começado a se perguntar quem estava de fato mantendo-os longe dos conteúdos dos arquivos quando Nico a abordara na sala de estar e a arrastara para a capela, parecendo estranhamente aflito.

— Tenho que contar uma coisa para você — disse ele, fechando a porta.

— Você não vai gostar.

— A troco de nada? Suponho que não.

Libby nunca gostara de nada que Nico tivesse a lhe dizer sem ser perguntado e com certeza não seria naquele momento que ela ia começar a gostar. Estava prestes a dizer que tinha outras coisas para fazer e que também estava fazendo frio ali, sem contar que ela não gostava daquela teatralidade, mas Nico a interrompeu:

— Só... tente não entrar no modo Rhodes — disse ele. — Está bem?

— Já falei que meu nome não é um *adjetivo*, Varona.

— Tanto faz. — Ele massageou a têmpora sob a luz que derramava da tocha do vitral tríptico. — Olha, nem pense em contar ao Fowler...

— Eu não conto nada para o Ezra — retrucou ela, irritada. — Com certeza não mais.

Nico arqueou as sobrancelhas.

— O que isso quer dizer?

— Nada. — Nada que ela quisesse contar a ele. — Não quero falar disso.

— Tá, só... — Nico exalou, baixando a voz, que ecoava nas paredes cobertas de painéis da capela. — Acho — murmurou ele — que, quando eles dizem que temos que eliminar alguém, querem dizer... literalmente.

Aquilo não era o que Libby estava esperando. Não chegava nem perto.

— Como assim?

— A sexta pessoa, a pessoa que não será iniciada. Eu acho que ela é... — Uma pausa agitada.

— É o quê?

Nico passou a mão no cabelo, exasperado.

— Assassinada.

— Não. Isso é ridículo. É impossível.

— Tenho certeza de que é — disse Nico, reflexivo. — Mas será que é mesmo?

— Isso não faz o menor sentido. — Libby o encarou, franzindo a testa. — Quem te falou isso?

— Parisa, mas…

Aquela informação era um pouquinho mais perturbadora, por conta de toda a questão de ler mentes.

— Ela deve ter interpretado errado ou algo assim — supôs Libby. — Ou talvez só esteja mentindo.

Nico estava surpreendentemente hesitante.

— Eu não acho que seja isso, Rhodes.

— Bem, isso é absurdo — disse Libby, cáustica. — De jeito nenhum somos partes de… algum tipo de… — Ela procurou a palavra, agitada. — Algum tipo de competição *assassina*…

— Talvez não sejamos — concordou Nico. — Talvez seja um truque ou algo do tipo. Ou talvez seja toda essa coisa da intenção que Dalton estava falando — disse ele, balançando a mão, referindo-se à aula que provavelmente ouvira pela metade. — Talvez a gente só tenha que estar *disposto* a fazer isso para que funcione, mas…

— O que você quer dizer com "funcione"?

— Bem, Parisa disse que…

— Parisa não sabe de merda nenhuma.

— Tudo bem, ótimo, talvez não, mas a informação que tenho é essa, então estou repassando para você. Caramba! — praguejou Nico em voz alta, o som ricocheteando nos altos arcos góticos. — Você não tem jeito mesmo, puta merda.

— Eu? — Libby o encarou. — Quem mais sabe, então?

Nico hesitou.

— Todo mundo, acho.

— Todo mundo, *você acha*?

— Eu… — Ele se perdeu nas palavras. — Tá bom, eu sei.

— Sério mesmo? Todo mundo?

— Sim, Rhodes, todo mundo.

— É impossível.

Libby sabia que estava se repetindo, mas parecia improvável conseguir responder de outra forma.

— Alguém se deu ao trabalho de perguntar a Atlas? — indagou ela, de repente furiosa. — Alguma parte disso foi minimamente confirmada?

— Não sei, mas…

— Você *não* sabe?

— Elizabeth, quer fazer o favor de me escutar?

— Óbvio que não, isso é absurdo.

— Tá bom — disse Nico, jogando as mãos ao ar. — Se quer saber, eu também odeio isso, mas...

— Mas o quê? — exigiu Libby. — O que poderia ser o "mas", Varona? O que nisso aqui faria você matar alguém?

— Pelo amor de Deus, Rhodes, o que nisso aqui *não* faria você matar?

Ele quase gritara na cara dela, fechando a boca de repente, alarmado. Libby arregalou os olhos, surpresa.

— Eu só quis dizer... — começou Nico, e então balançou a cabeça, fazendo uma careta. — Não, deixa pra lá. Fale comigo quando estiver pronta, quando tiver processado tudo. Não posso explicar isso agora.

— Varona — grunhiu Libby, mas Nico já estava cruzando as portas da capela, dispensando-a com um peteleco, como se ela fosse algo que caiu no ombro dele.

Então Libby checara os feitiços de proteção e descobrira que Atlas Blakely — que lhes oferecera uma posição que jamais cogitaram sem sequer mencionar qual seria o custo de obtê-la — estava sozinho na sala de leitura. E, de novo, ela aceitara sua proposta.

Mas seria diferente daquela vez. Tinha que ser.

— Você deveria ter imaginado que haveria algo — disse Atlas, tirando Libby da hesitação momentânea.

A física nem se deu ao trabalho de perguntar como o homem sabia o que se passava pela cabeça dela.

— Então é verdade?

— Não é tão horrível quanto parece — respondeu Atlas, calmo. — Mas, sim, um de vocês vai ter que morrer.

Libby afundou ainda mais na cadeira, se perguntando como reagir. Parte dela estava convencida de que não passava de um delírio. Era um sonho? Com certeza não, e mesmo assim jamais passara por sua cabeça, nem por um momento, que Atlas confirmaria as suspeitas de Nico.

— Mas...

— Às vezes é uma conspiração — admitiu Atlas, evitando, piedoso, que ela falasse mais. — Às vezes tem semelhanças com os Idos de Março. Mas em geral é um sacrifício e, portanto, contém uma tristeza enorme.

— Mas... — tentou Libby outra vez, e hesitou, se vendo incapaz de continuar. — Mas como...?

— Como podemos pedir isso de vocês? Não é fácil — disse Atlas. — Temo ser uma prática antiga. Tão velha quanto a biblioteca em si. Você consegue imaginar quanta magia um medeiano do seu calibre tem? — perguntou ele, uma questão que pareceu feita para fazê-la vacilar. — A grandiosidade de uma oferta assim estabiliza a magia dos arquivos em si.

Ela empalideceu diante da perversidade da transação.

— Isso é... é...

— É necessário porque, a cada geração de iniciados, o poder dos arquivos cresce — completou Atlas. — Com cada medeiano que estuda dentro destas paredes, expandimos a amplitude e o uso do nosso conhecimento. Da mesma forma, o valor do que ganhamos em troca é imensurável. Você já deve ter percebido isso, não? — questionou ele com enorme neutralidade. — Que seu próprio poder, sua energia, está diferente agora. Mais potente, talvez. Ou possivelmente é o resultado da sua magia que mostra mais potência que antes.

Libby, que não tinha como negar as palavras dele, fechou as mãos em punho, numa rebeldia silenciosa.

— Você já sabe que o poder não vem do nada, srta. Rhodes — pontuou Atlas. — Não pode ser criado nem mesmo tirado de um poço vazio. O princípio primário da magia continua invariavelmente verdadeiro: sempre tem um preço. Há um preço para todo esse privilégio, e escolhê-lo implica a dignidade de pagar por ele.

Por um momento, e em grande parte contra sua vontade, Libby ouviu outra vez as palavras de Dalton — aquelas que um dia achara tão racionais, tão convincentes: a intenção, a questão da sorte ou do azar, era poderosa, prevalecia. Uma questão complexa e irreversível. A inquietação de uma pessoa sobre o destino que seu caminho deveria tomar.

E, sem dúvida, ela escolhera aquilo.

— Mas não fomos informados antes — disse Libby, áspera, e Atlas assentiu.

— Ninguém nunca é, srta. Rhodes.

— Você teria nos contado?

— Sim, com certeza, mais cedo ou mais tarde. Segredos são difíceis de manter, e o Fórum geralmente intervém.

Libby rangeu os dentes.

— Como eles sabem?

— A Sociedade é antiga, srta. Rhodes, e, portanto, seus inimigos também são. Humanos são criaturas passíveis de falhas. Pelo menos a interferência do

Fórum é preferível à da Corporação Wessex. O capitalismo tem uma terrível tendência a abandonar completamente seus princípios.

Ela se perguntou como ele podia ser tão indiferente.

— E de alguma forma *você* conseguiu manter os seus?

— Se houvesse outra forma, nós a usaríamos — respondeu Atlas, direto ao ponto.

Libby ficou inquieta, querendo e não querendo perguntar.

— Você quer saber como — adivinhou Atlas, e ela ergueu o olhar, ressentida da simpatia dele. — É uma pergunta razoável, srta. Rhodes. Você pode fazê-la.

— É... — Ela se interrompeu. — É... algum tipo de sacrifício de lua cheia, algum tipo de ritual tradicional? A cada ano no solstício ou no equinócio, algo assim?

— Não, nada do tipo. Nada de luas ou artifícios. É apenas um sacrifício, uma lasca do todo.

— Só isso?

— Só? — repetiu ele, e Libby pestanejou, surpresa por isso, dentre todas as coisas, tê-lo inquietado. — Não é uma questão pequena resumida a *só*, srta. Rhodes. Todos vocês estão interligados por suas experiências aqui, quer gostem ou não — informou-a Atlas, de repente mais duro. — Não há nada descartável ou pequeno na forma como vocês todos se integraram uns aos outros. Sem exceção, vocês se tornam mais profundamente inextricáveis a cada dia. O propósito da eliminação não é livrá-los de algo que vocês podem perder, mas sim remover algo que os fazem ser quem vocês são. Você entende que esta casa, seus arquivos, são sencientes? — Ela assentiu, relutante. — O que além da morte poderia dar tamanha vida ao conhecimento que protegemos?

— Então só temos que matar alguém — resumiu Libby, amargamente. — É isso? Nenhum método em particular, nenhuma cerimônia, nem um dia específico?

Atlas fez que sim com a cabeça.

— E a cada dez anos você simplesmente fica aí vendo alguém morrer?

— Exatamente — respondeu o Guardião.

— Mas...

— Pense, srta. Rhodes, no escopo do poder — interrompeu-a Altas, com gentileza. — Quais especialidades beneficiam o mundo e quais não. Nem sempre é uma questão de lealdades particulares.

— Para começo de conversa, por que uma especialidade não benéfica seria escolhida? — indagou Libby. — Você mesmo não disse que cada iniciado é o melhor que o mundo tem a oferecer?

— Exato. No entanto, a cada ciclo de iniciação, há um membro que não retornará, e a Sociedade está ciente disso — respondeu ele. — Esse sempre é um fator debatido entre os membros do conselho ao nomear quais serão os candidatos a serem levados em consideração.

— Você está dizendo que alguém é... *intencionalmente* escolhido para morrer?

A ideia em si era chocante. Libby sentiu o corpo se agitar, tomado por uma onda ensurdecedora de descrença.

— É lógico que não. — Atlas sorriu. — Só é algo a se pensar.

Eles ficaram sentados ali num silêncio longo e pesado, até que Libby se levantou, sem jeito. Então andou até a porta, parou e deu meia-volta.

— Os arquivos — disse ela, se lembrando mais uma vez da irmã. — Quem controla o que podemos acessar?

Atlas ergueu o olhar, encarando-a por um longo momento.

— A própria biblioteca.

— Por que eu deveria acreditar nisso? — quis saber ela, e então, com a frustração surgindo, pressionou Atlas com mais veemência. — Por que eu deveria acreditar em qualquer coisa que você diz?

A expressão dele não mudou.

— Eu não controlo os arquivos, srta. Rhodes, se essa é a sua pergunta. Há vários assuntos que também são negados a mim.

Libby não achava que o acesso a determinados arquivos era negado por uma questão de princípios ou identidade. Sempre parecera um teste de conquista, não de existência, em que as respostas para as perguntas eternas dela podiam um dia ser conquistadas.

— Mas esta é a sua Sociedade!

— Não — corrigiu Atlas. — Eu sou um dos Guardiões da Sociedade. Não sou dono dela, não a controlo.

— Então quem controla? — exigiu Libby.

Ele deu de ombros, impassível.

— A flecha aponta para si mesma? — perguntou ele.

Em vez de responder, Libby foi embora, frustrada, se lançando em direção à escada para voltar ao quarto.

Chegando ao corredor ela colidiu com alguém que estava virando a esquina. Se estivesse focada em algo fora de seus pensamentos, poderia tê-lo ouvido chegar. Mas estava tão desnorteada...

Tristan a estabilizou, com as mãos nos ombros dela.

— Você viu Parisa? — perguntou ele.

E, porque Libby estava perturbada, porque era a droga de um ser *humano*, ela ergueu o olhar.

— Vai se foder — disse ela, venenosa.

Tristan pestanejou, surpreso.

— Oi?

— Você sabia. — Ah, então aquele era o motivo. Em um acesso de reconhecimento tardio, Libby de repente compreendeu a força de seu ressentimento. — Aquela porcaria de dilema do trem *hipotético*. Você sabia a verdade esse tempo todo, não sabia? — acusou ela. — E não me contou.

— Sim, eu sabia... — Tristan parou, encarando-a. — Você quer dizer...?

— Sim. A morte. O maldito *assassinato*.

Ele se encolheu, e por um momento Libby o odiou. Ela o *desprezou*.

— Eu não consigo... — disse ela, agonizante ou agoniada, incapaz de saber a diferença e sem forças para encontrar o ponto que separava um estado do outro. — Eu não posso, eu não vou...

— Rhodes. — As mãos de Tristan continuavam firmes nos ombros dela. — Eu devia ter contado, eu sei. Sei que você está com raiva...

— Com raiva?

Não é que ela não estivesse, mas aquela não era a palavra certa. Estava sentindo algo que apodrecia, verdade, e poderia facilmente ter sido raiva. Havia muito tempo ela aprendera a controlar seus impulsos mágicos, restringindo-os, mas no momento podia sentir faíscas, o cheiro de fumaça.

— Acredite, Tristan, *raiva* — sibilou ela — nem sequer *começa* a descrever...

— Nenhum de nós sabe de verdade a extensão do controle desta Sociedade — lembrou-a, baixando a voz a um sussurro conspiratório, embora o corredor estivesse vazio. — Você acha mesmo que alguém pode pular fora disso? Acredite em mim, eu entendo de recrutamento, sei a diferença entre instituições e cultos, e não há inocência nesta aqui. Você não pode sair.

Ele podia ter baixado o tom, mas ela se recusaria a fazer isso.

— Então por quê? Por que fazer? — indagou Libby.

— Você sabe por quê. — Os lábios dele estavam comprimidos.

— Não. — A ideia a enojava. — Me diga por que alguém faria isso, me diga *por que*...

— Rhodes...

— Não. Não.

Libby não tinha certeza do que a incendiara tanto, mas ela começou a golpear o peito de Tristan, deixando o delírio dominá-la. Ele agarrou os ombros dela, sem afastá-la. Cumprindo sua penitência.

Ótimo, pensou ela, cansada. Ele merecia aquilo.

— Você é um deles, não é? — Os lábios dela estavam frios, impassíveis, dormentes, as palavras saindo como escombros. — Não significa nada para você, afinal de contas, por que significaria? Sexo não é nada para você, isso tudo é um jogo. Tudo isso não passa de um joguinho! Então o que é assassinato? O que é a *vida*, comparada com tudo isso? Esta Sociedade é um veneno — cuspiu ela, a raiva tão aguda que alcançou seu pico e então, tão repentinamente quanto surgiu, desapareceu.

O toque de Tristan era gentil. Temerosa e exausta, furiosa e grata, Libby apoiou a cabeça no peito dele. Ouviu os batimentos de seu coração, tiquetaqueando como um relógio sobre a cornija da lareira. O tempo desacelerando até parar.

— Eles nos dosam — murmurou Libby, triste —, um pouquinho por vez, um pouquinho mais a cada vez, até que deixamos de sentir, até estarmos cegos e surdos e *anestesiados*...

Tristan pegou a mão de Libby e a conduziu pela sala de estar, dobrando a esquina para levá-la em silêncio até o quarto dele. Libby praticamente se atirou lá dentro, cambaleando ao lado da lareira. Ele fechou a porta, o olhar fixo na maçaneta.

— O que está acontecendo de verdade, Rhodes? — perguntou Tristan, sem encará-la.

Ela fechou os olhos.

Pergunte a si mesma de onde vem o poder, disse Ezra na cabeça dela. *Se não consegue ver a fonte, não confie nele...*

Não me diga em que confiar!

— Rhodes.

Tristan não se aproximou.

Ela não conseguia decidir se queria que ele o fizesse.

— Por que faríamos uma coisa dessas? — A voz dela soava aguda, como a de uma garotinha. — Por quê?

— Porque, Rhodes... Porque olhe ao seu redor.

— Para quem? Para o quê?

Tristan não respondeu. Com amargura, Libby se deu conta de que não era preciso.

Atlas tinha razão: ela tinha mais poder agora do que já tivera um dia. Não era uma questão de ter nascido com ele ou tê-lo recebido de alguém — ao estar ali, entre eles, com acesso aos materiais da biblioteca, Libby tinha oportunidade de viajar, sozinha, por quilômetros. Ela sentia as extremidades do poder mais distantes que nunca, longe de seus dedos e de seus pés. Sentia-se em ondas, pulsando. Sentia-se expandindo, e não havia fim, não havia começo. Quem ela fora um dia estava tão distante e irreconhecível quanto quem ela deveria, inevitavelmente, se tornar.

— De que lado você está, Tristan? — soluçou Libby das profundezas de seu remorso.

Estava muito triste consigo mesma por sequer fazer aquela pergunta, mas isso a estava deixando nauseada, preenchendo-a de bile. A ignorância a deixava fisicamente instável, e ela estremeceu, de repente enojada.

— Não sei. — A voz de Tristan, por outro lado, era mecânica e contida. — Do seu, talvez. Não faço ideia. — Ele deu uma risada desconjuntada, soando tão perturbado quanto ela. — Você sabia que Callum tem me influenciado? Eu não sei quanto, ou em que nível, ou quanto seus feitos têm durado, mas ele tem me influenciado. Você sabia disso?

Sim. Era óbvio.

— Não.

— Achei que eu tivesse controle sobre mim, mas não tenho. — Tristan se virou para olhá-la. — Você tem?

Não. Mesmo agora, Libby não tinha.

Tristan entreabriu os lábios, e ela engoliu em seco.

Principalmente não agora.

— Não estou sendo influenciada pelo Callum, se essa é a pergunta — foi o que ela conseguiu responder, incendiada pelo desespero de seu anseio.

Não fora o que ele perguntara, mas de um jeito egoísta ela não conseguia aguentar dizer a ele a verdade sobre sua fome, nem sequer um pedaço dela. Libby estava disposta a perder uma quantidade limitada de partes de si.

Tristan lhe deu as costas.

Libby queria chorar, ou vomitar.

Tudo bem.

— Eu quero. — A voz dela estava baixa quando confessou para as costas dele. — Esta vida, Tristan. Eu quero. Quero tanto que chega a doer. Eu sinto uma dor tão terrível e nojenta.

Ele apoiou o antebraço na porta do quarto e recostou seu peso nela.

— Quando Atlas me contou — prosseguiu Libby devagar —, quase chegou a fazer sentido: é lógico que há um preço. É lógico que todos temos que pagar um preço. Que poder na vida vem sem sacrifício? E talvez haja uma pessoa que eu poderia aguentar perder.

Ela inspirou profundamente, depois expirou.

— E por um momento, eu pensei... talvez eu possa matá-lo. Talvez eu pudesse fazer isso. Talvez ele nem sequer devesse existir; talvez o mundo fique melhor sem ele. Mas, meu Deus — arfou ela —, quem sou eu para decidir isso?

Silêncio.

— Quem sou eu para definir o valor da vida de alguém, Tristan? Isso não é autodefesa, é ganância! Isso é... é *errado*, é...

Antes que Libby pudesse continuar, se dissolvendo numa poça de seu balbuciar incoerente, Tristan se afastou da porta, se virando para ela.

— Você se preocupa muito com a sua alma, Rhodes?

Em outro mundo, ele poderia tê-la tocado.

Em outro mundo, ela teria aceitado.

— Sempre. — Só um passo já bastaria. — O tempo todo. — As mãos dele podiam estar na calça jeans dela, traçando uma linha pelo umbigo, colocando uma mecha do cabelo atrás de sua orelha. Libby se lembrou da dor do suspiro de Tristan em sua pele, os tremores do desejo dele. — Me assusta a facilidade com que posso observá-la se corromper.

Fosse lá o que estivesse em movimento — se Parisa o tinha começado deliberadamente ou se sempre foi Libby, se ela manifestara isso de alguma forma depois de se ver em projeções, em visões, em devaneios disfarçados de fantasmas —, já era tarde demais para parar. Os dois ainda estavam presos numa paralisia ociosa, precariamente equilibrados.

Um passo poderia quebrar tudo. Ela poderia ter Tristan, aquilo, tudo aquilo, num golpe fatal. Qualquer que fosse a versão corrupta de si mesma que ela pudesse se tornar a seguir, estava tudo ao alcance de suas mãos. Pulsava em sua cabeça, latejava em seu peito, estático e pungente,

tudo
isso
poderia
ser
— Tenho que ir — disse Libby, ofegante.
... *meu.*
Tristan só se mexeu depois que ela saiu do quarto.

· PARISA ·

— Você está me evitando — murmurou Dalton.

— Estou — concordou Parisa, sem se dar ao trabalho de fingir uma surpresa teatral com a aproximação dele.

Qualquer um que se sentasse tão calmo — como, digamos, uma telepata extremamente habilidosa — tinha um ar sombrio que instintivamente fazia os outros rangerem os dentes. Callum era um exemplo perfeito de peculiaridade mágica perturbadora, algo que Parisa se esforçava para não ser. A normalidade, e sua necessária imitação — um pulinho de susto, um pestanejar de distração —, era essencial.

Mas como Dalton não dera qualquer sinal de sua aproximação, ela descartou os reflexos que as pessoas em geral queriam ver nela. Em vez disso, permitiu-se ser, de fato, ela mesma. Sem surpresa. Sem alteração.

E ocupada com outras coisas.

— Para sua informação, não estou me afastando por falta de interesse — disse ela.

Parisa apenas tinha outras coisas em mente, como, por exemplo, se a colisão entre Tristan Caine e Libby Rhodes enfim renderia frutos.

Dalton se apoiou na mesa dela na sala de leitura e cruzou os braços.

— Pergunte — disse Parisa, passando a página do livro que estava lendo, inabalável.

Maldições sanguíneas. No fim das contas, não era tão complexo, exceto pelos custos ao lançador do feitiço. Aqueles que lançavam uma maldição de sangue quase sempre enlouqueciam, e aqueles que a recebiam quase sempre acabavam se livrando delas, ou pelo menos geravam uma prole que faria esse trabalho por ela. A natureza se mantinha equilibrada daquela forma: com a destruição sempre vinha o renascimento.

— Nós sabíamos do seu marido — disse Dalton, certamente falando pela Sociedade. — Mas não dos seus irmãos.

Aquela não era a pergunta na cabeça dele, mas Parisa achou compreensível que tivesse começado de outro lugar. Havia nuvens de desconforto passando pela mente de Dalton, grossas camadas de estratosfera a serem atravessadas.

— Sim, porque nada aconteceu com meu irmão — disse Parisa. Ela virou outra página, lendo. — Não haveria nada que valesse a pena descobrir.

Dalton ficou em silêncio por um momento.

— Callum pareceu ter descoberto bastante.

Na mente de Parisa, que por sorte Dalton não podia ler, Amin era sempre suave, Mehr sempre dura.

Você é a joia da família, tão preciosa para mim, para nós.

Gentileza na verdade era a fraqueza de Amin: *Eu admiro você o suficiente para querer possuí-la, controlá-la.*

Você é a puta que corrompeu esta família!

Crueldade na verdade era a dor de Mehr: *Eu odeio você por me fazer ver minha própria feiura.*

Parisa fechou o livro, erguendo o olhar.

— A guerra é um compromisso. Ambas as partes devem ceder um pouco para ganhar — comentou ela, com impaciência. — Se Callum teve acesso aos meus segredos, foi só porque eu vi propósito em deixá-lo fazer isso.

Dalton franziu o cenho.

— Você acha que eu a culpo pelo que ele revelou?

— Eu acho que você pensa que eu sou fraca e que precisa me confortar.

— Fraca? Não, nunca. Mas eu estaria errado por tentar confortá-la?

Quando Parisa não respondeu, Dalton comentou:

— Callum matou você com aqueles segredos.

— Não — contestou Parisa. — Ele não fez essa escolha por mim. Eu fiz.

Dalton baixou o olhar para as próprias mãos, para os braços cruzados. Um tácito *se você diz...*

— Pergunte — repetiu Parisa, agora irritada, capturando a atenção de Dalton.

De vez em quando, ela tinha vislumbres das insidiosas fraturas de Dalton; a memória que ela encontrara escondida. Ela sempre a encontrava nos lugares mais interessantes. Nunca na academia; Dalton nunca se parecia com seu eu espectral ao discutir livros ou pensamentos. Era apenas em momentos como aquele, quando olhava para Parisa com uma intensidade que ele não percebia ser fome. Quando buscava, cegamente, por algo no escuro.

— Você me disse para não interferir — começou ele, e Parisa o interrompeu com um menear de cabeça.

— Sim, e ainda bem que você não interrompeu. Alguém, Callum, por exemplo, poderia ter percebido onde estávamos, e então eu teria perdido.

Dalton simulou um tom divertido ao falar:

— Pensei que você tivesse dito que ele ganhou.

— Ele ganhou. Mas eu não perdi.

— Ah.

Dalton se virou para a frente, e Parisa o encarou, observando-o.

— Por que ficar aqui? — perguntou a ele. — Você tinha o mundo aos seus pés.

— Eu tenho o mundo aqui — respondeu ele, sem olhar para ela. — Mais do que isso.

Parisa havia visto elementos da pesquisa dele em fragmentos. Dalton não escondia nada sobre ela, e por um bom motivo, já que não havia o que esconder. Antigos mitos de origem, a época do Gênesis, o acender da existência humana.

Encantador, de verdade. Mais um homem em busca do significado da vida.

— Você tem apenas o que a biblioteca escolhe lhe dar — corrigiu Parisa.

— Melhor isso do que o que terei que aceitar do mundo se eu for embora.

Sorte a dele por poder ser tão altruísta. Sorte do mundo, talvez. Ela não teria sido tão generosa.

— E *é* melhor?

— Eu sei aonde que você quer chegar — disse ele. — E parece que está começando a perceber que sou mais entediante do que você achou a princípio.

— Nem um pouco. — Fosse lá o que estivesse na cabeça dele, era prova de que, se algo mudara, Dalton excedera a avaliação inicial de Parisa sobre ele. — Atlas sabe quão interessante você é? — perguntou, se entretendo e explorando qualquer fragilidade nas defesas dele.

Sem sorte.

— Atlas não é o vilão que você pensa que ele é, sabe.

— Eu nunca disse que ele era.

Na verdade, Parisa esperava que Atlas fosse capaz de bem mais do que ela suspeitava. Que ameaça seria se *ele* também excedesse as expectativas dela.

Enfim Dalton sustentou o olhar dela, fincando sua atenção nela.

— O que você encontrou na minha cabeça?

Finalmente. A verdadeira pergunta. Devia estar atormentando-o havia semanas.

— Algo muito interessante — disse Parisa.

— Quão interessante?

— O suficiente para me fazer ficar, você não acha?

— Do contrário, você teria ido embora?

— Se eu teria? Talvez. É bárbara... essa Sociedade.

Se a morte era necessária apenas para entrar, certamente mais seria exigido. Que outros rituais aconteciam para manter as luzes acesas, as paredes respirando? Para manter os inevitáveis pecados dentro dos arquivos?

Mesmo que aquele fosse o limite do sacrifício, eles estavam contribuindo para algo incompreensivelmente vasto, uma tradição que durava séculos, milênios. Princípios de magia ainda ligados a eles pela intenção de *alguém*, e não havia como dizer se aquelas origens eram os filósofos de Alexandria ou os administradores da biblioteca em si. Talvez fosse a mesma pessoa que determinava a quais partes da biblioteca eles podiam ter acesso. Ou talvez todos eles estivessem em débito com a magia em si.

Deuses exigiam sangue em quase todas as culturas. Seria a magia diferente?

Se era, Dalton não ia contar a ela.

Não *esse* Dalton, pelo menos.

— Me deixe voltar — sugeriu Parisa, e Dalton franziu as sobrancelhas, o olhar disparando para longe. Estavam sozinhos na sala de leitura, mas, como era de se esperar, ele tinha outras defesas para manter. — Eu entenderia melhor o que há lá se você me deixasse entrar de novo.

— Você fala como se fosse um Minotauro — disse Dalton, com secura. — Algum monstro dentro de um labirinto.

— Uma princesa na torre — corrigiu Parisa, esticando a mão para roçar o tecido do colarinho dele. Um gesto íntimo, um lembrete da intimidade deles. — Mas princesas podem ser monstruosas às vezes.

— Isso é um elogio?

Dalton se inclinou em direção ao toque dela, talvez instintivamente.

— É óbvio. — Parisa abriu um sorriso delicado. — Quero que você me deixe entrar outra vez.

— Então você está me seduzindo?

— Sempre. — O sorriso dela cresceu. — Às vezes acho que talvez eu goste mais da sua sedução do que das outras.

— Da minha, entre tantas outras?

Parisa arqueou a sobrancelha.

— Isso é ciúme?

— Não. Descrença. — O sorriso dele era fraco. — Não há muito a se conseguir de mim.

— Bobagem, tenho muito. Mas eu não me recusaria a ter mais — disse ela, se pondo de pé para empurrá-lo contra a mesa.

Ficou diante dele, alinhando os pés com os dele como se fossem peças correspondentes e tocando o quadril dele com o seu. Dalton colocou as mãos na cintura dela, cauteloso, imaginando que poderia tirá-las se necessário, embora Parisa duvidasse que ele faria isso.

— Todo mundo tem pontos cegos — disse ela. — Coisas que as outras pessoas podem ver e elas, não.

Parisa afastou o cabelo escuro dele da testa, roçando suas têmporas, e Dalton fechou os olhos.

— Cinco minutos — disse ele, por fim.

Ela se inclinou à frente, encostando os lábios com suavidade nos dele.

— Cinco minutos — concordou, e as mãos dele ficaram mais firmes nos quadris dela, ancorando-a no lugar.

Entrar na mente de Dalton com sua permissão foi ao mesmo tempo mais fácil e mais difícil que antes. Dessa vez, ela abriu os olhos num saguão, um lugar estéril e branco como vidro. Havia um balcão de recepcionista vazio, um elevador. Aquele era o estado natural do cérebro dele: organizado e, como o restante de Dalton, meticuloso. Parisa apertou o botão para chamar o elevador, esperando. As portas se abriram com um tilintar, nada revelando. Parisa observou o próprio reflexo nas paredes do elevador enquanto entrava, diante dos botões.

Eram inúmeros. Ela fez uma careta; que pena. Poderia apertar um andar numérico (e então outro e mais outro e mais outro, vários, perpetuamente, o que só a faria deteriorar seus parcos cinco minutos num piscar de olhos), mas aquela não era a forma de voltar aonde o subconsciente de Dalton a levara antes.

Ali era perfeitamente organizado, o que significava que aqueles eram os pensamentos acessíveis dele. Dalton era o ocupante costumeiro do elevador, apertando botões para acessar vários níveis de memória e pensamento.

Parisa apertou um andar aleatório — 2.037 — e sentiu a guinada do elevador entrando em movimento.

Então abriu as portas com brutalidade, passando pela fresta mais estreita possível. A magia podia evitar que Parisa caísse caso assim desejasse, mas ela não se deu ao trabalho de tentar. Aquela parte da consciência dele, o escritório ordenado, era deliberada — o resultado de técnicas de sobrevivência e mecanismos psicológicos para lidar com traumas, como a mente de qualquer pessoa. Óbvio, o pensamento cognitivo era diferente de pessoa para pessoa, e o de Dalton era mais organizado que o da maioria, mas ainda era nada mais que uma ilusão cuidadosamente fabricada. Se pretendia chegar aonde estava indo, Parisa precisaria invariavelmente cair.

Ela se inclinou para trás, fechando os olhos para mergulhar no ar vazio. Para ela, seria como cair, e para Dalton seria algo mais como uma dor de cabeça. Ela pulsaria em algum lugar atrás da testa dele, a pressão se estabelecendo abaixo da cavidade nasal. Com a permissão para entrar na mente dele, dessa vez encontraria menos guardas, menos oposição, mas não sabia se conseguiria encontrar seu destino anterior.

Parisa desacelerou de repente, paralisada no meio da queda, e abriu os olhos.

— Você voltou — disse a versão mais jovem de Dalton, se pondo de pé assim que a viu, sôfrego. Parisa estava suspensa no ar, como a Branca de Neve em seu caixão invisível, e ele roçou dois dedos nas bochechas e nos lábios dela. — Eu sabia que você voltaria.

Parisa se sacudiu para sair da paralisia, caindo no piso de madeira maciça da sala da torre onde estivera antes, e virou a cabeça, se deparando com os sapatos de Dalton ao seu lado. Estava usando botas de motociclista e calça jeans preta, uma caricatura do oposto dele.

Então olhou para cima, catalogando a aparência dele pedaço a pedaço. O acadêmico detalhista se fora. Nesse Dalton, o que mais chamava sua atenção era uma camiseta bem ajustada, tão branca e impecável que brilhava.

Ele se ajoelhou ao lado dela, a observando com olhos semicerrados.

— O que ele está fazendo? — perguntou Dalton.

— Nada — disse Parisa. — Pesquisando.

— Não ele — disse Dalton, movendo a mão. — Eu sei o que ele faz. Estou falando *dele*.

— Atlas? — perguntou ela, intrigada.

Dalton se pôs de pé, de repente irritado. Estava furioso e agitado por algum motivo.

— Ele está quase lá — disse. — Consigo senti-lo se aproximando.

— Quem? — indagou Parisa.

Dalton a encarou.

— Você está aqui pelos motivos errados.

Parisa se apoiou nos cotovelos, observando-o andar de um lado ao outro.

— Quais são os motivos certos?

— Você quer respostas. Eu não tenho respostas. Eu tenho perguntas, eu tenho pesquisa inacabada, EU QUERO DAR O FORA — gritou de repente o eu espectral de Dalton, girando para socar a parede do castelo.

Parisa se encolheu, antecipando o esmagar dos nós dos dedos contra a pedra. Em vez disso, a parede do castelo estava se desintegrando com o impacto do golpe de Dalton, corrompendo-se como se fosse um *bug* no código, revelando uma camada lisa de aço por baixo.

Ela piscou. Quando aquele Dalton recolheu a mão, a imagem do castelo voltou a como era antes, como se nunca tivesse cedido. Ela piscou de novo, se perguntando se tinha imaginado toda a cena, mas então a imagem de Dalton tremeu.

Outra piscada, e ele estava ao lado de Parisa de novo, se agachando para tomar o rosto dela numa das mãos.

— Fiz este castelo para você — disse Dalton, de olhos arregalados e com um ar maníaco, a voz suave.

Então Parisa sentiu uma guinada, algo puxando-a para trás, até que ela estava na sala de leitura outra vez, apoiada no verdadeiro Dalton.

Os dedos dele apertavam a cintura dela com força. Gotas de suor haviam se formado na testa dele, se acumulando nas têmporas.

— Foi difícil remover você.

Ela também arfava um pouco, exausta pelo esforço de adentrar a mente dele.

— Doeu?

— Muito. Como arame farpado.

— Desculpe.

Parisa acariciou a testa de Dalton, que se apoiou no ombro dela, grato.

As respirações deles estavam ofegantes, os pulsos gradualmente encontrando o ponto em comum. Levou alguns momentos para a magia passando pelas veias dos dois desacelerar, permitindo que as partes separadas deles voltassem a seus compartimentos adequados. Era mais fácil coexistir ali na realidade, entre as dimensões de sempre. Ali, nos braços dele, com os dedos entrelaçados em seu cabelo, não havia nada que Parisa precisasse enfrentar.

Por fim, a dor que ela infligira nos dois passou, se dissolvendo até se tornar nada.

Quando Dalton falou, sua voz estava rouca, exaurida:

— O que você encontrou?

Nada.

Não, não nada. Nada que ela pudesse explicar, o que era pior. Era sempre difícil admitir quando algo permanecia fora de alcance.

— O que a biblioteca mostra para você? — perguntou Parisa, se afastando para olhar para Dalton. — Há algo aqui que só você pode acessar.

— Você viu minha pesquisa — disse Dalton, calmo.

Gênesis. Estava mesmo escondida à vista?

— Dalton... — começou ela, mas foi logo interrompida.

— Srta. Kamali — soou o barítono amanteigado de Atlas atrás deles. — Eu esperava encontrá-la aqui.

Dalton a soltou, se afastando e desviando o olhar. Parisa se virou e encontrou Atlas na entrada da sala de leitura. Ele a chamou com um movimento quase imperceptível, sem se dar ao trabalho de cumprimentar Dalton.

— Venha — disse ele. — Vamos dar uma volta.

Houve um puxão nos pensamentos dela, enlaçado como um comando. Ela iria com ele, quer quisesse, quer não.

Insatisfeita, Parisa comprimiu os lábios.

— Tá bom — disse, virando-se e olhando para Dalton, que estava com os braços cruzados outra vez.

Sem conseguir tirar uma reação dele, Parisa pegou o livro da mesa e seguiu Atlas, que a conduziu até o corredor.

— Vou levar uma bronca por mau comportamento?

— Não — respondeu Atlas. — Você é inteiramente livre para perseguir a recreação que quiser.

Ela o observou, desconfiada.

— E isso deveria me dar alguma sensação de liberdade?

— Eu sei onde você esteve, o que esteve fazendo. — Atlas a encarou. — Você não pode usar tanta magia e esperar que eu não perceba.

— Sua vigilância é um favor pessoal ou você observa a todos nós em pé de igualdade?

— Srta. Kamali. — Atlas diminuiu o ritmo até parar, pouco antes de alcançarem a porta para o jardim norte. — Com certeza você não precisa que eu fale sobre como o seu dom é único. A essa altura você já deve ter se dado conta várias vezes, tenho certeza, de que suas habilidades excedem em muito a dos outros telepatas.

— Me dei conta, sim.

Ela não era Libby. Não precisava ser informada de seu talento. Era esperta o bastante para descobrir sozinha.

— Mas com certeza você também entende que não é a primeira a possuir tal habilidade.

Atlas deixou implícito o restante de suas intenções.

— Então eu devo considerá-lo meu igual? — quis saber ela, provocando-o.

— Eu tinha pensado em nós como semelhantes. Pessoas que cooperam umas com as outras. — Era provável que ele quisera dizer "úteis umas às outras". — Ou melhor, suponho que tive esperança que isso acontecesse.

Atlas permaneceu à porta, olhando para o verde lá fora.

— Você me vê como um inimigo? — perguntou, o olhar ainda fixo no jardim.

— Acho que sua presença é confiável demais para ser coincidência — respondeu Parisa. — Você já me tirou da cabeça de Dalton antes.

— Você não deveria estar lá.

Ela se irritou.

— Mas a *sua* presença nos pensamentos dele é aceitável?

— Você não entenderia.

— Tenho certeza de que eu poderia entender se você me explicasse — respondeu Parisa, debochada.

A boca dele se retesou.

— Seus poderes de cognição não são a questão aqui, srta. Kamali. Apenas sua disposição. — Ele a olhou de esguelha. — Se eu lhe der uma resposta, você acreditará em mim?

— Não — respondeu ela, e Atlas sorriu, sem se surpreender.

— Srta. Kamali, não há motivos para fingir que não somos iguais — disse Atlas, enfim chegando aonde queria. — Somos telepatas talentosos. Raridades. — Uma pausa. — O que fazemos não é vigilância ilegal, mas acesso involuntário. Eu sinto interrupções no pensamento, assim como você deve senti-las.

— E...?

Certamente havia mais.

— E você é uma interrupção frequente.

— É isso o que significa ser um Guardião? — perguntou Parisa. — Silenciar interrupções?

Atlas se virou totalmente para ela, seu esforço de languidez deixado de lado.

— Eu sou o Guardião da Sociedade — disse ele. — Da qual você não é um membro no momento.

— Não até que eu conspire para matar alguém.

— Exato. — A confirmação de Atlas foi dura, sem hesitação. — Não até que o faça.

Parisa sentiu os lábios se comprimirem, a curiosidade guerreando com seus impulsos mais rebeldes.

— Você interferiu no resultado da turma de Dalton, não foi? — perguntou ela. — Interferiu para salvá-lo.

— Dalton também interferiu por você — observou Atlas. — Faz parte da natureza humana.

— Faz, mas sua intervenção teve propósito, foi intencional. A dele foi...

— A dele não foi menos intencional.

Parisa pensou no desespero de Atlas e o comparou com o de Dalton.

— Alguma vez não foi feito? O ritual?

— Um sacrifício sempre é feito — respondeu Atlas.

Cansada, ela acreditou. Parecia a resposta mais honesta vinda dele até então.

— Então por que escolher salvar Dalton?

— Por que escolher salvar você?

Eles estavam na defensiva, o que era imprudente. Uma sedutora por natureza, Parisa entendia a inutilidade do combate em comparação com métodos mais sutis de resolução. Ela suavizou a postura, recostando-se na parede atrás de si para aliviar a tensão entre os dois.

— Você não gosta de mim — disse ela, e a boca de Atlas se tornou uma linha fina.

— Não gosto nem desgosto de qualquer um de vocês. Não sei nada sobre quem vocês são — disse ele, com uma rara demonstração de impaciência —, apenas sei do que você é capaz.

— Minhas capacidades ameaçam as suas?

— Você não é uma ameaça para mim — garantiu Atlas.

Parisa o encarou por um momento, passando para o pensamento.

O que é esta Sociedade?

A resposta dele foi superficial e cortada:

Defensores de todo o conhecimento humano.

E você acredita mesmo nisso?

Era difícil mentir via telepatia. Os pensamentos consistiam em diversos materiais, e as mentiras eram frágeis, fáceis de serem identificadas. Os defeitos nelas eram sempre táteis, uma gaze nos ineptos ou um vidro nos proficientes, ambos artificiais e inertes.

— Ninguém faz o juramento da iniciação em vão — disse Atlas.

Responda à pergunta.

Ele a encarou, a boca repuxando. Não era um sorriso, mas algo retorcido o bastante.

Eu não teria derramado sangue se não fosse por algo em que eu acreditava piamente.

Não era a resposta que ela esperava. No entanto, era suficiente.

Não para convencê-la da honestidade de Atlas, é óbvio. Ele era um mentiroso que estivera usando uma máscara havia algum tempo. Mas com qual objetivo? Não havia como negar que era este: o segredo do Guardião não era trivial, e se ele fazia valer a pena matar, também fazia valer a pena desvendá-lo. Se havia mais naquela história, Parisa não descobriria por meio do confronto.

Independentemente de qual fosse o verdadeiro propósito do ritual, Parisa só descobriria se cedesse.

— Vá à biblioteca — sugeriu Atlas, despertando-a de um pensamento.

— Agora?

Ela franziu a testa.

— Sim, agora.

Atlas inclinou a cabeça em algo que era uma reverência e um tocar de chapéu.

Ele se virou, voltando ao corredor que era a principal artéria da casa, mas parou depois de um passo, olhando para trás.

— Seja lá o que espera encontrar em Dalton, srta. Kamali, o prejuízo será só seu. Busque se quiser, mas, como com todo conhecimento, terá que lidar sozinha com as consequências.

Então ele partiu, deixando Parisa enterrada em pensamentos.

Não foi uma caminhada longa. Àquela altura, Parisa a fazia com frequência. Ela subiu as escadas, parou para tocar as paredes, dedilhando as alas como cordas de harpa. Nada fora do lugar.

Parisa entrou na biblioteca, sem saber o que poderia encontrar, e então descobriu...

Nada.

Certamente nada fora do comum. Tristan estava sentado à mesa, tomando chá. Libby estava no sofá, encarando as chamas da lareira. Nico e Reina estavam de pé perto da janela, olhando para fora. As rosas tinham desabrochado.

Parisa parou para reconsiderar os conteúdos da sala, e então conjurou o pensamento oposto: o que a sala *não* continha. Talvez fosse óbvio, no fim das contas, para quem entendesse que Atlas não era neutro, apenas fingia ser.

Ela fechou as portas atrás de si, fazendo os outros erguerem o olhar.

— Alguém tem que morrer — anunciou, e acrescentou, em silêncio: *Eu escolho Callum*.

Reina nem sequer hesitou. *Se os outros concordarem*, pensou a naturalista em resposta, olhando com irritação para a samambaia do outro lado da sala.

Libby ergueu a cabeça, os olhos de ardósia apreensivos.

— Onde ele está?

— Onde quer que ele esteja, não vai demorar a chegar — afirmou Parisa com um dar de ombros, impassível. — Ele sentirá a discussão e em breve chegará aqui, coisa de minutos.

Na janela, Nico estava inquieto, os dedos tamborilando sem parar na lateral do corpo.

— Temos certeza de que isso precisa ser feito?

— Será feito — relembrou-o Parisa. — E podemos decidir por uma pessoa enquanto grupo ou podemos esperar para ver quem vem atrás de cada um de nós à noite.

Eles trocaram olhares desconfiados, embora uma breve sensação de desgosto tenha sido reservada para ela em específico.

— Eu só disse em voz alta — disse Parisa a Reina. — Todo mundo teria que chegar à mesma conclusão cedo ou tarde.

— Você acha que vamos nos virar uns contra os outros? — perguntou Nico, descrente.

— Poderíamos facilmente nos dividir em facções — confirmou Parisa —, e nesse caso se tornaria uma corrida.

Isso pareceu verdadeiro. Nenhum deles confiava no outro o suficiente para acreditar que não virariam assassinos caso fosse preciso.

— Quem faria? Se tivermos mesmo que escolher alguém. — Nico pigarreou, explicando: — Se todos concordarmos com... ele.

— Eu farei — disse Parisa, dando de ombros. — Se for necessário, e eu tiver o apoio de vocês, sou perfeitamente capaz disso.

— Não.

A interrupção de Libby surpreendeu Parisa, embora não fosse algo surpreendente. Os outros se viraram, igualmente desconfiados e preparados para a discussão que viria — *assassinato é errado, moralidade e virtude,* e por aí em diante —, mas ela nunca aconteceu.

Pelo menos, não a discussão que Parisa antecipou.

— Tem que ser sacrifício, não retribuição — disse Libby. — Não é esse o propósito de estudar intenção, azar?

Por um momento, não houve resposta.

Então, Reina disse:

— É, sim.

Isso, aparentemente, foi o bastante para incentivar Libby.

— Os textos explicam que os feitiços motivados por vingança ou retaliação apenas se corrompem com o tempo. Se o propósito final de tudo isso é ir mais a fundo na biblioteca, se isso vai ter *algum* valor — acrescentou ela, com firmeza —, então não pode ser feito por alguém que ficaria feliz por vê-lo partir, e com certeza também não pode ser feito por alguém indiferente a ele. Não pode ser alguém cuja alma não vai sofrer o preço do ato. A flecha é mais letal apenas quando é mais justa, e isso significa uma coisa.

Ela se levantou, se virando para Tristan, sentado sozinho à mesa, os olhos fixos no chá.

— Terá que ser você — disse Libby.

Reina e Nico pareceram concordar de primeira. Parisa, por hábito, entrou com facilidade nos pensamentos de Tristan, testando-os.

Dentro da cabeça dele havia uma mistura de memórias e visões, um monstro de muitas partes. A voz de Callum, os lábios de Parisa, as mãos de Libby. Eles se confundiam, inconstantes, inarticulados. Libby estava certa a respeito de pelo menos uma coisa: de fato seria um sacrifício para Tristan. Havia amor nele, bastante e ainda assim insuficiente, distorcido, angustiado, semelhante ao medo. Era um tipo de amor que Parisa já tinha visto antes: facilmente corruptível. O amor de algo incontrolável, invulnerável. Um amor apaixonado por seu próprio isolamento, frágil demais para retribuir.

Tristan não estava pensando em nada, mas sofria tudo de forma aguda, profunda. Com intensidade suficiente para que Callum logo sentisse sua angústia.

Parisa abriu as portas da biblioteca às pressas, antecipando a aparição de Callum, e a agonia de Tristan bruscamente se partiu, colidindo com algum teto interno. Um pequeno pedaço de pergaminho da cabeça dele pegou fogo de repente, bordas curvadas que caíram em pedaços fumegantes, desintegrando-se em cinzas.

— Tudo bem — disse ele.

Duas palavras trouxeram a possibilidade à tona.

· UM INTERLÚDIO ·

— A maioria das pessoas não sabe como passar fome — disse Ezra.

Silêncio.

— Acho que é uma coisa estranha de se dizer, mas não deixa de ser verdade. É algo que você aprende. As pessoas acham que precisam nascer de uma forma, com resiliência construída ou alguma incapacidade de queimar ou sei lá o quê. Esse tipo de coisa, ou você é ou você não é. Tipo como algumas pessoas naturalmente querem coisas e outras não querem nada, mas não é verdade. Você pode ser ensinado a ansiar. E também pode aprender a passar fome.

Silêncio.

— A questão toda é que cedo ou tarde você é alimentado — prosseguiu Ezra. — Já ouviu falar sobre dores de barriga e tal, quando vegetarianos comem carne pela primeira vez? Parece que vão morrer. Prosperidade é angústia. E é óbvio que o corpo se ajusta, não é? Mas a mente, não. Você não pode apagar a história. Não pode simplesmente extirpar o desejo, e pior: você não consegue esquecer a dor. Por fim, você se acostuma com o excesso e não pode voltar, porque tudo de que se lembra são as dores da fome, que levou tanto tempo para aprender. Como dar a si mesmo apenas o que precisa para continuar; isso é uma lição. Para algumas pessoas, dura a vida inteira, para outras é evolucionário se elas têm sorte e, então, por fim, desaparece. Mas você nunca esquece como passar fome. Como olhar para os outros com inveja. Como silenciar a dor na sua alma. Passar fome é dormência, não é? A mente ainda sente fome mesmo quando o corpo se ajusta. Há sempre tensão. A sobrevivência requer apenas a existência, a conclusão, que se torna insaciável. Quanto mais fome você passa, mais o fantasma da fome o assombra. Quando você aprende a passar fome e alguém enfim te dá algo, você se tornar um acumulador. Você *acumula*. E tecnicamente isso é o mesmo que ter, mas não é, não para valer. A fome continua. Você ainda quer, e querer é a parte difícil. Você pode aprender a passar fome, mas não pode aprender a ter. Ninguém pode. É o defeito de ser mortal.

Silêncio.

— Ser mágico é ainda pior — continuou Ezra. — Seu corpo não quer morrer, há tanto dentro dele. Então você quer mais, e intensamente. Você passa fome mais rápido. Sua capacidade de ter nada é abismal, cataclísmica. Não há um medeiano na Terra capaz de se rebaixar à banalidade, muito menos ao pó. Nós estamos todos passando fome, mas nem todos estão fazendo isso da maneira correta. Algumas pessoas estão pegando pesado demais, se adoecendo, e isso as mata. Todo excesso é veneno; até mesmo a comida é veneno para alguém que foi privado dela. Tudo tem potencial de se tornar tóxico. É fácil, fácil pra cacete morrer, então aqueles que se tornam algo são os mesmos que aprendem a como passar fome da maneira certa. Eles pegam quantidades pequenas, em doses de sobrevivência. Estamos nos imunizando para algo, *contra* algo. Tudo que conseguimos ter com sucesso se torna uma vacina com o tempo, mas a doença é sempre muito maior. Ainda somos naturalmente suscetíveis. Lutamos contra ele, tentando passar fome bem e passar fome de maneira esperta, mas por fim somos caçados. Todos temos motivos diferentes para querê-lo, mas inevitavelmente ele vem.

— O que vem? — perguntou Atlas.

Ezra sorriu, estreitando os olhos sob o sol.

— Poder — disse ele. — Um pouquinho por vez até quebrarmos.

· CALLUM ·

Quando era criança, Callum nunca simpatizou muito com os vilões das histórias, sempre apegados a um impulso amplo e pouco específico. Não era a depravação que o perturbava, mas o desespero, a necessidade, a compulsão que sempre os destruía no final. Era isso que achava tão desagradável nos vilões. Não a maneira como faziam as coisas, que com certeza era terrível e moralmente corrupta, mas o fato de que eles desejavam as coisas com tamanha *intensidade*.

Os heróis eram sempre relutantes, sempre jogados para dentro de seus papéis, se martirizando. Callum também não gostava disso, mas pelo menos fazia sentido. Vilões eram proativos em excesso. Eles tinham mesmo que participar daquela labuta toda por causa de alguma cruzada indeterminável? Dominar o mundo era um objetivo extremamente sem sentido. Assumir o controle dessas marionetes, com suas cabeças vazias e suas multidões armadas de tochas e forcados? Por quê? Querer algo — beleza, amor, onipotência, perdão — era o defeito natural do ser humano, mas a escolha de desperdiçar tudo por qualquer coisa tornava toda a situação indigesta. Um desperdício.

Escolhas simples eram o que Callum registrava de maneira mais honesta, a mais verdadeira das verdades: camponeses de contos de fadas precisam de dinheiro para cuidar de crianças moribundas e, assim, aceitam qualquer consequência. O restante da história — sobre as recompensas de fazer as escolhas certas ou as consequências nefastas do desespero e do vício — era sempre leve demais, uma mentira bonita, mas incontestável. A justiça cósmica não era real. A traição era comum demais. Para o bem ou para o mal, as pessoas não tinham o que mereciam.

Callum sempre tendia em direção aos assassinos, soldados diligentes, aqueles impulsionados por reações pessoais, e não por uma causa moral maior. Talvez fosse um papel pequeno que não tivesse qualquer influência no todo, mas pelo menos era racional, compreensível além dos termos fatalistas. Levemos em consideração o caçador que falhou em matar a Branca de Neve, por exemplo. Um assassino agindo de acordo com sua bússola moral interna. Quer a humanidade como um todo tenha ganhado ou perdido com o resultado da escolha dele, não era importante. Ele não criou um exército, não lutou pelo bem, não teve participação nos outros males da rainha. Não era o mundo inteiro em jogo; não era algo que envolvesse destino. Callum admirava aquilo, a habilidade de tomar uma posição moral e seguir com ela até o fim. A única questão era se o caçador seria capaz de viver com sua decisão — porque embora triste, ou chata ou sem inspiração, a vida era a única coisa que importava no fim.

As mais verdadeiras das verdades: a vida dos mortais era curta, inconsequente. Convicções eram sentenças de morte. Dinheiro não podia comprar a felicidade, mas nada podia, então pelo menos o dinheiro serviria para comprar todo o resto. Em termos de encontrar satisfação, tudo que uma pessoa era capaz de fazer era se controlar.

Libby era uma heroína. Parisa era uma vilã. No fim, as duas ficariam decepcionadas.

Nico e Reina eram tão imparciais e egoístas que chegavam a ser totalmente insignificantes.

Tristan era um soldado. Seguiria para onde fosse conduzido de forma mais persuasiva.

Callum era o assassino. Era o mesmo que ser soldado, mas ele gostava de trabalhar sozinho.

— A morte é uma preocupação para você? — perguntou Tristan depois do jantar uma noite, os dois deixados para trás ao lado da lareira da sala de jantar. Um calor desnecessário, dada a brisa primaveril lá fora, mas a Sociedade era comprometida à estética. — Que alguém escolha você para morrer, quero dizer.

— Um dia eu vou morrer — disse Callum. — Já aceitei isso. As pessoas são livres para me escolher, se quiserem. — Ele se permitiu um sorrisinho ao levar o copo aos lábios, olhando para Tristan. — Mas eu sou igualmente livre para discordar.

— Então não o incomoda que o resto do grupo possa eleger...

Tristan parou.

— Eleger o quê? Me eleger para ser morto? — quis saber Callum. — Se eu temesse a eliminação, não teria vindo.

— E *por que* você veio?

Reação. Tristan não entenderia aquilo, é lógico, mesmo que os motivos dele fossem exatamente os mesmos. Era um soldado que queria um rei com princípios, embora parecesse não compreender quais eram os seus próprios.

Que lamentável, de verdade.

— Você continua me perguntando isso — comentou Callum. — Que diferença faz?

— Não faz? O assunto atual é sobre intenção.

— Então você está me perguntando sobre as minhas?

— Estou.

Callum deu outro gole e pensou na resposta, permitindo que seus pensamentos vagassem.

A vida dele na Sociedade não era desinteressante. Era metódica, convencional, mas aquela era a consequência da vida inserida em qualquer coletivo. Egoísmo era mais emocionante — num dia dormir a tarde toda, no outro subir o Olimpo e ameaçar os deuses —, mas assustava as pessoas, as chateava. Atender a todos os caprichos tornava os outros desnecessariamente combativos, desconfiados. Preferiam a reafirmação dos costumes, pequenas tradições; quanto mais inconsequentes, melhor. Café da manhã ao amanhecer, jantar ao som das badaladas. A normalidade os acalmava. Todos queriam desesperadamente não ter medo e ficar entorpecidos.

Os seres humanos eram os animais mais sensíveis. Eles conheciam os perigos do comportamento errático. A sobrevivência era uma condição crônica.

— Minhas intenções são as mesmas que as das outras pessoas — disse Callum, por fim. — Ficar por cima. Pensar com mais inteligência. Ser melhor.

— Melhor que o quê?

— Que qualquer um. Que todos. Isso importa?

Ele olhou para Tristan por cima do copo e registrou uma vibração de descontentamento.

— Ah, você ia achar melhor que eu mentisse para você — disse Callum.

Tristan se irritou.

— Eu não quero que você *minta*...

— Não, você quer que as minhas verdades sejam diferentes, algo que você sabia que não seria. Quanto mais das minhas intenções você conhece, mais culpado se sente. Isso é bom, sabe — garantiu Callum. — Você quer tanto se distanciar de tudo, mas a verdade é que você sente mais do que qualquer outra pessoa nesta casa.

— Mais? — repetiu Tristan, duvidando e se encolhendo com a ideia.

— Mais — confirmou Callum. — Em volumes mais altos. Em espectros mais amplos.

— Eu teria apostado que você diria que é Rhodes.

— Rhodes não tem a menor ideia de quem ela é. Ela não sente nada — disse Callum.

Tristan franziu a testa.

— Um pouco pesado, não acha?

— Nem um pouco.

Libby Rhodes era um colapso ansioso e iminente cujas decisões eram baseadas inteiramente no que ela tinha permitido ao mundo que a moldasse. Era mais poderosa do que todos eles, exceto Nico, e é lógico que era. Porque esta era a maldição de Libby: não importava quanto poder possuísse, ela não tinha a coragem para empregá-lo incorretamente. Era muito mesquinha, muito sem apetite para isso. Libby era muito presa dentro da jaula de seus próprios medos, de seu desejo de ser amada. O dia em que ela acordasse e percebesse que poderia fazer seu próprio mundo seria um dia perigoso, mas era tão improvável que isso acontecesse que Callum mal pensava nisso.

— É pela própria segurança que Libby não sente nada — disse Callum. — É algo que ela faz para sobreviver.

Ele não contara a verdade: Tristan estava fazendo as perguntas erradas. Por exemplo, Tristan nunca perguntara a Callum a quais livros os arquivos lhe deram acesso. Era um erro grave, talvez até fatal.

— Me conte sobre seu pai — disse Callum, e Tristan pestanejou, surpreso.

— O quê? Por quê?

— Me entretenha. É o que chamam de criar vínculos.

Tristan o fuzilou com um olhar.

— Odeio quando você faz isso.

— O quê?

— Quando age como se tudo fosse algum tipo de atuação. Como se você fosse uma máquina replicando comportamentos normais. "É o que chamam de criar vínculos", francamente. — Mal-humorado, Tristan olhou para o copo. — Às vezes, me pergunto se você sequer entende o que significa se importar com outra pessoa, ou se você só está imitando os movimentos de seja lá o que um ser humano deve fazer.

— Você se pergunta isso com frequência — disse Callum.

— O quê?

— Você disse que às vezes se pergunta. Mas, não, é constante.

— E daí? — retrucou Tristan.

— E daí nada. Só estou te dizendo, já que você parece gostar quando faço isso.

Tristan tornou a encará-lo, o que pelo menos era um avanço.

— Você percebe que eu sei, não é?

— Sobre a minha traição, você quer dizer? — perguntou Callum, indo direto ao ponto.

Tristan piscou.

E então mais uma vez.

— Você sente que me traiu — explicou Callum. — Porque acha que eu tenho o influenciado.

— Me *manipulado*. — As palavras deixaram a boca de Tristan como um rosnado.

Óbvio que tinha sido um erro. Callum percebera quando viu o sorrisinho no rosto de Parisa na outra noite, depois que Tristan recusara a oferta dele de sempre para uma bebida. Ele não conseguia entender como Tristan de repente conjurara um método para testá-lo, mas, agora que acontecera, não poderia ser desfeito. As pessoas odiavam perder a autonomia, o livre-arbítrio. Ser controlado por outra pessoa dava asco. Tristan não confiaria nele de novo, algo que com o tempo só ia piorar, uma doença purulenta e contínua. Tristan para sempre ia se perguntar se seus sentimentos eram de fato seus, não importa o que Callum fizesse para tranquilizá-lo.

A raiva de Tristan estava fervendo, irrefreável, por dias. Que admirável.

Então era hora de libertá-la.

— Você consegue mesmo me culpar? Eu preferia uma celebração da minha escolha — disse Callum, de repente achando a coisa toda exaustiva. — Todo mundo que tem um talento tem a tendência de usá-lo.

— O que mais você fez comigo?

— Nada pior do que Parisa fez com você — afirmou Callum. — Ou acha mesmo que ela se importa com você com mais sinceridade do que eu?

Tristan estava desnorteado, a curiosidade guerreando com a desconfiança. Esse era o problema de ter sentimentos demais, pensou Callum. Tão difícil escolher só um.

— O que Parisa tem a ver com isso?

— Tudo — afirmou Callum. — Ela o controla e você nem percebe.

— Você ao menos percebe a ironia no que acabou de dizer?

— Ah, é excepcionalmente irônico — garantiu Callum. — De maneira petrificante. Me conte sobre seu pai — insistiu ele, saindo pela tangente, e Tristan fez cara feia.

— Meu pai não tem nada a ver com a história.

— Por que não? Você fala dele o tempo todo, sabe, mas nunca diz nada de verdade.

— Ridículo. — Outro arfar indignado.

— É? Por falar em ironias... essa é a sua natureza. Sincera, mas nunca real.

— Por que eu seria sincero com você? — rebateu Tristan. — Por que qualquer um seria?

A pergunta caiu como um machado entre os dois, surpreendendo-os de um jeito desastroso.

Uma mudança, então.

Por um momento, Callum nada disse. Até falar:

— Quando Elizabeth Rhodes era criança, descobriu que podia voar. Ela não sabia na época que estava alterando a estrutura molecular dentro do cômodo enquanto alterava a força da gravidade. Ela já tinha uma predileção por fogo, sempre estendendo a mão para a chama de velas, mas aquilo era normal para uma criança da idade dela, e os pais eram dedicados, atentos. Eles a impediam de se queimar, então ela nunca descobriu que, como regra, não podia se queimar. O entendimento dela é o de que pode apenas alterar as forças físicas sem perturbar os elementos naturais — prosseguiu Callum —, mas está errada. A quantidade de energia necessária para mudar a composição molecular é simplesmente maior do que a que ela possui sozinha.

Tristan ficou em silêncio, então Callum continuou:

— Isso assustou a irmã dela, ou foi o que Libby pensou. Na realidade, sua irmã estava sofrendo com os primeiros sintomas da doença degenerativa que tinha: perda de peso, perda de audição, perda de visão, os ossos enfraquecendo. A irmã desmaiou, o que não passou de pura coincidência. Sem uma explicação, Libby culpou a si mesma e não usou seus poderes por quase uma década, não até que a irmã falecesse. Agora ela pensa no incidente apenas da forma que pensaria em um sonho.

— Por que está me contando isso? — perguntou Tristan bruscamente, mas Callum prosseguiu.

— Nicolás Ferrer de Varona é filho único de dois medeianos completamente comuns que tiveram um lucro considerável em bons investimentos, apesar da falta de talento de ambos. Nico, lógico, é o investimento *mais* rentável deles. E ele é mais consciente de seus talentos do que Libby, mas não muito mais.

Tristan ergueu a sobrancelha, e Callum deu de ombros.

— Ele pode transformar sua própria forma, assim como a das coisas ao redor dele.

Poucos medeianos que não eram naturalmente metamorfos podiam fazer coisas assim, e metamorfos não podiam fazer a magia de Nico em reverso: eles podiam se transformar, mas não as coisas que os rodeavam.

Tristan, já familiarizado com a dificuldade da magia envolvida, franziu a testa, fazendo a pergunta óbvia. *Por quê?*

— Não sei se ele está apaixonado pelo colega de quarto e não sabe disso ou se simplesmente é descuidado com a própria vida — comentou Callum, revirando os olhos —, mas, sem saber, por um breve momento Nico morreu no processo de se transformar pela primeira vez. Agora ele faz isso com facilidade — garantiu a Tristan —, tendo treinado o corpo para reconhecer a memória muscular de ser forçado em sua forma alternativa, mas, se não fosse pela magia nas veias dele reanimando seu coração, ele não estaria mais respirando. Agora ele é mais rápido, mais intuitivo, seus sentidos são mais afiados porque têm que ser, pela sobrevivência. Porque o corpo dele entende que, ao tentar manter o ritmo dele, pode ser que morra.

— Que animal? — quis saber Tristan. Uma pergunta irrelevante, mas interessante o suficiente.

— Um falcão — disse Callum.

— Por quê?

— Não dá para saber. — Callum seguiu em frente: — Reina Mori é uma filha ilegítima pertencente a um influente clã mortal, cujo ramo primário é composto de membros da nobreza japonesa. O pai é desconhecido, e ela foi criada em segredo, embora com riqueza e privilégio, pela avó. O controle que ela tem sobre a natureza é quase como o de um necromante. O porquê de ela resistir tanto é incompreensível; e o porquê de ela se recusar a usá-lo, ainda mais; mas tem algo a ver com ressentimento. Ela se ressente.

— Porque a torna mais poderosa?

— Porque a enfraquece — corrigiu Callum. — Ela é a doadora universal de uma fonte de vida que ela mesma não pode usar, e não há nada disponível para fortalecê-la em troca. A magia dela é, em essência, não existente. Tudo que ela possui pode ser usado por qualquer um, menos por ela.

— Então ela se recusa a usá-lo por... — começou Tristan, e franziu a testa. — Interesse pessoal?

— Talvez.

Tristan pensou sobre o assunto, e Callum prosseguiu:

— Quanto a Parisa, você sabe a história dela. Ela é a mais consciente de seus talentos. De *todos* eles — explicou Callum com um sorrisinho —, mas principalmente os mágicos.

Quando Tristan ficou em silêncio, o outro o encarou.

— Pergunte.

— Perguntar o quê?

— O que você sempre me pergunta. Por que ela está aqui?

— Quem, Parisa?

— Sim. Me pergunte por que Parisa está aqui.

— Tédio, suponho — murmurou Tristan, o que provava seu pouco conhecimento.

— Talvez um pouco, mas na verdade ela é perigosa. Ela está com raiva — explicou. — Ela é furiosa, vingativa, odiosa e naturalmente misantrópica. Se tivesse o poder que Libby ou Nico têm, a essa altura ela já teria destruído toda a Sociedade.

Tristan parecia duvidar.

— Então, na sua opinião, por que ela está aqui?

— Para encontrar uma forma de fazer isso — respondeu Callum.

— Isso o quê?

— Destruir coisas. O mundo, possivelmente. Ou controlá-lo. A opção que for melhor para ela quando encontrá-la.

— Isso é um absurdo — disse Tristan.

— É mesmo? Ela sabe o que as pessoas são. Com pouquíssimas exceções, ela as odeia.

— Você está dizendo que você não faz o mesmo?

— Não posso me dar ao luxo do ódio — afirmou Callum. — Já te falei isso, como você deve se lembrar.

— Então você é capaz de não sentir nada quando é conveniente para você — murmurou Tristan.

Callum abriu um sorriso sombrio.

— Doeu? — perguntou ele.

Tristan se preparou para algo. E com razão.

— O quê?

— As coisas que seu pai fez, as coisas que ele disse. Foi doloroso ou só humilhante?

Tristan desviou o olhar.

— Como você sabe de tudo isso sobre nós? Com certeza não é só sentindo nossas emoções.

— Não, não apenas isso — confirmou Callum. — Por que você não ia embora?

— O quê?

— Bem, essa é a história, não é? Se era tão ruim, por que não foi embora?

Tristan fechou as mãos em punho.

— Eu não sou um...

— Não é o quê? Uma vítima? Você é — interrompeu Callum —, mas é óbvio que não vai permitir que o mundo o chame disso.

— Isso é julgamento? Uma acusação?

— De maneira alguma. Seu pai é um homem violento. Brutal e cruel. Exigente, severo. Mas o pior disso tudo é que você o ama.

— Eu odeio o meu pai. E você sabe muito bem disso.

— Não é ódio — disse Callum. — É amor corrompido, sombrio. Amor com uma doença, um parasita. Você precisa dele para sobreviver.

— Sou um medeiano — explodiu Tristan. — Ele é um bruxo.

— Você só é alguma coisa porque veio dele. Se tivesse sido criado num lar amoroso, você não seria forçado a enxergar uma realidade diferente. Sua magia poderia ter se acumulado de outro jeito, adquirindo outra forma. Mas você precisava ver *através* das coisas, porque vê-las do jeito que eram era doloroso demais. Porque ver seu pai pelo que ele era por inteiro, um homem cruel e violento cuja aprovação você ainda busca mais do que qualquer coisa no mundo — explicou Callum, e Tristan se encolheu —, teria te matado.

— Você está mentindo. Você... — Tristan se virou. — Você está fazendo alguma coisa comigo.

— Sim, estou — afirmou Callum, deixando de lado o copo e se colocando de pé, chegando mais perto. — Isso é o que você ia sentir se eu estivesse o manipulando. Estou fazendo neste exato momento. Você consegue sentir? — perguntou ele, com a mão ao redor da nuca de Tristan e mexendo nos botões da tristeza dele, do vazio. — Nada dói como a vergonha — murmurou Callum, encontrando os cumes do amor de Tristan, cheios de buracos e instáveis pela corrosão. Os muitos bolsos dele de inveja, desejo; a loucura equivalente ao querer. — Você quer a aprovação dele, Tristan, mas ele nunca lhe dará isso. E você não pode deixá-lo morrer, não o eu real dele, nem sequer a *ideia* dele, porque sem ele você ainda não tem nada. Você está vendo tudo como é de verdade e, ainda assim, sabe o que você vê?

Tristan fechou os olhos.

— Nada — pontuou Callum, enquanto um gemido deixava os lábios de Tristan, amargamente ferido. — Você não vê nada. Sua habilidade de entender seu poder requer aceitar o mundo como é, mas você se recusa a fazê-lo. Você gravita para Parisa porque ela não pode te amar, porque o ódio que ela sente por você e por todo mundo é familiar, faz você se sentir em casa. Você gravita para mim porque sente que eu te lembro seu pai, e, na verdade, Tristan, você *quer* que eu seja cruel. Você gosta da minha crueldade, porque não entende o que ela é, mas te seduz, te acalma estar perto dela, assim como Rhodes e a inclinação dela às chamas.

As bochechas de Tristan estavam úmidas, o tormento escorrendo de seus olhos. Callum não gostava disso, a destruição de uma psique humana da qual ele se permitiu de fato gostar. Era cinzenta, como escombros. Sempre havia uma sensação de ápice; nem salgada nem doce, mas nem uma nem outra. Aquele era o perigo de se inclinar para um lado ou para outro, de cair com muita força — irreversível e irreparavelmente — para o lado intransponível de alguém.

— Eu sou o pai que você não teve a chance de ter — disse Callum em voz alta. — Eu te amo. É por isso que você não pode me dar as costas, mesmo se quiser. Quanto pior eu sou, mais desesperado para me perdoar você fica.

— Não. — Era admirável que Tristan conseguisse falar, levando em conta tudo pelo que estava passando. — Não.

— A verdade é que eu não quero machucar você — afirmou Callum, suavemente. — Isso, o que estou fazendo, eu nunca faria senão para salvá-lo. Para nos salvar. Você não quer mais confiar em mim — reconheceu ele —, e eu entendo isso, mas não posso deixá-lo se afastar. Você precisa aprender o gosto da minha magia, a sensação dela, para que também reconheça sua ausência. Você precisa conhecer a dor pelas minhas mãos, Tristan. Você precisa que eu te machuque para que enfim entenda a diferença entre tortura e amor.

Fosse lá o que restava no peito de Tristan, o fez cair de joelhos, e Callum o imitou, também afundando no chão. Apoiou a testa na dele, mantendo-o ereto.

— Eu não vou quebrar você — disse Callum. — O segredo é que as pessoas querem quebrar. É um clímax, o ponto de ruptura, e tudo depois disso é fácil, mas quando se torna fácil as pessoas querem mais, o perseguem. Eu não vou fazer isso com você. Você nunca se recuperaria.

Ele suavizou o toque, levando consigo a magia. Tristan estremeceu, mas não seria um alívio imediato. Ele não teria libertação, e o desvanecimento era como uma cãibra muscular. Como um membro dormente que depois desperta, alfinetadas e agulhadas. Nervos se contraindo para a vida outra vez, ressuscitando. Pressão encontrando um lugar para preencher.

— Como... — começou Tristan, e Callum deu de ombros.

— Alguém na Sociedade tem livros sobre nós — disse ele. — Previsões.

Tristan não conseguia erguer a cabeça.

— Não é um oráculo — explicou Callum. — São mais... probabilidades. Possibilidades de um comportamento ou outro. Gráficos e tabelas de informação, além de volumes sobre histórias pessoais, o que nos motiva. O que se segue é um arco narrativo de nossas vidas, uma projeção. Os resultados mais prováveis.

Tristan afundou outra vez no peito dele, e Callum o puxou para mais perto, deixando-o recostar a cabeça ali, retornando febrilmente ao entorpecimento de sua própria alma.

— O seu não é o mais interessante — disse Callum, com pesar —, mas tem alguns detalhes relevantes. É óbvio que prestei mais atenção nele do que nos outros.

— Por quê? — perguntou Tristan, sem forças.

— Por que eu? Não sei. Eu pedi por capricho, para ser honesto. Para ver o que a biblioteca me daria. Escrevi o nome de Parisa primeiro, por razões óbvias. — Callum deu uma risadinha. — Eu deveria ter suposto que ela recrutaria pessoas para a causa dela contra mim, e Rhodes era uma escolha tão óbvia. Tão terrivelmente moral, tão tragicamente insegura. Embora acrobática de um jeito surpreendente — disse ele, pensativo. — Ou assim imagino, considerando os encontros... de vocês dois.

Tristan se manteve calado.

— O livro prevê que ela nunca chegará ao alcance total de seu poder. Na verdade, as probabilidades são de um para um. Um pensamento frustrante, não acha? Ela quase não foi escolhida para a Sociedade porque eles não concordaram se ela alcançará seu potencial, mas no final Atlas Blakely os convenceu. Interessante, não acha?

Ele sentiu Tristan se retesar.

— Blakely me odeia, lógico. Quer que eu morra. Exterminado como uma praga. Tentei acessar o arquivo dele, mas parece que é demais para o meu calibre. Ele te ama — adicionou Callum, se virando para encarar Tristan. — Se eu fosse você, ia começar a me perguntar o motivo.

— O que dizia... — Tristan engoliu em seco. Ele conseguiria falar normalmente àquela altura, mas era provável que não quisesse. — O que dizia sobre...

— Isso? A eliminação?

Sem resposta.

— Eu sei que nós só fomos deixados sozinhos por todo esse tempo porque eles estão esperando que você o faça — disse Callum. — Sei que você escolheu a sala de jantar porque, não faz muito tempo, você colocou uma faca no bolso. Eu sei até que — acrescentou ele, olhando para o lugar onde a mão de Tristan desaparecera de vista —, neste momento, seus dedos estão firmes ao redor do cabo da faca, e que a distância deles para as minhas costelas é premeditada, cuidadosamente calculada.

Tristan ficou tenso. A mão ao redor da faca estava tensionada, embora não planejasse se mexer.

— Sei também que é intransponível — disse Callum.

Silêncio.

— Largue a faca — ordenou Callum. — Você não vai me matar. A ideia era boa. Seja lá quem decidiu que seria você... Rhodes, provavelmente. — Ele se respondeu ao pensar e, quando Tristan não negou, deu de ombros. — Foi uma boa ideia. Mas também profundamente improvável.

Tristan se preparou.

Callum esperou.

— Eu poderia te matar — disse Tristan. — Pode ser que você mereça morrer.

— Ah, isso com certeza — afirmou Callum. — Mas vou?

Silêncio.

Em outro lugar, um relógio tiquetaqueou.

Tristan engoliu em seco.

Então empurrou Callum e deslizou a faca de onde a havia escondido no bolso, jogando-a no espaço entre eles.

— Você não pode matar a Rhodes — disse Tristan roucamente.

— Tá bom — concordou Callum.

— Nem Parisa.

— Certo.

Tristan contraiu os lábios.

— E você está errado.

— A respeito do quê?

Não importava. Ele não estava errado.

— A respeito de tudo.

As coisas ficaram em silêncio entre os dois outra vez. Exausto, esvaziado e provavelmente precisando de mais cura do que imaginava, Tristan resgatou seu copo sobre a mesa, esvaziando-o num único movimento de cabeça. Callum observou o brilho do vinho nos lábios de Tristan, escorregadios quando se separaram.

— Então quem morre? — perguntou Tristan.

Finalmente. Ao menos uma vez, ele estava fazendo as perguntas certas. Callum estendeu a mão para pegar a faca, observando-a em silêncio. O tremeluzir das chamas da sala de jantar dançava na ponta dela.

— Na verdade — disse ele baixinho, e ergueu o olhar, encontrando o de Tristan —, eu mato você.

Em segundos, o silêncio foi perfurado por um grito.

VIII

MORTE

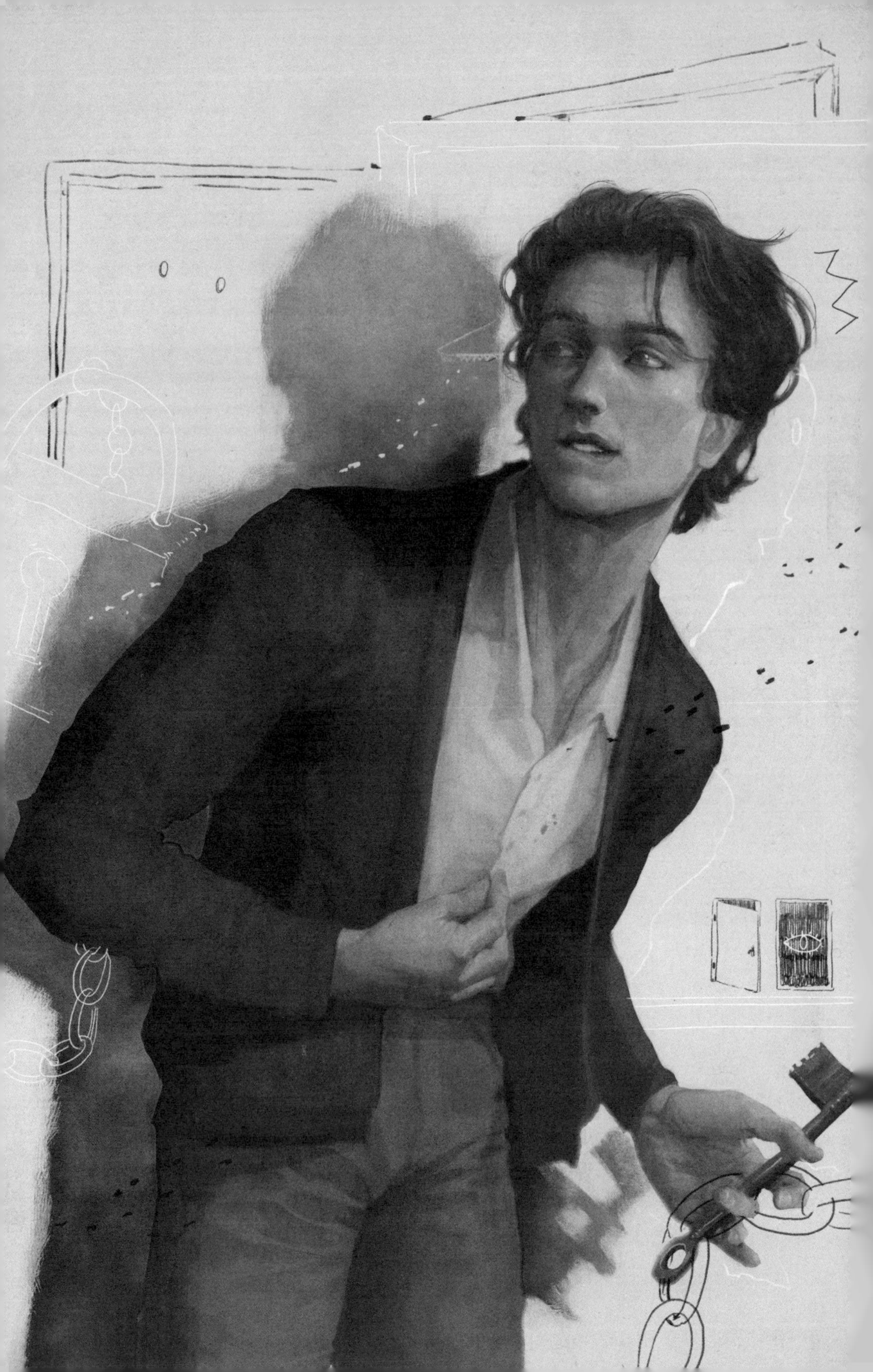

· LIBBY ·

— Os homens, enquanto conceito, estão cancelados — disse Libby para os próprios joelhos, empoleirada de cócoras numa cadeira ao lado da mesa de Nico. — Esta Sociedade? Fundada por homens, te garanto. Matar alguém para a iniciação? Ideia de um homem. É totalmente algo que um homem faria. — Ela pressionou os lábios. — Por um viés teórico, os homens são um desastre. Como um conceito, eu sem dúvidas os rejeito.

— Até parece que você está falando sério… — resmungou Nico, que mal prestava atenção às palavras dela.

No momento, estava vendado, lançando facas na direção do guarda-roupa por motivos que Libby jamais ia entender. Algo sobre estar preparado para qualquer invasão possível, o que ela lhe lembrou que eles já estavam (isto é, preparados, e não correndo risco de sofrerem uma invasão). Um motivo mais certeiro era que Nico estava agitado por se ver diante de uma situação que não podia controlar e, portanto, sentia a necessidade de esfaqueá-la. Por mais que pudesse se identificar com aquilo, Libby estava começando a sentir um pouco de simpatia por Gideon, que sempre parecera exausto durante os quatro anos deles na UAMNY. Não devia ser fácil ter um colega de quarto que não parava por nada, muito menos pelo sol poente.

Nico estendeu a mão, sentindo as forças da sala.

— Levite — disse ele. — A luminária.

— Não quebre a luminária, Varona.

— Eu vou consertar.

— Vai mesmo?

— *Vou* — disse ele, impaciente.

Libby revirou os olhos, e então focou as forças da gravidade ao redor da luminária. Desejou, não pela primeira vez, poder ver as coisas do jeito que Tristan as via. Ela nunca se questionara antes se deveria duvidar do que seus olhos lhe mostravam, mas agora era tudo o que fazia. Conseguia sentir a magia de Nico como ondas invisíveis. Ele estava esticando seu alcance, endireitando-o. Ele podia dizer onde as coisas estavam na sala apenas sentindo-as, tomando o volume do que ele e Libby só viam como vazio.

Relatividade. Na verdade, havia pedaços ali, pequenas partículas de algo que fazia todo aquele nada. Tristan conseguia vê-las. Libby, não.

Ela odiava aquilo.

— Pare — disse Nico. — Você está mudando o ar de novo.

— Não estou mudando o ar — retrucou Libby. — Eu não consigo fazer isso. Tristan provavelmente podia.

— Pare — repetiu Nico, e o vaso se estilhaçou.

A faca permanecia na mão dele.

— Parabéns — murmurou Libby, e Nico arrancou a venda, lançando um olhar inquieto para ela.

— O que aconteceu com o Fowler?

Ela se irritou.

— Por que você sempre tem que tocar no nome dele?

Nico deu de ombros.

— Não gosto dele.

— Ah, *não* — lamentou Libby, zombando. — O que eu vou fazer sem sua aprovação?

— Rhodes, puta merda! — Nico deixou a faca de lado, fazendo Libby ficar de pé. — Vamos lá. Vai ser como um jogo da UAMNY.

— Para — disse ela. — Eu não quero jogar com você. Vá procurar outro brinquedinho.

— O que aconteceu? — perguntou ele de novo.

Nada.

— A gente terminou.

— Tudo bem, e...?

— É isso.

Como ela dissera. Nada.

— Hum — disse Nico.

Ele tinha um dom especial de fazer um som que reproduzia toda uma performance musical sobre a natureza interminável do sofrimento.

— O que você quer que eu diga, Varona? Que você estava certo?

— Sim, Rhodes, óbvio. Sempre.

Justo. Ela provocara aquilo.

Libby se levantou, ação decorrente do próprio desejo inquieto de se pôr de pé. (Era extremamente relevante no momento entender que a atitude partira dela, não da ordem de Nico.)

— Você *não* estava certo — corrigiu Libby de repente, embora soubesse que isso não teria o menor valor para ele. Nico de Varona vivia dentro da própria realidade, uma que nem Tristan conseguiria entender. — Ezra não é... simplório. Ou seja lá o que você diz sobre ele.

— Ele é mediano — afirmou Nico. — Você, não.

— Ele não é me... — Libby parou, percebendo que estava focando a coisa errada. — Você faz isso parecer um elogio — disse ela baixinho, e Nico fez uma expressão que era igualmente um *cala a boca* e um *foi o que eu disse e ponto*.

— O seu problema, Rhodes, é que você se recusa a se ver como perigosa — disse Nico. — Você quer se provar, tudo bem, mas o caminho para chegar lá não é tão tortuoso quanto você imagina. Você já está no topo. E, de alguma forma, você não parece ver a idiotice total que é escolher alguém que te faz...

— Ele parou para pensar. — ... menor do que é.

— Você enfim está admitindo que sou melhor que você?

— Você não é melhor que eu — respondeu Nico, blasé. — Mas está procurando as coisas erradas. Você está procurando, não sei, as outras partes.

Ela fez uma careta

— Outras partes de quê?

— Como é que eu vou saber? Talvez de você mesma. — Ele arfou baixinho antes de oprimi-la com: — Enfim, não há outras peças, Rhodes. Não há mais nada. É só você.

— O que isso quer dizer?

— Ou você é completa ou não é. Pare de procurar. Você está bem aqui, droga — informou Nico, agarrando a mão de Libby com impaciência e a colocando no peito dela. Ela o encarou e puxou a mão, sentindo-se vandalizada.
— Ou é suficiente para você ou nada nunca será.

— Você está me passando um sermão, é isso?

— Você é um risco de incêndio, Rhodes — disse ele. — Então pare de se desculpar pelo dano e deixe o otário se queimar.

Parte dela estava irritadíssima. A outra não queria cair na armadilha das palavras de Nico de Varona.

Então, por falta de uma resposta, Libby olhou de soslaio para a luminária quebrada e a reconstruiu, recolocando-a sobre a mesa.

Nico, em resposta, transformou a escrivaninha numa caixa.

Quando Nico fazia qualquer magia, perturbava Libby. Ele era vasto, de alguma forma. Ela nunca via os detalhes do que ele estava fazendo; se os materiais do mundo eram cordas e Nico era o ventríloquo, então elas não eram identificáveis. As coisas apenas eram e então não eram, simples assim. Ela nunca se lembrava de ver acontecer, mesmo quando estava prestando atenção. Era uma escrivaninha, agora era uma caixa, logo poderia ser uma cadeira ou um pântano. Era provável que a mesa sequer soubesse o que fora um dia.

— O que você é, então? — perguntou Libby. — Se eu sou um risco de incêndio.

— Isso importa?

— Talvez.

Ela fez a caixa voltar a ser uma escrivaninha.

— É engraçado — disse Nico. — Eu não teria feito nada disso se eles não tivessem vindo atrás de nós dois.

— Por que isso é engraçado?

— Por causa deste lugar sou um assassino — disse ele. — Um cúmplice — acrescentou após um momento, e, num último murmúrio conclusivo: — Em breve.

— E qual é a parte engraçada? — indagou ela, áspera.

— Bem, há uma mancha em mim agora, não? Uma marca. "Mataria por…" seguido por um espaço em branco. — Nico invocou a faca de volta à palma da mão, só que, é óbvio, não registrou dessa forma. Em um momento a faca estava no chão; no seguinte, na mão dele. — Eu não conseguiria fazer isso se não tivesse vindo aqui. E eu não teria vindo aqui se não fosse por você.

Libby se perguntou se ele a culpava. Nico não tinha um tom acusatório, mas era difícil não imaginar que de fato a acusava, sim.

— Você ia fazer isso do mesmo jeito, lembra?

— Sim, mas só porque eles convidaram você.

Ele olhou para a faca nas mãos, virando-a para inspecioná-la.

— Inseparável — disse, nem para si mesmo nem para ela.

— O quê?

— Inseparável — repetiu, mais alto. Ele olhou para ela, dando de ombros. — Um daqueles cálculos se/quando, certo? Nos conhecemos, então agora não temos como nos separar. Sempre vamos jogar um estranho jogo de... qual é a palavra? A coisa, *espejo*, o jogo. O jogo do espelho.

— O jogo do espelho?

— É, você faz uma coisa, eu vou lá e faço também. Espelho.

— Mas quem faz primeiro? — perguntou Libby.

— Pouco importa.

— Você se ressente?

Nico olhou para a faca, e então de volta para ela.

— Parece que eu mataria para proteger essa coisa — disse ele —, então, sim.

Libby invocou a faca da mão dele, que mais parecia ter sempre sido dela.

— Eu também — disse ela, baixinho.

Libby pousou a faca na mesa que segundos antes havia sido outra coisa.

— Nós poderíamos parar — sugeriu. — Parar de jogar o jogo.

— Parar onde? Parar aqui? Não — contestou Nico, balançando a cabeça, os dedos tamborilando na lateral do corpo. — Não é longe o bastante.

— Mas e se for?

— É — confirmou. — Longe demais para parar.

— Paradoxo — observou Libby em voz alta, e a boca de Nico se torceu com um reconhecimento irônico.

— Não é? O dia em que você não for fogo será o dia em que o mundo parará para mim — disse ele.

Eles ficaram em silêncio por mais alguns segundos, até que Libby pegou a faca da mesa e a fincou na madeira, que cresceu ao redor dela, prendendo-a no lugar.

— A gente terminou — disse Libby. — Ezra e eu. Acabou. Ponto final.

— Trágico. — Nico esnobou. — Tão triste.

— Você poderia pelo menos fingir que sente muito.

— Poderia — concordou ele. — Mas não vou.

Libby revirou os olhos, abandonando de propósito a cadeira dele no meio da sala e ignorando o bufar de irritação que Nico soltou enquanto ela passava pela porta aberta. A caminho do próprio quarto, parou diante da porta de Tristan e se perguntou como estavam as coisas lá embaixo. Não esperava que fosse fácil. Na verdade, sequer esperava que desse certo. O objetivo de escolher Tristan para matar Callum era que ele seria o menos provável de fazê-lo e, portanto, a coisa toda não era apenas um sacrifício, mas também uma aposta.

Libby pensou na boca de Tristan, nos olhos dele. A sensação de dominar algo com a mão firme dele na quietude dos batimentos de seu coração.

Você se preocupa muito com a sua alma, Rhodes?

Uma pena que ela fosse tão avessa ao risco.

Libby entrou no quarto e fechou a porta, caindo de costas na cama. Considerou pegar um dos livros na mesa de cabeceira, mas desistiu antes mesmo de começar. Nico provavelmente estava fazendo alguma coisa, dando a si uma tarefa irracional para contornar a espera, mas para Libby não poderia haver distração. A mente dela apenas saltou de Tristan para Callum e depois de volta para Tristan, e então breve e infelizmente para Ezra.

Então acabou? Fim da linha?

Ele parecia mais exausto do que qualquer coisa.

Acabou, confirmou ela. *Fim da linha*.

Não era uma questão de ser sempre a mesma coisa entre eles, e sim de Libby não ser mais a pessoa que fora um dia. Sua essência estava tão alterada que ela não conseguia lembrar qual versão de si havia se colocado naquele relacionamento, naquela vida, ou, de algum jeito, nesta forma, que ainda se parecia e sentia como sempre tinha sido, mas que não era mais.

Quase não sentiu culpa pelo que fizera com Tristan e Parisa, porque independentemente de quem Libby tenha sido naquela noite, ela também era diferente agora. Aquela era uma Libby em transição que estava procurando por uma perturbação, buscando algo para despedaçá-la um pouco. Algo para limpar a lousa e começar de novo. Das cinzas às cinzas, do pó ao pó. Ela encontrou, se decompôs e seguiu em frente.

Não importava o que Libby fosse agora; ela era poderosa, fervia de possibilidades, mas também se sentia impotente diante do reconhecimento da própria excepcionalidade. Ela poderia voltar para a pessoa que era antes de saber que era capaz de controlar o funcionamento enigmático do universo? Que podia construí-lo, controlá-lo, moldá-lo para ser o que ela quisesse? Ambição era uma palavra tão suja, tão manchada, mas Libby a tinha. Foi escravizada por ela. Havia tanto ego no conceito de destino, mas precisava se agarrar a ele. Precisava acreditar que estava destinada à enormidade; que a concretização de um destino poderia trazer o privilégio da salvação, mesmo que não parecesse assim agora.

A biblioteca ainda recusava seus pedidos. O assunto da longevidade, em especial, era negado; saber se a irmã poderia ter sobrevivido se Libby fosse melhor ou mais talentosa foi repetidamente negado. Era como se toda a estrutura dos arquivos da biblioteca a temesse de alguma forma, ou fosse repelida por ela. Libby podia sentir ondas de enjoo intangíveis com o pensamento de que ela queria algum conhecimento que não deveria ter.

Podia sentir a determinação da biblioteca se quebrando também. Podia sentir a forma como logo cederia sob sua pressão. Estava apenas esperando por algo, ou alguém. Esperando por fosse lá quem Libby Rhodes seria a seguir.

A conservação de energia significava que devia haver dezenas de pessoas no mundo que não existiam por conta da existência dela. Talvez a irmã tivesse morrido porque Libby vivia. Talvez a irmã tivesse morrido porque Nico vivia. Talvez o mundo tivesse uma quantidade finita de poder e, portanto, quanto mais Libby tivesse, menos poder os outros poderiam alcançar.

Valia a pena desperdiçar aquilo?

Ela conseguia se sentir racionalizando. Metade dela estava cheia de respostas e a outra metade, cheia de perguntas, a coisa toda sujeita à imensidão de sua culpa. Matar é errado, é imoral, a morte não é natural, mesmo que seja o único resultado plausível do nascimento. A necessidade de se acalmar com a razão zumbiu em sua cabeça, aquele lance de conseguir o que deseja ao ser gentil.

O que ia acontecer quando Callum morresse? Era estranho pensar que as proteções ao redor da casa eram marcas de antigos iniciados da Sociedade e, portanto, em certo sentido, fantasmas. Um sexto da magia da casa pertencia a pessoas que haviam sido selecionadas para morrer para a preservação dela.

Quando Callum não estivesse mais ali, sua influência permaneceria?

Os outros creditaram a Nico e Libby o design das proteções, mas Libby sabia a verdade mais sombria: que foi Callum quem construíra a defesa mais integral. Libby e Nico podiam ter sido os arquitetos do escudo esférico, mas foi Callum quem criara o que chamou de vácuo dentro do tecido deles. Uma camada de isolamento onde todos os sentimentos humanos estavam suspensos.

O que substituía os sentimentos quando não havia nada? A ausência de algo nunca era tão eficaz quanto sua presença, ou assim Libby pensara até então. Ela havia sugerido a eles que preenchessem o espaço com alguma coisa; um tipo de armadilha, ou possivelmente algo assustador, se Callum quisesse mesmo construir alguma espécie de armadilha existencial, mas ele discordou. Estar suspenso em nada, disse ele, era não ter motivação, desejo. Era paralisia funcional. Não querer viver nem morrer, mas sim desejar nunca existir. Impossível de resistir.

Libby se sentou, sentindo um desconforto agudo, uma pequena pontada de preocupação. Não era como se Tristan fosse impotente de forma alguma, mas talvez houvesse uma razão pela qual Atlas insinuara que Callum era algo que não deveria existir. O poder de Callum era sempre nebuloso, indefinível, mas os efeitos de seu uso eram inquestionáveis. Ele tinha tomado posse de um pedaço da mente de Parisa e a conduzira a tamanha angústia que ela se destruíra em vez de viver com o que ele tinha feito.

De repente, Libby estava consciente do risco que tomaram ao deixar Tristan e Callum sozinhos. Era uma luta até a morte em que só um sairia vivo. Se Tristan falhasse, então Callum saberia. Não havia mais como voltar atrás, como interromper o que viria a seguir. Callum saberia que eles haviam se decidido por ele, o marcado como dispensável nos níveis de quem merecia o quê, e haveria consequências. Aquilo, os dois no andar de baixo, não era diferente de dois gladiadores se encontrando numa arena, um deles condenado ao fracasso.

Ela não devia ter deixado Tristan fazer aquilo sozinho.

Libby pulou da cama e correu para a porta, e estava prestes a abri-la quando algo no quarto se transformou. O ar mudou. As moléculas se rearranjaram, se tornando frias de alguma forma, desacelerando para um engatinhar. Havia uma estranheza no ambiente, algo amnésico. Parecia que o quarto em si não a reconhecia mais e, portanto, esperava esmagá-la como a um tumor maligno.

Era medo?

Não é que *não* fosse medo, mas Libby estivera certa sobre uma coisa na conversa com Nico.

O próprio ar estava diferente, e não fora ela a mudá-lo.

Libby virou em direção à fonte da mudança, ou tentou. Ela sentiu seu pulso suspenso outra vez, como o tempo parando, antes que outro sentimento preenchesse seu peito — a súbita e fantasmagórica sensação de que era *ela* a coisa que não pertencia. Só de existir no quarto naquele momento era claustrofóbico, como ser espremido num compactador no espaço, porque algum instinto, algum truque da casa senciente disse que Libby não deveria estar ali. Não havia como explicar; apenas sentir a liberdade usual como uma falta, uma ausência. Os próprios pulmões dela não queriam se expandir.

Se tivesse percebido antes, poderia ter feito parar. Se soubesse onde encontrar a fonte, poderia obrigá-la a parar. Esse era o problema dela, uma fraqueza que nunca ia conhecer se nunca tivesse conhecido Tristan. Ela poderia ter todo o poder do mundo, o suficiente para salvar a população mundial duas vezes e, mesmo assim, não podia combater algo se não conseguia ver nitidamente o que era. Mas não era um vazio completo. A distância, ela podia ouvir algo familiar no meio da estranheza total.

Você sequer sabe com o que concordou?

Um braço envolveu a cintura de Libby, arrastando-a para trás. Foi instantâneo — mais breve do que isso. O tempo voltou a correr, o ar no quarto se apressando de volta para os pulmões dela no momento em que ela enfim encontrou a voz para gritar.

· TRISTAN ·

Tristan quase não ouviu o grito sobre o som de seu sangue fervendo, mas tinha sido o suficiente para fazer Callum hesitar. O suficiente para olhar para baixo, para a faca que segurava, e jogá-la longe depois de olhar para Tristan, enojado.

— Eu não teria feito — disse Callum, mas a adrenalina de Tristan dizia o contrário.

O conhecimento contido no rosto desmascarado de Callum dizia o contrário. A realidade das circunstâncias deles dizia, com bastante firmeza, o contrário. Os músculos de Tristan doíam, o corpo inteiro lento para reagrupar seus rituais comuns de sobrevivência.

Como César teria feito Brutus pagar se tivesse vivido?

— Desculpe. — As palavras saíram da boca de Tristan com dormência, desconjuntadas.

— Desculpas aceitas — disse Callum, a voz fria e inalterada. — Perdão, no entanto, negado.

A luz vermelha no canto disparou, atraindo a atenção dos dois.

— Impossível alguém ter passado pelo vácuo — disse Callum. — Não é nada.

— Tem certeza? — A respiração de Tristan ainda precisava desacelerar. Era medo? Ódio? Não dava para saber. — Não é o que parece.

— Não. — A testa de Callum franziu levemente. — Não mesmo — concordou —, não é o que parece.

Ele se levantou, saindo da sala de jantar, e Tristan olhou para a faca caída e estremeceu, cambaleando para seguir o outro.

O ritmo de Callum era vasto e surpreendentemente urgente enquanto Tristan o seguia escada acima.

— O que é?

— Tem alguém aqui — disse Callum sem parar. — Alguém está na casa.

— Não me diga — disse a voz de Parisa na esquina, apertando o passo para alcançá-los, vinda de algum ponto da casa, linda e desgrenhada, usando uma camisa masculina e com as pernas nuas.

Tristan arqueou as sobrancelhas ao vê-la, e a telepata respondeu com um olhar silencioso.

— Não entendo como aconteceu — disse ela. — A senciência da casa geralmente me alerta quando alguém tenta entrar. Vejo que ele ainda está vivo.

Tristan levou um momento para se dar conta de que a última frase fora dita em seus pensamentos.

— Obviamente — murmurou, e os olhos de Callum encontraram os dele.

Tristan não precisava nem olhar para saber que Callum entendera perfeitamente bem o que Parisa lhe perguntara, mesmo sem palavras. Mesmo sem magia, Callum sabia.

Ele sabia que os outros concordaram com a morte dele, e agora ninguém seria perdoado.

Mas Tristan também não se sentia exatamente disposto a perdoar Callum.

Os dois deram a volta na galeria, seguindo para os quartos. Nico estava forçando a porta de Libby, Reina atrás dele.

— Você...

— Não — respondeu Reina a Parisa de uma vez. — Não ouvi nada.

— Quem poderia ter...

Houve uma explosão de algo inconcebível da palma de Nico, e a porta cedeu, Tristan pensando pela milésima vez: Meu Deus..., impressionado com o poder de Nico e Libby, tanto individualmente quanto separados.

Imagine ter algo tão incrível correndo nas suas veias, pensou Tristan. Imagine sentir algo, qualquer coisa, e vê-la se manifestar sem qualquer esforço. Mesmo com ódio, Tristan não era nada, só tinha utilidade para alguém quando estava pensando com nitidez, enxergando sentidos. Nenhuma bomba explodia nas extravagâncias de sua frustração, o que o tornava mundano, o tornava normal — algo que ele passou a vida inteira tentando não ser.

Nico foi o primeiro a entrar no quarto, emitindo um ganido semelhante ao de um cachorro ferido em resposta ao som do grito de Libby desvanecendo. O quarto tremeu quando eles entraram, e Tristan viu que não era o único que tentava alcançar uma parede em busca de apoio. O amargor que Tristan saboreou com os tremores, por mais desconcertantes e incongruentes, provinha da própria inveja, porque é óbvio que sim. É óbvio que um sofreria a dor do outro. Os dois orbitavam ao redor de algo que Tristan nunca seria capaz de entender. Foi a mesma reação de sempre: uma surpresa frágil.

Mas, quando o quarto parou de tremer, havia algo muito pior de se ver.

O som produzido pela língua de Parisa devia ser persa, embora fosse a primeira vez que Tristan a vira entoá-lo. Logo se transformou em francês, mas quando ela empalideceu por completo, caiu em silêncio outra vez. Reina também estava pálida e muda, embora com frequência nunca abrisse a boca. Mais preocupante, foi a primeira vez que Tristan a viu desviar os olhos de algo em vez de fuzilá-lo com seu olhar penetrante, incansavelmente.

Callum encarava ruidosamente. A expressão dele era vocal, mesmo que sua boca não fosse. Os olhos estavam dizendo coisas, *como isso pode estar acontecendo* e também, de alguma forma, *eu avisei*. Era como se o olhar duro dele comunicasse algo para todos os outros que suas outras partes não pudessem dizer: *Viu? No fim das contas, eu nunca fui o inimigo de vocês.*

No meio do quarto, Nico caiu de joelhos, os ombros se curvando como se ele tivesse perdido um órgão.

— Isso não pode ser real — disse ele. — Não. — E praguejou baixinho. — Não. Não.

Então os quatro, um por um, se viraram para Tristan.

Havia um corpo no chão, ao lado da cama. Disso ele sabia. Membros. O número esperado de mãos e pés. As meias de lã que ela sempre usava, apesar da notável ausência de frio. O habitual cabelo preso para trás que tinha crescido ao longo do ano, ondas de fios castanhos. O suéter de tricô de sempre, um braço jogado em cima de sua pilha de livros de Sísifo. Um par de óculos de armação de tartaruga preso entre seus dedos, desenrolando-se de sua palma como pétalas. As lentes estavam manchadas nos cantos habituais onde ela bagunçava aquela franja ridícula.

Também havia sangue. Muito. Serpenteando de algum lugar no abdome dela, possivelmente das costelas. Ensopava o tecido da camiseta para então formar canais escorrendo pelos braços, manchando as fendas irregulares de suas unhas eternamente roídas. Aquela quantidade de sangue era catastrófica, letal. Mas o atingiu, um senso discordante de realidade. Tristan ouviu um som de desacordo de algum lugar no seu cérebro.

Ele não conseguia ver o rosto dela. Era aquele o problema, que naquela posição ela não conseguia respirar? Só que aquilo era ilógico, impossível. Era provável que alguém mais útil que Tristan devesse ajudar. A não ser que fosse a falta de movimento do peito dela que parecia errado? Ou a possibilidade de que, ao menos uma vez, o que Tristan via era o mesmo que todo mundo.

Olhe mais de perto, aconselhou a mente dele. Você deve isso a ela.

Petulante, egoísta e completamente atrasado, Tristan fechou os olhos.

— Todo mundo acha que foi o Fórum? — perguntou Parisa depois de um momento, sua voz como uma lixa. — Eles entraram e saíram da última vez, não foi?

Algo não estava certo. Não que o corpo sem vida de Libby Rhodes pudesse ter algo de *certo*. Ela não estivera ali no dia anterior, horas antes, naquela manhã? Qual foi a última vez que eles se falaram? Tristan afastou a contorção dos membros dela, o ângulo da queda, e tentou conjurar a última vez que a vira. A trivialidade do encontro, os lábios dela distraidamente salpicado de migalhas de torrada.

Ele tornou a abrir os olhos.

— Pode ter sido alguém tipo a Corporação Wessex — disse Reina, sombria.

— Alguém devia contar a Atlas. Ou a Dalton.

— Quem fez isso ainda está aqui? Na casa?

— Não. — Parisa olhou para Callum, que balançou a cabeça. — Não. Não mais.

Como podia ter tanto sangue? Tristan pensou no tempo parando sob a palma de sua mão, o único outro momento em que conhecera a ausência dos batimentos dela.

O que fora mais real, aquilo ou isto?

Porque isso era morte. Essa parte era inevitável. Morte, observável e tática, decisiva e final. Tristan vira a morte antes e não havia gostado, mas agora estava por toda parte, em tudo. Nos pensamentos dele, nas páginas daqueles livros. A casa, a consciência dele, construída sobre um cemitério. Aquela Sociedade encaixara tantos corpos nas espinhas dos arquivos.

Morte. Era incompleta sem uma audiência. Chamava Tristan, incentivando-o a observar, a ser testemunha, a *olhar* — mas ele, teimoso por natureza, escolheu, em vez disso, parar. Nos últimos tempos, havia praticado aquilo, interromper seus sentidos. Dissociando, desintegrando, girando os botões que separavam seu corpo da constância da natureza em si. Dessa vez foi uma simples perda, renunciando ao seu direito de observar qualquer coisa. Caindo de joelhos e dizendo sim, tudo bem então, eu me rendo.

Desabrochou da ponta dos dedos dele: rendição. Ele pegou as oferendas de sentido e espaço e se encaixou entre elas como uma sombra, atravessou-as como um pensamento.

Por um momento, ele não era nada.

Por um segundo, tinha desaparecido.

O que aconteceu em seguida foi instantâneo. Mais fácil do que qualquer coisa que ele já fizera; mais fácil do que pegar no sono. Ao ceder sua posição no quarto — ao oferecê-la ao espaço em si dizendo *tá, me engula, me absorva*, as coisas começaram a se mexer. As coisas começaram a *mudar*, se redirecionando ao redor do obstáculo que ele não mais era.

Tristan se tornou consciente de um pulsar familiar, um velho amigo: o tempo. Sua orientação dentro dele se tornou irrelevante. O corpo sem vida de Libby Rhodes, que ainda possuía ondas de energia — não, *eram* ondas; não, era *energia* —, se tornou... não um objeto, não um acessório. De jeito nenhum uma realidade.

Era, em vez disso, um sistema de pulos, saltos, colapsos. Uma dança sincronizada de manchas solares, como dedos pressionados aos olhos deles. Espectros de partículas, fantasmas de movimento.

Vazamentos.

Derramamentos.

Ondas.

— Eu quero respostas. — As palavras, quando saíram da boca de Nico, foram explosivas. Uma exigência juvenil. A voz dele falhou. — Eu quero uma explicação.

— Será que conta?

Os outros se viraram para Reina com olhares repreendedores; a naturalista suspirou.

— Até parece que todo mundo não estava pensando isso — disse ela. — Rhodes morreu. Então significa...

— Não — saiu dos lábios de Tristan.

Ele sabia sem precisar olhar que os outros o encaravam.

Um pouco prematura, a explosão dele. Não que houvesse possibilidade de Tristan estar errado. O que sabia com certeza era: fosse lá o que estava no chão usando o cardigã de Libby, era magia. Não apenas *mágica*, mas a magia em *si*. Magia granulada e particulada que circulava em ondas, mudando de direção quando Tristan se aproximava.

Quanto mais ele aceitava essa nova impossibilidade, mais sólida se tornava, mais conclusiva.

— A eliminação envolve sacrifício — disse Tristan. — Morte.

O quarto ficou em silêncio.

— Isso não é morte o bastante para você?

A voz de Nico tremia de ódio. O chão abaixo deles tremeu, mas Tristan estava ocupado olhando. Não para alguém, mas para o corpo.

Porque agora que o corpo sabia que ele estava olhando, havia outra vez assumido sua forma.

Dessa vez, Tristan conhecia os segredos. Agora que entendia o jogo, podia ver os truquezinhos. Havia uma pequena marca de nascença em forma de coração na pele exposta da coxa dela e, se Tristan não fosse Tristan, poderia ter pensado que estava certa. Mas já que acordara com aquela marca de nascença naquele mesmíssimo quarto — naquela *mesma cama* —, ele, de todas as pessoas, deveria notar quando algo não estava certo.

A curvatura dos pés dela era mais elevada. As panturrilhas, mais curtas. As roupas estavam perfeitas, assim como quase todos os fios do cabelo, mas onde estava o curativo do corte de papel que ela sofrera na sala de leitura naquela manhã, quando levara a ponta de um dedo à boca? Onde estava a mancha do café derramado na camisa, algo que ela parou de se preocupar em usar magia para limpar, ou a borda desfiada na bainha da saia, ou a cicatriz desbotada de mais uma espinha por conta do estresse? O ombro dela não se inclinava assim. A boca estava mais fina e mais doce. A Libby Rhodes que Tristan conhecia era uma coleção de imperfeições, uma constelação de marcas distraídas. De coisas que ela tentou tão meticulosamente esconder, mas nunca dele.

Então aquela ali era alguém muito parecida com ela. Aquela era a Libby Rhodes *de alguém*, mas não a deles.

Não a dele.

— Como você se atreve — rosnou Nico para Tristan, do chão, ainda vazando com a toxicidade que faiscou no ar. — Como você *se atreve*...

— Por curiosidade — disse Tristan —, o que vocês estão vendo?

Os outros congelaram, tensos.

Por vários segundos, ninguém falou.

— É a Rhodes — disse Callum, e os outros se encolheram ao nome dela, enojados. — O corpo dela está no chão.

— Não. — Tristan balançou a cabeça. — Não. Não é ela.

Ele sentiu os traços frios da presença de Parisa em sua mente e estremeceu.

— Ele vê algo diferente — disse ela, soando confusa a princípio, e então atônita. — O corpo dela está lá, mas... também não está.

— Espere aí. Como assim? — Nico se pôs de pé, agarrando os ombros de Tristan bruscamente. — O que você vê, então?

A resposta era simples. Ele via o que sempre pudera ver.

Um tanto irônico, a própria Libby havia resolvido a charada: Tristan podia enxergar o tempo. Ele podia enxergar a energia. E mesmo que pudesse arruinar tudo com aquilo, também podia ver a magia em si. Como a linguagem, a magia podia tomar diferentes formas, diferentes caminhos, sem jamais sacrificar seu significado. Era uniforme e previsível, ordem disfarçada de caos, e Tristan podia ver a verdade dela.

Aquilo era magia e, portanto, não tinha como ser morte.

— Isso não é ela — disse Tristan. — Rhodes não está aqui. — Aquele era o problema. Havia um excesso de energia no quarto, volumes de energia, impossivelmente amplificados, mas o ar estava vazio *dela*. Havia apenas uma verdade inescapável: a ausência dela. — Ela se foi.

— Mas ela está *aqui* — insistiu Nico, irritado, enquanto Parisa se agachou às pressas, roçando o dedo sobre o contorno de um dos lábios entreabertos e então traçando uma linha da fonte do sangue.

— Isso é... assustador. — Ela olhou para baixo, admirada. — O rosto dela, é...

— Não é ela — repetiu Tristan. — O que significa que ela não está morta.

— O quê?

Ele podia sentir os olhos deles nos seus, esperando.

— Isso é... — Hum. Como explicar? Um pensamento veio à mente de Tristan, de um dos primeiros estudos de espaço: sobreposição. Cenário um: o corpo de Libby Rhodes. Cenário dois: magia que estava fugindo do espaço vazio. Duas realidades iguais competindo, o que significava que muito possivelmente nenhuma era de fato a realidade. — Isso é *algo* — decidiu Tristan, por fim. — *Algo* está aqui, e todos nós estamos testemunhando. — Magia que não era reconhecível, pertencente a ninguém. — Mas não é Libby Rhodes.

— Ela não está em lugar nenhum da casa — murmurou Parisa, com a mão no chão.

— Não — concordou Tristan. — Ela se foi.

Disso ele sabia.

Nico o encarou.

— Mas como pode não ser a Rhodes?

— Não faço ideia — respondeu Tristan. E não fazia mesmo. Fosse lá o que aquela magia era, não era o véu habitual de alteração, a névoa por trás da qual ele sempre soube instintivamente como olhar. Era mais sólida, mais presente. Essa magia tinha comportamentos e movimentos, caminhos predeterminados. — Mas ela não está morta.

— Só porque você acha que esta não é Rhodes não significa que ela ainda esteja viva — comentou Reina. — É um falso dilema. Uma falácia lógica.

— Foda-se a lógica — disse Nico, olhando para Tristan, franzindo o cenho. — Tem certeza de que não é ela?

— Tenho.

Ele também tinha certeza quanto ao resto. Mas havia menos explicação para aquilo do que para a simples, pura e irracional certeza. Ela não poderia ter… não tinha… partido.

— Então é uma ilusão? — questionou Parisa, ainda tocando o rosto do corpo para entender a mentira que seus olhos lhe contavam. — Uma excelente.

— Profissionalmente feita — observou Reina, olhando para Callum.

Ele levou um momento para entender o que ela havia sugerido.

— Você acha mesmo que eu sequestraria Rhodes e deixaria uma ilusão no lugar dela? — questionou Callum.

— Você tinha todos os motivos para querer que ela estivesse fora da jogada. E sua família é famosa pelas ilusões — disse Reina. — Não é?

— Mas eu também sei que Tristan veria — reagiu Callum. — Não sou idiota.

— Então alguém fora da Sociedade deve ser o responsável — afirmou Parisa, rapidamente se levantando. Ela estava descalça, percebeu Tristan, ainda despreocupada com a aparência. — Só alguém que não sabia qual é a especialidade de Tristan teria tentado.

Nico olhou para ele.

— Mais alguém sabe sobre…?

— Não — afirmou Tristan. Apenas Atlas havia adivinhado os detalhes, embora deva ter tido que discuti-los com o conselho da Sociedade. — Quer dizer, talvez. Mas acho que não.

— Ainda pode ter sido o Fórum — disse Reina. — Ou um dos outros grupos.

Ela olhou para Nico, ainda pálido.

— Mas por quê? — Ele parecia estar se concentrando, tentando encaixar as peças. Ele também, desesperadamente, não queria que Libby estivesse morta. — Por que a Rhodes?

Reina olhou para Parisa.

— Vítima da circunstância?

— Não. Isso aqui foi planejado — disse Parisa, com uma certeza abjeta.

— O que significa que ela ainda está viva — concluiu Tristan, ainda certo quanto àquilo. E facilmente sem provas.

Reina franziu a testa, pouco convencida.

— Isso é...

— Uma falácia, eu sei. — Entre outras coisas, como otimismo. A antítese da crença pessoal de Tristan, e mesmo assim lá estavam eles. — Pense nisso — disse, erguendo a voz —, por que deixar para trás um corpo falso senão para manter a Rhodes verdadeira viva? Por que sacrificar *essa quantidade* de magia — pressionou ele, embora soubesse que eles não podiam ver —, senão para preservar a vida dela?

Por um momento, ninguém falou nada. Eles olharam furtivamente um para o outro, para o chão. Qualquer coisa menos para Tristan.

Então, frustrado, Tristan se voltou para Nico.

— Você não saberia? — indagou. — Se ela tivesse mesmo morrido. Você não saberia?

Nico arqueou as sobrancelhas.

Naquele instante, algo passou entre eles, não dito. Um limite na areia que, embora improvável, e embora com relutância, os dois escolheram cruzar.

— Sim — afirmou Nico. — Sim. Ele está certo. Eu saberia.

Reina pareceu desconfortável, sem saber se deveria discordar. Parisa, por outro lado, parecia pensativa. Observadora.

— Você só está desesperado para acreditar que ele está certo — comentou Callum.

Uma observação mesquinha até mesmo para ele; na melhor das hipóteses, desnecessária; e na pior, presunção paternalista.

Foi quando Tristan se deu conta, chocado, que podia ser o corpo de Callum ali no chão.

Ou o dele próprio.

— Sim. — Nico se irritou com Callum. — Eu estou desesperado. Mas isso não quer dizer que estamos errados.

E então Atlas entrou no quarto, Dalton logo atrás.

— O que é isso? O qu... — Ele se calou, encarando a cena. — Srta. Kamali, suas mãos...

Parisa olhou para baixo, esfregando-as com desgosto na camisa que obviamente não era dela. Era cômico, na verdade, como Tristan não podia mais ver a carnificina que os outros estavam vendo, mesmo que eles, como estava óbvio, desejassem tirá-la da mente.

Para ele era apenas falsidade, facilmente rejeitável: um recipiente vazio enfeitado com sangue. Outra coisa, uma não Libby. Algo cuja forma ele reconhecia, mas não conhecia. O que o preocupava agora eram os vestígios da magia de outra pessoa deixada para trás, opressiva. Não havia impressões digitais, nenhuma assinatura clara. Apenas a enormidade do que estava faltando, e o conhecimento de que alguma força desconhecida devia saber exatamente onde ela estava.

— É algum tipo de ilusão — informou Tristan a Atlas, porque era nítido que nenhum dos outros acreditava nele o suficiente para explicar. — Não é ela.

Atlas franziu a testa, olhando para ele sem convicção.

— Sr. Caine, uma ilusão poderosa assim exigiria...

— Eu sei o que exigiria — rosnou Tristan, logo perdendo a paciência com a desconfiança —, e eu te garanto: *não é ela*.

Foi o tom mais rude que qualquer um deles já usara com Atlas, embora, no momento, Tristan pouco se importasse. Ele tinha sua própria dúvida para enfrentar — porque sabia, objetivamente, que os outros tinham razão. A lógica dele era falha. A certeza era tola. Que alguém pudesse invadir a casa e levar algo de dentro dela não significava que Libby Rhodes ainda estivesse viva. O fato de ela não ter sido morta naquele quarto, ou aquele não ser o corpo dela, não era o suficiente. Ele não precisava da falta de fé de ninguém, muito menos de Atlas. Em especial não se quem tinha levado Libby tivesse os recursos para fazê-lo de uma maneira que pudesse enganar com sucesso a todos, exceto um dos mais talentosos medeianos vivos.

A expressão no rosto de Atlas era contida, cautelosa. Ele olhou brevemente para Dalton, depois para longe.

— Terei que contatar o conselho — disse Atlas. — Eles precisam saber disso imediatamente.

Assim ele desapareceu, deixando Dalton sozinho na soleira da porta. Ele ficou ali por um longo momento antes de repentinamente se dar conta de onde estava. Então também deu as costas e seguiu Atlas.

Na ausência de Dalton, os outros tornaram a ficar sem palavras.

— A gente devia ir — disse Callum, com calma, mas Reina estava franzindo a testa, concentrada.

— Se a Rhodes *estiver* morta...

— Ela não está — rosnou Tristan.

— Tá. — Reina olhou para ele, entediada, a versão dela de condescendência e, portanto, descrença. — Então ela não está morta. O que a gente faz?

Ninguém respondeu. Parisa olhou de esguelha para Tristan.

Ela também não acreditava nele. Tudo bem.

Ele se perguntou se Callum acreditava. Se Callum ia acreditar.

Mas essa linha de pensamento não interessava mais a Tristan. Não era necessário um empata para saber que o interesse de Callum mudara e, dali em diante, Tristan não seria mais necessário.

Ao lado dele — imune à crise pessoal de Tristan, como sempre —, os outros continuavam as apostas.

Nico:

— Por que alguém ia querer que a gente achasse que a Rhodes morreu?

Parisa:

— A sua pergunta quer dizer "por que a Rhodes" ou "por que nós"?

— Nenhuma das coisas. As duas.

O silêncio resultante sugeria uma falta coletiva de resposta. Pior, agora que Tristan havia retomado o uso de seus sentidos, sentiu o início de uma enxaqueca. Seus músculos latejavam de dor, causada pelos restos da magia de Callum. Ele meio que esperava ver as marcas de Callum nele, florescendo como uma contusão sob sua pele.

— Vamos sair daqui — disse Parisa por fim, virando o rosto, aflita. — Cansei de olhar para isso.

Ela saiu, seguida por um Nico hesitante. Uma Reina menos hesitante olhou desconfiada para Tristan, e então para Callum. Em seguida, também se virou para sair.

Quando só Callum e Tristan permaneceram no quarto, a intensidade brevemente esquecida da noite retornou. Tristan percebeu que deveria ter se preparado para algo, para qualquer coisa, mas reconhecer isso para si já parecia o começo de um fim.

— Havia mais alguma coisa no grito — observou Callum sem tirar o olhar do corpo de Libby. — Não era medo. Era próximo de ódio.

Depois de outro instante de silêncio, Callum explicou:

— Traição.

A ironia era extraordinária, tanto que levou um tempo para Tristan encontrar a voz.

— O que quer dizer que...?

— Quer dizer que ela conhecia a pessoa que fez isso — disse Callum, superficial em sua certeza. — Não era um estranho. E...

Ele parou. Tristan esperou.

— E...?

Callum deu de ombros.

— E isso significa alguma coisa.

Estava na cara que algo mais não fora dito, mas, considerando que Tristan já deveria ter matado Callum, ele não sentiu a necessidade de pressioná-lo. A magia deixada no quarto, independentemente do que fosse e a quem pertencesse, já estava começando a apodrecer. O quarto inteiro estava sem cor, manchado, como se a própria magia estivesse se corroendo à medida que seu criador se afastava. Qualquer que fosse a forma de intenção que a lançara, estava envenenada agora.

Assim como as outras coisas no quarto.

— Por que você não contou aos outros? — perguntou Tristan, e a boca de Callum se transformou num sorriso infame, como uma risada que ele quisera dar mais cedo, mas que permanecera enterrada em algum lugar de sua garganta, esperando uma entrega mais espontânea.

— Pode ser que eu tenha que matar um deles algum dia — disse Callum. — Falando de maneira tática, prefiro que eles não saibam tudo que sei.

Então Tristan estava certo: eles não seriam perdoados. Nenhum deles.

Nem teriam uma segunda chance de atacar Callum, percebeu ele.

— E por que me contar? — perguntou, pigarreando.

A linha fina da boca de Callum lhe disse que ele já sabia a resposta.

— Porque você merece se perguntar se poderia ser você.

Ele tentou não se encolher quando Callum ergueu a mão, encostando o dedão em sua testa. Uma bênção, ou a imitação de uma.

— Verdade seja dita, eu te respeito mais por isso — observou Callum, retirando a mão. — Sempre esperei que você fizesse de alguém um adversário digno.

Ódio não era a palavra certa. Na mente dele, Tristan manifestou um novo talismã; um novo pergaminho para recontar suas novas verdades.

Parte um: *Seu valor não é negociável.*

Parte dois: *Você vai matá-lo antes que ele te mate.*

— Durma bem — disse Tristan.

Com um breve aceno de cabeça, Callum se virou para a porta e fez algo irreversível: foi embora.

· NICO ·

Ninguém conseguia encontrá-la.

Se os cinco não haviam entendido o escopo do poder da Sociedade antes, agora isso tinha mudado. Representantes de inúmeros governos estrangeiros foram contatados em busca de informação sobre toda e qualquer forma de vigilância mortal e mágica. Foram invocados medeianos com habilidades de rastreamento avançadas. Um time da força-tarefa especializada da própria Sociedade foi chamado para investigar.

Nico, óbvio, se ofereceu para ajudá-los.

— Sei exatamente que forma ela assume no universo — implorou ele ao explicar. — Se alguém pode reconhecê-la, essa pessoa sou eu.

— Como eu disse para vocês seis — pontuou Atlas —, qualquer coisa levada da Sociedade deve, cedo ou tarde, ser recuperada.

Tristan nada disse. Ele podia ter sido o primeiro a insistir que Libby estava viva, mas não fez nada de muito útil para ajudar. Se estava de luto pela perda, certamente não falou com Nico sobre o assunto.

O pior era que não havia nada que Nico pudesse fazer que fosse melhor do que os esforços mais genéricos da Sociedade. Não havia vestígios de Libby Rhodes em lugar algum. Ela tinha sido apagada no momento em que desapareceu. Nenhuma explicação foi fornecida sobre por que existiam medidas para rastrear o desempenho mágico — era, no fim das contas, um pouco como rastrear compras com cartão de crédito —, ou por que cada um dos movimentos deles parecia ser coletado para a observação de alguém, uma espécie de análise de dados medeianos, mas Nico não perguntou. Aquele era um problema para o Nico do futuro. Agora, o importante era fazer o que fosse preciso para encontrá-la.

— Muito empenho direcionado a alguém que você diz odiar — comentou Gideon.

Nico estava passando muito tempo dormindo para ter essas conversas. Quando Reina lhe perguntou uma noite sobre sua chegada atordoada para o jantar, ele mentiu. E mentiu e mentiu e mentiu, como tinha feito ao longo de todo o ano, mas depois, por fim, não aguentou mais e confessou:

— Eu conheço alguém. Um amigo, meu colega de quarto. Ele pode viajar através dos sonhos.

Foi o mais abertamente que Nico já havia falado sobre Gideon, além de sua conversa com Parisa, mas, como ele poderia ter previsto, Reina não deu muita importância.

— Ah, interessante — disse ela, e então se afastou.

O uso frequente e excessivo da magia de Nico estava começando a ficar evidente, mesmo na manifestação dos sonhos dele. A atmosfera de seu subconsciente parecia mais tênue, e permanecer de propósito lá dentro estava mais difícil do que o normal. Ele teve que relutar entre a necessidade de dormir profundamente e a importância de se apegar a seus pensamentos conscientes, vacilando entre o seu eu desperto e o seu eu de sonho. Nico sentia-se oscilando em algum lugar intermediário, pronto para acordar ou dormir de maneira mais profunda, dependendo de quanta energia ele exaurira mantendo Gideon em sua consciência.

Pelo menos, quanto mais longos os dias ficavam, quanto mais quente ficava o clima, mais fácil era. Apesar do constante abuso da magia, um cochilo grogue era suficiente. A única coisa que se recusava a diminuir era sua culpa.

— Pode ter sido Eilif? — perguntou Nico.

Se aquilo era culpa dele, seria um inferno conviver com o peso dela.

— Não — respondeu Gideon.

— Como você sabe?

— Porque eu sei.

— Mas poderia ter sido...

— Não foi.

— Mas...

— Durma — aconselhou Gideon, e Nico balançou a cabeça, se forçando a não manifestar quaisquer pirulitos dançantes ou ovelhas no ambiente de seu espaço de sonho.

— Não até que eu entenda o que está acontecendo. Não até que faça sentido.

— O que não faz sentido? Você tem inimigos — afirmou Gideon. — Libby poderia facilmente ser um alvo para outras agências como a sua. Ou para qualquer um.

— Mas ela não é uma refém — disse Nico, frustrado, caminhando de um lado para outro na cela conjurada. — Eu poderia entender se ela fosse, mas...
Ele se interrompeu, piscando, e franziu a testa.
Outras agências como a sua.
— Espera aí — disse ele, e Gideon se afastou. — Espera. *Espera...*
— *Cálmate* — disse Gideon, sem olhar para ele.
— De jeito nenhum — disse Nico, irritado, se colocando de pé de uma só vez. — Há quanto tempo você sabe? E *como* você sabe?
Gideon olhou através das barras, para os poucos centímetros entre eles, e crispou os lábios, sombrio, sugerindo que Nico não devia perguntar.
— Cacete. — Nico balançou a cabeça, furioso. — *Qué cojones hiciste?* Me diz que você não fez — respondeu a si próprio, ciente o bastante para se permitir o calor de sua frustração. — Não depois de tudo que eu fiz para mantê-la fora! Depois das precauções que tomei, Gideon, *merda!*
— Eu não quebrei nenhuma proteção para me encontrar com ela — rebateu Gideon. — Eu fiquei aqui.
— Meu Deus. — Nico exalou, deixando a testa tocar as barras. — Gideon.
Conseguia sentir o puxão da tensão de Gideon, o apertar dos punhos dele do outro lado.
— Me escute, Nico. — Um aviso sussurrado. — Libby se foi. Você acha mesmo que vou ficar sentado me perguntando se você é o próximo?
Nico não ergueu o olhar.
— Concordei em encontrar minha mãe com a condição de que ela me contasse *exatamente* onde você estava, o que você estava fazendo. O que, a propósito, eu deveria saber. Você devia ter me contado desde o começo que isso era mais que uma...
Nico recuou.
— Uma bolsa — completou Gideon, com óbvio ressentimento.
— Gideon...
— Houve uma pegadinha, é claro. As amarras de sempre. Ela quer minha ajuda para um trabalho, como eu já sabia. — Uma pausa. — Mas valeu a pena para enfim ter uma resposta.
Nico fechou os olhos, brigando com a necessidade de seu eu dos sonhos de voar feito um balão.
— Que trabalho?
— Já falei, o de sempre.

— E isso é o quê? Roubo?

Gideon balançou a cabeça.

— Tenho que libertar uma pessoa. Por uma taxa.

— Libertar de quê? Do subconsciente?

— Da mente consciente, na verdade.

Nico olhou para cima, confuso, encontrando os olhos de Gideon nos dele próprio.

— Como isso é possível?

— Você devia ter feito mais eletivas. — Gideon suspirou, mas, sob o olhar de impaciência de Nico, deu de ombros. — A mente tem mecanismos, Nicky, alavancas. É possível prender certas funções dentro dela, ou impedir que as partes da mente de alguém trabalhem como deveriam.

— Então como você entraria?

— Não entraria — disse Gideon com firmeza, o que Nico não achou exatamente tranquilizador. — Direi à minha mãe que é impossível. Ou encontrarei o dinheiro para ela de outra forma, ela não vai se importar com os detalhes. Vou fazer o que for necessário. Mas eu sabia que ela me contaria onde você estava.

— Eilif é insuportável — disse Nico. — Ela é basicamente uma sereia viciada em apostas.

— Não é vício em apostas...

— É quase a mesma coisa — cuspiu Nico, embora, de imediato, sua cabeça tenha doído.

Pior, Gideon lhe lançou um olhar que dizia *não surte*, algo que ele odiava. Principalmente porque funcionava.

— Essa sua Sociedade não é um segredo — afirmou Gideon. — Pelo menos, não um bom o suficiente. E eu não ficaria surpreso se ela for financiada corporativamente.

— E...?

— E dinheiro é importante. Você não se importa em saber no bolso de quem você está?

Nico inclinou a cabeça para trás, grunhindo.

— Gideon. *Basta*.

— Libby se foi.

Nico fechou os olhos de novo.

— Ela *se foi*, Nico. Mas você não vai desaparecer.

— Não vou, eu te falei...

— Não, não vai — disse Gideon, áspero. — E sabe por quê? Porque eu não vou deixar. Porque eu vou fazer seja lá o que minha mãe pedir *por você*. Porque eu vou te caçar se você sequer tentar.

— Gideon...

— Você não está seguro aqui. Você ainda tem mais um ano disso tudo para sobreviver, Nico, e você não está nem um pouco seguro como pensa que está.

— Do que você está falando? Você viu as proteções.

Ele mesmo as consertara. Ele e Libby.

— Sim, eu sei, mas você não está preparado.

— Para o quê?

Ele estava. Ele conferira tudo. Libby conferira tudo.

Impenetráveis. Eles deveriam ser impenetráveis.

Libby se foi. Impossível.

— Se Libby estiver viva...

— Ela está — interrompeu Nico.

— Tudo bem, ela está viva. Mas onde?

Como se o próprio Nico não estivesse se perguntando isso todo santo dia.

— Você está me dizendo para desistir?

Parte dele queria. A menor, a parte mais fraca, mas ainda assim parte dele. A parte dele que queria que Gideon dissesse *chega, não seja burro, venha para casa*.

— Não. — A boca de Gideon se curvou com uma gentileza inconcebível. — É lógico que eu não quero que você desista. Só estou tentando te ajudar.

O peito de Nico tremia de exaustão.

(*Volte, você está seguro aqui, venha para casa.*)

— Dimensões, Nicolás, dimensões. Não pense grande, pense sem se prender à forma. Pense infinito.

— Gideon, *basta*, o infinito é falso, é um conceito falso. — Mesmo Nico podia se ouvir murmurando. — Grãos de areia e átomos poderiam ser contados se realmente tentássemos...

— Escute, Nicky, suas proteções têm um buraco. Um bem grande.

— Isso é...

— Não diga impossível.

Cansado, ele observou Gideon se aproximar das barras.

— Veja isso — disse o outro e, antes que Nico pudesse erguer o olhar, já estava acontecendo.

Era um toque na bochecha dele, espectral e sem corpo.

Era o toque de *Gideon*; gentil, calmante. Impossível.

Nico fechou os olhos e sentiu alívio outra vez. Impossível.

Libby se fora. Libby se fora. Libby se fora.

Impossível.

— É uma memória — explicou Gideon, e os pequenos jorros de cena onírica balançaram Nico um pouco, levando-o para um lugar menos estável.

Ele podia sentir a terra abaixo dele tremendo e levando-o ao contrário no tempo para o cheiro do fogo, o som de um grito.

Ela havia saído do quarto dele momentos antes de desaparecer. Havia saído fazia o quê, cinco minutos? No máximo dez? Ele tinha deixado as facas de lado (o mau comportamento só era interessante se havia alguém lá para reprimi-lo) e estava descansando, não exatamente acordado, quando a deformação da atmosfera o despertara. Ondas eram o método de interferência de Libby. Nico confiava na habilidade dela de senti-las — confiava *demais* —, mas naquele momento ela era a onda. Nico só entendera o perigo depois que sentira o cheiro da fumaça.

A perda de sua compreensão habitual da realidade — a caixa de limitações que ele usava para funcionar, para existir — atingiu Nico com uma enxurrada de náusea repentina.

Dimensões, Nicolás, dimensões.

Nico levou a mão ao rosto, tentando entendê-lo através da baixa estagnação do sono inquieto.

— Uma lembrança? — repetiu, atônito.

— Tempo — disse Gideon. — Eu te falei. Outra dimensão.

Tempo. Merda. Porra. Cacete. Nico sentiu os alfinetes afiados da oposição irrompendo através da onda entorpecente do sono.

— Você acha que ela está em algum lugar no tempo?

— Acho que é a única coisa que você não conferiu.

Mas é óbvio que não.

— A quantidade de energia necessária para quebrar uma proteção de tempo é... inimaginável — murmurou Nico, tentando filtrar seus pensamentos.

— E facilmente combatida pelas outras proteções. Exige muita magia.

As proteções dele, as proteções de Libby. Elas teriam sido o suficiente para manter a coisa fora.

— Tudo bem, mas e se não fosse?

— E se não fosse? Gideon, *é*. As regras de conservação se aplicam. Ninguém poderia restaurar aquela quantidade de energia e poder sozinho, a não ser...

— A não ser que pudesse — completou Gideon, e então: — A não ser que exista alguém que possa.

A ideia de que alguém pudesse ser tão poderoso era desconcertante. Estava bem fora do escopo de entendimentos de Nico. Ele nunca conhecera alguém tão poderoso quanto ele mesmo, ou mais poderoso do que Libby, então se aquilo fosse o trabalho de algum medeiano desconhecido que nem estava na Sociedade era…

— Não teria, necessariamente, que ser mais poderoso que você — disse Gideon. — Poderia ser uma habilidade bem específica. Algo bem de nicho, provavelmente até limitado.

— Pare — resmungou Nico, porque Gideon lia sua mente.

Não era a mesma coisa que Parisa ler a mente dele, porque ela não se importava e fazia aquilo com magia, mas Gideon estava fazendo porque se *importava* e não era nem um pouco mágico. Era porque conhecia Nico bem demais, e todo o cuidado dele estava começando a deixar Nico um pouco enjoado, ou pelo menos desconcertado. Estava envolvendo Nico como o abraço de um cobertor, deixando-o sonolento, servindo um calor gratificante para a dor em seu peito.

— Me ajude — pediu Nico. De repente estava cansado, cansado demais para ficar de pé, e se afundou atrás. — Me ajude a encontrá-la, Gideon, por favor.

— Sim, Nico. Tudo bem.

— Me ajude.

— Eu vou.

— Você promete?

— Sim. Eu prometo.

Nico sentiu outra vez, o toque em sua bochecha de antes, só que agora de corpo inteiro, completo. Ele se lembrou dele anos antes, de repente aplicando uma camada fina de névoa sobre a pessoa que um dia fora.

Você não precisa me ajudar, Nico. Você tem uma vida, planos, um futuro…
Você devia ter todas essas coisas!
Fala sério, um relógio passando as horas não é o mesmo que um futuro.
Você e seu relógio que passa as horas, Gideon, esse é o meu futuro. É meu.

A voz de Gideon estava fantasmagórica, em dois lugares ao mesmo tempo:

— Durma bem, Nicky.

Distante. Segura.

Confortado, Nico enfim fechou os olhos e adormeceu, o calor das lembranças desvanecendo devagar no precipício do descanso.

· PARISA ·

Na ausência de Libby, a iniciação foi oferecida aos cinco membros restantes. O ritual — *mais um* ritual — aconteceria no fim do mês, exatamente um ano desde o dia em que receberam a oportunidade de competir por um lugar na Sociedade.

Todos eles, incluindo Dalton e Atlas, passaram três semanas à procura de Libby, sem sucesso. Parisa estava disposta, a princípio, a encontrar algum mérito na certeza de Tristan. Afinal, ela não *queria* que Libby estivesse morta, e seu carinho pela racionalidade impenetrável de Tristan significava dar crédito à crença dele de que Libby estava viva, pelo menos por um tempo. Mas, por fim, Parisa se deu conta de que não podia mais sentir nem mesmo um traço dos pensamentos de Libby e, portanto, não queria saber o que havia acontecido com ela. Se Tristan estava certo, se estava errado... era irrelevante e, portanto, sem sentido. Ele mesmo sabia, ou pelos menos devia saber, já que não tornou a falar sobre isso. Devia ter percebido, como Parisa, que fosse lá o que tivesse sido feito com Libby Rhodes, foi o suficiente para efetivamente matá-la. Libby estava morta, estava viva, estava as duas coisas ao mesmo tempo, talvez permanentemente — aquele era um exercício de pensamento vazio. Na mente de Parisa, a única conclusão real era esta: se a Sociedade tinha inimigos que podiam varrer a consciência de uma pessoa da face da Terra, então era óbvio que valia a pena reivindicar qualquer outra coisa que ela tivesse para lhes mostrar.

Desconfortáveis, os cinco candidatos restantes haviam se acomodado na sala pintada para a introdução de seu próximo assunto, deixando, por hábito, a cadeira de Libby vazia. Não que se sentassem seguindo uma ordem específica, mas tinham seus rituais. Libby costumava se sentar perto de Nico, à esquerda dele. Nico se recusava a olhar para o assento vazio ao lado, e Parisa ouvia na mente dele o mesmo zumbido que ouvia na dos outros, o reconhecimento de uma peça que faltava, como uma parte do corpo desmembrada.

Ela se perguntou se teria sido o mesmo se fosse o assento de Callum que estivesse vazio.

— Esta é Viviana Absalon — disse Dalton.

Os outros ficaram tensos quando o cadáver foi conduzido pela sala, bem preservado, a expressão facial flácida e evasiva, como se a morte fosse algo que ela preferisse não fazer, mas que tinha feito mesmo assim. Nada sangrento fora feito ao corpo, exceto por uma grande incisão que fora costurada. Era óbvio que uma autópsia fora feita recentemente, mas, tirando isso, em morte Viviana Absalon estava tão tranquila e inerte como se tivesse adormecido.

Por um momento, o estômago de Parisa se revirou com a lembrança da morte de Libby; a forma como o corpo que eles pensavam ser de Libby tinha sido perfurado e contorcido, as réplicas perfeitas de seus olhos mutáveis deixadas vazias e arregaladas. Aquilo, ao contrário disso, tinha sido horrível, as mãos de Parisa tomadas pelo sangue que sua mente se recusava a entender que era apenas um truque. Uma performance.

A ideia de que alguém faria isso com um deles a perturbou profundamente, lembrando-a do que estava em jogo no mundo exterior. Poder era uma coisa; mortalidade, outra. Era uma lição que ela teria que lembrar para não esquecer.

— Viviana é uma mulher de quarenta e cinco anos, de descendência francesa e italiana — disse Dalton. — Ela foi classificada erroneamente como mortal de várias formas.

Ele começou uma projeção de fotos. Não muito diferente da preservação do corpo, havia uma natureza clínica nas fotografias. Notas manuscritas foram rabiscadas discretamente ao lado de setas, observações sobre as incisões no cadáver. Dalton, pelo menos, estava agindo com normalidade. Tudo que Parisa podia sentir dele era presságio, a cautelosa sensação de que algo poderia acontecer.

Antes que ela pudesse sondar mais a mente de Dalton, as portas da sala pintada foram abertas. Parisa olhou para trás, observando com interesse enquanto Atlas deslizava em silêncio para dentro. Ele esteve ausente nos meses anteriores ao sequestro de Libby, e então passou a ser extremamente presente depois.

Um tanto intrigante.

Sentindo a curiosidade de Parisa, Atlas olhou para ela. Ele assentiu uma vez, sem sorrir, algo que os outros não notaram.

Então fez um gesto para Dalton continuar.

Obedecendo, Dalton o fez.

— Aos dezoito anos, que é quando a maioria dos medeianos já mostrou sinais de destreza mágica, Viviana não revelara nada fora do normal. Ela não tinha qualquer talento concebível para a feitiçaria, e, aos vinte e um, os sinais que ela começara a revelar foram formalmente ignorados. Noventa e nove por cento dos medeianos são identificados corretamente — lembrou Dalton —, mas, quando se trata de uma população de quase dez bilhões de pessoas, há muito espaço para erros no um por cento restante.

Ele moveu a mão para passar para a foto seguinte.

— No momento de sua morte, Viviana estava em excelente saúde física. Aos trinta anos, ela já tinha dado à luz quatro filhos, e muitos em Uzès, a cidade em que morava, a consideravam a mulher mais bela do local, mais do que as jovens de vinte e poucos em busca de maridos. Infelizmente, Viviana foi atingida por um automóvel semanas atrás. Ela morreu na mesma hora.

Outro gesto, outra foto, mostrava o acidente antes de passar para detalhes das peculiaridades de Viviana.

— Como podem ver — disse Dalton, exibindo uma comparação lado a lado de dois pares de cadáveres similares —, os órgãos internos de Viviana pararam de envelhecer mais ou menos aos vinte e um anos.

Ele passou as fotos rapidamente, comparando de maneira incompreensível (para Parisa) partes do corpo da mulher com aqueles de uma pessoa de vinte e um anos, e então comparando-os com os de uma pessoa de quarenta e cinco.

— A pele dela não perdera qualquer elasticidade. As características do rosto dela permaneceram inalteradas. O cabelo não ficou grisalho. A maioria das pessoas da cidade dela apenas acreditava que ela se exercitava e comia direito, e talvez pintava o cabelo. Já quanto à possibilidade de que Viviana tenha notado algo suspeito, aparentemente não se confirma. Ela parece apenas ter se considerado sortuda, de maneira excessiva, mas certamente não extraordinária.

A exibição de fotos chegou ao fim, e Dalton se virou para encará-los.

— Pelo que podemos deduzir, Viviana não teria morrido de causas naturais se não fosse pelo acidente — disse Dalton, explicando o que já fora implicado. — A morte dela não foi resultado de nenhuma forma de degeneração. O que *não* sabemos é quanto ela teria vivido se não tivesse encontrado o fim, e com que frequência isso ocorre em outros medeianos não diagnosticados.

— Ela mostrou quaisquer sinais de regeneração? — perguntou Tristan.

Desde a noite em que Libby fora levada, ele estava diferente. Mais na dele. Não dava para saber se era resultado de quase ter sido assassinado por Callum ou se estava se sentindo alienado pela crença incomumente impraticável (para Tristan) de que Libby estava em algum lugar.

— Se ela mostrava sinais de ter se restaurado magicamente, você quer dizer? Não. Ela apenas não se degenerava como um mortal deveria.

Reina:

— Ela teria sido mais ou menos suscetível a doenças?

— Difícil concluir com certeza — respondeu Dalton. — A vila dela era particularmente homogênea.

Tristan de novo:

— Ela contraiu alguma doença significativa?

— Não, mas ela se vacinava com frequência, então isso não seria fora do comum.

— Um resfriado — sugeriu Callum, seco, e Dalton deu de ombros.

— A maioria das pessoas não percebe as coisas comuns — disse ele —, daí a inadequação de nossa pesquisa existente.

— O que exatamente faremos com isso? — perguntou Nico, seus dedos tamborilando com impaciência na lateral do corpo. — A especialidade mágica dela era... vida?

— Em algum lugar na genética dela está a habilidade de não se deteriorar — respondeu Dalton, o que pareceu confirmar a hipótese de Nico. — Não temos como saber quão comum essa habilidade é, o que é parte do propósito da pesquisa. Viviana é a única? Historicamente, houve outros? Se nenhum deles viveu o bastante para se tornar relevante, então as pessoas agraciadas com longevidade costumam *atrair* fatalidades? É possível que em geral morram jovens e, se sim, isso é resultado da magia? Ou — continuou Dalton depois de um momento de silêncio — é de alguma forma prova do destino?

Parisa sentiu os olhos se semicerrarem, discordando da observação improvisada de Dalton. A magia, da maneira como eles normalmente a estudavam, era específica, previsível e científica em seus resultados. O destino, inerentemente, não era. A qualidade magnética de ser atraída para um determinado fim era remover a opção de escolha, o que era tão desagradável que a irritava um pouco, para dizer o mínimo. Parisa não se importava com a sensação de não estar no controle; enchia sua boca de amargura, como salivação excessiva.

— A magia da vida e da morte — apontou Reina em sua voz baixa. — Esse ia ser mesmo nosso próximo assunto?

Dalton olhou para Atlas, que nada disse. Então Dalton explicou:

— Sim e não. A unidade de estudo que segue os ritos de iniciação é sempre a morte.

Tristan se remexeu, desconfortável. Callum, solene, não vacilou.

— Este caso em particular é, ao contrário do que parece, uma coincidência fortuita — observou Dalton com petulância. — O trabalho e o propósito da Sociedade permanecem ininterruptos.

— Será? — disse Nico, áspero.

Dalton o encarou.

— Para todas as intenções e todos os objetivos, sim — disse ele. — A iniciação prosseguirá como programada. Vocês também vão descobrir que completar as unidades da vida e da morte permitirá a vocês que tenham bem mais acesso aos recursos da biblioteca.

— E o que recebemos em troca? — perguntou Parisa.

Significando: *Que nova oferenda misteriosa devemos aos arquivos durante nosso último ano?*

Os ombros de Dalton deram sua costumeira indicação de tensão ao som da voz dela. Era um reflexo nascido de uma necessidade de não olhar tão rápido, lutando contra a ânsia, que acabou se manifestando como um tique de hesitação.

Era a resposta de Dalton que ela queria, mas, atrás deles, Atlas se levantou.

— Você está em dívida com a Sociedade assim como ela está em dívida com você — disse Atlas, impassível. — Peço desculpas pela interrupção — acrescentou, e então foi em direção à porta, deixando Dalton voltar sua atenção aos detalhes do status medeiano não diagnosticado de Viviana.

Parisa deixou as perguntas restantes para quando estivesse sozinha com Dalton. Quando o encontrou, estava sentado com um único livro na sala de leitura, mexendo com algo fora do campo de visão dela; invisível. Fosse lá o que estivesse fazendo, estava dedicando muito esforço à tarefa. Ela observou o confronto arrefecer quando ele percebeu a presença dela, e Parisa deu um passo à frente, se aproximando e secando a gota de suor na testa de Dalton.

— O que está acontecendo? — murmurou ela.

Ele olhou sombriamente para Parisa de certa distância, percorrendo quilômetros de pensamento.

— Você sabe por que ele te quer? — perguntou.

— Não. — Parisa não precisava que ele nomeasse Atlas. Era uma pergunta que a atormentava desde o desaparecimento de Libby, se não antes.

— Eu sei. — Dalton inclinou a bochecha para a palma dela, fechando os olhos. — É porque você sabe como passar fome.

Eles se sentaram em silêncio enquanto Parisa pensava nas implicações daquilo. Afinal, havia uma forma certa de passar fome?

Sim. Conservação bem-feita para sobreviver enquanto os outros pereciam. A verdadeira mágica da longevidade.

— Ele escolhe cada um de nós para alguma coisa — murmurou ela.

— Sim. É assim que a Sociedade funciona.

Parisa balançou a cabeça.

— *Ele* escolhe, Atlas, não a Sociedade. Atlas já é um telepata, então por que eles precisariam de mim? — Ela se deteve. — A não ser que não precisem mais dele — disse ela baixinho, pensando na mão de Atlas arrastando-a para fora da mente de Dalton.

Dalton abriu os olhos e então voltou a fechá-los.

Parisa acariciou a nuca dele, suavizando a tensão.

— Você viu algo — disse ela. — No corpo de Libby... naquela coisa. A ilusão.

Ela esperou por algo nos pensamentos dele. Um tremeluzir, uma dança.

Em vez disso, encontrou paredes.

— Não era uma ilusão — disse Dalton, seu tom vazio e superficial.

Era uma migalha no grande esquema das coisas, mas Parisa podia sentir uma resposta maior tomando forma. Ela se lembrou da expressão no rosto dele quando viu o corpo de Libby. O estranho vazio, a forma como algo dentro dele se fechou. Foi mais revelador do que qualquer reação verdadeira poderia ter sido.

— Mas também não era ela de verdade — disse Parisa devagar. — A não ser que Tristan estivesse errado...

— Não. Ele não estava. — Dalton balançou a cabeça. — Só não era uma ilusão.

Parisa percorreu o cabelo dele com os dedos, alisando-o com gentileza.

— Como não?

Sob o toque dela, a respiração dele se acalmou e parou.

— Era... — Um músculo pulsou na lateral do maxilar dele. — Uma animação.

— Uma animação — repetiu Parisa.

Lá estava outra vez. Uma palavra que um dia não significara nada para ela, mas que carregava grande significado para Dalton. Ela podia sentir a consequência da palavra, a gravidade. A forma como estivera sendo um peso para ele.

— O que é? — perguntou Parisa de novo, e no momento em que os olhos de Dalton encontraram os dela, a telepata teve o vislumbre de algo familiar.

Não o homem que habitava sua cama de vez em quando, mas aquele que ela buscava como a um farol, atraída para ele como a mariposa é atraída para as chamas.

— Só uma pessoa poderia ter feito uma animação tão convincente — afirmou Dalton.

— Quem?

Mas era óbvio. Inevitável. Parisa sabia a resposta antes que ele dissesse.

Eu sou um animador, a memória de Dalton dissera a ela. *Eu trago vida.*

— Eu.

Parisa sentiu um lampejo de algo que deveria ter sido pavor. Ela deveria estar preocupada, aflita, talvez até com medo. Em vez disso, sentiu triunfo. A validação, a pura exultação de estar certa. Ali estava um homem de grande interesse — um diamante num mundo de profunda mediocridade —, e Parisa sabia disso, adivinhou desde o momento em que pousou os olhos nele. Aquele era um homem que era mais do que ninguém além dela podia ver. Ele era um mistério, perdido até para si mesmo — o que era inédito. Impossível. Mas por que eles, que fizeram tanto e chegaram tão longe, deveriam se limitar ao *possível*?

Talvez, no fim das contas, até Libby Rhodes pudesse ser encontrada.

Não que houvesse algum motivo para perguntar a Dalton o que ele sabia ou lembrava. Se aquela ilusão — a *animação* — fora mesmo criação de Dalton, ele obviamente não sabia, e agora suplicava a Parisa em silêncio. Implorando para ela tirar aquela culpa dele.

Parisa jogou o conteúdo da mesa para o lado, substituindo-o por si mesma, e Dalton se inclinou para a frente para sentir seu cheiro. Houve um aperto na garganta dele, como um soluço silencioso. Dalton enterrou o rosto no tecido do vestido dela.

Aquela era a diferença entre a vida e a longevidade; em algum lugar entre morrer num acidente de carro e viver com uma alma estilhaçada.

— Eu vou tirar você daí — sussurrou Parisa para ele.

Para um Dalton distante, para as pequenas fraturas dele. A solução surgiu como um clarão na mente dela. Se Dalton estava em pedaços, Parisa pegaria para si qualquer destroço que restasse.

· REINA ·

— Me ajude com uma coisa.

Nico ergueu o olhar de uma longa distância. Pelo que Reina notara, a introdução de um novo assunto não o distraíra nem aliviara a culpa que sentia, mas algo devia ter feito isso. Ele estava menos a esmo agora, mais determinado, dormindo direito. Esperando com impaciência, mas esperando mesmo assim.

— Te ajudar com o quê? — perguntou ele.

— Tenho uma teoria.

Ela se sentou diante dele na grama, que reclamou como sempre. Ao menos uma vez, Reina ficou feliz de ouvi-la. Serviu como um tipo de confirmação.

— Tudo bem, sobre o quê?

— Eu estava pensando numa coisa.

Ela ouvira uma conversa entre Callum e Parisa, uma dupla já estranha o bastante. Mas, desde o dia em que Tristan falhara em matar Callum, ninguém além dela parecia disposto a olhar nos olhos dele.

— Animações têm senciência? — perguntara Parisa a ele, num tom neutro.

— Mais ou menos — foi a resposta suave de Callum. Agora que não tinham que se livrar uns dos outros, ao que parecia, uma especialidade similar podia ao menos complementar outra especialidade. — Ilusões não têm senciência, mas as animações têm… alguma. Não é exatamente senciência — corrigiu-se ele —, mas uma aproximação da vida. Um tipo de… espírito naturalístico. Não em qualquer nível de consciência, mas na medida de estar, sem dúvida, vivo.

Havia mitos sobre aquilo, percebera Reina. Escritos da Antiguidade. Coisas espectrais, certas criaturas que eram animadas, mas não scientes.

(Animação também era a especialidade de Dalton, mas como essa informação ainda tinha que se mostrar relevante, não havia nada a ser comentado sobre isso por enquanto.)

— Naturalismo — disse Reina para Nico, gesticulando em silêncio para os suspiros de *MãeMãeMãe* que clamavam abaixo de suas mãos em folhinhas de salgueiro. — Eu estava pensando naquela medeiana, a com especialidade de longevidade.

— O que tem ela?

Nico não estava curioso, mas interessado o suficiente.

— Vida — disse Reina — deve ser um elemento. Eu não posso usá-la, mas talvez alguém possa. — Ela olhou para ele, cautelosa. — Você poderia.

— Poderia o quê?

Ele parecia surpreso.

Reina suspirou.

— Usar.

— Usar? — repetiu ele, intrigado.

— Sim. — Talvez houvesse uma maneira melhor de explicar. Talvez não. — Talvez você possa manipulá-la, moldá-la, como qualquer outra força. Como gravidade. — Ela se calou. — Talvez possa até criá-la.

— Você acha que eu poderia criar vida? — Nico se endireitou, franzindo a testa. — Se fosse um elemento físico, sim, teoricamente falando. Talvez. — As sobrancelhas dele franziram. — Mas mesmo se eu *pudesse*…

— A energia não vem do nada, eu sei. — Ela já pensara muito a respeito. — É aí que eu entro.

— Mas…

— A teoria é bem simples. Suponha que a vida seja seu próprio elemento. E se a especialidade mágica de Viviana Absalon *fosse* de fato a vida, a habilidade de estar viva e assim permanecer? — Reina esperou para ver se ele estava acompanhando. — Vida e senciência não são a mesma coisa. Existem micro-organismos, bactérias e afins que podem viver sem senciência, então se a *magia* pode viver, em algum sentido… então por que a vida também não pode ser criada?

Nico a encarava, a testa ainda franzida, e Reina estendeu a mão com um suspiro, pousando-a bruscamente no ombro dele.

— Só tente — disse.

Ele hesitou.

— Tentar… o quê, exatamente?

Ha-ha-ha, riu a grama, farfalhando. *Mãe é muito esperta, muito mais esperta, ela vêvêvê ha haaaaa…*

— Só tente — repetiu Reina.

Ela sentiu o ombro de Nico se retesar sob seu toque — ele se preparava para uma discussão —, mas então o garoto relaxou, cedendo por vontade própria ou por involuntariamente concordar com o que ela sugerira. Enquanto a magia percorria Reina, ela se perguntou, não pela primeira vez, se Nico agora podia ouvir o que ela ouvia ou se esse aborrecimento ainda era reservado apenas para ela. Ao deixar sua magia fluir para Nico, Reina teve alguns momentos de alívio, sentindo a pressa de canalizá-la em algo. Não era muito diferente da sensação de permitir que a própria natureza tirasse dela, como fizera quando Atlas entrara pela primeira vez no café em que trabalhava.

Cresça, Reina disse à semente, que obedeceu.

Então disse a Nico: *Tente*, e sentiu como o poder dele havia aceitado o dela com gratidão, vontade, fome. Houve uma sensação de alívio e liberação e, quando ele levantou a palma da mão, a resposta foi uma cambalhota cambaleante, como um suspiro encorpado.

Não havia outra maneira de descrever aquilo além de uma *faísca*. Se os dois viram, sentiram ou apenas intuíram sua presença era quase impossível de determinar. Reina sabia apenas que algo que não existira antes havia existido brevemente por um tempo, e sabia que Nico também sabia, os olhos escuros dele se arregalando com assombro e uma apreensão tardia e cautelosa.

Nico nada esperara; se Reina esperara algo mais, era apenas por ter sido a dona da teoria, a fazer uso do pensamento.

Na verdade, era uma ideia simples, quase risível por sua falta de complexidade. Se a vida podia vir do nada — se é que podia nascer, criada como o universo em si —, então por que não devia vir dela?

Mãe, suspirou o salgueiro de um galho próximo.

Ela e Nico pareciam saber o que haviam feito sem consultar um ao outro em busca de evidências.

— O que significa? — perguntou Nico. — Aquilo foi...?

A vida em si.

— Não sei — disse Reina, e ela não sabia.

Ainda não.

— O que você poderia fazer com aquilo?

— Eu? — Reina se virou para ele, surpresa. — Nada.

Nico franziu a testa, sem entender.

— Como não?

— Não posso fazer nada.

— Mas...

— Foi você *quem* usou — disse ela.

— Mas você deu para mim!

— E daí? O que é a eletricidade sem uma lâmpada? Inútil.

— Isso é...

Mas então ele balançou a cabeça, parecendo não ver motivo para levar aquela discussão adiante.

— Se a Rhodes estivesse aqui — disse ele, o peito desinflando com a derrota prematura —, *então* talvez eu pudesse fazer algo. Mas do jeito que está, é só... isso. — Uma faísca. — Seja lá o que isso foi.

— Então você precisa de mais poder?

— Mais do que isso. Mais do que *mais*. — Ele tamborilou os dedos na grama, um breve retorno à sua inquietação de sempre. — Não é uma questão de quanto, e sim de quão... bom. Quão puro.

— Então se Libby estivesse aqui, faria diferença?

— Sim. — Nico parecia ter certeza. Ele sempre parecia ter certeza, mas aquela em particular era mais persuasiva, mais do simples presunção. — Não sei como, mas faria.

— Bem. — Reina cobriu os olhos para protegê-los do sol que saía de trás de uma nuvem, envolvendo-os numa onda dura de luz. — Então nós vamos ter que encontrá-la.

Houve um pulsar de tensão enquanto Nico se preparava de novo.

— Nós?

Ah. Nico sempre desconfiou que Reina não acreditara nele quando disse que Libby estava viva. E tinha razão, ela não acreditara mesmo, mas isso não descartou a possibilidade de ela tentar encontrá-la mesmo assim, ainda mais se significasse explorar fosse lá o que Reina acabara de descobrir.

— Se eu puder ajudar, sim. — Ela olhou para ele. — Achei que você já estivesse fazendo alguma coisa.

— Bem... — Ele parou. — Eu não estou. Não me restaram muitas ideias, mas...

— Seu amigo — adivinhou ela. — Aquele que pode se mover pelos sonhos?

Nico não respondeu.

— Você nunca falou isso sobre ele — observou Reina em voz alta. — O nome dele, sim, mas nunca o que ele pode fazer.

Nico pareceu culpado, chutando a grama.

— Nunca foi minha intenção contar a alguém.

— Porque ele é... reservado?

— Ele? Não muito. Mas o que ele pode fazer... — Nico suspirou. — É melhor que as pessoas não saibam.

Para o desprazer dela, Reina se viu mais irritada com aquilo do que o normal.

— Você devia confiar na gente. — Ela estava surpresa com a dureza em sua voz. — Não acha?

A expressão de Nico era de uma sinceridade total e incompreensível. Parisa tinha razão, ele era incapaz de ter malícia.

— Por quê? — disse ele.

Reina pensou no assunto. Nico ia querer uma boa resposta, uma detalhada, e, por motivos provavelmente egoístas, ela precisava que ele fosse persuadido.

— Você entende — disse ela, devagar — que sozinhos nós somos uma coisa, mas juntos somos outra?

Um instante de silêncio.

— Sim.

— Então é um desperdício... não usar os recursos que você tem.

Outro conceito simples.

— Você confiaria em Callum? Ou Parisa? — Nico soava incrédulo, por um bom motivo.

— Confio no talento deles — confirmou Reina, devagar. — Confio na habilidade deles. Confio que, quando os interesses deles se alinham aos meus, eles são úteis.

— E se não se alinharem?

— Então faça se alinharem. — Para Reina, era lógico, sequencial, se-isso--acontecer-faça-aquilo. — Por que somos parte disso aqui senão para sermos incríveis? Eu poderia ser boa sozinha, assim como você — relembrou ela. — Não estaríamos aqui ainda se quiséssemos ser apenas bons.

— Você está... — Nico hesitou. — Você está mesmo tão decidida sobre tudo isso?

Sobre a Sociedade, ele quis dizer.

— Estou.

Não era verdade naquele momento, mas ela tinha planos de tornar. Tinha intenção de se *tornar* tão decidida, e para fazer isso só ia precisar de algumas poucas respostas.

Apenas um homem poderia dá-las a ela de maneira satisfatória.

Portanto foi em busca de Atlas, para uma conversa a sós. Quando chegou, ele não pareceu surpreso ao vê-la, embora Reina nunca o tivesse visitado antes. O escritório dele, localizado ao lado da sala matinal, nunca despertou muito interesse nos candidatos, em grande parte porque não continha nada que valesse a pena inspecionar. Apenas o próprio Atlas interessava, à sua maneira discreta. Sempre houvera um ar de paciência eterna nele.

— O que é a iniciação? — perguntou Reina, indo direto ao ponto, e Atlas, que estava vasculhando alguns dos livros de sua estante, diminuiu os movimentos até parar.

— Um ritual. Como tudo é. — Ele parecia cansado, como sempre estava quando o viam nos últimos tempos. Ele vestia um terno sob medida num tom cinza-ardósia que de alguma forma refletia seu estado de luto acadêmico. — Os juramentos obrigatórios não são particularmente complexos. Imagino que você deve tê-los estudado em algum momento.

Ela tinha.

— O ritual ainda funcionará? Se não fomos nós que a matamos.

— Sim.

Atlas se sentou à mesa e gesticulou para que Reina fizesse o mesmo, retirando uma caneta do bolso e colocando-a com cuidado à direita de sua mão.

— Pode haver fraturas. Mas, depois de dois milênios de rituais de sacrifício para reforçar a ligação, posso lhe assegurar — disse ele com algo próximo à ironia —, a magia vai suportar.

Reina olhou para a mesa, esperando.

— Duvido que você tenha vindo me perguntar sobre a logística da cerimônia de iniciação. — Atlas a olhava com certo interesse cauteloso.

— Eu queria, sim, te perguntar outra coisa.

— Então pergunte.

Ela o olhou nos olhos.

— Você vai responder?

— Talvez sim. Talvez não.

Reconfortante, pensou Reina.

— Você me disse no café, quando nos vimos pela primeira vez, que meu convite não era definitivo, que vocês teriam que escolher entre mim e outra pessoa — lembrou ela.

— Sim, eu disse isso. — Ele não parecia estar planejando negar nada. — Isso a incomodou?

— De certa forma.

— Porque você duvida do seu lugar aqui?

— Não — disse Reina, e ela não duvidava. — Eu sabia que era meu se eu quisesse.

Atlas se recostou na cadeira, contemplando-a.

— Então o que há para se pensar a respeito?

— O fato de que existem outros. — Era mais uma curiosidade do que uma ameaça. — Pessoas que quase entraram.

— Não há motivo para se preocupar com eles, se é isso que você quer dizer. Há muitas outras ocupações nobres. Nem todos merecem um convite para a Sociedade.

— Eles trabalham para o Fórum?

— Estruturalmente, o Fórum não é a mesma coisa — disse Atlas. — É mais como uma corporação.

— Qual a diferença?

— Os membros deles lucram.

— Com o quê?

— Com a nossa perda — disse Atlas, movendo a mão sobre a xícara vazia. Dentro de instantes havia chá nela, o cheiro de lavanda e tangerina preenchendo o ar entre os dois. — Mas assim é a natureza das coisas. Equilíbrio — continuou ele, levando a xícara aos lábios. — Não pode haver sucesso sem falha. Sorte sem azar.

— Vida sem morte? — perguntou Reina.

Atlas inclinou a cabeça, concordando.

— Então você vê o propósito do ritual — disse ele.

Reina se perguntou se talvez quisesse aquilo demais. Estava disposta a arrumar desculpas por aquilo, a acreditar em suas mentiras. Um amor tóxico, nascido da inanição.

Agora era tarde demais.

— Você sabe o que aconteceu com Libby Rhodes?

— Não. — A resposta veio sem hesitação, mas não rápido o suficiente. Ela podia ver a preocupação se formando na testa dele. Pareceu real o bastante.

— E sinto muito em dizer que eu teria acreditado que ela estava morta se não fosse pelo sr. Caine.

— Você acha que foi o Fórum?

— Acho que é uma possibilidade.

— Quais são as outras possibilidades?

Reina podia ver a língua dele hesitando, um mecanismo se fechando.

— Mais do que consigo quantificar — disse ele.

Então Atlas não compartilharia suas teorias.

— Devemos confiar em você? — quis saber Reina.

Atlas deu um sorrisinho paternal.

— Vou lhe dizer uma coisa — disse ele. — Se eu mesmo pudesse trazer Elizabeth Rhodes de volta, faria tudo em meu poder para conseguir. Não haveria motivo para eu abandonar a busca dela. Não colhi nenhum fruto com sua perda.

De má vontade, Reina acreditou. Ela supôs que não havia motivo para duvidar dele. Todo mundo podia ver o valor de Libby.

— Mas não foi nada disso que a trouxe aqui — observou Atlas.

Reina olhou para as próprias mãos, se perguntando por um momento o que parecia tão estranho nelas. Por fim, percebeu que era a falta de tensão ali, porque, ao contrário dos outros cômodos da casa, aquele não continha qualquer vida. Não havia plantas, apenas livros e madeira morta.

Interessante, pensou ela.

— Você disse que havia um viajante. Quero saber se era o amigo de Nico.

— Ah, sim, Gideon Drake — disse Atlas. — Ele foi um finalista, embora não tenha chegado aos últimos dez.

— É verdade que ele pode viajar através dos reinos dos sonhos?

— Reinos do subconsciente — explicou Atlas, assentindo. — Uma habilidade fascinante, sem dúvida, mas o conselho da Sociedade não ficou convencido quanto ao controle do sr. Drake sobre ela. Acredito que até a srta. Rhodes sabia apenas da incurável narcolepsia dele, que não poderia ter sido prevenida com sucesso — acrescentou ele com uma risadinha interna. — Poucos professores da UAMNY sabiam o que fazer com ele. Gideon é quase impossível de ser treinado, de certa forma. E a mãe dele é altamente perigosa e é provável que fosse interferir.

— Quem é ela?

— Ninguém em específico. Um tipo de espiã. Não tem como saber com certeza como nem por que entrou nisso, mas parece ter contraído algum tipo de dívida, ou pelo menos uma facilidade de adquirir outras — contou Atlas.

Reina franziu a testa.

— Então o que... ela faz exatamente?

— É uma criminosa, mas nada relevante. Ao contrário do pai do sr. Caine.

— Ah.

Por algum motivo, aquela informação fez Reina ficar profundamente triste. Talvez tenha sido a maneira como, ao chamar a mãe de Gideon Drake de irrelevante, Atlas foi tão rápido em sugerir que a memória era um luxo que não deveria ser desperdiçado com os indignos.

— E Gideon? — perguntou ela.

— Suspeito que se o sr. Drake nunca tivesse conhecido Nico de Varona, a vida dele seria bem diferente — disse Atlas. — Se de fato ele ainda estivesse vivendo sem a ajuda de Nico.

Reina se mexeu na cadeira.

— Então é isso?

— O quê?

— Os não notáveis são punidos por sua falta de notabilidade — disse ela.

Atlas pousou a xícara de chá, aproveitando o momento em silêncio.

— Não — disse, por fim, ajustando a gravata. — São os notáveis que sofrem. Os não notáveis são passados adiante, sim, mas a grandeza não vem sem dor. — Com um olhar solene, continuou: — Conheço poucos medeianos que não escolheriam, por fim, serem não notáveis e felizes, se pudessem escolher.

— Mas você conhece alguns que não escolheriam isso — pontuou Reina.

Atlas sorriu.

— Sim, eu de fato conheço alguns.

Ele parecia pronto para dispensá-la, seu episódio de sinceridade chegando ao fim, mas Reina ficou mais um momento, contemplando sua insatisfação. Supôs que a confirmação do amigo de Nico resolveria o quebra-cabeça, mas não foi o que aconteceu. A satisfação inicial de ter perguntas respondidas era uma empolgação barata, e agora ela estava outra vez insatisfeita.

— O viajante — disse Reina. — Aquele que você rejeitou para me escolher. Quem é?

Ela sabia, sem dúvida, que essa seria a última pergunta que teria permissão de fazer.

— Ele não foi rejeitado — disse Atlas, antes de inclinar a cabeça em despedida, levantando-se e conduzindo-a até a porta.

· EZRA ·

Ezra Mikhail Fowler nasceu enquanto a Terra morria. Durante anos houve todo um estardalhaço a respeito disso nos noticiários, abordando a crise do carbono e o pouquinho de tempo que restava para a camada de ozônio, obrigando uma geração inteira a recorrer a seus terapeutas e proclamar um desespero existencial coletivo e generalizado. Os Estados Unidos por meses foram tomados por incêndios e inundações, com apenas metade do país acreditando que tinha alguma parcela de culpa em sua demolição. Mesmo aqueles que ainda acreditavam num Deus vingativo falharam em notar os sinais.

Ainda assim, as coisas teriam que piorar muito antes de melhorar. Só quando o tempo, o ar respirável e a água potável estavam acabando é que alguém, em algum lugar, decidiu mudar de postura. A tecnologia mágica que um dia fora comprada e vendida por governos em segredo passou para as mãos privadas, permitindo, assim, que fosse comprada e vendida por meio de transações comerciais secretas. No final da década de 1970, a magia institucional e corporativa havia curado alguns dos vírus da Terra e fornecido alguma energia renovável, reparando o suficiente os danos causados pela industrialização, a globalização e todas as outras *ação*, permitindo que o mundo sobrevivesse um pouco mais de tempo sem precisar sofrer qualquer mudança comportamental significativa. Como de costume, os políticos faziam politicagem, o que significava que, para cada passo adiante, ainda havia um fim iminente à vista. Mas eles ganharam tempo, e era isso que importava. Qualquer senador poderia dizer isso.

Enquanto isso, Ezra cresceu num canto infeliz de Los Angeles. O tipo que estava demais ao leste para os moradores algum dia conseguirem ver o oceano, e também para aceitar sem questionar que um rio não era nada mais que um fio d'água lento acima do cimento. A nação de Ezra em sua maioria não tinha pai, uma comunidade de infortúnios cujas mães eram em primeiro lugar cuidadoras e também provedoras, apesar de haver pouco para prover.

Ezra foi um membro de seu matriarcado multigeracional local até os doze anos, quando a mãe morreu num tiroteio enquanto rezava no interior do templo.

Ele tinha estado lá, mas também não estava.

Lembrava-se dos detalhes do evento com nitidez por vários motivos, a despeito da morte dela: primeiro, ele e a mãe tiveram uma discussão naquela manhã sobre ele ter fugido para algum lugar no dia anterior, o que Ezra assegurou que não fizera. Segundo, tinha sido a primeira experiência dele com uma porta.

Durante o funeral, o som do rifle automático o fez recuar, a ponto de se perguntar se havia sido baleado. Ele tinha ideia do que era um atirador, tendo recebido treinamentos para situações assim na escola, mas sendo tão novinho, a própria morte permaneceu um conceito estranho. Na mente de Ezra, a ideia de uma bala perfurando qualquer parte dele era exatamente como aquele sentimento fora: um colapso repentino, seus ouvidos zumbindo, o mundo inteiro se inclinando de lado por um momento. Era pequeno na época, visivelmente pequeno para sua idade, então talvez tenha sido sua pequenez que o salvou. Não passava de um pedacinho de gente. Ele era pequeno o suficiente para se esconder dentro de uma fresta insignificante, uma fenda infinitesimal.

Foi uma longa queda com um impacto severo. Mas, quando a sensação passou, Ezra sabia que estava morto ou muito, muito vivo. Ele abriu os olhos no templo, que estava silencioso. Sinistramente silencioso. Não havia ninguém no ambiente. Nem a mãe dele. Nem o atirador. Então andou até o ponto onde a mãe estivera, tocando as extremidades da madeira em busca de marcas de balas. Não havia nada, e ele pensou que talvez tivesse feito acontecer por magia. Talvez houvesse consertado tudo, e agora tudo ia ficar bem? Portanto, foi para casa e encontrou a mãe adormecida no sofá, ainda com o uniforme de enfermeira. Ezra foi dormir. Acordou. O sol brilhou.

Então as coisas começaram a ficar estranhas. No café da manhã ele comeu a mesma torrada queimada do dia anterior. As mesmas piadas terríveis foram repetidas no noticiário matutino. A mãe gritou com ele por ter fugido no dia anterior, desaparecendo e só voltando para casa depois que ela já tinha ido dormir. Ela o arrastou para o banheiro, gritando para que lavasse o cabelo e se arrumasse para o templo. Não, não, disse Ezra, não podemos ir lá, mãe, me escute, é importante, mas ela foi insistente. Coloque seus sapatos bons, Ezra Mikhail, lave seu cabelo e vamos.

Quando o atirador tornou a aparecer, Ezra enfim confirmou sua suspeita de que de alguma forma ele entrara no passado — no *ontem*, em específico, o que a princípio achou ser uma bênção. Ele conjurara uma saída de emergência para outro tempo, o que por si só era outro lugar. Um mais seguro. Ezra não fora longe, mas o suficiente para salvar sua vida.

Mais tarde, ele aprenderia acerca da dinâmica clássica. Da relatividade geral. Dos processos determinísticos. Aprenderia que sua magia estava abrindo portas que na verdade eram buracos de minhoca, os quais ligavam dois pontos díspares no espaço que na realidade eram dois pontos distintos no tempo. Ezra aprenderia que podia fazer uma porta aparecer e, quando a abrisse, sairia de seu próprio tempo e instantaneamente entraria em outro sem envelhecer nem um fio de cabelo.

Com poder suficiente, ele poderia abrir qualquer porta. O mundo que visitava no passado simplesmente se reajustaria ao futuro que Ezra acabava de deixar.

Esse, é óbvio, era o problema. Não importava quanto Ezra tentasse impedir a morte dela, sua mãe já estava morta e, portanto, sempre estaria destinada a morrer.

Não que ele não tenha tentado salvá-la diversas vezes. Aos doze anos, achava que salvar a vida dela era seu propósito divino. Então, voltou. Torrada queimada. Ouviu piadas ruins. Viu os tiros, de novo e de novo. Cada vez que as coisas se repetiam como antes, a situação se alterava como peças de um quebra-cabeça para formar a imagem profética. A terceira vez: Mãe, não podemos ir, você vai morrer... Ezra, morda a língua. A quarta vez: Mãe, não podemos ir, estou doente... Ezra, chega de desculpa. Todas as outras vezes: Mãe, o carro está quebrado, meu pé está quebrado, o mundo, Mãe, por favor, se você for, tudo será arruinado.

Você precisa parar de assistir ao noticiário, disse ela. Está te fazendo mal.

A última vez em que Ezra viu a mãe morrer, o corpo dela caiu da mesma forma de sempre. Sobre ele, protegendo-o. Protegendo a *ausência* dele, porque Ezra estava perpetuamente seguro, já ela estava eternamente condenada. Exausto, ele caiu em sua pequena abertura no tempo e pensou: Tudo bem, então. É isso.

Aquela seria a última vez.

Ele lavou o cabelo, colocou os sapatos bons e segurou a mão da mãe, algo que já se considerava velho demais para fazer. Ela estava muito distraída para ficar confusa, o que era bom. Ezra nunca desenvolveria muito talento para despedidas.

Sabendo que uma porta se abriria caso precisasse, Ezra tentou uma tática diferente. Tentou, embora ainda não entendesse como, abrir uma fresta diferente para si. Concentrou-se numa nova porta que pudesse levá-lo a outro lugar, além dos limites do ontem.

Quando saiu, tinha ido para três semanas após o funeral da mãe — o ponto díspar mais distante para o qual pôde se transportar com as habilidades não treinadas que tinha na época. Em teoria, ele era um medeiano desabrochando cujo poder expandia devagar. Na prática, era um garoto implorando desesperado ao universo para levá-lo a qualquer outro lugar.

Logo alguns funcionários dos serviços de assistência social apareceram para levá-lo sob custódia. Talvez porque já tinha assistido à mãe morrer doze vezes, Ezra apenas os seguiu.

Não é segredo que o sistema de assistência social estadunidense deixa muito a desejar. Ezra jurou nunca mais fugir, nunca contar a ninguém sobre o que vira e fizera, mas a vida tem um jeito de quebrar suas promessas às crianças. Dentro de um ano, estava aprendendo a usar as portas com alguma regularidade, garantindo o controle sobre os resultados delas. Caso não quisesse, ele não envelheceria com o passar do tempo, movendo-se com fluidez através dele, e em seu décimo sexto aniversário ele tinha apenas quinze anos e um dia, tendo saltado trezentas e sessenta e quatro instâncias cumulativas de tempo que de outra forma não poderia suportar.

Aos dezessete (mais ou menos), ofereceram a Ezra uma bolsa para a Universidade de Artes Mágicas de Nova York, a UAMNY, e foi então que se deu conta de que não estava sozinho naquilo que podia fazer. A bem da verdade, ele era o único que tinha acesso às portas em específico, mas pela primeira vez entendeu que não era o único mágico do mundo — *medeiano*, corrigiram-no eles. Era um mundo novo então, desconhecido e difícil de mencionar.

Então o que ele era? Não um físico, não exatamente. Com certeza estava abrindo e fechando buracos de minhoca pequeninos, do tamanho dele, para navegar através do tempo, isso era óbvio, mas sua magia era limitada e autocentrada. Um poder único. Perigoso.

Mantenha em segredo, aconselharam os professores. Nunca se sabe que tipo de pessoa vai tentar bagunçar com o tempo. Nunca o tipo com boas intenções.

Diligente, Ezra manteve suas habilidades em segredo, ou tentou. Até que a Sociedade Alexandrina o encontrou.

Era uma oferta tentadora. (Era sempre tentadora; o poder sempre é.) O que era especialmente interessante para Ezra, no entanto, eram os outros, seus colegas iniciados. Ou os quatro que se *tornariam* seus colegas iniciados depois que um deles fosse eliminado. Ezra era introvertido por natureza — a combinação de pobreza, poder inexplicável e a morte da mãe o tornara relativamente reservado —, mas havia outro iniciado com quem instantaneamente criou um laço.

Atlas Blakely era um errante devasso com um cabelo volumoso e um sorrisinho eterno. Um "durão de Londres", como ele, de brincadeira, se chamara quando se conheceram. Ele tinha uma risada tão alta que por vezes assustava os pombos. Era lupino, animado e tão afiado que às vezes deixava as pessoas desconfortáveis, mas Ezra se afeiçoou a ele imediatamente, e Atlas a Ezra. Os dois compartilhavam algo que aos poucos deduziram ser fome, embora pelo quê, inicialmente, não ficou decidido. A teoria de Ezra era a de que eles foram meramente cortados do mesmo tecido indigente, os rejeitos indesejados de uma terra moribunda. Os outros quatro candidatos eram educados, bem-nascidos e, portanto, criados com um cinismo confortável, uma espécie de melancolia elegante. Ezra e Atlas, por outro lado, eram manchas solares. Eram estrelas que se recusavam a morrer.

Foi Atlas quem descobriu a cláusula da morte na iniciação da Sociedade, lendo-a em algum lugar nos pensamentos de alguém, ou fosse lá o que ele fazia e insistia não ser leitura de mentes.

— É muito escroto — disse ele para Ezra, os dois deitados de costas abaixo do domo da sala pintada. — Temos que matar alguém, é isso? Não mesmo.

— Mas os livros... — disse Ezra, surtando em silêncio.

Ele e Atlas compartilhavam uma predileção por drogas intoxicantes mortais quando as conseguiam. Elas faziam Ezra acessar as portas com mais facilidade, e Atlas por vezes se cansava de ouvir o som dos pensamentos das outras pessoas. Dava uma puta enxaqueca, dizia ele.

— Os malditos livros... — repetiu Ezra. — Uma biblioteca inteira. Todos aqueles livros.

Atlas, àquela altura tão chapado que os olhos eram fendas comprimidas pelo peso da conduta íntegra, disse, fazendo graça:

— Livros não são o suficiente, cara.

Mas, fundamentalmente, Ezra discordava.

— Esta Sociedade é algo importante — disse ele. — Não são só os livros, são as perguntas, as respostas. É algo bem mais que nada. — As drogas tornavam a teoria difícil de comunicar. — O que precisamos é entrar, mas então de alguma forma chegar ao topo. Poder gera poder e tal.

Era óbvio que Atlas não o entendia, então ele prosseguiu.

— A maioria das pessoas não sabe como passar fome — disse Ezra, explicando que eram poucas as pessoas capazes de entender o tempo de verdade e quanto dele havia, e quanto uma pessoa podia ganhar se pudesse aguentar mais um pouquinho.

Se eles conseguissem passar fome por tempo o suficiente para viver com quase nada, caso se alimentassem apenas de pouquinho em pouquinho, no fim seriam os únicos a conseguir. Os mansos herdarão a terra, ou algo assim. Matar era ruim, lógico, mas pior ainda se fosse desnecessário, ineficiente. O que a existência de Ezra fora além de uma brecha recorrente para a natureza da própria vida?

Ezra sentiu sua morte e sabia que seria infeliz. Não era uma questão de magia, mas de presságio. Já estava feito, ele nascera assim, rumo a um fim longo e horrível. O que fazer nesse meio-tempo era o que o preocupava. E, além disso, eles ainda queriam a porcaria dos livros, então a partir daí fizeram um plano: era Atlas quem aguardaria, Ezra quem desapareceria. Eles poderiam fingir a morte dele, sugeriu Ezra, e assim, com uma pessoa fora da disputa, não haveria necessidade de nenhum deles matar ninguém. De qualquer forma, os outros iniciados não gostavam de Ezra. Ele era reservado demais, os outros não confiavam nele. Também não entendiam por completo o que ele conseguia fazer e, no final, isso, óbvio, foi para o melhor.

Então, na noite em que os outros concordaram em matá-lo, Ezra abriu outra porta. Àquela altura, conseguia ir mais longe do que três semanas — anos, até séculos, se quisesse. Ele escolheu 2005, cinco anos a partir da data do recrutamento deles, para encontrar Atlas num café, onde combinaram de se ver antes de ele partir. No que para Ezra foi uma questão de horas, Atlas avançou para vinte e oito anos e perdeu o hábito das drogas, mas não o molejo. Ele se sentou na cadeira em frente a um Ezra de vinte e um e sorriu.

— Estou dentro — disse ele, deslizando um dossiê de papéis falsificados para Ezra.

— Então eles caíram? — perguntou Ezra, abrindo o arquivo.

A Sociedade sabia o que ele podia fazer, mas quem eram eles para dizer que Ezra não estava morto?

— Caíram.

Dentro havia uma carteira de motorista emitida pelo estado de Nova York, um novo cartão de previdência social e, ao que parecia, uma brincadeira que Atlas achara hilária, um cartão fidelidade parcialmente preenchido de uma loja de panquecas que ficava ali perto. Por um momento, Ezra pensou em perguntar como Atlas conseguira a documentação governamental em seu nome, mas, de novo, havia um motivo pelo qual valia a pena matar pela Sociedade.

— Então, o que eles fizeram com... você sabe. Comigo?

— A mesma coisa que eles fazem com todo candidato eliminado. Eles te apagaram — disse Atlas, dando de ombros, e então riu. — Imagine se o mundo soubesse que um monte de acadêmicos reclusos está matando medeianos a cada década? Não, cara, você *sumiu*, sumiu. Como se nunca tivesse existido.

Conveniente.

— E mesmo sem o ritual...?

Atlas ergueu o copo.

— A Sociedade está morta, vida longa à Sociedade.

Continuidade em perpetuação. O tempo, como sempre, prosseguia.

— E agora? — perguntou Ezra, animado com o que viria a seguir.

Eles se encontravam com moderação, uma vez a cada ano, com Ezra sempre viajando instantaneamente pelas portas. Nenhum deles queria que ele envelhecesse sem necessidade. Enquanto Atlas ganhava idade, Ezra permaneceu com vinte e um anos; para ele, o tempo passava de forma diferente, mas ainda estava passando. Estavam esperando pelos seis, disse Atlas. Os seis *certos*, a coleção perfeita, incluindo Ezra. Atlas, enquanto isso, teria que trabalhar para garantir que seria o próximo Guardião dos arquivos (o deles já estava bastante velho, o que, além da riqueza excessiva, era um excelente pré-requisito para a aposentadoria antecipada), e então, quando Atlas conseguisse, ele mesmo poderia começar a selecionar os candidatos a dedo. Escolheria a equipe perfeita de cinco — um para morrer, é óbvio, por escolha dos iniciados, embora até essa pobre alma fosse alguém cuidadosamente selecionado —, e então Ezra, o sexto, estaria no comando.

A equipe perfeita para o quê?

— Para qualquer coisa — disse Atlas. — Para tudo.

O que ele quis dizer era: *Vamos pegar esse caos maldito e esses livros e fazer algo que nunca foi feito antes.*

Então, com o tempo, os dois esboçaram vários planos: um físico que poderia fazer mais ou menos o mesmo que Ezra, só que mais poderoso. Buracos de minhoca, buracos negros, viagens espaciais, viagens no tempo. Alguém que pudesse ver o quantum, manipulá-lo, entendê-lo, usá-lo. (Isso era possível? Com certeza deve ser, disse Atlas.) Alguém para ajudá-los a energizá-lo, como uma bateria. Outro telepata para ser o braço direito de Atlas, para ser seus olhos e ouvidos para que ele pudesse enfim descansar. O que eles estavam construindo? Nenhum deles sabia direito, mas era certo que tinham os instintos, a coragem, a deliberação meticulosa.

— Encontrei algo — disse Atlas, mais cedo do que o previsto.

O que precisavam, um animador.

(Animador?)

— Apenas confie em mim — disse Atlas, que estava entrando em seus trinta e poucos anos e começando a usar ternos, escondendo suas verdadeiras origens atrás de um sotaque chique e roupas caras. (Ezra, é óbvio, ainda tinha vinte e um anos. *Talvez* vinte e dois, embora quem é que conseguia acompanhar o ritmo dele pulando pelo tempo?) — Tenho um bom pressentimento sobre esse.

Foi nessa época que a euforia inicial do plano começou a diminuir, e Ezra começou a questionar sua utilidade. O plano dependia em grande parte do instinto de Atlas, que era algo em que Ezra confiava, mas toda a correria dentro e fora do tempo e reuniões fosse lá onde que Atlas estivesse no mundo não eram exatamente a mesma coisa que *existir*. Ezra não estava contribuindo em nada, não fazia parte daquilo, não de verdade. Volte para a UAMNY, sugeriu Atlas, veja o que encontra, você tem só vinte e três anos agora (ou quase isso) e ainda parece jovem. Além disso, disse Atlas com uma risada, você é americano demais para se misturar em qualquer outro lugar.

Então Ezra foi.

Infelizmente, para que pudesse desenterrar qualquer coisa que valesse a pena encontrar, o tempo teve que desacelerar. Foi obrigado a experimentar o tempo de forma linear outra vez, permanecendo num lugar cronológico e se permitindo envelhecer num ritmo normal, se livrar das fracas raízes de uma persona razoavelmente inofensiva. Ele se ressentiu no início, achando tudo um pouco mais monótono sem a única coisa que sempre lhe parecera natural, mas, antes que pudesse abandonar seus esforços e seguir em frente, o tédio da existência logo o levou a uma posição como conselheiro residente nos dormitórios da UAMNY.

Foi quando, inesperadamente, ele encontrou algo.

— Você precisa dos dois — disse Ezra a Atlas depois de ver Libby Rhodes e Nico de Varona se enfrentarem na disputa do século. — Quando chegar a hora, você deve levar os dois.

— Mas eles têm a mesma especialidade — notou Atlas, parecendo duvidar. O cabelo dele começara a ficar grisalho nas têmporas alguns anos antes, então acabou optando por raspá-lo. — Você não quer ser iniciado? Sempre foi para você ser o sexto.

Ezra parou para pensar. Ele sempre teve a intenção de ser iniciado algum dia, mas a formalidade parecia não ter importância. Através de Atlas ele tinha acesso, oportunidade, visão. E o que eles poderiam realizar com um único medeiano de repente empalideceu em comparação com o que poderia ser feito com dois.

— Você terá que ter os dois — repetiu Ezra, acrescentando: — E não acho que você poderia conseguir um sem o outro.

Ele entendia a dinâmica da rivalidade entre aqueles dois bem o suficiente para saber disso com certeza. (Não que fosse uma dinâmica complicada de entender.)

Atlas pensou no caso, considerando a ideia de todos os ângulos.

— Você disse que eles são... físicos?

— Eles são mutantes — disse Ezra. (Um enorme elogio, na opinião dele). — Totalmente mutantes.

— Bem, fique de olho neles — ordenou Atlas. — Estou trabalhando em outra coisa agora.

Fácil demais. Assumir o papel comum de um estudante dois anos à frente deles (apesar de ter nascido mais de vinte anos antes dos dois) significava que Libby em especial era intrigante para Ezra. Para sua surpresa: ele a queria. Ou queria uma vida. Ou mesmo o pedacinho de uma, o que no final das contas era a mesma coisa. Mas não era uma história interessante, considerando como cedo ou tarde terminaria.

Quanto a Nico, ele e Ezra nunca se deram bem. Ezra já sabia que estava cedendo seu lugar para Nico, ou para quem Atlas encontrasse para servir num dos papéis mais necessários entre os seis. (Uma naturalista, Atlas disse. Para que eles precisavam de plantas?, zombou Ezra, apenas para receber um: Não dê atenção para as plantas, tenho um pressentimento, você vai ver.) Pelo menos Nico tornaria as coisas mais fáceis ao deixar a oferta irrecusável para Libby.

Foi o ano que antecedeu a iniciação deles que enfim abriu os olhos de Ezra para a possibilidade de ele não estar passando fome, mas sim jejuando. Agora que Libby e Nico tinham ido para a Sociedade, Ezra performava sua mundanidade cultivada por uma frota de assentos vazios. Sem Libby, ele era inútil e solitário, cansado, recluso e entediado. E havia subestimado o desconforto de não ser mais parte integrante do plano de Atlas.

— Bobagem, é lógico que você é útil — disse Atlas. — Mais útil do que imagina.

— Como? — quis saber Ezra, irritado. O tédio doía, coçava em algum lugar intangível, como uma cãibra na panturrilha. — Você terá todas as especialidades de que precisa.

— Sim, mas suspeito que me enganei sobre Parisa.

Ezra franziu a testa.

— Ela não é tão boa quanto você pensou?

— Não, em termos de habilidade ela é exatamente o que eu esperava. — Uma pausa. — Mas suspeito que ela será um problema.

— Que tipo de problema? — questionou Ezra.

Ele não sabia que Atlas estava com qualquer problema. Pelo que sabia, tudo estava indo dentro dos conformes sem ele. Daí o tédio.

— Um problema. — Atlas bebericou o chá. — Pelo menos eu posso convencê-la a fazê-los matarem Callum.

— Qual, o empata?

— Isso.

Sempre fora ele o escolhido para morrer; mesmo o grupo perfeito de candidatos teria que perder um membro. Aos olhos de Atlas, e Ezra concordava, Callum era o equivalente a um código nuclear, e livrar o mundo dele seria um favor à humanidade.

— E aí vamos conseguir dar um jeito em Parisa — concluiu Atlas.

— Ah, sim, óbvio, só *dar um jeito* nela, problema resolvido, tudo arrumadinho — zombou Ezra, esperando por uma risada que não veio.

Preocupante. Muito preocupante.

— Quando você diz *dar um jeito*... — começou Ezra.

— Estou brincando — garantiu Atlas depois de um momento. — Só uma piada.

— Com certeza...

Ezra estava aliviado.

425

— Com certeza.

Atlas parou para dar um gole.

Ezra olhou para a própria xícara, franzindo a testa.

— Então, só para saber...

— Sabia que você quase foi candidato de novo nesta rodada? — disse Atlas, saindo pela tangente.

Ezra, que ainda estava processando o hilário senso de humor de Atlas, ergueu o olhar, surpreso.

— No passado, pensei que eu teria que fazer você entrar de novo, dado tudo... — Dado o recrutamento anterior de Ezra, Atlas quis dizer, ou talvez menos elogioso, dado que Ezra nunca fora nada importante — ... mas isso mostra quão pouco o conselho se preocupa com qualquer coisa além dos arquivos. Eles viram suas pequenas demonstrações de magia e pensaram, bem, interessante, que bom que ninguém ouviu falar dele ou o viu antes... — Atlas tomou um gole, dando de ombros. — E então colocaram você na lista. Engraçado, não é? Como não somos pessoas para eles — observou Atlas. — Só fontes de poder.

Ele tornou a bebericar o chá, e Ezra franziu a testa, certa irritação se formando em seu âmago.

— Você os fez desistir, imagino?

— Exatamente — respondeu Atlas.

— Porque prefere recrutar um dos outros?

Devagar, Atlas pousou a xícara.

— Sim — respondeu. — Como conversamos. Certo?

— Certo — concordou Ezra, baixando o olhar.

A xícara de café dele esfriara.

— Você parece desconfiado — apontou Atlas.

— Óbvio que não. — Desconfiado era o termo exato. — É só que você não mencionou a possibilidade do meu recrutamento pela Sociedade. — Ele fez uma pausa. — Ou o meu *rerrecrutamento*, suponho.

Atlas voltou ao chá, girando-o na xícara.

— Me fugiu à cabeça.

De todas as explicações possíveis, aquela era uma desculpa tão fraca que era quase insultante.

— *Fugiu* da sua *cabeça*? — repetiu Ezra, o tom quase de desprezo. Uma tensão sem precedentes se esgueirou no espaço entre eles, ou pelo menos apenas no coração de Ezra. — A cabeça *mágica* com a qual você faz *magia*... e ainda assim lhe fugiu a *essa* cabeça?

— Teria feito diferença? Você não poderia aceitar. — Atlas tomou um gole despreocupado. — E tive a impressão de que você não ia se importar.

— *Não me importo*, é óbvio. — Como ele poderia, quando não tinha antes sido uma opção? — Mas, mesmo assim, eu...

— A srta. Rhodes saberia que você mentiu para ela — observou Atlas, e, à menção deliberada de Libby, Ezra se esforçou para não se encolher. — O que suponho que você não teve problema em fazer, certo? O que me leva de volta à srta. Kamali, acho.

— Por quê? — indagou Ezra com súbita irritação.

— Porque a srta. Rhodes é algo que vocês dois têm em comum — disse Atlas para a xícara.

Considerando que Atlas estava totalmente ciente de que nem tudo entre Libby e Ezra foi construído baseado em falsidades, era óbvio que se tratava de um comentário feito para alfinetá-lo. Mas admitir isso não o ajudaria em nada, então Ezra revirou os olhos.

— Libby não sabe nada sobre mim. Um pouco hipócrita, você não acha, se eu cometesse tamanha indiscrição contra ela?

— Eu não disse que você deveria.

A conversa estava andando em círculos.

— Então qual é o seu problema com a telepata? Foi você quem a escolheu. — Ezra colocou uma ênfase amarga em *você* e não em *escolheu*.

— De fato — disse Atlas —, e ela é tão boa quanto esperei que fosse, mas bem mais perigosa também.

Aquele era um padrão começando a se mostrar, pensou Ezra, inquieto.

— Não me diga que acha que não pode lidar com ela.

A xícara de Atlas parou a meio caminho da boca.

— Eu poderia — disse ele.

Poderia, não *posso*.

— Mas você não vai — adivinhou Ezra. — E por quê? — acrescentou, entredentes. — Eu vou fazer isso para você?

— Eu jamais poderia matar um dos meus próprios iniciados. Você sabe disso. — Atlas deu de ombros. — Mas você também sabe que não podemos ter envolvido nisso alguém que poderia atrapalhar nosso plano.

Agora era *nosso* plano, né?

— Nenhum plano meu envolvia matar alguém sem necessidade — cuspiu Ezra.

— Eu não disse que esse é o caso — respondeu Atlas, calmo —, e, mesmo que fosse...

— Ah, sim, que tolice a minha — murmurou Ezra —, você estava só *brincando*...

— ... talvez você tenha entendido errado o que é necessário — concluiu Atlas, deixando a xícara de lado.

Havia algo na estranheza do movimento — Atlas nunca gostara de chá, preferindo uma intoxicação extrema — que fez Ezra se perguntar se de fato conhecia Atlas Blakely. Ezra com certeza o conhecera um dia, mas isso tinha sido apenas o quê, por um ano? Mais de duas décadas se passaram desde então, e Ezra sentia falta dessa amizade. O que poderia ter acontecido com a mente de Atlas, com suas convicções, com sua alma? O que a iniciação na Sociedade fizera com ele?

Então Ezra decidiu fazer algo que nunca havia se dado ao trabalho de fazer antes. Abriu uma porta para o futuro distante — o ponto mais distante no tempo que poderia alcançar.

Não era uma coisa tão interessante quanto parecia, porque o futuro, enquanto não fosse vivido, sempre poderia ser mudado. É verdade que havia alguns eventos inalteráveis (a mãe de Ezra, por exemplo), mas em geral Ezra aprendera a encarar suas portas distantes como uma leitura astrológica pseudoconfiável: provável de acontecer, mas não garantido. Desde que não permanecesse dentro dos futuros em que entrava, ele não estava fadado às consequências de qualquer coisa que visse. Sua presença, se não atrapalhasse em nada, era tão esquecível quanto o movimento de um único grão de areia.

Mas o que descobriu o desconcertou por inteiro. Porque o que Ezra viu — a conclusão do plano dele e de Atlas Blakely — era bíblico. Através de seu pequeno portal, vislumbrou pestilência e conquista; o zumbido de uma velha e cansada violência. O céu estava carmim com cinzas e fumaça, o presságio do cataclismo com bordas vermelhas e familiares. Como os olhos desfocados de um atirador através de portas sagradas, Ezra era outra vez a única testemunha do fim do mundo.

"Vamos fazer um novo", dissera Atlas uma vez. Não fazia muito tempo, na memória de Ezra. Mas, na de Altas Blakely, havia sido vinte anos antes, e, portanto, talvez tempo o bastante para ele acreditar que Ezra pudesse ter se esquecido do que fora dito. "Este aqui é uma porcaria, cara, está completamente perdido. Chega de consertar, chega de mexer nas partes quebradas. Quando um ecossistema falha, a natureza cria um novo. Natureza, ou seja lá o que estiver no comando. É assim que as espécies sobrevivem."

Ele virara a cabeça, prendendo seu olhar escuro no de Ezra.

"Foda-se. Vamos ser deuses", dissera Atlas.

Na época, Ezra culpara as drogas.

Mas então encontrou Tristan Caine dentro de uma de suas portas, atravessando o próprio tempo nas proteções que Ezra havia ajudado a construir, e assim entendeu pela primeira vez que Atlas Blakely já havia construído a equipe perfeita sem ele. Atlas queria construir um novo mundo, fosse lá o que isso significasse, e agora Ezra suspeitava que ele seria capaz.

— O que Tristan faz? — perguntou Ezra casualmente na reunião seguinte. — Você nunca me contou.

Ao encontrá-lo, pensara que Tristan era um mero viajante do tempo. Mas estava começando a suspeitar que não era o caso.

— Não contei? — questionou Atlas, levando a xícara aos lábios.

Ezra, já irritado, arrancou o chá das mãos dele.

— Só há uma peça faltando, Atlas.

Alguém para manipular o quantum, usar a matéria escura, fazer o vazio ter sentido. Alguém para ser o ponto de visão do olho de Deus, a objetividade para direcionar os outros. Para fornecer a clareza que faltava na pesquisa deles.

Mas aquele tipo de poder não era possível e, mesmo se fosse, um medeiano com aquele escopo de talento teria sido ingovernável, ilimitado. Ele não seria a pessoa que Ezra conhecera.

— Mesmo que você tivesse a peça que está procurando, não é suficiente — continuou Ezra. Considerando que Atlas estava falando sério, explodir um novo universo era absurdo. Exigia espontaneidade cósmica, não controle mortal. — Você não pode forçar um big bang — acusou Ezra, soando delirante até mesmo para si mesmo — e, mesmo que *pudesse*, de alguma forma, a que escala seria? *Este* mundo levou bilhões de anos para ser formado, o que presumo que seja um tempo que você não tem. Seja lá o que você criou, teria que ser...

Perfeito. Imperfeito, mas sob condições perfeitas.

Impossível, então.

Ou será que era?

Os pensamentos de Ezra foram interrompidos e, no silêncio, um terror febril o dominou. Qual *era* o plano de Atlas? Todo aquele tempo ele pensara que era uma forma de reparação, quase como uma brincadeira com as elites acadêmicas. Dominar a Sociedade, ha-ha-ha. A ideia de que eles alcançariam, sim, algum tipo de onipotência de deus criador nunca fora considerada uma possibilidade.

Mas talvez fosse isso, então: Atlas era brilhante. Ou um lunático. Talvez fosse desequilibrado (sim), ou um gênio (sim). Talvez sempre tenha sido assim. Talvez não fosse o que Atlas era capaz de fazer, mas o que era capaz de imaginar. As peças que sabia usar. Os jogos que sabia jogar.

Quando apertou a mão de Atlas, com o que Ezra concordou?

— Ficando nervoso, meu camarada? — murmurou Atlas, dando a Ezra um sorrisinho. — Imagino que você possa estar menos dedicado aos nossos objetivos do que antes. Talvez porque você não fez sacrifícios para chegar aqui — continuou, num inglês tão falsamente aristocrático que ele poderia muito bem ter trepado com a rainha.

— Eu? *Atlas* — sibilou Ezra. — Isso sempre foi parte do plano…

— Sim — concordou Atlas —, mas, enquanto eu passei os últimos vinte e cinco anos envelhecendo, você continuou sendo uma criança, não é, Ezra? Nós te apagamos, te refizemos, até o ponto da não existência. Você — disse ele com um tom de acusação, ou possivelmente decepção — não consegue ver como o jogo mudou.

— Eu sou uma *criança*? — repetiu Ezra, chocado. — Você esqueceu que foi eu quem fiz o trabalho sujo para você?

— Acredito que eu te agradeci por isso várias vezes — relembrou Atlas. — E ofereci a você um lugar à mesa, não? Várias vezes, na verdade.

A inadequação da resposta doeu como uma agulhada, e Ezra o encarou.

— Começamos tudo isso porque concordamos que esta Sociedade era algo bizarro — disse Ezra, ríspido.

— Exato — concordou Atlas.

— E agora?

— Continua sendo algo bizarro, como você diz — afirmou Atlas. — Mas agora eu posso consertá-la. Nós — corrigiu-se ele. — Nós podemos consertá-la, se você estiver disposto a ver as coisas como eu as vejo.

Quando um ecossistema falha, a natureza cria um novo. É assim que as espécies sobrevivem.

O silêncio entre eles se esvaziou e se preencheu com uma nova onda de dúvida.

O que aconteceria ao mundo quando Atlas terminasse?

Mas então Ezra soube. Ele já tinha visto.

Incêndios, inundações. Pestilência, violência.

— Pergunte — disse Atlas, calmo.

Por um momento, Ezra quase perguntou.

Você tem mesmo a intenção de continuar com isso?

Você é mesmo tão arrogante assim, tão cheio de si, que acredita estar certo?

Parte de Ezra tinha certeza de que tinha entendido tudo errado. De que mesmo Atlas Blakely não estava tão enlouquecido de poder para dobrá-lo impossivelmente à sua vontade. Talvez as consequências que Ezra vira tinham sido involuntárias, imerecidas; talvez fossem até não relacionadas. Ezra se imaginou perguntando *Você destruiria mesmo tudo só para construir algo novo? Só estou perguntando* e Atlas responderia *Não, não, óbvio que não.* Um sorrisinho, um menear de cabeça: *Ezra, por favor. Você sabe que destruição em massa não é o meu estilo.* Eles provavelmente iam rir disso.

Mas Ezra se lembrou da forma como Atlas facilmente sugerira que se livrassem de Callum Nova; que *dessem um jeito* em Parisa Kamali. Necessário, dissera ele.

Então o que aconteceria quando Ezra não fosse mais necessário? Essa era a única pergunta que valia a pena fazer e, ao mesmo tempo, ficou evidente que eles já sabiam a resposta.

— Os arquivos nunca vão te dar o que você quer — disse Ezra, por fim. — Você não pode esconder suas intenções da biblioteca.

Silêncio.

— Você está usando outra pessoa? — insistiu ele.

— Ou você está dentro ou fora, Ezra — disse Atlas em tom baixo.

Eles se encararam.

Em outro lugar, um relógio tiquetaqueou.

Então Ezra sorriu.

— Óbvio que estou dentro — disse ele. — Nunca estive fora.

E não tinha mesmo.

Não até aquele momento.

— Então é simples, certo? Você verá do que eles são capazes — disse Atlas. — Eu não te negaria nada disso.

Ezra sabia que não deveria questioná-lo, mesmo em sua própria mente.

— Tudo bem — disse ele. — Tudo bem, faça Parisa matar Callum, e eu lidarei com o resto.

— A srta. Rhodes suspeita de algo?

Não. Não, Ezra garantiria isso.

— Manterei Libby por perto — disse ele, com a segurança de que aquilo era algo que poderia ser feito.

Mas na verdade Ezra sabia que não podia. Quanto mais a forçava, persuadia, tentava convencê-la de sua devoção do jeito que presumia que ela gostaria de ser amada — quanto mais ele esperava permanecer dentro da confiança de Atlas mantendo a de Libby —, mais ela se afastava, ficando mais distante sempre que se falavam. Ezra queria uma espécie de aliança, prevendo que Libby confiaria nele o suficiente para oferecer uma visão interna dos planos de Atlas, mesmo que as regras da Sociedade os impedissem. Ele se agarrou aos anos de companheirismo, de confiança unilateral, que muitas vezes parecia real para ele, mesmo sabendo que não passava de uma miragem que criara. Ezra se dedicou à tarefa de espionagem a distância, esperando confiar na única pessoa cuja moralidade sempre presumira que persistiria, mesmo que o mesmo não se aplicasse ao seu relacionamento. Mas Libby o afastava, desconfiada, zangada sem motivo.

"Eu não sou sua", dissera ela, colocando um limite entre eles, fechando a porta do acesso dele à vida dela.

Então agora, sem Libby ou mesmo a promessa dela, Ezra não teve escolha a não ser tomar medidas drásticas. Se quisesse garantir que os planos de Atlas Blakely nunca fossem acontecer, então teria que neutralizar a Sociedade sozinho.

O que precisava primeiro era de uma maneira de tirar do tabuleiro uma das peças de Atlas.

Invadir seria a parte fácil. Vinte anos antes, Ezra havia silenciosamente construído uma proteção contra falhas, exatamente do seu próprio tamanho e formato, que nenhuma classe sucessiva de iniciados saberia evitar. Ele poderia deslizar com facilidade por ela, caindo pela única dimensão que ninguém mais podia ver, mas o que fazer ao chegar era uma outra questão; uma que lhe preocupava.

Ezra sabia, até certo ponto, qual dos seis importava para Atlas e quais não. Libby, Nico e Reina faziam parte do mesmo triunvirato de poder e, portanto, Atlas precisaria dos três. Tristan... havia algo sobre Tristan que Atlas não lhe contara, o que fazia de Tristan o provável elemento-chave do plano do Guardião.

Fosse lá qual candidato escolhesse, Atlas teria que acreditar que estava morto. Que estava fora da jogada.

Uma ilusão?

Não, algo melhor. Algo convincente.

Algo *caro*.

— Eu sei de alguém que pode te ajudar — disse um dos informantes que Ezra enviara, procurando o que pudesse encontrar entre os círculos menos cumpridores da lei. Uma sereia, disseram, embora o termo tenha sido usado com um tom depreciativo. — Vai te custar caro, mas se puder pagar...

— Eu posso — foi a resposta de Ezra.

Foi alguém conhecido apenas como Príncipe, que, através da sereia, lhe deu a animação. Era nojenta e sem rosto, sem expressão e molenga. Apenas um diorama genérico e normal de um cadáver que teve um fim violento.

— Você vai ter que dar um rosto à animação — explicou a sereia, a voz alta e fria, como vidro quebrando. O som desencadeou algo no ouvido interno de Ezra, deixando-o temporariamente em busca de equilíbrio. — Vai ter que replicar alguém que você conhece bem o bastante para completar a animação. Alguém cuja expressão e movimento você conhece intimamente o suficiente para reproduzir.

Aquilo, percebeu Ezra com um enrijecimento momentâneo, reduzia em muito as opções. Mas, se ia pegar um dos prêmios de Atlas, poderia muito bem pegar aquele que Ezra de fato sabia que Atlas não poderia ficar sem. Ela e Nico eram uma chave e uma fechadura, e Ezra, uma pessoa que passava por portas, sabia que uma não servia sem a outra.

Libby tinha intuído a presença dele no quarto antes de vê-lo. Ela tinha uma audição aguçada, e algo sempre a alertava a respeito da presença dele. Ecolocalização, quase. Ela sabia da entrada dele na casa, sentiu a perturbação no tempo que ele havia causado. Por um momento, vendo os olhos dela mudarem, Ezra sentiu uma pontada de remorso.

Mas só por um momento.

Levá-la foi um esforço que só foi possível por pouco, dadas as limitações de sua capacidade de viajar. Era conveniente que ela fosse tão pequena, e então levada tão silenciosamente. O único som enquanto eles passavam pela porta foi o do grito dela, que ecoou do lugar que deixaram até chegarem aonde Ezra pretendia, e então cessou com uma faísca, como um fósforo queimando.

Libby se soltou e olhou para ele. Foi quando Ezra percebeu, para sua surpresa, que *sentia falta dela*.

— Ezra, que merda é...

— Não é o que você está pensando — disse ele rapidamente, porque não era mesmo.

Se pudesse ter levado um dos outros, teria levado. Aquilo não tinha a ver com ela.

— Então me diga o que pensar!

Ezra resumiu o básico: Atlas Blakely era ruim, a Sociedade era ruim, tudo era muito ruim, Libby tinha sido tirada de lá para o seu próprio bem.

Ela não aceitou isso bem.

— Meu *próprio bem*? Eu te disse para não tomar decisões por mim quando estávamos juntos — rosnou para ele. — Você com certeza não tem o direito de fazer isso agora!

Por mais atraente que fosse passar o tempo brigando com a ex-namorada, Ezra não tinha muita paciência para aquela conversa.

— Olhe, tem muita coisa no nosso relacionamento que eu gostaria de mudar — garantiu a ela. — Principalmente o começo. Mas já que não posso...

— Foi tudo uma mentira. — Libby levou a mão à boca. — Meu Deus, eu acreditei em você, eu te *defendi*...

— Não foi uma mentira. Só não foi... — Ezra pigarrou. — Totalmente verdade.

Ela o encarou, estupefata. Em defesa de Libby, pensou Ezra, era mesmo uma resposta ruim. Tirando a animosidade que ela tinha com Nico, Ezra não tinha melhorado em dizer coisas que ela queria ouvir — mas, em defesa *dele*, Ezra nunca soube as coisas certas para dizer, para início de conversa.

Aos poucos, Libby encontrou sua voz.

— Mas você... — Uma pausa. — Você sabe tudo sobre mim. *Tudo*.

Ele esperava não chegar àquele ponto.

— Sim.

— Você conhece meus medos, meus sonhos, meus arrependimentos. — O rosto dela empalideceu. — Minha irmã.

— Sim.

Não era como se ela não soubesse coisas sobre ele também.

— Ezra, eu *confiei* em você — rosnou Libby.
— Libby...
— Era real para mim!
— Era real para mim também.
A maior parte.
Uma parte.
Mais do que ele sentia ser sábio admitir.
— Minha nossa, Ezra, quando foi que eu...?
Ele observou Libby evitar perguntar se já havia sido importante para ele, o que, para Ezra, era uma ideia brilhante. Mesmo que Libby pudesse ter ficado satisfeita com a resposta (ela não teria ficado), ser levada a questioná-la causaria um dano irreparável. Libby Rhodes, quaisquer que fossem as insuficiências emocionais com as quais pudesse ter lutado em seu âmago, conhecia seus limites e os encarava com abjeta ternura, como feridas recentes.

— Então por que você me *sequestrou*? — exigiu saber ela, gaguejando um pouco.

— Por causa de Atlas. — Ezra suspirou. Outra discussão que não ia a lugar algum. — Eu te disse. Não tem a ver com você.

— Mas então... — Outra pausa. — Para onde você me trouxe?

Ela estava começando a se dar conta, suspeitava Ezra. A sensação de estar cativa. O choque inicial de ser levada estava começando a passar, e logo ela começaria a pensar na possibilidade de escapar.

— Não é nem um pouco uma questão de *onde* — respondeu Ezra.

Ele parou antes de se explicar mais. Afinal de contas, Libby era esperta demais e com certeza poderosa demais para não encontrar uma saída, a não ser que continuasse sendo um labirinto que não podia ver. As pessoas em geral só sabiam como encarar o mundo de uma forma: em três dimensões. Para elas, o tempo era exclusivamente linear, se movendo numa direção que nunca deveria ser perturbada ou interrompida.

Imagine procurar por alguém e saber apenas que ele estava em algum lugar do mundo. Agora imagine procurar alguém sabendo apenas que ele estava na Terra durante uma época com encanamento. Em resumo, ninguém a encontraria. O ideal seria que Libby Rhodes tivesse dificuldade para encontrar a si própria.

— Você não pode me manter aqui — disse ela. Foi sem emoção, sem facetas, mortal. — Você não entende o que eu sou. Nunca entendeu.

— Eu sei exatamente o que você é, Libby. Faz um tempo que sei. O empata já morreu?

Ela ficou boquiaberta.

— Isso é um sim? — quis saber Ezra.

— Não sei... como...? — Libby piscava rapidamente. — Você sabe do Callum?

Ele retesou o maxilar, assumindo que fosse uma pergunta retórica. A resposta era óbvia.

— Sim ou não, Libby?

— Não sei — cuspiu ela, inquieta, tentando entender o que estava acontecendo. — Sim, provavelmente...

Ezra estava atrasado, embora pontualidade nunca tivesse sido uma preocupação para ele. Em geral estava sempre atrasado, pensando que o tempo era uma forma muito arbitrária de medir o movimento. Mesmo na juventude, que era um período enorme e um mero fiapo de coisas, Ezra nunca se sentiu encarregado pela perspectiva de chegar a qualquer lugar a tempo. A mãe dele havia perdido incontáveis horas discutindo com ele a respeito disso, mesmo em seu último dia.

Embora talvez tivesse sido isso que o atraíra para Atlas, no final das contas. Ezra sabia como passar fome, já Atlas sabia como esperar.

— Eu vou voltar — disse ele a Libby. — Não vá a lugar nenhum.

Não que ela pudesse, nem se tentasse. Ezra construíra aquelas proteções especificamente para ela, as tornou moleculares, solúveis, à base d'água. Libby teria que alterar o estado do ambiente para quebrá-las; para mudar os elementos individualmente, se exaurindo mais a cada progresso. Um passo à frente, dois para trás.

Chaves e fechaduras.

— Você vai me manter presa aqui?

Ela soava desacreditada, entorpecida, embora aquilo fosse mudar. O entorpecimento passaria, e a dor com certeza faria o mesmo.

Ezra lamentava.

— É para sua própria segurança — disse ele.

— Quem é o perigo? Atlas?

— Sim, Atlas — respondeu ele, sentindo uma onda de urgência. Estava atrasado, mas, de novo, aquele não era o problema: era o que o esperaria se ele ficasse. — Quero que você fique viva — completou ele.

Por fim, ela se daria conta da verdade e, quando acontecesse, era melhor remover qualquer objeto inflamável da sala, como os membros de Ezra ou suas roupas.

— Para que *Atlas Blakely* precisa de mim? — cuspiu Libby.

Sim, lá estava. A raiva dando o ar da graça.

— É melhor você desejar não descobrir — disse Ezra, e então partiu para a reunião por mais uma porta de sua criação, o som de seus passos cuidadosos ecoando no chão no momento em que tocaram o mármore familiar.

Ele já sabia quem estaria na sala quando chegasse.

Assim como Atlas, Ezra havia escolhido seus ocupantes com cuidado, usando os contatos que adquirira sob a meticulosa cobertura de seu rosto mundano, seu nome erradicado. Todos eles *queriam* ser encontrados — tinham sido facilmente atraídos pelo preço certo —, e assim os líderes primários de todos os inimigos que a Sociedade já tivera não hesitaram em responder à convocação de Ezra. Foram atraídos ali sob a promessa de um único prêmio: a própria Sociedade, algo que ninguém, exceto Ezra, jamais recusou.

Desde que a animação funcionasse, Ezra duvidava que Atlas suspeitasse dele. Mas, mesmo que o fizesse, foi Atlas que tornou Ezra invisível e, portanto, impossível de encontrar.

— Meus amigos — disse Ezra, avançando para falar sem delongas à sala. — Bem-vindos.

Se estavam surpresos por descobrir que ele era tão jovem, não demonstraram. Afinal, não teriam sabido como interpretar as invocações que receberam, cada qual contendo segredos de suas juventudes como uma influência incontestável. (Só pessoas que existiam em três dimensões acreditavam que a história era sagrada.)

— Os seis seres humanos vivos mais perigosos estão, como vocês sabem, atualmente sob os cuidados de Atlas Blakely — disse Ezra para a sala. — Um foi neutralizado, o que deve nos dar um tempo a mais, e outro foi eliminado pela própria Sociedade. Mas os outros quatro causarão ou nossa extinção ou sobrevivência. Eles são os escolhidos de uma Sociedade despótica para a qual somos pouco mais do que peões. Temos um ano até que eles tornem a emergir de debaixo das asas dela.

Os membros da sala trocaram olhares. Havia seis deles, o que Ezra achava lindamente irônico. A sincronicidade era tão direta que mesmo Atlas a teria apreciado, se soubesse.

— O que você quer que a gente faça a respeito deles? — perguntou Nothazai, o primeiro a falar.

Ezra sorriu quando Atlas teria dado de ombros.

— O que mais? Nosso mundo está morrendo — disse ele, e se sentou, pronto para trabalhar. — E é nosso dever consertá-lo.

· FIM ·

E então eram cinco onde antes havia seis.
— Eu não vou fazer isso — disse Nico de Varona, quebrando o silêncio. — A não ser que haja alguma garantia.
Parisa Kamali foi a primeira a responder:
— Garantia de quê?
— Quero Rhodes de volta. E quero que você me ajude a encontrá-la. — A expressão dele era determinada e sombria; a voz, firme, decidida. — Me recuso a fazer parte desta Sociedade a não ser que eu tenha o seu apoio.
Dalton optou por não dizer coisas como *Não dá para recusar*, porque não parecia relevante.
Em vez disso, ficou sentado em silêncio, esperando pelo que viria.
— Estou com o Nico. — Isso foi Reina Mori.
— Eu também. — A voz de Callum Nova estava macia com a confiança. Era de se presumir que ele tinha a esperteza de saber que, para ele, apenas uma resposta seria suficiente. Por enquanto.
— E você? — perguntou Nico a Tristan Caine, que não ergueu o olhar de suas mãos.
— É óbvio. — A voz dele estava aguda de escárnio. — É óbvio.
— Então sobra você — observou Reina, se virando para Parisa, que desviou o olhar, irritada.
— Eu seria mesmo burra o suficiente para recusar?
— Não começa — interrompeu Nico antes que alguém pudesse responder. — Isso aqui não é uma briga. Não é uma ameaça, é um fato. Ou você está do nosso lado ou não está.
Ou estavam com ele ou contra ele, interpretou Dalton em silêncio. Mas aquele era o propósito da conexão, não era? Eles não haviam sofrido naquele ano por nada.
— Tá bom — disse Parisa. — Se Rhodes puder ser encontrada...

— Ela será — disse Nico bruscamente. — Essa é a questão.

— Tá bom.

Parisa olhou ao redor da sala, para os cinco candidatos presentes junto da ausência que nenhum podia ignorar. Ela os desafiou a contradizê-la, mas quando, como esperado, não o fizeram, ela disse:

— Você tem a nossa palavra, Varona.

E então onde antes havia seis, agora havia, irreversivelmente, um.

· · ·

Quando um ecossistema falha, a natureza cria um novo. Regras simples, conceito simples, para o qual a Sociedade era prova viva. Ela existe das cinzas de seus antigos eus, por cima dos ossos de coisas abandonadas ou destruídas. Era um segredo enterrado e escondido dentro de um labirinto.

A Sociedade foi construída sobre si mesma, cada vez mais alta. Era como Babel, alcançando o céu. A invenção, o progresso, a construção de tudo não tinham outra opção senão continuar; algo posto em movimento não parava, não por vontade própria. O problema com o conhecimento, a peculiaridade de seu vício particular, era que ele não era igual a outros tipos de vício. Alguém que tenha experimentado a onisciência nunca poderia se satisfazer com o conteúdo de uma realidade nua e crua sem ela; a vida e a morte, como um dia foram aceitas, não teriam peso, e mesmo as tentações usuais do excesso deixariam de satisfazer. As vidas que eles poderiam ter tido apenas pareceriam inadequadas, desperdiçadas. Algum dia, talvez em breve, eles poderiam criar mundos inteiros; não apenas para alcançá-los, mas para *se tornarem* deuses.

Dalton Ellery, diante dos cinco iniciados da Sociedade Alexandrina, os observou fazerem os votos, casando-os com a inevitabilidade da mudança e da alteração inseparável. Dali em diante, as coisas só ficariam mais difíceis. Barreiras de impossibilidade cairiam; os limites do mundo exterior não existiriam mais, e as únicas paredes que restariam para conter aqueles cinco seriam as que eles próprios construíssem para si. O que eles ainda não haviam percebido, pensou Dalton, era a segurança que havia em uma jaula, a segurança da contenção. Dada uma tarefa, até mesmo um rato de laboratório pode encontrar gratificação; de uma moralidade prescrita, contentamento; da realização de uma vocação, a proveniência de uma causa. O poder sem propósito era a verdadeira armadilha, a verdadeira paralisia. A liberdade das escolhas infinitas não era para mentes humanas.

Por um momento, Dalton se deu conta, como uma sementinha de algo meio recordado, que talvez ele devesse dizer algo similar àquilo. Que talvez devesse alertá-los de como o acesso que logo teriam seria demais para qualquer fraqueza, pouquíssimo para apaziguar a promessa das forças deles. Ele pensou: *Vocês estão entrando no ciclo de sua própria destruição, a roda de sua própria fortuna, o qual subirá e descerá assim como vocês. Vocês vão se desconstruir e ressuscitar em outra forma, e as cinzas de si mesmos serão os destroços da queda.*

Roma caiu, ele queria dizer. *Tudo colapsa. Vocês também vão colapsar.*

Em breve.

Mas antes que Dalton pudesse abrir a boca, ergueu o olhar para a superfície espelhada da sala de leitura e viu, atrás de si, o rosto de Atlas Blakely, que era o motivo de ele ainda existir em qualquer forma. Ele precisara de limites, como um viciado, e Atlas lhe dera. Ele tinha um propósito. Fora Atlas quem lhe prometera que haveria um fim, uma conclusão para a fome, uma completude do ciclo. Ele retirara as correntes da invulnerabilidade de Dalton e lhe dera o que ele mais precisava; a coisa que os outros talvez não encontrassem sozinhos: uma resposta.

Existia essa coisa de poder demais?

No vidro, um pequeno brilho maníaco reluziu nos olhos de Dalton; um vislumbre de quem um dia fora. Vidas passadas, mal ajustadas. Mas essa resposta Dalton Ellery sabia, como os iniciados logo descobririam, porque era a única resposta mesmo que fosse a pior, a menos reconfortante, a mais ilimitada:

Sim, existia.

Mas, como o próprio mundo vai contar, algo jamais para quando é colocado em movimento.

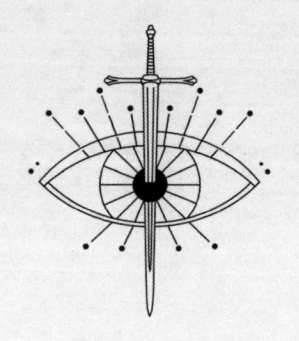

AGRADECIMENTOS

Não acredito que eu continuo escrevendo coisas e você as continua lendo. Que milagre!

Este livro em particular demorou a vir; esses personagens existiam em um mundo totalmente diferente em meio a uma trama vastamente não relacionada antes de eu desmontar a coisa toda, usar os restos para acender e reconstruir, das cinzas do que fora antes, a história diante de você. Um agradecimento especial a Aurora e Garrett, que leram todas as diferentes versões deste livro e me convenceram a continuar. Digo isso todas as vezes, mas todas as vezes falo sério: se não fosse por eles, o livro que você tem em mãos não existiria.

Muito obrigada aos suspeitos de sempre: minhas editoras, Aurora e Cyndi; meu consultor científico, sr. Blake; meu consultor de luta, Nacho; minha amada ilustradora, Little Chmura. Será que algum dia serei capaz de agradecer a vocês o suficiente? Infelizmente não, mas vou continuar tentando. Para meus pais, que se afastam alegremente quando estou escrevendo e não me perguntam com muita frequência como estão indo as coisas. Obrigada por aturar meu temperamento artístico e meu profundo e perturbador amor pelo meu trabalho. Para minhas irmãs, KMS. À toda minha família, meus amigos que me apoiam sempre: Allie, Ana, Bella, Cara, Carrie, David, Elena, Kayla, Lauren, Mackenzie, Megan e Stacie. Para o Boxing Book Club. Ao meu terapeuta, que me deixou usar uma hora inteira para um fluxo incoerente de consciência para elaborar um ponto da trama que eu não conseguia desvendar. Para todas as pessoas que dizem você não é louca, continue, isso está bom. Eu gostaria que a gratidão fosse mais fácil de empacotar.

À minha mãe, pois sei que ela lê isto: amo e devo muito a você. (Só em geral.)

Para Garrett: obrigada por me dizer que minha construção de magia prova que eu entendo os princípios básicos da física. Acho que você acabará descobrindo que isso é mentira; quando esse dia chegar, minhas condolências. Obrigada por me considerar o tipo bom de maluca. Obrigada por ensinar a todos, principalmente a mim. Eu me canso de tudo, sempre, mas nunca de você.

Para você, leitor: escrever é minha alegria excruciante, minha festa de esperança, meu método de sobrevivência. *Ipso facto*, você também. Como sempre, foi uma honra escrever estas palavras para você. Espero sinceramente que tenha gostado da história.

Beijos, Olivie
31 de janeiro de 2020

Novembro, 2021

Tenho a enorme e incompreensível sorte de estar de volta com mais pessoas para agradecer. Uma tarefa impossível, mas vou tentar. Obrigada a Molly McGhee, minha amada editora, que acalma todas as minhas !!!s e ???s em todos os momentos certos. Você contribuiu muito mais para este livro e para minha existência terrena do que jamais saberá. Obrigada a Amelia Appel, minha absoluta estrela em forma de agente. Você mudou minha vida, ponto final. Nada será mais emocionante do que o sim que você me deu quando todo mundo me deu nãos. Para Little Chmura, minha ilustradora favorita — veja como está indo, querida! Tenho muita sorte de fazer tudo isso com você.

Ao resto da equipe da Tor, por tornar meus sonhos literalmente realidade: Troix Jackson, que é eternamente maravilhoso. Meu imensamente talentoso designer de capa Jamie Stafford-Hill e minha designer de miolo Heather Saunders. Minhas publicitárias, Desirae Friesen e Sarah Reidy. Minha equipe de marketing, Eileen Lawrence e Natassja Haught (que encontraram este livro antes da Tor!). Megan Kiddoo, minha editora de produção, meu gerente de produção Jim Kapp, meu editor-chefe Rafal Gibek, e Michelle Foytek, extraordinária operadora de publicação. Meus editores, Devi Pillai e Lucille Rettino. Chris Scheina, meu agente de direitos estrangeiros. Christine Jaeger e sua incrível equipe de vendas. Obrigada ao dr. Uwe Stender e ao restante da equipe da Triada. Obrigada aos bons cidadãos do BookTok, BookTwt e Bookstagram. Sou muito honrada por ter todos vocês ao meu lado.

E mais uma adição à equipe: Henry. Obrigada por me mostrar todos os dias o quão intensamente meu coração pode explodir e o quanto eu posso fazer com tão poucas horas de sono. Garotinho, eu te adoro. Agradecimentos extras à minha mãe por estar aqui literalmente agora para que eu possa escrever isso. E para Garrett, claro, de novo, como sempre. Por isso e por tudo, e por dar a Henry aquele sorriso irresistível, aqueles olhos lindos, aquela risada feliz. Você é a minha maior sorte.

intrinseca.com.br

@intrinseca

editoraintrinseca

@intrinseca

@editoraintrinseca

editoraintrinseca

1ª edição	JUNHO DE 2022
impressão	PANCROM
papel de miolo	PÓLEN 70G/M²
papel de capa	CARTÃO SUPREMO ALTA ALVURA 250G/M²
tipografia	ADOBE GARAMOND